KB118240

아연 소년들

ZINKY BOYS
by Svetlana Alexievich

Copyright © Svetlana Alexievich, 2013
Korean Translation Copyright © MUNHAKDONGNE Publishing Corp., 2017

This Korean edition is published by arrangement with
Svetlana Alexievich c/o Literary Agency Galina Dursthoff
through MOMO Agency, Seoul.

이 책의 한국어판 저작권은 모모 에이전시를 통해
Svetlana Alexievich c/o Literary Agency Galina Dursthoff와 독점 계약한
(주) 문학동네에 있습니다.
저작권법에 의해 한국 내에서 보호를 받는 저작물이므로
무단 전재 및 무단 복제를 금합니다.

이 도서의 국립중앙도서관 출판예정도서목록(CIP)은
서지정보유통지원시스템 홈페이지(http://seoji.nl.go.kr)와
국가자료공동목록시스템(http://www.nl.go.kr/kolisnet)에서 이용하실 수 있습니다.
(CIP제어번호: CIP2017010505)

스베틀라나 알렉시예비치 지음
박은정 옮김

Цинковые мальчики

아연 소년들

문학동네

차례

1801년 1월 20일, 바실리 오를로프 지휘관 휘하의 카자크 원정대는 인도 출정을 지시받는다. 주어진 이동 시간은 오렌부르크까지 한 달, 오렌부르크에서 부하라와 히바를 거쳐 인더스 강까지 해서 모두 석 달이었다. 얼마 후 이 3만 명의 카자크 원정대는 볼가 강을 건너 카자흐 초원 깊숙이 침투해들어간다……

『권력 투쟁 속에서: 17세기 러시아 정치사의 페이지들』
모스크바, 사상, 1988, 475쪽

1979년 12월, 소비에트 지도부는 소련군의 아프가니스탄 파병을 결정했다. 전쟁은 1979년부터 1989년까지 지속되었다. 전쟁이 9년 하고도 한 달 19일 동안 계속된 것이다. 소비에트 군대의 정규 병력 중에서 50만 이상의 전사들이 아프가니스탄을 거쳐갔다. 소비에트 병력의 총괄적인 인명 손실은 15,051명에 달했다. 417명의 군인이 실종되거나 포로로 붙잡혔다. 2000년 집계에 따르면 포로로 끌려가 돌아오지 못하거나 여전히 행방을 알 수 없는 병사의 수가 287명이다……

polit.ru* 2003년 11월 19일

---

* 러시아 정보 및 분석 포털사이트.

프롤로그

—나는 혼자서 이 길을 가요…… 이제 오래도록 홀로 이 길을 가야 하죠……

그 아이가 사람을 죽였어요…… 내 아들이…… 주방용 손도끼로. 내가 고기를 토막내는 데 쓰던 그 도끼로요. 전쟁터에서 돌아와 사람을 죽인 거예요…… 아들은 아침에, 내가 식기를 넣어두는 부엌 찬장에 손도끼를 다시 갖다놓았어요. 아마, 그날 아들에게 잘게 다진 고기를 요리해준 것 같아요…… 그리고 얼마 지나지 않아 텔레비전에서도 보도하고, 석간신문들에도 기사가 났어요. 어부들이 도시의 호수에서 시신을 건져올렸다고…… 잘게 토막난 것들을요…… 친구가 전화를 했더라고요.

—신문 봤어? 전문가가 저지른 것 같다는데…… 아프가니스탄식 솜씨라고 말이야……

아들은 집에서 소파에 누워 책을 읽고 있었어요. 당시 나는 아무것도 몰랐고 어떤 이상한 낌새도 채지 못했어요. 하지만 친구의 말을 듣자 나도 모르게 아들을 보게 되더군요…… 엄마의 육감이었겠죠……

혹시 개 짖는 소리 안 들리세요? 안 들린다고요? 나는 들려요. 이 이야기를 시작하자마자 개 짖는 소리가 나요. 개들이 달리는 소리도 나고…… 그곳, 지금 내 아들이 가 있는 감옥엔 덩치가 산만한, 새까만 셰퍼드들이 있어요. 거긴 사람들도 모두 까만 옷만 입죠, 까만색 옷 한 가지만…… 민스크로 돌아와 길을 걸어가요. 빵집을 지나고 유치원을 지나서, 그렇게 흰 빵과 우유를 들고 가면 또 개들이 짖어요. 귀청을 찢을 것 같은 그 소리. 그 소리에 그만 눈앞이 캄캄해져서…… 거의 차에 치일 뻔한 적도 있어요……

아들이 죽어 묘지를 찾아다니라고 하면 찾아다니겠어요…… 아들 옆에 같이 죽어 누우라면 누울 수도 있고요…… 하지만 이 일은, 모르겠어요…… 어떻게 해야 하는지, 어떻게 살아야 할지 모르겠다고요…… 가끔씩 부엌에 들어가는 게 무서워요. 그 손도끼가 놓였던 찬장을 보는 게…… 이 소리, 안 들려요? 아무 소리도 안 들린다고요? 정말, 안 들려요?

이젠 아들이 어떤 사람인지 모르겠어요. 15년 후엔 또 어떤 사람이 돼서 돌아올까요? 아들은 감형 없는 15년 형을 언도받았어요…… 아들을 어떻게 키웠냐고요? 우리 아들은 무도회 춤을 무척 좋아했어요…… 아들을 데리고 레닌그라드로 에르미타시*를 보러 다녀온 적도 있죠. 함께 책도 읽었고…… (소리 내 운다.) 아프가니스탄이 내 아들을

---

* 상트페테르부르크에 있는 박물관으로 겨울궁전이라고도 불린다. 대영 박물관, 루브르 박물관과 함께 세계 3대 박물관 중 하나로 꼽힌다—옮긴이. 이하 주는 모두 옮긴이 주이다.

빳어가버렸어요……

……어느 날 타슈켄트에서 전보 한 통이 날아왔어요. "아드님이 탄 비행기가 곧 도착할 예정이니……" 나는 발코니로 달려갔어요. 목이 터져라 외치고 싶었죠. "내 아들이 살아 있다! 내 아들이 아프가니스탄에서 살아 돌아왔다! 이 끔찍한 전쟁과는 이제 영원히 안녕이다!" 그러고는 기절해버렸어요. 그래서 우리는 공항에 늦고 말았죠. 비행기는 진즉에 도착했더군요. 작은 공원에서 아들이 우리를 기다리고 있었어요. 공원 바닥에 누워 풀을 꼭 움켜쥐고 있는 모습이, '풀이 언제 이렇게 푸르렀던가' 하고 새삼 놀라는 눈치였죠. 살아 돌아왔다는 사실이 믿기지 않는 것 같았어요…… 하지만 아들의 얼굴은 전혀 기뻐 보이지 않았어요……

저녁에 이웃 몇 명이 우리집에 놀러왔어요. 이웃의 어린 딸아이도 같이 따라왔는데, 화려한 리본으로 머리를 예쁘게 묶었더라고요. 아들이 그 아이를 자기 무릎에 앉히더니 꼭 끌어안고는 눈물을 흘렸어요. 울고 또 울고 하염없이 눈물을 흘렸죠. 거기서는 다들 사람을 죽였잖아요. 아들 역시 그랬고요…… 나는 그때 아들이 왜 그렇게 눈물을 흘렸는지 나중에야 깨달았어요.

국경에서 세관원들이 아들의 수영복 바지를 '찢어버렸어요'. 미국 제품이라는 이유였죠. 미국 물건은 들여올 수 없다면서요…… 그래서 속옷도 못 입고 왔더라고요. 나한테 선물하려던 실내가운도 못 가져왔고요. 그해에 마침 마흔 살을 맞은 이 엄마에게 선물로 주고 싶었던 가운인데, 그것도 빼앗긴 거예요. 제 할머니에게 줄 머릿수건 역시 세관에서 가져가버렸고요. 그래서 아들은 꽃만 가지고 왔어요. 글라디올러스만. 하지만 아들의 얼굴은 전혀 기뻐 보이지 않았어요.

아침에는 평소와 다름없이 일어나 나를 찾았어요. "엄마! 엄마!" 하지만 저녁 무렵이 되면 얼굴은 점점 어두워지고 눈동자는 침울해지면서…… 아, 작가님께 굳이 설명은 안 할래요…… 처음에는 술은 한 방울도 입에 대지 않았어요…… 가만히 벽을 바라보고 앉아 있는 날이 많았죠. 그런데 한번은 갑자기 소파를 박차고 일어나 점퍼를 집어드는 거예요……

문 앞에 서서 물었어요.

—발류시카, 어디 가려고?

아들이 어디 먼 허공을 보는 것처럼 나를 바라봤어요. 그러고는 나가버렸죠.

어느 날 일을 마치고 저녁 늦게 집으로 돌아왔어요. 일하러 다니는 공장이 멀리 있는데다, 그날은 두번째 교대조에서 일을 했거든요. 벨을 눌렀는데 아들이 문을 안 열어주는 거예요. 글쎄, 내 목소리를 못 알아듣더라니까요. 기분이 정말 이상했어요. 친구들 목소리야 못 알아들을 수도 있다지만 어떻게 제 엄마 목소리를 모를 수가 있을까! 게다가 아들을 '발류시카'라고 부르는 사람은 세상에 이 엄마 한 사람밖에 없는데. 아들은 줄곧 누군가를 기다린 사람 같았어요. 무서워하는 것처럼도 보였고요. 아들에게 새 셔츠를 사주고 잘 맞는지 살펴보는데 양 손목에 베인 자국들이 있더라고요.

—손목이 왜 이래?

—별거 아니에요, 엄마.

나중에 알게 됐어요. 재판 끝나고 나서…… '군사훈련'을 받을 때 손목을 그었다는 걸요…… 시범훈련에서 아들이 무전병을 맡았어요. 그런데 무전기를 제시간에 나무 뒤로 던져놓지도 못하고 정해진 시간 안에 마무리도 못했나봐요. 그러자 하사가 아들에게 화장실에서 오물을 퍼나르게 한 거예요. 50통이나요. 그것도 바로 동료들이 서 있는 대열 앞에서요. 아들은 오물을 퍼나르기 시작했고, 그러다 그만 정신을 잃고 쓰러졌죠. 병원에서는 가벼운 신경성 쇼크라는 진단을 내렸고요. 바로 그날 밤 아들은 자기 손목을 그었어요. 두번째는 아프가니스탄에서 그랬고요…… 공격 나가기 직전에 장비를 점검하는데, 무전기가 작동을 하지 않았어요. 꼭 필요한 부품이 사라지고 없었죠. 병사들 중 누군가 슬쩍 빼간 거예요…… 대체 누가 그랬을까요? 지휘관은 비겁한 겁쟁이라며 우리 아들을 비난했어요. 마치 우리 아이가 작전에 나가기 싫어서 일부러 부품을 빼서 숨겨놓았다는 듯이 말이죠. 그곳에서는 서로 상대방의 물건을 훔치는 일이 다반사였어요. 군용차량의 부품들까지 해체해서 아프간 상점에 가져다 팔 정도였죠. 그 돈으로 마약을 샀어요…… 마약, 담배. 음식도요. 거기선 다들 늘 배를 곯고 다녔거든요.

한번은 에디트 피아프가 나오는 텔레비전 방송을 아들과 함께 보고 있었어요.

—엄마, 마약이 뭔지 알아요?

아들이 묻더라고요.

—아니.

나는 짐짓 모르는 척 대답했어요. 사실 이미 아들을 살피고 있던 참이었거든요. '얘가 혹시 마약을 하는 건 아니겠지?' 하고요.

그런 낌새는 전혀 없었어요. 하지만 그곳에서는 다들 마약을 한다는 사실을 알고 있었죠.

—거기 아프가니스탄은 어때?

아들에게 한번 물어봤어요.

—입 닥쳐요!

아들이 외출하고 집에 없을 때면 아들이 아프가니스탄에서 보내온 편지들을 꺼내서 읽고 또 읽었어요. 도대체 우리 아들에게 무슨 일이 일어난 건지 밝혀내서 아들을 이해하고 싶었거든요. 편지에 특별한 내용은 없었어요. 파란 풀이 그립다고 썼고, 할머니에게 눈 속에서 찍은 사진을 보내달라고 한 것 말고는요. 하지만 나는 아들에게 분명 무슨 일이 생긴 걸 봤고, 또 느낄 수 있었어요. 내 아들이 다른 사람이 돼 돌아온 것을요…… 그 아이는 내 아들이 아니었어요. 아들을 군대에 보낸 사람이 바로 나예요. 아들의 복무기한을 연장했죠. 나는 아들이 씩씩한 사내가 되길 바랐어요. 군대가 아들을 더 나은 사람으로, 더 강인한 사람으로 만들어줄 거라고 아들과 나 자신에게 장담했죠. 아들 손에 기타를 들려 아프가니스탄으로 보냈어요. 떠나기 전에는 맛있는 음식을 한 상 가득 차려냈고요. 아들은 친구들을 불렀어요. 여자애들도 부르고…… 케이크를 열 개나 샀던 게 기억나요……

아들은 딱 한 번 아프가니스탄에 대해 입을 열었어요. 저녁때쯤…… 토끼고기를 요리하고 있는데 아들이 부엌으로 들어왔어요. 그때 토끼피를 담아놓은 대접이 있었거든요. 그 대접에 아들이 손가락을 푹 담갔다 빼더니 손에 묻은 피를 바라보더라고요. 이리저리 살피면서요. 그러고는 혼잣말을 했어요.

—배가 터진 친구가 이송돼왔는데…… 그 친구가 자기를 쏴달라는 거야…… 그래서 그 친구를 쐈지……

피로 물든 손가락으로…… 토끼고기 피에 물든 손가락, 그 신선한 피…… 아들은 담배를 집어들고 발코니로 나갔어요. 그날 밤 아들은 나하고 더이상 한마디도 하지 않았어요.

나는 의사들을 찾아갔어요. 나에게 아들을 돌려주세요! 아들을 구해주세요! 사정 이야기를 다 했죠…… 의사들이 아들을 여기저기 검사하고 진찰했지만 척수 신경근염 외에는 별다른 이상이 발견되지 않았어요.

한번은 집에 왔는데 처음 보는 청년들이 네 명이나 식탁에 앉아 있는 거예요.

―엄마, 나처럼 아프간에 있다 온 친구들이에요. 기차역에서 만났어요. 잘 데가 없어서요.

―피로시키* 구워줄게. 달콤한 걸 넣어서 지금 바로 만들어줄게. 금방 돼.

그 친구들이 우리집에 온 게 왜 그런지 기쁘더군요.

그 청년들은 일주일을 우리집에서 지냈어요. 우리집에서 지내는 동안 세어보지 않아서 정확히는 모르지만, 보드카를 세 상자는 마신 것 같더라고요. 나는 저녁마다 집에서 다섯 명의 낯선 남자를 만나야 했고요. 다섯번째 낯선 이는 바로 우리 아들이었죠…… 나는 그 아이들의 대화를 듣고 싶지 않았어요. 듣기가 겁났어요. 하지만 한집에 있다보니…… 듣고 싶지 않아도 듣게 됐죠. 아이들은 2주씩 매복을 나갈 때마다 각성제를 지급받았다고 했어요. 사람을 더 대담해지게 만드는 약 말이에요. 하지만 그 사실은 모두 비밀에 부쳐졌다고요. 그리고 또 하는 말들이, 사람을 죽이는 데는 이런 무기가 더 효과적이고…… 거리는 이 정도가 적당하고…… 나중에 그 일이 터지고 나자 그때 아이들이 나눴던 대화가 떠오르더군요…… 나는 나중에야 생각해보기 시작했어요. 덜덜 떨

---

* 러시아식 파이로, 안에 고기를 비롯해서 각종 야채와 과일, 생선 등을 넣는다. 경축일이나 명절 때, 손님을 대접할 때 빠짐없이 식탁에 등장하는 단골 메뉴다.

면서 기억해내기 시작했죠. 그전까지는 그저 두려움에 사로잡혀 "아, 이 아이들 모두 제정신이 아니야. 다 정상이 아니야"라고 혼잣말만 했고요.

밤에…… 그러니까 바로 전날 밤…… 우리 아들이 사람을 죽인 날 바로 전에…… 꿈을 하나 꿨어요. 아들을 기다리는데 아무리 기다려도 안 오는 거예요. 그런데 누가 아들을 데리고 와요…… 보니까 그 네 명의 '아프가니스탄 참전 용사'들이더라고요. 그 청년들이 아들을 데려오더니 더러운 시멘트 바닥에 내동댕이쳤어요. 우리집 바닥이 시멘트거든요…… 우리집 부엌 바닥이…… 꼭 감방 바닥처럼요……

그즈음 아들은 무선공학전문대학의 예비학부에 다니고 있었어요. 작문을 잘해서 입학할 수 있었죠. 모든 일이 순조롭게 풀리자 아들은 행복해했어요. 오죽하면 내가 '이제 좀 진정이 되었나보다'라는 생각을 다 했을까요. 대학공부를 하겠지. 결혼도 할 거야. 하지만 저녁만 되면…… 나는 저녁이 오는 게 두려웠어요…… 아들은 앉아서 멍하게 벽만 쳐다봤어요. 안락의자에 앉은 채 잠이 들기도 했고요…… 아들에게 와락 달려들어서 내 몸으로라도 아들이 아무데도 못 가게 막고 싶었어요…… 요즘 자꾸만 아들이 꿈에 나타나요. 어릴 적 모습으로 먹을 것을 달라고 사정을 해요…… 늘 배가 고픈 모습으로 두 손을 내밀죠…… 꿈속에서 아들은 언제나 어린아이 모습으로 비참한 몰골을 하고 있어요. 그럼 실제로는요? 두 달에 한 번씩 면회가 허용돼요. 한 번 가면 유리창을 사이에 두고 네 시간 정도 대화를 나눌 수 있고요……

일 년에 두 번은 감방 안에서 자유롭게 만날 수 있어서 그때마다 아들에게 먹을 걸 가져가요. 그러면 개 짖는 소리가…… 그 개 짖는 소리가 꿈속까지 따라와요. 어디를 가나 쫓아와서 나를 괴롭혀요.

어떤 남자가 나에게 구애를 해왔어요…… 꽃을 가져오고…… 한번은 또 꽃을 가져왔기에 "저리 가요. 나는 살인자의 엄마라고요"라며 막 소리를 질렀죠. 처음에는 아는 사람들을 만날까봐 두렵더라고요. 욕실에 들어가 문을 걸어잠그고 욕실 벽이 무너져내리길 기다린 적도 있어요. 밖에 나가면 거리를 지나는 사람들이 나를 알아보고 가리키면서 자기들끼리 귓속말을 주고받는 것만 같았고요. "그 끔찍한 사건 기억나지…… 저 여자 아들이 죽인 거래. 머리랑 사지를 토막냈잖아. 왜, 그 아프가니스탄식으로……" 그래서 밤에만 외출을 했어요. 이제 밤에 활동하는 새란 새는 모두 알게 됐죠. 우는 소리만 듣고도 어떤 새인지 알아맞힐 정도로요.

심리가 진행되는 데…… 몇 달이 걸렸어요…… 하지만 아들은 끝내 입을 열지 않았죠. 나는 모스크바의 부르덴코 군병원*을 찾아갔어요. 거기서 우리 아들처럼 특수부대에서 복무한 병사들을 만날 수 있었어요. 그 병사들에게 우리 사정을 이야기했어요.

—우리 아들이 살인을 할 만한 이유가 뭘까?

—살인을 했다면, 그럴 수밖에 없는 이유가 있었던 거예요.

나는 스스로 납득할 만한 확신이 필요했어요. 내 아들은 그럴 수밖에 없었다고…… 살인을 할 수밖에 없었다고요…… 그 병사들을 붙잡고 묻고 또 물은 끝에 결국 알게 됐어요. 그럴 만했구나! 죽음에 대해 물었어요…… 아니, 죽음이 아니라 살인에 대해 물었어요. 하지만 그들은 살인에 대한 대화임에도 별 반응을 보이지 않더군요. 피를 못 본 보통 사람이라면 살인이라는 말만 들어도 보이는 그런 반응이 없었어요. 그들은 마치 전쟁터가 사람을 죽이는 게 일과인 여느 직장이라도 되는 것

* 러시아에서 가장 규모가 큰 종합의료센터 중 하나로, 300년 이상의 역사를 자랑하는 군인 전문병원.

처럼 이야기했어요. 병원을 다녀온 후로 한번 더 아프가니스탄 참전 병사들을 만날 기회가 있었어요. 아르메니아에 지진이 났을 때 구조대원들과 함께 아르메니아로 파견된 젊은이들이었죠. 궁금했어요. '저들은 과연 두려움을 느꼈을까? 죽음을 보면서 무슨 생각을 했을까?'라는 의문을 떨칠 수가 없었어요. 아니나 다를까, 그들에게 두려움 따윈 없더라고요. 동정심 같은 건 애초에 말라버렸더군요. 갈가리 찢기고…… 납작하게 찌그러진…… 두개골들, 뼈마디들…… 통째로 흙더미에 파묻힌 학교들…… 교실들…… 앉아서 수업받넌 모습 그대로 땅속으로 사라진 아이들. 그런데 그런 참혹한 상황에서 무슨 얘기들을 한 줄 아세요? 포도주가 가득한 포도주저장소를 발견했다, 이런 코냑을 마셨다, 또 저런 포도주를 마셨다, 그런 말들만 늘어놨어요. 게다가 어디선가 또 지진이 일어났으면 좋겠다는 농담까지 하더라고요. 이왕이면 포도가 자라는, 품질 좋은 포도주가 생산되는 따뜻한 고장이었으면 좋겠다는 둥…… 이게 어디 정상인가요? 제정신이냐고요?

"나는 죽은 그놈을 증오해요." 아들이 얼마 전에 보내온 편지예요. 5년이나 지나서 보내온 편지요…… 거기서 무슨 일이 있었냐고요? 그건 말을 안 해요. 나는 유라라는 그 청년이 아프가니스탄에서 많은 돈을 벌었다고 자랑스레 떠벌리고 다녔다는 것만 알아요. 하지만 나중에 그 청년이 에티오피아에서 복무했다는 사실이 밝혀졌죠. 부사관으로요. 아프가니스탄에 있었다고 거짓말을 한 거예요……

재판정에서 '우리는 지금 환자를 심판하고 있다'고 말한 사람은 변호사가 유일했어요. 변호사 혼자만 '피고석에 앉은 사람은 죄수가 아니라 환자다. 저 사람은 치료가 필요하다'고 했죠. 하지만 7년 전인 당시만 해도 아직 아프가니스탄의 진실들이 밝혀지지 않을 때였어요. 아프가니스탄 참전 병사들을 모두 영웅이라고 치켜세울 때였죠. 용맹한 국제용사* 들이라고요. 우리 아들은 살인자였지만요…… 아들은 다른 이들이 그곳에서 한 일을 여기서 했기 때문에 살인자가 됐어요. 똑같은 일을 두고 다른 이들에게는 메달과 훈장까지 수여했으면서…… 도대체 왜 우리 아들만 심판대에 세운 거죠? 아들을 그곳으로 보낸 사람들은요? 살인을 가르친 그 사람들 말이에요! 나는 아들에게 살인을 가르치지 않았다고요…… (쓰러지듯 주저앉아 비명을 지른다.)

아들은 내 주방용 손도끼로 사람을 죽였어요…… 아침에 도끼를 가져다 다시 찬장에 넣어놓았더군요. 마치 스푼이나 포크를 다시 제자리에 갖다놓은 것처럼……

나는, 아들이 두 다리 없이 돌아온 그 엄마가 부러워요…… 술에 취해 엄마에게 행패를 부려도요. 온 세상을 미워하고…… 짐승처럼 엄마에게 덤벼들어도요. 그 엄마는 아들에게 매춘부를 직접 구해다줘요. 아들이 미치지 않도록요…… 한번은 그 엄마가 직접 아들을 상대하기도 했어요. 아들이 발코니로 기어가 9층에서 몸을 던지려고 했거든요. 나는 뭐든 괜찮아요…… 세상의 모든 엄마들이 부러워요. 아들을 땅에 묻은 엄마들까지도요. 차라리 무덤 옆이 행복했을 거예요. 기꺼이 꽃을 들고 아들 무덤을 찾아다녔을 텐데.

개 짖는 소리 들려요? 개들이 내 뒤를 쫓아와요. 나는 그 소리가 들려요……

어머니

---

* 아프가니스탄 내전에서 공산정권을 위해 싸운 소련의 군인들을 가리킨다.

수첩들에서

(전쟁터에서)

1986년 6월

전쟁 이야기는 더이상 쓰고 싶지 않다…… 또다시 '삶의 철학' 대신 '사라짐의 철학' 안에서 사는 일, 존재하지도 않는 것의 체험을 끝도 없이 수집하는 일 따위는 이제 하고 싶지 않다. 『전쟁은 여자의 얼굴을 하지 않았다』를 마치고, 나는 한동안 아이가 가볍게 다쳐서 코피를 흘리는 것조차 눈뜨고 바라볼 수 없었고, 휴가지에 가서는 저 먼 심해에서 잡혀올라온 물고기를 모래사장에 기분좋게 내동댕이치는 어부들을 피해 달아났으며, 생명이 꺼져가는 물고기의 튀어나온 두 눈에 치미는 구역질을 삼켜야 했다. 우리는 저마다 육체적, 정신적 고통으로부터 자신을 지켜내는 여분의 힘이 있기 마련인데, 나는 그 힘을 바닥까지 싹싹 긁어다 써버렸다. 차에 치인 고양이의 비명소리에 거의 제정신이 아니었고, 비 오는 날 짓밟힌 지렁이만 봐도 얼굴이 홱 돌아갔다. 납작 말라붙은 개구리를 길에서 봤을 때도…… 동물, 새, 물고기 또한 고통의 역사에 대한 권리가 있다는 생각을 한 게 한두 번이 아니었다. 언젠가 사람들은 그 이야기도 쓸 것이다.

그리고 갑자기! 만약 이런 경우를 '갑자기'라고 부를 수 있다면, 7년째 전쟁이 계속되고 있다…… 하지만 우리는 이 전쟁에 대해 아무것도 모른다. 텔레비전에서 전하는 영웅적인 현지보고들 외에는. 머나먼 거기로부터 도착하는, 필통만한 '호루쇼프카*'에는 들어가지도 못할 아연관들이 어쩌다 한 번씩 우리를 화들짝 놀라게 할 뿐. 애도의 예포 소리가 그치면 또다시 정적이 흐른다. '우리는 공정하고 위대하다.' '그리고 언제나 옳다.' 거의 신화에 가까운 우리의 정신력은 한 치의 흔들림도 없이 견고하다. 세계혁명 사상의 마지막 불꽃이 점점 거세게 타오른다…… 그 불길이 집안까지 번졌음에도 알아채는 이가 아무도 없다. 다른 누구네 집이 아니라 바로 내 집에 불길이 옮겨붙었는데 말이다. 고르바초프의 페레스트로이카**가 시작되었다. 우리는 안간힘을 다해 새로운 삶을 향해 달린다. 미래에 우리를 기다리는 건 무엇일까? 인위적인 혼수상태에 빠져 그 숱한 세월을 보낸 후의 우리는 과연 무엇을 할 수 있을까? 우리네 소년들은 머나먼 어딘가에서 무엇을 위한 것인지도 모른 채 죽어가고 있는데……

지금 내 주위 사람들이 하는 말은 무엇인가? 언론매체들이 전하는 말은 또 무엇인가? 모두 우리의 국제 의무와 지정학적 쟁점들에 대해, 강

---

* 호루쇼프 시대, 패널벽이나 인조석으로 단기간에 대량 건축한 5층짜리 아파트.

** 소련의 고르바초프 공산당 서기장이 추진한 개혁정책. 러시아어로 '재편' '재건'을 뜻하며 1985년 4월에 공포되었다.

대국으로서의 우리의 이익과 남쪽 국경들에 대해 말한다. 그리고 사람들은 그 말을 믿는다. 아니, 신뢰한다! 어머니들이, 그것도 바로 얼마 전에 아들의 시신이 담긴 차가운 아연관을 붙잡고 몸부림치던 그 어머니들이 학교들과 군사박물관들을 찾아다니며 '조국 앞에 자신의 의무를 다하라'고 소년들에게 호소한다. 출판 검열국은 전쟁 관련 수기들이 우리 병사들의 비참한 죽음을 언급하진 않나 예의주시하고, 당국은 소련군 '특별파견대*'가 형제 국가에서 다리와 도로와 학교를 건설하고 있다고, 또 마을마다 비료와 밀가루가 원활히 공급되도록 힘쓰고 있다고 우리를 호도한다. 소련의 산부인과 의사들이 아프가니스탄 여인들의 분만을 도와 아이들을 받아내고 있다고 말이다. 귀국한 병사들은 기타를 가지고 학교들을 방문한다. 사실은 비명을 질러야 마땅한 그 일들을 오히려 노래하기 위해서다.

병사 한 명과 꽤 오랫동안 이야기를 나눴다…… 나는 '총을 쏘아야 하는지 말아야 하는지' 두 가지 선택 앞에서 갈등하며 괴로웠던 심경을 듣고 싶었다. 하지만 그 병사에게 그런 갈등은 없어 보였다. 무엇이 좋았을까? 또 나빴던 건 무엇일까? '사회주의의 이름으로' 사람을 죽이는 게 좋았을까? 이 어린 청년들에게 윤리의 경계는 군대의 명령이라는 테두리 안에서 결정된다. 사실, 이들이 우리들보다 더 조심스럽게 죽음을 이야기한다. 바로 이 지점에서 나와 이들 사이의 거리가 드러난다.

어떻게 역사를 살면서 동시에 역사에 대해 쓴단 말인가? 게다가 삶의 작은 조각도, 모든 실존적인 '오물'도 멱살을 잡아 책 속으로 끌어들일

---

* 1979년부터 1989년까지 아프가니스탄 민주공화국에 주둔한 소련 점령군의 명칭.

수가 없는데. 역사 속으로는. 그래서 '시간을 깨부수고' '정신을 잡아채야'만 한다.

"현재의 슬픔은 백 가지 반향을 일으킨다." (셰익스피어, 『리처드 3세』)

……사람이 반 정도 찬 버스정류소 대기실에 장교 한 명이 여행트렁크를 가지고 앉아 있었다. 그리고 군인처럼 머리를 박박 민, 비쩍 마른 소년이 그 옆에 앉아 말린 무화과가 들어 있는 상자를 포크로 마구 쑤셔댔다. 시골 여인네들이 대놓고 그 두 사람 옆에 다가가 앉더니 '어디 가는지, 무슨 일로 가는지, 누구인지' 등등을 꼬치꼬치 캐물었다. 장교는 실성한 병사를 집으로 데려가는 중이었다. "카불*을 떠나고 나서부터 계속 저래요. 삽, 포크, 막대기, 펜 할 것 없이 손에 잡히는 건 뭐든, 그걸로 저렇게 들이파고만 있다니까요." 그때 소년이 고개를 들었다. "숨어야 돼요…… 제가 구덩이를 팔게요…… 오래 안 걸려요…… 우리는 그걸 형제의 묘지라고 불렀거든요. 여러분 모두 다 들어갈 수 있게 커다랗게 팔게요……"

눈을 한가득 메울 만큼 큰 동공을 본 건 그때가 처음이었다……

시립묘지에 와 있다…… 사람들이 수백 명은 모인 것 같다. 묘지 중앙에 관 아홉 개가 놓여 있다. 모두 가장자리에 빨간 사라사천을 두른 관이다. 군인들이 앞으로 나온다. 장군이 애도사를 낭독한다…… 검은 옷을 입은 여인들이 운다. 사람들은 조용히 침묵을 지킨다. 머리를 땋은 여자아이가 관을 붙들고 흐느껴 운다. "아빠! 아빠! 어디 있어? 인형 사다준다고 약속했잖아. 예쁜 인형! 아빠 보여주려고 스케치북에 집도 많이 그리고 꽃도 많이 그렸는데…… 아빠가 올 때까지 기다릴 거

---

* 아프가니스탄의 수도.

야……" 젊은 장교가 아이를 번쩍 안아올려 검은색 '볼가*'로 데려간다. 하지만 아빠를 부르는 아이의 목소리는 그러고도 한참 우리의 귓전을 울린다. "아빠! 아-빠…… 우리 아-빠……"

장군이 앞으로 나온다…… 검은 옷을 입은 여인들이 흐느낀다. 우리는 침묵한다. 그런데 우리는 왜 침묵하는가?

나는 침묵하고 싶지 않다…… 그렇지만 전쟁 이야기는 더이상 쓸 수가 없다……

1988년 9월

9월 5일

타슈켄트. 공항은 후덥지근하고 참외 냄새로 가득하다. 이건 아예 공항이 아니라 참외밭이다. 한밤 두시. 야생동물이나 다름없는 뚱뚱한 길고양이들이 겁도 없이 택시 밑으로 달려든다. 아프가니스탄 고양이들이란다. 휴양지에서 검게 그을려 돌아온 인파들 사이로, 나무상자들과 과일바구니들 사이로 어린 병사들이 목발을 짚고 껑충껑충 뛰어다닌다. 이 소년들에게 눈길을 주는 이는 아무도 없다. 이미 익숙해진 탓이다. 소년 병사들은 바닥에 낡은 신문지나 잡지를 깔고 그 위에서 잠도 자고 음식도 먹는다. 몇 주씩 그렇게 지내도 고향으로 가는 표를 살 수가 없다. 사라토프**, 카잔***, 노보시비르스크****, 키예프…… 저들은 어디에서

---

* 구소련산 중형 승용차.

** 러시아 사라토프 주의 주도로, 러시아 서남부 볼가 강 중간 유역에 위치한 항구도시.

*** 러시아 타타르스탄 자치공화국의 수도.

불구의 몸이 되었을까? 그들은 거기서 무엇을 지키려 했을까? 사람들은 무심하기만 하다. 어린 남자아이만 두 눈을 휘둥그레 뜨고 병사들에게서 시선을 떼지 못한다. 술 취한 여자 걸인이 어린 병사 한 명에게 다가갔다.

—이리 와…… 내가 돌봐줄게……

병사는 목발을 흔들어 여자를 쫓아버렸다. 하지만 여자는 개의치 않고 뭔가 애틋하고 다정한 말을 보탰다.

내 옆에 장교들이 앉아 있다. 자기들끼리 이야기를 나눈다. 우리 소련에서 만드는 의수나 의족이 얼마나 형편없는지, 장티푸스, 콜레라, 말라리아, 그리고 간염. 전쟁 초기에는 우물도, 야외취사장도, 목욕할 곳도 없었단다. 심지어 식기를 씻을 도구도 없었다고. 이어서 누구는 '비디오리코더'를 가져왔네, 누구는 '샤프'나 '소니'를 가져왔네 하며 누가 무엇을 가지고 왔는지로 대화의 화제가 옮겨간다. 휴가지에서 돌아온, 깊이 파인 원피스를 입은 예쁜 아가씨들을 바라보던 장교들의 눈길이 잊히지 않는다.

카불로 향하는 군용비행기를 기다린 지 한참이다. 기계장비들 먼저 실은 다음에 사람을 태운다고 한다. 기다리는 사람이 100여 명은 돼 보인다. 모두 군인들이다. 놀랍게도 여자 군인들도 꽤 많이 눈에 띈다.

그들이 나누던 대화의 일부.

—나는 귀가 점점 안 들려. 맨 먼저 소리 높여 노래하는 새소리가 안 들리더라고. 머리에 입은 좌상 때문이지…… 예를 들어, 노랑촉새 소리는 전혀 못 들어. 녹음기에 노랑촉새 소리를 녹음해놓고 최대한 볼륨을

**** '새로운 시베리아'란 뜻을 가진 러시아 제3의 도시이자 시베리아 최대의 공업도시.

높여야 해……

—총을 쏘았는데 나중에 보니까 여자나 어린아이라면? 누구나 다 하나씩은 악몽이 있는 법이지……

—있잖아, 글쎄 나귀가 총탄이 쏟아질 때는 가만히 누워 있더니 총소리가 잠잠해지니까 벌떡 일어나는 거야.

—소련으로 돌아가면 우리는 뭘 하며 살까? 몸 파는 여자? 그렇게 되기가 쉽겠지. 작은 아파트라도 하나 장만할 만큼 돈을 벌면 좋으련만. 남자들? 남자들이 뭐? 하나같이 술이나 퍼마시겠지.

—장군이 국제 의무가 어떻고, 남쪽 국경 수비가 어떻고 하더라고. 그러고는 자기가 감동받아 눈물을 글썽이는 거야. "우리 병사들에게 사탕을 가져다주게. 아직 아이들이라네. 최고의 선물은 사탕이야."

—젊은 장교였어. 다리 하나를 잘라냈다는 걸 알고는 울더라고. 얼굴이 꼭 여자애처럼 하얗고 뺨이 발그레했는데. 처음에는 시신이 무서웠어. 특히 다리가 없거나 팔이 없는 시신. 하지만 시간이 지나니까 익숙해지더라고……

—우리 병사들이 포로로 잡힐 때가 있거든. 그럼 놈들이 우리 병사들 팔다리를 자르고 과다출혈로 죽지 않게만 지혈기로 싸맨 다음 그대로 버려두는 거야. 우리더러 몸통만 데려가라는 거지. 그 병사들은 차라리 죽겠다고 하는 걸 억지로 치료를 받게 해. 하지만 퇴원해도 집으로는 돌아가지 않으려고들 하지……

—세관에서 텅 빈 내 여행가방을 보더니 묻더라고. "뭘 가져가는 거요?" "가져가는 거 없는데요." "아무것도 없다고?" 믿지를 않는 거야. 팬티까지 벗겨 뒤지더라니까. 다른 사람들은 여행가방 두세 개씩은 들고들 왔거든.

비행기 안, 내 자리는 쇠사슬로 꽁꽁 싸맨 장갑수송차 옆이었다. 다행히 내 근처에 앉은 소령은 술에 취하진 않은 것 같았다. 나머지 사람들은 모두 거나하게 취해 있었다. 좀 떨어진 마르크스 흉상(사회주의 선도자들의 초상화며 흉상들이 포장도 되지 않은 채 가득 쌓여 있었다) 위에 누군가 잠들어 있었다. 비행기 안에는 무기 외에도 소비에트 의전 행사에 빠져서는 안 될 물건인 붉은 깃발이며 붉은색 띠들이 함께 실려 있었다……

사이렌 소리……

—기상! 자다가 하늘나라 구경거리를 놓치고 싶지는 않겠지? 카불 상공을 지나고 있다.

비행기에서 내릴 시간이었다.

……요란한 대포 소리. 기관단총을 들고 방탄복을 입은 순찰병들이 통행허가증을 요구한다.

전쟁 이야기는 정말이지 쓰고 싶지 않았다. 하지만 나는 지금 진짜 전쟁터에 와 있다. 사방이 전쟁의 사람들이고, 전쟁의 물건들이다. 전쟁의 시대다.

9월 12일

타인의 용기와 모험을 자세히 들여다보는 행위에는 뭔가 부도덕한 것이 있다. 어제 다들 아침을 먹으러 식당으로 가는 길에 보초병과 잠깐 인사를 나누었다. 그리고 삼십 분 후, 그 보초병은 우연히 수비초소로 날아든 박격포탄 파편에 맞아 목숨을 잃었다. 나는 온종일 그 소년의 얼굴을 떠올려보려고 애를 썼다……

이곳에서는 기자들을 이야기꾼이라고 부른다. 작가들 역시 마찬가지다. 우리 작가 그룹은 나만 빼고 모두 남자들이다. 이들은 지체 없이 전선으로 달려간다. 전투가 벌어지는 곳도 마다하지 않는다. 그들 중 한 명에게 물었다.

—무엇 때문이죠?

—재미있어요. 나중에 살랑*에도 다녀올 거예요. 총도 한번 쏴봐야죠.

전쟁은 남성성의 산물이라는 느낌을 떨칠 수가 없다. 나로선 많은 부분이 이해 불가다. 하지만 전쟁에 딸려오는 일상의 부속물들은 방대하다. 아폴리네르**는 말했다. "아, 전쟁은 얼마나 아름다운가."

전쟁터에서는 모든 것이 다른 존재가 된다. 나도, 자연도, 당신의 생각도. 인간의 생각이 얼마나 잔혹할 수 있는지 깨달았다.

어디를 가든지 묻고 듣는다. 병영에서, 식당에서, 축구장에서, 저녁때 춤추는 곳에서 뜻밖에도 평화로운 일상의 모습들과 마주친다.

—표적을 똑바로 겨누어 맞히자 사람의 두개골이 산산조각 나는 게 보였어요. 순간, '내가 처음 죽인 사람이야'라는 생각이 들더군요. 전투가 끝나면 늘 부상당하거나 전사한 병사들이 여기저기에 쓰러져 있어요. 하지만 다들 하나같이 아무 말이 없죠…… 시가전차가 나오는 꿈을 꾸곤 해요. 시가전차를 타고 집으로 가는 꿈을요…… 좋아하는 기억이 있어요. 엄마가 피로시키를 구워주던 거요. 집안 가득 달콤한 밀가루 반죽 냄새가 퍼지고……

—꽤 괜찮은 녀석하고 친하게 지내요…… 그런데 나중에 녀석의 내

---

* 힌두쿠시산맥에 위치한, 아프가니스탄의 전략적 요충지.

** 기욤 아폴리네르(1880~1918). 프랑스 시인이자 평론가.

장이 돌 위에 축 늘어져 있는 걸 보게 되면…… 복수하고 싶어지죠.

—카라반*을 기다려요. 한번 매복을 나가면 보통이 이삼일이에요. 뜨거운 모래 속에 누워서, 필요하면 그대로 용변도 봐야 하죠. 그렇게 삼 일이 지날 때쯤이면 거의 정신이 나가요. 증오심이 머리 꼭대기까지 차올라서 제일 먼저 나타난 대열에 미친듯이 총질을 하게 되죠. 총격을 마치고, 모든 게 끝난 후에야 깨달아요. 카라반은 그저 바나나와 잼을 운송중이었다는 걸요. 그래서 다 먹어치웠어요. 평생 먹고도 남을 그 많은 양의 단것을요……

—'두흐**'들을 포로로 붙잡았아요…… 그럼 정보를 캐내기 위해 신문을 해요. "보급창고는 어디에 있지?" 대답을 안 해요. 두 명을 헬리콥터에 태웠어요. "어디냐고? 말해." 역시 대답을 안 해요. 그래서 한 명을 바위 절벽으로 던져버렸어요……

—전쟁터에서 여자를 안는 것과 전쟁 후에 안는 건 확연히 달라요…… 전쟁터에서는 다들 꼭 여자와 처음 잠자리를 갖는 것처럼……

—'그라드***'가 불을 뿜고…… 박격포탄들이 날아다니고…… 그런 긴박한 상황 속에서 드는 생각은 딱 하나예요. '살아야 해! 살아야 해! 살아야 해!' 상대방이 당하는 고통 따위는 알지도 못할뿐더러 알려고도 하지 않죠. 살아남는 것, 오로지 그거 하나예요. 살아야 해!

스스로 자신에 대한 모든 진실을 이야기한다는 것, 그건 푸시킨에 따

---

* 대상(隊商). 사막이나 초원처럼 교통수단이 미비한 지방에서 낙타나 말 등에 짐을 싣고 다니면서 거래하는 상인 집단.

** 아프가니스탄의 무장 게릴라 조직 '무자헤딘'의 조직원을 가리키는 말로, '두시만'의 줄임말.

*** BM-21 그라드. 소련의 다연발 로켓시스템.

르면, 물리적으로 불가능한 일이다.

전쟁터에서는 의식을 살짝 딴 데로 돌리고 여러 곳으로 분산시켜야 살아남을 수 있다. 하지만 주변에서 일어나는 죽음은 터무니없고 갑작스럽다. 죽음에 고매한 의미 같은 건 없다.

……탱크 위에 붉은색 페인트로 쓰여 있는 말. "말킨의 원수를 갚자."

길 한가운데 젊은 아프가니스탄 여인이 죽임을 당한 아이 앞에 무릎을 꿇고 앉아 울부짖고 있었다. 그 울부짖음은 상처 입은 짐승한테서나 들을 수 있는 소리였다.

우리는 갈아엎어놓은 들판처럼 초토화된 마을들 옆을 지나갔다. 얼마 전까지만 해도 사람이 살았던 집들이 볼썽사나운 흙더미로 변해버린 그 모습은, 언제 총알이 날아들지 모르는 그곳의 어둠보다 더 무서웠다.

병원에서 나는 헝겊으로 된 곰인형을 아프가니스탄 소년의 침대 위에 올려놓았다. 소년은 이로 장난감을 집어들었고 또 웃음을 지으며 가지고 놀았다. 소년은 두 팔이 없었다. "당신네 러시아인들이 우리 아이를 이렇게 만들었어요." 아이의 엄마가 러시아어 통역을 통해 내게 말했다. "당신도 자식이 있나요? 아들이에요, 딸이에요?" 그녀의 말 속에 공포와 용서하는 마음, 둘 중 어느 것이 더 많은지 가늠이 되지 않았다.

무자헤딘들이 우리 포로한테 저지른 잔혹한 짓들에 대해 이야기한다. 마치 중세시대 같다. 그리고 이곳은 실제로도 다른 시대다. 그들의 달력은 14세기를 가리키고 있으므로.

레르몬토프*의 『우리 시대의 영웅』**에서 막시미치는 벨라의 아버지를 칼로 베어 죽인 산악 원주민의 행동을 "당연히, 그 사람의 행동은, 그들 방식에서는 전적으로 옳았다"고 평가한다. 비록 러시아인의 관점에서는 짐승 같은 행동이지만 말이다. 작가는 러시아인의 놀라운 특성을 잘 짚어냈다. 다른 민족의 입장에 서서 '그들의 방식으로' 사물을 바라보는 러시아인의 능력 말이다.

그런데 지금은……

9월 17일

날마다 사람이 아래로 추락하는 것을 본다. 그리고 아주 가끔 위로 비상하는 것도.

도스토옙스키의 소설에 나오는 이반 카라마조프는 말한다. "짐승은 결코 사람처럼 잔인해질 수 없습니다. 그처럼 교묘하게, 그처럼 예술적으로 잔인하지는 않죠."

그렇다, 나는 우리가 이 사실에 귀 막고 눈감고 싶어하지는 않은지 의심이 든다. 하지만 모든 전쟁에서 사람들은, 누가 어떤 명분으로 일으켰든지, 그 사람이 율리우스 카이사르든 이오시프 스탈린이든, 결국 서로를 죽인다. 그건 살인이다. 하지만 우리는 으레 이 점을 간과한다. 심지어 무슨 이유인지, 학교들조차 순수한 의미의 애국심이 아니라 군사적 애국심을 가르친다. 사실 '무슨 이유인지'라고는 했지만, 군사 사회주의, 군사 국가, 군사적 사고. 이유는 자명하지 않은가?

사람을 대상으로 그런 실험을 해서는 안 되는 거다. 사람은 그런 실험

---

* 미하일 유리예비치 레르몬토프(1814~1841). 러시아에서 푸시킨에 비견할 만하다고 평해지는 위대한 시인이자 소설가.

** 레르몬토프의 장편소설. 주인공인 젊은 귀족 장교 페초린을 통해 당시 러시아 사회에 만연한 지성인들의 위선과 귀족들의 속물근성을 보여준다.

을 견디지 못한다. 의학에서는 그것을 '급성 경험'이라고 한다. 다시 말해, 생체 실험.

저녁에 호텔 맞은편에 위치한 병사용 기숙사에서 카세트플레이어를 틀었다. 나도 '아프가니스탄' 노래에 귀를 기울였다. 아직 아이 티를 벗지 못한 걸걸한 목소리들이 비소츠키*의 노래를 따라 불렀다. "태양이, 거대한 폭탄처럼 마을 위로 뚝 떨어졌네" "나는 영광 따위 필요치 않아. 살아남고 싶을 뿐, 그게 최고의 포상이지" "무엇 때문에 우리는 사람을 죽이는 걸까? 그리고 우리는 또 왜 죽임을 당하는 걸까?" "봐, 벌써 사람들 얼굴이 생각 안 나잖아" "아프가니스탄, 너는 우리의 임무 그 이상이며, 너는 우리의 우주" "외다리 사람들, 거대한 새처럼 바닷가에서 외다리로 껑충거리네" "죽은 자는 이제 그 누구의 것도 아니야. 얼굴에 증오 따윈 사라졌다네".

밤에 꿈을 꾸었다. 우리 병사들이 소련으로 떠나는 자리, 그들을 배웅하는 인파 속에 나도 끼어 있다. 한 소년에게 다가가지만 아이는 혀가 없어 말을 못한다. 포로로 붙잡히는 바람에 그리됐단다. 아이의 여름 군복 아래로 환자복 바지가 삐죽이 나와 있다. 내가 소년에게 뭔가 묻지만 소년은 제 이름만 쓸 뿐이다. "바네치카······ 바네치카······" 바네치카······ 아이의 이름이 너무도 또렷이 떠오른다. 소년의 얼굴이 낮에 잠깐 이야기를 나눈 청년을 닮은 것도 같다. 그 청년은 한 가지 말만 되뇌었다. "엄마가 집에서 나를 기다려요."

우리는 차를 타고 쥐죽은듯 고요한 카불의 작은 거리들을 지나갔다.

---

* 블라디미르 비소츠키(1938~1980). 구소련 배우이자 가수, 싱어송라이터로 공산주의 독재체제를 비판하고 억눌린 인민들의 삶을 대변하는 저항가요들을 토해내는 듯 독특한 창법으로 불렀다.

카불 시내 곳곳에 익숙한 포스터들이 내걸려 있다. "찬란한 미래는 공산주의" "카불은 평화의 도시" "민중과 당은 하나다". 우리의 인쇄소에서 제작된 우리의 포스터들이다. 우리의 레닌은 여기서도 한 손을 높이 치켜들고 있다……

모스크바에서 온 영화 촬영팀과 우연히 인사를 나누게 되었다.

그들은 '검은 튤립*'을 비행기에 싣는 장면을 촬영하고 있었다. 시선을 아래로 향한 채 그들이 넌지시 알려준다. "시신들에게 주로 승마용 바지와 1940년대의 낡은 군복을 입히는데, 이마저도 부족할 때가 종종 있어서 아무것도 입히지 못하고 알몸으로 관에 눕히기도 한다"고. 낡은 판자들에 녹슨 못들…… "새로 들어온 시신들은 이송 전까지 냉장실에 보관해요. 안 그러면 상한 수퇘지 냄새가 나거든요."

만약 내가 이 이야기를 쓴다면 사람들은 내 말을 믿을까?

9월 20일

전투를 보았다……

병사 셋이 전사했다…… 저녁 식사 자리, 어느 누구 하나 오늘의 전투나 전사한 전우들 이야기는 꺼내지 않는다. 자신들 옆 어딘가에 동료들이 죽어 누워 있음에도 말이다.

살인을 하지 않는 것도 사람의 권리다. 살인을 배우지 않는 것 역시 사람의 권리다. 하지만 어느 나라 헌법에도 이런 권리는 명시되어 있지 않다.

---

* 시체 운반용으로 쓰이는 지퍼 달린 포대를 말한다.

전쟁은 현실 세계이지 연극이 아니다…… 여기는 모든 게 다르다. 경치도, 사람도, 그리고 사람들이 하는 말도. 전쟁 연극의 한 장면이 기억난다. 탱크가 쓰윽 방향을 틀면서 지휘관의 명령이 쩌렁쩌렁 울린다…… 어둠 속에서 환하게 공중을 가르는 총탄들……

미래를 생각하는 것처럼 죽음을 생각하기. 죽음을 생각하고 죽음을 목격하면 시간이 지날수록 뭔가가 달라진다. 죽음의 공포와 나란히 있다보면 묘하게 죽음에 끌리는 것을 느끼게 된다……

일부러 뭔가를 생각해낼 필요가 없다. 위대한 책들의 편린들이 사방에 넘쳐나니까. 한 사람 한 사람 속에.

소년들이 하는 이야기를 듣다보면 이 아이들의 도전적이다 싶을 만큼 천진난만한 모습에 깜짝깜짝 놀랄 때가 많다. 하기야 얼마 전까지 소련에서 9학년에 다니던 아이들이지 않은가. 하지만 나는 이 소년들과 사람 대 사람으로서 진솔한 대화를 나누고 싶다.

그러나 언어의 문제가 있다. 우리는 어떤 언어로 자신과, 그리고 다른 사람과 대화하는가? 나는 구어체가 좋다. 구어체는 어디에도 얽매이지 않고 자유롭다. 구어체 안에서는 통사도 억양도 악센트도 다 자유롭게 노닐고 흥겹다. 감정이 정확하게 살아난다. 나는 사건이 아니라 감정의 발자취를 좇는다. 사건이 아니라 바로 우리의 감정의 변화들을 주시한다. 내가 하는 이 일은 어쩌면 역사가의 작업과 비슷할지도 모르겠다. 하지만 나는 흔적을 남기지 않은 사람들의 발자취를 좇는 역사가다. 거대한 사건들은 어떻게 전개되는가? 거대한 사건들은 역사 속으로 계속 전진해들어간다. 하지만 여기 이 작은 사건들, 그러나 작지만 작은 사람에게는 더없이 중요한 이 사건들은 흔적도 없이 사라진다. 오늘 한 소년(가냘프고 병약한 모습 때문에 병사처럼 보이지 않는다)이 동료들과 함께 적을 살해한 이야기를 들려주었다. 낯설고 어색했지만 흥분도 되더란다. 적을 향해 얼마나 무섭게 총을 쏘아댔는지 모른단다.

과연 이런 사건이 역사의 한자리를 차지할 수 있을까? 내가 필사적으로 매달리는 일은 늘 그렇듯 딱 한 가지다. 나는 (책에서 책으로 넘어다니며) 필사적으로 오직 한 가지 일에만 매달린다. 역사를 사람의 크기로 작게 만드는 일.

전쟁터에서 전쟁 이야기를 쓰는 건 불가능하다고 생각했다. 연민과 증오심과 육체적 고통과 우정이 방해가 될 거라고 생각했다⋯⋯ 그리고 집에서 부쳐온 편지도. 편지를 받고 나면 미치도록 살고 싶어질 테니까. 적을 죽일 때면 되도록 상대방의 눈을, 심지어 낙타의 눈도 보지 않기 위해 애를 쓴다고 한다. 여기는 무신론자가 없다. 모두 미신을 믿기 때문이다.

나더러 직접 총을 쏜 것도 아니고 적의 총구를 마주하고 섰던 것도 아니면서 어떻게 전쟁에 대한 책을 쓸 수 있느냐고 야단들이다. (특히 장교들이. 병사들은 덜하다. 어쩌면 내가 총을 쏴보지 않았다는 사실이 더 잘된 일은 아닐까?)

전쟁을 생각하는 것만으로도 고통을 느끼는 그런 사람은 어디에 있을까? 사실 그런 사람을 본 적이 없다. 그런데 어제 사령부 근처에서 죽은 새를 보았다. 처음 보는 새였다. 이상한 일이었다⋯⋯ 군인들이 그 죽은 새에게 다가가 "무슨 새지?"라며 궁금해한 것이다. 새를 딱하게 여기면서.

망자들의 얼굴에 뭔가 열의 같은 게 어려 있다…… 전쟁터에서 물, 담배, 빵, 이런 평범한 것들에 집착하는 병사들의 광기가 나는 여전히 낯설고 불편하다…… 특히 주둔지에서 나와 산으로 이동할 때 이 집착은 더 심해진다. 산 위에서 사람은 자연과도 사건과도 일대일로 마주하게 된다. 총알이 그냥 옆으로 스쳐갈까 아니면 나를 맞힐까? 나 아니면 그, 둘 중 누가 먼저 총을 쏘게 될까? 산에서는 사람이 사회 구성원 중 하나가 아닌, 자연의 일부로 보이기 시작한다.

소련의 텔레비전들은 우리 병사들이 우정의 가로수 길에 나무를 심는 장면을 내보낸다. 정작 아프간에 있는 사람들은 본 적도 없는 가로수 길이고, 나무를 심는 사람도 없는데 말이다……

도스토옙스키의 소설 『악령』에 나오는 구절이다. "확신과 인간. 이 둘은, 많은 부분에서 서로 다르다…… 모두가 다 잘못이다…… 모든 사람들이 이 사실을 분명히 인식할 수 있다면!" 도스토옙스키는, 인류는 문학과 과학에서 규정하는 것보다 자신에 대해 더 많이, 훨씬 더 많이 알고 있다고 생각했다. 그리고 이 생각은 자신의 것이 아니라 블라디미르 솔로비요프*의 생각이라고 밝혔다.

만약 도스토옙스키를 읽지 않았다면, 나는 엄청난 절망에 빠졌을 것이다……

* 1853~1900. 러시아 철학자이자 시인, 문명 비평가.

9월 21일

어딘가 멀리서 '그라드'가 으르렁 불길을 토해낸다. 거리가 상당한데도 소름이 끼친다.

20세기 들어 두 차례의 세계대전과 무수한 죽음의 희생을 치르고 난 지금, 아프가니스탄 전쟁처럼 규모가 작은 전쟁을 책으로 써내기 위해서는 이전과는 다른 견지의 윤리적이고도 형이상학적인 접근이 절대적으로 필요하다. 그건 반드시 작고, 개인적인, 그리고 개별적인 것이어야 한다. 그건 바로 단 한 사람, 누군가에게는 유일한 존재인 그 한 사람이다. 국가가 필요로 하는 많은 사람 중 어느 한 명이 아니라 어머니에게, 아내에게 소중한 그 한 사람. 아이에게도. 어떻게 해야 우리는 정상적인 시각을 되찾을 수 있을까?

자연과 역사 사이, 동물과 언어 사이를 연결하는 매개체로서의 육체, 사람의 육체 역시 흥미롭다. 육체의 사소한 것 하나하나가 다 중요하다. 피가 햇빛을 받으면 어떻게 변하는지, 죽음을 앞둔 사람은 어떤 모습을 보이는지…… 삶은 이미 그 자체로 우리의 상상을 초월할 만큼 예술적이다. 그리고 잔인한 소리처럼 들릴지 모르지만, 인간의 고통은 더욱 예술적이다. 예술의 어두운 이면이다. 실제로 어제 나는 병사들이 흩어진 살점들을 주워모으는 장면을 보았다. 대전차용 지뢰에 온몸이 갈가리 찢겨서 죽은 전사자들의 살점이었다. 굳이 가보지 않아도 됐지만, 갔다. 글을 써야 하므로. 그리고 지금 이렇게 쓰고 있다……

그래도 역시 묻는다. 정말 가야 했을까? 장교들이 내 등뒤에서 비웃는 소리가 들렸다. "숙녀분께서 혼비백산하셨다면서." 그곳까지 따라나

서긴 했지만, 나는 어떤 용감한 모습도 보여주지 못했다. 그대로 기절하고 말았으니까. 더위 때문이었는지 충격 때문이었는지 나도 모르겠다. 나는 그저 솔직하고 싶을 뿐이다.

9월 23일

헬리콥터에 올랐다…… 하늘에서, 미리 준비해놓은 수백 개의 아연관들을 보았다. 아연관들은 햇빛을 받아 아름답고도 무섭게 빛났다.

뭔가 비슷한 것을 맞닥뜨리면 곧장 머릿속에 드는 생각. '문학은 자신의 한계 속에서 숨막혀한다……' 모사模寫와 사실만으로는 눈에 보이는 것밖에 표현하지 못한다. 단순히 사실에 대한 세세한 보고만 듣고자 하는 사람이 있을까? 뭔가 다른 게 필요하다…… 진짜 삶에서 뽑아온, 기억 속에 아로새겨진 삶의 순간들이 필요하다……

9월 25일

나는 여기서 자유의 사람이 되어 돌아갈 것이다…… 이곳에서 우리가 자행하는 일을 목격하기 전까지 나는 자유로운 사람이 아니었다. 두렵고 외로웠다. 돌아가면 이제 더이상 군사박물관 따위는 찾지 않을 거다.

• • •

책에는 실명을 싣지 않는다. 몇 사람은 자신들의 고해성사를 비밀에 부쳐달라고 부탁해왔고, 또 어떤 이들은 모든 걸 잊고 싶어했다. 톨스토이의 말처럼 '사람은 물처럼 흘러가는 존재'라는 사실을 잊으려 한다.

사람 안에 모든 것이 있다.

하지만 일기장에는 이름들을 간직해두었다. 어쩌면 언젠가 나의 주인공들이 세상이 자신들을 알아주기를 바라게 될지도 모르니까.

세르게이 아미르하냔, 대위; 블라디미르 아가포프, 대위, 포병 지휘관; 타티야나 벨로제르스키흐, 민간인 복무자; 빅토리야 블라디미로브나 바르타셰비치, 전사한 사병 유리 바르타셰비치의 어머니; 드미트리 바브킨, 사병, 대포 조준수; 사이야 예멜리야노브나 바부크, 전사한 간호사 스베틀라나 바부크의 어머니; 마리야 테렌티예브나 보브코바, 전사한 사병 레오니드 보브코프의 어머니; 올림피아다 로마노브나 바우코바, 전사한 사병 알렉산드르 바우코프의 어머니; 타이시야 니콜라예브나 보구시, 전사한 사병 빅토르 보구시의 어머니; 빅토리야 세묘노브나 발로비치, 전사한 대위 발레리 발로비치의 어머니; 타티야나 가이셴코, 간호사; 바딤 글루시코프, 대위, 통역관; 겐나디 구바노프, 대위, 비행기 조종사; 인나 세르게예브나 갈로브네바, 전사한 대위 유리 갈로브네프의 어머니; 아나톨리 데베티야로프, 소령, 포병연대 선전원; 데니스 L., 사병, 척탄병*; 타마라 도브나르, 전사한 대위 표트르 도브나르의 아내; 예카테리나 니키티치나 플라티치나, 전사한 소령 알렉산드르 플라티친의 어머니; 블라디미르 예로호베츠, 사병, 척탄병; 소피야 그리고리예브나 주라블레바, 전사한 사병 알렉산드르 주라블레프의 어머니; 나탈리야 제스톱스카야, 간호사; 마리야 오누프리예브나 질피가로바, 전사한 사병 올레크 질피가로프의 어머니; 바딤 이바노프, 대위, 공병소대 지휘관; 갈리나 표도로브나 일첸코, 전사한 사병 알렉산드르 일첸코의 어머

* 수류탄 투척을 주요 임무로 하는 보병.

니; 예브게니 크라스니크, 사병, 기갑차 조준수; 콘스탄틴 M., 군대 고문; 예브게니 코텔니코프, 특무상사, 정보부대 위생사관; 알렉산드르 코스타코프, 사병, 통신병; 알렉산드르 쿱신니코프, 대위, 박격포소대 지휘관; 나데즈다 세르게예브나 코즐로바, 전사한 사병 안드레이 코즐로프의 어머니; 마리나 키셀레바, 민간인 복무자; 타라스 케츠무르, 사병; 표트르 쿠르바노프, 소령, 산악보병중대 지휘관; 바실리 쿠비크, 부사관; 올레크 렐류셴코, 사병, 척탄병; 알렉산드르 렐레트코, 사병; 세르게이 로스쿠토프, 군외과의; 발레리 리시체노크, 하사관, 통신병; 알렉산드르 라브로프, 사병; 베라 리센코, 민간인 복무자; 아르투르 메틀리츠키, 사병, 척후병; 예브게니 스테파노비치 무호르토프, 소령, 대대장, 그리고 그의 아들 안드레이 무호르토프, 소위; 리디아 예피모브나 만케비치, 전사한 하사관 드미트리 만케비치의 어머니; 갈리나 믈랴바야, 전사한 대위 스테판 믈랴비의 아내; 블라디미르 미홀라프, 사병, 박격포병; 막심 메드베데프, 사병, 비행 조준수; 알렉산드르 니콜라옌코, 대위, 헬리콥터 편대 지휘관; 올레크 L., 헬리콥터 조종사; 나탈리야 오를로바, 민간인 복무자; 갈리나 파블로바, 간호사; 블라디미르 판크라토프, 사병, 척후병; 비탈리 루젠체프, 사병, 운전병; 세르게이 루사크, 사병, 전차병; 미하일 시로틴, 대위, 비행기 조종사; 알렉산드르 수호루코프, 대위, 산악보병소대 지휘관; 티모페이 스미르노프, 하사관, 포병; 발렌티나 키릴로브나 산코, 전사한 사병 발렌틴 산코의 어머니; 니나 이바노브나 시델니코바, 어머니; 블라디미르 시마닌, 중령; 토마스 M., 하사관, 보병소대 지휘관; 레오니드 이바노비치 타타르첸코, 전사한 사병 이고리 타타르첸코의 아버지; 바딤 트루빈, 하사관, 특수부대 전투원; 블라디미르 울라노프, 대위; 타마라 파데예바, 의사이자 세균학자; 류드밀라 하리톤치크, 전사한 대위 유리 하리톤치크의 아내; 안나 하카스, 민간인 복무자; 발레리 후다코프, 소령; 발렌티나 야코블레바, 부사관, 비밀부대 지휘관……

첫째 날

"많은 사람이
내 이름으로 와서 이르되……"*

* 신약성서 마태복음 24장 5절.

아침부터 전화벨이 총소리처럼 요란하게 울렸다.

—내 말부터 들어!

전화를 건 사람은 자신의 신분도 밝히지 않은 채 다짜고짜 언성부터 높였다.

—당신이 쓴 그 악의적이고 더러운 글을 읽었어. 경고하는데, 앞으로 또 그런 글을 단 한 줄이라도 쓰는 날에는……

—누구시죠?

—당신 글에 나오는 사람들 중 한 명이지. 국가에서 우리를 다시 부를 거야. 불러서 우리 손에 다시 무기를 쥐여줄 거라고. 우리가 가서 질서를 바로잡아야 하거든. 당신은 곧 당신이 한 일에 대해 모든 책임을 져야 할걸. 당신들 이름이나 대문짝만하게 싣지그래? 필명이나 쓰면서 뒤로 숨는 주제에 말이야. 나는 평화주의자들이 정말 싫어. 당신이 완

전군장을 하고 산에 올라봤어? 아니면 영상 50도가 넘는 날씨에 장갑수송차에 타보기를 했어? 밤마다 사막 가시식물의 고약한 냄새를 맡아봤느냐고? 아니겠지…… 아니지…… 그러니까 우리를 건드리지 마! 이건 우리 일이야! 대체 당신이 왜? 당신 같은 여인네는 애나 낳으면 되잖아!

—왜 당신 이름은 밝히지 않는 거죠?

—우리를 내버려두라니까! 친형제나 다름없을 만큼 친한 친구가 있었어. 그런 친구를 내가 전장에서 비닐자루에 담아왔어…… 머리 따로 팔다리 따로…… 살가죽은 수퇘지처럼 전부 벗겨지고…… 시신은 몸통이 갈기갈기 찢겼다고…… 바이올린을 연주하고 시를 쓰던 친구였는데…… 글을 써도 그 친구가 써야지, 당신이 아니라…… 친구의 어머니는 장례를 치르고 이틀 후에 정신줄을 놔버렸어. 밤에 공동묘지에서, 아들 무덤 옆에서 잠을 잤지. 겨울엔 눈 속에서 자고. 그런데 당신이! 당신이 감히…… 이 일에서 당장 손을 떼! 우리는 병사였고, 그곳으로 가라기에 갔을 뿐이야. 우리는 명령을 수행했을 뿐이라고. 나는 군인의 명예를 걸고 선서를 했어. 무릎을 꿇고 국기에 입을 맞췄어.

—"너희가 사람의 미혹을 받지 않도록 조심하라. 많은 사람이 내 이름으로 와서 이르되." 신약성서 마태복음에 나오는 구절이에요.

—다들 서로 잘났다지! 10년 만에 다들 어찌나 똑똑해졌는지. 당신네는 깨끗한 사람으로 남고 싶다? 그럼 우리는 더러운 사람들이라는 말이네…… 당신은 총알이 어떻게 날아오는지도 모르잖아. 자동소총을 손에 쥐어본 적도 없고…… 당신네 그 신약성서 따위가 나랑 무슨 상관인데! 나는 내 진실을 비닐자루에 담아왔어…… 머리 따로 팔 따로…… 다른 진실 따윈 없어……

그리고 들려오는 뚜뚜 전화 신호음, 꼭 먼 곳에서 울리는 폭발음을 닮았다.

어쨌든 나는 우리가 대화를 제대로 하지 못해 유감이다. 어쩌면 이 사람이 내 책의 주인공이 될 수도 있었는데……

작가

—목소리들만 들렸어요…… 아무리 얼굴들을 떠올려보려고 애를 써도 목소리만 들리지 얼굴은 전혀 생각나지 않더군요. 그나마 목소리들도 아득해졌다 가까워지고 다시 아득해졌다 가까워졌고요. '이제 죽는구나.' 이 생각만 겨우 했던 것 같아요. 그리고 눈을 떴어요……

나는 폭발로 부상을 당한 후 16일 만에 타슈켄트에서 의식을 되찾았어요. 의식이 돌아올 때 얼마나 힘들고 불쾌하던지, 차라리 죽는 게 낫겠다 싶더군요…… 이제 어차피 되돌릴 수도 없는 일…… 그저 조금만 더 편안해졌으면 하는 마음이 간절했죠. 의식은 흐릿하고 속은 토할 것같이 메스껍고, 아니 메스꺼운 게 아니라 숨을 제대로 쉴 수가 없었어요. 폐에 물이 가득찬 것처럼요. 그런 상태가 오랫동안 계속됐어요. 의식은 흐릿하고 속은 메스껍고…… 작은 소리만 내려 해도 머리가 아파서 그 이상 큰 소리로는 말도 할 수가 없었어요. 그땐 이미 카불 병원에서 타슈켄트로 옮겨진 뒤였어요. 뇌수술은 카불 병원에서 받았죠. 뇌를 열어보니 안이 곤죽처럼 뒤죽박죽되어 있었대요. 거기서 자잘한 뼛조각들을 제거한 거예요. 또 부러진 왼손에는 관절 대신 나사못들을 박아넣었고요. 처음에 든 감정은 슬픔이었어요. 아무것도 예전으로 되돌릴 수 없고 동료들도 못 보게 됐다는 사실이 슬펐어요. 그리고 다시는 철봉대에 오를 수 없게 됐다는 사실이 가장 억울하고 속상했죠.

꼬박 2년을, 그러니까 15일을 뺀 2년 동안 이 병원 저 병원을 전전했어요. 열여덟 번 수술을 받았는데, 그중 네 번이 전신마취를 한 수술이었죠. 의대 학부생들이 나를 이리저리 살펴보면서 내 몸에 아직 붙어 있는 건 뭔지, 없는 건 뭔지 보고서를 쓰더라고요. 나 혼자서는 면도를 할 수가 없어서 친구들이 대신 해줬어요. 처음에 녀석들이 면도를 해준다면서 오드콜로뉴*를 병째 들이붓다시피 하는 거예요. 그래서 소리를 빽 질렀죠. "다른 걸로 다시 해!" 그런데 이상하게도 냄새가 전혀 안 나더라고요. 보니까 내가 냄새를 못 맡는 거였어요. 그러자 친구들이 침대 옆의 작은 장에서 있는 거 없는 거 다 꺼내놨죠. 훈제소시지, 오이, 꿀, 사탕. 그런데 어떤 것에서도 냄새가 나지 않았어요! 색깔도 구분하고 맛도 느끼는데 냄새는 못 맡았어요. 정말 미칠 것 같았죠! 봄이 오고 나무에 꽃이 피잖아요, 그럼 그건 모두 보여요. 하지만 역시 냄새는 못 맡아요. 뇌수술할 때 뇌를 1.5세제곱센티미터 들어냈는데, 그때 뭔가 후각과 관련된 중추신경이 잘려나간 것 같아요. 5년이 지난 지금도 나는 여전히 냄새를 못 맡아요. 꽃향기가 어떤지, 담배 냄새는 어떤지, 또 여자 향수는 어떤 향이 나는지…… 오드콜로뉴는 정제하지 않은 향, 그러니까 향이 아주 강할 때 희미하게 냄새가 맡아져요. 바로 코밑에 병을 갖다 댈 경우에만 그렇지만요. 아마 뇌의 남은 부분이 잃어버린 후각 기능을 대신하지 않나 싶어요. 내 생각은 그래요.

병원에 있을 때 친구한테서 편지가 왔어요. 그 친구를 통해 우리 장갑수송차가 이탈리아제 고성능 지뢰에 박살났다는 사실을 알게 됐죠. 친

---

* 화장수의 하나. 원래는 1709년 무렵에 독일의 쾰른에 사는 이탈리아 사람이 만든 향수였다. 알코올 수용액과 향유를 섞어 만든 것으로, 상쾌한 감귤류의 향내가 난다.

구가 그러는데, 어떤 병사가 장갑수송차 엔진과 함께 공중으로 튕겨나가더래요…… 그 병사가 바로 나였어요……

퇴원하면서 보상금으로 300루블을 받았어요. 부상이 경미한 경우에는 150루블, 심한 경우에는 300루블의 보상금이 나와요. 그러고는 스스로 알아서 살아야 하죠. 연금이라고 해봐야 푼돈에 지나지 않고요. 결국 부모님 신세를 지는 수밖에 없어요. 아버지는 전쟁터에 나가지 않고도 전쟁을 치르고 계세요. 그새 머리가 하얗게 세고 고혈압이 생겼죠.

전쟁터에서는 몰랐어요. 집으로 돌아오고 나서야 눈이 제대로 뜨였죠. 그러자 모든 게 전혀 새로운 눈으로 보이기 시작하더군요……

나는 1981년에 아프가니스탄으로 파병됐어요. 전쟁은 이미 2년째 진행중이었지만 '일반 대중'은 전쟁에 대해 잘 알지 못했고, 알더라도 대부분 조용히 입을 다물고 있었죠. 우리 가족만 해도 정부가 그곳으로 군대를 보냈다면 보내야 할 이유가 있을 것이라고 생각했으니까요. 우리 아버지 생각도 그랬고 이웃들 생각도 그랬어요. 다른 의견을 가진 사람이 있었는지는 기억이 안 나요. 내가 떠날 때 집안 여자들마저 눈물 한 방울 보이지 않았는데, 그도 그럴 것이 당시 전쟁은 아주 먼 곳의 일인데다 그리 위협적으로 느껴지지 않았거든요. 전쟁이면서 전쟁이 아니었어요. 전쟁이라 쳐도 전사자도 포로도 없는 뭔가 수상쩍은 전쟁이었죠. 그때까지는 아연관을 본 사람이 없었어요. 우리는 관들이 이미 시내에 도착했고, 사람들 눈을 피해 밤에 매장이 이루어졌다는 사실을 뒤늦게야 알게 됐죠. 묘비에도 '전사했다' 대신에 '운명했다'는 글귀가 새겨져 있었고요. 하지만 아무도 묻지 않았어요. 무슨 이유로 군대에 간 우리네 열아홉 살 청년들이 난데없이 죽어나가는지 말이에요. 보드카를 너무 마셔서 그랬을까요? 아니면 독감에 걸려서요? 그도 아니면 죽을 만큼 오렌지를 많이 먹어서? 죽은 병사들의 가족들만 비통해하며 눈물을 흘렸고, 다른 사람들은 이 일이 자기들 삶에 직접적인 영향을 끼치지 않는 한 평소대로 잘 지냈죠. 여러 신문에서 우리 병사들이 아프간에 다리를 놔주고 우정의 가로수 길을 조성하는 데 온 힘을 쏟고 있다고 보도했어요. 또 우리 의사들은 아픈 아프가니스탄 여인들과 아이들을 돌본다고요.

비쳅스크* '훈련소'에서는 우리가 아프가니스탄으로 가기 위해 훈련을 받고 있다는 사실이 비밀이 아니었어요. 많은 훈련병들이 무슨 짓을 해서라도 아프간으로 가는 걸 피하려고 애를 썼어요. 훈련병 하나가 아프가니스탄에 가면 우리 모두 총알받이가 될 것 같아 무섭다고 털어놓더군요. 나는 녀석을 경멸하며 무시했어요. 출발 직전에 또 한 녀석이 떠나기를 거부하고 나섰고요. 처음엔 콤소몰** 당원증을 잃어버렸다고 거짓말을 하다가 당원증이 나오자, 이번에는 여자친구가 곧 아이를 낳는다고 둘러대더라고요. 나는 녀석이 정상이 아니라고 생각했어요. 지금 우린 혁명을 일으키러 가는데 말이죠! 우리는 그렇게 들었고, 또 그 말을 철석같이 믿었어요. 그리고 앞으로 뭔가 낭만적인 일이 생길 거라는 기대에 부풀었죠.

사람이 총알에 맞으면 그 소리가 들려요. 결코 잊을 수 없는, 다른 어떤 소리와도 또렷이 구분되는 소리죠. 세차게 따귀를 한 대 올려붙이는

---

* 벨라루스 6개 주요 도시 중 하나로, 비쳅스크 주의 주도다. 벨라루스 북동쪽에 위치해 있으며 러시아, 라트비아와의 국경에 가깝다.

** 1918년에 결성된 구소련의 공산당 청년조직으로 정식 명칭은 공산주의 청년동맹이다. 엄격한 심사를 거쳐 선발된 14세에서 26세의 남녀 청소년과 청년을 대상으로 공산주의 이념을 가르치고 준군사훈련을 실시했다.

것처럼 찰진 그 소리. 바로 옆의 동료가 쓰러져요. 재처럼 알싸한 흙먼지 속에 그대로 얼굴을 처박고요. 쓰러진 동료를 뒤집어서 바로 눕혀요. 방금 전에 내가 건네준 담배가 이 사이에 물려 있어요. 담배는 여전히 연기를 내며 타들어가죠…… 그때 나는 사람을 쏠 준비가 안 된데다, 아직은 평화로운 삶에 더 익숙해 있었어요. 평화의 사람…… 처음 그런 일을 당할 땐 마치 꿈을 꾸는 것처럼 반응하게 돼요. 달리고, 쓰러진 동료를 끌어내고, 총도 쏘지만 하나도 기억을 못해요. 그래서 전투가 끝나면 무슨 말도 할 수가 없어요. 그저 모든 게 유리 저 너머에서…… 쏟아지는 빗속 저편에서 일어난 일 같고…… 꼭 악몽을 꾸는 것만 같죠. 깜짝 놀라 잠에서 깨지만 꿈은 전혀 기억나지 않아요. 공포를 경험하고 싶으면 그 공포를 기억하고 또 그것에 익숙해져야 해요. 이삼 주 후면 예전의 나는 온데간데없이 사라지고 내 이름만 남아요. 내가 이제 내가 아닌 거예요. 누군가 다른 사람이죠. 내 생각엔 그래요…… 거의 그래요…… 그리고 이 다른 사람은…… 죽어 넘어진 시신을 봐도 더이상 놀라지 않아요. 침착하게, 아니면 치미는 짜증을 누르며 생각하죠. '어떻게 시신을 암벽 위에서 끌어내나.' '이 더위에 시신을 끌고 몇 킬로미터를 어떻게 가나.' 그는 굳이 상상을 하지 않아도 돼요…… 이미 알거든요. 쏟아져나온 내장이 무더위 속에 얼마나 고약한 냄새를 풍기는지, 사람의 대변과 뒤섞인 피냄새가 얼마나 독한지를요. 아무리 씻어내도 냄새가 가시지 않는다는 걸요. 상상력이요? 상상력은 가만히 숨을 죽이죠. 쇠붙이가 녹아내린, 더러운 웅덩이 속에서 검게 탄 두개골들이 이를 훤히 드러내고 있는 광경을 보고 있으면, 불과 몇 시간 전에 비명을 지르며 죽어간 이 사람들이 비명을 지른 게 아니라 웃으며 죽어간 것 같은 착각이 들어요. 또 어느 순간 갑자기 모든 게 대수롭잖게 여겨지기도 하죠…… 그냥 단순해지는 거예요…… 죽어 엎어진 시신을 보면 묘한 흥분이 느껴져요. '아, 내가 아니어서 다행이야!' 순식간에 그렇게 돼요…… 사람이 변하는 게…… 너무 빨라요. 또 누구에게나 일어나는 일이고요.

전쟁터의 사람들에게 죽음의 신비는 없어요. 사람을 죽이는 것, 그건 그저 방아쇠를 당기는 일에 불과해요. 우리는 먼저 상대방을 쏘는 사람이 살아남는다고 배웠어요. 그게 전쟁의 법칙이죠. 지휘관이 그러더군요. "여기서는 반드시 두 가지를 할 수 있어야 한다. 빨리 걷기와 정확히 조준해서 쏘기. 생각은 내가 한다." 우리는 지시가 내려지는 곳을 향해 총구를 겨누고 쐈어요. 명령이 내려지는 곳에 총을 쏘도록 훈련을 받았으니까요. 그렇게 사람을 죽였지만 내 총에 죽는 사람을 한 번도 불쌍하다고 생각한 적은 없어요. 심지어 어린아이도 죽였는걸요. 거기 사람들 모두 한통속이 되어 우리에게 대항했어요. 남자들, 여자들, 노인들, 아이들 할 것 없이 모두 다. 한번은 우리 부대가 차량으로 대열을 지어 마을을 지나간 적이 있어요. 그런데 맨 앞에 가던 차량 엔진에 이상이 생긴 거예요. 운전병이 운전석에서 내려 엔진덮개를 열어보는 순간…… 남자애가, 한 열 살쯤 됐을까, 운전병에게 달려들어 등에 칼을 꽂았어요…… 정확히 심장이 있는 자리에요. 운전병은 엔진 위로 엎어졌고…… 아이는 총탄에 맞아 벌집이 되고 말았죠…… 만약 그 순간 명령만 내려졌다면 마을 전체를 몽땅 잿더미로 만들고도 남았을 거예요. 우리는 그저 살고 싶었어요. 생각하고 말고 할 시간 같은 건 없었어요. 우린 그때 겨우 열여덟에서 스무 살이었는걸요. 다른 사람들의 죽음에는 익숙해졌으면서 내가 죽는 건 두렵더군요. 사람이 한순간에 흔적도 없이 사라지는 걸 봤어요. 마치 그런 사람은 처음부터 존재하지 않았던 것처럼 말이에요. 그런 경우엔 시신이 없는 빈 관에 군복을 정식으로 갖춰 넣어서 집으로 보냈어요. 어느 정도 무게를 맞추기 위해 낯선 땅의 흙을 관에 채워서요…… 살고 싶었어요. 거기서만큼 간절히 삶을 원했던 적은 없었던 것 같아요. 무사히 전투를 마치고 돌아오면 껄껄 웃었어요. 거기서처럼 그렇게 즐겁게 웃었던 적도 없었고요. 우리는 옛날식 농담을 제일 좋아했어요. 예를 들면 이런 거요……

어느 화폐밀수업자가 전쟁터에 가게 됐어요. 도착해서 가장 먼저 한 일이 포로로 잡힌 '두흐'의 가격이 얼마인지 알아보는 것이었죠. 알아보니 한 명당 8체키*였어요. 그리고 이틀 후 요새 근처에 먼지가 자욱하게 일었어요. 그게 글쎄, 화폐밀수업자가 포로 200명을 데려온 거예요. 친구가 부탁을 하죠. "한 명만 나한테 팔아. 7체키 줄게." 그러자 화폐밀수업자 왈, "무슨 소리야? 내가 9체키에 사왔는데."

이 이야기는 듣는 사람이 누구든 100번을 얘기하면 100번을 다 배꼽 빠지게 웃어댔어요. 정말 별거 아닌 일 가지고도 그렇게 배가 아플 때까지 웃었다니까요.

'두흐'(우리는 무자헤딘을 그렇게 불렀어요) 한 명이 포상가격표를 가지고 바닥에 엎드려 있었어요. 저격수였죠. 그러자 작은 별 세 개가 조준시야에 들어왔어요. '작은 별 세 개면 대위인데……' 하고서 얼른 가격표를 뒤져봤어요. 작은 별 세 개에 5만 아프가니**. 빵! 큰 별 한 개는 소령으로, 20만 아프가니. 빵! 작은 별 두 개는 부사관. 빵! 그날 밤 '두흐' 두목이 전공戰功에 따라 포상금을 지급했어요. 대위에 아프가니 지

---

* 해외에 파견된 소련의 공무원, 상사 직원, 군인 등에게 월급이나 보너스로 지급되었던 외국환.

** 아프가니스탄의 화폐 단위.

급, 소령에도 아프가니 지급. 그리고…… "뭐? 부사관이라고? 네놈이 죽인 자가 바로 우리 물자 조달책이란 말이다. 이제 누가 우리한테 연유며 통조림이며 담요를 파느냐고, 어? 누가? 당장 이놈의 목을 매달아라!"

우리는 돈 얘기를 많이 했어요. 죽음에 대한 이야기보다 더 많이요. 나는 거기서 빈손으로 돌아왔어요. 가져온 거라곤 내 머릿속에서 빼낸 포탄 파편, 그게 전부예요. 어떤 병사는…… 도자기에 보석에 장신구, 양탄자…… 별의별 것을 다 가져왔더라고요. 모두 전투가 있을 때 마을에 들어가 뺏어온 것들이죠. 돈을 주고 사거나 물물교환을 하는 병사들도 있었고요…… 탄창으로는 여자친구에게 선물하기 좋은 마스카라, 파우더, 아이섀도 등이 든 화장품 세트를 손에 넣을 수 있었어요. 탄약통은 끓여서 팔았어요…… 그러면 총알이 발사되지 않고 총열에서 픽 튀어나와 힘없이 아래로 떨어지거든요. 그것으로는 사람을 죽일 수가 없어요. 양동이나 대야에 탄약통을 넣은 다음 두 시간 동안 끓였어요. 그러면 끝! 그날로 저녁에 내다팔았어요. 지휘관이고 사병이고, 전쟁영웅이고 겁쟁이고 가릴 것 없이 모두 장사를 했죠. 간이식당에서는 칼, 대접, 스푼, 포크 들이 사라지는 일이 다반사였어요. 병영에서는 머그잔, 걸상, 망치 들이 늘 모자랐고요. 자동소총의 총검, 군용차의 거울, 예비부속품 들도 걸핏하면 사라지고…… 포상으로 받은 메달도 예외는 아니었고요…… 두칸*들에서는 뭐든 받았어요. 심지어 요새에서 내놓는 잡동사니 쓰레기들까지 받았다니까요. 통조림 깡통, 낡은 신문지, 녹슨 못, 베니어판 조각, 비닐봉지…… 쓰레기는 차떼기로 가져다 팔

* 아프가니스탄의 지역 상점.

정도였어요. 달러와 물은 늘 판매가 보장된 최고의 상품이었죠. 어디에 서나요. 병사들에게 소원이 있었는데…… 세 가지였어요…… 엄마에게는 스카프, 여자친구에게는 화장품 세트를 사주고 자기는 수영복을 가지는 것이었죠. 그때만 해도 소련엔 수영복이 없었거든요. 우리에게 전쟁이란 그런 거였어요.

사람들은 우리를 "아프간치*"라 불러요. 생소한 이름이죠. 무슨 표식처럼요. 아니면 낙인이거나. 우리는 보통 사람들하고는 달라요. 전혀 다른 사람들이죠. 어떻게 다르냐고요? 그건 나도 몰라요. 나는 내가 누군지도 모르는데요. 영웅인지 아니면 손가락질받아도 싼 바보인지. 어쩌면 범죄자일지도? 사람들은 이 전쟁이 정치적인 실수였다고들 해요. 지금은 그저 수군대는 정도지만 나중엔 큰 소리로 떠들어댈 테죠. 나는 그곳에 피를 뿌리고 왔어요…… 내 피…… 그리고 다른 사람들 피도…… 우린 훈장을 받았지만 자랑스럽게 내놓고 다니지도 못해요…… 그 훈장들을 다 돌려줄 거예요…… 정직하지 않은 전쟁에서 정직하게 획득한 훈장들을요…… 이 학교 저 학교에서 전쟁 이야기를 들려달라며 우리를 초청하곤 해요. 하지만 무슨 이야기를 해야 하죠? 전투 작전…… 내가 처음 죽인 사람…… 아니면 나는 아직도 어두운 걸 무서워한다는 이야기요? 뭔가 떨어지는 소리라도 나면 깜짝 놀라서 부들부들 떤다는 그런 이야기요? 포로를 붙잡으면 부대까지 데려가지도 않았어요…… 늘 그런 건 아니지만…… (잠깐 말이 없다.) 전쟁터에 있는 1년 반 동안 한 번도 살아 있는 두시만**을 본 적이 없어요. 죽은 시신으로만 봤죠. 그럼, 사람 귀를 잘라서 말린 다음 그것들을 모았다는

* 아프간 전쟁 파병 용사들을 일컫는 말.

** 무장 게릴라 '무자헤딘'의 조직원. '두흐'와 같은 말.

이야기를 할까요? 그건 일종의 전리품이었어요…… 우린 그걸 가지고 뻐기며 우쭐댔죠…… 포병부대의 포격이 끝나고 나면 마을들이 사람 살던 곳이었다는 사실을 상상도 못할 만큼 변해버렸다고, 갈아엎은 들판이 돼버렸다는 이야기를 들려줘야 할까요? 설마 학교들이 이런 이야기를 듣고 싶어할 거라고 생각하세요? 아니요, 그들은 영웅이 필요한 거예요. 하지만 나는 우리가 어떻게 그곳을 파괴했는지, 어떻게 사람들을 죽였는지 다 기억해요. 그러면서 동시에 거기 사람들을 위해 건물을 세우고 선물을 나눠주었죠. 이 두 상반된 행동이 바로 옆에서 벌어졌다고요. 그래서 나는 지금도 뭐가 뭔지 잘 모르겠어요. 그때 기억이 떠오르는 게 두려워요…… 그래서 그 기억들을 피해요. 뿌리쳐요…… 아프가니스탄에서 돌아온 사람치고 술 담배 안 하는 사람을 못 봤어요. 나도 약한 담배로는 어림도 없어서 거기서 피웠던 '오호트니치*'만 찾게 돼요…… 그런데 의사들이 담배를 피우지 말라네요…… 나는 머리의 반이 쇠붙이거든요. 그래서 술도 마시면 안 돼요……

뭘 써도 좋은데 아프가니스탄 형제애가 어떻다느니 하는 말만은 빼주세요. 그런 건 없어요. 그따위는 믿지도 않고요. 전쟁터에서 우리는 하나였어요. 우린 똑같이 속았고, 똑같이 살아남기를 바랐고, 똑같이 집에 가고 싶어했으니까요. 집으로 돌아온 뒤 여기서는 우리가 가진 게 아무것도 없다는 사실이 또 우리를 하나로 뭉치게 하고요. 이 나라에서 좋은 건 다 연줄이나 특권을 가진 사람들 차지예요. 우리한테 피를 빚지고 있으면서 말이죠. 우리들 문제는 다 똑같아요. 연금, 아파트, 좋은 약, 의수 의족, 가구…… 아마 이 문제들이 해결되면 우리 협회들은 와해되

* 러시아어로 '사냥꾼'이라는 뜻.

고 말걸요. 나 같아도 아파트에 가구, 냉장고, 세탁기, 일제 '비디오'를 구해서 집안에 밀어넣은 다음 마르고 닳도록 쓰게 된다면 더 필요한 게 없을 것 같아요. 뭐가 더 필요하겠어요! 더이상 재향군인협회가 존재할 이유가 없게 되는 거예요. 젊은 청년들은 우리를 무시해요. 그들에게 우리는 도저히 이해가 안 되는 사람들인 거죠. 대조국전쟁* 참전 용사들과 비슷하다고 할까요. 하지만 대조국전쟁 참전 용사들은 조국이라도 지켰다지만, 우리는요? 우린 아프가니스탄 사람들에게 독일군이나 마찬가지였어요. 어떤 청년이 나한테 그러더라고요, 우리가 거기선 독일군이라고. 내 생각엔 그래요…… 그렇게…… 젊은 사람들은 우리를 그렇게 바라봐요…… 하지만 우리는 우리대로 그런 젊은이들에게 화가 나요. 우리가 거기서 제대로 끓지도 않은 죽을 먹고 지뢰에 온몸이 찢기는 동안 자기들은 여기서 음악을 듣고, 아가씨들과 춤을 추고, 책을 읽으며 지냈잖아요. 거기서 나와 함께 지내며 나와 똑같이 보고 겪지 않은 사람의 말이나 생각은 나에게 아무 의미도 없어요.

10년쯤 지나 우리가 앓고 있는 간염이니 전투신경증이니 말라리아가 겉으로도 보일 만큼 악화되기 시작하면 다들 우리를 피하겠죠. 직장에서도 그럴 거고 집에서도 그럴 거고…… 우리가 더이상 요직에 앉는 일도 없을 거고요. 우리는 다른 사람들한테 짐만 될 테니까요…… 이 책을 쓰는 이유가 뭔가요? 누구를 위해서요? 어쨌든 거기서 돌아온 우리로서는 당신 책을 쌍수 들고 환영할 수는 없어요. 정말 있는 사실 그대로 쓰실 건가요? 낙타들과 사람들이 서로의 피가 뒤섞인 핏구덩이에

* 러시아에서는 제2차세계대전중 벌어진 독일과의 전쟁을 대조국전쟁이라 부른다. 러시아는 1941년부터 1945년까지 4년 동안 독일과 치른 독소(獨蘇)전쟁을 승리로 이끌었지만 2천만 명이 희생되는 막대한 피해를 입었다.

한데 뒤엉켜 죽어 누워 있어요. 이런 이야기가 누구에게 필요하다고 그래요? 우리는 고국에서조차 낯선 존재들이에요. 우리집과 아내 그리고 곧 태어날 아이가 나한테 남겨진 전부예요. 거기서 함께 지낸 친구도 몇 명 있고요. 그 외에는 아무도 믿지 않아요.

그리고 앞으로도 믿지 않을 거고요.

사병, 척탄병

—10년 동안 입을 닫고 살았어요…… 어떤 사실도 입 밖에 내지 않았죠……

지역신문들은 '연대가 행군훈련을 끝냈다……'느니 '사격훈련을 끝마쳤다……'느니 보도를 했어요. 그 기사를 읽고 우린 마음이 언짢았죠. 우리가 받은 훈련은 사실 군용차량들을 호위하는 일이었거든요. 우리 군용차량은 스크루드라이버에도 쉽게 구멍이 났어요. 당연히 총알에는 두말할 나위도 없었고요. 그래서 우리 차량이 저격수들에게는 최상의 표적이었죠. 우리는 날마다 적의 총격을 받았고, 또 많이들 죽어나갔어요. 옆에 있던 동료가 죽었어요. 바로 눈앞에서 사람이 죽는 걸 본 건 그때가 처음이었죠…… 서로 잘 알고 지내던 동료는 아니었어요…… 박격포탄에 맞아 천천히 고통스럽게 죽어갔어요. 온몸에 파편이 박혀서요. 우리를 알아보기는 했지만 우리가 모르는 낯선 이름들을 찾더라고요……

카불로 떠나기 전날 밤에 한 녀석과 거의 싸움이 붙을 뻔했어요. 옆에 있던 친구가 녀석을 나한테서 떼놓으며 그러더군요.

—지금 뭐하는 거야, 이 친구, 내일 아프간으로 떠난다고!

거기서 우리는 단 한 번도 자기 냄비와 숟가락을 가져본 적이 없어요. 여덟 명이 한꺼번에 냄비 하나에 달려들었죠. 아프가니스탄은 결코 미스터리 가득한 모험의 땅이 아니에요. 아프간 하면 죽어 누워 있던 한 농부가 떠올라요. 깡마른 몸에 커다란 손을 가진 농부가요…… 총격이 시작되잖아요, 그럼 간절히 빌게 돼요(누구한테 비는지는 나도 몰라요. 아마도 신이겠죠). '땅아, 갈라져서 나를 숨겨다오. 돌아, 갈라져다오……' 개들도 가엾게 컹컹거리고, 지뢰탐지견들도 애처롭게 짖어대요. 개들도 우리랑 똑같이 죽임을 당하고 부상을 당했어요. 죽임당한 양치기 개들과 사람들, 붕대를 칭칭 감은 개들과 사람들. 사람들은 다리가 없고 개들은 발이 없어요. 하얀 눈 위에 쏟아진 피는 어떤 게 개의 피고 어떤 게 사람의 피인지 구분이 안 되죠. 전리품으로 얻은 무기들을 한곳에 모아 높게 쌓아요. 중국제, 미국제, 파키스탄제, 소련제, 영국제. 놀랍게도 무기들이 아름다운 거예요. 하지만 그것들 모두가 바로 나를 죽이기 위한 존재란 걸 깨닫는 순간 섬뜩한 공포가 밀려들죠! 내가 공포를 느꼈다고 해서 부끄럽지는 않아요. 공포심이 용맹함보다 더 인간적이니까요. 나는 이제 그걸 알아요. 최소한 나 자신에 대해서만이라도 두려워하고 불쌍히 여기는 마음은 있어야죠…… 주위를 둘러보며 삶을 알아가기 시작해요…… 다른 건 모두 제자리를 지키며 남겠지만 나는 언제 사라질지 모른다는 사실을요. 작고 볼품없는 모습으로, 게다가 집에서 천 킬로미터나 떨어진 머나먼 곳에서 죽어 나자빠진 나를 생각하는 건 너무 끔찍한 일이에요. 우주여행까지 가능한 이런 시대에 사람들은 여전히 서로를 죽이고 있어요. 수천 년 전에 그랬던 것처럼요. 총탄으로, 칼로, 돌로…… 아프간 마을들에서 우리 병사들을 어떻게 죽인 줄 아세요? 나무갈퀴로 찔러 죽였어요……

1981년에 집으로 돌아왔어요…… 뭘 봐도 만세 소리가 절로 나더군요. 우린 국제 의무를 완수했으니까요! 신성한 의무죠! 우리는 영웅들이고요! 나는 아침에, 그러니까 거의 새벽녘에 모스크바에 도착했어요. 모스크바까지 기차로 왔거든요. 그런데 집으로 가는 버스가 저녁 시간밖에 없는 거예요. 기다릴 수가 없더라고요. 그래서 방향이 같은 교통수단들을 이용했죠. 모자이스크*까지 시외기차를 탔고, 가가린**까지는 장거리 버스로, 그다음 스몰렌스크***까지는 지나가는 차를 얻어타고 갔어요. 스몰렌스크에서 비쳅스크까지는 트럭을 얻어탔고요. 다 해서 600킬로미터를 그렇게 간 거예요. 내가 아프간에서 돌아왔다는 사실을 알고는 아무도 돈을 받으려고 하지 않았어요. 그때가 아직도 기억나요. 마지막 남은 2킬로미터는 걸어서 갔고요. 달렸어요. 그렇게 집까지 간 거예요.

집에 오니까 포플러 향이 나고, 시가전차가 벨소리를 울리며 지나가고, 여자아이가 아이스크림을 먹고 있더라고요. 아, 포플러나무들, 그윽한 포플러 향기! 아프가니스탄의 자연은 한마디로 녹색 천지예요. 이른바 '젤룐카****'죠. 놈들은 거기에 숨어서 총질을 했어요. 자작나무와 우리나라 박새가 얼마나 보고 싶었는지 몰라요. 나는 구석진 곳이 무서웠어요. 집에서도 구석에 갈 일이 있을 때…… 구석이 앞에 보이면 그 순간 속이 오그라들면서 의심부터 들었어요. '저 구석에 누가 있으면 어쩌

* 러시아 모스크바 주 서쪽에 위치한 도시.

** 러시아 스몰렌스크 주에 있는 도시.

*** 러시아 스몰렌스크 주의 주도. 모스크바 남서쪽 362킬로미터 지점에 위치하며 드네프르 강에 면해 있다. 유럽과 모스크바를 잇는 교통의 요지다.

**** 러시아어로 관목이나 녹색 풀이 무성하게 자란 곳을 뜻하며, 여기서는 적이 숨기에 적절한 곳을 가리키는 은어로 사용됐다.

지?' 한 일 년은 밖에 나가는 것도 무섭더라고요. 방탄조끼도 없고, 전투모도 없고, 총도 없는 게 꼭 벌거벗은 것만 같았거든요. 밤에는 악몽에 시달렸어요. 누군가 내 이마에 총구를 겨누는데, 그게 내 머리를 단숨에 반은 날려버릴 수 있는 구경인 거예요…… 벽으로 몸을 날렸죠…… 따르릉하고 전화벨이 울리면 이마가 식은땀으로 흥건해져요…… 꼭 총 쏘는 소리처럼 들려서요! 그런데 어디서 총을 쏘는 거지? 눈동자를 이리저리 굴리며 사방을 두리번거려요. 그러다 책장 선반에 눈길이 멈추면서 정신이 들어요…… 아, 아! 여긴 우리집이지……

신문들은 예전과 다름없이 기사를 쓰더군요. '헬리콥터 조종사 아무개가 훈련비행을 마쳤으며…… 그에게 붉은 별 훈장이 수여됐다……' '카불에서 소련 병사들이 참석한 가운데 5월 1일 노동절을 기념하는 콘서트가 열렸다……' 아프간이 나를 자유로운 사람으로 만들었어요. 우리 나라는 모든 게 옳고, 신문은 항상 진실만을 전하며, 텔레비전 역시 사실을 보도한다고 믿었던 환상에서 나를 깨어나게 했죠. '뭘 해야 하지? 뭘 하지?' 자문해봤어요. 뭔가 결정을 내리고 어디든 가서 진실을 밝혀야 한다는 생각이 들었어요. 하지만 어디 가서요? 어머니가 극구 안 된다고 말렸고 친구들도 누구 하나 내 생각을 지지하는 녀석이 없었어요. "다들 침묵하잖아. 우리도 그래야 해."

그런데 작가님에겐 털어놓았네요…… 내 생각을 말한 건 이번이 처음이에요. 좀 어색하군요.

사병, 동력화 보병대

—이야기를 시작하기가 무서워요. 그때의 그림자가 나를 다시 덮칠

것 같아서……

매일…… 매일 거기서 자신을 책망했어요. "멍청이! 이 멍청아, 어쩌자고 여길 온 거야?" 특히 일이 없는 밤에 자책삼이 더 심했어요. 하지만 그러다가도 낮이 되면 '어떡하면 이 사람들을 다 도울 수 있을까?' 하고 고민했죠. 부상당한 곳의 상처는 정말 끔찍했어요…… 충격을 받았죠. '대체 왜 이런 총알이 필요한 거지? 대체 누가 이런 걸 생각해낸 거야? 정말 사람이 이걸 만들었다고?' 총알이 들어간 자리는 크진 않지만, 속은 이미 장이고 간이고 비장이고 죄다 찢기고 꼬여서 엉망이 돼 있죠. 그런 부상은 곧바로 숨이 끊어지는 경우가 드물어요. 고문을 받듯이 서서히 고통스럽게 죽어가죠…… 부상병들은 비명을 지를 때 늘 "엄마!"를 불렀어요. 고통스럽고 두려운 순간에 엄마를 찾는 거예요. 다른 이름은 한 번도 못 들어봤어요……

나는 정말 레닌그라드를 떠나고 싶었어요. 어디든 가서 1,2년 정도 있다 오고 싶었죠. 아이가 죽었고, 다음엔 남편마저 세상을 떴어요. 이 도시에 머물 이유가 하나도 없게 된 거예요. 오히려 보이는 것마다 옛날 생각이 나게 해서 고통스러웠어요. '여기서 그이를 처음 만났지…… 여기서 첫 키스를 했고…… 이 산부인과 병원에서 아이를 낳았어……'

어느 날 주임의사가 나를 불렀어요.

—아프가니스탄으로 가겠소?

—갈게요.

나는 나보다 더 불행한 사람들을 봐야만 했어요. 그리고 봤고요.

사람들은 이 전쟁이 옳다고 말했어요. 아프간 민족이 봉건주의 체제를 타파하고 훌륭한 사회주의 국가를 건설하도록 우리가 도와야 한다고요. 우리 병사들이 죽어나간다는 사실에 대해선 무슨 이유인지 다들 침묵했고, 우리는 그저 그곳에 전염병이 많아서 그런가보다고만 생각했어요. 말라리아, 장티푸스, 간염 같은 전염병 말이에요. 1980년…… 초였어요…… 우리는 카불로 날아갔어요…… 도착해 보니 낡은 영국식 마구간들을 병원으로 개조해 쓰고 있더라고요. 아무것도 없었어요…… 주사기조차 없어서 주사기 하나를 가지고 모든 환자들에게 사용했죠…… 수술용 알코올은 장교들이 다 마셔버려서 휘발유로 상처를 소독해야 했고요. 그러니 상처가 잘 아물 리가 없었죠…… 다행히 햇빛이 도움이 되었어요. 뜨거운 햇살이 세균을 죽였거든요. 처음으로 부상자들을 맡았는데, 다들 속옷 차림에 부츠를 신고 있는 거예요. 파자마도 없이요. 파자마 지급이 끊긴 지 한참 됐더라고요. 슬리퍼도 그렇고, 심지어 담요까지…… 한 소년은…… 그 소년이 생각나요. 그 아이는 뼈가 없는 사람처럼 몸이 구부러지지 않은 곳이 없었어요. 다리는 새끼줄처럼 꼬였고요. 그 아이의 몸에서 20여 개의 파편을 빼냈죠.

3월 한 달 동안 병실 근처에 잘린 팔과 다리들이 한가득 쌓였어요. 시신은…… 시신들은 다른 병실에 따로 두었는데…… 반은 벌거벗고 두 눈은 도려내진 시신들이었죠. 한번은 복부가 별 모양으로 파헤쳐진 시신도 봤어요…… 예전에 내전을 그린 영화에서 그 비슷한 걸 본 적이 있어요. 그땐 아연관이 없었어요. 아직 준비가 안 됐을 때였죠.

곧 조금씩 의문이 들더군요. '우린 뭐하는 사람들이지?' 당국은 우리의 이런 의문을 달가워하지 않았어요. 정작 슬리퍼나 파자마는 없는데 정치구호와 선전문구가 적힌 현수막이나 포스터들은 잔뜩 가져와 내다 걸기 바빴어요. 포스터 뒤로 우리 병사들의 비쩍 마르고 슬픈 얼굴들이 보였어요. 그 모습을 나는 영원히 못 잊을 거예요…… 일주일에 두 번 씩 정치 수업을 들었어요. 그때마다 우리는 "신성한 의무를 다해야 한다" "국경을 철통같이 지켜야 한다"는 소리를 들어야 했죠. 군대에서 가장 불쾌했던 일은 보고, 그러니까 보고를 올리라는 지시였어요. 아주 사소한 일 하나까지도요. 부상병과 환자들도 한 명 한 명 일일이 다 보고해야 했어요. 그러면서 그걸 "기분 파악"이라고 불렀어요. 군대는 반드시 건강해야 한다면서…… 모든 사람들을 '일러바쳐야' 했죠. 불쌍하게 여겨서는 안 되었어요. 하지만 우리는 불쌍하게 여기는 마음을 포기하지 않았고, 그 마음 때문에 모든 걸 견딜 수 있었죠……

우리가 거기로 간 건…… 살리고, 도와주고, 사랑하기 위해서였어요. 바로 그 이유 때문에 그곳으로 향했죠…… 어느 정도 시간이 흐르고, 나는 문득 내가 증오심에 사로잡혀 있다는 사실을 깨달았어요. 살에 닿으면 불에 덴 것처럼 뜨거운, 부드럽고 가벼운 거기 모래가 밉더라고요. 산도 보기 싫고요. 언제 어디서 총탄이 날아올지 모르는 나지막한 마을들도 미웠어요. 참외바구니를 들고 지나가는 아프간 사람도 자기 집 앞에 서 있는 아프간 사람도 모두 미웠어요. 이 아프간 사람이 지난밤에 어디서 무엇을 했는지 어떻게 알겠어요. 알고 지내던 장교가 그 사람들한테 죽임을 당했어요. 죽기 얼마 전에 우리 병원에서 치료를 받은 장교였죠. 그리고 그 사람들이 막사 두 곳에 있던 우리 병사들을 모두 도륙을 내버렸어요…… 다른 곳에서는 물에 독을 풀었고요…… 또 어떤 병사는 멋지게 생긴 라이터를 켜는 순간 라이터가 손안에서 폭발해버렸죠…… 그렇게 우리 소년들이 죽임을 당했어요. 내 나라 아이들이요. 그걸 알아야죠…… 혹시 불에 탄 사람 본 적 있으세요? 못 봤다고요? 얼굴도 없고 눈도 없고 몸도 없어요…… 그건 쭈글쭈글한, 노란 껍데기에 싸인 뭔가 덩어리 같은 거예요…… 이 껍데기 속에서 터져나오는 비명은 비명이 아니에요, 짐승의 울부짖음이지……

그곳에서 우린 증오심으로 살았고 증오심으로 살아남았어요. 죄책감이요? 죄책감은 거기가 아니라 여기서 느꼈어요. 그때 일을 한 발자국 물러나서 바라보니까 죄책감이 들더라고요. 거기서는 모든 게 다 공정하다고 생각했어요. 그런데 여기 와서 팔도 다리도 없이 먼짓구덩이 속에 죽어 있던 어린 여자아이를 떠올리자 소름이 끼치더군요…… 꼭 망가진 인형 같던 아이…… 우리 폭격 때문에 그렇게 된 거였어요…… 그런데도 우리는 아프간 사람들이 왜 우리를 좋아하지 않는지 의아해했죠. 그들은 우리 병원에서 치료를 받았어요…… 아프간 여자에게 약을 주면 쳐다보지도 않고 한 번도 웃음 띤 얼굴을 보인 적도 없고요. 그게 참 기분이 나빴어요. 거기서는 그게 기분이 나쁘고 상처였는데, 여기서는 그 여자가 이해가 돼요. 여기서 다시 정상적인 보통 사람으로 돌아왔고 잃었던 감정들도 되찾았으니까요.

내 직업은 좋은 직업이에요. 사람을 구하는 일이잖아요. 그리고 나 자신도 내 직업 덕분에 구원을 받았고요. 그래서 나는 변명거리가 있어요. '우리는 그곳에 필요한 사람들이었다.' 거기서 가장 끔찍했던 건 구할 수 있는 사람들을 구하지 못한 일이었어요. 살릴 수 있었는데 필요한 약이 없었어요. 살릴 수 있었는데 너무 늦게 병원으로 이송됐고요. (의료진이 누구였는지 아세요? 환자에게 붕대 감아주는 것만 습득하고 다른 훈련은 거의 받지 못한 초짜 위생병들이었어요.) 살릴 수 있었는데 술에 곯아떨어진 외과의를 깨우지 못했어요. 구할 수 있었는데…… 우리는 장례식에서조차 진실을 말할 수 없었어요. 그 병사들은 지뢰에 몸이 산산조각 났는데…… 사람이 양동이 반만큼의 살점으로 남는 일이 다반사였는데…… 그런데도 우리는 '차사고로 목숨을 잃었다, 절벽에서 떨어져 사망했다, 식중독으로 세상을 떴다'고 말해야 했죠. 그런 병사들이 수천 명에 이르자, 그제야 유족들에게 사실을 알리는 일이 허락되었어요. 시신들은 그래도 익숙해지더라고요. 하지만 그 시신들이 모두 그토록 젊고 내 피붙이 같은, 작은 소년들이라는 사실은 좀처럼 받아들여지지 않았어요.

한번은 부상병이 실려왔어요. 마침 내가 당직이었죠. 부상병이 눈을 뜨고 나를 바라봤어요.

—아, 이제 됐어.

그러고는 숨을 거뒀어요.

병사들이 3일 밤낮을 그 부상병을 찾아 산마다 뒤지고 다녔어요. 결국 찾아냈죠. 부상병은 병원으로 실려왔어요. 의식이 흐릿한 상태에서 헛소리를 하더라고요. "의사! 의사!" 그러다가 내 하얀 가운을 보고는 이제 살았다며 안도했어요. 하지만 부상은 도저히 가망이 없을 만큼 치명적이었죠. 거기서 처음 알았어요. 두개골에 입은 부상이 어떤 건지…… 내 기억 속엔 나만의 공동묘지와 까만 테두리를 두른 나만의 초상화가 있어요.

죽음을 맞을 때조차 소년 병사들은 차별을 받았어요. 왜 그런지 전투 중에 전사한 병사들이 더 동정을 받더라고요. 병원에서 숨진 부상병들한테는 관심이 훨씬 덜했어요. 그들도 고통 속에 비명을 지르며 죽어갔는데 말이죠…… 아, 그 처절한 비명소리! 중환자실에서 숨을 거둔 소령이 기억나요. 군사 고문관이었죠. 소령의 부인이 남편을 만나러 왔어요. 소령은 아내가 보는 앞에서 눈을 감았어요. 그러자 그 부인이 울부짖기 시작하는데…… 그건 거의 짐승의 포효에 가까웠어요…… 아무도 그 소리를 듣지 못하도록 문이란 문은 죄다 닫아버리고 싶더군요…… 왜냐하면 바로 옆 병실에서 우리 병사들이 죽어가고 있었거든요. 소년들이요…… 그 아이들을 위해 울어줄 사람은 아무도 없었어요. 다들 혼자서 외롭게 죽음을 맞이했죠. 우리한테 소령의 부인은 필요 없는 존재였어요……

—엄마! 엄마!

—아들, 엄마 여기 있어.

부상병이 엄마를 찾으면 우리가 엄마인 양 달려갔어요.

우리가 소년병들의 엄마이자 누이였죠. 그래서 늘 소년병들의 신뢰를 저버리지 않으려고 노력했어요.

병사들이 한 번씩 부상자를 데리고 오면 환자를 우리에게 넘겨주고는 돌아갈 생각을 안 했어요.

—누이들, 우리는 아무것도 필요 없어요. 그저 여기 누이들 곁에 잠깐 앉아 있다 가면 안 돼요?

하지만 여기, 집에서는…… 소년병들의 진짜 엄마와 누이가 있잖아요. 아내가 있는 병사도 있고요. 당연히 우리가 필요할 리 없죠. 거기선 비밀스러운 일까지 우리에게 털어놓을 만큼 우리를 믿고 따랐지만요. 여기선 아무에게도 말 못할 일들까지 우리에게 고백했어요. 예를 들면, '동료의 사탕을 훔쳐먹었다'든지, 그런 이야기요. 그게 여기선 별일 아닐지 모르지만 거기서는 자신에 대한 환멸로까지 이어지는 심각한 행동이었어요. 그런 환경에서는 그 사람이 어떤 사람인지 단박에 드러나요. 만약 어떤 사람이 겁쟁이잖아요? 그러면 겁쟁이인 게 바로 드러났어요. 고자질쟁이잖아요? 역시 단번에 고자질쟁이인 게 보였죠. 바람둥이면 모두 그 사람이 바람둥이인 걸 알았고요. 여기선 과연 솔직히 털어놓을 사람이 있을까 싶지만, 거기서는 "사람을 죽이는 게 마음에 들 수도 있는 거잖아, 살인이 즐거움이 될 수도 있어"라고 말하는 사람을 한두 번 본 게 아니었어요. 그건 아주 강렬한 감정이죠. 내가 아는 한 부사관이 소련으로 돌아왔는데, 그 사람은 아예 대놓고 그러더라고요. "이제 나는 어떻게 살지? 사람을 죽이고 싶은데?" 그것도 일종의 욕망이겠죠. 그들은 자신의 욕망을 태연히 드러냈어요. 거기서 소년들은 아주 신이 나서 마을들을 불태우고 모조리 짓밟아버렸어요. 그 아이들이 정말 정상이라고 할 수 있을까요? 그런 상태로 얼마나 많이들 돌아왔는지 몰라요…… 사람 죽이는 일쯤은 그 아이들에게 아무것도 아닌 거예요…… 한번은 칸다하르*에서 장교 한 명이 우리집에 다니러 왔어요. 저녁이 되어 돌아갈 때가 되자 갑자기 빈방으로 들어가 문을 잠그더라고요. 그러고는 총을 쏴 스스로 목숨을 끊어버렸어요. 술에 취해서 그랬다고들 하지만 사실, 잘 모르겠어요. 힘들었던 거죠. 단 하루도 더 살기가 힘들었던 거예요. 어린 병사가 보초를 서다가 총으로 자살한 적도 있어요. 뜨거운 햇살 아래 기껏 세 시간이나 보초를 서고 나서요. 원래 집밖에 모르던 아이였어요. 그러니 견디지를 못한 거죠. 미쳐버린 병사들도 많았어요. 그런 소년들은 처음에는 일반 병실에 두다가 나중에는 따로 격리했어요. 그러자 쇠창살에 겁을 집어먹고 도망치려는 사람들도 나왔어요. 다 함께 있을 때 왜, 더 견디기 쉽잖아요. 그중에 특히 기억에 남는 한 병사가 있어요.

—앉아봐요. 내가 제대 노래 불러줄게요.

그러고는 한참 노래를 부르다 잠이 들어요.

---

* 아프가니스탄 동남쪽에 위치한 아프간 제2의 도시로, 아프간 전쟁 당시 가장 지저분하고 위험한 지역이었다.

그리고 다시 잠이 깨서는 이래요.

—집! 집에 갈 거야! 우리 엄마한테 갈 거야…… 여기는 너무 더워……

그렇게 계속 집에 보내달라고 떼를 썼어요.

많은 병사들이 약을 했어요. 아편, 마리화나…… 누구든 원하면 쉽게 약을 구할 수 있었죠…… 약을 하면 힘이 솟으면서 모든 것에서 자유로워진다고들 했어요. 무엇보다 자신의 육체로부터 자유로워진다고요. 걸어도 사뿐사뿐 발끝으로 걷는 것 같고, 온몸의 세포 하나까지 가벼워지고, 온몸의 근육 하나까지 다 느껴진다고요. 또 하늘을 날고 싶어진다고도 했죠. 그리고 정말 하늘을 나는 것 같다나요? 기쁨을 주체할 수가 없대요. 모든 게 그저 좋게만 느껴지고 온갖 하찮은 일에도 낄낄 웃게 되고요. 귀도 더 잘 들리고 눈도 더 잘 보이는 건 물론, 냄새도 평소보다 훨씬 잘 맡고 소리도 훨씬 잘 구분하고요. 그런 상태에서는 살인이 훨씬 쉬워져요. 약에 취해 있으니까요. 동정심 따위는 느낄 새도 없어요. 그리고 죽어나가기도 쉬운 게, 공포심이 사라지거든요. 꼭 방탄복을 입고 있어서 전혀 해를 입지 않을 것 같은 느낌이 들어요. 나도 경험해봤어요…… 딱 두 번…… 나 스스로…… 두 번 약을 했어요…… 두 번 다 정신적으로나 육체적으로 한계에 부딪혔을 때였어요. 나는 전염병동에서 근무했어요. 침상은 30개인데, 환자는 300명이나 됐죠. 장티푸스 환자, 말라리아 환자…… 환자들은 시트와 담요를 지급받았는데도 맨바닥에 자기들 외투를 깔고 누워 있었어요. 팬티만 입고요. 다들 머리를 박박 민 채 누워 있었는데, 그럴 수밖에 없었던 게 환자들한테서 이가 쏟아져나왔거든요…… 옷엣니…… 머릿니…… 정말 상상을 초월할 정도로 이가 많았어요…… 병원 옆 마을에 사는 아프간 사람들이 오히려 우리 병원의 환자용 파자마를 입고 머리에는 터번 대신 우리 침대시트를 뒤집어쓰고 다녔어요. 맞아요, 그게 다 우리 소년 병사들이 내다판 거였어요. 그 아이들을 비난할 생각은 없어요…… 전혀…… 내가 비난을 잘 안 하는 사람이기도 하고요. 소년들은 한 달에 고작 3루블을 받고 죽어갔어요. 우리 병사는 한 달에 8체키를 받았죠. 3루블로도 모자라…… 음식도 구더기가 득실거리는 고기와 썩은 생선이 나왔어요…… 괴혈병에 걸리지 않은 사람이 없었고, 나는 앞니가 전부 빠져버렸어요. 소년들은 담요를 팔아 아편을 샀어요. 단 음식을 사서 먹었고요. 자잘한 장신구들도 사고…… 거기는 작은 가게들이 아주 많아요. 그리고 모두 얼마나 알록달록 다채로운지 몰라요. 사고 싶게 만드는 물건들이 아주 많았죠…… 우리…… 소련에는 대부분 없는 물건들이라 우리 병사들로선 생전 처음 보는 그것들이 신기할 수밖에 없었어요. 그래서 무기며 탄약통이며 총탄을 팔아치운 거예요. 그렇게 내다판 자동소총과 총탄들이 나중에 자기들 목숨을 앗아갈 걸 뻔히 알면서도 말이에요. 초콜릿을 사먹고…… 피로시키를 사먹고……

이 모든 일을 겪고 나자 우리 나라가 다른 눈으로 보이기 시작하더군요…… 아무튼 동공이 커졌어요……

귀국하기가 겁났어요. 왠지 이상한 기분이 들더라고요. 내 살가죽이 전부 벗겨진 것 같은 느낌이랄까. 거의 눈물로 하루하루를 보냈어요. 아프간에 같이 있었던 사람들 말고는 다른 사람들은 못 만나겠는 거예요. 거기 사람들과는 낮이고 밤이고 얼마든지 같이 있을 수 있는데 말이죠. 다른 사람들이 하는 말은 전부 공허하게 느껴지고 뭔가 되잖은 소리처럼 들렸어요. 반년이 그렇게 지나갔어요. 지금은 고기를 사려는 사람들 틈에 직접 줄을 서서 고기를 두고 말다툼을 벌이기도 해요. 하지만 그곳에 '가기 전'처럼 평범한 삶을 살기 위해 무던히도 애를 쓰는데, 잘되지를 않네요. 나 자신이나 내 삶에 무관심해졌어요. 내 인생은 끝났고, 앞으로도 달라지는 일은 아무것도 없을 거란 생각이 들어요. 아마 남자들은 훨씬 더 견디기 힘들걸요. 여자들은 자식한테라도 매달려 잊고 산다지만 남자들은 매달려 살 게 없거든요. 집으로 돌아와 다들 사랑에도 빠지고 자식들도 뒀지만 여전히 아프가니스탄이 그들에게는 무엇보다 우선순위예요. 내가 직접 왜들 그런지 알아내고 싶어요. 정말 왜 이 모든 일이 일어났는지 알고 싶어요…… 무엇 때문에 이 모든 일이 필요했을까요? 왜 이 일은 이토록 내 마음을 아프게 할까요? 거기서는 무엇이든 안으로 꾹꾹 눌러 담았지만, 여기서는 그것들이 다 터져나와요.

우리는 소년병들을 이해하고 가엾게 여겨야 해요, 거기 다녀온 사람들 모두 다. 나는 성인이었어요. 그때 서른 살이었으니까요. 그런데도 얼마나 쉽게 흔들리고 무너졌는데요. 하지만 병사들은 어린 소년들이었잖아요. 그런 애들이 뭘 알았겠어요. 그냥 집에 잘 있는 애들 데려다가 양손에 무기를 쥐여준 꼴이죠. 그러고는 부추긴 거예요. '신성한 임무를 위해 떠나라, 조국이 그대들을 잊지 않을 것이다.' 그래놓고 이제 와서는 그 아이들한테 눈길조차 안 주고 어서 이 전쟁을 잊겠다고 난리들이죠. 하나같이 다 그래요. 모두 다요! 게다가 우리를 직접 그곳으로 보낸 사람들이 더 앞장을 서고요. 우리들조차 만나면 전쟁 이야기는 되도록 피해요. 이 전쟁을 좋아하는 사람은 아무도 없어요. 나는 아직도 아프가니스탄 국가를 들으면 눈물이 나요. 그곳에서 아프간 음악은 모두 좋아하게 됐어요. 그게 꼭 마약처럼 중독성이 있거든요.

얼마 전에 버스 안에서 우연히 한 병사를 만났어요. 오른팔을 잃고 우리 병원에서 치료를 받은 친구였어요. 나는 그 병사를 똑똑히 기억하고 있었어요. 나처럼 레닌그라드 출신이었거든요.

—세료자, 혹시 내가 도와줄 일 있어?

그러자 세료자가 악에 받친 듯 소리를 질렀어요.

—저리 꺼져!

나중에 세료자가 나를 찾아와 용서를 구할 걸 나는 알아요. 하지만 세료자에게는 누가 용서를 구하죠? 그곳에 다녀온 나머지 다른 병사들에게는요? 몸과 마음이 만신창이가 되고 불구가 된 사람들은요? 신체장애인 얘기를 하는 게 아니에요. 대체 자기 국민을 얼마나 하찮게 여겼으면 그런 지옥으로 내몰아요? 나는 이제 전쟁은 무조건 싫어요. 남자애들이 치고받고 싸우는 것도 못 견딜 정도로요. 이 전쟁은 이미 끝난 전쟁이라고 말하지 마세요. 여름에 뜨거운 흙먼지 바람을 마시거나 햇빛에 반짝이는 물웅덩이를 보면, 마른 꽃이 풍기는 강한 향을 맡으면…… 여전히 뺨을 한 대 얻어맞은 것처럼 얼얼하니까요……

이 전쟁은 평생 우리를 따라다닐 거예요.

간호사

—전쟁에서 손을 뗀 지 오래됐어요…… 그런데 이제 와서 그때 일을 다 이야기하라고요?

온몸을 뒤흔드는 그 전율과 그 분노를…… 어떻게요? 입대*하기 전에 자동차운송기술학교를 다녔어요. 그래서 대대장의 차를 운전하게 됐죠. 내가 맡은 일에는 불만이 없었어요. 하지만 얼마 지나지 않아 아프

* 구소련 시절 18세부터 27세까지의 소련 남성들은 육군의 경우 2년, 해군은 3년간 군복무를 했다.

간에 파병된 소련군의 병력이 모자란다는 이야기를 끊임없이 들어야 했죠. 정치학습 시간도 '우리 군대가 고국의 국경을 안전하게 지키고 있다' '형제의 나라를 돕고 있다'는 이야기를 빼놓고는 수업이 이루어지지 않을 정도였고요. 우리는 '우리가 아프간으로 갈 수도 있겠구나'라는 생각에 불안해지기 시작했어요. 지금 돌이켜보면 그때 이미 우리를 보내기로 결정된 것 같아요, 우리를 속이기로요……

대대장이 부대원들을 불러다놓고 묻더라고요.

—제군들, 최신 모델의 차를 몰고 싶지 않나?

우리는 당연히 한목소리로 대답했죠.

—옛! 몰고 싶습니다!

그러자 이어서 이렇게 덧붙였어요.

—하지만 먼저 미개간지*로 가서 곡식 수확을 도와야 한다.

우리는 모두 가겠다고 동의했어요.

비행기에서 우연히 조종사들이 하는 얘기를 듣고 우리가 타슈켄트로 가고 있다는 사실을 알게 됐어요. 그러자 나도 모르게 의심이 들더군요. '미개간지로 간다는 말이 사실일까?' 도착해 보니 정말 타슈켄트였어요. 우린 대열을 이루어 공항 근처의 어떤 장소로 이동했어요. 거대한 철조망으로 둘러싸인 곳이더군요. 우리는 그곳에 앉아서 대기했어요. 그런데 지휘관들이 흥분되고 불안한 모습으로 왔다갔다하면서 자기들끼리 뭔가 귓속말을 주고받더라고요. 점심시간이 되자 난데없이 우리가 있는 곳으로 보드카 상자들이 속속 도착했어요.

—이열 종대로 집합!

---

* 1954년부터 집중적으로 개간을 시작한 카자흐스탄이나 서부 시베리아의 미개척지를 말한다.

대열을 이루자 곧바로 몇 시간 후면 우리를 태우러 비행기가 도착할 거라는 공지가 뒤따랐어요. 우리가 서약한 대로 군인의 의무를 다하기 위해 아프가니스탄 공화국으로 출발한다고요.

그건 정말 말도 안 되는 소리였어요! 우리는 순식간에 공포와 혼란에 휩싸였고 대열은 아수라장이 됐어요. 입을 꼭 다물고 침묵하는 사람, 짐승처럼 길길이 날뛰는 사람. 누구는 분노에 치를 떨며 눈물을 흘리거나 온몸에 마비가 왔고, 또 누구는 이 믿을 수 없는 상황에, 이 추악한 속임수에 충격을 받아 그대로 기절해버렸죠. 그래서 보드카를 준비했던 거예요. 술을 먹여서 우리를 달래고 구슬리려고요. 보드카를 마시고 술기운이 머리까지 오르자 탈영을 시도하는 병사들이 생겼고, 장교들과 몸싸움을 벌이는 병사들까지 있었어요. 하지만 소총으로 무장한 다른 병사들이 철통같이 포위한 채 우리를 비행기 쪽으로 떠밀었어요. 우리는 짐짝처럼 비행기에 태워졌어요. 텅 빈 비행기의 쇳덩어리 몸통 안으로 내동댕이쳐진 거예요.

그렇게 우리는 아프가니스탄으로 보내졌어요…… 그리고 곧 부상병들, 전사자들과 마주하게 되었죠. '정찰'이니 '전투'니 '작전'이니 따위의 단어들도 그때 처음 듣게 되었고요. 아마도…… 지금 생각해보면, 그때 나는 한동안 쇼크 상태였던 거 같아요…… 몇 개월이 지나서야 겨우 제정신이 들면서 내가 처한 상황을 분명히 인식하기 시작했으니까요.

아내가 "어떻게 우리 남편이 아프가니스탄에 가게 됐나요?"라고 물으니까 이렇게 대답하더래요. "당신 남편이 자원했소." 우리 어머니들과 아내들은 모두 똑같은 대답을 들어야 했죠. 만약 뭔가 위대한 일을 위해서 내 목숨과 피가 필요하다면 나는 기꺼이 이렇게 말했을 거예요. "자원병으로 내 이름을 올려주십시오"라고요. 하지만 당국은 나를 두 번이

나 속였어요. 한 번은 속여서 나를 전쟁터로 내보냈고, 다른 한 번은 이 전쟁이 어떤 전쟁인지 사실대로 말해주지 않았어요. 8년이 지난 후에야 진실을 알게 됐죠. 내 친구들이 죽어 무덤 속에 있어요. 자기들이 이 비열한 전쟁에 속았다는 사실을 모르는 채로요. 가끔은 그 친구들이 부럽기도 해요. 그 친구들은 영원히 이 사실을 모를 테니까요. 그리고 앞으로 속을 일도 없고요.

사병, 운전병

—조국을 멀리 떠나 있어서 조국이 너무 그리웠어요……

남편은 오랫동안 동독에서 복무했어요. 그다음엔 몽골에서 복무했고요…… 내 인생에서 20년의 세월이 내 나라 밖에서 훌쩍 흘러가버린 거예요. 나는 자나깨나 조국 생각뿐인 사람인데 말이에요. 그래서 총참모부에 편지를 써서 '평생을 해외에 나가 있었다. 이제 더는 못하겠다. 집으로 돌아갈 수 있도록 도와달라'고 부탁했어요……

기차를 타고 가면서도 우리가 귀국한다는 사실이 믿어지지 않았어요. 그래서 남편에게 묻고 또 물었어요.

—우리 지금 소련으로 가는 거죠? 거짓말하는 거 아니죠?

소련 영토로 들어와 처음 정차한 기차역에서 나는 흙을 한 움큼 손에 쥐고 바라보며 기쁨의 미소를 지었어요. '내 나라 흙이다!' 그리고 심지어 그 흙을 씹어먹기까지 했어요, 정말로요. 또 그 흙을 얼굴에 대고 문질렀어요.

내 사랑하는…… 나의…… 우리 유라…… 유라는 우리집 맏이예요. 엄마가 돼서 이렇게 말하는 건 좀 그렇지만, 나는 우리 아들 유라를 이 세상에서 제일 사랑해요. 남편보다 더, 그리고 둘째아들보다 더요. 당연히 남편도 둘째도 모두 사랑하지만 왜 그런지 나는 유라가 유난히 사랑스러웠어요. 유라가 어렸을 때 나는 잠을 잘 때도 녀석의 조그마한 두 발을 꼭 부여잡고 잤어요. 유라를 다른 사람한테 맡겨놓고 영화를 보러 가는 일 같은 건 상상도 할 수 없었고요. 그래서 아직 3개월밖에 안 된 어린 유라를 데리고 우유병도 몇 개 넉넉히 챙겨서 영화를 보러 가곤 했죠. 평생을 우리 아들 유라와 함께했다고 말할 수 있어요. 나는 유라를 책으로, 그러니까 파벨 코르차긴*이니 올레크 코셰보이**니 조야 코스모데미얀스카야*** 같은 이상적인 인물들을 본보기 삼아 키웠어요. 유라는 초등학교 1학년 때 벌써 니콜라이 오스트롭스키의 소설 『강철은 어떻게 단련되는가』에 나오는 구절들을 줄줄 외웠어요. 다른 아이들은 동화나 동시를 외울 때 말이죠.

유라의 선생님이 감탄해 마지않았어요.

—유라, 엄마가 무슨 일을 하시지? 책을 참 많이 읽었구나.

—도서관에서 일하세요.

유라는 이상理想은 알았지만 실제 인생은 알지 못했어요. 나 역시 오랫동안 조국을 떠나 살면서 인생이 이상들로 이루어졌다고 믿었고요. 한번은 이런 일이 있었어요…… 우리가 이미 고향으로 돌아와 체르니우치****에서 살고 있을 때였어요. 그때 유라는 군사학교에 다니고 있었고

---

* 소련의 산업화를 다룬 오스트롭스키의 소설 『강철은 어떻게 단련되는가』의 주인공.

** 제2차세계대전중 레지스탕스 활동을 하다 나치에게 죽임을 당한 소련의 영웅.

*** 제2차세계대전중 여성 최초로 소련의 영웅 칭호를 받은 인물로, 빨치산 활동을 하다 18세의 나이로 숨을 거뒀다.

**** 우크라이나 서부의 도시이자 체르니우치 주의 주도로, 오스트리아-헝가리령 부코비나의 수도였다.

요. 어느 날 밤, 두시쯤 됐을까, 별안간 현관 벨이 울렸어요. 글쎄, 유라가 문 앞에 서 있더라고요.

—아들? 이렇게 늦게 무슨 일이야? 비는 왜 그렇게 맞고 서 있어? 흠뻑 젖었잖아……

—엄마, 엄마한테 할 말이 있어서 왔어요. 엄마, 나, 사는 게 힘들어요. 엄마가 가르쳐준 숭고한 이상들…… 그런 건 어디에도 없어요…… 엄마는 도대체 어디서 그런 걸 안 거예요? 이건 겨우 시작에 불과해요…… 앞으로 나는 어떻게 살아야 하죠?

밤새도록 아들과 부엌에 앉아 이야기를 나눴어요. 내가 무슨 말을 할 수 있었겠어요? 역시 같은 말을 되풀이할밖에요. '삶은 멋진 것이며 사람들은 선량하다. 모두 사실이다.' 유라는 조용히 내 말을 들었고 아침에 학교로 돌아갔어요.

아들을 여러 번 설득했어요.

—유라, 군사학교는 이제 그만두고 일반 대학으로 가렴. 네가 있어야 할 곳은 거기야. 네가 힘든 게 엄마 눈에는 보여.

유라는 자신의 선택에 만족하지 못했어요. 군인이 된 건 순전히 우연이었죠. 그러지 않았으면 훌륭한 역사학자가 됐을 텐데…… 유라는 학자가 적성에 맞았어요. 늘 책을 끼고 살았거든요…… "고대 그리스는 정말 멋진 나라예요!" 그러고선 그리스에 대한 건 전부 찾아 읽었어요. 또 다음엔 이탈리아에 관심을 가졌어요. "엄마, 레오나르도 다빈치가 그때 이미 우주비행에 대해 생각했다는 거 알아요? 언젠가는 사람들이 모나리자의 미소를 풀어낼 날이 올 거예요……" 유라가 졸업반 겨울방학 때 모스크바에 다녀왔어요. 대령으로 예편해서 모스크바에 사는 제 외삼촌 집에 머물렀죠. 그때 외삼촌과 얘기를 좀 나눴나봐요. 유라가 "외삼촌, 저는 대학에 가서 철학을 공부하고 싶어요"라고 하자 외삼촌이 선뜻 동의를 하지 않은 거예요.

—유라, 너는 정직한 젊은이야. 요즘 같은 시대에 철학자로 산다는 것은 결코 쉬운 일이 아니란다. 자신을 속이고 남들도 속여야만 하지. 그러지 않고 진실을 말했다가는 감방에 가거나 정신병원에 갇히게 될 거야.

그리고 이듬해 봄에 유라는 결정을 내렸어요.

—엄마, 아무것도 묻지 말아요. 나, 군인이 되기로 했어요.

군사도시에서 아연관들을 본 적이 있어요. 하지만 그때는 큰아이가 아직 7학년이었고, 둘째는 더 어렸기 때문에 우리 아이들이 자라는 동안 전쟁이 끝날 거라고 믿었어요. '설마 전쟁이 그렇게 오래가겠어?'라고 생각했죠. 그런데 누군가 유라의 추도식에서 그러더군요. "전쟁이 우리 아이들 학교 다닌 세월만큼 계속됐네요. 10년이나 말이에요."

군사학교에서 졸업식 파티가 있었어요. 우리 아들은 장교로 졸업했어요. 하지만 나는 유라가 어딘가로 떠나야 한다는 사실이 도무지 받아들여지지 않았어요. 유라가 곁에 없는 삶은 상상조차 할 수 없었거든요.

—어디로 발령날 것 같아?

—아프가니스탄에 자원하려고요.

—유라!

—엄마, 엄마가 날 그렇게 키웠으니까 이제 와서 딴소리는 하지 말아요. 엄마는 나를 바르게 키운 거예요. 내가 여기서 만난 괴물 같은 사람들은 더이상 내 동족도 내 나라 사람도 아니에요. 아프가니스탄으로 갈 거예요. 그래서 우리 삶에는 보다 숭고한 가치가 있다는 사실을 그 사람들에게 보여줄 거라고요. 모든 사람이 고기로 가득찬 냉장고와 '지굴

리*'에 행복해하진 않는다는 걸요. 뭔가 다른 게 있다는 걸 알게 할래요…… 엄마가 그렇게 가르쳤잖아요……

아프가니스탄으로 가겠다고 자원하고 나선 사람은 우리 유라만이 아니었어요. 다른 많은 소년들도 자원을 했더라고요. 다들 좋은 집안 출신이었어요. 한 아이는 아버지가 콜호스** 의장이었고, 또 어떤 아이는 아버지가 학교 교사에…… 엄마는 간호사고……

아들에게 내가 무슨 말을 할 수 있었겠어요? 조국은 그런 걸 필요로 하지 않는다고요? 정작 아들이 증명해 보이고 싶은 사람들은 평소 그들 생각대로 아프가니스탄에는 비단옷이나 돈을 손에 넣으려는 사람들이 간다고 여길 텐데요. 아니면 훈장을 노리거나 출세를 위해 간다고 말이에요. 그들에게 조야 코스모데미얀스카야는 한낱 광신자에 지나지 않아요. 이상적인 인간상이 아니라고요. 왜냐하면 정상적인 사람은 그런 일을 감히 할 수가 없거든요.

모르겠어요, 그 순간 내가 어떻게 된 건지. 아들 앞에서 울고불고 애원을 하고 나 스스로도 인정하기 두려웠던 사실을 아들 앞에서 인정하고 만 셈이었어요…… 하지만 이미 사람들은 그 사실에 대해 이야기하고 있었죠…… 이미 부엌에서 은밀히들 수군거렸어요…… 나는 유라에게 애원했어요.

—유로치카***, 실제 삶은 내가 너에게 말한 것과는 전혀 달라. 만약에 네가 아프가니스탄에 있다는 소리가 엄마 귀에 들려오는 날에는 당장

---

* 소련제 승용차의 한 종류.

** 소련의 집단농장. 협동조합 형식으로 농민들이 집단 경영을 했으며 각자의 노동에 따라 수익을 분배했다.

*** 유라의 애칭.

붉은 광장으로 달려나가…… 광장 한가운데서…… 내 몸에 기름을 들이붓고 불을 붙일 거야. 너는 조국을 위해 네 생명을 희생하는 게 아니야. 무엇을 위한 것인지도 모른 채 죽어갈 거라고…… 그냥 그렇게 말이야. 조국이 진정 조국이라면 자신의 가장 건실한 아들들을 명분도 없는 그런 전쟁터의 사지로 몰아넣을 수 있을까?

그러자 유라는 나에게 몽골로 간다고 거짓말을 했어요. 하지만 내 아들을 내가 몰라요? 당연히 아프간으로 간다는 걸 알았죠.

같은 시기에 둘째아들 게나도 군대에 가게 됐어요. 게나는 걱정이 안 됐어요. 게나는 유라와는 다르게 자랐거든요. 둘은 늘 티격태격했죠.

유라_ 게나, 너는 책을 너무 안 읽어. 손에 책 든 걸 한 번도 못 봤다니까. 늘 그놈의 기타, 기타.

게나_ 나는 형 같은 사람은 되고 싶지 않아. 나는 다른 보통 사람들처럼 살 거야.

두 아이가 떠나고 나서 나는 아이들 방으로 거처를 옮겼어요. 모든 게 싫었어요. 아이들이 보던 책, 아이들 물건, 아이들이 쓴 편지 외에는 어떤 것에도 마음이 가지 않았어요. 유라는 편지에 몽골에 대해서 썼지만 몽골의 지리를 혼동하는 바람에 오히려 자신이 아프간에 있다는 사실만 더 확인시켜주고 말았죠. 나는 밤낮으로 지난날을 돌아보며 자책했어요. 자신을 조각조각 베고 찢으며 상처를 줬어요. 그 고통을 어떻게 말로 다 표현해요, 어떻게……

아들을 그곳으로 보낸 사람은 바로 나예요. 다른 누구도 아닌 바로 나!

……어느 날 낯선 사람들이 우리집을 찾아왔어요. 표정을 보니 단박에 알겠더군요. 끔찍한 소식을 전하러 왔다는 것을요. 나는 방으로 뒷걸

음질쳤어요. 하지만 마지막 희망은, 비록 그게 죄받을 짓일지라도, 희망은 남아 있었어요.

—게나예요?

그들은 내 시선을 피했어요. 나는 다시 한번 한 아들을 구하기 위해 다른 아들을 그들에게 내어줄 준비가 돼 있었어요.

—게나죠?

그들 중 한 명이 아주 작은 목소리로 대답했어요.

—아니요, 유라입니다.

더이상 못하겠어요…… 못해요, 더이상은…… 2년 동안 나는 살아도 산 게 아니었어요. 어디 아픈 것도 아닌데 시름시름 생명이 꺼져가고 있어요. 나는 붉은 광장으로 가서 내 몸에 불을 붙이지 않았고, 남편 역시 당원증을 들고 나가 그들의 얼굴에 내던지지 않았어요. 어쩌면 우리는 이미 죽은 건지도 몰라요. 아무도 그 사실을 모를 뿐이죠……

우리 자신도 그 사실을 모르고요……

어머니

—나는 자신을 설득했어요. "다 잊을 거야. 전부 다……"

우리 가족에게 이 이야기는 금기예요. 아내는 거기서 나이 마흔에 머리가 하얗게 셌고, 딸아이는 길게 기르던 머리를 지금은 짧게 자르고 다녀요. 카불에서 밤에 총격이 벌어졌는데 딸아이가 아무리 해도 안 일어나더라고요. 아이의 머리채를 잡아당겨 깨웠죠.

4년이 지나니까 못 견디겠는 거예요, 도저히…… 이야기가 하고 싶어서…… 그래서 어제 우연히 집에 온 손님들을 붙잡고 끝없이 이야기 보따리를 풀어놨어요. 앨범을 꺼내들고 와서…… 슬라이드로 사진까지 보여줘가면서요. '헬리콥터들'이 마을 위를 맴도는 사진, 들것에 실린 부상병과 그 옆에 나란히 놓인, 운동화를 신은 채 잘려나간 부상병의 다리 사진, 총살형을 언도받은 포로들이 순박하게 카메라 렌즈를 응시하는 사진. 그 포로들은 사진을 찍은 지 십 분 후에 세상에 더이상 없었죠…… 알라후 아크바르*! 한참 그렇게 이야기에 열을 올리다 잠깐 주위를 둘러봤어요. 남자들은 발코니에서 담배를 피우고 여자들은 부엌으로 가고 없더라고요. 아이들만 앉아 있고요. 십대인 아이들만 사진에 관심을 보였어요. 나도 내가 왜 그러는지 모르겠어요. 그냥 이야기가 하고 싶어요. 그런데 이제 와서 갑자기 왜요? 그러지 않으면 까맣게 잊어버릴까봐 그럴까요……

그때 어땠는지, 그때 내가 느낀 건 뭔지, 그런 이야기는 지금은 하고 싶지 않아요. 지금 내 감정들에 대해선 이야기할 수 있지만요. 또다시 4년이 지나면…… 아니 10년이 지나면 모든 것이 다르게 보일 테죠. 어쩌면 모든 기억들이 조각조각 흩어져버릴지도 모르고요.

마음속에 뭔가 분노 같은 게 있었어요. 적개심이라고나 할까요. '왜 내가 그곳에 가야 하지? 왜 나한테 이런 일이 생겼지?' 마음이 짓눌렸지만 그렇다고 자신을 망가뜨리거나 막 나가지는 않았어요. 그리고 그런 나 자신이 대견했고요. 나는 사소한 것까지 고민해가며 떠날 준비를 시작했어요. 칼은 어떤 걸로 가져갈지, 면도기는 또 어떤 걸로 할지…… 그러면서 한창 기분이 들뜨고 사기가 오른 상태일 때 어서 빨리 미지의 세계와 만나고 싶다는 생각을 했죠. 그곳이 머릿속에 그려지더군요…… 아마 누구나 비슷한 심정이었을 거예요. 몸이 으슬으슬 오한이

---

* 아랍어로 '알라는 위대하다'는 뜻.

들기도 하고 땀을 흘리기도 했고요…… 비행기가 무사히 착륙하자 안도감이 들면서도 불안했어요. '드디어 모든 게 시작되는구나. 이제 우린 그 온갖 걸 목격하고 겪어내고 또 그 기억을 안고 살겠구나.'

아프간 남자 세 명이 둘러서서 이야기를 나누며 소리 내 웃었어요. 지저분한 행색의 남자아이가 줄지어 늘어선 작은 상점들 옆을 달려갔어요. 아이는 천 다발들이 빼곡히 들어찬 어느 판매대 아래로 뛰어들었죠. 그리고 앵무새 한 마리가 깜빡이지 않는 녹색 눈 한쪽으로 나를 뚫어지게 바라봤고요. 나는 무슨 일인지 몰라 어리둥절했어요…… 세 남자는 여전히 대화를 나누고 있었어요. 그런데 갑자기 나를 등지고 섰던 남자가 몸을 돌리는데…… 총구가 나를 향하고 있는 거예요. 총구가 점점 위로 올라가고…… 더 위로 올라가더니…… 바로 코앞에…… 왔다 싶은 순간, '탕' 하고 날카로운 굉음이 울렸고 더이상 나는 없었어요…… 계속 의식이 왔다갔다했어요…… 하지만 쓰러지지 않고 버티고 서 있었죠. 그들에게 뭔가 말을 하고 싶었지만 그럴 수가 없었어요. "아, 아, 아……"

세상이, 마치 필름이 인화되는 것처럼 서서히 형체를 드러냈어요…… 창…… 높다란 창…… 뭔가 하얀 게, 뭔가 커다란 게 보이는데, 가만 보니 하얀 것 속에 크고 묵직한 것이 들어 있어요…… 사람인 것 같아요…… 하지만 안경을 쓰고 있어서 누군지 알아볼 수가 없어요…… 그 사람한테서 땀이 흐르고…… 땀방울들이 내 얼굴 위로 뚝뚝 떨어져요. 아플 정도로 내 얼굴 위로…… 눈을 떠보려고 기를 쓰고 있는데 안도하는 소리가 들려요.

―다 됐어요, 대령님. 이제 '출장'에서 돌아왔군요.

하지만 머리를 들려고 하면, 아니 머리를 살짝 옆으로 돌리기만 해도 뇌가 떨어져나갈 것처럼 아팠어요. 의식도 가물가물했고요…… 또다시 남자아이가 판매대 아래의 빽빽한 천 다발 속으로 숨어들고…… 앵무새가 녹색 눈으로 나를 뚫어져라 바라봐요…… 아프간 남자 셋이 그곳에 서 있어요…… 나에게 등을 보이고 섰던 남자가 내 쪽으로 돌아서고…… 나는 권총의 총구를 빤히 쳐다봐요…… 총구가 바로 눈앞에…… 보여요…… 이제 나는 '탕' 하고 총소리가 울릴 때까지 기다리지 않아요…… 소리를 지르죠. "네놈을 죽일 테다! 죽일 거야!……"

비명은 무슨 색이냐고요? 무슨 맛이고? 그렇다면 피는요? 병원에서는 피가 붉은색이지만 메마른 모래땅에서는 잿빛이에요. 해 질 무렵 암벽 위의 피는 말라붙어 선명한 푸른색을 띠고요. 중상을 입은 사람의 피는 콸콸 쏟아져요. 깨진 병에서 액체가 쏟아지는 것처럼…… 부상자는 점점 생명이 꺼져가죠…… 점점 더…… 두 눈만 끝까지 반짝이며 지켜보는 이를 지나쳐 어딘가로 향해요. 그리고 고집스럽게 그곳만 바라봐요……

우리는 대가를 치렀어요! 모두 다! 완전히. (갑자기 초조하게 방안을 서성이기 시작한다.)

밑에서 위를 올려다보면 산들이 끝도 없이 펼쳐지면서 감히 가닿을 수 없는 곳처럼 여겨지지만, 비행기를 타고 하늘로 올라가 공중에서 내려다보면 산이 아니라 스핑크스들이 뒤집혀 누운 것처럼 보이죠. 내가 지금 무슨 말을 하는지 알겠어요? 시간에 대해서 얘기하는 거예요. 사건과 사건들 사이에 놓인 시간 차에 대해서요. 당시엔 전쟁에 참전한 우리들조차 그게 어떤 전쟁인지 몰랐어요. 오늘의 나를 어제의 나와 혼동하게 만들지 말아요. 1979년에 그곳에 있었던 나와 말이죠. 그래요, 그때는 이 전쟁이 옳다고 믿었어요! 1983년에 이곳으로, 모스크바로 돌아왔어요. 여기선 다들 우리가 아예 거기에 간 적이 없는 양 지내고 있더군요. 또 그렇게들 행동했고요. 마치 어떤 전쟁도 치르지 않은 것처럼요. 사람들은 지하철 안에서 평소처럼 소리 내 웃었고, 입맞춤을 했어요. 책들을 읽고요. 나는 아르바트*를 지나며 사람들을 붙잡고 물어봤어요.

—지금 아프가니스탄에서 전쟁이 몇 년째 계속되는 건가요?

—몰라요……

—전쟁이 몇 년이나……

—몰라요, 그런 건 왜 물어보는 건데요?

—전쟁이 몇 년이나……

—아마, 2년……

—전쟁이 몇 년……

—왜요, 거기에 전쟁 났대요? 정말요?

이젠 우리를 마음껏 비웃고 조롱할 수 있게 됐어요. '당신들은 양떼처럼 눈멀고 어리석은 사람들이었다'고요. 고분고분 말 잘 듣는 양떼들! 고르바초프가 그래도 되게 만들었으니까요…… 고삐가 풀린 거죠…… 마음껏 비웃으라고 해요! 하지만 옛 중국 속담에 이런 말이 있어요. '수명을 다해 숨진 사자의 발아래에서 용맹을 자랑하는 사냥꾼은 갖은 경멸을 받아 마땅하지만, 사자를 무찌르고 그 발아래에서 용맹을 자랑하는 사냥꾼은 최고의 존경을 받아 마땅하다.' 그건 실수였다고 말하는 사람도 있겠죠. 정말 모르겠어요. 대체 어떤 사람이 그렇게 말할 수 있을까요? 하지만 나는 아니에요. 사람들이 나에게 힐난하듯 묻겠

---

* 길거리 예술가들의 천국으로 유명한 모스크바의 거리.

죠. "당신은 그때 왜 침묵했나요? 당신은 소년도 아니었잖아요. 그때 이미 나이가 오십이 다 됐으면서……" 그래도 나는 그들을 이해해야만 해요……

거기서 내가 아프간 사람들에게 총을 쏘긴 했지만 동시에 그들을 존경하는 마음도 있었다는 사실부터 밝히고 싶어요. 사실 그 사람들을 존경할 뿐만 아니라 사랑해요. 그곳의 산처럼 조용하고 시간을 초월하여 불리는 그들의 노래, 그들의 기도가 나는 좋아요. 하지만 나는—순전히 내 개인적인 의견이에요—그들의 유르트*가 우리 5층 아파트보다 열등하며 변기도 없는 곳에 문화가 있을 리 없다고 진심으로 믿었어요. 그래서 우리가 그들에게 변기를 충분히 제공하고 돌로 집을 지어줘야 한다고 생각했죠. 트랙터 운전법도 가르쳐야 하고요. 우리는 사무실용 탁자들과 유리물병들, 공식 회의석상에서 쓸 붉은색 테이블보들을 아프간 사람들에게 제공했어요. 거기 곁들여서 마르크스, 엥겔스, 레닌의 초상화도 수천 장을 줬고요. 그들은 사무실마다 책임자 자리 바로 위쪽에 초상화를 걸었어요. 우리는 책임자들에게 제공할 번쩍거리는 까만 '볼가'도 들여왔어요. 우리 트랙터와 우량종 수송아지도 나눠줬고요. 농부(아프간 말로 '데흐카니'예요)들은 우리가 분배하는 토지를 받으려 하지 않았어요. 땅은 알라에게 속해 있으며, 그래서 사람은 땅을 누구에게 줄 수도 가질 수도 없다고 믿기 때문이었죠. 부서지고 깨진 회교 사원들의 지붕이 우리를 내려다봤어요, 마치 우주에서 바라보는 것처럼……

우리는 개미 눈에 비친 세상이 어떤지 결코 알지 못해요. 이것에 대해서는 엥겔스를 읽어보세요. 또 동양학자 스펜세로프는 이렇게 말했어

* 유목민들의 이동식 주거 공간, 천막.

요. "아프가니스탄을 사는 건 불가능하다. 가로채서 손에 넣는 것만 가능할 뿐." 어느 날 아침, 담배를 한 대 피워 무는데 재떨이에 쇠똥구리만큼 작은 도마뱀이 앉아 있더군요. 그런데 며칠 후에 돌아와 보니 녀석이 여전히 재떨이에 있는 거예요. 자세까지 똑같이 하고요. 고개도 안 돌리고 그대로요. 순간 깨달았어요. '그래, 이런 게 바로 동양이구나.' 내가 열 번은 죽었다 살아나고 무너졌다 일어서는 동안 녀석은 작디작은 제 머리 하나 돌릴 틈이 없었던 거예요. 그 사람들 달력으로는 아직 1361년이었으니까요……

나는 지금 집에 있어요, 텔레비전 옆의 안락의자에 몸을 파묻고요. 이런 내가 과연 사람을 죽일 수 있을까요? 아니요, 이제 파리 한 마리도 안 죽여요! 거기서 처음 며칠, 아니 처음 몇 달은 쏟아지는 총탄에 뽕나무 가지들이 우두둑 떨어져나가는 것을 보면서도 그게 영, 현실 같지가 않았어요…… 하지만 전투심리는 달라요…… 달려가면서 표적을 맞히죠…… 앞에 있는 표적을…… 곁눈질로 살피면서요…… 내가 몇 명이나 죽였는지는 세어보지 않았어요…… 그저 달렸어요. 목표물을 쏘아맞히면서…… 여기…… 저기…… 살아 움직이는 목표물을…… 그리고 나 역시 표적이 되었고요. 과녁이요…… 아니요, 우리는 전쟁터에서 영웅이 되어 돌아온 게 아니에요. 전쟁터에서 영웅으로 돌아오는 건 불가능해요……

우리는 대가를 치렀어요! 모두 다! 완전히.

당신들은 1945년의 우리 병사를 떠올리면 애정을 느끼겠죠. 온 유럽이 그를 사랑했던 것처럼요. 허리띠를 넓게 두른, 순박하고 어수룩한 그때의 병사를요. 그 병사는 아무것도 필요로 하지 않았어요. 오직 승리만을 바랐죠. 살아서 집으로 돌아가는 것하고! 하지만 아프가니스탄에서 돌아온 이 병사, 당신네 현관으로, 당신네 동네로 돌아온 이 병사는 달라요. 이 병사는 청바지와 녹음기를 필요로 했어요. 그는 다른 삶을 목격했고 그것을 기억했거든요. 많은 것을 원했죠…… 고대인들이 한 말이 있어요. "잠자는 개를 깨우지 말라. 인간에게 감당할 수 없는 시험을 주지 말라. 인간은 그것을 견디지 못할지니."

그곳에서는 좋아하는 도스토옙스키를 읽을 수가 없더라고요. 너무 암울해서요. 대신 어디를 가든 공상과학소설을 가지고 다녔어요. 브래드버리*를 좋아했죠. 영원히 살기를 원하는 사람이 있을까요? 아무도 없어요.

아니, 사실은 있었어요…… 정말이에요! 기억나요…… 감방에 수감된 갱단의 우두머리를 본 적이 있어요. 그때 우리들끼리는 놈들을 갱단이라고 불렀거든요. 그자가 철제침대에 누워 책을 읽고 있더라고요…… 책 표지가 눈에 익어서 보니까…… 레닌의 『국가와 혁명』이었어요. 그자가 그러더군요. "이 책을 끝까지 읽을 시간이 없다는 게 유감이오. 아마 우리 아이들이 나 대신 읽겠지……"

한번은 학교가 불에 홀랑 타버리고 벽만 남았어요. 아이들은 매일 아침 수업을 받으러 와서 벽을 칠판 삼아 숯검댕이로 글씨를 썼죠. 수업이 끝나면 석회로 벽을 발랐고요. 벽은 다시 백지처럼 하얗게 됐어요.

중위가 팔다리가 잘려나간 채 '젤룐카'에서 실려왔어요. 놈들이 성기마저 잘라버렸더군요. 그런데 겨우 정신이 든 중위가 내뱉은 첫마디가 뭔지 아세요? "우리 대원들은 어떻게 됐습니까?……"

우리는 대가를 모두 치렀어요! 우리가 누구보다 더 비싼 대가를 치렀

---

* 레이 브래드버리(1920~2012). SF문학의 거장으로 추앙받는 미국 작가. SF문학에 서정성과 문학성을 부여해 그 입지를 끌어올린 전방위적 작가로 불렸다.

다고요. 당신들보다 더……

우리는 아무것도 필요 없어요. 우린 다 지나왔으니까요. 그저 우리 얘기를 들어주고 이해해주면 돼요. 그런데 모두 뭔가를 해주려고만 하죠. 약을 주고, 연금을 주고, 아파트를 주고요. 주고는 잊어버려요. 하지만 소위 이 '주는 것'은 값비싼 외화로 값을 치른 거예요. 피 값이라고요. 우리는 당신에게 참회하러 왔어요. 우린 그때를 후회하고 있어요.

하지만 우리 고백은 비밀로 해야 한다는 사실, 잊지 말아주세요……

군사 고문관

—아니요, 끝이 좀 그랬지만 그래도 좋아요. 패배했더라도요. 덕분에 우리 눈이 열렸잖아요……

그 얘기를 다 하는 건 불가능해요…… 내가 보고 기억하는 건 어차피 일부에 불과하니까요. 이야기하다보면 기억이 떠오를지도 모르죠. 하지만 말로는 다 표현을 못해요. 십분의 일이나 가능할까. 그것도 내가 최대한 노력을 하는 경우에요. 애는 써볼게요. 그런데 누구를 위해서 그래야 하나요? 알료시카를 위해서요? 알료시카는 배에 유산탄 파편이 여덟 개나 박힌 채 내 품안에서 숨을 거뒀어요. 열여덟 시간에 걸쳐 알료시카를 데리고 산을 내려왔어요. 하지만 열일곱 시간 동안 살아 있다가 열여덟 시간째에 결국 숨을 거뒀죠. 알료시카를 위해서라도 그때 일을 기억해야 한다고요? 사람이 저세상, 그러니까 저 위에서 뭔가를 필요로 한다는 생각은 종교적인 관점일 뿐이에요. 나는 사람들이 저세상에서 더이상 고통받지도 두려움에 떨지도 부끄러워하지도 않는다는 쪽에 더 믿음이 가요. 그렇다면 이제 와서 지난 일을 들추어낼 필요가 있을까요? 우리한테 뭔가 알아내고 싶은가본데요…… 맞아요…… 우린 낙인이 찍힌 사람들이에요…… 우리한테 뭘 알아낼 수 있다는 거죠? 혹시 우리를 다른 사람들로 착각하시는 건 아니고요? 낯선 나라에서, 게다가 무엇을 위해 싸우는지도 모른 채 이상을 쟁취하고 어떤 의미를 찾는다는 게 결코 쉬운 일은 아니라는 점, 이해해주시기 바라요. 거기서 우리는 다 똑같았지만 그렇다고 생각마저 같았던 건 아니었어요. 여기처럼…… 정상적인 세상에서처럼요…… 그곳에 다녀온 사람들과 다녀오지 않은 사람들의 입장은 언제든 서로 바뀔 수 있어요. 우리는 모두 제각각이면서 동시에 어디서나 똑같아요. 거기서나 여기서나.

6학년인가 7학년* 때 러시아문학 선생님이 나를 칠판 앞으로 부른 적이 있어요.

—네가 좋아하는 영웅은 누구니? 차파예프**? 아니면 파벨 코르차긴?

—허클베리 핀***이요.

—왜 허클베리 핀이지?

—허클베리 핀은 도망친 흑인노예 짐을 주인에게 내주든지 짐 대신 자기가 지옥불에 떨어지든지 하나를 선택해야 했을 때, 자신에게 이렇게 말했거든요. "젠장, 지옥불로 가지 뭐." 그러면서 짐을 지켜주었어요.

수업이 끝나고 친구 알료시카가 물었어요.

—짐이 백군이면 너는 적군이야****?

---

* 러시아는 초, 중, 고등학교가 11학년으로 전체 통합되어 있다.

** 바실리 이바노비치 차파예프(1887~1919). 제1차세계대전과 러시아 내전에 참전한 전쟁영웅.

*** 미국 작가 마크 트웨인의 소설 『허클베리 핀의 모험』의 주인공.

**** 1918~1920년, 러시아에서는 '적군'과 '백군' 사이에 내전이 벌어졌다. 농민과 노동자가 주축이 된 혁명 세력이 '적군', 제정 러시아군이 주축이 된 반혁명 세력이 '백군'이었다.

우리는 평생을 그렇게 살았고 지금도 여전히 그렇게 살고 있죠. 백군과 적군으로 나누면서, 우리와 함께하지 않는 사람은 곧 우리의 적이라 여기면서요.

한번은 아프가니스탄의 바그람* 근교에서…… 마을에 들어가 먹을 것을 청했어요. 그곳의 관습법에 따르면, 배가 고파 제집에 찾아온 사람을 그냥 돌려보내면 안 되거든요. 따뜻한 레표시카**로 손님을 대접해야 하죠. 여자들이 우리를 식탁에 불러 앉히더니 먹을 걸 내왔어요. 우리가 그 집을 떠나자 마을사람들이 그 집 여자들과 아이들을 돌로 치고 몽둥이로 두들겨팼어요. 숨이 끊어질 때까지요. 그 여인들은 자기들이 죽임을 당할 걸 알았지만 우리를 내쫓지 않았어요. 그런데 우리는 그들에게 우리의 법을 따르도록 강요했죠…… 모자를 쓴 채 모스크***에 들어가기도 했고요……

왜 그때 이야기를 물어서 다시 옛날 생각이 나게 해요? 내가 처음 죽인 사람, 부드러운 모래밭에 흘린 나의 피, 의식을 잃어가는 내 위에서 까딱까딱 흔들리던 높다란 낙타 머리…… 모두 마음속 깊이 묻어둔 기억들이라고요. 그곳에 있을 때는 나도 다른 사람들하고 똑같았어요. 평생 딱 한 번 다른 사람들처럼 되기를 거부한 적이 있어요. 딱 한 번…… 유치원에 다닐 때였어요. 선생님들이 두 사람씩 손을 잡고 다니라고 했어요. 하지만 나는 혼자 다니는 게 좋았죠. 젊은 여선생님들은 그런 내 고집을 한동안 참아주었어요. 그러다 한 선생님이 결혼을 하면서 유치

---

* 아프가니스탄 중동부 파르완 주에 있는 도시로, 현재 미군 공군기지가 위치해 있다.

** 아프가니스탄, 타지키스탄, 우즈베키스탄 등지에서 주식으로 먹는 크고 동그랗고 납작한 빵.

*** 이슬람 사원.

원을 떠났고 대신 클라바 아줌마가 왔어요.

—세료자의 손을 잡으렴.

클라바 아줌마가 남자애 하나를 나에게 데려왔어요.

—싫어요.

—왜 싫다는 거니?

—혼자 다니는 게 좋아요.

—다른 착한 남자애들이나 여자애들처럼 말 들어.

—안 할 거예요.

노는 시간이 끝나자 클라바 아줌마가 내 옷을 모두 벗겼어요. 팬티와 러닝셔츠까지요. 그리고 아무도 없는 캄캄한 방으로 데려가더니 세 시간 동안 나 혼자 있게 했어요. 어릴 때는 혼자 남겨지는 것보다 더 무서운 일이 없잖아요. 어둠 속에…… 모두 나를 잊어버린 것 같았어요. 다시는 밖으로 나갈 수 없을 것만 같았죠, 영원히. 다음날 나는 세료자와 손을 잡고 다녔어요. 다른 아이들하고 똑같아진 거예요. 초등학교, 중학교, 고등학교에 다닐 때는 학교가, 대학에 다닐 때는 대학이, 공장에 다닐 때는 공동체가 모든 걸 결정했어요. 내 결정을 늘 다른 사람들이 했어요. 사람은 혼자서는 아무것도 성취할 수 없다는 생각을 끊임없이 불어넣었죠. 어느 날 어떤 책을 읽다가 '용기의 살인'이라는 구절을 우연히 보게 됐어요. 아프가니스탄으로 떠날 때만 해도 내 안에는 죽일 것이 아무것도 없었어요. 하지만 "지원자들은 두 걸음 앞으로!"라는 소리가 들리자 모두들 두 걸음씩 앞으로 나갔고, 나 역시 앞으로 나갔죠.

신단드*에서…… 미쳐버린 우리 병사 둘을 만났어요. 보니까, 그 둘

---

* 아프가니스탄 중서부에 있는 헤라트 주 신단드 지구의 중심도시.

이 '두흐'들과 회담을 '벌이더라고요'. 우리 10학년 학생들이 배우는 역사책 내용을 가지고 사회주의에 대해 계속 설명을 하면서요…… 사회주의는 뭐며, 레닌은 누구며…… "문제는 속이 텅 빈 우상 속에 성직자들이 들어앉아 속세 사람들에게 예언을 한다는 사실이다"…… 그 둘을 보고 있자니 크릴로프*의 말이 떠오르더군요. 고전이죠…… 열한 살 때쯤이었을 거예요. 어느 날 유명한 '저격수' 아줌마가 우리 학교를 방문했어요. 그 아줌마가 전쟁 때 '독일 병사들'을 78명이나 죽였다는 거예요. 그날 집으로 돌아온 나는 말을 더듬었고 밤에는 열까지 났어요. 부모님은 감기라고 생각하셨죠. 일주일 동안 학교에 나가지 않았어요. 집에 있으면서 나는 평소 내가 좋아하던 『쇠파리**』를 읽었어요.

왜 그때 이야기를 물어서 다시 옛날 생각이 나게 해요? 집에 돌아왔는데…… 군대 가기 전에 입던 청바지와 셔츠를 다시 입을 수가 없더라고요. 마치 다른 사람, 전혀 모르는 낯선 사람의 옷 같아서요. 엄마가 여전히 내 체취가 배어 있다고 하는데도 말이죠. 예전의 나는 이제 없어요. 그 사람은 더이상 존재하지 않아요. 이제 내가 된 이 다른 사람은 이름만 예전 그대로 사용할 뿐이에요. 군대 가기 전에 만나던 여자가 있었어요. 그녀를 사랑했죠. 집에 돌아왔지만 그녀에게 전화하지 않았어요. 그녀가 우연히 내가 집에 돌아와 있다는 소식을 듣고 나를 찾아왔더군요. 공연한 짓이었어요…… 만나지 말았어야 했어요…… "네가 사랑했고 또 너를 사랑했던 그 남자는 이제 없어. 나는 다른 사람이야. 다른

---

* 이반 안드레예비치 크릴로프(1769~1844). 제정러시아의 시인으로, 러시아의 이솝으로 불린다. 주로 유머 넘치는 우화를 쓰며 사회악과 부도덕을 풍자했다.

** 1897년 출간 이래 러시아와 중국을 비롯한 구 공산권 사회에서 대중적 인기를 얻은 혁명소설로, '쇠파리'라는 인물을 통해 혁명 이데올로기의 관념성과 종교 이데올로기의 위선성을 온몸으로 돌파하는 삶의 궤적을 담아낸 작품이다.

사람이 됐다고!" 내가 냉정하게 말하자 그녀가 울었어요. 그후로도 그녀는 여러 번 나를 찾아왔어요. 전화도 여러 번 했고요. 왜요? 나는 이제 다른 사람인데! 다른 사람! (잠시 입을 다물고 마음을 진정시킨다.) 나는 첫번째 사람이 좋아요…… 그때의 그가 그리워요…… 그를 떠올려보곤 하죠…… 쇠파리가 몬타넬리에게 물어요. "신부님, 이제 신부님의 하느님은 만족하시나요?"

나는 이 질문을 누구에게 던져야 할까요? 수류탄을 던지듯 던지고 싶은데……

사병, 포병

—어떻게 여기 오게 됐냐고요? 아주 간단해요. 신문 내용을 그대로 믿었거든요……

나는 자신에게 말했어요. "옛날에는 젊은이들이 공훈도 세우고 자기희생도 곧잘 했는데 요즘 젊은것들은 정말 아무짝에도 소용이 없어. 나부터도 그렇고. 아프간은 전쟁중인데 나는 집에 앉아서 옷이나 만들어 입고 머리 스타일이나 궁리하고 있잖아." 엄마가 울었어요. "차라리 죽어버릴란다. 용서 못해. 너를 팔 따로 다리 따로 땅에 묻으려고 낳은 게 아니란 말이다."

첫인상이요? 카불에 휴게지가 있었어요. 가시철조망에 자동소총을 든 군인들에…… 개들은 짖어대고…… 여자들만 한 무리가 모였더군요. 수백 명은 돼 보였어요. 장교들이 속속 찾아와 무리 중에서 더 예쁘고 젊은 여자들을 골라 데려갔어요. 그것도 아주 대놓고요. 소령이 손짓으로 나를 부르더라고요.

—자네 대대까지 태워주지. 내 트럭이 싫지만 않다면.

—어떤 트럭인데요?

—'수하물 200'……

나는 '수하물 200'이 무슨 의미인지 알고 있었어요. 그건 시신과 관을 의미했어요.

—관이 안에 있나요?

—지금 병사들이 트럭에서 부리고 있네.

방수덮개가 달린 평범한 카마즈*트럭이었어요. 병사들이 관을 탄약상자라도 되는 양 아무렇게나 텅텅 집어던졌어요. 정말 기가 막히더군요. 병사들은 내가 '신참'이라는 걸 금세 알아챘죠. 부대에 도착했어요. 기온이 섭씨 60도까지 오른 무더운 날씨였어요. 화장실에는 파리가 어찌나 많은지 파리 날개를 타고 날아오를 수도 있겠더라고요. 샤워할 데도 없었어요. 물이 황금만큼이나 귀했거든요. 부대에 여자는 나 혼자였어요.

2주 후에 대대장이 나를 호출했어요.

—이제부터 자네는 나랑 사는 거야……

두 달을 저항하며 맞섰어요. 한번은 대대장에게 거의 수류탄을 던질 뻔했고, 또 한번은 칼을 들고 덤볐죠. 그러면 지겹도록 같은 말이 되돌아왔어요. "더 높은 사람을 골라잡으려는 건가, 장성급으로?…… 버터 차가 마시고 싶어지면 네 발로 찾아오게 될걸……" 나는 욕이 뭔지도 모르는 사람이었어요. 그런데 거기서 욕이 튀어나오더군요.

—야 이 새끼야, 여기서 꺼져!

---

* KAMAZ. 1969년에 설립된 러시아의 자동차 기업으로, 주로 트럭이나 군용차량을 제조한다.

이젠 못하는 욕이 없어요. 많이 거칠어졌죠. 그러다 카불로 발령이 났어요. 호텔 근무를 하게 됐어요. 처음에 나는 무조건 들짐승처럼 덤비고 봤어요. 그래서 다들 내가 제정신이 아니라고 생각했죠.

—왜 그렇게 사납게 굴어? 누가 너를 물어뜯기라도 한대?

하지만 나는 다른 식으로는 자신을 보호하는 방법을 몰랐어요. 누가 차 한잔 하자고 부르잖아요? 그러면 이런 식이었어요.

—잠깐 들러, 차 한잔 하게.

—차 한잔 하자는 거야? 아니면 같이 한번 뒹굴자는 거야?

그러다가 한 남자가 생겼어요…… 사랑이었냐고요? 거기선 그런 말들을 쓰지 않아요. 그 사람이 친구들에게 나를 소개했어요.

—내 아내야.

그래서 그 사람 귀에 대고 말했죠.

—아프간용 아내?

한번은 함께 장갑차를 타고 가는데…… 어디선가 총알이 날아왔어요. 나는 재빨리 몸을 날려 그 사람을 감쌌어요. 다행히 총알은 해치에 맞았죠. 그 사람은 등을 지고 앉아 있어서 총알이 날아오는 걸 못 봤거든요. 부대로 돌아온 그 사람이 자기 아내에게 편지를 보내면서 내 얘기를 했어요. 그러고 나서 두 달 동안 그 사람 집에서 소식이 없었죠.

나는 총 쏘는 걸 좋아해요. 탄창을 가득 채워 한 번에 '다다다다' 갈기는 게 좋아요. 그러면 마음이 좀 후련해지거든요.

'두흐' 한 명을 죽인 적이 있어요. 신선한 공기도 마시고 경치도 즐길 겸 산에 올랐을 때에요. 바위 뒤에서 부스럭부스럭 소리가 나더라고요. 순간 감전된 것처럼 온몸이 쭈뼛하면서 나도 모르게 한발 뒤로 물러섰어요. 그러면서 동시에 총을 내갈겼죠. 내가 먼저 선수를 친 거예요. 바위 쪽으로 가까이 다가가 살펴봤어요. 강인해 보이는 잘생긴 사내가 죽어 있더군요……

—너라면 같이 정찰을 나가도 되겠어.

동료들이 말했어요.

은근히 자랑스럽더라고요. 그리고 내가 시신을 뒤져 이것저것 전리품을 챙기지 않고 딱 총 한 자루만 가진 게 동료들 마음에 들었고요. 동료들은 돌아가는 길 내내 나에게서 근심 어린 눈길을 떼지 못했어요. 내가 갑자기 속이 메스꺼워져서 토하기 시작했거든요. 하지만 기분은 좋았어요. 오히려 몸이 더 가뿐해진 것 같고…… 부대에 도착하자마자 냉장고 문부터 열고 닥치는 대로 먹었어요. 얼마나 먹었던지 일주일 치 분량은 너끈히 됐을걸요. 일종의 신경장애였어요. 동료들이 보드카를 가져왔어요. 그런데 보드카를 마셔도 전혀 취기가 오르지 않는 거예요. 그리고 공포가 밀려왔어요. 만약 내가 쏜 총이 빗나갔다면, 우리 엄마가 '수하물 200'을 받았을 거란 생각에 너무 무서웠어요.

내가 나가고 싶었던 전쟁은 이런 전쟁이 아니에요, 대조국전쟁 같은 그런 전쟁이지.

증오심은 어떻게 생겼느냐고요? 아주 간단해요. 동료가 살해당했다고 생각해보세요. 나와 한 솥을 사용하고 나와 함께 밥을 먹던 동료가요. 그 친구는 나에게 자기 여자친구랑 엄마 이야기를 들려주곤 했죠. 그런데 까맣게 불타버린 시신으로 내 옆에 누워 있는 거예요. 단박에 어떻게 된 일인지 알 수 있죠…… 바로 미친듯이 총을 갈기게 돼요. 우리는 '누가 이런 일을 꾸몄나? 누구 잘못인가?' 같은 심각한 문제들을 놓고 고민하는 데 익숙하지 않아요. 이 주제에 어울리는 우스갯소리가 있어요…… 라디오 아르메니아*에 사람들이 이렇게 물어요. "정치를 뭐라고 정의할 수 있을까요?" 라디오 아르메니아가 대답하죠. "혹시 모기 오줌 소리를 들어본 적 있나요? 정치란 그런 거예요. 어쩌면 정치가 모기 오줌보다 더 가늘 수도 있고요." 정부는 그 알량한 정치나 하라고 해요. 여기서 사람들이 피를 보며 짐승처럼 변하든 말든 미치든 말든 말이에요…… 까맣게 불에 탄 피부가 돌돌 말리는 걸 한번 보면…… 꼭 나일론스타킹의 올이 한 번에 좍 나가는 것 같은 게…… 그거면 충분해요…… 동물을 죽이는 것만 봐도 끔찍한 법인데…… 어느 날 무기를 싣고 가는 카라반을 공격했어요. 사람들은 사람들대로 노새들은 노새들대로 따로 구분해서 쐈죠. 하지만 조용히 죽음을 기다리는 건 사람들이나 노새들이나 똑같더군요. 부상을 당한 어느 노새 한 마리만 비명을 질러댔는데, 꼭 금속을 뭔가 다른 금속으로 찍찍 긁어대는 소리 같았어요. 소리가 어찌나 날카롭고 새되던지……

여기서 나는 얼굴도 다르고 목소리도 달라요. 만약 우리, 여자들이 앉아서 하는 이야기를 들어보면, 우리가 여기서 어떤 사람들인지 쉽게 짐작이 될 거예요.

—아이고, 바보! 중사와 싸움질 한번 했다고 '두흐'들한테 도망을 쳐? 총 한 방 쏘면 끝날 문제를 가지고. 깔끔히 해결됐을 텐데. 그래봐야 전투중 사망했다고 기록하면 그만이잖아.

솔직한 대화죠…… 많은 장교들이 여기도 소련과 크게 다를 바 없다

---

* 라디오 아르메니아는 구소련에서, 특히 1960년대부터 1970년대까지 단골로 등장한 유머시리즈의 하나다. 보통 "라디오 아르메니아에 사람들이 이렇게 물어요……" 또는 "라디오 아르메니아에 던지는 질문"이란 말로 평범한 질문을 던지면 황당무계하거나 기괴한 답변이 돌아오는 식이다.

고 생각했어요. 병사들을 마음대로 구타하고 함부로 모욕을 줘도 된다고요. 그런 장교들은 시신으로 발견되곤 했죠…… 전투중에 등에 총을 맞고서…… 누가 그랬는지 어떻게 찾아내요? 증거를 대야 하는데.

산 위의 전초기지에서 근무하는 병사들은 몇 년씩 사람을 못 보는 경우가 많아요. 일주일에 세 번씩 헬리콥터가 오는 게 다죠. 한 번 그곳을 방문한 적이 있어요. 중위가 나한테 다가오더라고요.

—아가씨, 머릿수건을 벗어봐요. 머리도 한번 풀어헤쳐보고요.

그때 내 머리가 길었거든요.

—2년 동안 짧게 친 군인머리만 봐서요.

병사란 병사는 모두 진지에서 쏟아져나왔어요……

전투중에 한 병사가 자기 몸을 던져 나를 살렸어요. 내 숨이 붙어 있는 한 그 사람을 기억할 거예요. 그 사람을 위해 교회에 가서 초도 밝힐 거고요. 그 사람은 나를 전혀 몰랐어요. 그런데도 내가 여자라는 이유만으로 자신을 희생한 거예요. 그런 일을 어떻게 잊어요? 그리고 일상생활 어디서 이 사람이 나를 위해 자기 목숨도 버릴 수 있는 사람인지 아닌지 확인할 수 있겠어요? 여기선 좋은 것은 더 좋아지고 나쁜 것은 더 나빠지죠. 총탄이 비 오듯 쏟아지는데…… 이건 좀 전과는 전혀 다른 이야기예요…… 한 병사가 나에게 고함을 치며 상소리를 하더라고요. 역겨운 말로! 더러운 말을요. 나는 '지옥에나 떨어져라' 하고 속엣말을 했죠. 그 병사는 잠시 후에 죽었어요. 머리와 몸통이 반씩 떨어져나가서요. 바로 내가 보는 앞에서…… 나는 말라리아에 걸린 사람처럼 부들부들 떨었어요. 그전에 이미 시신이 담긴 커다란 셀로판자루들을 본 경험이 있는데도 그랬어요. 은박지에 싸인 시신들…… 그건 마치…… 아, 어떻게 비유해야 할지 모르겠네요…… 글로 쓰라면 아마 더 못했을 거예요, 적절한 말을 찾고 또 찾느라고요. 이렇게도 해보고 저렇게도 해보다 결국 포기했겠죠. 그러니까 그건…… 마치 커다란 인형들 같았어요…… 하지만 그래도 이번만큼 충격적이진 않았어요. 이번엔 아무리 해도 진정이 안 되더라고요.

여자들이 전투공훈 메달을 내놓고 다니는 걸 한 번도 본 적이 없어요. 메달이 있어도 드러내지 않거든요. 어느 날 여자병사 하나가 '전투공훈' 메달을 달고 나타나자 다들 깔깔대며 웃었어요. 그거 혹시 '침대공훈 메달'이지 않냐면서요. 공훈메달은 대대장과 하룻밤만 보내면 받을 수 있다는 걸 다들 알고 있었죠…… 왜 여기로 여자들을 데려오겠어요? 여자들 없이는 안 되거든요…… 이해가 돼요? 아마 여자장교들 몇 명은 이미 미쳐버렸을걸요. 왜 여자들이 전쟁터에 뛰어드느냐고요? 돈 때문이에요…… 제법 돈벌이가 되거든요. 녹음기나 다른 여러 물건들을 집으로 가져가서 파는 거예요. 소련에서는 그만한 돈을 벌어들일 수가 없어요. 그만큼 모을 수가 없죠…… 진실은 하나가 아니에요, 여러 개죠. 솔직한 대화를 나누는 김에 하는 얘긴데…… 여자병사들 일부는 옷이나 물건 따위를 얻기 위해 여기 상인들에게 몸을 팔아요. 상점에 들어가면 여기 아이들…… 남자아이들이…… 소리를 질러요. "하눔*, 섹스, 섹스……" 그러면서 가게 골방을 가리키죠. 우리 장교들은 여자를 사고 체키로 지불을 해요. 그래서 여자와 자러 갈 때면 "'체키쟁이'들에게 갈 거야"라고들 하죠. 혹시 이런 우스갯소리, 들어본 적 있으세요? 카불의 휴게지에서 즈메이 고리니치**와 코세이 베스스메르트니***, 그리고 바바

* '여자'를 뜻하는 아프간 말.

** 러시아 구전에 등장하는 머리 여러 개 달린 용.

*** 러시아 구전에 등장하는 불멸의 존재.

야가*, 이렇게 세 사람이 만났어요. 모두들 혁명을 수호하기 위해 아프간으로 가는 중이었죠. 2년 후에 이들은 집으로 돌아가는 길에 다시 만나게 되었어요. 즈메이 고리니치는 머리가 하나만 남고 나머지는 다 떨어져나갔고, 코세이 베스스메르트니는 간신히 목숨을 건졌죠. 그는 불멸의 존재니까요. 그리고 바바 야가는 최신 '프랑스 패션'으로 온몸을 휘감고 데님을 입고 있었어요. 기분도 아주 좋아 보였고요.

—나는 1년 더 있을 거야.

—바바 야가, 너 미쳤구나!

—소련에서는 바바 야가지만, 여기선 바실리사 프레크라스나야**거든.

병사들…… 소년들…… 그들은 마음이 병들어서 이곳을 떠나요. 겨우 열여덟, 열아홉 살에요. 아직 애들이죠. 아이들은 여기서 많은 것을 봤어요. 정말 많이요…… 여자들이 상자 하나에 제 몸을 파는 것도 봤고, 상자가 안 되면 소고기 통조림 두 통에도 몸을 파는 것도 봤죠. 그런 걸 다 본 어린 병사들은 나중에 자기 아내도 그럴 수 있다고 생각할 테죠. 여자들은 다 그렇다고요…… 이곳이 아이들 눈을 다 버려놔요. 이 아이들이 나중에 소련으로 돌아가서 하는 행동거지가 불량하다고 놀라면 안 돼요. 내가 아는 한 아이는 벌써 감방에 들어가 있죠…… 삶의 경험이 다른 아이들이니까요. 그 아이들은 모든 문제를 총으로, 힘으로 해결하는 데 길들여져 있어요…… 수박장수가 수박을 팔고 있었어요. 수박 한 통에 100아프가니였죠. 우리 병사들은 값을 좀 깎아달라고 했어요. 수박장수는 거절했고요. "그래, 그렇다면!" 하고는 병사 한 명이 총

---

* 러시아 구전동화에 나오는 늙고 못생긴 마귀할멈.

** 러시아 구전에 등장하는 젊고 아름다운 아가씨.

을 들더니 수박에 대고 갈겼어요. 산더미처럼 쌓여 있던 수박을 죄다 쏴버린 거예요. 트롤리버스 안에서 발을 밟는다든지, 줄을 설 때 앞으로 보내주지 않는다든지 그렇게 그 아이들한테 한번 해보세요, 어떻게 되는지!

집으로 돌아가면 작은 간이침대를 뜰로 가지고 나가 사과나무 아래서 잠드는 내 모습을 상상해보곤 했어요. 사과들 아래에서…… 하지만 이젠 두려워요. 주위의 많은 사람들이 이렇게 말하는 걸 들을 수 있어요. "나는 소련으로 돌아가는 게 두려워." 특히 철수를 앞둔 지금요. 왜냐고요? 그야 간단하죠. 우리가 집으로 돌아가면 모든 게 달라져 있을 테니까요. 우리가 여기 있는 2년 동안 유행도 달라지고 음악도 달라졌겠죠. 거리들도 많이 변했을 거고요. 아프간 전쟁에 대한 사람들 생각도 달라졌을 테고…… 우리는 어디를 가나 흰 까마귀처럼 금방 사람들 눈에 띌 거예요.

1년 후에 다시 와주세요. 그땐 집에 있을 테니까요. 주소 알려드릴게요……

민간인 여성 복무자

—얼마나 철석같이 믿었던지 여전히 그 믿음을 놓을 수가 없어요……

그리고 지금도…… 사람들이 무슨 말을 해도 무슨 책을 읽어도 매번 나는 빠져나갈 구멍을 만들어요. 보호본능이 작동하는 거죠. 방어본능이요. 입대하기 전에 체육대학교를 졸업했어요. 졸업을 앞두고 마지막 실습을 '아르테크*'에서 했어요. 내가 그룹 리더였죠. 거기서 나는 고상

한 표현을 참 많이 사용했어요. '피오네르**의 언어'니 '피오네르의 의무'니 하면서요…… 지금은 다 어리석은 소리에 지나지 않지만요…… 그때는 그런 말에 눈물이 핑 돌곤 했는데……

군정치위원회에 가서 요청했어요. "나를 아프가니스탄으로 보내주십시오……" 정치부부국장이 우리에게 국제 정세에 대해 강의를 했어요. 그는 우리가 미군의 '그린베레***'에 딱 한 시간 앞서 있다고 했어요. 미군이 아프간 침공을 위해 이미 비행중에 있다고요. 지금 생각하면 그렇게 쉽게 믿어버린 자신에게 화가 나요. 그런 이야기를 우리는 반복해서 듣고, 듣고 또 들었어요. 그리고 결국엔 이 일은 '국제 의무'라고 믿게 되었죠. 아, 도저히 끝까지 못할 거 같아요, 이 이야기는…… 아니, 감상은 집어치울게요…… 나는 '이제 장밋빛 안경 따위는 벗어버리자'고 자신에게 말했어요. 1986년에 아프간으로 떠났어요. 1980년도 아니고 1981년도 아니고 1986년에요. 하지만 그때도 다들 침묵을 지키는 건 여전했죠. 1987년에 나는 이미 후스트****에 가 있었어요. 우리가 능선 하나를 점령했지만…… 우리 병사를 일곱이나 잃었죠…… 모스크바에서 기자들이 왔어요. 기자들 앞에 '젤료니예'(아프가니스탄 국민군)를 데려다놨더니 마치 이들이 능선을 점령한 것처럼 돼버리더군요. 아프간 병사들은 기자들 앞에서 포즈를 취하고 우리 병사들은 영안실에 누워 있고……

'훈련'중에 가장 뛰어난 능력을 보인 병사들을 뽑아 아프가니스탄으

---

* 상류 계층의 젊은이들을 위한 피오네르 모델 캠프.

** 러시아어로 '개척자'라는 의미로, 구소련 및 구 공산권 국가의 공산 청소년단 조직을 말한다. 보통 10세에서 15세 청소년이 가입 대상이다.

*** 대게릴라전 등을 목적으로 하는 정예 특수공수부대.

**** 아프가니스탄 남동부에 있는 자카르파트 주에 위치한 도시.

로 보냈어요. 다들 툴라*나 프스코프** 또는 키로바바트*** 같은 지저분하고 무더운 지역으로 가는 건 무서워하면서 아프가니스탄은 서로 가겠다고 나섰어요. 즈도빈 소령이 아프간에 가겠다는 내 친구 사샤 크립초프와 나를 뜯어말리며 설득했어요.

—차라리 너희들 대신 시니친이 가서 죽게 놔두자. 너희들 교육시키느라 국가가 들인 돈이 얼만데 그래.

시니친은 평범한 농부 출신의 젊은이로, 트랙터 기사였어요. 그에 비해 나는 그때 이미 학위가 있었고, 사샤는 케메로보 대학 게르만-로망스 어문학부에 다니던 중이었죠. 사샤의 노래 실력은 수준급이었어요. 게다가 포르테피아노, 바이올린, 플루트, 기타까지 다루지 못하는 악기가 거의 없을 정도였고요. 작곡도 하고 그림도 잘 그렸죠. 우리는 형제처럼 지냈어요. 정치수업 시간이면 공적을 세우는 일과 영웅적 행위들에 대해 수도 없이 들어야 했어요. 아프가니스탄 전쟁이나 스페인 내전이나 다를 바 없다는 얘기도 누누이 들었고요. 그런데 난데없이 "차라리 너희들 대신 시니친이 가서 죽게 놔두자"라니요.

전쟁을 보는 것은 심리학적인 관점에서 관심이 갔어요. 무엇보다 자기 자신을 알 수 있는 좋은 기회였고요. 바로 그 점에 마음이 끌렸어요. 그래서 아프간에 다녀온 친구들에게 자세히 캐물었죠. 한 녀석이, 지금 생각해보니, 듣기 좋은 말로 우리를 완전히 속였더라고요. 녀석의 가슴팍에 'P****'자 모양을 한, 화상 자국 같은 커다란 반점이 있었어요. 녀석은

---

* 모스크바 남쪽 180킬로미터 지점에 위치한 툴라 주의 주도.

** 러시아 북서부에 위치한 도시.

*** 아제르바이잔에 있는 도시 간자의 옛 지명.

**** 러시아 알파벳 중에 자음 '에르'.

그걸 우리에게 보이려고 일부러 셔츠를 풀어헤치고 다녔죠. 밤에 '헬리콥터'에서 뛰어내려 산에 착륙했다나요? 물론 꾸며낸 이야기였죠. 그리고 하나 더, 녀석이 낙하산병은 낙하산이 펴지는 3초는 천사, 하강하는 3분은 독수리, 그리고 나머지 시간은 짐마차를 끄는 말이라고 했던 것도 기억이 나요. 우리는 그 말을 곧이곧대로 믿었어요. 그놈의 호메로스* 녀석, 다시 만나기만 해봐라! 나중에 그런 부류의 녀석들을 만나면 한 방에 보내버렸죠. "두뇌는 있지만 전쟁 쇼크로 정신이 나갔나보군"이라고 하면서요. 다른 친구는 반대로 우리를 말렸어요.

—너까지 거기 갈 필요 없어. 이건 더러운 일이지, 결코 낭만이 아니야.

나는 이 말이 맘에 안 들었어요.

—그래도 너는 가봤잖아? 나도 직접 겪어보고 싶어.

그러자 그 친구가 어떻게 하면 살아남을 수 있는지 알려주더군요.

—총을 쏘고 나면 재빨리 몸을 굴려서 그 자리에서 2미터 정도는 벗어나야 해. 총포신은 담장이나 바위 뒤에 숨겨서 안 보이게 하고. 네가 총을 쏠 때 적이 화염을 보고 네 위치를 알아내면 안 되니까. 전투에 나설 때는 술은 마시지 마. 안 그러면 그걸로 끝장이야. 그리고 보초를 설 때 절대 잠들면 안 돼. 잠이 오면 얼굴을 꼬집거나 팔을 물어서라도 잠들지 않도록 해. 낙하산병은 일단 최대한 뛸 수 있는 만큼 뛰어야 하고, 그다음에는 필요한 만큼만 뛰어야 살아남아.

우리 아버지는 학자이고 엄마는 엔지니어예요. 부모님은 내가 어렸을 때부터 내 개성을 존중해줬어요. 나는 내 개성대로 살고 싶었어요…… 그 대가로…… (소리 내 웃는다.) 옥탸브랴타**에서 제외되고

* 기원전 8세기 그리스 서사시인. 장편서사시 『일리아스』와 『오디세이아』로 유명하다.

피오네르에도 오랫동안 가입이 안 됐죠. 나는 내 명예를 위해 싸웠어요. 결국 피오네르 스카프***를 목에 두르게 됐고, 나는 잠을 잘 때도 그 스카프를 벗지 않았어요. 한번은 문학 시간에 여선생님이 내 이야기를 중간에 끊는 거예요.

—네 맘대로 말하지 말고 책에 있는 걸 말해.

—제가 잘못 말했나요?

—책에 있는 대로가 아니잖아……

어떤 황제가 회색만 빼고 세상의 모든 색을 싫어했다는 옛날이야기처럼, 우리 왕국도 모든 게 단조로운 쥐색이었죠.

이제 학생들에게 이렇게 강조해요(학교에서 일하거든요).

—너희가 옛날의 우리 같은 바보가 되지 않기 위해서는, 그리고 아연관에 담겨 집으로 돌아오지 않기 위해서는 생각하는 법을 배워야 한다.

군대에 가기 전에는 도스토옙스키와 톨스토이에게서 삶의 지혜를 배웠고, 군대에 가서는 중사들한테 배웠어요. 중사들은 절대 권력을 가졌다고 해도 과언이 아니었어요. 각 소대마다 중사가 세 명씩 있었어요.

—지금부터 잘 듣는다! 낙하산병이 반드시 갖추어야 할 덕목은 무엇인가? 복창한다!

—낙하산병은 뻔뻔한 낯짝과 강철 주먹을 가져야 하며 일말의 양심도 없어야 한다.

** 러시아어로 '10월의 아이들'이란 뜻으로, 구소련 시절 7~9세의 학생들이 가입한 소년 피오네르를 말한다.

*** 구소련 시절 피오네르 단원들은 목에 빨간 스카프를 매고 다녔는데, 이 빨간 스카프가 피오네르의 상징처럼 되었다.

—양심은 낙하산병에게 사치다. 복창한다!

—양심은 낙하산병에게 사치다.

—너희는 의료위생부대다. 의료위생부대는 낙하산부대의 핵심이다. 복창한다!

어느 병사는 자기 엄마에게 보내는 편지에 이렇게 썼어요. "엄마, 숫양 한 마리를 사서 '중사'라고 이름을 붙여요. 내가 집에 돌아가서 그 양을 잡아버릴 테니까요."

군대 생활 자체가 사람의 의식을 서서히 잠식해가기 때문에 명령에 대항할 힘이 없어요. 무엇을 시켜도 하게 되죠……

아침 6시면 기상이에요. '기상-소등' 즉, 기상과 취침 훈련을 세 번씩 반복했어요.

병영 바닥에 '비행' 대열을 갖추고 서는 데 딱 3초가 주어졌어요. 바닥은 하얀색 리놀륨이었는데, 그 이유는 하얀색이면 아무래도 청소를 더 자주 할 테니까요. 160명의 인원이 일제히 침대에서 튀어나와 3초 안에 대열을 이뤄야 했어요. 그리고 45초 동안 3번 복장을 갖춰입어야 했고요. 3번 복장은 허리띠와 모자를 제외한 나머지 군복 일체를 말해요. 한번은 병사 하나가 제시간 안에 각반을 못 감았어요.

—해산, 다시 한다!

또 제시간 안에 못했어요.

—해산, 다시 한다!

체육 시간엔 백병전을 대비해 훈련을 받았어요. 가라테, 복싱, 삼보* 를 결합한 전투기술을 배우고 맨손으로 칼이나 몽둥이, 공병삽, 권총,

* 러시아 격투기의 하나로, 무기를 소지하지 않은 호신술을 가리킨다.

자동소총에 맞서 싸우는 법을 익혔죠. 두 사람씩 짝을 이뤄 상대방이 기관총을 들면 나는 맨손으로 덤비고, 또 내가 공병삽을 들면 상대방이 맨손으로 덤비는 식으로 훈련을 했어요. 토끼뜀으로 100미터를 가고…… 한 발로 뛰고…… 벽돌 10장을 쌓아놓고 맨주먹으로 격파도 했어요. 한번은 우리를 공사 현장으로 데려가더니 그러는 거예요. "완벽하게 성공하기 전에는 이곳을 떠날 수 없다." 가장 힘들었던 점은 자신과의 싸움에서 승리하는 것, 상대를 치고 나가는 걸 두려워하지 않는 것이었죠.

세수도 오 분 안에 끝내야 했어요. 160명에 수도꼭지는 다 해야 12개였는데 말이죠.

—정렬! 해산!

그러고는 다시 일 분 후에 명령이 떨어졌어요.

—정렬! 해산!

아침 점호 시간이면 복장 검사가 있어서, 허리띠 버클은 반드시 반질반질 윤이 나야 했고, 제복 깃은 새하얘야 했어요. 모자엔 바늘 2개가 실에 꿰여 있어야 했고요.

—앞으로! 행진! 받들어총!

자유 시간은 하루를 통틀어 삼십 분이 다였어요. 점심식사 후에 편지 쓰는 시간이었죠.

—크립초프 병사, 왜 앉아서 편지를 쓰지 않나?

—생각하는 중이었습니다, 중사동지.

—대답 소리가 왜 그렇게 작나?

—생각하는 중이었습니다, 중사동지.

—왜 크고 우렁찬 소리로 대답하지 않나? 배우지 않았나? '구멍' 훈련을 실시한다.

일명 '구멍' 훈련은 화장실 변기에 대고 악을 쓰며 군대식 대답을 연습하는 거예요. 중사가 뒤에 지키고 서서 소리에 반향이 생길 때까지 연습을 시켰죠.

병사 사전에 이런 내용이 있어요.

취침—"내 생명, 나는 너를 사랑한다". 아침 점호—"사람들이여, 나를 믿어주시오". 저녁 점호—"우린 그들의 얼굴을 알고 있었다". 영창에서—"고국에서 머나먼 곳". 제대—"머나먼 곳의 별빛". 전술훈련용 들판—"바보들의 들판". 식기세척기—"디스코텍"(접시들이 디스크처럼 뱅글뱅글 돌아간다). 정치부부국장—"신데렐라"(함대에서는 승객).

—의료위생부대는 낙하산부대의 핵심이다. 복창한다!

늘 배가 고팠어요. 그래서 머핀, 사탕, 초콜릿 같은 것들을 살 수 있는 군부대 매점은 천국이나 다름없었죠. 방어사격에서 '5점*'을 받으면 매점에 다녀올 수 있었어요. 돈이 부족하면 벽돌 몇 개를 갖다 팔면 됐죠. 건장한 병사 두 명이 벽돌 한 개를 집어들고 수중에 돈이 있는 신참에게 다가가요.

—이 벽돌, 사.

—벽돌을 왜 사요?

그럼 병사 둘이 위협적으로 신참에게 바짝 다가서요.

—벽돌 사라니까……

—얼만데요?

—3루블.

신참은 우리에게 3루블을 내주고는 구석으로 가서 벽돌을 내던져버

* 성적을 매기는 다섯 단계 중 최고 단계, 최고 점수.

려요. 우린 그 3루블로 먹고 싶은 걸 실컷 사먹고요. 벽돌 하나가 머핀 열 개와 맞먹은 셈이죠.

—양심은 낙하산병에게는 사치다. 의료위생부대는 낙하산부대의 핵심이다.

나는 꽤 괜찮은 배우인 것 같아요. 내가 맡은 역을 재빨리 해냈으니까요. 거기서 가장 끔찍했던 건 병사들 사이에서 '차도스'로 불리는 일이었어요. 뭔가 심약하고 남자답지 않다는 뜻을 가진 '차도*'에서 생긴 말이죠. 3개월 후에 외박을 나갔어요. 얼마나 지났다고 모든 게 그토록 까마득해질 수 있는지! 여자친구와 키스를 하고 카페에 앉아 차를 마시고 춤을 춘 게 고작 3개월 전인데 말이에요. 3개월이 아니라 3년이 흐른 것 같더라고요. 마치 문명세계로 돌아온 것 같고요.

부대로 귀대한 날 저녁이었어요.

—원숭이들, 정렬! 낙하산병에게 가장 중요한 건 뭔가? 낙하산병에게 가장 중요한 것은 지상에 제대로 착륙하는 거다.

작전을 앞두고 새해를 축하하는 시간이 있었어요. 내가 산타클로스를 했고 사시카**가 스네구로치카*** 역할을 맡았죠. 그러자 학창시절이 떠오르더군요.

꼬박 열두 밤낮이 지났어요…… 산만큼 지겹고 무서운 것도 없더라고요…… 게다가 게릴라들의 기습으로 우리는 후퇴를 거듭해야만 했고요…… 약물로 겨우 버텼죠……

---

* 러시아어로 '어린애, 아이, 자식'을 뜻한다.

** 사샤의 애칭.

*** 산타클로스의 손녀. 슬라브 민족의 전래동화에 나오는 허구의 인물.

—위생교관, 자네 '오즈베린*' 있으면 좀 줘.

하지만 그건 사실 시드노카르프**였어요. 알약은 이미 다 먹어버렸거든요.

우리는 정말 오즈베린을 먹은 것처럼 농담도 주고받았어요.

—"어디가 불편하세요?" 의사가 고양이 레오폴드***에게 물었지.

누군가 이렇게 농담을 먼저 시작하죠.

—생쥐가 불편해요.

—아, 그런 말은 집어치우고…… 뭐가 문제인지 알겠어요. 당신은 너무 착해서 탈이에요. 사나워질 필요가 있다고요. 자, 여기 알약 '오즈베린'을 줄게요. 하루 세 번, 식후에 한 알씩 드세요.

—그러면요?

—짐승처럼 사나워질 겁니다.

닷새째 되는 날 병사 한 명이 총을 쏴서 스스로 목숨을 끊었어요. 다른 사람들을 먼저 보내고 혼자 뒤처져 가다가 기관총을 자기 목에 넣고 쐈어요. 우리는 그 병사의 시신과 배낭, 방탄복 그리고 군모까지 다 챙겨서 가야 했죠. 그 친구가 안됐다는 생각은 들지 않았어요. 왜냐면 우리가 시신을 방치하지 않고 수습해 간다는 걸 뻔히 알면서 그런 일을 벌였으니까요.

우리가 그 병사를 떠올리고 안됐다고 여긴 건 집으로 돌아왔을 때, 그러니까 제대했을 때였어요.

---

* 흥분을 유발시키는 각성제의 일종. '오즈베린'이라는 약이름에는 '짐승이 되다'라는 단어가 포함되어 있다.

** 흥분을 가라앉히는 정신자극제의 일종.

*** 고양이 레오폴드와 생쥐 두 마리의 이야기를 그린 러시아의 어린이용 만화시리즈로, 착한 레오폴드가 고양이 두 마리에게 늘 괴롭힘을 당하는 내용을 그리고 있다.

—하루 세 번, 한 알씩 드세요……

—그러면요?

—짐승처럼 사나워질 겁니다.

포탄에 당한 부상이 가장 끔찍했어요…… 다리가 무릎째 떨어져나가고…… 뼈가 불쑥 튀어나오죠…… 하나 남은 다리마저 발목이 날아가고…… 성기가 잘려나가고…… 눈알이 빠져나오고…… 귀가 떨어져나가고…… 그걸 처음 본 순간 온몸이 부들부들 떨리고 목구멍이 간질간질하더라고요…… 그래서 자신을 다독였죠. '지금 포기하면 나는 평생 위생사관이 될 수 없어.' 그 부상병에게 기어갔어요…… 다리가 없더라고요. 지혈대를 대서 출혈을 멎게 하고, 진통제를 놔주고, 마취제를 놔서 잠들게 했어요…… 또 한번은 배에 포탄을 맞은 부상병이 있었어요…… 내장이 다 쏟아져나왔더군요…… 붕대를 동여매서 지혈을 하고, 진통제를 놔주고, 마취제를 놔서 잠들게 했죠…… 네 시간을 붙잡고 있었지만…… 끝내 숨졌어요……

약이 부족했어요. 그 흔한 요오드조차 없었죠. 제때 공급이 안 되거나 유효기간이 지나버렸거나 했어요. 그게 바로 우리네 계획경제란 거였어요. 그래서 전리품이나 수입품을 어떻게든 구해다 썼어요. 나는 늘 일본제 일회용 주사기를 20개씩 가방에 넣고 다녔어요. 일본제 주사기는 부드러운 폴리에틸렌 포장에, 덮개를 벗기면 곧바로 주사를 놓을 수 있게 돼 있거든요. 우리 소련제 '레코르드*'는 주사기를 싼 종이가 툭하면 찢어져서 살균이 안 되기 일쑤였어요. 거기다 주사기의 반은 주사가 안 되고 주사기 플런저**가 아예 움직이지를 않았고요. 쓰레기나 다를 바 없었

* 러시아제 주사기 이름. 러시아어로 '최고 기록'이라는 뜻.

** 유체(流體)를 압축하거나 내보내기 위해 왕복운동을 하는 기계 부분의 총칭.

죠. 대체혈액은 유리병에 0.5리터씩 담겨 공급되었어요. 중상자 한 명을 치료하는 데 2리터의 혈액이 들어가거든요. 즉 혈액 4병이 필요하다는 얘기죠. 아무리 머리를 쓴다 해도 어떻게 전장에서 그 병들을 한 시간이나 팔 높이만큼 쳐들고 있겠어요? 그건 물리적으로 불가능해요. 그리고 한 사람이 병을 날라봐야 얼마나 나를 수 있고요? 이탈리아인들이 뭘 제안했는지 아세요? 1리터짜리용 폴리에틸렌봉지요. 얼마나 튼튼한지 군화를 신고 그 위에서 펄쩍 뛰어도 터지질 않아요. 그리고 흔한 붕대, 살균붕대조차 소련제는 형편없었어요. 포장지가 참나무로 됐는지 붕대보다 더 무거웠죠. 태국제, 오스트리아제 같은…… 수입제품은…… 왜 그런지 더 가늘고 더 하얬어요…… 탄력붕대는 처음부터 없었고요. 프랑스제, 독일제가 있었지만…… 그 역시 전리품으로 얻은 것이었죠. 우리 국산품 부목은 또 어떤 줄 아세요? 그건 스키 타기에나 좋지, 의료용 기구가 아니었어요. 그런 걸 한 사람이 몇 개나 휴대할 수 있을까요? 나는 영국제 부목을 가지고 다녔어요. 팔뚝용, 정강이용, 대퇴부용, 이렇게 각각 신체 부위별로요. 지퍼가 달려 있고 공기를 불어넣어 부풀릴 수 있는 것들이었죠. 팔을 끼워맞추고 지퍼를 채워 고정시켰어요. 그러면 부러진 뼈가 움직이지 않게 단단히 고정돼서 환자를 안전하게 이송할 수 있었죠.

최근 9년 동안 우리 나라에선 새로운 의료용품을 하나도 만들지 않았어요. 붕대도 그대로, 부목도 옛날 그대로죠. 소련 병사는 세상에서 가장 비용이 적게 먹히는 병사예요. 참을성도 제일 많고 다루기도 수월하죠. 보급품도 못 받고 보호도 못 받는 병사. 일회용 소모품. 1941년에 딱 그랬어요…… 그리고 50년이 흐른 지금도 마찬가지고요. 왜죠?

적의 총구가 나를 겨누는데 나는 아무 대응도 할 수 없다면, 그것처럼 끔찍한 일이 또 어디 있겠어요. 살아남으려면 그런 경우를 미리 생각하고 있어야 해요. 그래서 늘 생각하면서 대비했어요…… 맨 앞의 차량이나 맨 뒤의 차량엔 한 번도 타지 않았고, 해치 쪽에 다리를 내밀지도 않았어요. 그리고 되도록 차량 안에 앉아 가기보다 옆에 매달려 다녔죠. 그래야 지뢰가 터지더라도 다리가 날아갈 확률이 훨씬 덜했으니까요. 나는 공포심을 억제시켜주는 독일제 알약을 가지고 다녔어요. 하지만 실제로 그걸 먹는 병사는 아무도 없었어요. 방탄복이 있었지만…… 방탄복이라고 어디 다르겠어요? 우리 방탄복은 위로 들어올릴 수가 없었어요. 그걸 입고는 몸을 제대로 움직이기도 힘들었고요. 그에 비해 미국산 방탄복은 금속을 전혀 사용하지 않고, 뭔지는 모르지만, 총탄이 뚫지 못하는 다른 재료로 만들어진 것이었어요. 꼭 운동복을 입은 것 같았죠. 마카로프 권총* 정도는 총구를 들이대고 쏴도 그 방탄복을 못 뚫어요. 기관총도 100미터 정도 거리에서 쏴야만 맞힐 수 있고요. 그리고 우리는 군모도 1930년대 거였어요. 철갑모는 또 얼마나 우스꽝스러웠게요. 아직도 그 전쟁 때의 것을 사용하다니…… (잠시 생각에 잠긴다.) 그런 것들 때문에…… 거기서 부끄러운 게 참 많았어요…… '우리는 왜 이렇게 생겨먹었을까?' 미국산 침낭은 1949년 모델인데도 백조털처럼 가볍더군요. 일본산 침낭은 훌륭했지만 길이가 좀 짧았고요. 우리 누비재킷은 무게가 최소한 7킬로그램은 됐어요. 더 나가면 나갔지 그보다 덜하진 않았죠. 우린 전사한 용병들 시신에서 점퍼며 긴 챙이 달린 작업모며 중국제 바지를 벗겨왔어요. 중국제 바지는 사타구니에 꼭 끼지 않아 살이 쓸리지 않았거든요. 챙길 수 있는 건 다 챙겨왔어요. 심지어 팬티

* 소련에서 개발된 반자동 권총.

도 모자라서 팬티까지 가져왔다니까요. 양말과 운동화도요. 나는 작은 손전등과 양날 단검을 챙겼어요. 우린 늘 배를 곯았어요…… 늘 배가 고팠죠! 그래서 총으로 야생 양을 잡아먹었어요. 거기선 무리로부터 5미터 정도 떨어져 있는 양은 야생으로 치거든요. 차 2킬로그램을 주고 양 한 마리와 맞바꾸기도 했고요. 사실 차도 전리품으로 얻은 것이었지만요. 전투를 하면 으레 돈, 그러니까 아프가니를 손에 넣을 수 있었어요. 하지만 조금이라도 계급이 더 높은 사람들이 뺏어갔죠. 뺏자마자 바로 우리가 보는 앞에서 자기들끼리 나눠가졌어요. 우린 탄약통에 지폐 몇 장을 숨기고 그 위에 화약을 덮어놓았어요. 그래야 얼마라도 건질 수 있었으니까요.

어떤 병사들은 술독에 빠져 지냈고, 어떤 병사들은 살아남기 위해 전력을 다했고, 또 어떤 병사들은 공훈을 세워 포상을 받으려고 애를 썼어요. 나도 포상을 받고 싶은 축에 들었죠. 소련으로 돌아가면 사람들이 물을 게 뻔했으니까요.

—그래, 특무상사, 거기서 한 게 뭐야? 병참을 관리했나?

뭐든 쉽게 믿어버리는 나 자신에게 화가 나요. 정치교육을 담당하는 장교들은, 정작 자신들은 믿지도 않는 것을 우리더러는 믿으라고 설득했어요.

정치부부국장이 전역을 앞둔 병사들에게 고별사를 하며 주의를 줬어요. 돌아가서 해도 될 말과 해선 안 될 말들에 대해 알려줬죠. 전사자들에 대해서는 어떤 말도 해선 안 된댔어요. 왜냐하면 우리 군대는 크고 강하니까요. 규정에 어긋나게 행동했던 일들에 대해서도 말이 나게 해선 안 됐고요. 왜냐하면 우리는 크고 강한 군대이자 도덕적으로도 건강한 군대니까요. 사진들도 찢으라고 했어요. 필름도 없애고요. 우리는 아프간에서 총을 쏘지도 폭탄을 투하하지도 독약을 사용하지도 않은 거예요. 폭파도 시키지 않았고요. 우리는 크고 강할 뿐만 아니라 세상에서 가장 훌륭한 군대니까요……

가족에게 선물하려고 가지고 나온 물건들을 세관에서 전부 뺏겼어요. 향수, 숄, 시계……

—이보게들, 이런 건 반입 금지야.

그런데 불품명세서 한 장 작성하란 말이 없더라고요. 그건 그냥 그 사람들의 부수입이었던 거예요. 그래도 봄을 맞아 파릇파릇 돋아난 나무 이파리들 냄새가 얼마나 싱그럽던지…… 가벼운 원피스 차림의 아가씨들이 여기저기에서 걸어다니고…… 순간 스베트카 아포시카가 뇌리에 떠올랐다가 사라지더군요. (성姓이 정확히 뭐였는지는 기억이 안 나요. 아포시카가 아포시카죠, 뭐.) 스베트카는 카불에 도착한 첫날 100아포시카*에 병사 한 명과 잠자리를 가졌어요. 그때는 스베트카가 뭘 몰랐을 때였죠. 몇 주가 지나자 그녀는 잠자리 한 번에 3천 아포시카씩 받았어요. 3천 아포시카면 일반병사는 엄두도 못 낼 큰돈이었죠. 그러면 파시카** 코르차긴 같은 병사는 없었던 거냐고요? 파시카-안드레이라는 친구가 있었어요. 이름은 안드레이였지만 성 때문에 파시카라고들 불렀죠.

—파시카, 저 여자들 좀 봐, 와!

파시카는 여자친구가 있었어요. 그런데 그 아가씨가 파시카에게 자기 결혼식 사진을 보내온 거예요. 우리는 밤마다 파시카 옆에서 불침번을 섰어요. 파시카가 걱정돼서요. 어느 날 아침 파시카가 바위 위에 사진을 걸더니 거기에 대고 냅다 기관총을 갈겼어요.

* 아프가니를 가리키는 러시아 병사들의 속어, 은어.

** 파벨의 애칭.

—파시카, 저 여자들 좀 봐, 와!

기차에서 꿈을 꿨어요. 전투에 나갈 준비를 하는데, 사시카 크립초프가 이렇게 물어요.

—왜 너는 탄환이 350개야, 400개가 아니고?

—나는 의약품도 가지고 다니잖아.

사시카가 잠시 침묵하더니 다시 물어요.

—그런데 너라면 그 아프간 여자를 쏠 수 있었을까?

—어떤 여자?

—우리를 매복으로 유인한 그 여자 말이야. 그 여자 때문에 우리 병사가 넷이나 희생됐잖아.

—글쎄…… 못 쐈을 것 같아. 난 어렸을 때 유치원이나 학교에서 여자애들 편들다가 '바람둥이'라는 놀림까지 받은 사람이거든. 너는?

—나는 부끄러워……

하지만 사시카가 말을 끝내기 전에 잠이 깨는 바람에 사시카가 무엇 때문에 부끄러웠는지는 영영 알 길이 없게 되었죠.

집에 도착하자 전보 한 통이 와 있었어요. 사샤 어머니가 보낸 것이었죠. "우리집에 오기 바람. 사샤가 전사함."

나는 사샤의 무덤가에 서서 사샤에게 말했어요.

—사시카, 졸업시험 때 과학적 공산주의 과목에서 5점을 받은 게 부끄러워. 부르주아 민주주의를 비교분석하면서 비판했었잖아. 너만은 내 심정을 이해하겠지…… 우리는 눈이 멀어서 아프간으로 향했던 거야…… 이제 사람들은 이 전쟁을 치욕이라고들 하는데, 우린 얼마 전에 '국제용사' 배지를 수여받았어. 나는 아무 내색도 하지 않았어…… 심지어 "고맙다"고까지 했지. 사시카, 너는 그곳에, 나는 이곳에…… 있

구나.

나는 사시카와 얘기해야만 해요……

특무상사, 정찰중대 위생사관

—아들은 키가 작았어요. 여자애처럼 작게 태어났죠. 몸무게 2킬로그램에 키는 30센티미터였어요. 안아주기도 조심스러웠어요……

아이를 품에 꼭 끌어안았어요.

—아들, 나의 작은 태양……

아들은 거미 말고는 무서워하는 게 없었어요. 한번은 아들이 밖에서 놀다가 들어왔어요…… 마침 아들에게 외투를 새로 사준 참이었죠. 그때 아들이 네 살쯤이었을 거예요…… 나는 아들의 새 외투를 현관 옷걸이에 걸어두고 부엌으로 갔어요. 그런데 좀 있다가 이상한 소리가 났어요. '폴짝, 폴짝, 폴짝, 폴짝……' 그래, 얼른 달려나가봤죠. 세상에, 현관이 개구리들로 가득한 거예요. 전부 우리 아이 외투 주머니에서 튀어나온 거더라고요. 아들은 그 개구리들을 열심히 주워모으고 있고요.

—엄마, 하나도 안 무서워요. 얼마나 착한데요.

그러고는 개구리들을 다시 주머니 안으로 집어넣었어요.

—아들, 나의 작은 태양.

아들은 장난감 무기들을 좋아했어요. 그래서 탱크, 기관총, 권총 같은 것들을 사다줬죠. 아들은 장난감 총을 옷 위에 차고 집안을 행진하곤 했어요.

—나는 병사다…… 나는 병사……

—아들, 엄마의 작은 태양…… 좀 얌전한 놀이를 하고 놀면 안 될까.

—나는 병사인걸요……

아이가 초등학교에 가게 돼서 정장 한 벌을 사주려는데 맞는 옷을 구할 수가 없었어요. 뭘 입혀봐도 아이가 옷 속에 푹 파묻혔거든요.

—아들, 나의 작은 태양……

아들은 군대에 불려가게 됐어요. 나는 우리 아들이 죽지 않게 해달라고 기도한 게 아니라 동료들에게 맞는 일이 없게 해달라고 기도했어요. 우리 아들보다 힘센 다른 병사들이 아들을 못살게 굴까봐 두려웠어요. 아들은 정말 작았거든요. 아들이 그러는데, 칫솔로 화장실을 청소하게 하거나 다른 사람의 팬티를 빨게 할 수도 있다더라고요. 나는 그게 걱정됐어요. 아들이 편지에 사진을 보내달라고 부탁을 해왔어요. "엄마, 아빠, 여동생, 가족 모두 사진을 보내주세요. 곧 발령지로 떠나요……"

어디로 떠나는지는 쓰지 않았어요. 두 달이 지나 아프가니스탄에서 편지가 왔어요. "엄마, 울지 마요. 우리 방탄복은 믿을 만해요……"

—나의 작은 태양…… '우리 방탄복은 믿을 만해요……'

아들이 돌아올 날만 손꼽아 기다렸어요. 한 달만 있으면 제대할 참이었죠. 아들이 돌아오면 주려고 셔츠 몇 벌과 목도리, 구두를 미리 사뒀어요. 지금도 그대로 장롱 안에 보관돼 있어요. 땅에 묻을 때 입혀줬으면 좋았을 텐데…… 내가 직접 입혀주고 싶었지만 관을 못 열게 하더군요. 아들을 내 눈으로 보고, 만지고 싶었는데…… 아들 키에 맞는 군복이 있었을까요? 아들은 뭘 입고 무덤 속에 누워 있을까요?

군위원회에서 나온 대위가 맨 먼저 우리집을 찾아왔어요.

—어머니, 마음을 강하게 먹으세요……

—우리 아들은요?

—여기, 민스크에 있습니다. 지금 데려오는 중입니다.

나는 바닥에 털썩 주저앉았어요.

—아들, 나의 작은 태양!

나는 벌떡 일어나 두 주먹을 쥐고 대위에게 달려들었어요.

—왜 너는 살아 있고 우리 아들은 아니지? 너는 이렇게 건장하고 이렇게 건강한데. 우리 아들은 얼마나 조그만데…… 너는 어른이고 우리 아들은 아직 아이라고. 왜 당신은 살아 있는 거냐고?

관이 도착했어요. 나는 관뚜껑을 두드리며 아들을 불렀어요.

—아들, 엄마의 작은 태양! 아들, 엄마의 작은 태양!

지금은 아들을 만나러 무덤으로 가요. 묘비 위로 털썩 쓰러져 묘비를 꼭 껴안죠.

—아들아, 나의 작은 태양아……

어머니

—고향땅의 흙 한줌을 주머니에 넣었어요. 기차를 타고 가는데 기분이 좀 묘하더라고요……

야호! 전쟁이다! 나는 싸우러 간다! 당연히, 우리 가운데는 겁쟁이들도 있었어요. 한 녀석은 시력이 나빠서 위원회를 통과하지 못하자 "운수대통이다!"라고 환호성을 지르며 뛰어나왔어요. 다음 사람 차례가 되었는데 이번에도 부적합 판정이 내려졌어요. 그러자 이 친구는 반대로 울상이 되었죠. "이제 어떻게 부대로 돌아가지? 내가 떠날 거라고 동료들이 2주나 환송파티를 열어줬는데. 부적합 이유가 최소한 위궤양 정도는 돼야지, 다른 것도 아니고 치통 때문이라니." 그러고는 팬티만 입은 채 곧장 장군을 찾아갔어요. "치통이 있어서 저는 안 된답니다. 그러니 아픈 이 두 개를 뽑고 저도 가게 해주십시오!"

학교 다닐 때 지리 과목에서 '5점'을 받았어요. 눈을 감고 머릿속으로 아프간을 그려봤죠. 산, 원숭이, 그리고 어딘가에서 일광욕을 즐기며 바나나를 먹는 우리들…… 하지만 현실은 전혀 달랐어요. 우리는 탱크에 태워졌어요. 군인외투를 입고 기관총 하나는 오른손에, 다른 하나는 왼손에 들고요. 뒤에 따라오는 차량은 기관총들의 방향을 뒤로 향하게 하고, 포안*들을 전부 열어서 자동소총들의 총구가 밖으로 나오게 했어요. 마치 철갑을 두른 고슴도치처럼요. 한번은 우연히 우리 장갑수송차 두 대와 맞닥뜨렸어요. 해군용 셔츠를 입고 파나마모자를 쓴 병사들이 장갑차 위에 타고 있더군요. 그런데 우리를 보자 뭐가 그리 우스운지 숨이 넘어갈 정도로 웃어대는 거예요. 또 어느 날은 용병의 시신을 봤는데, 큰 충격이었어요. 얼마나 훈련을 잘 받은 사람인지 체격이 꼭 운동선수 같더라고요. 그에 비해 나는 산속 임무를 수행하면서도 암벽 타는 법도 몰라, 심지어 왼쪽 발부터 먼저 내디뎌야 한다는 사실도 몰라, 정말 엉망이었죠. 전신기를 끌고 암벽을 10미터나 기어오른 적도 있어요. 또 폭발을 당하면 입을 벌려야 하는데 입을 다물었고요. 입을 벌려야 고막이 터질 위험이 덜하거든요. 우린 방독면도 지급받았는데, 지급받은 바로 그날로 갖다버렸어요. '두흐'들에겐 화학무기가 없었거든요. 우리는 전투모도 내다팔았어요. 쓸데없는 짐일뿐더러 쓰고 있으면 머리가 프라이팬처럼 뜨겁게 달궈지기나 했으니까요. 한 가지 문제가 있었어요. 탄환이 든 여분의 탄창을 어디서 훔쳐오느냐는 것이었죠. 탄창은 모두 네 개를 지급받았어요. 그래서 다섯번째 탄창은 첫 월급으로 동료한테 샀고,

---

* 총포를 사격할 수 있도록 토치카, 엄폐호, 장갑차 등에 내놓은 구멍.

여섯번째는 선물로 받았고요. 전투중에는 마지막 탄창에서 마지막 탄환을 빼내 이 사이에 끼워둬요. 만약의 경우 자기를 위해 쓰려고요.

우리가 아프간에 간 것은 아프간에 사회주의를 건설하기 위해서였어요. 그런데 실제로 거기선 가시철조망에 갇힌 신세였어요. "제군들, 저곳은 출입을 금지한다. 여러분이 직접 사회주의를 선동할 필요는 없다. 그 일은 수행할 전문가들이 따로 있다." 우리를 믿지 않는다는 말이니 당연히 기분이 나빴죠. 한번은 어떤 장사치와 이야기를 나눴어요.

—당신은 잘못 살았어요. 이제 우리가 당신을 가르칠 거예요. 함께 사회주의를 건설합시다.

그러자 그는 빙그레 미소를 지었어요.

—나는 혁명 전부터 장사를 해왔고 지금도 장사를 하고 있소. 집으로 돌아가시오. 여긴 우리 땅이오. 우리 일은 우리가 알아서 하리다……

차량을 타고 카불을 지나가면 여자들이 우리 탱크에 막대기며 돌멩이를 마구 집어던졌어요. 아이들은 아이들대로 정확한 러시아어로 욕설을 퍼부으며 소리를 질렀고요. "러시아인은 집으로 돌아가라."

우리는 무엇을 위해 거길 갔을까요?

……놈들이 박격포를 발사했어요. 포탄이 곧장 내 가슴을 향해 날아왔지만 다행히 재빨리 기관총으로 응사한 덕에 목숨은 건질 수 있었어요. 하지만 팔 하나는 포탄에 그대로 관통당했고 다른 팔은 포탄 파편들로 뒤덮였죠. 뭔가 아주 부드럽고 기분좋은 느낌이 들었던 기억이 나요…… 고통은 전혀 없었어요…… 그리고 내 위에서 누군가 외치는 소리가 들렸어요. "쏴! 쏘라고!" 그래서 방아쇠를 당겼어요. 그런데 기관총이 조용한 거예요. 봤더니 내 팔이 아래로 축 처져 덜렁거리고 온통 까맣게 탔더라고요. 손가락으로 방아쇠를 당겼다고 생각했는데, 실은

손가락은 하나도 남아 있지 않았어요……

의식은 잃지 않았어요. 차량에 함께 탔던 다른 병사들과 차량에서 기어나왔고, 동료들이 나에게 지혈대를 갖다 댔어요. 걸어보려고 두어 걸음 옮기다가 그대로 쓰러지고 말았죠. 피는 한 1리터 반 정도 쏟았을 거예요. 누군가의 목소리가 들렸어요.

—우리는 포위당했어……

그리고 또다른 목소리가 말했어요.

—이 녀석은 버리고 가야 해. 안 그러면 우리 다 죽어.

내가 사정했어요.

—나를 쏴……

한 명은 즉시 그 자리를 떴고, 다른 한 명이 자동소총의 방아쇠를 당겼어요. 하지만 아주 천천히요. 그렇게 천천히 당기면 탄약통이 뒤틀릴 수 있거든요. 그리고 정말 탄약통이 휘어버렸죠. 그러자 그 병사가 소총을 내던지며 말했어요.

—못하겠어! 자, 직접 해……

나는 자동소총을 내 쪽으로 끌어당겼어요. 하지만 한 팔로는 아무것도 할 수가 없었죠.

그래도 운이 좋았어요. 거기에 작은 골짜기가 있어서 골짜기 안의 돌무더기 뒤에 몸을 눕힐 수 있었거든요. 반질반질 매끄러운 커다란 왕바위 하나가 내 몸을 가려줬어요. 두시만들이 바로 옆으로 지나다녔지만 발각되지 않았죠. 문득 '만약 놈들에게 발각되면 그 즉시 어떻게든 스스로 목숨을 끊어야 한다'는 생각이 들더군요. 그래서 돌 하나를 더듬어 찾은 후 내 쪽으로 끌어당겨서 크기를 가늠해봤어요……

다음날 아침, 나는 아군 병사들에게 발견됐어요. 나를 발견한 이들은 지난밤에 나를 두고 꽁무니를 뺐던 바로 그 병사 둘이었어요. 두 사람은 방한외투로 들것을 만들어 거기에 나를 눕혀 데려갔어요. 보아하니 그 둘은 내가 지난밤 일을 보고할까봐 겁을 집어먹고 있더라고요. 하지만 나로선 이미 그게 중요한 게 아니었으니까요. 나는 병원에 도착하자마자 수술대에 눕혀졌어요. 외과의가 다가왔고 "절단수술……"이라는 말이 들렸어요. 의식이 돌아오자 팔이 하나 없다는 게 느껴지더군요. 병동엔 다양한 환자들이 입원해 있었어요. 한 팔을 잃은 사람, 두 팔 다 잃은 사람, 한쪽 다리가 없는 사람. 그들은 남몰래 소리 죽여 울거나 술에 취해 있었죠. 나는 왼손으로 연필 잡는 법을 연습했어요.

귀국해서 할아버지 댁으로 갔어요. 나는 할아버지 할머니 말고는 아무도 없거든요. 할머니가 우셨어요. 사랑하는 손자가 한 팔로 돌아왔으니 왜 안 그렇겠어요. 그러자 할아버지가 할머니에게 버럭 소리를 지르셨어요. "당신은 당의 정책을 도통 모르는구먼." 지인들은 만나면 이렇게들 물었죠.

—양가죽코트는 가져왔어? 일본제 녹음기는? 아무것도 안 가져왔다니…… 정말 아프간에 다녀오긴 한 거야?

차라리 자동소총을 가져올걸!

나는 아프간 전쟁 참전 병사들을 찾아나섰어요. 그러다 한 친구를 만났죠. 그 친구도 거기 있었고 나도 거기 있었기에 우리는 금세 말이 통했어요. 우리에겐 우리끼리만 통하는 언어가 있었어요. 서로를 잘 이해했죠. 어느 날 학장이 나를 불렀어요. "성적이 입학점수에 턱없이 못 미치는데도 자네를 우리 대학에 받아줬네. 장학금까지 지급해가면서 말이야. 더이상 그 친구를 만나지 말게…… 왜 자꾸 묘지에서 만나는 거지? 이렇게 질서가 없어서야, 원!" 처음엔 그렇게 우리가 만나는 걸 막더라고요. 우리가 두려웠던 거죠. 우리가 은밀히 불온한 소문이라도 퍼뜨릴까봐서요. 괜히 시끄러워질까봐서요. 만약 우리가 하나의 세력을 이루게 되면 우리의 권리를 찾겠다고 투쟁에 나설 게 분명하니까요. 우리에게 아파트도 제공해야 할 거고, 우리 때문에, 죽어서 땅에 묻힌 병사들의 어머니들을 도와야 할 테니까요. 우리는 또 병사들의 무덤에 기념물을 세우고 울타리를 만들라고 요구할 거고요. 하지만 이런 게 다 무슨 소용이죠? 오히려 우리를 설득하려 들던걸요. "제군들, 그곳에서 있었던 일이나 자네들이 목격한 일들에 대해 쓸데없는 말은 삼가길 바란다." 국가 기밀이라나요! 10만 명이나 되는 자국 병사들이 남의 나라에 가 있는데 기밀이라니요. 심지어 카불의 날씨가 얼마나 무더운지도 비밀에 부쳐야 했다고요……

전쟁은 결코 사람을 더 나은 사람으로 만들지 못해요. 더 몹쓰게만 하죠. 결국 같은 말이에요. 전쟁터로 떠나던 그날로는 두 번 다시 돌아가지 않을 거예요. 전쟁 전의 나로도 돌아가지 않을 거고요. 내가 어떻게 더 나은 사람이 될 수 있겠어요? 그걸 다 봤는데…… 병사들이 의사들한테 체키를 주고 간염환자의 오줌을 구입해 마셨어요. 두 컵씩이요. 당연히 탈이 생겼죠. 그렇게 의병제대 판정을 받아냈어요. 자기 손가락을 일부러 쏘는 것도 봤어요. 또 기관총의 노리쇠로 제 몸을 불구로 만드는 것도 봤고요…… 그리고…… 어떻게…… 어떻게 아연관들을 태운 비행기에 양가죽코트며 청바지며 여자 팬티며…… 중국차가 든…… 가방들을 함께 실어서 집으로 돌아갈 수가 있어요?

예전에 나는 '조국'이라는 단어를 입에 올리기만 해도 입술이 떨렸어요. 이제 나는 다른 사람이에요. 뭔가를 위해 싸운다…… 대체 뭘 위해 싸운다는 거죠? 전쟁을 했으면 전쟁을 한 거예요. 그게 어때서요? 뭔가 이유가 있어서 전쟁을 한 거 아니겠어요? 지금 모든 세대가 저마다 전쟁을 치르고 있잖아요. 만약 신문들이 모든 게 정당하다고 쓴다면 그건 앞으로도 정당한 거예요. 그런데 다른 한편에서는 우리더러 살인자라고들 하죠. 누구 말을 믿어야 할까요? 모르겠어요. 나는 이제 그 어떤 것도 믿지 않아요. 신문들? 신문 같은 거 안 읽어요. 아예 구독을 안 하죠. 오늘은 이런 말을 하고 내일은 저런 말을 하는 게 우리라고요. 시대가 그래요…… 페레스트로이카…… 진실은 많아요…… 그런데 정작 단 하나의 진실, 내 진실은 어디에 있을까요? 자, 여기 내 친구들이 있다고 쳐요. 내 친구들이라면 이 친구도, 저 친구도, 그리고 또 저 친구도 믿을 수 있어요. 뭐든 믿고 의지할 수 있죠. 그 외에는 아무도 안 믿어요. 집으로 돌아와 지낸 지 벌써 6년인데, 그렇더라고요……

내 앞으로 장애인증명서가 나왔어요. 특혜가 주어지는 증명서가요! 한번은 참전 용사들을 위한 매표소 앞에 줄을 섰어요.

—이봐, 젊은이, 왜 여기 있는 거지? 줄을 착각했군.

나는 이를 악물고 아무 대꾸도 하지 않았어요. 그러자 등뒤에서 누군가 그러더군요.

—나는 조국을 지켰지만, 이 사람은 왜……

처음 보는 사람이 물어요.

—팔 하나는 어떻게 된 거요?

—술에 취해 기차에 받혔어요. 팔이 떨어져나갔죠.

그러면 다들 이해를 하더라고요. 안됐다면서 딱해하고요.

며칠 전에 읽은 발렌틴 피쿨*의 소설 『체스티 이메유**(제정 러시아군

---

* 발렌틴 사비치 피쿨(1928~1990). 러시아 역사소설가.

장교의 고백)』에 이런 대목이 나와요. "요즘(1905년에 치러진 러일전쟁의 치욕스러운 패배를 두고 하는 말이죠) 많은 장교들이 군대를 떠나고 있습니다. 그들은 가는 곳마다 경멸과 조롱의 대상이 되고 있어요. 급기야 장교들이 군복을 입는 것조차 창피해하며 민간인 옷을 입고 다니지 뭡니까. 중상을 당해 불구가 된 이들조차 동정을 받지 못합니다. 오히려 다리가 없는 거지들이 넵스키 대로나 리테이니 대로***의 모퉁이에서 시가전차에 치여 다리를 잃었다고, 자기들은 무크덴****이나 랴오양*****과는 아무 관계도 없다고 하면 그 거지들에게 훨씬 더 많은 온정이 쏟아집니다." 이제 곧 우리도 똑같은 얘기의 주인공들이 되겠죠……

어쩌면 나는 조국을 바꿀지도 모르겠어요. 이 나라를 떠날지도요.

사병, 통신병

—내가 직접 지원했어요…… 이 전쟁에 나가는 게 꿈이었죠…… 재미있을 줄 알았거든요……

그곳이 어떨지 상상해보곤 했어요. 예를 들어, 나한테 사과 한 개와 두 친구가 있어요. 그런데 나도 배가 고프고 두 친구도 배가 고파요. 그래서 내가 사과를 두 친구에게 양보하는 거예요. 나는 그게 어떤 건지 알고 싶었어요. 그곳에선 모두들 사이좋게 지낼 거라고 생각했어요. 모두가 한 형제처럼 지낼 거라고요. 나는 바로 그런 우정을 기대하며 그곳

** 발언(말)을 시작할 때 쓰는 인사말로 '~하게 되어 영광입니다'라는 뜻.

*** 넵스키 대로와 리테이니 대로는 러시아 상트페테르부르크에 있는 번화가로, 네바 강의 연안에 위치해 있다. 러시아에서 가장 아름다운 거리로 손꼽힌다.

**** 중국 랴오닝성의 성도인 '선양(심양)'을 가리키는 만주어 명칭.

***** 중국 랴오닝성 중부 타이쯔 강 중류 유역에 위치한 도시.

으로 떠났어요.

비행기에서 내려 눈을 휘둥그레 뜨고 산을 바라보고 있는데, 전역한 병사(내가 타고 온 비행기로 소련으로 돌아가는 청년)가 내 옆구리를 툭 쳤어요.

—허리띠 이리 내.

—뭐?

그때 나는 암시장에서 산 허리띠를 두르고 있었죠.

—야, 이 멍청아, 어차피 뺏겨.

도착한 첫날 바로 허리띠를 빼앗겼어요. '아프가니스탄에선 다들 우정을 나누며 사이좋게 지낼 거야'라고 생각했는데 말이죠. 바보! 거기서 신병은 한낱 물건에 지나지 않았어요. 밤에 자고 있으면 깨워서 의자, 몽둥이, 주먹, 발, 수단을 가리지 않고 마구 치고 때려도 되는 존재였어요. 낮에는 화장실에서 때리고 두들겨팼고, 배낭이며 소지품, 통조림, 비스킷(휴대하고 있거나 집에서 가져온 것)까지 가진 것을 다 빼앗아갔어요. 텔레비전도 없고 라디오도 없고 신문도 없었어요. 자유 시간도 정글의 법칙에 따라 보냈죠. "어이, 애송이, 내 양말 빨아와." 이 정도는 아무것도 아니었어요. "야, 애송이, 이제 내 양말 한번 핥아봐. 다들 볼 수 있게 잘 핥아야 해"라고 하는 자도 있었으니까요. 섭씨 60도나 되는 더위에 걷다보면 걷는 건지 비틀거리는 건지 알 수가 없었죠, 휘청휘청, 흔들흔들…… 몸이 저절로 이리 갔다 저리 갔다 했어요…… 하지만 군사 작전중에는 '전역병들*'이 앞서가면서 우리를 보호했어요. 우리 목숨을 구해주었죠. 사실이에요. 병영으로 돌아오면 다시 "야, 애송이, 내 양

* 군대에서 제대를 앞둔 병장을 일컫는 별칭.

말 한번 핥아봐……" 했지만요.

사실 그게 첫 전투보다 더 무서워요…… 첫 전투는, 글쎄, 오히려 재미있다고 할까! 꼭 영화를 보는 것 같아요. 영화에서 수백 번은 봤을 거예요. 당당히 걸어서 공격해들어가는 장면을. 그런데 그게 다 꾸며낸 것이더라고요. 실제로는 걸어가는 게 아니라 뛰었어요. 그것도 잔걸음으로 멋지게 몸을 숙이고 뛰는 게 아니라 있는 힘을 다해 실성한 사람처럼 기를 쓰고 뛰었어요. 광견병에 걸린 토끼처럼 이리저리 왔다갔다하면서요. 예전에는 붉은 광장에서 벌어지는 군사퍼레이드를 참 좋아했어요. 온갖 무기들의 행진이 좋았죠. 정말 좋아했어요…… 하지만 이젠 알아요. 그런 것에 열광해서는 안 된다는 것을요. 탱크니 장갑수송차니 자동소총 같은 것들은 한시라도 빨리 제자리에 돌려놓고 죄다 덮개를 씌워버렸으면 좋겠어요. 가능한 한 빨리요! 왜냐하면 그것들은 전부 사람을 죽여 없애기 위해 만들어졌으니까요…… 사람을 티끌로 만들어 버리기 위해서! 흙가루로 말이에요! 그런 걸 나는 뭐가 좋다고…… 의수나 의족을 찬 아프간 전쟁의 모든 '상이군인들'이 붉은 광장을 행진해 지나게 하면 더 좋고요. 그러면 나도 기꺼이 행진에 참여할 텐데…… 나를 보세요! 나는 두 다리 모두 무릎 위까지 잘려나갔어요…… 무릎 아래로만 잘려나갔어도…… 행운이었을 텐데! 그랬다면 나는 행복한 사람이었을 거예요. 무릎이라도 남은 사람들이 부러워요…… 붕대를 새로 갈고 나면 한 시간에서 한 시간 반쯤은 다리가 당기면서 경련이 일어요. 의족을 빼면 다리가 또 얼마나 작아지는데요. 수영복과 낙하산병 셔츠를 입고 누우면 셔츠 길이가 곧 내 키예요. 처음에는 아무도 곁에 못 오게 했어요. 입도 닫았고요. 글쎄, 다리 하나라도 남아 있다면 얼마나 좋을까요. 하나는커녕 두 다리 다 없으니. 가장 힘든 건, 한때 내게도 두 다리가 있었다는 사실을 잊는 일이에요…… 꽉 막힌 사방 벽 중에 하나를 고르고 싶어요. 창문이 있는 벽으로요.

어머니에게 최후통첩을 했어요. '만약 와서 울고불고할 거면 차라리 오지 마라'고요. 아프간에 있을 때 가장 두려웠던 게 내가 전사하고, 그래서 아연관에 담겨 집으로 보내지고 어머니가 우는 것이었거든요. 전투가 끝나면 부상병은 불쌍했지만 전사자는 불쌍하지 않았어요. 그 어머니가 딱했을 뿐이죠. 병원에서 퇴원하면서 간호사에게 고맙다는 말을 하고 싶었지만 하지 못했어요. 무슨 말을 어떻게 해야 할지 생각이 나지 않더라고요.

—아프간에 다시 가라면 가겠어요?

—네.

—왜죠?

—거기선 친구면 친구고 적이면 적이었어요. 하지만 여기서는 한 가지 질문이 끊임없이 나를 괴롭혀요. '내 친구들은 무엇을 위해 죽었지? 저 배부른 투기꾼들을 위해서? 관리들을 위해서? 아니면 자신 외에는 그 어떤 일에도 무관심한 젊은 한량들을 위해서?' 아침부터 맥주 한 잔이 당기네요. 여기는 다, 모든 게 다 잘못됐어요. 내가 낯선 사람처럼 느껴져요. 괴짜 같아요.

걷는 걸 배우고 있어요. 사람들에게 밀려 넘어지곤 하죠. 넘어지잖아요? 그러면 스스로 말해요. "침착하자. 자, 1단계, 몸을 돌려 손을 짚는 거야. 이제, 2단계, 일어나 걷자." 처음 몇 달은 걷는 건 고사하고 기는 것밖에 못하겠더군요. 그래서 기었어요. 아프간의 가장 또렷한 기억은 러시아인 얼굴을 한 검은 피부의 소년이에요…… 아프간에는 그런 아이들이 많아요. 사실 우리가 그곳에 가기 시작한 게 1979년부터니까…… 벌써 7년이잖아요. 나는 다시 그곳으로 갔을 거예요. 반드시요! 두 다리 다 무릎 위까지 절단되지만 않았어도…… 하다못해 무릎 아래로만 절단됐어도……

다시 아프간으로 갔을 거예요……

사병, 박격포병

—자신에게 묻곤 했어요. '나는 왜 그곳에 갔을까?'

백 가지는 될 거예요, 이유가…… 하지만 가장 주된 이유는 바로 이 시에 나와 있어요. 누구 시인지는 잊어버렸지만…… 혹시 우리 병사들 중 누군가가 쓴 건지도 모르고요.

세상에는 하나인 듯 두 개인 존재가 있으니,
첫째는 여자, 둘째는 술이라네.
하지만 여자보다 달콤하고 술보다 맛있는 게
남자에게는 있으니, 그건 바로 전쟁.

아프가니스탄에 다녀온 동료들이 부러웠어요. 그 친구들은 굉장한 경험을 쌓아 왔으니까요. 평화로운 삶 어디에서 그런 경험을 얻겠어요? 나는 외과의사예요…… 예전에 큰 도시의 시립병원에서 외과의로 10년 정도 일했죠. 그렇게 경험이 많은 나도 처음 부상병이 실려온 걸 보고는 정말 정신이 어떻게 되는 줄 알았어요. 부상병이라고 왔는데 팔도 없고 다리도 없이 몸통만 살아서 숨을 쉬고 있더라고요. 사디스트 영화에서도 그런 건 못 볼걸요. 소련이라면 상상 속에서나 가능했을 수술들이 거기선 실제로 이루어졌어요. 젊은 간호사들은 견디질 못했죠. 한 간호사는 하도 울어서 말을 더듬는 증상을 보였고, 다른 간호사는 큰 소리로 깔깔깔 웃어댔어요. 또 어떤 간호사는 가만히 서서 계속 빙그레 웃기만 했고요. 결국 그 간호사들 모두에게 귀국조치가 내려졌죠.

사람은 영화에서와는 전혀 다르게 죽어요. 스타니슬랍스키*식으로 죽지 않아요. 왜, 영화에선 총탄이 머리에 박히면 양팔을 내저으며 픽 쓰러지잖아요. 하지만 실제로는 머리에 총탄이 박히면 뇌가 터져 공중으로 날아가고, 머리가 터진 사람은 그걸 잡겠다고 달려가죠. 한 500미터는 족히 달려요. 흩어진 뇌의 파편들을 붙잡기도 하고요. 인간의 한계를 넘어서는 거죠. 생리적으로 완전히 숨이 끊어질 때까지 달리기를 멈추지 않아요. 사람이 고통에 울부짖거나 죽음이 구원이라도 되는 양 죽여달라고 간청하는 걸 듣고 또 지켜보고 있느니 차라리 총으로 쏴버리는 게 더 쉬워요. 그것도 울거나 간청할 힘이 남아 있는 경우에 그렇지만요. 누워서 서서히 죽음의 공포에 사로잡히는 사람들도 있어요…… 심장이 쿵쿵 세차게 뛰기 시작해요. 비명을 지르고 의료진을 불러대고…… 그러면 가서 맥박을 재보고…… 괜찮다며 진정을 시키죠…… 뇌는 사람이 긴장을 풀고 편안해질 때를 기다려요…… 의사가 침대에서 멀어지기도 전에 소년은 숨을 거둬요. 방금 전까지 살아 있던 소년이……

이런 일은 금방 잊히지 않아요…… 이 소년 병사들은 나이가 들어가면서 이 모든 일을 처음부터 또다시 겪게 될 거예요. 세상을 보는 시각

---

* 콘스탄틴 세르게예비치 스타니슬랍스키(1863~1938). 러시아 연출가이자 배우. 리얼리즘 연극을 본격화하고 20세기 세계 연극들에 큰 영향을 준 연기 이론 스타니슬랍스키 시스템을 제창했다.

도 달라질 테고 또 뭔가는 잊힐 거고요. 하지만 어떤 것은 묻어둔 기억 저편에서 수면 위로 떠오르기도 하겠죠. 우리 아버지는 제2차세계대전 때 전투기 조종사였어요. 하지만 전쟁에 대한 이야기는 한마디도 하지 않았어요…… 언제나 침묵했죠…… 그때는 아버지를 이해할 수 없었지만 지금은 이해해요. 아버지의 그 침묵을 존경하고요. 옛일을 떠올린다…… 그건 모닥불에 손을 집어넣는 것과 같아요. 한마디 말이나 암시만으로도 충분하죠…… 어제 신문에서 어느 병사에 대한 기사를 읽었어요. "그는 최후 한 발의 총알이 남는 그 순간까지 싸우다 마지막 총알로 자신을 쏘았다." '자신을 쏘았다'는 말이 무슨 의미냐고요? 전장에서의 문제는 간단해요. '내가 죽느냐? 아니면 적이 죽느냐?' 당연히 내가 살아남아야죠. 하지만 나만 홀로 뒤에 남아 퇴각하는 동료들을 엄호하는 상황에 놓이게 돼요. 그건 어쩌면 명령을 받았기 때문일 수도, 아니면 죽음을 선택하는 거란 사실을 뻔히 알면서도 스스로 내린 결정일 수도 있어요. 확신하건대, 그 순간 자신에게 총구를 겨누기란 심리적으로 힘든 일이 아니에요. 그런 상황에서는 자살이 꼭 정상적인 행위처럼 인식되고, 또 많은 병사들이 자살할 준비가 되어 있거든요. 나중에 그들은 영웅으로 불리죠. 여기서는…… 여기처럼 평범한 일상에서 자살을 택했다면, 그 사람은 당연히 정상이 아니라고들 생각하죠. 하지만 아프간에서는? 그곳에서는 모든 게 반대예요…… 다른 법이 지배하는 곳이니까요…… 고작해야 두 줄짜리 신문 기사인데도 밤에 한숨도 못 잤어요. 모든 게 내 안에서 솟구쳐 올라와서요. 다시 나를 덮쳐와서요.

그곳에 다녀온 사람은 두 번 다시 전쟁을 치르고 싶어하지 않아요. 나무에서 고기가 자란다는 말로 우리를 속일 수는 없어요. 우리가 순박한 사람들이든 잔인한 사람들이든, 아내와 아이들을 사랑하는 사람이든 사랑하지 않는 사람이든 그건 중요하지 않아요. 우리가 어떻든 간에 어차피 우린 살인을 했으니까요. 내가 침략군의 일원이었다는 사실을 이젠 알아요. 하지만 후회는 없어요. 이제 다들 죄책감에 대해서 말들 하죠. 나는 죄책감은 들지 않아요. 우리를 그곳으로 보낸 사람들의 잘못이니까요. 나는 아프간 시절 군복을 즐겨 입어요. 그 옷을 입을 때 내가 진짜 사내가 된 것 같거든요. 여자들도 환호를 보내고요! 어느 날 군복을 입고 레스토랑에 갔어요. 그런데 지배인이 나를 뚫어지게 바라보더라고요. 그거야말로 내가 바라던 바였죠.

—왜, 옷 입은 게 마음에 안 들어요? 포화에 그을린 심장이 들어가게 길이나 비키시지……

누구라도 상관없으니까 내 야전전투복이 싫다고 말만 하라고 해요. 앵앵대라고요. 왜 그런지 나한테 그렇게 말해줄 사람을 자꾸 찾게 되네요……

군의관

—첫아이는 딸이었어요……

딸아이가 태어나기 바로 전에 남편이 '아들이든 딸이든 상관없지만 이왕이면 딸이 좋겠다'고 하더라고요. 나중에 남동생이 생기면 누나가 제 동생 신발끈을 묶어줄 거라고요. 그리고 정말 남편 바람대로 됐어요……

둘째 낳을 때, 남편이 병원으로 전화를 했어요. 병원에서 그랬죠.

—딸인데요.

—아, 그래요. 이제 두 딸의 아빠가 됐네요.

병원에 가시야 사람들은 사실을 말해줬어요.

—사실은 아들이랍니다…… 아들!

—아, 고맙습니다! 정말 감사해요!

남편은 아들이라는 소식에 연신 고맙다고 했어요.

첫째 날…… 둘째 날…… 간호사들이 다른 엄마들한테는 모두 아기들을 데려다주는데, 나한테만 안 데려오는 거예요. 왜 그런지 시원하게 설명해주는 사람도 없고요. 나는 울음을 터뜨렸고 열이 났어요. 의사가 왔어요. "어머니, 왜 그러세요? 걱정돼서요? 아무래도 어머니 아들은 진짜 사나이인 거 같아요. 아직 자고 있어요. 깨질 않네요. 아직 배가 안 고픈 모양이에요. 그러니까 걱정 마세요." 그러고는 아들을 데려다주는데, 이불을 열어보니 정말 자고 있더라고요. 그제야 안심이 됐죠.

아들 이름을 뭐라고 하나? 세 가지 이름을 놓고 고민했어요. 사샤, 알료샤, 미샤. 세 이름 다 마음에 들었거든요. 딸아이가 제 아빠하고 병원에 왔어요. 그런데 딸 타네치카가 "내가 저비를 뽑았어요……" 그러는 거예요. '저비'가 뭐야? 알고 보니 남편이랑 딸이 이름이 적힌 종이쪽지들을 모자에 넣고 제비뽑기를 했더라고요. 두 번이나 '사샤'가 나왔고요. 타네치카가 이름을 결정한 셈이죠. 아들은 태어날 때부터 컸어요. 몸무게가 4킬로그램 하고도 500그램이나 더 나갔죠. 키도 커서 60센티미터였고요. 내 기억에, 10개월 때 벌써 걷기 시작했던 거 같아요. 돌 지나고 6개월쯤부터 말도 썩 잘했고요. 세 살이 될 때까지 '에르'와 '에스' 발음을 잘 못하긴 했지만요. "야 삼*" 하는 대신 "야 샴"이라고 했어요. 친

* 러시아어로 '내가 직접' 또는 '나 스스로'라는 뜻.

구 이름도 '세르게이' 대신 '티글레이'라고 했고요. 유치원 선생님인 키라 니콜라예브나는 아들에게는 '킬라 칼리브나'였어요. 아들이 바다를 처음 봤을 때 뭐라고 한 줄 아세요? "나는 태어난 게 아니다. 파도가 바닷가로 나를 내다버렸다!"

아들이 다섯 살 때 아들에게 첫 사진첩을 선물했어요. 아들에겐 사진첩이 모두 네 개예요. 어릴 때 것 하나, 학교 다닐 때와 군인일 때(아들이 군사대학 다닐 때 모습) 각각 하나씩, 그리고 아들이 아프간에 있으면서 보내온 사진들로 만든 아프간 사진첩, 이렇게 네 개죠. 딸에겐 딸아이만의 사진첩이 있었고요. 두 아이 모두 따로 사진첩을 선물했거든요. 나는 우리집과 아이들을 사랑했어요. 아이들에게 바치는 시도 쓴걸요.

아네모네 어린싹이
봄눈 사이로 얼굴을 내밀었네.
봄이 달려올 때
우리 아들이 태어났지……

예전에 학교에 있을 때 학생들이 나를 잘 따랐어요. 내가 늘 기쁨에 차 있었거든요……

아들은 형사놀이를 꽤 오랫동안 좋아했어요. "나는 용감한 사람이다" 하고 큰 소리로 외치면서 놀곤 했죠. 한번은 아들이 다섯 살, 타네치카가 아홉 살 때 볼가 강*에 간 적이 있어요. 배에서 내려 부두에서 반 킬

* 러시아 서부를 남쪽으로 흐르는 유럽에서 제일 긴 강으로, 길이가 3700미터에 이른다.

로미터 정도 떨어진 할머니 집까지 걸어가려던 참이었어요. 그런데 사샤가 못처럼 꼿꼿하게 버티고 서서 걷지 않겠다는 거예요.

—나는 안 걸을 거야. 안아줘.

—이렇게 다 큰 애를 안아줘?

—안 걸을 거야, 정말이야.

그러고는 정말 안 걸었어요. 우리는 이 일을 가지고 늘 사샤를 놀렸어요.

유치원에 다닐 때는 춤추는 걸 좋아했어요. 사샤에게 빨간색 짧은 바지가 있었거든요. 그걸 입고 사진을 찍었죠. 그 사진이 아직 남아 있어요. 그리고 8학년 때까지 우표를 모았는데, 우표 앨범도 아직 가지고 있고요. 우표 다음엔 배지를 모았어요. 배지를 모아둔 상자 역시 가지고 있답니다. 사샤는 또 음악에도 빠져 지냈어요. 아들이 좋아하는 노래가 든 카세트테이프도 아직 보관하고 있고요……

아들의 어릴 때 꿈은 음악가가 되는 것이었어요. 하지만 아버지가 군인이고, 또 우리 가족이 평생 군사도시에서 살았던 게 아들 안에 깊이 각인되고 영향을 준 것 같아요. 아들은 병사들과 함께 카샤*를 먹고 병사들과 같이 군용차량을 청소하곤 했어요. 아들이 군사대학에 입학서류를 제출했을 때 아무도 아들에게 안 된다고 말리지 않았어요. 오히려 "그래야지, 아들, 조국을 지켜야지"라고들 격려만 했죠. 아들은 공부를 잘했어요. 학교 생활에 늘 열심이었죠. 군사대학도 우수한 성적으로 졸업했고요. 사령부에서 우리에게 감사 편지까지 보내올 정도였어요.

1985년에…… 사샤는 아프가니스탄에 가 있었어요…… 우리는 아

* 귀리와 같은 곡물을 물이나 우유로 끓인 러시아의 전통음식.

들이 전쟁터에 있다는 사실이 자랑스럽고 말할 수 없이 기뻤죠. 나는 학생들에게 사샤와 사샤의 친구들에 대한 이야기를 자주 들려줬어요. 아들이 휴가 나오길 기다렸죠. 왜 그런지 나쁜 생각은 들지 않았어요……

민스크에 정착하기 전에 우리는 군사도시들에서 살았어요. 그래서 사람이 집에 있을 땐 대문을 잠그지 않는 버릇이 생겼죠. 한번은 아들이 벨도 안 누르고 불쑥 집안으로 들어와서는 소리를 친 적도 있어요. "혹시 텔레비전 수리공 부르지 않으셨어요?" 아들과 아들 친구들은 카불에서 먼저 타슈켄트로 간 다음, 타슈켄트에서 도네츠크*까지 가는 표를 구했어요. 더 빠른 길이 없었거든요. 도네츠크에서(민스크는 비행편이 없어요) 다시 빌뉴스**로 갔고요. 빌뉴스에서 기차를 타려면 세 시간은 기다려야 했어요. 집이 바로 코앞인데, 200킬로미터만 가면 되는데 세 시간이면 긴 시간이죠. 그래서 택시를 잡아탔어요.

아들은 까맣게 타고 비쩍 말라 있었어요. 이만 하얗게 빛나더라고요.

—아들, 왜 그렇게 말랐어!

내가 울면서 말했어요.

—엄마.

아들이 나를 번쩍 안아들고 방안을 뱅글뱅글 돌았어요.

—나는 살아 있다! 나는 살아 있어요, 엄마! 알겠어요? 살아 있다고요!

이틀 후에 새해가 밝았어요. 아들은 우리한테 줄 선물을 욜카*** 아래 숨겨뒀어요. 나한테는 커다란 숄을 주더라고요. 까만색 숄.

---

* 우크라이나 동부에 위치한 도시. 친러 세력과 친서방 세력 사이에 전쟁이 발발하여 친러 세력이 승리를 거뒀다. 현재는 자치주의 성격을 띠고 있다.

** 리투아니아의 수도.

—아들, 왜 까만 숄을 고른 거니?

—색이 많았는데 내 차례가 되니까 검은색만 남았더라고요. 한번 봐요, 엄마한테 잘 어울려요……

나는 그 숄을 두르고 아들을 땅에 묻었어요. 그후로 2년 동안 숄을 벗지 않았죠.

사샤는 항상 선물하는 걸 좋아했어요. 선물을 하면서 '깜짝 선물'이라고 불렀죠. 아이들이 어렸을 때 한번은 애들 아빠랑 집에 돌아왔는데 아이들이 안 보이는 거예요. 이웃집에도 가보고 밖에도 나가 찾아봤지만 아이들은 어디에도 없고 아이들을 보았다는 사람들도 없었어요. 아, 얼마나 소리소리 지르고 얼마나 울었던지! 그런데 갑자기 텔레비전 아래에 있던 커다란 상자(텔레비전을 사고 미처 버리지 못한 포장상자였어요)가 열리며 거기서 우리 아이들이 기어나오지 뭐예요. "엄마, 왜 울어요?" 아이들이 식탁을 차리고 차를 끓이고 우리를 기다렸는데 우리가 안 오더래요. 그래서 사샤가 '깜짝 쇼'를 하자고 생각해냈고 상자 안에 숨은 거예요. 숨어 있다가 그대로 잠이 들었고요.

사샤는 참 다정했어요. 보통 남자애들이 그러기가 쉽지 않은데 말이죠. "엄마…… 우리 엄마……" 하면서 늘 나에게 입을 맞추고 안아주었어요. 아프가니스탄에 다녀온 뒤로는 더 다정해졌고요. 아들은 집의 것이면 뭐든 좋아했어요. 하지만 가만히 앉아서 입을 꼭 다물고 아무도 눈에 들어오지 않는 것처럼 행동하는 순간들이 있었어요. 밤이면 자다가 벌떡 일어나 방안을 서성이기도 했고요. 한번은 비명소리에 잠이 깼어요. "폭발이다! 폭발! 엄마, 놈들이 총을 쏴요……" 또 한번은 밤에 누

*** 곱게 장식한 새해맞이 나무.

군가 우는 소리가 나더라고요. 우리집에서 울 사람이 누가 있겠어요? 어린아이들도 없는데. 아들의 방문을 열어봤죠. 아들이 두 손으로 머리를 감싸안고 흐느껴 울고 있었어요……

—아들, 왜 울어?

—엄마, 무서워요.

그러고는 더이상 아무 말도 하지 않았죠. 제 아버지에게도, 나에게도.

아들은 보통 때처럼 떠났어요. 떠날 때 호두쿠키를 가방 한가득 구워 보냈어요. 아들이 좋아하는 쿠키죠. 돌아가서 동료들과 나눠 먹으라고 가방 가득 싸줬어요. 그곳에서는 다들 집 음식을 그리워하거든요. 자기 집 음식 말이에요.

그애는 두번째 휴가도 새해에 다녀갔어요. 처음에는 여름에 올 줄 알고 기다렸어요. 사샤가 편지를 보냈거든요. "엄마, 과일조림을 되도록 많이 준비해주세요. 잼도 만들어두고요. 제가 가면 다 같이 노래하고 한 잔씩들 해요." 휴가가 8월에서 9월로 옮겨지자 사샤는 숲에 가서 살구버섯을 따고 싶다고 했어요. 하지만 휴가를 나오지 못했죠. 11월의 휴일에도 사샤는 집에 오지 않았어요. 우리는 편지를 받았어요. '이번에도 새해에 휴가를 가는 게 나을 거 같다'며 엄마, 아빠 생각은 어떠냐고 물었어요. '욜카도 있을 거고, 아빠 생일은 12월, 엄마 생일은 1월이지 않냐'고요.

12월 30일…… 나는 하루종일 외출도 안 하고 집에만 있었어요. 막 편지를 받은 참이었거든요. "엄마, 블루베리 바레니크*, 체리 바레니크, 트바로크** 바레니크를 엄마한테 미리 예약할게요." 남편이 퇴근하고 돌

* 응유나 과일을 넣은 경단.

** 일종의 우유 비지 혹은 고형 우유.

아온 뒤, 남편이 나 대신 아들을 기다리고 그사이 나는 얼른 상점에 가서 기타를 사오기로 했어요. 마침 그날 아침에 새 기타가 들어왔다는 엽서를 받았거든요. 기타는 사샤가 부탁해둔 것이었죠. "비싼 건 필요 없고 보통 가게에서 파는 평범한 기타 하나만 사두세요."

상점에서 돌아오니 그애가 집에 와 있었어요.

—아, 아들, 우리 아들 오는 걸 못 봤네!

아들이 기타를 봤어요.

—너무 근사해요.

그러고는 방안에서 춤을 추었어요.

—집이다, 우리집. 아, 우리집은 정말 좋아! 우리집은 현관에서부터 특별한 냄새가 난다니까.

사샤는 우리가 사는 도시가 가장 아름답다고 했어요. 우리 거리가 가장 아름답고, 우리집이 가장 아름답고, 마당에 핀 아카시아나무도 우리집이 가장 아름답다고요. 사샤는 이 집을 사랑했어요. 이제 우리는 이 집에 사는 게 고통스러워요. 모든 게 사샤를 떠올리게 하니까요. 그렇다고 떠날 수도 없어요. 그애가 사랑한 모든 것들이 여기 있으니까요.

그애는 이번에는 달라져 있었어요. 우리 가족은 물론이고 그애의 친구들도 사샤가 달라졌다는 걸 알아차렸죠. 사샤가 친구들한테 그러는 거예요.

—너희는 모두 다 행운아들이야! 너희가 얼마나 행복한지 상상도 못할걸! 여기는 하루하루가 축제지.

나는 미용실에 가서 머리를 새로 하고 왔어요. 사샤가 무척 마음에 들어했어요.

—엄마, 항상 그렇게 하고 다녀요. 정말 예뻐요.

—아들, 이 머리를 매일 하려면 돈이 많이 들어.

—제가 돈을 좀 가져왔어요. 엄마가 다 가져요. 나는 필요 없어요.

사샤 친구가 아들을 낳았어요. 사샤가 "한번 안아보게 이리 줘봐"라고 부탁할 때의 그 표정을 지금도 잊지 못해요. 아기를 두 손에 받아들더니 그대로 굳어버렸죠. 휴가가 끝날 무렵 갑자기 사샤에게 치통이 생겼어요. 사샤는 어릴 때부터 치과 가는 걸 무서워했거든요. 그래서 겨우 손을 잡이끌고 병원에 갔죠. 앉아서 차례를 기다리고 있었어요. 그런데 사샤를 보니까, 얼마나 무서우면 얼굴에 식은땀까지 흐르지 뭐예요.

텔레비전에서 아프가니스탄에 대한 방송이 나오면 사샤는 다른 방으로 가버렸어요. 아프간으로 복귀해야 하는 날을 일주일 앞두고 사샤의 눈에는 번민이 가득했고, 그 번민이 눈동자에서 쏟아져나올 것만 같았어요. 어쩌면 이제 와서 내가 그렇게 느끼는 걸까요? 그때는 행복했어요. 아들은 서른 살에 소령 계급장을 달고 붉은 별 훈장까지 받아 집에 왔어요. 공항에서 아들을 보는데 믿을 수가 없더라고요. 이렇게 잘생기고 젊은 장교가 정말 내 아들이라고? 나는 아들이 자랑스러웠어요.

한 달 후에 사샤한테서 편지가 왔어요. 제 아빠한테는 소련 군대의 날을 축하한다고 썼고 나한테는 버섯파이를 구워줘서 감사하다는 내용이었죠. 그 편지를 받고 난 다음부터 내가, 무슨 일이 생긴 것처럼 이상해졌어요…… 잠을 잘 수가 없더라고요…… 자려고…… 누우면…… 다음날 새벽 5시까지 눈이 말똥말똥한 거예요. 한숨도 못 자고요.

3월 4일에 꿈을 꿨어요…… 들판이 널따랗게 펼쳐져 있고, 들판 사방에 하얀 불꽃이 일었어요. 뭔가가 폭발한 것 같았죠…… 길쭉하고 하얀 리본들이 길게 늘어져 있고요…… 우리 아들 사샤가 달리고 또 달려요…… 그런데 갈팡질팡해요…… 어디에도 숨을 곳이 없어요…… 저쪽에서 갑자기 불길이 치솟아요…… 또 저쪽에서도…… 내가 그애 뒤를 쫓아 달려요. 그애를 따라잡으려고요. 그애를 앞질러 내가 앞장서려고요…… 언젠가 시골 마을에서 그애와 함께 천둥번개를 만났을 때처럼요. 그때 나는 어린 사샤를 내 몸으로 감싸안았고 그애는 작은 생쥐처럼 내 품을 파고들었죠. "엄마, 나를 구해줘요!" 하지만 꿈속에서는 사샤를 따라잡을 수가 없어요…… 그애는 키가 아주 커서 걸음도 성큼성큼 저만치 앞서갔어요. 나는 온 힘을 다해 달려요…… 당장이라도 심장이 터질 것만 같아요. 하지만 그애를 따라잡을 수는 없어요……

……현관문이 쾅하고 열렸어요. 남편이 들어왔어요. 나는 딸과 소파에 앉아 있었어요. 남편이 거실을 가로질러 우리 쪽으로 왔어요. 신발도 안 벗고 외투와 모자도 그대로 입은 채로요. 처음이었어요, 남편의 그런 모습은. 남편은 평생을 군대에 몸담은 사람이라 아주 단정하고 어디서나 규율을 잘 지켰거든요. 남편이 오더니 우리 앞에 털썩 무릎을 꿇었어요.

—여보, 소식이 있어……

보니까 현관에 사람들이 와 있었어요. 간호사, 군정치위원, 우리 학교 선생님들, 남편의 지인들이 들어와요……

—사셴카*! 아들아!

벌써 3년이 지났네요…… 하지만 우린 여전히 트렁크를 열지 못해요. 트렁크엔 사샤의 물건이 들어 있죠…… 관과 함께 보내왔더라고요…… 그 물건들에서 사샤 냄새가 나는 것 같아요.

사샤는 한꺼번에 15개의 파편이 몸에 박혔어요. 임종 직전에 아들은

---

* 사샤의 애칭.

겨우 이 말만 남겼대요. "엄마, 아파요."

'무엇 때문에? 왜 우리 아들이? 그렇게 다정하고 착한 우리 아들이 왜. 어떻게 사샤가 이 세상에 없을 수 있어?' 이런 생각들이 서서히 내 생명을 앗아가고 있어요. 내가 죽어간다는 걸 나도 알아요. 더이상 살아갈 의미도 없고요. 사람들을 찾아다녀요. 일부러 찾아다니는 거예요. 사샤와 함께, 아들의 이름과 함께 가서 사샤 이야기를 하죠…… 종합기술대학에서 연설을 할 기회가 있었어요. 연설이 끝나자 한 여대생이 나에게 오더니 그러더군요. "아드님에게 애국심이 조금만 덜했더라면 지금 살아 있을 텐데요." 그 여대생의 말을 듣고 나는 갑자기 몸이 안 좋아졌어요. 결국 그 자리에서 쓰러지고 말았죠.

나는 사샤를 위해 여기저기 다녔어요. 아들을 기억하기 위해서요. 아들을 자랑스러워하면서요…… 그런데 이제 사람들은 말하죠. "아프간 전쟁은 치명적인 실수였어. 누구한테도 필요치 않은 전쟁이었지. 우리한테도 아프가니스탄 사람들에게도." 예전에 나는 사샤를 죽인 사람들을 증오했어요. 하지만 지금은 아프간으로 그애를 보낸 이 나라를 증오해요. 우리 아들 이름 부르지 말아요…… 이제 그애는 온전히 우리만의 아들이니까요. 아무에게도 내주지 않을 거예요. 그애에 대한 기억까지도……

(몇 년 후에 사샤의 어머니가 나에게 전화를 걸어왔다.)

내 이야기를 더 하고 싶어요…… 그때는 내 이야기에 결말이 없었어요. 이야기를 끝내지 못했죠…… 그땐 준비가 안 돼 있었어요…… 하지만…… 물론 나는 젊지 않아요…… 그렇지만 반년 전에 고아원에서 남자아이 하나를 입양했어요. 이름이 사샤예요…… 그 아이는 우리 사샤 어렸을 때를 아주 많이 닮았어요. 이 아이도 "야 삼" 대신 "야 샴"이라고 하죠. '에르'와 '에스' 발음을 잘 못하고요. 우리는 아들을 다시 찾았어요…… 이해하겠어요? 하지만 이번에는 스스로도 맹세했고 남편한테도 서약을 받아냈어요. 다시는 우리집에 군인은 없을 거라고요……

절대로!

어머니

—총으로 사람을 쐈어요…… 다른 사람들처럼 나도 총을 쐈죠. 글쎄, 모르겠어요. 어쩌다 그렇게 됐는지, 또 이 세상이 어떻게 생겨먹은 건지…… 어쨌든 나는 총을 쐈어요……

우리 부대는 카불에 주둔해 있었어요…… (갑자기 소리 내 웃는다.) 부대에 오두막 도서실이라는 게 있었거든요. 그런데 그게 실은 거대한 재래식 화장실이었어요. 에잇, 빌어먹을! 길이가 20미터에 깊이 6미터짜리 거대한 구덩이였죠. 거기에 40개의 개별 구덩이들이 있고, 그 구덩이들 사이사이에 판자로 칸막이를 쳐놨고요. 그리고 칸막이 판자마다 못을 박아 〈프라우다*〉니 〈콤소몰스카야 프라우다**〉니 〈이즈베스티야***〉 같은 신문들을 걸어두었죠. 바지를 내리고 담배를 이 사이에 끼운 다음 불을 붙이고 앉아서는 신문을 펼쳐들어요. 아프간에 대한 기사를 찾아보죠. "아프간 정부군이 모처에 진입했다……" "……을 점령했

* 러시아어로 '진실'이라는 의미. 1912년 창간된 구소련 공산당 기관지로, 한때 발행부수가 1100만 부에 이르렀다. 1991년 소련 공산당이 붕괴되면서 정간되었다가 일반 신문으로 복간되었다.

** 러시아어로 '콤소몰의 진실'이라는 의미. 옛 콤소몰의 기관지로 1925년부터 1991년까지 소련 전역에 걸쳐 발행되었으며 현재는 민영화되어 타블로이드 신문으로 나오고 있다.

*** 러시아어로 '소식들'이라는 의미. 1917년 창간된 러시아의 대표적인 신문. 발행부수는 1000만 부 정도이며 구소련 당시에는 공산당 기관지였던 〈프라우다〉와 함께 신문계의 양대 산맥을 이루었다.

다." 우리에 대한 기사는 단 한 줄도 없어요, 젠장…… 그 전날 우리 신병들이 40명이나 완전히 난도질을 당했는데도 말이에요. 그중 한 명은 이틀 전에 나랑 같이 구덩이 위에 앉아서 이 신문들을 읽었던 친구였어요. 큰 소리로 함께 웃기도 하고요. 씨발! 총을 입속에 넣고 뇌를 날려버리고 싶어지죠! 지독한 우울증이 찾아와요. 사방이 거짓말에…… 병영이라면 진절머리가 나고…… 음식도 입에 넣으면 토할 것 같은 것들뿐이에요. 기쁨은 단 하나예요, 전장으로 나가는 것. 기습작전에 투입되고 임무 수행에 나서는 거요. 죽임을 당하든 말든 우리는 전장으로 달려나갔어요. 조국을 위해서도…… 의무감 때문도 아니었죠…… 우린 할 일이 없었어요. 몇 달씩 철조망 안에만 갇혀 지냈거든요. 넉 달 동안 메밀만 먹었어요. 아침에도, 점심에도, 저녁에도 메밀 한 가지만 나왔으니까요. 전투에 나가면 전투식량이 지급됐어요. 거기엔 고기 통조림도 있고, 가끔씩 '알룐카*' 초콜릿도 들어 있었어요. 전투가 끝나면 전사한 적의 시신들을 샅샅이 뒤져서 잼, 고급 통조림 그리고 필터 달린 담배 따위를 손에 넣었죠. 세상에! '말버러**'더라고요. 우리는 기껏해야 '오호트니치'나 피우는데 말이죠. 아마 들어봤을 거예요. 담뱃갑 위에 지팡이를 든 사내가 늪지대를 걸어가는 그림이 있는 건 '늪에서의 죽음'이라고 불렀어요. 그리고 '파미르'라는 담배도 있었는데, 그건 '산 위의 죽음'이라고 불렀고요. 나는 아프간에서 난생처음 게도 먹어보고 미국제 고기 통조림도 먹어봤어요…… 고급 담배도 피워봤고요…… 지나는 길에 상점에 들러서 물건을 슬쩍한 적도 많았어요. 하지만 그건 우리가 특별히 약탈이나 일삼는 병사들이어서가 아니에요. 사람이 원래 그렇잖아

* 러시아 전통 초콜릿 이름.

** 세계적으로 유명한 미국 궐련 담배 이름.

요. 늘 더 맛있는 걸 먹고 싶고 더 자고 싶고요. 우리를 엄마한테서 억지로 떼어놓고는 우리한테 한다는 말이 뭔 줄 아세요? "전신하라, 세군들. 이것은 신성한 임무이고 제군들은 이를 수행해야 할 의무가 있다. 제군들도 이제 어엿한 열여덟 살이지 않나." 씨발!

처음에 우리는 타슈켄트로 보내졌어요…… 배불뚝이 정치부부국장이 앞으로 나오더니…… 아프간으로 가고 싶은 사람은 신청서를 작성하라더군요. 뭣도 모르는 풋내기들은 그 자리에서 바로 신청서를 써냈어요. "……로 가기를 요청합니다……" 나는 쓰지 않았죠. 하지만 다음날 우리 전원에게 배급식량과 상당한 금액의 돈이 지급되었고, 우리는 결국 군용차량에 태워져 휴게지로 가게 됐어요. 저녁에 선임병사들이 우리가 있는 곳으로 찾아왔어요. "자, 사나이들, 소련 돈은 모두 우리에게 넘긴다. 앞으론 가는 곳마다 아프가니가 필요할 거다." 이건 또 무슨 허튼소리야? 우리는 꼭 양떼 끌려가듯 끌려갔어요…… 아프간에 자원한 녀석은 좋아했고, 아프간에 가는 게 싫었던 녀석은 울고불고 히스테리를 부렸죠. 또 어떤 녀석은 오드콜로뉴를 들이마셨고요…… 젠장…… 나는 맥이 탁 풀리면서 '될 대로 돼라'는 심정이었어요. 그러면서 '에이, 빌어먹을. 우리는 왜 특수훈련도 안 시켜준 거지? 젠장! 진짜 전쟁터로 데려갈 거면서 말이야'라는 생각이 들더군요. 우리는 총을 쏘는 법도 제대로 배우지 못했어요. 훈련중에 몇 번이나 총을 쏴봤는지 알아요? 격발사격 세 번에 연발사격 여섯 번이 전부였어요…… 에잇, 빌어먹을! 카불의 첫인상은…… 흙먼지, 입안에 가득 차오는 흙먼지예요…… 그리고 도착한 첫날, 보초를 서다가 '전역병들'한테 흠씬 두들겨맞았어요…… 다음날도 아침부터 괴롭힘이 시작됐고요. "이리 달려온다! 식기는 씻었나? 달린다! 멈춘다! 이름?" 장교들에게 발각되면 안 되니까 얼굴은 때리지 않았어요. 가슴을, 그러니까 군복의 단추를 겨냥해 때렸죠. 작은 버섯처럼 생긴 그 단추가 살 속으로 쉽게 파고들었거든요. 경계근무를 나가면 행복했어요. '할아버지들*'도 전역병들도 경계근무를 서는 그 두 시간만은 나를 건드릴 수가 없었으니까요. 우리가 도착하기 4일 전에 '젊은이**' 하나가 전역병들의 막사로 다가가 수류탄을 던졌어요. 전역병 일곱이 그 자리에서 그냥, 찍! 흔적도 없이 사라져버렸죠. 그런 다음 젊은이는 자신의 입안에 총을 쐈고요. 그대로 뇌가 날아가버렸죠. 이 사건으로 목숨을 잃은 병사들은 모두 전투중에 사망한 것으로 처리됐어요. 전쟁이 원래 그래요…… 젠장! 저녁 식사가 끝나자 '할아버지들'이 나를 불렀어요. "야, 너, 모스크바(나는 모스크바 근교 출신이에요), 가서 감자 가져와. 지금부터 시간을 잴 거다. 사십 분 준다. 출발!" 그러면서 내 엉덩이를 걷어찼어요. 내가 물었죠. "그런데 감자는 어디서 가져옵니까?" 그러자 돌아온 대답이에요. "죽고 싶어?" 감자는 반드시 양파를 넣고 후추를 뿌리고 해바라기기름으로 요리한 것이어야 했어요. 그걸 우리는 '여성시민'이라 불렀죠. 그리고 마지막으로 월계수 잎을 위에 얹어야 하고요. 이십 분 늦었더니 인정사정없이 두들겨패더라고요…… 에잇, 빌어먹을! 감자는 헬리콥터 조종사들한테 얻었어요. 마침 '젊은이' 조종사들이 앉아서 장교들이 먹을 감자를 깎고 있었거든요. 다짜고짜 부탁을 했죠. "병사들, 감자 좀 나눠주면 안 될까. 안 그러면 나는 죽은 목숨이라서." 그러자 감자 반 양동이를 내주더군요. 그러면서 일러주었어요. "해바라기기름은 우리 요리사한테 가서 달라고 해. 우즈베키스탄 사람인데, 민족의 우정에 대한 노래 한 곡만 불러줘. 그럼

---

* 군대에서 상병을 일컫는 은어.

** 군대에서 이등병을 일컫는 은어.

좋아할 거야." 우즈베키스탄 요리사가 기름과 양파를 조금 갖다줬어요. 나는 골짜기에 모닥불을 피워 감자를 요리한 다음 부리나케 달려갔죠. 프라이팬이 식으면 안 되니까요…… 지금 아프간의 형제애가 이러니 저러니 쓴 글을 읽으면 그냥 헛웃음밖에 안 나와요…… 언젠가 이 형제애에 대한 영화가 나온다면 사람들은 모두 그대로 믿을 테죠. 혹시 내가 그 영화를 본다면 그건 아프간의 풍경을 보기 위해서이지 다른 이유는 없어요. 고개를 들면 바로 눈앞에 산들이 펼쳐졌어요! 보랏빛으로 물든 산들이요. 하늘은 또 어떻고요! 하지만 감방 생활이나 마찬가지였어요. 적이 우리를 해치지 않으니 우리 편이 우리를 때려죽이려 들었으니까요. 나중에 소련에서 한 죄수에게 그 이야기를 들려줬는데, "에이, 설마!" 하면서 도무지 믿질 않더라고요. 자기편을 그렇게 못살게 굴 리가 없다는 거예요. 하지만 10년 감옥 생활을 하면서 그 일들을 질리도록 겪어야 했죠. 제기랄…… 돌지 않기 위해, 몹쓸 인간이 되지 않기 위해 어떤 병사들은 술을 마셨고, 또 어떤 병사들은 약을 했어요…… 그 풀 같은 거 있잖아요…… 밀주를 만들어 마시고…… 밀주는 재료가 구해지는 대로 만들었어요. 건포도, 설탕, 오디, 누룩, 곡물 등을 집어넣었죠. 부족한 담배는 연초 대신 차를 이용해 만들었고요. 신문지에 차를 넣고 돌돌 말아 피웠는데, 세상에, 맛이 한마디로 완전히 똥이었어요! 하지만 진짜 담배처럼 연기는 났죠. 물론 차르스도 했고요…… 차르스는 대마초 가루예요…… 그걸 하고 난 어떤 병사는 큰 소리로 웃어댔어요. 걸어가면서도 혼자 웃더라고요. 또다른 병사는 탁자 밑으로 기어들어가 아침까지 앉아 있었고요. 그것 없이는…… 마약과 밀주가 없었다면 우린 아마 미쳐버렸을 거예요…… 경계근무를 나가면 탄창 두 개를 지급받아요. 하지만 무력 충돌이라도 벌어지면 탄환 60개로는 어림도 없어요. 30초 열심히 싸우고 나면 금세 바닥이 나죠. 두흐들의 저격수들은 얼마나 훈련을 잘 받았던지 담배 연기도 쏘아맞히고 성냥불까지 쏘아 맞혔어요.

알겠어요…… 이제 전쟁 이야기는 그만하고 대신 사람 이야기를 하죠. 우리 책들은 거의 언급하지 않는 그런 사람에 대해 얘기할게요. 사람들은 그런 사람을 두려워해요. 그래서 감추려 들죠. 생물학적인 사람에 대해서 말하고 싶어요. 사상 따윈 빼버리고요…… '영웅수의'니 '정신적인 것'이니 하는 말들은 구역질이 나요. 속이 뒤집어지죠. (입을 다문다.)

그럼…… 이야기를 계속할게요…… 나는 같은 편인 우리 병사들 때문에 더 많은 고초를 겪었어요. '두흐'들이 나를 남자로 만들었지, 우리 병사들은 오히려 나를 쓰레기로 만들었어요. 사람은, 어떤 사람이든 망가뜨리는 게 가능하다는 사실을 군대에 와서 깨달았어요. 망가뜨리는 수단과 드는 시간만 다를 뿐이라는 것을요. '할아버지'가 누워 있었어요. 복무한 지 6개월이 넘은 자로 배가 볼록했죠. 군화를 신은 채 누워서 나를 부르더라고요. "군화 핥아. 깨끗해질 때까지 혀로 닦는다. 시간은 오 분이다." 나는 잠자코 서 있었어요…… 그러자 "거기 붉은 머리, 이리 와." 그 붉은 머리는 나하고 같이 카불에 온 신참이었어요. 나랑 친하게 지내는 사이였죠. 불한당 같은 병사 두 명이 붉은 머리를 무섭게 패기 시작했어요. 그러다가 붉은 머리의 척추를 부러뜨리고도 남겠더라고요. 붉은 머리가 나를 보더니…… 군화를 핥기 시작했어요. 살아남기 위해서, 불구가 되지 않기 위해서였죠. 군에 가기 전까지는 몰랐어요. 사람이 맞아 죽을 수도 있다는 것을요. 혼자 있을 때, 그리고 내 등뒤에 아무도 없을 때…… 그때만 안심할 수 있었어요.

친구가 있었어요…… 별명이 메드베디*로 키가 거의 2미터에 달하는, 건장하고 힘이 센 친구였죠. 그 친구는 아프간에서 돌아와 1년 후에 스스로 목을 맸어요. 모르겠어요…… 그 친구는 아무도 믿지 않았고, 누구도 그 친구가 목을 맨 이유를 알지 못했죠. 전쟁터에 다녀왔기 때문인지, 아니면 사람이 얼마나 짐승 같은지 알아버렸기 때문인지요. 정작 전쟁터에서는 아무런 의문도 품지 않다가 전쟁이 끝나고 나서야 생각을 시작한 거예요. 결국 미쳐버린 거죠…… 다른 한 친구는 술로 세월을 보냈어요…… 어느 날 그 친구가 편지를 보냈더라고요. 모두 두 통을 받았는데…… 대충 이런 내용이었어요. "형제, 그곳엔 진짜 삶이 있었는데, 여기는 온통 똥뿐이야. 거기서 우리는 적과 싸워 살아남았지만 여기선, 젠장…… 아무것도 모르겠어." 그 친구에게 전화를 한 번 했는데 완전히 고주망태더라고요…… 두번째로 전화했을 때도 술에 취해 있었고요…… (담배를 피워 문다.) 메드베디와 함께 모스크바의 카잔역에 도착했을 때가 생각나요. 우리는 타슈켄트에서부터 나흘 동안 기차를 타고 왔어요. 그 나흘 내내 밤낮을 안 가리고 술을 마셨죠. 가족에게 마중나오라고 전보 치는 것도 잊어버린 채요. 새벽 다섯시에 플랫폼에 내렸는데…… 세상에, 울긋불긋 현란한 색들이 눈앞에 펼쳐지는데! 다들 빨간색, 노란색, 파란색, 형형색색으로 옷을 입고 있었어요. 여자들은 다 젊고 아름답고요. 젠장…… 완전히 딴 세상이더라고요. 우리는 그저 입만 쩍 벌렸죠! 11월 8일에 집에 돌아왔고…… 한 달 뒤엔 학업을 계속하기 위해 대학 2학년에 복학했어요. 나는 운이 좋았어요…… 머릿속이 복잡했거든요…… 한가하게 자신을 후벼파고 있을 시간이

* 러시아어로 '곰'이라는 뜻.

없었죠. 거의 백지상태에서 시험을 치러야 했어요. 2년 새에 대학에서 배운 내용들을 다 잊어버리고 기억나는 건 '새내기 전사 과정' 하나였어요. 감자를 손질하고 18킬로미터를 달렸죠. 다리가 너무 아프고 힘들더라고요. 하지만 그 친구는? 메드베디는 집으로 돌아왔지만 아무것도 할 게 없었어요. 특별히 전공이 있는 것도 아니고 그렇다고 일거리가 있는 것도 아니었죠. 주위 사람들의 관심은 콜바사* 따위에나 가 있었고요. 이를테면, 독토르스카야 콜바사가 2루블 20코페이카이고 보드카 한 병이 3루블 62코페이카란 사실이 사람들한텐 더 중요했어요. 어린 청년들이 전쟁터에서 돌아온들 누가 관심이나 보이던가요? 다들 정신이 온전치 못해서 오거나 다 잘려나간, 기껏해야 10센티에서 12센티미터밖에 남지 않은 다리를 하고 와도 말이에요. 그 아이들은 나이 겨우 스물에 손바닥으로 바닥을 짚고 겅중겅중 기어다녀요. 하지만 아무도 관심이 없어요. 내 아들만 아니면 괜찮다는 식이죠. 우리 나라는 이런 체계예요. 군대에서 한 번 망가뜨리고, 이 사회에서 한 번 더 망가뜨리고. 이 체계에 발을 들이면 톱니에 끼게 되고, 끼자마자 온몸이 절단나고 말죠. 제아무리 선량한 사람이라도, 제아무리 가슴속에 뜨거운 꿈을 간직한 사람이라도요. (잠시 침묵한다.) 표현할 말을 못 찾겠어요. 너무 어렵네요…… 아무튼 나는 이렇게 말하고 싶어요. '중요한 건 이 체계에 발을 들이지 않는 것이다.' 하지만 어떻게 발을 안 들여놔요? 조국에 봉사도 해야 하고, 주머니에 든 콤소몰 당원증은 신성하기만 한데, 어떻게요? 군대 규정에 이렇게 쓰여 있어요. "병사는 군복무에 따르는 모든 어려움을 강인하고 용감하게 이겨내야 한다." 강인하고 용감하게요! 한마디로,

---

* 날고기나 삶은 고기를 훈제해 만든 소시지.

에잇, 빌어먹을이에요! (그리고 입을 다문다. 탁자에 손을 뻗어 새로 담배를 집는다. 하지만 담뱃갑 안은 이미 비었다.) 제길! 이제 하루에 한 갑으로도 모자라네……

우리는 짐승이며, 그 짐승의 야만성이 문화라는 얇디얇은 껍데기에 가려져 있을 뿐이라는 사실부터 인정하고 봐야 해요. 아, 다 쓸데없는 소리. 아, 릴케여! 아, 푸시킨이여! 사람의 이 야만성은 한순간에 튀어나와요…… 정말 눈 깜짝할 새에…… 위험에 처하거나 목숨이 위태로운 상황에 한번 놓여보라죠, 사람이 어떻게 변하나. 아니면 권력을 손에 쥐거나요. 별거 아닌 권력이라도, 정말 쥐꼬리만한 권력이라도요! 군대의 서열 체계는 이래요. 군인선서를 하기 전까지는 '적', 선서를 하고 난 후는 이등병, 6개월이 지나면 일병, 일병 다음 1년 반까지는 상병, 그리고 2년 차부터는 '병장'. 맨 처음, 완전히 신참일 때는 '이제 나는 죽었다' 생각해야 돼요. 목숨이 오물 그득한 용변통보다 못하니까요……

하지만 나는 총으로 사람을 쐈어요…… 다른 사람들처럼 총을 쐈다고…… 어쨌거나 이게 가장 중요한 사실이죠…… 하지만 이 생각은 하고 싶지 않아요. 아니 이런 건 생각할 줄 몰라요.

헤로인이 우리 발밑에 떨어져 있으면…… 밤에 몸집이 작은 신참들이 산을 내려가 그 헤로인을 사방에 흩어버렸어요. 그러면 바람에 다 날아갔죠. 마약성 풀은 다들 마음놓고 했지만 헤로인을 하는 사람은 드물었어요. 아프간의 헤로인은 거의 불순물이 섞여 있지 않거든요. 한두 번만 해도 그걸로 끝이에요. 바로 중독이 돼버리죠. 그래서 참았어요. 거기서 살아남는 두번째 조건은 아무 생각도 하지 않는 것이었어요! 먹고, 자고, 임무 수행만 했어요. 한 번 보면 바로 잊고, 의식 저 밑으로 쫓아버렸고요. 나중엔…… 사람의 동공이 눈 안을 다 채우도록 커질 수 있다는 것도 알게 되었고, 사람의 생명이 꺼져가는 것도 보게 되었죠…… 갑자기 동공이 넓어지고…… 점점 어두워져요…… 역시 본 즉시 잊었어요…… 그런데 지금 작가님과 이야기를 나누다보니 생각이 나네요……

총으로 사람을 쐈어요! 당연히 총을 쐈죠. 사람을 조준하고…… 방아쇠를 당기고…… 이제 나는 내 총에 죽은 사람이 많지 않길 소망해요. 그렇게 믿고 싶어요. 왜냐하면 그들은…… 그들은…… 자기 조국을 지킨 거니까요…… 한 사람이…… 그 사람은 똑똑히 기억나요…… 내가 총을 쏘자마자 고꾸라졌어요. 두 팔을 위로 뻗치고 쓰러졌죠…… 그 한 사람은 내 기억에 남아 있어요…… 백병전에 나가게 될까봐 무서웠어요. 백병전에서는 사람 몸에 칼이나 총검을 찔러박고 그 사람 눈을 바라본다는 이야기를 들었거든요…… 제길…… 타슈켄트에서 모스크바로 4일 동안 함께 기차를 타고 갈 때, 메드베디가 술에 취해 속에 있는 얘기를 하더라고요. "너는 사람이 목으로 피를 넘길 때 그르렁거리는 소리가 어떤지 상상도 못할 거야. 사람 죽이는 법도 배워야겠더라고……" 사람을 죽여보지 않은 사람은, 심지어 사냥도 한 번 안 해본 사람은 다른 사람을 죽이는 방법을 배워야 한다는 거죠. 메드베디가 들려준 이야기예요…… '두흐' 한 명이 중상을 당해 쓰러져 있었어요. 배에 중상을 입었는데 아직 숨은 붙어 있었죠. 그러자 지휘관이 공수부대원의 칼을 집어 메드베디에게 주면서 지시를 내렸어요. "가서 숨통을 끊어놔. 놈의 눈을 똑바로 보면서 찔러야 해." 왜 굳이 그렇게까지 해야 하는지 알아요? 다음에 위험에 빠진 전우들을 구해야 할 상황이 오면 망설임 없이 곧장 적을 죽일 수 있어야 하니까요. 그래서 처음에는 그런 과정을 견뎌내야 하죠…… 그걸 딛고 넘어서야만 해요…… 메드베디는…… 들고 간 칼을 부상당한 적의 목에 꽂았어요…… 다음엔 가슴을 찌르고…… 하지만 칼로 사람의 숨통을 끊는 일이 어디 쉽나요…… 어떻게 살아 있는 사람의 가슴에 칼을 꽂아요? 심장이 펄떡이는 곳에…… '두흐'는 눈으로 칼의 움직임을 좇았어요…… 잘되지 않아 한참 애를 먹었죠…… 죽이는 데 오래 걸렸고요. 메드베디는 한 번은 술을 진탕 마시고는 꺼이꺼이 울었어요…… 자기는 지옥에 자리를 맡아놨다면서요……

제대 후에 대학에 다녔어요. 기숙사에 살았죠. 기숙사는 술 마시는 사람도 많고 시끄럽게 떠드는 사람도 많았어요. 기타들도 많이 쳤고요. 나는 누가 내 방문을 두드리면 페스트에 걸린 사람처럼 벌떡 일어나 문 뒤로 가서 가만히 서 있었어요. 방어태세를 취하고요. 천둥이 치거나 빗줄기가 후두둑후두둑 창턱을 두드리면 심장이 벌렁거렸죠. 술 한 병을 단숨에 비워도 정신이 말짱할 때면 금세 또 술을 찾았어요. 간이 뒤틀리면서 간 상태가 급격히 나빠졌어요. 결국 병원 신세를 지게 됐죠. 병원에서 술을 끊으라더군요. "젊은이, 하다못해 40세까지라도 살고 싶으면 당장 술을 끊어요." 그러자 이런 생각이 들었어요. '나는 아직 여자도 모르는데, 예쁜 여자들이 저렇게 많이 돌아다니는데, 여기서 이렇게 죽게 생겼구나.' 그렇게 술을 끊었어요. 그리고 나한테도 여자친구가 생겼죠……

사랑은…… 지상에 속한 게 아니에요…… 글쎄요, 내가 사랑을 안다고는 말 못하겠어요. 나는 이미 가정도 꾸렸고 어린 딸이 있지만, 모르겠어요. 사랑인지 아니면 다른 무엇인지. 아내와 딸을 위해서라면 이로 목을 끊어낼 수도, 아스팔트를 맨손으로 파낼 수도 있는데 말이에요. 내 목숨도 아깝지 않아요! 하지만 사랑이 뭘까요? 사람들은 사랑한다고들 고백하죠. 스스로 그렇게들 믿고 있어요. 하지만 사랑, 그건 날것 그대로의, 선혈이 낭자한, 날마다 살아내야 하는 그런 거예요. 나는 정말 사랑을 했던 걸까요? 솔직히 말할게요. 정말 모르겠어요. 나는 감정의 동요들도 겪었고, 마음이 고무된 적도 있었어요. 이 추악한 삶과는 무관한, 순전히 영적인 일을 한 적도 있지만, 그게 사랑인지 아닌지, 아니면 다른 뭔지 누가 알겠어요? 전쟁터에서 우리는 '조국을 사랑해야 한다'고 배웠어요. 그리고 조국은 두 팔 벌려 우리를 안아줬고요. 하지만 사실은 우리가 녹아웃될 때까지 우리에게 계속 잽을 날렸죠. 차라리 나보고 '행복했느냐?'고 물어보세요. 그러면 나는 '아프간에서 돌아와 고향집 거리를 따라 집으로 향할 때 행복했다……'고 대답할 테니까요. 11월이었어요…… 그때가 11월로, 흙내음이, 2년이나 못 본 고향땅의 냄새가 내 코로, 내 머릿속으로 파고들었어요. 내 발뒤꿈치에 가만히 감겨왔고요. 그러자 목에 뭔가 주먹만한 게 탁 걸리면서 더이상 걸음을 옮길 수가 없더라고요. 그 자리에서 엉엉 울고 싶었죠. 그 일이 있은 후로 나는 '내가 이곳에 살 때 행복했다'고 말할 수 있게 됐어요. 하지만 나는 사랑을 했던 걸까요? 사람이 죽음을 봤다면, 그건 뭘까요? 죽음은 그 모습이 언제나 추해요…… 사랑은 대체 뭘까요? 아내가 딸을 낳을 때 옆에서 분만 과정을 지켜봤어요. 그런 순간에는 사랑하는 사람이 옆에 꼭 있어야 해요. 옆에 꼭 붙어서 손을 잡아줘야 하죠. 이제 할 수만 있다면 남자라는 성을 가진 모든 몹쓸 놈들을 해산하는 여자 머리맡에 세워두고 싶어요. 두 다리가 뿔처럼 휘어지고 온몸이 피와 더러운 분비물로 범벅이 된 모습을 보도록요. 개자식들아, 똑똑히 봐. 아이가 세상에 어떻게 태어나는지 말이야. 그런데 너희들은 아무렇지 않게 사람을 죽이지. 죽이는 건 쉬워. 단순하다고…… 나는 내가 사람을 죽이면 기절할 줄 알았어요. 사람들은 전쟁터로 향하는데, 여자들은 죽도록 생명을 낳죠. 여자는 들어오고 나가는 문이 아니에요. 두 세계가 내 삶을 완전히 바꿔놓았어요. 전쟁과 여자. 이 두 세계가 나를 '썩어빠진 고깃덩어리 같은 내가 왜 이 세상에 태어났을까'라는 질문 앞에 진지하게 고민하도록 만들었다고요.

사람은 전쟁터에서 변하는 게 아니에요. 전쟁 후에 변하죠. 거기서 그 모든 걸 목격한 바로 그 눈으로 여기 일들을 볼 때 사람은 변해요. 처음 몇 달은 시선이 이중적이에요. 여전히 그곳에 있을 때의 시선과 이곳의 시선. 바로 여기서 부서지기 시작해요. 이제 나는 거기서 나한테 무슨 일이 벌어진 건지 생각할 준비가 됐어요…… 지금 은행 경비원 일을 하거나 돈 많은 사업가들의 개인경호원으로 일하는 사람들, 킬러들, 전부 아프간 참전 용사들이에요. 이들과 만나서 이야기를 나눠보고 알게 됐어요. 그들은 전쟁터에서 돌아오고 싶어하지 않았다는 것을요. 여기로 돌아오는 걸 원치 않았어요. 거기 생활을 더 좋아했죠. 거기에 다녀와서…… 거기에서의 삶 이후에…… 뭐라고 말로는 표현할 수 없는 느낌들이 남았어요…… 그중 첫번째는 죽음에 대한 냉소적 태도예요. 죽음에 우선하는 뭔가가 있다는 느낌이죠…… '두흐'들은 죽음을 두려워하지 않았어요. 예를 들면, 다음날이면 자기들이 총살될 걸 잘 알면서도 아무 일 없는 것처럼 자기들끼리 웃으며 떠들었어요. 심지어 행복해 보이기까지 했고요. 그들은 즐거우면서도 편안했어요. "죽음은 다른 세계로 건너가는 위대한 통로이므로 기다려야 한다. 신부를 기다리는 것처럼." 그들의 코란에 이렇게 적혀 있다나요……

우스운 얘기 하나 해드리는 게 낫겠어요…… 안 그러면 여성 작가님이 계속 겁에 질려 계실 것 같네요. (소리 내 웃는다.) 이야기는 이래요…… 한 사내가 죽어서 지옥에 가게 됐어요. 주위를 둘러보니, 사람들이 큰 솥에서 펄펄 끓고 있는가 하면 탁자 위에 눕혀져 톱질을 당하고 있었어요…… 사내는 계속 걸음을 옮겼어요. 이번에는 어떤 사내들이 작은 탁자를 앞에 놓고 둘러앉아 맥주를 마시며 카드놀이와 도미노 게임을 하고 있었죠. 사내들한테 다가가 물어봤어요.

—당신네들, 그게 뭐요? 맥주요?

—맥주요.

—한 모금 들이켜보시죠.

그래서 들이켰죠. 정말 맥주였어요. 그것도 차가운 맥주.

—그럼 이건 담배요?

—담배 맞아요. 한번 빨아볼 테요?

그래서 빨았죠.

—여긴 당신네한테 지옥이요? 지옥이 아닌 거요?

—물론 지옥이지. 편히 있어요.

그러고는 다들 웃었어요.

—사람들이 펄펄 끓는 물속에서 삶아지고 톱으로 잘리는 그곳은, 지옥을 그렇게 상상하고 믿는 사람들을 위한 지옥이라오.

그러니까 믿는 대로 이루어지는 거예요. 믿음대로…… 그리고 마음속으로 기도하는 대로…… 만약 신부를 기다리듯 죽음을 기다리면 죽음은 신부처럼 오는 거고요.

한번은 아는 병사를 찾아 시신들을 뒤져본 적이 있어요…… 시체안치실에는 시신을 받는 병사들이 있는데 우린 그들을 약탈자라고 불렀어요…… 약탈자들은 시신의 주머니에 든 걸 전부 끄집어냈어요. 어린 병사가 가슴에 구멍이 뻥 뚫리거나 창자를 훤히 드러낸 채 죽어 누워 있는데, 그 녀석들은 주머니 뒤지는 데만 정신이 팔려 있더군요. 녀석들이 전부 골라서 가져갔어요. 라이터고 멋진 볼펜이고 손톱깎이고 뭐든

다 자기 몫으로 챙겼어요. 나중에 그것들을 소련으로 가져가서 여자친구에게 선물하려고 말이죠. 에잇, 빌어먹을!

나는 폐허가 된 마을들은 수도 없이 봤지만, 우리 신문들에서 떠드는 것처럼 우리가 지어준 유치원이니 학교니, 아니면 우리가 심은 나무는 단 한 번도 본 적이 없어요. (입을 다문다.)

집에서 편지가 오기를 기다리고 또 기다려요…… 여자친구가 사진을 보내왔어요. 허리까지 꽃 속에 파묻힌 사진을요. 수영복을 입은 사진이면 좋으련만! 그것도 비키니로. 아니면 하다못해 전신이 다 나온 사진이라도. 그러면 다리를 볼 수 있잖아요…… 짧은 치마를 입은…… 그런데 정치꾼들(우리는 정치부부장들을 그렇게 불렀어요)은 조국이 어떻고 병사의 의무가 어떻고 하면서 아무짝에도 쓸 데가 없는 말만 늘어놓았죠. 정치학 시간마다요…… 밤에 잠자리에 들어 대화를 나눌 때면, 여자 이야기를 가장 많이 했어요…… 누구는 이런 여자가 있었고, 또 누구는 여자랑 이런 일이 있었다는 둥…… 정말 질리도록 들어요! 모두들 손이 거기, 한곳에 가 있죠…… 에잇, 빌어먹을! 그곳에서 그건…… 아프간 남자들한테…… 남자들끼리의 동성애는 평범한 일이었어요. 혼자 상점에 들어가잖아요? 그러면 이래요. "친구, 이리 와봐…… 이쪽으로…… 자네 엉덩이에 한번 하고 싶은데, 대신 가지고 싶은 걸 가져가게 해주지. 어머니한테 선물할 숄을 가져가도 되고……" 영화는 거의 들어오지 않았어요. 유일하게 정기적으로 제공되는 건 신문 〈프룬제네츠*〉였어요. 들여오는 양도 엄청 많았고요. 수비대 신문이었죠. 우리는 그 신문을 가지고 곧장 오두막 도서실로 향했어요……

* 러시아의 군사교육학교 중 하나인 '프룬제 군사대학의 생도'란 뜻.

그러니까⋯⋯ 거기로⋯⋯ 가끔은 음악프로의 전파가 잡힐 때도 있어서 류드밀라 지키나*의 〈저멀리서 오래도록 볼가 강은 흐르네〉를 듣곤 했어요. 그 노래를 들으며 모두 울었어요. 쭈그리고 앉아서들 그렇게 운 거예요.

집에 돌아오자 말이 제대로 안 나왔어요. 적절한 표현이 생각나질 않더라고요. 여기선 말이죠, 제기랄! 욕지거리만 튀어나오고요. 그것도 쌍욕만⋯⋯ 집에 돌아와서 처음 한동안은 엄마가 내게 "아들아, 왜 거기 이야기는 안 하는 거니?"라고 물었죠. 뭔가 기억을 떠올려 이야기하면⋯⋯ 중간에 내 말을 끊었지만요. "글쎄, 옆집 아들은 군대를 안 가고 병원에서 대체복무를 했다는구나. 나 같으면 내 아들이 노파들 대신 항아리나 날랐다면 창피해서 얼굴도 못 들고 다녔을 텐데. 그게 어디 사내니?" 그래서 엄마한테 그랬어요. "엄마, 그거 알아요? 나는 나중에 자식이 생기면 군대는 절대 안 보낼 거예요. 군대에 안 가게 할 수만 있다면 뭐든 할 거라고요." 그러자 아빠와 엄마는 나를 전쟁 후유증에 시달리는 환자 보듯 쳐다봤고 전쟁 이야기는 더이상 내 앞에서 꺼내지 않았어요. 지인들이 있을 땐 특히 더요. 나는 서둘러 집을 빠져나왔어요⋯⋯ 대학에 복학했죠⋯⋯ 여자친구가 나를 기다리고 있었어요. 그래서 생각했어요. '그녀를 만나는 첫날 같이 자는 거야⋯⋯ 만나는 그날 바로 관계를 가져야지.' 하지만 여자친구는 내 손을 어깨에서 밀어냈어요. "네 손은 피로 물들었잖아." 그렇게 그녀는 나한테서 리비도를 끊어내버렸죠. 3년이나요. 그 3년 동안 나는 여자에게 가까이 다가가는 것조차 두려웠어요. 씨발! 우리는 "너는 반드시 조국을 수호해야 한다. 자기 여자

---

* 1929~2009. 구소련과 러시아의 여가수로, 러시아 민요, 러시아 로망스, 대중가요 등의 장르를 섭렵한 전설적인 가수였다.

를 지켜야 한다…… 너는 남자다……"라고 배웠는데 말이죠. 나는 스칸디나비아의 신화가 마음에 들어요. 바이킹 이야기 읽는 걸 좋아했죠. 바이킹족들은 남자가 침대에서 죽으면 그걸 수치로 여겼어요. 그래서 전장에서의 죽음을 택했어요. 남자애들은 다섯 살 때부터 무기 다루는 법을 배웠고요. 죽는 법도요. 전쟁은 '너는 사람인가? 아니면 두려움에 떠는 한낱 피조물에 지나지 않는가?' 따위의 질문을 던지기에 적절한 때가 아니에요. '병사의 임무는 사람을 죽이는 것이고, 따라서 너는 살인의 도구다. 너도 포탄이나 기관단총처럼 똑같은 목적에 사용될 뿐이다.' 나는 이제야 진지하게 고민하기 시작했어요…… 나 자신을 알고 싶어요……

아프간 클럽에 약속이 있어서 한 번 간 적이 있어요…… 그후로는 두 번 다시 가지 않았죠. 그때 딱 한 번만 가고…… 베트남전에 참전했던 미국인 베테랑들과의 약속이었어요. 카페 탁자마다 미국인 한 명에 러시아인이 세 명씩 어울려 앉아 있더군요. 우리 탁자에 앉은 미국인에게 우리 소년 병사 하나가 속마음을 내보였어요. "나는 미국인들을 증오해요. 미국제 지뢰 때문에 불구가 됐거든요. 다리 하나를 잃었다고요." 그러자 미국인이 "나는 사이공에서 소련제 포탄 파편에 맞았는걸요"라고 대답했죠. 그러자 분위기가 금세 화기애애해졌어요. 에잇, 빌어먹을! 함께 술을 마시고 서로 부둥켜안았어요. 무기로 맺어진 형제라고나 할까요. 그리고 계속 대화가 이어졌죠…… 우리는 러시아식으로 술을 마셨어요. 너나들이하며 친구가 됐다고 마시고, 이별이 아쉽다고 막잔을 마시고…… 그곳에서 나는 한 가지 평범한 사실을 깨달았어요. 한번 병사는 어디를 가나 병사이며 고기는 고기일 뿐이라는 것. 정육점에 걸린 고기. 유일하게 다른 점이 있다면 그건, 미국 병사들은 아침 식사 때마다 두 종류의 아이스크림을 먹었지만, 우리는 아침도 점심도 저녁도 오로지 메밀 하나만 먹었다는 거였어요. 과일은 아예 구경도 못했고 달걀과 신선한 생선은 꿈만 꿨죠. 우리는 양파머리를 사과라도 되는 양 먹었어요. 나는 군대에서 이가 다 빠져서 돌아왔어요. 클럽에 간 건 12월의 어느 날, 기온이 영하 30도까지 떨어진 날이었어요. 그 미국인은 캘리포니아에서 온 청년이었어요…… 우리는 미국인 친구를 호텔까지 배웅하겠다고 따라나섰어요. 미국인은 털점퍼에 두꺼운 장갑을 끼고, 온몸을 꽁꽁 싸맨 차림으로 모스크바의 거리를 걷고 있었죠. 그런데 맞은편에서 우리 러시아 청년, 바냐가 오더라고요. 바냐는 털외투는 풀어헤치고 해군용 속셔츠는 배꼽까지 말려올라가 있었어요. 모자도 안 쓰고 장갑도 없이요. "안녕, 제군들!" — "안녕!" — "이 사람은 누구야?" — "미국 사람." 오, 미국 사람! 바냐는 미국인에게 악수를 청하고 그의 어깨를 토닥였어요. 그리고 제 갈 길을 갔죠. 우리는 호텔방으로 올라갔어요. 그런데 갑자기 미국 청년이 말이 없어진 거예요. "대장, 왜 그래?" 우리가 물었죠. "나는 털점퍼에 장갑까지 꼈는데, 그 친구는 아무것도 없었어. 그런데도 손이 따뜻했다고. 이 나라와는 싸워선 안 되겠어." 내가 대답했어요. "당연히 싸움이 안 되지. 우린 너희네 시신들로 싸울 테니까." 에잇, 빌어먹을! 우린 불이 붙는 건 뭐든 마시고 움직이는 건 그게 뭐든 섹스를 하죠. 움직이지 않으면 흔들어 깨워서라도 섹스를 해요.

아프간 얘기를 안 한 지 한참 됐어요…… 그 얘기는 재미가 없거든요…… 하지만 나에게 선택권이 주어진다면 어떨까요? '너는 전쟁터에서 이런저런 사실을 깨달을 거고, 또 이런저런 일을 겪게 될 거야. 하지만 다른 선택들도 있어. 영원히 소년으로 남는 대신 전쟁터로 가지 않는 것. 자, 너의 선택은?' 어쨌거나 나는 처음부터 그 모든 걸 다시 겪고 지금의 내가 되는 걸 선택했을 거예요. 처음부터 다시 겪고 처음부터 다시 체험하는 것을요. 나는 아프간 덕분에 친구들을 얻었어요…… 아내도 만났고, 그래서 지금 너무도 사랑스러운 우리 딸이 태어났죠. 거기서 나는 내 안에 어떤 더러움이 있는지, 그 더러움이 얼마나 깊이 숨겨져 있는지 깨달았어요. 아프간에서 돌아와 성경을 통독했어요. 연필로 줄까지 그어가면서요. 그리고 지금도 틈만 나면 성경을 읽어요. 왜, 갈리치* 가 멋지게 노래했잖아요. "나는 어떻게 해야 하는지 알아요"라고 말하는 사람을 경계하라고요. 나는 몰라요, 어떻게 해야 하는지. 지금 찾고 있죠. 보랏빛 산들이 꿈에 나타나요. 따갑게 살갗을 찌르는 모래 기둥도……

나는 여기서 태어났어요…… 조국은, 사랑하는 여인은 선택하는 게 아니듯이, 선택할 수 있는 게 아니에요. 거저 주어지죠. 이 나라에서 태어났으면, 이 나라에서 죽을 각오를 해야 돼요. 그냥 죽든 비명에 가든, 어쨌든 이 나라에서 눈을 감아야 하죠. 나는 이 나라에 살고 싶어요. 이 나라가 가난하고 불행만 가득해도요. 대신 이곳은 벼룩의 발에 편자를 박을 줄 아는 왼손잡이**가 살고 있고, 사내들이 맥줏집에 모여 앉아 세계의 문제들을 척척 해결하죠. 조국은 우리를 속였어요…… 하지만 그래도 나는 이 나라를 사랑해요……

나는 봤거든요…… 그래서 이제 알아요. 아이들은 밝은 빛으로 태어난다는 것을요. 아이들은 천사예요.

사병, 저격수

---

* 알렉산드르 아르카디예비치 갈리치(1918~1977). 러시아 시인이자 극작가이자 작곡가.
** 러시아 소설가 니콜라이 레스코프의 소설 『왼손잡이』의 주인공으로, 천부적인 실력을 가진 대장장이다.

—섬광…… 분수처럼 쏟아지는 빛줄기…… 그리고 의식을 잃었어요……

정신을 차리니 밤이…… 캄캄한 암흑…… 한쪽 눈을 뜨고 더듬더듬 벽을 따라 기어요. 여기가 어디지? 병원에서…… 확인해봐요. '두 팔은 제대로 붙어 있나? 휴, 다 있군.' 이제 몸 아래쪽을…… 두 손으로 더듬어요…… 아, 내 다리는 어디 있지? 내 다리!

(벽 쪽으로 돌아누운 채 한참 동안 대화를 거부한다.)

나는 예진의 기억을 모두 잃었어요. 가장 심각한 좌상이죠…… 지난 내 삶을 통째로 잊었다고요…… 여권을 펼치고 내 이름을 읽어봤어요. 내가 태어난 곳은? 보로네시*더군요. 나이는 서른…… 결혼도 했고…… 아이는 둘…… 둘 다 아들이고요……

두 아이 다 얼굴이 기억이 안 나요, 전혀……

(다시 한번 한참을 침묵한다. 천장만 바라본다.)

맨 먼저 엄마가 찾아왔어요…… 엄마가 그러더군요. "내가 네 엄마야." 나는 엄마를 찬찬히 뜯어봤어요…… 하지만 누군지 기억이 안 났어요. 그렇다고 전혀 모르는 사람 같지는 않았죠. 그 엄마라는 여인이 남은 아니라는 건 알겠더라고요…… 엄마는 내 어릴 적 이야기를 들려줬어요…… 학창시절 이야기도요…… 8학년에 다닐 때 나한테 굉장히 좋은 외투가 있었는데, 내가 담장을 넘다가 그 외투를 찢어먹었다는 사소한 이야기까지 해줬죠. 성적이 어땠는지도…… 주로 4점을 맞았고 가끔 5점을 맞기도 했지만, 행동평가는 3점이었다는 얘기들. 내가 장난이 심했대요. 완두콩 수프를 제일 좋아했고요…… 나는 엄마의 이야기

* 모스크바에서 동남쪽으로 500여 킬로미터 떨어진 곳에 위치한 도시로, 러시아 중앙 흑토지대의 중심지다.

를 들으며 마치 내가 나를 옆에서 지켜보는 것 같은 느낌이었어요……

어느 날 식당에 있는데 당직 간호사가 나를 부르더군요.

—휠체어에 앉아요. 내가 데려다줄게요. 아내가 당신을 보러 왔어요.

병실 근처에 아름다운 여자가 서 있었어요…… 슬쩍 보고는 '누가 서 있네' 했죠. 그러고는 아내를 찾았어요. '어디 있지?' 그런데 그 아름다운 여자가 내 아내였어요…… 아내 역시 아는 얼굴 같긴 한데, 모르겠더라고요……

아내가 우리 연애시절 이야기를 해줬어요…… 어떻게 만났는지…… 첫 키스는 어땠는지…… 우리 결혼식 사진을 가져왔더라고요. 우리 아이들이 태어난 이야기…… 우리 두 아들이…… 나는 아내가 하는 이야기를 들으면서 기억을 떠올리는 게 아니라, 아내의 이야기를 기억해두려고 애썼어요…… 긴장을 한 탓인지…… 머리가 심하게 아파왔어요…… 아, 반지…… 결혼반지는 어디에 있지? 갑자기 결혼반지가 생각나는 거예요…… 왼손을 바라봤죠…… 하지만 손가락이 없었어요.

사진을 보며 아들내미들 기억을 떠올렸어요…… 아이들이 찾아왔는데, 내 기억 속의 모습과는 사뭇 다르더군요. 내 아이들인 것 같기도 하고 아닌 것 같기도 했죠. 하얗던 아이가 까무잡잡해졌고, 어리고 조그마했던 녀석이 부쩍 커버렸더라고요. 거울에 나를 비춰봤어요. 그랬더니 아이들이 나를 꼭 닮은 거예요!

의사들이 기억은 돌아올 거라고 장담했어요…… 기억이 돌아온다면 내 삶은 두 개가 되겠죠. 사람들이 이야기해준 삶과 내가 겪은 삶. 그때 다시 오세요. 전쟁 이야기를 들려드릴게요……

대위, 헬리콥터 조종사

—병력이 이동했더라고요…… 산비탈을 한참 헤매고 다녔죠……

날이 저물 무렵, 갑자기 우리 앞에 양떼가 나타났어요. 만세! 알라의 선물이었죠. 우리는 배도 고프고 이틀간 헤매다니느라 몹시 지쳐 있었어요. 전투식량은 한참 전에 바닥이 났고요. 딱 수하리* 하나만 남아 있었죠. 그런데 갑자기 길 잃은 양떼를 만난 거예요. 주인 없는 양떼를. 돈을 주고 사거나 차 또는 비누와 교환할 필요도 없고(양 한 마리에 차 1킬로그램이나 비누 열 조각이었어요), 약탈을 할 필요도 없었죠. 우선 우리는 덩치가 큰 숫양 한 마리를 붙잡아 나무에 잡아맸어요. 그러면 나머지 양들도 어디로 안 가고 같이 남아 있거든요. 우리는 그 사실을 진즉에 배워 알고 있었어요. 잊지 않고 기억해뒀죠…… 양들은 폭격이 시작되면 사방으로 흩어져 달아났다가 다시 돌아와요. 자기들 우두머리에게요. 그런 다음…… 그런 다음 우리는 가장 기름진 놈으로 골라잡아서…… 끌고 갔어요……

나는 이 동물들이 아무 저항 없이 순순히 죽음을 받아들이는 모습을 여러 번 지켜봤어요. 돼지나 송아지를 잡을 땐…… 전혀 달라요…… 그 녀석들은 죽지 않으려고 해요. 발버둥치고 자지러지게 소리를 지르죠. 하지만 양들은 도망치지도 비명을 지르지도 발버둥치지도 않아요. 조용히 따라가죠. 두 눈을 똑바로 뜨고서. 칼을 든 사람 뒤를 따라가요.

그건 결코 생명을 해치는 일처럼 보이지 않았어요. 언제나 제사의식을 연상시켰죠. 희생제물을 단에 바치는 의식.

사병, 정찰병

---

* 빵을 잘게 잘라 바싹 건조시킨 것.

둘째 날

"다른 이는
비탄에 잠긴 영혼으로 죽어가는데……"

그가 다시 전화를 걸어왔다. 다행히 나는 집에 있었다……

—나도 내가 당신에게 전화를 걸게 될 줄은 몰랐어…… 오늘 버스를 탔다가 우연히 두 여자가 하는 얘기를 들었어. "그 사람들이 무슨 영웅이야? 거기서 애들도 죽이고 여자들도 죽였다는데, 영웅은 무슨…… 그런 사람들이 어디 정상이겠어? 그런데 그 사람들을 우리 애들이 다니는 학교에 초청을 하다니, 원. 게다가 누리는 혜택은 또 좀 많아?" 다음 정거장에서 바로 내려버렸지. 우리는 병사였고 지시를 완수했어. 전시 상황에서 명령에 불복종했다가는 바로 총살형이라고! 아니면 곧장 군사재판에 회부되거나! 물론, 장군들은 여자들이나 아이들에게 직접 총을 쏘지는 않았어. 하지만 발포 명령을 내린 건 바로 장군들이야. 그런데 지금 우리더러 다 잘못했다고 하잖아. 다 병사들 잘못이라고! 이젠 아예 우리를 타이르려 들어. '범죄성이 있는 지시를 수행하는 것 역시

범죄'라면서. 나는 명령을 내린 사람들을 믿었을 뿐인데! 믿었다고! 아무리 생각을 하고 또 해봐도 믿어야 한다고 배운 기억밖에는 없어. 오로지 믿고 따르는 것만 배웠어! 그 누구도 '당국을 믿어야 하는지 믿지 말아야 하는지, 총을 쏴야 하는지 쏘지 말아야 하는지 스스로 판단하라'고 가르치지 않았어. 오로지 '우리만 믿고 따라오라!' 그렇게만 강조했다고. 여기서 그렇게 정신무장을 하고 그곳으로 떠난 우리는 돌아올 땐 이미 다른 사람이 돼 있었어.

—가능하면 우리 만나서…… 이야기 나누면 좋겠는데……

—나는 나 같은 사람들하고만 이야기할 거야. 거기서 돌아온 사람들하고만…… 알아듣겠어? 그래, 나는 사람을 죽였어. 나는 온몸에 피를 묻힌 사람이라고…… 하지만 그 친구가 죽어 있었어…… 내 친구가. 녀석은 나한테 친형제나 마찬가지였는데…… 머리는 머리대로, 팔은 팔대로 떨어져나가고…… 살가죽은 다 벗겨지고…… 나는 곧바로 다시 기습공격에 참가하겠다고 자원했어…… 마을에서 장례식이 치러지는 걸 봤어. 사람들이 많이 모여 있었지. 시신은 뭔가 하얀 것에 싸여 있고…… 나는 망원경으로 그 사람들을 지켜봤어…… 그리고 명령을 내렸지. "발포!"

—어떻게 그런 기억을 안고 살지? 얼마나 힘들까?

—그래, 나는 사람을 죽였어…… 왜냐하면 살고 싶었으니까…… 집으로 돌아오고 싶었어. 하지만 이제는 죽은 이들이 부러워. 죽은 자들은 고통을 느끼지 못하잖아……

그렇게 대화는 다시 끊겼다.

작가

—마치 꿈을 꾸는 것처럼…… 어디선가 본 것 같기도 하고…… 어떤 영화에선가…… 지금은 내가 아무도 죽이지 않은 것 같은 느낌이에요……

나는 스스로 갔어요. 자원했죠…… 한번 물어봐주시겠어요? 그곳에 간 이유가 뭔지, 이념 때문이었는지 아니면 자신을 알고 싶어서였는지. 당연히 두번째 이유 때문이에요. 나 자신을 시험해보고 내 능력을 알아보고 싶었어요. 나는 야심이 많은 사람이죠. 대학에 갔어요. 하지만 대학에서는 나를 드러낼 기회도, 내가 어떤 사람인지 알아볼 방법도 없더군요. 나는 영웅이 되고 싶었고, 그래서 영웅이 될 수 있는 기회를 찾아다녔어요. 2학년 때 대학을 그만뒀어요. 사람들이 하는 말이…… 그런 소릴 들었어요…… 소년들의 전쟁이라고. 남자애들, 그러니까 불과 얼마 전까지만 해도 10학년에 다니던 소년들이 싸우는 전쟁이라고…… 전쟁은 늘 그런 식이에요. 대조국전쟁 때도 그랬죠. 우리에게 전쟁은 게임과 같았어요. 자기애, 자긍심, 이런 것들이 가장 중요했죠. '내가 해내느냐 실패하느냐. 저 친구는 해냈는데, 나는?' 우린 그런 것만 신경썼어요. 정치가 아니라요. 나는 어릴 때부터 나중에 뭔가 도전할 일이 생길 것에 대비해 틈틈이 자신을 단련해왔어요. 잭 런던*은 내가 좋아하는 작가죠. 진정한 사나이는 반드시 강해야 한다고 생각했어요. 강인한 남자는 전쟁터에서 만들어지고요. 여자친구가 말렸어요. "생각해봐, 부닌**이나 만델시탐*** 같은 작가가 언제 그렇게 말한 적 있어?" 친구들 중에도

---

* 1876~1916. 미국 소설가. 대표작으로 『야성의 부름』 『나는 어떻게 사회주의자가 되었나』 등이 있다.

** 이반 알렉세예비치 부닌(1870~1953). 러시아 작가이자 시인으로, 1933년에 노벨문학상을 수상했다.

*** 오시프 에밀리예비치 만델시탐(1891~1938). 러시아 시인.

나를 이해하는 녀석은 없었고요. 다들 결혼해 가정을 꾸리거나 동양철학에 심취해 있거나 요가에 빠져 지내고들 있었어요. 전쟁터로 가는 사람은 나 혼자였어요.

머리 위로 펼쳐지는 거무스레한 산들…… 저 아래에서 염소떼를 소리쳐 부르는 여자아이, 빨래를 너는 여인네…… 우리 캅카스에서 흔히 보던 풍경이었어요…… 그래서 살짝 실망감마저 들었죠…… 한번은 밤에 우리 모닥불로 총알이 날아왔어요. 찻주전자를 들었는데 그 밑에 총탄 하나가 떨어져 있더라고요. 그때 '진짜 전쟁이구나!' 싶었죠. 행군을 할 때면 갈증 때문에 너무 고통스러웠어요. 굴욕감을 느낄 정도로요. 입안은 바짝 말라서 삼킬 침조차 남아 있지 않았어요. 대신 입안에 흙먼지만 가득했죠. 우리는 이슬을 핥아먹고, 자기 몸에 흐르는 땀도 핥았어요…… 난 살아야만 했어요. 살고 싶었어요! 거북이를 잡았어요. 끝이 뾰족한 돌로 녀석의 목을 찔렀죠. 그리고 녀석의 피를 마셨어요. 다른 병사들은 차마 그렇게는 못하더라고요. 아무도 못했어요. 대신 자기들 오줌을 마셨죠……

내가 살인에 소질이 있다는 걸 알았어요. 양손에 무기를 들고서…… 첫 전투에서 동료들이 엄청난 충격에 빠지는 걸 봤어요. 기절들을 하고, 심지어 자신이 살인을 했다는 사실을 떠올리는 것만으로도 토악질을 하는 병사도 있었죠. 전투가 끝나고 나면 나무에 사람 귀가 걸리고…… 눈알이 빠져 얼굴 위로 흘러내리고…… 나는 용케 잘 견뎠어요! 우리 중에 사냥꾼 출신이 있었는데, 군대에 오기 전에 자신이 산토끼도 죽이고 멧돼지도 쓰러뜨렸다며 자랑을 하더라고요. 그런데 늘 토악질을 하는 게 바로 그 친구였죠. 동물을 죽이는 것과 사람을 죽이는 건, 성격이 전혀 다른 일이니까요. 전투중에는 몸이 나무처럼 뻣뻣해져요. 생각은 냉철해지고요. 머리를 열심히 굴리게 되죠. 기관총이 바로 내 목숨이었어요. 그래서 내 몸의 일부가 됐죠, 꼭 세번째 팔처럼……

게릴라전이 벌어졌어요. 게릴라전은 대규모의 전투는 거의 하지 않아요. 언제나 나하고 적이 일대일로 싸우는 각개전투죠. 그래서 어린 스라소니처럼 예민해져요. 내가 연발사격을 하자 적이 쓰러졌어요. 기다렸죠. 다음은 누구? 총성이 울리기도 전에 이미 총알이 날아오는 게 느껴져요. 바위에서 다음 바위로 기어가며…… 몸을 숨겨요…… 사냥꾼처럼 적의 뒤를 밟죠. 그리고 언제라도 달려들 수 있도록 잔뜩 몸을 도사리고 숨을 죽인 채 기회를 기다려요…… 만약 적과 맞붙게 되면 총 개머리판으로 죽이면 되고요. 상대를 죽이고 나면 '아, 이번에도 살아남았구나'라는 생각이 재빨리 뇌리를 스치죠. 또 살아남았어! 사람을 죽이는 데 기쁨 같은 건 없어요. 내가 죽임을 당하지 않기 위해 죽일 뿐이죠. 전쟁은 죽음만을 의미하지 않아요. 뭔가가 더 있어요. 전쟁은 심지어 자신만의 냄새도 있어요. 자기 소리도요.

전사자들은 다 달랐어요…… 똑같은 시신이 하나도 없었죠…… 물속에 죽어 누워들 있는데…… 물속에서는 망자의 얼굴에 뭔가 변화가 일어나요. 하나같이 얼굴에 미소 같은 게 떠올라 있어요. 비가 내린 후에는 시신들도 모두 깨끗해지고요. 물도 없이 먼짓구덩이 속에서 맞은 죽음은 그 모습이 훨씬 더 적나라해요. 시신이 걸친 군복은 새것이지만, 머리가 있어야 할 자리에 바싹 말라비틀어진 붉은 나뭇잎 하나가 매달려 있죠…… 바퀴에 납작하게 깔린 도마뱀처럼요…… 하지만 나는 살아 있어요! 한번은 낮은 벽에 기대앉은 시신을 봤어요…… 어떤 집 근처였는데, 바로 옆에 호두껍데기들이 흩어져 있었어요. 앉아 있는데…… 눈도 못 감았더라고요…… 감겨줄 사람이 아무도 없었던 게죠…… 숨을 거두고 십 분에서 십오 분 사이엔 눈을 감길 수 있어요. 하지만 그 시간이 지나면 너무 늦어요. 눈이 안 감겨지거든요…… 하지만 나는 살아 있어요! 또 한번은 몸을 웅크린 채 죽어 있는 시신을 봤어요…… 바지 앞지퍼가 벌어져 있고…… 심지어…… 그때까지 오줌 방울이 떨어지고 있더군요…… 사람들은 죽음을 맞는 순간 그 모습 그대로, 하던 일 그대로 남아 있었어요…… 그래서 아직 이 세상에 있는 것처럼 보이지만 사실은 이미 저세상에 가 있는 거죠…… 이미 저 높은 곳에…… 하지만 나는 살아 있어요! 나는 내가 살아 있다는 사실을 확인하고 싶어서 내 몸을 만져보곤 했어요. 새들은 죽음을 두려워하지 않았어요. 앉아서 무심히 쳐다보고들 있거든요. 죽음을 두려워하지 않긴 아이들도 마찬가지였고요. 역시 가만히 앉아서 호기심 어린 눈으로 바라보고 있죠. 새들처럼. 글쎄, 한번은 독수리 한 마리가 전투를 구경하면서…… 작은 스핑크스처럼 앉아 있는 거예요…… 식당에서 수프를 먹으면서 옆에 앉은 병사를 보면 나도 모르게 그 병사가 시신으로 누워 있는 모습이 그려지곤 했어요. 한동안은 가족사진을 볼 수가 없더라고요. 작전을 수행하고 돌아오면 아이들과 여인네들 얼굴을 보는 게 곤혹스러웠고요. 그래서 얼굴을 돌려버렸죠. 하지만 시간이 흐르면서 익숙해졌어요. 평소처럼 아침이면 서둘러 나가 체력을 단련했어요. 열심히 역기를 들면서요. 집으로 돌아갈 때 멋진 모습이고 싶었거든요. 사실, 잠도 늘 부족했어요. 이 때문이었는데, 특히 겨울에 이가 들끓었어요. 매트리스에 가루 살충제를 들이붓다시피 했죠.

죽음의 공포는 집으로 돌아와서야 느꼈어요. 집으로 돌아오고 나서 아들이 태어났어요. 확 무서워지더군요. 내가 죽으면 우리 아들은 아버지 없이 자라겠다 싶어서요. 나는 일곱 번 총에 맞았어요…… 우리끼리 쓰는 말로, 저세상의 '높은 분들'한테 불려갈 뻔했죠…… 다행히 모두 아슬아슬하게 급소는 비켜나갔지만요…… 때로 내 역할을 끝까지 다하지 못한 기분이 들어요. 싸우다 중간에 포기한 것 같은 느낌이랄까.

나는 죄가 없어요. 그래서 악몽이 두렵지 않아요. 언제나 적과 나, 이렇게 두 사람이 일대일로 맞서는 정직한 싸움을 선택했으니까요. 포로로 붙잡힌 적이 우리 병사들한테 두들겨맞는 걸 봤어요…… 우리 병사 둘이 때리고 있고 포로는 포박된 상태였는데…… 걸레쪽처럼 바닥에 축 늘어져 있더군요…… 당장 달려가서 병사들을 쫓아버리고 더이상 때리지 못하게 했죠. 나는 그런 부류의 사람들을 경멸해요. 어떤 놈이 기관총을 집어들고 독수리를 쏘기에…… 놈의 못생긴 면상을 한 대 갈겨줬어요…… 대체 새가 무슨 잘못이 있다고 새를 쏴요?

가족들이 물었어요.

—거긴 어땠어?

—좋아요. 그런데 미안하지만 자세한 이야기는 다음에 할게요.

대학을 마치고 엔지니어로 일하고 있어요. 이젠 그저 엔지니어로만 살고 싶어요. 아프간 전쟁 참전 용사가 아니라요. 아프간 전쟁은 떠올리고 싶지 않아요. 거기서 살아남은 세대인 우리에게 앞으로 또 무슨 일이 닥칠지 모르지만요. 누구에게도 필요치 않았던 전쟁에서 살아 돌아온 세대. 어느 누구에게도! 그…… 누구에게도…… 결국은 이렇게 털어놓고 말았네요…… 마치 기차에서…… 낯선 사람들이 잠깐 만나 이야기를 나누고 각자 자기 역에서 내리는 것처럼 말이죠. 손이 떨려요…… 왜 그런지 불안하군요…… 나는 비교적 쉽게 이 게임에서 빠져나왔다고 생각했어요. 내 이야기는 써도 되지만, 내 이름은 말하지 마세요……

두려운 건 없어요. 하지만 다시는 이런 일에 휘말리고 싶지 않아요……

보병대 소대장

—12월에 결혼식을 올리기로 돼 있었어요…… 그런데 결혼식을 한 달 앞두고…… 11월에 아프가니스탄으로 떠나게 된 거예요. 약혼자에게 사실대로 털어놨더니 껄껄 웃더라고요. "당신이 우리 나라 남쪽 국경을 지킨다고?" 그리고 내 말이 농담이 아니라는 걸 알고는 이렇게 말했죠. "왜, 여기엔 당신이랑 같이 잘 만한 남자들이 없어서?"

여기로 오면서 생각했어요. 'BAM*이나 첼리나**는 놓쳤지만 아프간이 있어서 다행이야!' 나는 병사들이 아프간에서 배워온 노래들을 그대로 믿었어요. 온종일 이 노래들을 흥얼거렸죠.

얼마나 숱한 러시아의
아들들이 지난 세월
아프간 땅 바위들마다
버려졌던가……

나는 책을 좋아하는 모스크바 아가씨였어요. 진정한 삶은 어딘가 먼 곳에 있다고 믿었죠. 그리고 그곳의 남자들은 모두 강인하고 여자들은 모두 아름다울 거라고 생각했어요. 모험이 가득한 땅이라고요. 나는 익

* 바이칼과 아무르를 잇는 간선철도.

** 시베리아 미개척지.

숙한 일상에서 벗어나고 싶었어요……

카불까지 가는 데 꼬박 3일이 걸렸는데, 나는 그 3일 동안 밤에 잠을 한숨도 안 잤어요. 세관에서는 내가 약을 했다고 생각했죠. 누군가에게 눈물로 호소했던 기억이 나요.

—나는 마약중독자가 아니에요. 잠을 못 자서 그렇다고요.

여자 혼자 무겁디무거운 가방(엄마가 잼이며 비스킷들을 잔뜩 싸주셨거든요)을 끙끙대며 끌고 가는데도 나서서 도와주는 남자 하나 없더라고요. 그것도 그냥 남자들이 아니라 젊은 장교들이 말이에요. 잘생기고 강인한 장교들이요. 사실 모스크바에서는 내 꽁무니를 따라다니며 나를 여왕 모시듯 떠받드는 남자애들에게 둘러싸여 살았거든요. 정말 많이 놀랐죠.

—누가 좀 도와주실래요?

그들은 멀뚱히 쳐다보기만 했어요……

중간휴게지에서 또 3일을 보냈어요. 첫째 날 부사관 하나가 나한테 오더니 그러는 거예요.

—카불에 남고 싶으면 오늘밤 나를 찾아와……

부사관은 좀 뚱뚱한 몸에 살집이 포동포동한 사람이었어요. 별명이 '풍선'이었죠.

나는 타자수로 부대에 남게 됐어요. 타자수들은 옛날 군용타자기를 가지고 작업을 했어요. 처음 몇 주는 손가락을 다쳐서 피가 나곤 했죠. 손톱이 자꾸 부러져나가는 바람에 손가락에 붕대를 감고 타자를 쳤어요.

2주인가 3주인가 지난 어느 날 밤에 병사 한 명이 내 방문을 두드렸어요.

—지휘관이 불러.

—안 가.

—뭘 고집을 피워? 여기가 어딘지 모르고 왔어?

다음날 아침에 지휘관이 칸다하르로 보내버리겠다며 위협을 하더라고요. 온갖 험한 말을 해대면서요……

칸다하르가 뭐냐고?

파리들, '두흐들' 그리고 끔찍한 악몽이지……

그 일이 있고 난 다음 며칠은 차 사고를 당할까봐 두렵더라고요. 등에 총알이 날아와 박힐 것만 같고…… 구타를 당할 것 같고……

기숙사 옆방에 아가씨 두 명이 함께 살았어요. 한 명은 전력을 공급하는 일을 담당해서 엘렉트리치카*라는 별칭으로 불렸고, 다른 한 명은 물의 정수처리를 맡아 하는 까닭에 흘로르카**라고 불렸죠. 그 두 아가씨에겐 모든 일이 딱 하나로 귀결됐어요.

—원래 삶이 그런 거야……

마침 그때 〈프라우다〉지에 '아프가니스탄의 마돈나'라는 수기가 실렸어요. 소련으로 돌아간 아가씨들이 편지를 보내왔더라고요. "그 기사를 모두 좋아해. 심지어 군정치위원회를 찾아가 아프가니스탄으로 보내달라고 부탁하는 사람들까지 생겼다니까. 수업 시간에 그 기사를 읽어주는 학교들도 있어." 하지만 현실은 달랐어요. 우리는 한 번도 병사들 앞을 무사히 지나간 적이 없었어요. 우리만 지나가면 병사들이 큰 소리로

* 러시아어로 '전기철도' 또는 '전기기차'라는 뜻.

** 러시아어로 '염소산'이라는 뜻.

야유를 보냈거든요. "이봐, '보치카룝키!' 너희들이, 사실은, 여장부라면서? 국제 의무를 침대에서 수행한다나!" '보치카룝키'가 뭐냐고요? '보치카'로 불리는 작은 집들(기차의 객차처럼 보이기도 하죠)이 있는데, 소령 이상의 군 간부들이 거기에 묵어요. 음, 그 간부들과 ……하는 여자들을 '보치카룝키'라고 불렀어요. 여기 복무하는 병사들은 대놓고 말해요. "만약 내 여자친구가 아프간에 다녀왔다는 사실이 밝혀지면 그녀는 나한테 더이상 없는 사람이야……" 우리라고 남자들이 걸리는 질병에 걸리지 않은 게 아니에요. 우리 여자들도 남자들과 똑같이 간염에도 걸리고 말라리아에도 걸렸어요…… 빗발치는 총탄세례도 받았고요…… 그렇다 해도 소련에서 남자 동료병사를 다시 만나면 반갑게 달려가 끌어안을 수는 없을 것 같아요. 그들에게 우리는 모두 '보치……' 이거나 정신 나간 미친년들이니까요. "여자랑 자지 않는 게 자신을 더럽히지 않는 것……"이라나요? 또 자기들끼리 이래요. "나는 누구랑 자냐고? 그야 기관총이랑 자는 거지……" 그런 말을 듣고 나면 누구에게든 웃음을 보이는 일이 쉽지 않아요……

우리 엄마는 아는 사람들에게 다 말하고 다녀요. "내 딸이 아프가니스탄에 있어." 그것도 아주 자랑스럽게요. 순진한 우리 엄마! 엄마에게 편지를 써서 말리고 싶다니까요. "엄마, 아무 말도 하지 말아요, 안 그러면 무슨 험한 말을 듣게 될지 몰라요!" 아마, 집으로 돌아가면 이 모든 것들을 이해할 수 있는 날이 오겠죠. 이 전쟁의 그림자에서 벗어나고 마음도 누그러질 테고요. 하지만 지금은 내면의 상처가 너무 커요. 마음이 완전히 짓밟혔어요. 내가 여기서 배운 건 뭘까요? 과연 이곳에서 선함이나 자비심 같은 걸 배울 수 있을까요? 아니면 기쁨은요?

아프간 남자애들이 내가 탄 차량 꽁무니를 쫓아 달려와요.

—하늠, 보여줘……

심지어 돈을 찔러넣는 녀석들도 있어요. 그건, 우리 여자들 중에 돈을 받는 사람도 있다는 의미인 거죠.

살아서 집으로 돌아가지 못할 것 같은 생각에 사로잡혔던 적도 있어요. 지금은 극복했지만요. 여기서 번갈아가며 계속 꾸는 꿈이 있어요.

첫번째 꿈이에요.

일행과 함께 어느 호화로운 상점에 들어가요…… 벽마다 양탄자들과 값비싼 물건들이 가득 걸려 있어요. 그런데 우리 병사들이 나를 팔아넘긴 거예요. 돈자루를 받아챙기며…… 아포시카를 세기 시작하죠…… 그사이 '두흐' 두 명이 내 머리카락을 잡아 자기 팔에 돌돌 감아요…… 자명종이 울리고…… 나는 소리를 지르며 잠에서 깨죠. 그래서 그 악몽이 어떻게 끝이 나는지 한 번도 본 적이 없어요.

두번째 꿈은 이래요.

군수송기 IL-65기*를 타고 타슈켄트에서 카불로 가고 있어요. 비행기의 둥근 창으로 하나둘 산들이 보이는가 싶더니 점점 흐릿해져요. 그러곤 깊은 나락 같은 곳으로 추락하기 시작해요. 이어 아프간의 육중한 흙더미가 우리를 덮쳐요. 나는 두더지처럼 흙을 파내지만 좀처럼 빛 속으로 빠져나갈 수가 없어요. 헉헉 숨이 막혀와요. 나는 흙을 파고 또 파요……

아, 지금 그만둬야지, 안 그러면 이야기가 끝도 없을 것 같아요. 여기선 날마다 사람 속을 뒤흔들고 뒤집어놓는 일들이 일어나요. 어제는 친한 청년 하나가 소련에서 편지 한 통을 받았어요. 여자친구가 보낸 편지

* 일류신-65. 러시아 항공기 설계, 제작 기업인 일류신이 개발한 항공기 이름.

였죠. “더이상 너랑 사귀고 싶지 않아. 네 손은 피로 더럽혀졌으니까……”라는 내용이었어요. 그 병사가 나한테 달려왔더라고요. 나라면 이해해줄 거라고요.

우리는 모두 집 생각을 해요. 하지만 입 밖에 내지는 않아요. 미신 때문이죠. 정말 집에 가고 싶어요. 하지만 우리가 돌아갈 곳이 있을까요? 이 얘기 역시 아무도 하지 않고요. 그저 우스갯소리나 주고받고 말죠.

—얘들아, 아빠가 무슨 일을 하시는지 이야기해볼까?

모두 서로 이야기하겠다고 손을 번쩍 들어요.

—우리 아빠는 의사예요.

—우리 아빠는 배관공이에요.

—우리 아빠는…… 서커스단에서 일해요.

어린 보바만 아무 말이 없어요.

—보바, 너는 아빠가 뭐하시는지 모르는 거니?

—우리 아빤 옛날엔 비행사였고요, 지금은 아프가니스탄에서 파시스트로 일해요.

집에 있을 때는 전쟁에 대한 책을 즐겨 읽었는데, 여기서는 뒤마* 책을 가지고 다녀요. 전쟁터에서까지 전쟁 이야기를 하고 싶지는 않거든요. 전쟁 책을 읽는 것도 싫고요. 여자애들이 전사자들을 보러 갔다 왔어요…… 와서 그러더라고요. “양말 하나만 신고 누워 있더라……” 나는 안 갈 거예요…… 시내에 나가거나 쇼핑하러 가게에 가는 것도 별로 안 좋아해요. 시내에 가면 길거리에 외다리 남자들이 많거든요…… 아이들이 목발을 짚고 다니고…… 도저히 익숙해지지가 않아요……

* 알렉상드르 뒤마(1802~1870). 19세기 프랑스 극작가이자 소설가로, 소설 『삼총사』 『몬테크리스토 백작』으로 유명하다.

기자가 되고 싶다는 꿈이 있었어요. 하지만 이젠 모르겠어요. 이젠 뭔가를 믿는 게 힘들어요. 뭔가를 사랑하는 것도요.

집으로 돌아가면 남쪽 지방은 절대 안 갈 거예요. 더이상 산을 볼 자신이 없어서요. 산을 보면 당장 총탄이 쏟아질 것만 같거든요. 어느 날 적의 포격이 시작됐는데, 글쎄, 우리 아가씨 하나가 무릎을 꿇고 울면서 기도를 하더라고요…… 성호를 긋고요…… 궁금해요. 그 아가씨는 하늘에 대고 무엇을 빌었던 걸까요? 우리는 모두 여기서 조금씩은 폐쇄적이에요. 누구도 끝까지 자신의 솔직한 모습을 드러내지 않죠. 모두 자기만의 환멸을 겪었어요……

거의 울며 지내요. 예전의 책만 알던 그 모스크바 아가씨가 그리워서 울어요……

민간인 여성 복무자

—거기서 뭘 깨달았냐고요? 선은 결코 승리할 수 없다는 사실이요. 세상의 악은 줄어들지 않아요. 사람은 무서워요. 하지만 자연은 아름답죠…… 그리고 먼지. 늘 입안에 흙먼지가 가득했어요. 말을 못할 정도로……

우리 부대가 마을을 수색하게 돼서…… 병사 한 명과 짝이 되어 함께 수색에 나섰어요. 내 짝이 된 병사가 어느 오두막집 문을 발로 밀었는데, 미는 것과 동시에 바로 앞에서 기관총이 그 병사를 향해 불을 뿜었어요. 모두 아홉 발이었죠…… 그런 상황에서는 증오심이 이성을 마비시켜요…… 우리는 숨이 붙어 있는 건 모조리 총으로 갈겨버렸어요. 가축들까지요. 그런데 이상하게도 동물을 쏠 때가 더 끔찍한 거예요. 불쌍하더라고요. 그래서 당나귀는 쏘지 못하게 했죠…… 사실, 동물이 무슨 잘못이겠어요? 당나귀들 목에 어린아이들이 목에 걸고 있는 것과 똑같은 부적이 걸려 있었어요…… 이름도 함께 적혀 있었고요…… 밀밭에 불을 지르는 것을 보고 거의 이성을 잃을 뻔한 적도 있어요. 나는 시골 출신이거든요. 아프간에서는 옛날에 좋았던 기억만 떠오르더군요. 특히 어린 시절이 자주 생각났죠. 방울꽃과 카밀러가 흐드러진 풀밭에 누워 있던 일…… 밀 이삭을 모닥불에 구워 먹던 일……

사방이 다 우리가 이해할 수 없는 삶이었어요. 낯선 삶. 그래서 사람을 죽이기가 더 쉬웠죠…… (침묵한다.) 익숙한 장소였다면 더 힘들었을 거예요. 우리 생활과 비슷한 곳이었다면…… 만약 정확히…… 내가 느끼는 감정들을 이야기한다면…… 그건 혐오감과 자부심이에요. '내가 사람을 죽였다'는 사실에서 오는 감정들이죠. 거기는 정말 지독하게 더웠어요. 작은 상점들은 지붕 위에 씌운 금속이 다 녹아내릴 정도였어요. 들판은 순식간에 뜨겁게 달아오르고 불길에 휩싸이곤 했어요. 불타는 들판에선 곡물 냄새가 났어요…… 덜 익은 곡물 냄새가 불길을 따라 멀리멀리 퍼져갔죠……

아프간에선 어둠이 서서히 내려앉지 않아요. 갑자기 덮쳐들죠. 아직 낮이다 싶은데, 어느 순간 보면 캄캄한 밤인 거예요. 거긴 동틀녘이 참 아름다워요…… 나도 거기로 갈 땐 분명 소년이었어요. 그런데 어느 순간 남자가 돼 있더라고요. 전쟁이 그렇게 만들죠. 거기는 비가 오면, 분명 비는 내리는데, 그 비가 땅바닥까지는 닿질 않아요. 위성을 통해 소련에 대한 방송을 보면 이런 생각이 들었어요. '저렇게 다른 삶도 있었지. 하지만 이제 나하고는 아무 상관이 없어……' 이런 얘긴 얼마든지 할 수 있어요…… 신문이나 잡지에 쓸 수도 있고요…… 하지만 분명 무슨 일이, 나로선 억울하고 분한 뭔가가 벌어지고 있는데…… 그게 뭔지 그 본질을 정확히 짚어낼 수가 없군요……

전쟁과 함께 산다는 건 뭘까요? 기억하는 거요? 그건 혼자가 아니라는 걸 의미해요. 언제나 둘이란 의미죠. 나와 그것, 전쟁…… 우리에겐 거의 선택의 여지가 없어요. 잊어버리고 침묵하든지 아니면 미쳐서 비명을 지르든지, 둘 중 하나죠. 미쳐서 비명을 지르며 사는 삶은…… 누구도 필요로 하지 않아요. 이 나라 권력뿐만 아니라 사랑하는 사람들도요. 가족들도. 이렇게 작가님이 오셨는데…… 뭣 때문에 오신 건가요? 이러시는 건 인간적이지 않아요…… (신경질적으로 담배를 피워 문다.)

가끔은 내가 목격한 것들을 직접 쓰고 싶을 때가 있어요…… 모두 다…… 대학에서 어문학을 전공했거든요. 병원에…… 팔이 없는 병사가 있었어요. 그 병사 침대 위에 다리가 없는 병사가 앉아서 편지를 쓰고 있더라고요. 팔 없는 병사 대신 그 어머니한테 보내는 편지였어요. 또 어린 아프간 소녀가 있었어요…… 아이가 소련 병사들한테 사탕을 받아먹었어요. 그러자 다음날 아침, 거기 사람들이 아이의 두 손을 잘라버렸죠…… 있는 그대로 쓸 거예요. 내 생각 같은 건 덧붙이지 않고요. 만약 비가 왔다면…… "비가 왔다……", 정확히 그렇게만 쓸 거예요…… 비가 와서 좋다거나 나쁘다거나 같은 감상은 일절 배제하고 쓸 거라고요. 비…… 그곳에서는 어떤 물도 그저 평범한 물이 아니에요. 수통에서 물을 따르면 거의 끓는 물 수준이죠. 물맛도 쓰디쓰고요. 거긴 태양을 피해 숨을 곳이 없으니까요……

또 무슨 이야기를 쓰고 싶냐고요?

피 이야기요…… 처음 피를 보는데, 춥더라고요, 그것도 아주 많이.

하도 추워서 온몸이 덜덜 떨릴 정도로. 40도가 넘는 한더위인데 추운 거예요…… 뭐라도 태울 것처럼 뜨거운 날씨에 말이죠……

포로 두 명이 끌려왔어요…… 둘 중 한 명은 죽여야 했죠. 헬리콥터 공간이 두 사람 모두 태울 만큼 넉넉하지 않았거든요. 그리고 어차피 다른 한 명은 '정보원'으로서 필요했고요. 결정을 못하겠더라고요. '둘 중에 누구를 죽여?'

병원에서는…… 살아 있는 사람과 죽은 사람이 끊임없이 자리를 바꿨어요…… 나중에는 산 자와 죽은 자를 굳이 구별하지 않게 되더군요. 한번은 죽은 사람과 삼십 분이나 대화를 한 적도 있어요……

그만요! (주먹으로 탁자를 내리친다. 잠시 후 진정한다.)

생각했어요…… 집에서 보낼 첫날밤을 상상해봤죠. 이 모든 일을 겪고 난 후에 보내게 될 첫 밤…… 우리는 고국이 두 팔 벌려 우리를 환영할 줄 알았어요. 하지만 뜻밖에도 현실은 우리가 기대했던 것과는 달라도 너무 달랐죠. 우리가 겪은 일 따위엔 아무도 관심을 보이지 않았어요. 우리 아파트 단지에서 우연히 아는 녀석들을 만났어요. 나를 보더니 대수롭잖게 "어, 왔어? 돌아와서 잘됐다"라고만 하더군요. 졸업을 앞둔 후배들을 만나러 학교에 갔을 때, 선생님들 역시 아프간에 대해서는 한마디도 묻지 않았고요. 교장선생님과 나눈 대화예요.

나:

—교장선생님, 국제 의무를 수행하다가 전사한 우리 학교 출신 병사들을 영원히 기려야 한다고 생각합니다.

교장선생님:

—그 아이들은 공부도 못하고 행실도 나쁜 불량학생들이었어. 그런데 어떻게 그 아이들을 치하하는 현판을 우리 학교에 내걸 수 있겠니?

사람들은 말했어요. "너희들이 영웅적인 일을 했다고 생각해? 결국은 지고 돌아왔잖아? 그리고 누가 그 전쟁을 필요로 했다고? 브레즈네프*와 군 장성들? 아니면 세계혁명에 혈안이 된 사람들?" 결국 내 친구들은 헛되이 비명에 간 거예요…… 나 역시 그렇게 죽을 수 있었고요…… 우리 엄마가 창밖으로 내가 오는 것을 보고는 정신없이 달려나왔어요. 거리를 가로질러 오는 내내 기쁨에 찬 소리를 지르면서요. 나는 자신에게 말했어요. "아니, 제아무리 세상이 뒤집혀도 한 가지만은 달라지지 않아. 영웅들이 죽어 땅속에 묻혀 있다는 진실. 우리 영웅들이!"

대학에서는 노교수가 나를 설득하려 들었어요.

—자네는 정치적 실수에 희생된 거야…… 자네 뜻과는 무관하게 범죄의 공범자가 된 거지……

—그때 저는 겨우 열여덟 살이었어요. 교수님은 몇 살이시죠? 그곳에서 우리가 불 같은 더위에 살가죽이 타들어갈 때 교수님은 아무 말씀도 안 하셨죠? 우리가 '검은 튤립'에 담겨 돌아올 때도 침묵하셨고요. 공동묘지에 요란하게 울리는 폭죽 소리와 군대 오케스트라의 웅장한 연주나 듣고 계셨잖아요…… 그곳에서 우리가 사람을 죽일 때도 교수님은 침묵하셨다고요! 그래놓고 이제 와서 갑자기 '무의미한 희생이었다…… 실수였다……' 이렇게 말씀하시는 건가요?

나는 잘못된 정치의 희생양 따위는 되고 싶지 않아요. 희생양이 되지 않기 위해 싸울 거예요! 천지가 개벽한다 해도 이 사실만은 변하지 않

---

* 레오니트 일리치 브레즈네프(1906~1982). 소련 정치가. 1964년 최고 권력인 서기장에 취임하여 흐루쇼프의 정책을 비판하고, 통제정책을 바탕으로 흐루쇼프 시절 약해졌던 공산당의 권력을 다시 강화했으며, 대외적으로는 공산권 국가들의 결속을 다졌다.

을 테니까요. '영웅들이 땅속에 죽어 누워 있다'는 사실만은. 우리 영웅들이! 언젠가 내가 직접 이 모든 사실에 대해 쓸 거예요…… (잠시 앉아 있다가 진정한 다음 되풀이해 말한다.) 사람은 무서워요…… 하지만 자연은 아름답죠……

아름다움이 기억에 남았다는 게 이상하군요. 죽음과 아름다움이라니.

사병, 척탄병

—나는 운이 좋았어요……

나는 팔도 다리도 눈도 상한 데 없이 멀쩡하게 집으로 돌아왔어요. 화상도 입지 않았고 정신도 멀쩡한 채로요. 우린 그곳에 도착하고 바로 깨달았어요. 이 전쟁은 결코 우리가 생각했던 그 전쟁이 아니라는 사실을요. 그래도 우리는 끝까지 싸우기로, 살아남기로, 그래서 집으로 돌아가기로 마음먹었죠. 우리가 처한 상황에 대해선 나중에 집에 가서 따져보기로 하고요……

우리는 아프가니스탄 파병 병사들의 첫 교체 병력이었어요. 우리한테 생각 따위는 없었어요, 명령만 있었지. 명령을 놓고 왈가불가해선 안 돼요. 만약 그랬다간 그건 이미 군대가 아니니까요. 마르크스-레닌주의의 고전들을 한번 읽어보세요. 이런 말이 나와요. "병사는 언제든 발사할 준비가 완료된 총탄과 같아야 한다." 나는 이 문구를 똑똑히 기억해요. 사람들이 전쟁터로 가는 건 살인을 하기 위해서예요. 살인이 내 직업이죠. 나는 사람을 죽이는 훈련을 받았어요. 두렵지 않았냐고요? '다른 사람은 죽임을 당할 수 있어도 나는 아니다.' '이 사람은 죽임을 당했지만, 나는 무사할 거다.' 사람의 의식은 자신이 죽어 사라질 수 있다는 가능성 자체를 받아들이지 않아요. 어린 나이도 아니고 서른 살이나 먹어서 아프간으로 갔는데도 그렇더라고요.

나는 그곳에서 진짜 삶이 뭔지 알게 됐어요. 거기서 보낸 날들이 내 인생에서 최고의 시간들이었다고 작가님께 말할 수도 있어요. 여기에서의 우리 삶은 따분한데다 그다지 특별한 의미도 없어요. 일과 집, 다시 집과 일, 그게 다죠. 하지만 거기서는 겪을 수 있는 건 다 겪어봤고, 또 많은 걸 배웠어요. 남자들만의 진정한 우정도 거기서 경험했고요. 이국적인 풍광도 봤어요. 좁은 계곡들 사이로 구름 장막처럼 뭉실뭉실 피어오르는 아침 안개, 높고 화려하게 치장된 적재함을 달고 질주하는 아프간의 트럭 부루바하이카, 암양들, 암소들이 사람들과 한데 뒤섞여 타고 가는 빨간 버스들, 노란 택시들. 거기는 달의 풍경을 떠올리게 하는 장소들도 있어요. 그런 곳은 뭐랄까, 몽환적이고 우주적인 느낌이 나요. 또 무리 지어 영원히 제자리를 지키는 산들을 보고 있으면 이 세상에 사람은 없고 돌만 있는 건 아닐까 싶은 생각이 들죠. 그리고 이 돌들마저 나에게 총을 쏘며 덤벼드는 것 같고요. 자연의 적개심이 느껴져요. 자연에마저 나는 낯선 이방인이라는 느낌. 우리는 생과 사의 갈림길에 위태롭게 서 있었고, 그래서 우리의 손에도 누군가의 생명과 누군가의 죽음이 들려 있었죠. 이보다 더 강렬한 감정이 있을까요? 이제 우리는 어디서도 거기서 여인들과 사랑을 나눈 것처럼 사랑을 나누지 못할 거예요. 어디서도 거기서 여인들한테 사랑받은 만큼 사랑받지 못할 거고요. 죽음이 가까이 있다는 사실 때문에 모든 게 긴박했고, 우리는 늘 죽음의 언저리를 맴돌았어요. 이러저러한 위기의 순간들이 많았죠. 그러고 보면 나는 위험의 냄새를 아는 것 같아요. 위험이 다가오면 직감적으로 알아채거든요…… 육감이 생겼다고나 할까요…… 나는 거기서 모든 걸 겪었고 무사히 빠져나왔어요. 그곳엔 남자의 삶이 있었어요. 나는 아프간이 그리워요…… 아프간증후군이죠……

옳은 일이었는지, 옳지 않은 일이었는지는 당시 아무도 깊게 생각해 보지 않았어요. 우리는 명령받은 대로 했을 뿐이에요. 훈련받은 대로, 익숙한 대로. 지금은, 물론, 시간이 흐르고, 기억과 정보들이 공개되고, 진실이 드러나면서 모든 게 달리 해석되고 평가되고 있지만요. 거의 10년이 지나서 말이죠! 그때는 누가 우리의 적인지 분명했어요. 책과 학교와 바스마치* 영화들을 통해 익숙한 적의 형상이 있었다고요. 영화 〈사막의 하얀 태양**〉을 다섯 번은 봤을 거예요. 그래서 단박에 알 수 있었죠. '아, 바로 저놈이 적이야!' 그거면 충분했어요…… 우리는…… 우리는 다…… 전쟁이나 혁명을 이미 간접적으로 경험한 사람들이었죠. 듣고 배운 게 전쟁과 혁명밖에 없었으니까요.

아까 말한 대로 우리는 첫 교체 병력이었어요. 그래서 미래에 우리 병사들의 병영이며 식당이며 군인클럽으로 쓰일 건물들을 짓는 데 기쁜 마음으로 참여했죠. 우린 TT-44 권총을 지급받았어요. TT-44는 2차대전 때 쓰던 권총이에요. 예전에 정치부 지도원들이 주로 사용했죠. 하지만 사실 자살할 때나 시장에 내다팔 때 말고는 달리 쓸모가 없었어요. 우리는 행색을 꼭 빨치산처럼 하고 다녔어요. 옷을 각자 알아서들 입고 다녔는데, 대부분은 헐렁한 스포츠용 바지에 운동화 차림이었죠. 나는 훌륭한 병사 슈베이크***처럼 하고 다녔고요. 그런데 지도부는 우리가 넥

---

* 1918~1931년 소비에트 정권 초기, 소비에트 정권에 저항하여 무장저항운동을 일으킨 중앙아시아의 터키족 이슬람교도.

** 블라디미르 모트일 감독이 1970년에 만든 구소련 영화로, 러시아 내전중 적군(赤軍) 병사가 이슬람 악당 압둘라의 하렘에서 여인들을 구출해내는 모험을 그리고 있다.

*** 체코 작가 야로슬라프 하셰크의 장편소설 『용감한 병사 슈베이크』의 주인공.

타이를 매고 복장을 완전히 갖춰 입기를 바라더라고요, 기온이 섭씨 50도나 되는 무더위에 말이에요…… 군의 명령은 캄차카반도*에서 카불까지 동일하다는 거죠……

시체안치실에서 사람 살점을 모아놓은 포댓자루들을 봤어요…… 아, 그때의 충격이란! 하지만 반년 정도가 지나니까, 뭐…… 한번은 야외극장에서 영화를 보는데…… 예광탄들이 화면 앞으로 슝슝 날아들더라고요…… 그냥 꿈쩍 않고 앉아서 계속 영화를 봤죠…… 또 한번은 배구를 하는데 포격이 시작된 거예요…… 이번에도 역시, 포탄이 날아가는 방향을 지켜본 다음 다시 배구를 했고요…… 영화라고 해봐야 전부 전쟁영화나 레닌영화였어요. 아니면 아내가 남편을 두고 바람을 피우는 영화거나…… 남편이 전장으로 떠나자 그 아내가 다른 남자랑 바람이 난다는 뭐, 그런 내용이었죠…… 사실 다들 코미디를 보고 싶어했어요…… 하지만 코미디 영화는 단 한 편도 들어오질 않더라고요. 정말 기관총을 집어들고 스크린을 갈겨버리고 싶은 심정이었죠! 스크린도 말이 스크린이지 시트 서너 장을 하나로 이어서 공중에 걸어놓은 게 다였어요. 관객들인 우리는 맨모랫바닥에 주저앉아서 영화를 봤고요. 일주일에 한 번, 목욕을 하고 술을 마실 수 있는 날이 주어졌어요. 그런데 보드카 한 병이 30체키나 하니 어디 마실 수가 있나요. 정말 터무니없이 비쌌다니까요! 그래서 아프간으로 올 때 아예 집에서 보드카를 가지고들 왔어요…… 세관 규정에 따르면 한 사람당 반입할 수 있는 술의 양이 보드카 두 병, 포도주 네 병이었어요. 맥주는 몇 병이 됐든

* 러시아 북쪽, 극동에 위치한 반도로, 북동쪽에서 남서쪽으로 돌출해 있다. 험준한 산악지형으로 이루어져 있으며 화산지대가 발달하고 지구상에서 가장 넓은 야생지역을 자랑한다.

상관없었고요. 그래서 맥주병에서 맥주를 따라버리고 대신 보드카를 채웠죠. 아니면 '보르조미*'병에 보드카를 담아오거나요. 병에 붙은 상표는 분명 보르조미인데 맛을 보면 40도의 보드카인 거예요. 밀봉된 잼 병에도 '들쭉나무잼'이니 '딸기잼'이니, 아내가 유성펜으로 직접 써준 이름표가 붙어 있었어요. 하지만 뚜껑을 열어보면 역시 40도짜리 보드카였고요. 개가 한 마리 있었는데, 이름이 '베르무트**'였어요. 그도 그럴 것이 녀석은 한쪽 눈이 늘 빨갰거든요. 눈이 노랄 때가 한 번도 없었죠. 병사들은 '장검長劍'을 마시기도 했어요. '장검'은 비행기에 사용되는 등유를 말해요. 아니면 자동차를 냉각시키는 데 쓰는 부동액을 마시기도 했고요. 갓 도착한 신참 병사들에게 미리 경고가 주어졌어요.

—뭐든 마셔도 좋다. 다만 부동액만은 안 된다.

하지만 도착한 지 이삼일 후면 벌써 의사를 불러야 했어요.

—무슨 일입니까?

—신참들이 부동액을 마시고 탈이 났어요.

마리화나를 했어요…… 효과가 여러 가지더라고요…… 어떨 땐 공포심이 밀려들면서 걱정에 휩싸였고, 어떨 땐 총알이란 총알은 모두 나를 겨냥해서 날아오는 것처럼 느껴졌고요. 밤에 마리화나를 피우고는…… 환각이 시작되는데…… 글쎄, 밤새도록 가족이 보이고 아내를 끌어안고 난리도 아니었죠…… 어떤 병사들은 눈에 비치는 것마다 모두 총천연색으로 보이더래요. 마치 영화를 보는 것처럼요…… 처음엔 시장 장사꾼들이 돈을 받고 마약을 팔더니 나중엔 공짜로 그냥 줬어요.

---

* 러시아에서 판매되는 미네랄워터 이름.

** 와인의 한 종류로, 화이트와인에 브랜디를 섞은 다음 몇 가지 향료와 약초를 넣어 우린 것.

—피워봐, 루스키*! 자, 피우라니까……

아이들이 쫓아 달려와 병사들 손에 마약을 쥐여주기까지 했어요.

그저 웃고 싶네요…… (얼굴에 웃음을 띤다. 하지만 눈은 슬퍼 보인다.) 끔찍한 기억만 있는 건 아니에요. 재밌는 기억도 있죠. 좋아하는 일화 하나 들려드릴게요……

—중령 동지, 동지의 호칭인 '포드폴코브니크**'에서 '포드'와 '폴코브니크'는 함께 붙여 써야 합니까? 아니면 띄어 써야 합니까?

—당연히 띄어 써야지. '포드 스톨롬***'을 보면 알잖아.

—중령 동지. 땅을 어디어디 팔까요?

—울타리부터 점심 전까지 파.

죽고 싶지 않았어요…… 죽음을 이해할 수도 없었고 죽고 싶지도 않았죠…… 쓸데없는 생각만 자꾸 들고…… '건축학교나 갈 것이지 어쩌자고 군사학교에 간 걸까?' 날마다 누군가를 떠나보냈어요…… 한번은 어떤 병사가 발꿈치로 땅에 묻힌 지뢰 줄을 건드린 거예요. 뇌관이 딸깍하고 소리를 냈죠. 이런 경우 늘 그렇듯이, 병사는 즉시 몸을 날려 땅바닥에 납작 엎드리는 대신 깜짝 놀라 소리가 들리는 아래쪽을 내려다봤어요. 순식간에 수십 개의 유산탄 파편들이 병사의 온몸에 박혀버렸죠…… 또 어느 날은 탱크가 폭발했어요. 통조림 깡통처럼 탱크 바닥이 완전히 드러나고 바퀴와 무한궤도장치가 떨어져나갔죠. 전차병은 해치를 통해 탱크에서 탈출하려고 애를 썼지만 간신히 두 손만 밖으로

---

* 러시아어로 '러시아 남자'라는 뜻.

** 러시아어로 '중령'이라는 뜻. '~ 아래에'라는 의미의 전치사 '포드'가 '대령'을 뜻하는 단어 '폴코브니크' 앞에 붙어서 접두사 역할을 하며 '중령'이라는 한 단어를 이룬다.

*** 러시아어로 '탁자 아래에'라는 의미. 이때 '포드'는 '~ 아래에'라는 장소를 나타내는 전치사로서 탁자라는 뜻의 '스톨롬'과는 띄어 써야 한다.

내놓을 수 있었어요. 더이상은 빠져나올 수 없었던 거죠. 결국 탱크와 함께 불에 타버렸어요. 죽은 전차병의 침대에서는 아무도 안 자려고 했어요. 그래서 새로운 병사, 우리끼리 부르는 말로 '자멘시크*'가 들어오면 그 침대를 쓰게 했죠.

—당분간 여기서 자…… 이 침대에서…… 어차피 너는 그 병사를 모르잖아……

우리는 자식들을 두고 세상을 떠난 전우들이 특히 마음에 걸렸어요. 그 아이들은 고아로 자랄 테니까요. 아빠 없이요. 남겨둔 자식 없이 전사한 병사들이요? 뭐, 여자들은 새로 남자를 만날 거고, 어머니들은 또 아들을 낳아 기르겠죠. 어차피 삶은 계속될 테니까요.

전쟁터에서 싸운 대가 치고는 우리가 받는 돈이 형편없었어요. 기본급의 두 배 정도 받았는데, 그 기본급이라는 게 체키로 환산하면 270체키밖에 안 됐거든요. 이것저것 공제하고, 신문 구독료 내고, 세금 내고 하면 거의 남는 게 없었죠. 그 당시 살랑**에서 일하는 평범한 민간인 노동자들만 해도 1500체키를 받았는데 말이에요. 장교들 임금과 비교해볼까요. 군고문관들은 우리보다 다섯 배에서 열 배는 더 많이 받았어요. 그 불평등은 세관에서 곧바로 드러났죠…… 다들 거기서 뭐 하나씩은 가지고들 나오는데…… 누구는 녹음기와 청바지 두 벌이 고작인 데 비해, 누구는 비디오시스템에 매트리스 크기의 커다란 여행가방이 다섯 개, 일곱 개씩 되는 거예요. 우리는 그 가방들에 '꿈이 정복되다'라는 이

* '교환' '교체' '대용품'이라는 의미의 러시아어 단어 '자메나'에서 만들어진 말로 '대신할 사람' '대체물' 등의 의미로 쓰였다.

** 아프가니스탄 힌두쿠시산맥에 위치한 전략적 요충지로, 아프가니스탄 북부와 중심부를 잇는다.

름을 붙여줬죠. 가방이 얼마나 무거운지 병사들이 끙끙대며 운반하더라고요. 가방 바퀴까지 나가버리고요. 기분이 정말 더러웠죠.

타슈켄트에서의 일이에요.

—아프간에서 오는 거요? 혹시 아가씨가 필요하면…… 복숭아 같은 아가씨가 있는데 말이지.

그러면서 집요하게 사창가로 갈 것을 권유하는 거예요.

—고맙지만, 됐어요. 얼른 집에 가고 싶어요. 아내한테. 비행기 표나 구해주시오.

—표를 구하려면 비용이 드는데…… 이탈리아제 안경을 넘기겠소?

—좋아요.

스베르들롭스크*까지 가는 비행기 표를 손에 쥐기까지 100루블을 지불하고, 이탈리아제 안경과 금사가 박힌 일본제 스카프, 그리고 프랑스제 화장품 한 벌을 넘겨줘야 했어요. 비행기 표를 사려고 줄을 서 있는데 옆에서들 한 수 가르쳐주더군요.

—언제까지 줄만 서 있을 겁니까? 여권에 40체키만 넣어줘봐요. 하루면 집에 가 있을 테니.

충고대로 해봤어요.

—아가씨, 스베르들롭스크행 하나요.

—표 없어요. 안경 쓰고 안내판을 잘 보시라고요.

40체키를 여권에 슬쩍 찔러넣고 다시 물었어요……

—아가씨, 스베르들롭스크행 하나요……

—지금 알아보죠. 마침 잘 오셨어요, 딱 한 장이 취소됐네요.

---

* 러시아 스베르들롭스크 주의 주도인 예카테린부르크의 옛 명칭(1924~1991). 우랄산맥 동쪽 기슭에 위치한 공업도시다.

휴가를 받아 집에 오면 완전히 딴 세상이었어요. 가족과 함께하는 세상. 처음 며칠은 어떤 말도 귀에 들어오지 않아요. 그저 가만히 가족만 바라보죠. 가만히 만져보고요. 어떻게 설명을 할까요. 내 아이의 조그만 머리를 손으로 쓸어보는 그 기분…… 아침이면 부엌에 가득한 커피 향과 팬케이크 냄새. 아내가 아침 먹으라고 부르는 소리……

한 달 후면 다시 전장으로 돌아가야 했어요. 어디로, 왜 가는지도 모르면서 말이에요. 그런 건 생각하지 않았어요. 아니, 아예 생각을 해서는 안 됐어요. 한 가지 분명한 사실은, 가야 하기 때문에 간다는 것이었죠. 군복무가 원래 그런 거니까요. 밤에 잠자리에 누워 있으면 분가루나 밀가루처럼 부드러운 아프간의 모래가 여전히 이 사이에서 서걱거리는 느낌이 들어요. 바로 얼마 전까지 붉은 흙모래 속에 누워 있었으니까요…… 아니면 퍼석거리는 진흙가루 속에요…… 옆에선 BMP*가 포효하고…… 순간 정신이 번쩍 들면서 침대에서 뛰쳐나오죠. 하지만 아직 집이에요…… 내일이면 다시 떠나야 하지만…… 아버지가 어린 돼지를 잡는데, 와서 도와달라고 하시더라고요…… 예전에는 아버지가 돼지를 잡을 때면 근처에도 못 가고 귀를 막고 있었어요. 돼지가 내지르는 비명소리를 듣고 싶지 않아서요. 집에서 도망치듯 나와버리곤 했죠.

아버지가 부탁하셨어요.

—자, 네가 해봐.

그러면서 칼을 건네주셨죠. 그래서 내가 그랬어요.

—저만큼 물러나 계세요. 제가 할게요…… 여기, 심장을 곧장 찔러

---

* 보병의 전투차량.

야 해요.

그러고는 칼을 들고 심장을 찔렀죠.

우린 각자 알아서 자기 목숨을 지켜야 했어요. 우리 스스로요!

기억나는 일이 있어요……

병사들이 앉아 있었어요. 그때 마침 길 아래쪽으로 노인과 당나귀가 지나가고 있었어요. 그런데 갑자기 병사들이 척탄포를 발사하는 거예요. 피융! 노인도 당나귀도 바로 그 자리에서 흔적도 없이 사라져버렸죠.

—너희들, 지금 무슨 짓이야, 미쳤어? 그냥 노인과 당나귀잖아…… 저들이 무슨 짓을 했다고 죽여?

—노인과 당나귀가 어제도 이리 지나갔어요. 그때 우리 병사 한 명도 길을 지나고 있었고요. 그런데 노인과 당나귀가 지나간 뒤로 그 병사가 길에서 죽은 채 발견됐다니까요.

—만약 어제 그 노인과 당나귀가 아니면?

처음 보는 사람의 피를 본다는 건 말이 안 돼요. 언제나 어제 본 노인과 어제 본 당나귀를 쏠 뿐이죠.

우리는 끝까지 싸웠어요. 살아서 집으로 돌아왔고요. 이제 우리한테 무슨 일이 일어난 건지 고민해봐야죠……

대위, 포병

—예전엔 한 번도 기도하지 않았는데, 지금은 기도를 해요…… 교회에 나가 예배도 드리고……

관 옆에 앉아 물었어요. "거기 누구예요? 아들, 정말 우리 아들이야?"

이 말만 되풀이하며 그렇게 관 옆을 지키고 앉아 있었죠. "거기 누구예요? 대답 좀 해봐, 아들. 우리 아들이 얼마나 큰데, 관은 왜 이렇게 작을까……"

시간이 지나자 아들이 어떻게 죽임을 당했는지 알아야겠다는 생각이 들었어요. 군정치위원회를 찾아갔어요.

—우리 아들이 어떻게 죽었는지 이야기해주시겠어요? 어디에서 죽었나요? 그애가 죽임을 당했다는 사실을 도저히 믿을 수가 없어요. 그저 금속 상자 하나를 땅에 묻은 거지, 아들을 묻은 것 같지 않아요. 아직 어딘가 살아 있는 건 아닐까요.

그러자 군정치위원회 담당자가 화를 내면서 소리를 질렀어요.

—이건 함부로 발설해서는 안 되는 사항입니다! 그런데 지금 아들이 죽었다고 사방에 떠들고 다닐 참입니까? 발설하지 말라, 이게 당국의 지시라고요!

……꼬박 24시간 진통을 해서 아들을 낳았어요. 아들이라는 소리에 헛되이 고생한 게 아니구나 싶으면서 고통이 싹 가시더군요. 나는, 아들이 태어난 바로 그날부터 아들을 걱정했어요. 이 세상에 아들과 나, 단 둘뿐이었으니까요. 우리는 오두막 같은 임시가옥에 살았어요. 방안에 있는 가구라곤 내 침대 하나와 유모차 한 대, 그리고 의자 두 개가 전부였죠. 나는 철도에서 전철원*으로 일하면서 한 달에 60루블을 벌었어요. 병원에서 퇴원해 집에 오자마자 밤 근무를 나가야 했죠. 아들을 유모차에 태워서 함께 데리고 갔어요. 조그만 전기난로도 챙겨 가고요. 아이에게 젖을 물리고 재운 다음, 나가서 들어오는 기차를 맞이하고 또 배웅했

* 철도에서 차량이나 열차를 다른 선로로 이동시키기 위하여 두 선로가 만나는 곳에 장치한 기계장치인 전철기를 조작하는 일에 종사하는 사람.

죠. 아이가 좀 자라자 아이를 집에 혼자 두고 일하러 갔어요. 아이 발을 침대에 묶어놓고요. 아이는 잘 자라주었어요.

아들은 페트로자보츠크*에 있는 건축대학에 입학했어요. 한번은 아들을 만나러 기숙사로 찾아갔는데, 아들이 나에게 입만 한 번 맞추고는 어딘가로 급히 달려나가더라고요. 기분이 좀 상했죠. 그런데 아이가 돌아와서는 빙그레 웃음을 띠었어요.

—여사애들이 올 거예요.

—무슨 여자애들?

아들은 엄마가 왔다고 여자애들에게 자랑하러 갔던 거예요. 와서 우리 엄마가 어떤 사람인지 한번 보라고요.

나한테 선물을 줄 사람이 누가 있었겠어요? 아무도 없었죠. 3월 8일**에 아들이 집에 다니러 왔어요. 기차역으로 마중을 나갔죠.

—아들, 가방 이리 줘, 엄마가 들어줄게.

—엄마, 무거워요. 이 도면통이나 드세요. 안에 도면 들어 있으니까 조심하고요.

그래서 조심조심 도면통을 들고 가는데, 아들이 내가 잘 들고 가는지 확인까지 하는 거예요. '대체 무슨 도면이 들어 있기에 이렇게 유난을 떨지?' 궁금하더라고요. 아들이 옷을 갈아입는 사이, 나는 얼른 부엌으로 달려갔어요. 파이가 잘 구워지고 있는지 보려고요. 그러다 고개를 들어보니 아들이 한 손에 빨간 튤립 세 송이를 들고 부엌에 서 있지 뭐예요. 대체 그 추운 북쪽 땅 어디에서 튤립을 구했을까요? 카렐리야 같은 곳에서 말이에요. 아들은 튤립이 얼까봐 천으로 잘 싼 다음 도면통에 넣

---

* 러시아 북서부에 위치한 카렐리야 자치공화국의 수도.

** 3월 8일은 국제 여성의 날로 러시아에서는 중요한 기념일이다.

어 온 거예요. 누군가한테 꽃을 선물 받은 건 그때가 처음이었어요.

그해 여름에 아들은 건설공사현장에 파견됐다가 내 생일 바로 전날 돌아왔어요.

—엄마, 축하해주지 못해서 미안해요…… 대신 엄마한테 주려고 이걸 가져왔어요……

그러면서 우편환 증서를 내밀었어요.

그래서 얼만지 봤죠.

—12루블 50코페이카네.

—엄마, 왜 동그라미 몇 개를 빼고 읽어요? 1250루블이잖아요……

—세상에, 언제 이렇게 큰돈을 만져본 적이 있어야지. 처음이라서 어떻게 읽는지 몰랐어.

아들은 무척 흐뭇해했어요.

—엄마는 이제 쉬세요. 내가 일할게요. 돈 많이 벌 거예요. 엄마, 기억나요? 내가 어렸을 때 엄마한테 약속했잖아요. 이다음에 어른이 되면 엄마를 안고 다닐 거라고요.

아들은 정말 약속대로 했어요. 아들은 키가 굉장히 컸어요. 신장이 1미터 96센티미터였거든요. 아들이 나를 소녀처럼 번쩍 들어올려서 안고 다녔어요. 이 세상에 아들과 나, 둘뿐이라는 사실이 우리를 그렇게 서로 아끼고 사랑하게 한 것 같아요. 이런 아들을 나중에 어떻게 며느리한테 내주나 싶은 게 못 견딜 것 같더라고요.

아들 앞으로 징집영장이 나왔어요. 아들은 낙하산병으로 가고 싶어 했어요.

—엄마, 낙하산부대원을 모집하고 있대요. 하지만 나는 덩치가 너무 커서 낙하산부대로는 못 갈 거래요. 낙하산 줄을 다 끊어버릴 거라고요.

낙하산병들은 베레모가 정말 멋있는데……

하지만 아들은 결국 비첩스크 낙하산 사단에 들어갔어요. 아들의 군인선서식을 보러 갔어요. 녀석이 얼마나 당당하고 자세도 곧던지 얼른 못 알아보겠는 거예요. 그리고 제 덩치가 큰 것도 더이상 부끄러워하지 않았어요.

—엄마, 엄마는 왜 그렇게 작아요?

—네가 너무 보고 싶어서 키가 안 자라서 그래.

나는 농담으로 대답했어요.

—엄마, 우리 부대는 아프간으로 가게 될 거래요. 하지만 이번에도 나는 외아들이라 제외될 거고요. 여동생 하나 더 낳지 왜 나만 낳았어요?

군인선서식에는 다른 부모들도 많이 와 있었어요. 그런데 갑자기 누가 나를 찾는 소리가 들리는 거예요.

—주라블레프 어머니? 여기 와 계시면 아들한테 가셔서 축하해주세요.

아들한테 다가갔어요. 입을 맞추며 축하해주고 싶었지만 아들이 1미터 96센티미터나 되니 어떻게 할 수가 없더라고요.

그러자 지휘관이 지시를 내렸어요.

—주라블레프 병사는 허리를 굽혀 어머니가 입을 맞출 수 있게 한다.

그러자 아들이 허리를 굽혀서 나에게 입을 맞췄어요. 그리고 그 순간 누군가가 우리 사진을 찍었죠. 그게 내가 가진 아들의 유일한 군대 사진이에요.

선서식이 끝나고 몇 시간의 자유 시간이 주어져서 공원으로 갔어요. 풀밭에 앉았죠. 아들이 군화를 벗는데 보니까, 발이 피투성이인 거예요.

아들 말이 50킬로미터의 도보행군이 있었대요. 그런데 46치수짜리 군화가 없어서 44치수를 신고 걸어야 했다고요. 하지만 아들은 불평하지 않았어요. 오히려 이렇게 말했죠.

—배낭에 모래를 가득 채우고 달리기를 했거든요. 엄마, 내가 몇번째로 들어왔을 것 같아요?

—글쎄, 군화 때문에 마지막으로 들어오지 않았을까?

—아니에요, 엄마. 내가 맨 먼저 도착했어요. 군화를 벗고 뛰었거든요. 그리고 다른 병사들은 다 모래를 흘렸는데, 나는 하나도 안 흘렸어요.

나는 아들을 위해 뭔가 특별한 것을 해주고 싶었어요.

—아들, 우리 레스토랑 갈까? 우리 한 번도 같이 레스토랑에 간 적 없잖아.

—엄마, 그러지 말고 알사탕 1킬로그램만 사줘요. 그거면 훌륭한 선물이에요!

아들이 돌아갈 시간이 돼서 우리는 헤어졌어요. 아들은 사탕봉지를 든 채 내게 손을 흔들었어요.

우리, 부모들은 군부대가 제공한 체육관의 매트리스 위에서 숙박을 했어요. 하지만 다들 아침이 다 돼서야 자리에 들었죠. 밤새도록 우리 아이들이 자고 있는 막사 주위를 맴돌았거든요. 기상나팔 소리가 울리자 나는 얼른 밖으로 뛰어나갔어요. 군인들이 아침 체조를 하러 나올 테고, 그러면 멀리서라도 한번 더 아들을 볼 수 있겠다 싶었죠. 하지만 다들 뜀박질을 하는데 하나같이 똑같은, 줄무늬 셔츠를 입고 있어서 도무지 아들을 찾을 수가 없더라고요. 병사들은 화장실에 갈 때도 열을 지어서 가고, 아침 체조 시간에도, 식당에 갈 때도 열을 지어서 다녔어요. 단독 행동은 할 수가 없었죠. 왜냐하면 아프가니스탄으로 보내질 거라는 사실이 병사들에게 알려지자 한 병사는 화장실에서 목을 맸고, 다른 병사 둘은 손목을 그었거든요. 그래서 감시를 하는 거였어요.

다들 버스에 탔는데 부모들 중에서 나만 혼자 울고 있더라고요. 다시는 아들을 못 볼 거라고 뭔가가 나에게 미리 귀띔을 하는 것 같았어요. 아들한테서 곧 편지가 왔어요. "엄마, 엄마가 탄 버스를 봤어요. 엄마 얼굴을 한번 더 보려고 버스 뒤를 쫓아 달렸어요." 아들과 공원 풀밭에 앉아 있을 때 라디오에서 흘러나온 노래가 있어요. "사랑하는 우리 엄마가 나를 배웅했다네." 이제 이 노래는 언제나 내 가슴속에 있어요…… (간신히 눈물을 참는다.)

두번째 편지는 이렇게 시작됐어요. "카불에서 안부 전해요……" 편지를 다 읽은 나는 비명을 지르기 시작했어요. 소리가 얼마나 컸던지 옆집에서 깜짝 놀라 달려왔더군요. "법이 어디 있고, 시민 보호가 어디 있어?" 나는 탁자에 머리를 쿵쿵 찧으며 소리를 질렀어요. "우리 아들은 나한테 하나밖에 없는 외동아들이라고. 차르 시대*에도 부양자가 한 명밖에 없으면 데려가지 않았어. 그런데 그런 아들을 어떻게 전쟁터로 보내?" 아들 사샤를 낳고 난 후 그때 처음으로 결혼하지 않은 것을 후회했어요. 이제는 나를 지켜줄 사람이 아무도 없었어요. 사실 사샤가 한 번씩 놀리곤 했어요.

—엄마, 왜 결혼 안 해요?

—왜냐하면 네가 질투할 테니까.

사샤는 소리 내 웃고는 아무 말도 하지 않았어요. 우리는 오래도록, 아주 오래도록 함께 살 줄 알았어요.

---

* '차르'는 러시아어로 황제라는 뜻으로, '차르 시대'는 러시아 혁명 이전의 전제적 정치체제를 특징으로 하는 제정 시대를 가리킨다.

그후로 몇 번 더 편지가 오더니 소식이 끊겼어요. 하도 오래 소식이 없어서 부대 지휘관에게 편지를 썼죠. 그러자 사샤에게서 바로 편지가 왔어요. "엄마, 앞으론 지휘관에게 편지 보내지 말아요. 엄마 편지 때문에 곤란했단 말이에요. 말벌에 손을 쏘여서 그동안 편지 못한 거예요. 다른 사람한테 대신 써달라고 부탁할 수도 있었지만 엄마가 낯선 필체를 보고 놀랄까봐 안 했어요." 하지만 그건 제 엄마를 불쌍히 여긴 사샤가 지어낸 이야기였어요. 아무렴 내가 날마다 텔레비전도 안 보고 제 아들이 부상당했다는 걸 짐작도 못하는 엄마일까봐요. 그후론 아들한테서 하루라도 편지가 안 오면 다리가 움직이질 않았어요. 사샤는 설명하려고 애를 썼어요. "엄마, 어떻게 날마다 편지를 받으려고 해요? 물도 열흘에 한 번씩만 배달해주잖아요." 한번은 기쁨에 차서 편지를 보냈더라고요. "만세! 만세! 우리가 군대 차량대를 소련까지 호위했어요. 비록 국경까지밖에 못 갔지만 멀리서라도 우리 조국 땅을 볼 수 있었죠. 세상 어디에도 우리 나라처럼 좋은 곳은 없어요." 그리고 마지막 편지가 왔죠. "이번 여름만 무사히 넘기면 집으로 돌아갈 거예요."

8월 29일에 나는 여름이 끝났다고 생각하고 아들에게 줄 양복과 구두를 샀어요. 그때 산 것들이 지금도 장롱 안에 걸려 있어요……

8월 30일…… 일하러 나가기 전에 하고 있던 귀고리와 반지를 뺐어요. 왜 그런지 그날따라 못하겠더라고요.

바로 그날, 8월 30일에 사샤는 전사했어요.

아들을 잃고도 내 목숨이 붙어 있는 건 다 남동생 덕분이에요. 동생이 내 소파 근처에 누워 자면서 밤마다 나를 지켰거든요. 꼭 충직한 개처럼 꼬박 일주일을요. 그때 내 머릿속은 한 가지 생각뿐이었어요. 발코니로 달려나가서, 여기서, 여기 7층에서 뛰어내리자…… 기억나요. 관이 방으로 들어오자 내가 직접 관 위에 누워서 관 치수를 재고 또 재봤던 게…… 1미터, 2미터…… 우리 아들 키가 거의 2미터잖아요…… 두 팔을 벌려 재봤어요. 관이 우리 아들 키하고 맞는지 보려고요…… 그리고 미친년처럼 관에 대고 물었어요. "거기 누구예요? 아들, 정말 우리 아들이야? 아들?" 관은 도착할 때부터 이미 봉인된 상태였어요. "자, 어머니, 여기 어머니 아들입니다…… 아들 데려가십시오……" 나는 아들에게 마지막 작별 키스도 할 수가 없었어요. 마지막으로 어루만져주지도 못했고요. 아니, 하다못해 무슨 옷을 입고 관 속에 누웠는지도 보지 못했어요……

아들이 묻힐 곳은 내가 직접 고르겠다고 말했어요. 주사를 놔주기에 두 대를 맞고는 남동생과 함께 공동묘지로 갔어요. 중앙 오솔길에 벌써 '아프간 참전 용사' 무덤들이 만들어져 있더라고요.

—우리 아들도 여기, 이곳에 묻어주세요. 여기서 친구들과 함께 있으면 더 낫겠죠.

누가 장례식에 왔는지는 기억이 안 나요. 어떤 책임자인지 하는 사람이 고개를 가로저었어요.

—전사자들을 함께 묻는 건 금지돼 있습니다. 공동묘지 곳곳에 나눠서 묻어야 합니다.

순간 나는 무섭게 돌변했어요! 도저히 제어를 못하고 폭발해버렸죠…… "화내지 마, 누나. 제발 누나, 그렇게 화내지 마." 동생이 옆에서 나를 진정시키느라 진땀을 뺐어요. 하지만 그런 상황에서 어떻게 진정할 수 있어요? 텔레비전에서 그 사람들의 카불이 나올 때마다…… 할 수만 있다면 기관총을 집어들고 그 사람들을 다 쏴버리고 싶은 심정이었어요. 그래서 텔레비전 앞에 앉아서는 그들에게 '총질을 했어요'……

바로 그자들이 우리 사샤를 죽였으니까요. 한번은 텔레비전에서 어느 늙은 여인을 보여주더라고요, 아마 아프간 어머니였던 거 같아요. 화면 속에서 그 여인이 나를 바라봤어요…… 문득 이런 생각이 들더군요. '저 여자도 아들이 있나? 저기서 죽임을 당했을까?' 그리고 그다음부터 '총질'을 그만뒀어요.

나는 미치지 않았어요. 하지만 여전히 아들을 기다려요…… 이런 경우도 있다고 들었어요. 아들이라고 관을 가져왔기에 그 어머니가 아들의 장례를 치렀대요. 그런데 1년 후에 아들이 멀쩡하게 살아서 집으로 돌아온 거예요…… 그래서 나도 기다려요. 나는 미치지 않았어요.

어머니

—맨 처음부터…… 아니, 모든 게 무너져내린 바로 그때 이야기부터 시작할게요. 모든 게 산산조각 났던 그때부터요……

잘랄라바드*로 가는 길이었어요…… 길가에 일곱 살 정도 돼 보이는 여자아이가 서 있더라고요…… 그런데 아이의 팔 하나가 곧 떨어져나갈 듯 덜렁거리는 거예요. 마치 실 한 가닥에 매달려 덜렁거리는 헝겊인형의 팔처럼. 아이의 올리브 같은 눈이 나를 빤히 쳐다봤어요…… 통증에서 오는 충격 때문인 것 같았죠…… 나는 재빨리 차량에서 뛰어내렸어요. 아이를 안아서 우리 병원 간호사들한테 데려갈 생각으로요…… 아이는 겁에 질려 완강하게 나를 거부하며 작은 짐승처럼 비명을 질렀어요. 달아나며 계속 비명을 질렀죠. 아이의 작은 팔이 대롱대롱

* 아프가니스탄 동부에 위치한 낭가르하르 주의 주도로, 해발고도 590미터의 카불 강 남쪽 언덕에 있다.

하는 게 금방이라도 뚝 떨어져나갈 것만 같아서…… 나도 아이 뒤를 쫓아 달리며 소리쳐 아이를 불렀고요…… 나는 아이를 따라잡아 끌어안고 쓰다듬었어요. 하지만 아이는 나를 물고 할퀴고 온몸을 부들부들 떨었죠. 마치 사람이 아니라 사나운 짐승에게 붙잡힌 것처럼 발버둥을 쳤어요. 그러자 문득 이런 생각이 뇌리를 스치더군요. '아, 이 아이는 내가 도우려는 걸 믿지 않아. 내가 자기를 죽일 거라고 생각하는 거야…… 러시아 병사들은 사람을 죽일 줄만 알지, 다른 건 할 줄 모른다고 말이야……'

한번은 옆으로 들것이 지나갔어요. 그 위에 늙은 아프간 여자가 앉아서 웃음을 짓고 있었어요.

누군가 묻는 소리가 들렸어요.

—어디를 다친 겁니까?

—심장이요.

간호사가 대답했어요.

나도 다른 사람들처럼 열정에 불타 아프간으로 떠났어요. '그곳에 가면 분명 나를 필요로 하는 사람이 있을 거야'라고 생각하면서요. 그 일을 위해서라면 내 목숨도 내놓을 각오가 돼 있었어요! 그런데 어떻게 그 아이는 나한테서 도망을 갈 수가 있고…… 두려움에 부들부들 떨 수가 있느냐고요! 평생 잊지 못할 거예요……

아프간에서는 전쟁 꿈을 꾸지 않았어요. 그런데 여기서는 밤에 잠드는 게 무서워요. 나는 여전히 그 여자아이를 쫓아 달려요…… 아이의 올리브 같은 눈……

—정신과에 가봐야 할까?

우리 병사들에게 물어봤어요.

—왜요?

자는 게 무서워.

—저희도 다 그런걸요.

우리를 슈퍼맨으로 생각하지 않았으면 해요…… 우리는 이로 담배를 피워 물고 적의 시신 위에 앉아 거리낌없이 통조림 깡통을 열어젖혔어요…… 그 위에서 수박도 먹었고요…… 까짓것 정말 별거 아니더라고요! 우린 다들 평범한 청년들이었어요. 누구든 거기 있었으면 우리랑 똑같았을걸요. "너희들은 거기서 사람을 죽였잖아……"라며 우리를 비난하는 사람들 역시 다르지 않았을 거고요. 그런 사람은 그 면상을 한 대 후려갈기고 싶어요! 그곳에 없었으면…… 우리를 심판하지도 마! 당신들은 이 전쟁을 몰라요. 알 턱이 없죠. 당신네 누구한테도 우리를 판단할 권리 같은 건 없다고요. 그걸 알아야 하는데…… 노력이라도 좀 하라고요…… 우리는 이 전쟁과 단둘이 남겨졌어요. 우리 스스로 해결하라나요…… 우리는 죄인처럼 자신을 위해 변명을 늘어놓아야만 하죠…… 아니면 입을 다물고 있거나…… 대체 누구한테 왜 그래야 하는 겁니까? 우리는 정부가 보내서 갔고, 정부를 믿었을 뿐이에요. 그리고 그 믿음대로 그곳에서 목숨을 바쳤고요. 우리를 거기로 보낸 사람들과 거기로 간 우리를 똑같이 취급하지 말라고요. 내 친구가 거기서 전사했어요…… 사샤 크라베츠 소령…… 그 친구 어머니에게 가서 그 친구가 범죄자라고 한번 말해보시죠…… 그 친구 아내에게도…… 아이들에게도…… 의사가 나에게 그러더군요. "모든 게 정상입니다." 대체 우리가 어떻게 정상이란 겁니까? 우리가 얼마나 끔찍한 일들을 겪었는데……

거기선 고국이 전혀 다르게 느껴졌어요. 우리는 우리 나라라고 하는 대신 그냥 소련이라고 불렀죠. 귀국하는 병사들도 이렇게 배웅했고요.

—가서 소련에 안부 전해줘.

우리는 우리 뒤에 크고 강력한 뭔가가 버티고 있고, 그것이 항상 우리를 지켜준다고 믿었어요. 기억나요. 어느 날 전투를 마치고 막사로 돌아왔어요. 전사자들과 중상자들이 적잖게 발생한 전투였죠…… 저녁에, 한숨 돌리기도 하고 소련의 소식도 들을 겸해서 텔레비전을 켰어요. 이런 소식들만 줄줄이 이어지더군요. '시베리아에 거대한 공장이 새로 들어섰다, 영국 여왕이 귀빈을 맞아 오찬을 베풀었다……' '보로네시에서 어떤 십대 소년들이 따분하다는 이유로 어린 여학생 두 명을 성폭행했다, 아프리카에서 어떤 왕자가 살해됐다……' 우리는, 우리가 누구에게도 필요치 않은 존재들이며 사람들은 평소대로 잘살고 있다는 걸 깨달았어요……

맨 먼저 사샤 쿠친스키가 분통을 터뜨렸어요.

—텔레비전 꺼! 안 그러면 텔레비전을 박살내버릴 테니까.

전투 후엔 반드시 무전기로 보고를 하게 돼 있었어요.

—받아쓰시오. '300'은 6, '0-21'은 4.

'300'은 부상자를, '0-21'은 전사자를 뜻하는 암호예요. 전사한 병사를 보면 그 어머니가 생각났어요. '나는 당신 아들이 죽었다는 걸 알지만 어머니는 아직 모르지. 혹시 아들의 죽음이 전해졌을까?' 전사보다 더 나쁜 경우는 강에 빠지거나 깊은 계곡에 떨어져서 시신조차 찾지 못할 때였어요. 그런 경우 어머니한테는 행방불명이라고 통보가 가죠. 이 전쟁이 누구의 전쟁이었을 것 같아요? 어머니들의 전쟁, 바로 우리 어머니들이 나서서 싸운 전쟁이었어요. 어머니들은 앞으로도 목숨 걸고 싸울 거고요. 우리를 낳아 기르고 우리를 위해 애간장을 태울 거라고요.

우리의 영혼을 위해서도요. 대다수의 소련 사람들은 고통을 겪지 않았죠. 그 사람들은 몰라요. 그들은 우리가 '강도떼들'과 싸운다고만 들었으니까요. 하지만 10만이나 되는 정규군이 9년 동안 오합지졸의 '강도떼' 하나 소탕하지 못한다는 게 말이나 됩니까? 그것도 최첨단 군사기술까지 보유한 군대가? 세상에, 우리 포병대의 '그라드'나 '우라간' 같은 로켓탄 발사포로 포격을 당한다는 게 얼마나 무시무시한 일인지 아마 상상도 못할 겁니다…… 전신주들이 휙휙 날아가요. 지렁이처럼 땅속에라도 숨어들고 싶어지죠…… 그에 비해 '강도떼'들은 옛날 영화에나 등장하는 맥심기관총밖에 없었어요. 나중에 '스팅어미사일'과 일본제 무반동 자동총을 갖추긴 했지만요…… 포로들을 붙잡아 데려와보면, 모두 힘든 노동으로 다져진 농사꾼 팔을 가진, 비쩍 마르고 지칠 대로 지친 사람들이었어요…… 그런 사람들이 무슨 강도떼예요? 그냥 평범한 주민들이었다고요!

거기서 깨달았어요. 그곳 사람들은 우리가 떠나길 바란다는 것을요…… 만약 그들이 우리를 필요로 하지 않는다면 우리가 그곳에 있어야 할 이유가 뭐죠? 사람들이 버리고 떠난 마을들을 지나가면…… 여전히 모닥불에서 연기가 꼬물꼬물 피어오르고, 음식 냄새가 났어요. 한번은 낙타가 가는데 내장이 밖으로 빠져나와 바닥에 질질 끌리더라고요. 마치 낙타가 제 등의 혹을 슬슬 풀어헤치며 가는 것처럼요. 낙타의 숨을 끊어 고통을 끝내줘야 했어요…… 하지만 못했어요. 어쨌든 내 안에는 폭력에 대한 본능적인 반감이 남아 있었으니까요. 도저히 손이 올라가질 않았어요. 다른 사람이었다면 아마 멀쩡한 낙타라도 쐈을 겁니다. 아주 간단하게! 그저 재미로 말이죠. 소련이었다면 그런 행동은 바로 철창행이지만, 그곳에서는 영웅 대접을 받아요! 강도떼를 혼쭐내

주는 영웅! 예를 들어 왜 열여덟, 열아홉 살짜리가 서른 살 남자보다 더 쉽게 사람을 죽이는 줄 아세요? 그 또래 애들은 동정심이 없거든요. 전쟁이 끝나고 문득 깨달았어요. 아이들 동화가 얼마나 무시무시한지. 동화 속에는 늘 서로 죽고 죽이는 이야기가 등장하죠. 바바 야가는 아예 사람을 난로에 넣고 구워버리고요. 그런데 애들은 무서워하지도 않아요. 거의 울지도 않고.

우리는 정상적인 사람으로 남고 싶었어요. 여가수가 위문공연 왔던 일이 생각나는군요. 얼굴도 아주 예쁘고 노래도 심금을 울렸죠. 그곳에서는 여자가 얼마나 그리운지 몰라요. 그래서 가족을 만나는 것처럼 잔뜩 기대를 하면서 기다렸어요. 여가수가 드디어 무대에 모습을 드러냈어요.

—여러분을 만나러 오는 동안 기관총을 쏴보라고 주시더라고요. 그래서 쏴봤는데, 정말 즐거웠어요……

그러고는 노래를 시작했고, 후렴구에서 박수를 요청하더군요.

—여러분, 자, 자, 박수! 박수 치세요, 여러분!

하지만 아무도 박수를 치지 않았어요. 고요히 침묵만 흘렀죠. 그러자 여가수는 그대로 무대에서 퇴장해버렸고 공연도 그대로 끝이 났어요. 그 여자는 자신이 슈퍼걸이고, 그런 자기가 또 슈퍼보이들을 만나러 왔다고 생각한 모양이었어요. 하지만 이 소년들의 막사에서 매달, 적어도 여덟에서 열 개의 침상이 주인을 잃어간다는 게 현실이었죠…… 빈 침상의 주인들은 이미 냉장고에 들어가 있었고요…… 시체안치소에…… 막사들마다 빈 침대 위에 편지들만 대각선으로 놓여 있었죠*…… 엄마나 여자친구들한테서 온 편지들이요…… "어서 가서 안부 전하고 소식

* 병사들 사이에 전해지는 일종의 관습이다.

가지고 돌아오렴……"

살아남는 것, 그게 이 전쟁에서 가장 중요한 목표였어요. 지뢰에 몸이 산산조각 나지 않고, 장갑수송차 안에서 불타 죽지 않고, 저격수의 표적이 되지 않는 거요. 하지만 어떤 이들에겐 살아남는 것 못지않게 귀국할 때 뭔가를 챙겨 가는 것도 중요했죠. 예를 들어 텔레비전, 모피코트…… 성능이 더 좋은 녹음기…… 그래서 이런 우스갯소리도 있었어요. "소련에 있는 사람들이 전쟁에 대해 알게 된다면 그건 중개대리점들 때문일 것이다." 소련에는 없는 새 물건들을 보고 말이죠. 겨울에 우리 고향 스몰렌스크에 한번 가보세요. 아가씨들이 다 아프간 모피코트를 입고 돌아다닐 테니까요. 그게 지금 유행이랍니다.

병사들마다 목에 부적을 걸고 있어요.

—그게 뭐지?

물어보죠.

—엄마가 준 행운의 부적이에요.

귀국해서 집에 갔더니 엄마가 털어놓더라고요.

—톨랴, 너는 모르지만, 사실은 내가 너에게 행운의 주문을 걸었단다. 그래서 네가 무사히 돌아온 거야.

작전에 나갈 때면 메모지를 준비해 하나는 윗도리에, 다른 하나는 아랫도리에 핀으로 꽂았어요. 혹시 폭탄에 몸이 날아가더라도 상체든 하체든 어느 한 부분은 남을 테니까요. 아니면 이름, 혈액형, 장교 식별번호가 새겨진 팔찌를 차거나요. 그리고 우린 "나, 간다"라고 말하는 대신, "명령을 받았어"라고 했어요. '마지막'이라는 말도 절대 입 밖에 내지 않았고요.

—마지막으로 한잔하러 가자……

—뭐야, 미쳤어? 그런 말은 없는 거 몰라? 최후의…… 아니, '네번째, 다섯번째'…… 이런 말들도 있잖아. 아까 한 말은 여기서는 쓰면 안 돼.

전쟁터에는 미신이 많아요. 이를테면, '전투 직전에 사진을 찍거나 면도를 하면 살아 돌아오지 못한다' 같은 거요. 영웅주의에 사로잡혀서 아프간에 자원한 푸른 눈의 소년들이 늘 먼저 죽임을 당했어요. "영웅이 될 거야"라고 말하는 병사를 만난 적이 있는데, 다음날 전사했죠. 작전중에는 한자리에서 누워 자고, 미안한 말이지만, 그 자리에서 생리현상도 해결했어요. 병사들 속담이 있어요. "지뢰를 밟고 스스로 배설물이 되느니 차라리 자기 배설물 위에서 뒹구는 게 낫다." 우리끼리만 통하는 은어도 생겨났고요. 예를 들어, 보르트*는 비행기, 브로니크는** 방탄복, '젤룐카'는 관목 숲이나 갈대밭을 의미하죠. '베르투시카***'는 헬리콥터, 글류키****는 마약을 하고 나서 보는 헛것, '지뢰에 뛰어들다'는 '몸이 산산조각 났다', 자멘시크는 '제대를 앞둔 병사'를 가리키고요. '아프간' 어휘는 아무리 새로 만들어도 모자랄 지경이었어요. 아프간에 온 처음 몇 달이나 제대를 앞둔 마지막 몇 달 새에 전사자가 특히 많이 생겼어요. 처음 몇 달은 이것저것 궁금한 게 많아서고, 마지막 몇 달은 긴장이 풀리면서 경계심이 무뎌져서죠. 밤에 자려고 누우면 혼란스럽기까지 해요. '나는 지금 어디 있는 거지? 나는 뭐지? 무엇 때문에 여기 있지? 정말 이게 다 나한테 일어난 일이야?' 자멘시크들은 한 달 반이나 두 달을 거의 잠을 안 자고 버텼어요. 그리고 이들한테는 나

---

* 러시아어로 가장자리, 측면, 뱃전 등을 뜻한다.

** 러시아어로 방탄복을 뜻하는 '브로네젤레트'를 줄인 말.

*** 러시아어로 '회전문'을 뜻한다.

**** 러시아어로 '환상, 망상'을 뜻하는 '갈류치나치야'에서 만든 말.

름대로의 날짜 계산법이 있어서, 오늘이 3월 43일이니 2월 56일이니 했어요. 그건 3월 말이나 2월 말에 전역을 해야 했는데, 날짜가 초과되었다는 의미였죠. 집에 돌아갈 날이 정말 간절히 기다려져요. 이젠 토마토 소스를 곁들인 붉은 살 청어와 버터 바른 흰 살 청어가 나온 구내식당 음식을 봐도 짜증이 올라오고, 울긋불긋 꽃이 핀 수비대 마당 한가운데 화단을 봐도 짜증이 올라오고, 얼마 전까지 배꼽을 잡고 웃었던 우스갯소리도 시시하기만 하죠. 엊그제만 해도 그런 시시한 이야기에 배를 잡고 웃었다는 사실이 이상하게 여겨질 정도예요. 그딴 게 뭐가 우스워?

한 장교가 소련에 출장을 왔어요. 미용실에 들렀죠. 미용사 아가씨가 장교를 의자에 앉혔어요.

—아프가니스탄 상황은 어때요?

—나아지고 있어요……

아가씨가 몇 분 후에 다시 물었어요.

—아프가니스탄 상황은 어때요?

—나아지고 있어요……

잠시 후에 아가씨가 다시 물었어요.

—아프가니스탄 상황은 어때요?

—나아지고 있어요……

장교는 이발을 마치고 나갔어요. 그러자 다른 미용사들이 궁금해하며 물었죠.

—왜 자꾸 아프간을 물어본 거야?

그러자 미용사 아가씨가 하는 말. "아프가니스탄을 입에 올릴 때마다 그 장교 머리카락이 쭈뼛쭈뼛 서서 이발하기 쉬웠거든."

나는 우스갯소리를 좋아해요. 시시한 이야기들까지 전부 다요. 진지하게 생각에 잠기는 일은 사실, 두렵거든요.

베트남 상공에서 소련 비행사가 격추된 적이 있는데, 그 사건도 베트남을 아프가니스탄으로 바꿔서 우스운 이야기로 만들 수 있어요…… 미국의 'CIA 요원들'이 소련 조종사에게 격추된 비행기의 잔해를 보여주며 다그쳤어요. "말해, 이건 무슨 부품이지? 이것…… 그리고 또 이것……" 하지만 조종사는 아무 말도 하지 않았어요. 얻어맞으면서도 끝까지 입을 다물었죠. 그리고 나중에 포로교환이 이루어져서 무사히 자기 부대로 돌아갔어요. 동료들이 조종사에게 물었죠. "그곳의 포로 생활은 어때? 힘들어?" 조종사가 대답했어요. "아니, 그렇게 힘들지 않아. 그런데 비행기 부품은 공부 좀 해야겠더라. 그것 때문에 죽도록 얻어맞았다니까."

돌아가고 싶어요. 전쟁터가 아니라 거기서 함께했던 사람들에게로요. 집으로 돌아갈 날을 손꼽아 기다리다가 막상 마지막날이 되니까 아쉽더라고요. 그래서 병사들에게 일일이 주소를 받았어요. 한 사람도 빠짐없이 모두 다에게요!

류티크*의 주소도 받았어요…… 원래 이름은 발레리 시로코프인데, 다들 류티크라고 불렀죠. 발레리는 호리호리한 몸집에 어딘지 기품이 느껴지는 친구였어요. 그 친구를 보면 누구라도 한 번쯤은 자기도 모르게 "두 손은 마치 미나리아재비처럼……"이라는 노래를 흥얼거릴 정도였어요. 하지만 성품은 강철처럼 단단했죠. 빈말을 하는 법도 없었고요. 우리 중에 구두쇠가 한 명 있었거든요. 돈을 모으고, 물건을 사들이고, 물물교환하는 것에만 온 관심이 가 있는 녀석이었어요. 어느 날 발레르

* 러시아어로 '미나리아재비'라는 뜻.

카*가 그 구두쇠 앞에 섰어요. 자기 지갑에서 200체키를 꺼내들더니, 멍하게 바라보는 그 녀석 눈앞에 보이고는…… 그 자리에서 갈가리 찢어버리더라고요. 그러곤 아무 말 없이 밖으로 나갔어요.

사샤 루디크의 주소도 받았죠…… 사샤와 나는 기습 작전중에 함께 새해를 맞았어요. 우린 기관총을 피라미드 모양으로 한데 쌓아올려 크리스마스트리를 만들고, 그 위에 장신구 대신 수류탄들을 주렁주렁 매달았어요. '그라드' 발사대 위에 치약으로 "새해를 축하해요!!!"라고 쓰고요. 왜 그런지 느낌표를 세 번 쓰고 싶더라고요. 사샤는 그림을 잘 그렸어요. 사샤의 그림이 그려진 침대시트를 집까지 가지고 왔죠. 개와 소녀, 단풍나무가 그려진 풍경화예요. 사샤는 산은 그리지 않았어요. 거기 있다보면 산이 싫어지거든요. 아무나 붙잡고 무엇이 가장 그립냐고 물으면 이렇게들 대답했어요. "숲에 가고 싶어요…… 강에서 수영하고 싶어요…… 우유를 한 잔 가득 따라 마시고 싶어요……" 타슈켄트에서 레스토랑에 갔어요. 웨이트리스가 주문을 받으러 왔죠.

—손님들, 우유 드시겠어요?

—그냥 물 두 잔씩만 주세요. 우유는 내일 마실 거라서. 아프간에서 이제 막 왔거든요……

소련에서 나오면서 잼을 가득 담은 트렁크와 자작나무 빗자루 하나쯤 챙겨 오지 않은 병사는 없었어요. 거기서 파는 유칼리나무 빗자루를 갖는 게 꿈 아니냐고요? 아니요, 다들 자기 집 자작나무 빗자루를 가져오더라고요……

사시크 라슈크는…… 때가 묻지 않은 친구였어요. 집으로 편지를 자

---

* 발레리의 애칭.

주 썼죠. 사시크가 그러더군요. "우리 부모님은 연세가 많으세요. 내가 여기 와 있는 줄도 모르시고요. 그래서 여기가 몽골인 것처럼 편지를 써요." 사시크는 아프간에 올 때도 기타와 함께였는데, 갈 때도 보니까 기타와 함께더라고요. 아프간에 온 사람들은 다 제각각이었어요. 그러니 우리가 다 비슷할 거라는 생각은 마세요. 처음에 사람들은 우리 처지야 어떻든 나 몰라라 입 다물고 있다가 나중엔 멋대로 우리를 영웅으로 둔갑시키고, 이제 와선 우리를 다시 바닥으로 끌어내리려고 하죠. 완전히 잊힌 존재들이 되게요. 거기는 다른 사람들, 그것도 잘 알지도 못하는 사람들을 구하겠다고 자기 몸을 던져 지뢰를 막아내는 사람이 있는가 하면, 슬쩍 다가와서 "원하시면 소령님 빨래는 제가 다 맡아서 할게요. 제발 전투에만 내보내지 말아주세요"라고 부탁하는 사람도 있었어요.

우리 카마즈트럭들이 지나가고 있었어요. 트럭 차양에 코스트로마[*]니 두브나[**]니 레닌그라드니 나베레즈니예 첼니[***]니, 도시 이름들을 대문짝만하게 적어가지고서요…… 아니면 "알마아타[****]에 가고 싶다!"라는 글귀를 적었든지. 레닌그라드나 코스트로마 출신 병사들은 같은 고향 사람들을 만나면…… 친형제처럼 반갑게 서로 얼싸안았어요. 그리고 우리 역시 소련에서는 형제들이고요. 요즘 같은 시대에 어떤 젊은이가 목발에 훈장까지 달고 다닌답니까? 그런 사람은 당연히 우리 중 하나인 거죠. 내 형제…… 우리 형제…… 우린 만나면 서로 끌어안아요. 나란히 벤치에 앉아 잠깐 같이 담배만 피워도 꼭 하루종일 이야기를 나눈

---

* 러시아의 모스크바에서 북동쪽으로 320킬로미터 떨어진 볼가 강 중류 연안에 있는 항구도시.

** 러시아 서부, 모스크바 주 북부에 있는 도시.

*** 러시아 타타르 공화국에서 두번째로 큰 도시.

**** 카자흐스탄 알마티 주의 주도인 알마티의 옛 이름.

것 같고요. 우리는 모두 영양실조에 걸렸어요…… 아프간에서는 몸무게하고 키가 균형이 맞지 않아 문제였는데…… 여기서는 우리의 감정과 그 감정을 말과 행동으로 드러내는 표현력이 서로 불균형해서 탈이죠. 우리는 이곳에서 영양실조에 걸린 사람들이에요.

소련에 도착해 공항에서 호텔로 가고 있었어요. 고국에서 처음 맞는 시간이라 다들 아무 말 없이 조용히 침묵만 지키고 있었죠. 하지만 어느 순간 다들 더이상 긴장을 이기지 못하고 일제히 운전기사에게 소리쳤어요.

—바큇자국! 바큇자국! 바큇자국을 따라가요!

다들 웃음이 빵 터졌어요. 그제야 우리가 고국으로 돌아왔다는 안도감에 행복을 느꼈죠. 이제 우리는 길가로도…… 바큇자국을 따라서도…… 어느 땅이든 마음놓고 밟을 수 있었으니까요…… 우리는 그 행복한 생각에 취했어요……

며칠이 지나 알아챘어요.

—이봐! 우리, 왜 구부정하게 걷지?

우리가 구부정하게 걸었던 건, 그새 허리를 펴고 똑바로 걷는 법을 잊어버렸기 때문이었어요. 그래서 나는 반년이나 밤이면 침대에 내 몸을 묶어놓고 잠을 잤어요. 몸이 곧게 펴지라고요.

장교회관에서 모임이 있었어요. 질문들이 쏟아졌죠. "아프가니스탄에 복무하면서 맛볼 수 있는 낭만이 있다면 얘기해주세요." "직접 사람을 죽여봤나요?" 특히 어린 아가씨들이 잔인한 질문을 좋아하더군요. 스스로 긴장을 즐기는 거죠. 그리고 이런 질문도 받았어요. "아프가니스탄에 가지 않을 수도 있었나요?" 내가요? 나는…… 우리 장교들 중에 아프간으로 가기를 거부한 사람은 단 한 명이었어요. 포병중대 지휘관인 본

다렌코 소령이었죠.

—조국을 지키는 일이라면 기꺼이 가겠습니다. 하지만 아프가니스탄은 가지 않을 겁니다.

본다렌코는 곧바로 명예재판에 회부됐어요. 그의 비겁함에 대한 징계였죠. 그게 남자의 자존심에 어떤 건 줄 아세요? 차라리 목을 매든지 관자놀이에 총을 쏘는 게 더 쉬울 거예요. 거기다 소령에서 대위로 강등까지 당했어요. 우리들 말로, 상부에서 별을 떼버린 거예요. 게다가 건설대대로 배치를 받았고요. 그러고는 괜찮았냐? 당에서 제명당했어요. 그럼 그게 끝이냐? 아니요, 결국 군대에서도 쫓겨났죠. 그래서요? 전쟁터에 나가는 것보다 더 무서운 현실에 직면한 거예요. 45년 인생 중에…… 35년을 군에서 보낸 사람이에요. 수보로프 전문학교*, 육군사관학교…… 그런 사람이 민간인의 삶을 어떻게 살겠어요? 모든 걸 처음부터 다시 시작해요?

—할 수 있는 게 뭡니까?

장교에게 물어요.

—중대를 지휘할 수 있습니다. 소대와 포병중대도 지휘할 수 있고요.

—또 할 수 있는 건요?

—땅을 팔 수 있습니다.

—또요?

—땅을 안 파는 것……

세관에서 내 로젠바움** 녹음테이프를 지워버렸어요.

—이봐요, 이건 클래식이라고요!

---

* 러시아 국방부 산하 중등교육 과정의 군사전문학교. 현재 러시아 연방에선 모스크바와 상트페테르부르크 등 열 곳에 수보로프 군사전문학교가 있다.

—우리는 금지곡 목록에 나온 대로 하는 겁니다.

고향 스몰렌스크에 도착했어요. 그런데 대학 기숙사마다 창이란 창은 로젠바움의 노래로 시끄럽기만 하더라고요……

요즘은 조직폭력단을 혼내주려는 경찰이 우리를 찾아와 아예 대놓고 부탁을 해요.

—우리를 좀 도와주시오.

비공식적인 정치단체를 해산시킬 때도 우리를 찾고요.

—'아프간 참전 용사들'을 부릅시다.

그 말은 '아프간 참전 용사'는 무슨 일이든 식은 죽 먹듯 손쉽게 해치운다는 뜻이죠. 주먹은 단단한 반면 머리는 빈약하니까요. 다들 우리를 무서워해요. 싫어하고요.

작가님은 작가님 팔이 아프면 그 팔을 잘라내버릴 겁니까? 아니, 오히려 팔을 낫게 하려고 정성껏 돌보겠죠. 아픈 팔을 치료할 거라고요. 우리가 왜 모이느냐고요? 함께 우리 자신을 구원하려고요…… 하지만 집으로 돌아갈 땐 다시 혼자가 되죠……

소령, 포병연대 선전원

—매일 밤…… 같은 꿈을 꿔요. 똑같은 내용이 처음부터 몇 번이고 되풀이되죠. 꿈속에서, 모두가 총을 쏘고, 나도 총을 쏴요. 모두가 달리고, 나도 달려요. 그러다 넘어지면서 잠이 깨죠.

눈을 뜨면 병원 침대예요…… 잠이 깬 나는…… 서둘러 침대에서

** 알렉산드르 로젠바움(1915~). 구소련 및 러시아의 싱어송라이터이자 시인. 반정부 성향의 노래를 불렀다.

일어나 밖으로 나가려고 해요. 복도로 나가 담배를 피우려고요. 하지만 곧 깨닫죠. 나는 다리가 없다는 사실을…… 그리고 현실 세계로 돌아와요……

정치적 실수였느니 뭐니 하는 말은 듣고 싶지 않아요! 알고 싶지도 않고요! 이 전쟁이 정말 실수였다면, 내 다리나 돌려달라고요…… (절망적으로 냅다 목발을 옆으로 던져버린다.)

—미안해요…… 미안합니다…… (잠시 말없이 앉아 마음을 가라앉힌다.)

작가님은 전사한 병사 주머니에서 보내지 못한 편지를 꺼내본 적이 있나요? "나의 소중한……" "그리운……" "사랑하는……" 구식 화승총과 중국제 기관총이 동시에 몸을 뚫고 나간 병사를 본 적은 있고요?

우리는 아프간에 가라고 해서 갔고, 명령을 내려서 명령에 따랐을 뿐이에요. 군대에서는 일단 명령에 따르고 봐야 해요. 잘잘못을 따지는 건 그다음이고요. '앞으로!'라고 명령이 떨어지면, 바로 전진하는 거죠. 만약 거부하면 당원증을 내놓아야 해요. 직위도 내놓고요. '네가 군인 선서를 하지 않았느냐?' '맞다, 선서했다.' 이렇게 되는 거죠. 보르조미를 마시고 싶어도 콩팥이 말을 안 들으면 그땐 이미 늦은 거니까요. '우리가 당신들을 아프간으로 보낸 게 아니다'라고요? 그럼 누가 보냈나요?

거기 친구가 있었어요. 내가 전투에 나갈 때마다 그 친구는 나에게 작별인사를 건넸어요. 내가 전투에서 무사히 돌아오면 "살았구나!" 하면서 나를 끌어안았고요. 여기선 그런 친구를 다시는 못 만날 겁니다……

나는 밖에 잘 안 나가요. 아직 창피하거든요……

작가님은 소련제 의수나 의족을 직접 착용해보거나 가까이서 본 적이 있나요? 우리 의족은 걸을 때 목이 부러지지 않도록 조심하며 걸어야 해요. 외국은 의족을 하고도 산에서 스키도 타고 테니스도 치고 춤까지 춘다더군요. 외화를 들여서 프랑스제 화장품이나 살 게 아니라 의수와 의족을 사라고 하세요…… 쿠바 설탕이 아니라…… 모로코 오렌지와 이탈리아 가구를 살 게 아니라요……

나는 스물두 살이에요. 앞으로 살 날이 창창하죠. 결혼도 해야 하고요. 사귀던 여자가 있었어요. 그 여자에게 그랬어요. "나는 네가 싫어." 나를 떠나라고 일부러 그렇게 말한 거예요. 여자친구는 나를 동정했어요. 내가 원한 건 사랑이었는데요.

밤마다 꿈에 고향집을 보네
마가목 숲속 고요한 풀밭도.
꾸꾸 삼십, 꾸꾸 구십, 꾸꾸 백……
뻐꾸기야, 인심이 후해졌구나……

우리 노래들 중에서…… 좋아하는 노래예요…… 가끔은 단 하루도 더는 살고 싶지 않을 때가 있어요……

하지만 지금은 비록 곁눈질이라도 좋으니 그 땅을 보고 싶은 마음이 간절해요. 흙 한줌이라도 보고 싶어요. 성경에 나오는 사막의 땅…… 우리는 모두 그곳을 그리워하죠…… 낭떠러지 위에 서 있거나 높은 곳에서 물을 내려다볼 때면 특히 더요. 그곳이 그리워요. 현기증이 날 만큼……

전쟁은 끝났어요…… 이제 우리 같은 건 깨끗이 잊고, 우리를 어디 멀리 안 보이는 곳에 숨기려고들 하죠. 처박아놓으려고요. 핀란드 전쟁*

때도 그랬어요…… 대조국전쟁을 다룬 책들은 셀 수 없이 많지만 핀란드 전쟁에 대한 책은 단 한 권도 없거든요…… 패배한 전쟁은 아무도 기억하려 들지 않아요. 어쩌면 나 역시 10년 후엔 익숙해져서 아프간 전쟁이 별일 아니게 될지도 모르고요.

아프간에서 사람을 죽였냐고요? 당연히 죽였죠! 그럼 거기서 우리가 무슨 천사라도 되기를 바라신 겁니까? 천사들이 돌아오기를 기대했느냔 말이에요?

대위, 박격포소대 지휘관

—극동지역에서 복무중이었어요……

그런데 어느 날 부대 지휘관으로 가라는 지시가 내려온 거예요. 당직 통신병이 전보를 가져왔더라고요. "이바노프 대위를 군사령부로 보낼 것. 대위의 투르키스탄 군사지역에서의 향후 복무를 위한 발령 문제를 심의할 것임." 그리고 날짜와 시각이 적혀 있었어요. 실은 의료위원회에서 건강검진을 받을 때 더운 나라에 대한 말이 나왔던 터라 쿠바로 발령이 나려니 생각하고 있긴 했어요.

내 의사를 묻더군요.

—대위를 해외파병 부대로 발령을 내도 반대하지 않겠소?

—아닙니다, 반대하지 않습니다.

—아프가니스탄으로 가시오.

—네, 알겠습니다.

---

* 제2차세계대전중인 1939년 11월에 소련이 핀란드를 침공하여 발발한 전쟁. 소련-핀란드 전쟁, 겨울전쟁이라고도 한다.

—아프간은 지금 총 쏘고 사람을 죽이는 중이라는 사실을 아시오?

—네, 알고 있습니다……

소련에서 공병 생활이 어떤 건지 아세요? 삽으로 땅을 파거나 곡괭이로 땅바닥에 구멍을 내는 게 다예요. 나는 군사학교에서 배운 걸 실제로 써보고 싶었어요. 공병은 전쟁터에서 늘 필요한 존재죠. 나는 실전을 배우기 위해 아프간으로 향했어요.

아프간으로 발령을 받은 장교들 중에 딱 한 명이 거부 의사를 밝혔어요. 세 번이나 불러 의향을 물었는데도 끝까지 거부했죠.

—해외파병 부대로 발령을 내면 반대하지 않겠소?

—반대합니다.

아프간에 가지 않았다고 그 장교를 부러워할 일도 아니에요. 곧장 징계를 받아 장교로서 명예도 더럽혀지고 진급할 기회도 막혀버렸거든요. 나중에 위염인지 위궤양인지를 앓아서 건강 상태가 좋지 않다는 사실이 밝혀졌지만 그런 사정을 배려하는 분위기가 아니었죠. 이를테면 그곳이 무더운 곳이든 어떻든 떠나라는 명령이 떨어졌으면 무조건 떠나야 했어요. 이미 명단이 작성돼 있었죠.

하바롭스크에서 모스크바까지 기차로 엿새가 걸렸어요. 시베리아의 강들을 지나고 바이칼을 따라 갔으니까 거의 러시아 전체를 횡단한 셈이죠. 꼬박 하루가 지나자 승무원이 가진 차가 바닥나고, 이틀이 지나자 물 끓이는 가마가 고장나더라고요. 가족이 역으로 마중을 나왔어요. 나를 보고는 눈물을 흘리며 울었어요. 하지만 의무가 우선이니까요.

승강구가 열리자 눈부시도록 푸르른 하늘이 보였어요. 우리 나라에서는 강 위에서만 볼 수 있는 그런 푸른 하늘이었어요. 비행기에서 내리자 떠드는 소리, 고함소리로 시끌벅적했어요. 전부 우리 병사들이었죠.

'자멘시크'를 맞이하는 사람, 친구들과 해후하는 사람, 소련의 가족들이 보낸 소포를 기다리는 사람…… 모두 얼굴이 까맣게 타고 활기가 넘쳐 보였어요. 어딘가에 기온이 영하 35도까지 떨어지고, 장갑차의 강철판이 추위로 꽁꽁 어는 곳이 있다는 사실이 거짓말처럼 느껴졌죠. 담장이 쳐진 중간휴게지의 철조망 사이로 아프간 사람을 처음 봤어요. 호기심 말고는 다른 특별한 감정은 들지 않더군요. 그냥 평범한 보통 사람이더라고요.

나는 공병대대의 도로정비소대 지휘관으로 바그람에 배치를 받았어요……

우리는 날마다 아침 일찍 일어나 임무 수행에 나섰어요. 지뢰 제거 탱크와 저격수 부대, 지뢰 탐지견 그리고 전투 발생시 엄호를 위한 보병 전투차량 두 대가 늘 우리와 함께 다녔죠. 처음 몇 킬로미터는 장갑차를 타고 이동했어요. 장갑차 위에서는 시야가 트여서 앞이 잘 내다보였거든요. 길은 온통 눈가루 같은 먼지로 뒤덮여 있었어요. 새가 앉아 있다만 가도 흔적이 남을 정도였죠. 만약 어제 탱크가 지나갔다면 탱크의 무한궤도가 지나간 자리 양쪽 모두 잘 살펴봐야 해요. 그곳에 지뢰가 숨겨져 있을지도 모르니까요. 적들이 손가락으로 가짜 탱크 자국을 만들어 놓기도 했거든요. 자기들 흔적은 자루나 터번 같은 것으로 문질러 없애버리고요. 길은 버려진 마을 두 개를 끼고 구불구불 나 있었어요. 마을엔 사는 사람이 아무도 없었고 불타고 남은 흙더미만 한 무더기였어요. 적이 매복하기에 더할 나위 없이 좋은 곳이었죠! 그래서 늘 조심 또 조심해야 했어요. 마을을 지나면 다들 장갑차에서 내려요. 이제부턴 지뢰 탐지견을 앞장세우고 직접 지뢰 수색에 나서는 거예요. 탐지견이 앞에서 이리저리 길안내를 하면 우리 공병들이 지뢰 탐침을 들고 뒤따라 가면서 땅을 찌르고 쑤셔보죠. 그럴 땐 하느님의 보호와 본능적 감각과 경험과 촉이 모두 있어야 해요. 그렇게 수색을 하다보면 부러진 나뭇가지나 쇳조각 같은 게 발견되거나 어제는 아무것도 없던 자리에 돌이 놓여 있기도 한데, 그건 적들이 표시를 해둔 거예요. 자기들이 나중에 지나가다가 지뢰를 밟으면 안 되니까요.

쇳조각 하나…… 또 쇳조각…… 볼트 조각…… 그저 먼지 속에서 나뒹구는 것처럼 보이죠…… 하지만 그 아래 흙속에 배터리가 숨겨져 있어요…… 폭탄이나 트로틸*에 연결된 선이든지…… 대탱크 지뢰는 사람의 몸무게에는 반응을 하지 않아요…… 250에서 300킬로그램의 무게에만 터지게 돼 있죠. 처음 지뢰가 터졌을 때…… 우리 탱크에서 나 혼자만 살아남았어요. 내 자리가 포신 근처라 포탑 때문에 목숨을 건질 수 있었죠. 나머지 다른 병사들은 폭발과 함께 모두 날아가버렸고요. 나는 재빨리 내 몸을 살펴봤어요. 머리는 제대로 붙어 있나? 팔도 손도 모두 무사한가? 그리고 다시 임무를 수행하기 위해 전진했어요. 얼마 지나지 않아 한 차례 더 폭발이 있었어요…… 가볍게 강화 처리된 견인트레일러가 강력한 고성능 지뢰를 만나 폭발한 거예요…… 트레일러는 두 동강 나버렸고, 지뢰가 터진 자리에는 자그마치 3미터 길이에 사람 키만큼 깊게 팬 커다란 구덩이가 생겼죠. 트레일러는 박격포에 쓸 포탄 200여 개를 수송하는 중이었어요…… 포탄들은 관목 숲과 길가로 날아가 떨어지고…… 사방으로 부챗살처럼 흩어졌어요…… 병사 다섯 명과 대위 한 명이 견인차에 타고 있었어요. 대위는 나랑 몇 번 저녁에 함께 앉아 담배도 피우고 이야기를 나누기도 했던 사람이었죠. 다

---

* 소련이 개발한 대인 지뢰의 일종.

섯 명 중에서 살아남은 사람은 아무도 없었어요. 지뢰 탐지견들이 굉장히 많은 도움이 됐어요. 꼭 사람처럼, 본능적 직감이 뛰어난 탐지견도 있었고 직감이 별로인 탐지견도 있었어요. 하지만 보초병은 졸아도 개들은 조는 법이 없었죠. 나는 아르스라는 탐지견을 무척 아꼈어요. 녀석은 우리 병사들을 보면 달려와 응석을 부리고, 아프간 정부군 병사들을 보면 짖어댔어요. 아프간 병사들의 군복은 노르스름한 우리 군복보다 좀더 푸른빛이 돌았어요. 아무리 그렇다고 해도 녀석은 정말 어떻게 구분을 한 걸까요? 지뢰가 묻힌 곳은 몇 발자국 앞에서 알아내곤 했어요…… 갑자기 그 자리에 붙박인 듯 멈춰 서서 꼬리를 꼿꼿이 세웠죠. 마치 '가까이 오지 마!'라고 소리치는 것처럼요. 지뢰를 매설하는 방법은 다양했는데…… 가장 위험한 종류는 집에서 만든 지뢰였어요. 그런 지뢰는 매번 다르게 작동하고, 일정한 규칙을 찾는 게 불가능했거든요. 정말 매번 기술이 달랐어요! 녹슨 찻주전자가 있어서 보면 그 안에 폭발물이 숨겨져 있었어요…… 녹음기 안에도, 시계 속에도…… 심지어 통조림 깡통 안에도요…… 공병 없이 다니는 병사들을 우리는 '죽음을 맡아놓은 사람들'이라고 불렀어요. 어디나 지뢰가 숨겨져 있었어요. 길에도, 산속 오솔길에도, 집안에도…… 그래서 늘 공병들이 정찰병처럼 앞장서 가야 했죠……

어느 날 참호 하나를 점검했어요…… 이미 폭발이 한 차례 있었고, 이미 샅샅이 훑어봤고, 또 이미 이틀 전에도 점검을 마친 참호였죠…… 그런데 내가 한번 껑충 뛰어보자 바로 쾅! 의식은 잃지 않았어요…… 하늘을 봤어요…… 환하더라고요…… 폭발이 있을 때 공병이 맨 먼저 하는 행동이 뭔 줄 아세요? 하늘을 쳐다봐요. '눈은 멀쩡한가?' 평소 기관총 개머리판에 가지고 다니던 지혈대가 있어서 병사들이 그 지혈대를 나에게 갖다 댔어요. 무릎 위쪽에요…… 나는 지혈대를 대면, 나중에 지혈대를 댄 위치보다 3센티나 5센티 더 위쪽을 절단한다는 사실을 이미 알고 있었죠. 그래서 병사에게 소리쳤어요.

—지금 어디를 묶는 거야?

—대위님, 대위님은 무릎 바로 아래까지 다리를 잃었습니다.

야전병원까지 15킬로미터를 더 가야 했어요. 소중한 시간이 한 시간 삼십 분이나 지체돼버렸죠. 야전병원에서 상처를 소독하고 국소마취제를 놔줬어요. 바로 그날 다리를 절단하는 수술을 받았죠. 원형 톱이 내는 소리처럼 웅웅거리는 톱질 소리를 들으며 나는 의식을 잃었어요. 다음날은 눈 수술을 받았고요. 폭발할 때 불길이 내 얼굴을 덮쳤거든요. 그래서 눈을 꿰맸는데, 스물두 바늘이나 됐어요. 하루에 두세 번 정도 눈을 싸맨 붕대를 풀어주더군요. 안 그러면 안구가 잘게 부서져 쏟아져 나올 수도 있다면서요. 의사들이 와서 작은 손전등으로 내 눈을 왼쪽에서 비춰보고 오른쪽에서 비춰봤어요. 내 눈이 빛에 반응을 하는지, 망막은 온전한지 보기 위해서였죠.

손전등 불빛은 빨갛잖아요…… 가장 강력한 빛이죠……

나는 한 장교가 어쩌다가 집에 처박혀 일하는 가내수공업자가 됐는지 책을 쓰라면 쓸 수도 있어요. 나는 전기소켓과 전기콘센트를 조립해요…… 하루에 100개 정도. 신발끈 양끝에 쇠붙이를 붙이는 일도 하고요. 무슨 색이냐고요? 빨간색인지, 검은색인지, 하얀색인지…… 나는 몰라요…… 안 보이거든요…… 장님이나 마찬가지예요. 완전히 안 보이는 건 아니지만 보는 것보단 짐작하고 판단해서 사물을 파악해요. 그물가방도 짜요. 종이상자도 만들고. 예전에는 미친 사람들이나 이런 일을 한다고 생각했어요…… 그물가방은 하루에 열세 개씩…… 이미 하루 목표는 거뜬히 채우죠……

공병들은 부상을 입지 않고 온전한 몸으로 귀국하는 경우가 드물었어요. 아예 살아 돌아오지 못하는 경우도 적지 않았고요. 특히 지뢰제거부대, 지뢰제거전문 부대가 그랬죠. 중상을 당하거나 전사하거나, 둘 중 하나였어요. 우리는 작전을 앞두고는 결코 악수로 작별인사를 나누지 않았어요. 그런데 폭발이 있던 날 새로 온 중대 지휘관이 내게 악수를 청하더라고요. 그 사람으로선 진심에서 우러난 행동이었죠. 아무 말도 듣지 못한 상태에서 그런 거니까요. 그리고 그날 나는 폭발을 당했어요…… 믿든지 믿지 않든지 상관없어요. 또 이런 속설도 있었어요. 아프가니스탄에 자원해서 온 사람은 끝이 좋지 않고, 파병돼 온 사람은 살아서 집으로 돌아간다는 속설.

요즘 무슨 꿈을 꾸느냐고요? 길게 펼쳐진 지뢰밭에서…… 지뢰와 지뢰열의 개수, 그리고 지뢰를 묻은 곳의 표지들을 근거로 작전일지를 작성해요. 그런데 열심히 작성한 작전일지를 그만 잃어버려요. 실제로도 그런 일이 자주 있었죠…… 아니면 작전일지는 무사한데 표지에 문제가 생기든지요. 나무가 지뢰를 찾을 표지였는데 불에 타버린다든지…… 아니면 돌무더기가 있었는데 폭발에 날아가버리고 없다든지…… 누군가 가서 정황을 살펴봐야 하는데 아무도 가질 않았어요. 두려웠거든요. 우리가 묻은 지뢰에 우리가 날아가버릴 수도 있으니까요. 꿈속에서 아이들이 지뢰밭 근처를 뛰어다녀요…… 아이들은 그곳에 지뢰가 있는 줄 몰라요…… 아이들에게 소리쳐요. “거기는 지뢰밭이야! 가지 마!……” 아이들을 앞질러야 해요. 막 달려요. 나는 다시 두 다리가 있어요…… 앞도 보이고요……

하지만 밤에만, 오로지 꿈속에서만 그래요……

대위, 공병

—나는 다른 사람들처럼 되질 않아요…… 이런 삶이 나한텐 쉽지가 않네요……

어리석은 소리처럼 들릴지 모르지만…… 이렇게 전쟁이 벌어지고 있는 상황에서…… 내가 낭만적인 기질이 좀 많은 사람이거든요. 그래서 그런지 진짜 삶을 사는 것 같지가 않아요. 예전에도 그렇게 못 살았고요. 나는 언제나 진짜 삶을 꿈꿔요. 그런 삶을 생각하고 머릿속에 그려보죠. 아프간에 도착한 첫날 병원장이 나를 불러 물었어요. "당신 같은 여자가 무슨 사정이 있기에 이런 곳까지 온 겁니까?" 병원장은 나를 이해하지 못했어요…… 남자니까요……

나는 어쩔 수 없이 병원장에게 내가 살아온 이야기를 모두 했어요. 처음 보는 낯선 남자에게요…… 군인에게…… 마치 광장에서 떠벌리는 것처럼…… 그런 게 나로선 가장 곤혹스럽고 모멸감이 드는 일이었어요. 사생활도 내밀함도 그곳엔 없어요. 모두 다 알려지고 말죠. 혹시 〈한계이상〉이라는 영화 보셨어요? 식민지 죄수들의 생활을 그린 영화예요. 우리는 그 영화에 나오는 것과 똑같은 규칙과 법에 따라 살았어요. 영화처럼 철조망이 쳐진 좁디좁은 땅덩이에 갇혀서요.

내가 같이 지낸 사람들은 젊은 웨이트리스들과 요리사들이었어요. 늘 루블이 어떻고 체키가 어떻고 하는 대화들만 오갔죠. 고기에 뼈가 있니 없니, 치즈훈제소시지가 어쩌니 불가리아 쿠키가 어쩌니 그런 이야기들이요. 내가 그렸던 아프간 생활은 자기희생이었어요. 우리 병사들을 보호하고 구해주는 것이 우리 여자들이 할 일이라고 믿었죠! 아프간은 뭐든 숭고할 거라고 상상했어요. 사람들이 피를 흘리고 쓰러지면 내 피를 주리라 다짐도 했고요. 하지만 이미 타슈켄트의 중간휴게지에서 깨달았어요. 아프가니스탄은 내가 꿈꾸던 곳이 아니라는 것을요. 비행기 안에서 울었어요. 계속 울음이 나오더라고요. 어떻게 도망쳐나온 삶인데, 그토록 벗어나고 싶었던 삶인데, 아프간에 똑같은 삶이 기다리고 있다니요. 휴게지에는 보드카가 물처럼 넘쳐났어요. 아마 이 노래 아실 거예요. "그리고 우리는 우주선 발사장의 풀밭을 꿈에서 봤어요…… 파랗고 파란 풀밭을……" 꼭 우주로 날아가는 것만 같았어요…… 여기 소련에서는 모두 자기 집에서 살잖아요. 자기만의 요새에서요. 하지만 아프간에서는…… 한 방에 네 사람이 같이 살았어요. 병원 조리사로 일했던 아가씨는 병원 식당에서 고기를 훔쳐와 침대 밑에 숨겨놓곤 했죠……

—바닥 좀 닦아요.

조리사 아가씨가 나한테 그러더라고요.

—어제 내가 닦았으니까 오늘은 네 차례야.

—바닥 닦으면 100루블 줄게요……

나는 아무 대꾸도 하지 않았어요.

—고기 줄게요.

역시 대꾸를 안 했죠. 그러자 조리사 아가씨가 물이 든 양동이를 가져와 내 침대 위에 쏟았어요.

—하하하……

다들 웃음을 터뜨렸죠.

다른 아가씨는 웨이트리스였어요. 입만 열면 욕이 튀어나오는 아이였지만 츠베타예바*를 좋아했어요. 교대근무를 마치고 오면 앉아서 카드점을 치곤 했죠.

—찾아온다, 안 찾아온다…… 찾아온다, 안 찾아온다……

—뭐가 찾아오고 안 찾아온다는 거야?

—그야 사랑이지, 뭐겠어요?

아프간에서도 결혼식이 있었어요…… 진짜 결혼식! 아주 드물긴 했지만 사랑도 있었고요. 하지만 사랑은 보통 타슈켄트에서 끝이 났죠. 타슈켄트 이후부터는 남자는 왼쪽으로, 여자는 오른쪽으로 각자 길을 갔으니까요. 노래 가사처럼요. "그녀는 다른 길로 간다네."

장갑차 타냐(키가 크고 덩치가 컸거든요)는 늦도록 앉아서 이야기하기를 좋아했어요. 타냐는 알코올을 마셨어요. 그것도 순수 알코올만.

—어떻게 그런 걸 마셔?

—무슨 소리예요. 보드카는 너무 순해서 마셔도 취하질 않는다고요.

타냐는 귀국할 때 유명 영화배우들 엽서를 500장에서 600장쯤 가져갔을 거예요. 그 엽서들은 상점가에서 비싼 돈을 주고 산 것들이었죠. 타냐는 자랑스럽게 말했어요. "예술에 쓰는 돈은 아깝지 않아." 베로치카 하리코바라는 아이도 생각나요. 베로치카는 입을 크게 벌리고 혀를 쭉 내민 채 거울 앞에 앉아 있곤 했어요. 그 아이는 장티푸스에 걸릴까봐 걱정이 많았거든요. 그런데 누군가 매일 아침 거울을 보고 확인해보라고 했나봐요. 장티푸스에 걸리면 혀에 앞니 자국이 남는다고요.

그 아이들은 나에게 알은체도 하지 않았어요. 그 아이들이 보기에 나는 세균덩어리 시험관이나 들고 다니는 좀 멍청한 여자였거든요. 나는

---

* 마리나 츠베타예바(1892~1941). 러시아 시인.

전염병 병원에서 의사이자 세균학자로 일했어요. 늘 장티푸스니 간염이니 파라티푸스니 하는 말을 입에 달고 살았죠. 부상병들은 곧장 병원으로 옮겨지는 경우가 드물었어요. 다섯 시간에서 열 시간씩, 아니면 꼬박 하루를, 그도 아니면 꼬박 이틀을 산속 흙먼지 가운데 방치돼 있다 발견되곤 했으니까요. 그때는 이미 부상당한 자리에 온갖 세균이 다 퍼진 뒤예요. 이른바 세균의 온상이 돼 있죠. 부상병에게 응급소생술을 시도하지만 이미 장티푸스에 걸린 상태고요.

환자들은 소리 없이 죽어갔어요. 딱 한 번 장교가 우는 것을 본 적이 있어요. 몰다비아 출신의 장교였죠. 외과의사가, 의사도 몰다비아인이었고요, 장교에게 다가가 몰다비아어로 물었어요.

—친구, 어디가 불편한가요? 아픈 데가 어디예요?

그때였어요, 장교가 와락 울음을 터뜨린 게.

—저 좀 살려주세요. 꼭 살아야 해요. 사랑하는 아내와 사랑하는 딸이 기다려요. 꼭 집으로 돌아가야 한다고요……

그 장교 역시 소리 없이 죽어갈 뻔했어요. 만약 자기 고향 말을 듣지 않았으면 울지 않았을 테니까요.

시체안치실에는 못 들어가겠더라고요…… 그곳에 흙과 뒤범벅된 사람의 살점들을 모아놨거든요. 그리고 여자애들이 침대 밑에 몰래 숨겨놓은 그 고깃덩어리…… 그 아이들은 탁자 위에 프라이팬을 올려놓고 "루바! 루바!"라고 소리쳤어요. '루바'는 아프가니스탄어로 '전진'이라는 뜻이죠. 날이 얼마나 더운지…… 땀방울이 프라이팬으로 뚝뚝 떨어졌어요…… 온종일 만나는 사람들이라곤 부상병들에, 하는 일도 부상병들의 세균을 다루는 일이니…… 그렇다고 세균을 내다팔 수도 없는 노릇이고요…… 군대 매점에 가면 체키로 캐러멜을 살 수 있었어요. 아,

캐러멜, 한번 먹어보는 게 소원이었는데! 거기선 이런 노래를 불렀어요. "아프가니스탄이여, 그대는 어찌 그리 아름다운가!" 솔직히 고백하면…… 무섭지 않은 게 없었어요. 나는 용감한 사람이 아니거든요…… 아프간까지 갔지만 실은 군인 견장에 붙은 별 모양도 구분을 못했어요. 직위도 몰랐고요. 그래서 만나는 사람마다 일단 높임말을 사용하고 봤어요. 한번은 누군지 잘 기억이 안 나는데, 아무튼 누군가 병원 주방에서 나한테 날달걀 두 개를 줬어요. 의사들은 늘 반쯤 허기진 배로 일했거든요. 우리는 감잣가루 죽과 냉동고기로 겨우 '연명했어요'. 고기는 군대 창고에 언제부터던지 모르지만, 아무튼 정말 오래전부터 보관돼 있던 거였어요. 옛날 비축식량이었죠…… 나무토막 같은 게…… 아무 냄새도 색깔도 없었어요…… 나는 달걀 두 개를 냉큼 받아서 냅킨으로 쌌어요. '숙소로 돌아가서 양파를 넣어 요리해 먹어야지'라고 생각하면서요. 하루종일 저녁 먹을 생각밖에 안 나더라고요. 그런데 한 청년이 들것에 실려왔어요. 타슈켄트로 후송될 병사였죠. 담요로 온몸을 감싸고 있어서 상태가 어떤지는 알 수가 없었어요. 잘생긴 얼굴만 베개 위에 나와 있었죠. 그 병사가 눈을 들어 나를 바라봤어요.

—배가 고파요.

마침 점심시간 전이어서 곧 식사가 나올 참이었어요. 하지만 그 부상병은 곧 이송될 채비를 하고 있었죠. 그렇게 떠나면 타슈켄트까지 가는 내내 아무것도 못 먹고 도착해서야 겨우 뭐라도 입에 넣을 게 뻔했어요.

—자, 받아요.

나는 달걀 두 개를 부상병에게 줬어요. 그러고는 돌아서서 그 자리를 떴어요. 부상병의 팔과 다리가 온전히 붙어 있는지 어떤지는 묻지 않았죠. 그저 베개맡에 달걀만 놓아뒀어요. 깨뜨려서 먹여주지 않고요. 그런데 혹시 팔이 없었다면 어쩌죠?

한번은 두 시간 동안 차를 타고 간 적이 있어요. 시신들을 옆에 태우고요…… 시신은 모두 네 구였고…… 모두 운동복을 입고 있었죠……

귀국해 집에 왔는데…… 음악도 못 듣겠고 거리에서고 트롤리버스에서고 사람들과 대화도 못하겠는 거예요. 차라리 방문을 잠그고 방에 틀어박혀 텔레비전이나 보며 지내면 좋을 것 같았죠. 내가 소련으로 떠나기 바로 전날 병원장 유리 예피모비치 지브코프가 총을 쏴 스스로 목숨을 끊었어요…… '왜? 대체 그 사람 내면에 무슨 일이 있었기에?' 누군가에게는 도저히 이해가 가지 않는 사건이었죠…… 하지만 나는…… 나는 이해할 뿐만 아니라 왜 그랬는지 그 이유도 알아요. 거기는 언제나 죽음이 가까이 와 있어요…… 그 어둠…… 아프가니스탄에 있을 때 어떤 장교의 글을 베껴 쓴 거예요. "어쩌다 아프가니스탄에 오게 된 외국인이 건강하고 안전하게, 그리고 온전한 정신으로 아프가니스탄을 벗어난다면…… 그는 특별한 하늘의 보호를 받은 것이다." 프랑스인 푸리에*가 한 말이죠. 육체적으로 무사히 살아남는 것만이 다는 아니었어요…… 사람은 복잡한 내면을 지닌 존재니까요…… 내 아가씨 친구들이 한 말처럼 사람은 겹겹이 층진 피로시키와 같아요. 전쟁이 끝나갈 무렵 다들 조금씩 깊은 생각에 잠기기 시작했죠. 집으로 돌아갈 날을 코앞에 두고서야 말이에요……

거리에서 우연히 젊은이 한 명을 만났는데…… 뭔가 아주 친근하게 느껴지는 게 '혹시 아프간 참전 용사가 아닐까?'라는 생각이 들었어요. 하지만 괜히 잘못했다가 우스운 사람이 될까봐 알은체는 하지 않았어

* 샤를 푸리에(1772~1837). 프랑스 철학자이자 공상적 사회주의자.

요. 나는 용감한 사람이 아니거든요…… 마음이 여리죠…… 하지만 '나도 공격적이고 잔인한 존재가 될 수 있나'는 생각이 들 때마다 소스라치게 놀라곤 했어요. 사람이, 사실 의존적이잖아요…… 사람은 심지어 자신이 얼마나 자신의 행동들에, 또 자신한테 벌어진 일들에 쉽게 좌지우지되는지 끝까지 모르기도 해요. 두려워하죠…… 우리가 소년 병사들을 퇴원시킬 준비를 하잖아요…… 그러면 병사들이 병원 다락에 숨고, 지하실에 숨었어요. 퇴원해서 부대로 돌아가기 싫은 거예요. 숨어 있는 병사들을 우리가 찾아내고, 끌어내고…… 중간휴게지에서 어린 아가씨들이 나에게 귀띔을 해주더라고요. 편안한 자리를 얻어 가려면 누구한테 보드카를 갖다 바쳐야 하는지…… 여자애들이 나를 가르쳤다니까요…… 그 아이들은 열여덟에서 스무 살밖에 안 됐고 나는 마흔다섯이나 되는데 말이죠.

귀국할 때 세관에서 브래지어만 남기고 옷을 모두 벗게 했어요.

—뭐하는 사람입니까?

—의사이자 세균학자예요.

—서류를 보여주시오.

서류를 내줬어요.

—가방을 열어보시오. 좀 살펴봐야겠소.

나는 아프간에서 쓰던 물건들을 챙겨 나왔어요. 낡은 외투와 담요, 침대시트, 머리핀들, 포크들…… 모두 아프간으로 올 때 집에서 가져왔던 것들이었죠. 세관원들이 내 물건들을 탁자 위에 쏟았어요.

—당신, 혹시 미친 거 아니오? 아니면 시라도 씁니까?

나는 여기가 너무 힘들어요. 여기가 거기보다 더 끔찍해요. 거기서는 누가 소련에 다녀오면 집에서 가져온 걸 식탁에 두고 다 함께 둘러앉았어요. 그리고 세번째 잔은 말없이 조용히 마셨죠. 전사한 전우들을 위해서요. 식탁에 앉아 있으면 쥐들이 발밑을 돌아다녔어요. 심지어 우리 신발 속까지 기어들었죠. 새벽 네시에 갑자기 짐승 우는 소리가 났어요…… 처음 듣는 이상한 소리에 나는 벌떡 일어나 소리쳤어요. "늑대다, 늑대야!" 그런데 여자애들이 깔깔대는 거예요. "물라*가 기도문 읽는 소리예요." 나는 집에 돌아온 후에도 오랫동안, 정말 오랫동안 새벽 네시면 저절로 눈이 떠졌어요.

군에서 계속 일하고 싶어요…… 그래서 니카라과로 보내달라고 청을 넣었어요…… 전쟁이 있는 곳이면 어디든 좋아요. 여기는…… 나는 이제 여기서는 더이상 못살겠어요……

의사-세균학자

—내가 먼저 그이에게 반했어요……

키가 훤칠하고 잘생긴 청년이 서 있는 거예요. 그래서 친구들에게 선언했죠. "얘들아, 저 사람은 내 거야." 그이에게 다가가 숙녀의 왈츠를 청했어요. 숙녀가 먼저 신사에게 청할 수 있는 춤곡을요. 그렇게 내 운명이 결정됐어요……

정말 아들을 낳고 싶었어요. 남편과 미리 합의를 봤어요. 딸이 태어나면 내가 딸아이 이름을 짓되 올레치카라고 할 것이며, 아들이 태어나면 남편이 아들 이름을 아르툠, 아니면 데니스로 짓기로요. 그리고 우리 올레치카가 태어났어요.

* 이란이나 중앙아시아 국가들에서 종교학자나 성직자에게 붙여주는 칭호.

—우리, 곧 아들도 생기겠죠?

—그럼. 다만 올레치카가 좀 자랄 때까지 기다리자고.

나는 정말 그이에게 아들을 낳아주고 싶었어요.

—류보치카, 걱정하지 마. 너무 걱정하면 젖이 안 나올 수도 있어……

딸아이에게 모유 수유를 했거든요.

—아프가니스탄으로 파병될 것 같아.

—왜 당신이? 당신은 어린 딸이 있잖아요.

—내가 가지 않으면 다른 누군가 가야 해. 당이 명령을 내리면 콤소몰은 당연히 '네, 알겠습니다'라고 하는 거야.

남편은 군대에 헌신적인 사람이었어요. 늘 '명령은 따지는 게 아니다'라고 말했죠. 시댁 식구 중에 시어머니가 성격이 무척 강하세요. 그래서 남편은 어렸을 때부터 유순하고 순종적인 성격으로 자랐어요. 군대 생활도 수월하게 했고요.

남편을 어떻게 배웅했냐고요? 남자들은 담배만 피웠고, 시어머니는 아무 말도 안 했어요. 나는 '대체 이 전쟁이 누구에게 필요한 거냐'면서 울었고요. 그때 딸아이는 아기 침대에서 잠들어 있었죠.

길에서 정신이 나간 바보 여자를 만났어요. 그 여자는 우리가 사는 군사도시의 시장이나 가게에 자주 나타났어요. 사람들 말로는, 어렸을 때 성폭행을 당해서 그렇게 됐대요. 제 엄마도 못 알아본다고요. 그 여자가 내 앞에 멈춰 섰어요.

—사람들이 당신 남편을 상자에 담아 올 거야.

그러고는 웃으며 달아났어요.

나는 무슨 일이 일어날 걸 직감했어요. 하지만 무슨 일일지는 몰랐죠.

남편을 기다렸어요. 시모노프* 시에 나오는 소녀처럼요. "나를 기다려줘요. 그러면 돌아갈게요……" 남편에게 하루에 편지를 세 통, 네 통씩 써서 보낸 적도 있어요. 내가 남편을 생각하고 그리워하면 남편이 무사할 것 같다는 생각이 들었거든요. 남편은 편지에, 아프가니스탄에서는 전쟁중에도 다들 자기 일을 하며 지낸다고 했어요. 명령을 수행한다고요. 그리고 사람은 누구나 자기 운명이 있으니 걱정 말고 기다리라고요.

시댁에 들르면 아무도 아프가니스탄 얘기는 꺼내지 않았어요. 단 한 마디도요. 시어머니도 시아버지도. 서로 그러자고 약속한 것도 아닌데 다들 그랬어요. 우리는 아프가니스탄을 입에 올리는 게 너무 무서웠어요.

……딸아이를 유아원에 데려다주려고 옷을 입혔어요. 아이에게 입을 맞추고는 현관문을 열었죠. 그런데 문밖에 군인들이 서 있는 거예요. 그 중 한 명 손에 남편의 트렁크가 들려 있었고요. 자그마한 갈색 트렁크. 내가 남편 물건을 챙겨넣어줬던 바로 그 여행가방이었죠. 순간 나도 모르게 이상한 행동이 나오더군요…… 군인들을 집안으로 들이면 그 군인들이 뭔가 끔찍한 것을 우리집으로 들여올 것 같더라고요…… 아무도 못 들어오게 막으면 모든 게 제자리로 돌아올 것 같고요. 군인들은 밖으로 문을 잡아당기며 안으로 들어오려 하고, 나는 안으로 문을 잡아당기며 들여보내지 않으려고 기를 썼어요.

—부상을 당했나요?

남편이 부상당한 것일 수도 있다는 희망이 아직은 남아 있었어요.

군정치위원이 맨 먼저 집안으로 들어왔어요.

---

* 콘스탄틴 미하일로비치 시모노프(1915~1979). 러시아 시인, 평론가, 소설가, 극작가.

—류드밀라 이오시포브나! 심심한 애도의 마음을 담아 부인께 소식을 전합니다. 부인 남편분께서……

눈물은 나오지 않았어요. 대신 비명을 질렀죠. 일행 중에 남편 친구가 보였어요. 그에게 달려들었죠.

—톨리크, 말해봐요, 당신 말은 믿을게요. 왜 아무 말도 안 해요?

톨리크는 남편의 관을 호송해온 부사관을 내 앞으로 데려왔어요.

—부인께 얘기하게……

하지만 부사관은 몸을 떨기만 할 뿐 아무 말도 못했어요.

그리고 어떤 여자들이 다가오더니 나에게 입을 맞췄어요.

—진정하세요. 자, 가족들 전화번호를 알려주세요.

나는 털썩 주저앉자마자 내가 아는 모든 주소와 전화번호들을 줄줄이 읊었어요. 수십 개나 되는 그 주소와 전화번호들은 사실 내가 제대로 기억하고 있는 것도 아니었거든요. 그런데 나중에 수첩을 찾아봤더니 모두 정확히 맞더라고요.

우리집은 방 하나짜리 작은 아파트예요. 그래서 남편의 관은 군대 클럽에 도착해 있었어요. 나는 관을 끌어안고 울부짖었어요.

—대체 왜? 당신, 누구한테 못된 짓이라도 한 거야?

의식이 돌아오자 나는 남편이 담긴 상자를 바라봤고 미친 여자가 했던 말이 떠올랐어요. "사람들이 당신 남편을 상자에 담아 올 거야……" 나는 다시 울부짖었어요.

—이게 내 남편이라니, 안 믿어요. 이 안에 내 남편이 있다는 걸 증명해봐요. 여기엔 안을 들여다볼 수 있는 구멍조차 없다고요. 대체 뭘 가져온 거죠? 누구를 나한테 데려온 거냐고요?

남편 친구가 다시 불려왔어요.

—톨리크, 이 안에 우리 그이가 있다고 맹세할 수 있어요?

—우리 딸을 걸고 맹세하는데, 분명 당신 남편이에요. 그 친구는 고통 없이 바로 눈을 감았어요. 이 말 말고는 더이상 할 말이 없군요.

남편이 했던 말이 생각났어요. "만약 죽어야 한다면 고통 없이 죽고 싶어." 하지만 대신 우리가 고통 속에 남겨졌죠……

벽에 남편 사진이 크게 하나 걸려 있거든요.

딸아이가 제 아빠 사진을 보고 그래요.

—나한테 아빠 내려줘. 아빠랑 놀 거야.

아이는 제 아빠 사진 주위에 장난감들을 빙 둘러놓고 아빠와 대화를 해요. 밤에 아이를 재우려고 침대에 눕히면 이렇게 물어요.

—아빠는 어디에 총을 맞았어? 왜 하필 우리 아빠를 골라서 총을 쏜 거야?

딸아이를 유아원에 데려다주고 저녁에 데리러 가면 아이가 울면서 그래요.

—아빠가 데리러 올 때까지 집에 안 갈 거야. 아빠는 어디 있어?

딸아이에게 뭐라고 대답해야 할지 모르겠어요. 어떻게 설명을 하죠? 나도 이제 겨우 스물한 살인걸요…… 이번 여름에 아이를 시골에 있는 엄마에게 데려다줬어요. 거기서 지내다보면 제 아빠를 잊어버릴까 해서요…… 이제 날마다 울기도 지쳤어요…… 매 순간 눈물을 흘릴 힘이 이젠 없어요…… 부부가 아이를 데리고 가는 걸 보면 눈물이 나요. 내 영혼이 비명을 지르고 내 몸이 비명을 질러요. 예전에는 여름에 벌거벗고 자는 걸 좋아했어요. 하지만 지금은 잘 때 절대 옷을 벗지 않아요. 모두 다 기억이 나요…… 남편과 사랑을 나눴던 순간들이…… 너무 솔직히 말해서 죄송해요…… 하지만 작가님밖엔 믿을 사람이 없는걸요…… 그리고 차라리 남이 낫고요. 가족에게는 솔직하기가 힘들죠. 밤이면 남편에게 속삭여요. "단 일 분만이라도 좋으니 당신이 일어나준다면 얼마나 좋을까…… 예쁘게 자란 우리 딸을 볼 수 있다면! 이 이해할 수 없는 전쟁이 당신에겐 끝난 전쟁일지 모르지만 나는 아니야. 그리고 우리 딸은? 우리 아이들 세대가 가장 불쌍해. 이 모든 것에 대한 대가를 우리 아이들이 치를 테니까…… 내 말 들려요?"

나는 누구에게 울부짖는 걸까요? 누가 듣는다고?

아내

—아들을 낳는 게 소원이었던 적이 있어요…… 내가 사랑하고, 또 나를 사랑해줄 남자를 내가 직접 낳고 싶었죠……

남편과는 헤어졌어요. 남편은 나를 버리고 어린 여자에게 갔어요. 그 여자는 고등학교를 졸업하자마자 남편의 자식을 낳았죠. 나는 남편을 사랑했어요. 아마 그래서 여태 다른 남자가 없었나봐요. 다른 사람을 찾을 생각도 안 했고요.

엄마와 함께 아들을 키웠어요. 그래서 우리 가족은 여자 둘에 어린 남자아이 하나였죠. 나는 아파트 출입구에 가만히 서서 아들이 누구하고 어울리는지, 뭐하며 노는지 지켜보곤 했어요.

—엄마, 나도 이제 다 컸단 말이에요. 왜 자꾸 어린애 취급해요?

아들이 집에 돌아와서 투덜거렸죠.

아들은 여자아이처럼 작았어요. 얼굴이 하얗고 호리호리했죠. 한 달 빨리 태어나는 바람에 모유를 먹이지 못했어요. 우리 세대가 어떻게 건강한 아이를 낳을 수 있겠어요? 전쟁 속에서 폭격과 총탄세례와 굶주림을 견디며 자랐는데…… 죽음의 공포에 떨면서…… 아들은 늘 여자애들과 놀았어요. 여자애들이 아들을 잘 받아줘서 사이좋게 잘 어울렸죠. 아들은 또 고양이를 좋아해서 고양이에게 리본을 달아주곤 했어요.

—엄마, 햄스터 사면 안 돼요? 햄스터는 털이 부드럽고 축축해요.

햄스터를 사줬어요. 어항이랑 물고기도 사줬고요. 시장에 같이 가잖아요? 그러면 자꾸 뭘 사달라고 졸랐어요. "살아 있는 닭도 갖고 싶어요…… 랴부시카*요……"

그래서 궁금해요. '우리 아이가 정말 그곳에서 사람들에게 총을 쏘았을까? 순둥이 내 아들이?' 아들은 결코 전쟁에 어울리는 사람이 아니었어요. 우린 아들을 많이 사랑했어요. 바라보고만 있어도 행복했죠……

아들이 있는 아시하바트**의 훈련중대로 찾아갔어요.

—안드류샤, 지휘관을 찾아가 얘기를 좀 해야겠어. 너는 이 엄마한테 하나밖에 없는 아들이잖아…… 이곳은 국경도 가깝고……

—엄마, 그러지 마요. 다들 마마보이라고 비웃을 거예요. 그러잖아도 나보고 비쩍 마르고 징징대는 녀석이라고, 순진해빠졌다고 그런단 말이에요.

—여기서 지내는 건 어때?

—중위님은 정말 좋아요. 우리를 친구처럼 대해주세요. 하지만 대위는 우리 얼굴도 서슴없이 때리는 사람이고요.

—뭐? 엄마랑 할머니는 너한테 손찌검 한 번 안 했는데, 더구나 너처럼 몸집도 작은 애를 때려?

—엄마, 여기는 남자들의 세계예요. 엄마랑 할머니한테는 아무 얘기

---

* 깃털 색깔이 다채로운 닭을 일컫는 말.

** 중앙아시아 투르크메니스탄 공화국의 수도.

도 안 하는 게 낫겠어요……

아들은 나한테나 어린아이더라고요. 아들이 어렸을 때 욕조에 담가 놓고 씻기잖아요? 그럼 꼭 작은 꼬마 악마처럼 물속에서 기어나왔어요. 나는 얼른 수건으로 아들 몸을 감싸고는 꼭 끌어안았죠. 어느 누구도 나한테서 우리 아들을 뺏어갈 수 없다고 믿었어요. 나 역시 어느 누구에게도 아들을 내주지 않겠다고 다짐했고요. 결국 나중에 아들을 빼앗기고 말았지만요……

아들이 8학년을 마쳤을 때 건축학교에 가라고 설득했어요. 건축을 전공하면 군대에 가서 수월할 거라고 생각했거든요. 군대를 마치고 나서 대학에 진학하면 되겠다 싶었죠. 아들은 산림청에서 일하고 싶어했어요. 숲에 가면 늘 행복해했어요. 새소리만 듣고도 무슨 새인지 알아맞혔고, 어디에 무슨 꽃이 피었는지도 알았어요. 아들의 그런 면은 제 아빠를 닮았어요. 아이 아빠는 시베리아 출신이라 자연을 좋아해서 마당의 풀도 뽑지 못하게 했었죠. 모두 그대로 자라게 두라고요! 안드류샤는 산림청 직원 복장과 모자를 마음에 들어했어요. "엄마, 꼭 군복 같아요……" 그러면서요.

그래서 참 궁금해요. "우리 아들이 정말 그곳에서 사람을 쐈을까?"

아들은 아시하바트에서 제 할머니와 나한테 편지를 자주 보냈어요. 그중 한 통은 아예 통째로 외워버렸죠. 손에서 놓지 않고 읽고 또 읽고 해서 한 천 번은 읽었을 거예요.

"사랑하는 엄마, 할머니, 안녕하셨어요! 군대 생활도 벌써 3개월이 넘었네요. 저는 잘 복무하고 있어요. 제가 맡은 모든 임무들을 잘 수행하고 있고, 아직은 상부의 지적도 받지 않았어요. 며칠 전에 우리 중대가 야전훈련캠프에 다녀왔어요. 캠프는 아시하바트에서 80킬로미터 떨어진 산악지대에 있어요. 그곳에서 중대원들 모두 2주 동안 산악전 훈련을 하고, 전술을 익히고, 소형화기 다루는 방법을 배웠어요. 하지만 나랑 다른 동료 셋은 캠프에 참가하지 않고 부대에 남아 있었어요. 우리는 벌써 3주째 가구공장에서 일을 하는 중이라 같이 갈 수가 없었거든요. 우린 작업장을 새로 만들고 있어요. 그 대가로 가구공장에서 우리 중대에 탁자들을 만들어준대요. 우리는 그곳에서 벽돌도 쌓고 미장일도 해요.

엄마, 지난번에 엄마가 보낸 편지 잘 받았느냐고 물었잖아요. 네, 잘 받았어요. 소포랑 소포 안에 같이 보낸 10루블도 받았고요. 그 돈으로 친구와 함께 부대 식당에서 식사도 몇 번 하고 사탕도 사먹었어요……"

나는 스스로를 위로했어요. 아들이 미장일이나 벽돌 쌓는 일을 한다면, 그 말은 내 아들이 건설 쪽에 필요하다는 뜻이었으니까요. 아들에게 자기네 다차*를 짓게 하든 개인 차고를 만들게 하든 상관없었어요. 아들이 더이상 다른 데로 발령만 나지 않는다면요. 아들은 다음 편지에 어떤 장군을 위해 교외에서 일하고 있다고 썼어요……

1981년이었어요…… 온갖 소문이 돌았어요…… 하지만 극소수의 사람들만 아프가니스탄에서 무자비한 살인과 학살이 벌어지고 있다는 사실을 알고 있었죠. 우리가 텔레비전으로 본 것은 소련 병사와 아프간 병사들이 친교를 맺는 장면, 꽃으로 장식된 우리 장갑차들, 그리고 분배받은 땅에 입을 맞추는 농부들이 전부였으니까요…… 나는 한 가지가 마음에 걸렸어요…… 아시하바트로 아들을 만나러 갔을 때 한 여자를 만났거든요…… 호텔에 갔는데 처음에 방이 없다는 거예요.

---

* 러시아, 구소련 지역에서 볼 수 있는 일반적인 간이 별장과 텃밭. 대부분의 러시아 도시인들이 다차를 소유하고 있으며 여름에 가족들과 텃밭 농사를 짓거나 휴식을 취한다.

—방이 없는데요.

—바닥에서라도 잘게요. 군인인 아들을 보러 먼 데서 왔다고요. 여기서 한 발자국도 안 나갈 거예요.

—정 그러시다면, 4인실 방을 내드리죠. 다만 그 방엔 손님처럼 아들을 만나러 온 다른 어머니가 이미 들어 계세요.

바로 이 여인이 말해줘서 아프가니스탄으로 파병할 병사를 새로 모집하고 있다는 사실을 알게 됐어요. 그 여자는 또 아들이 아프가니스탄으로 끌려가지 않게 하기 위해 거금을 마련해 왔다고도 했어요. 결국 자기 목적을 이루고 만족해서 돌아가면서 나한테 그러더라고요. "순진한 바보처럼 굴지 말아요……" 엄마한테 이 이야기를 했더니 엄마가 막 우시는 거예요.

—그 사람들 다리라도 붙들고 사정을 하지, 왜 안 했어? 네 귀고리라도 벗어서 주지 그랬어.

귀고리가 우리집에서 제일 값나가는 물건이었어요. 겨우 몇 코페이카짜리 귀고리가 말이에요. 다이아몬드가 박힌 것도 아닌데! 평생을 누구보다 검박하게 살아온 엄마는 그 귀고리가 당연히 비싼 거라고 생각하신 거예요. 오, 세상에! 대체 이게 다 무슨 일인지! 만약 우리 아들이 가지 않았다면 다른 누군가가 갔겠죠! 그 누군가에게도 어머니가 있을 테고요……

그애도 자기가 공수부대로 발령이 나고 아프가니스탄으로 가게 될 줄은 꿈에도 몰랐나봐요. 그 일로 남자애들이 다 그렇듯 한껏 기가 살았더라고요. 그걸 숨기려고도 하지 않았고요.

나는 여자에, 지극히 평범한 일반인이에요. 어쩌면 그래서 뭘 잘 모르는 걸 수도 있어요. 하지만 누가 나한테 설명을 한번 해보라고 해요. 왜 내 아들은 전투훈련을 해야 할 그 시간에 미장일을 하고 벽돌 쌓는 일을 한 걸까요? 당국은 우리 아들 부대가 아프간으로 가게 될 것을 알고 있었어요. 신문들마다 무자헤딘의 사진이 실렸더군요…… 서른 살에서 마흔 살 정도 되는 다부진 사내들이…… 자기네 땅에서…… 옆에 가족과 아이들을 거느리고 있었어요…… 그애는 아프간으로 출발하기 겨우 일주일 전에 전군연합부대에서 공수부대로 합류했다고요. 한번 얘기해보세요, 어떻게 그럴 수가 있어요? 나도 알아요. 공수부대가 어떤 부대인지, 얼마나 강인한 청년들이 가는 곳인지 말이에요. 공수부대원이 되려면 특수훈련도 받아야 하잖아요. 나중에 군사훈련캠프 지휘관이 나한테 답장을 보냈더군요. "귀하의 아들은 전투훈련과 정치훈련을 뛰어난 성적으로 통과했습니다." 아니, 언제 우리 아들이 그렇게 뛰어난 병사가 됐대요? 어디에서? 가구공장에서요? 장군네 다차에서? 대체 나는 누구한테 아들을 넘긴 거죠? 누구를 믿고요? 그들은 우리 아들을 병사로 만들어주지도 않았다고요……

아들은 아프가니스탄에서 편지를 딱 한 통만 보냈어요. "걱정하지 마세요. 이곳은 아름답고 평화로워요. 우리 나라에는 없는 꽃들도 많고 나무에 꽃이 피고 새들이 노래해요. 물고기도 많아요." 전쟁이 벌어지는 곳이 아니라 무슨 낙원인 것처럼 썼더라고요. 우리를 안심시키려고요. 안 그러면 우리가 안드류샤를 거기서 빼내기 위해 여기저기 편지를 쓰고 탄원서를 보낼 테니까요. 병사들이라고 해봐야 무지하고 미숙한 소년들이었어요. 거의 아이들이었다고요. 그런 아이들을 불구덩이에 던져놓았는데, 정작 본인들은 그걸 명예로운 행위로 받아들였어요. 우리가 아이들을 그렇게 키운 거예요.

아들은 아프간에 도착하자마자 바로 그달에 전사했어요…… 내 아들…… 내 살과 피…… 어떻게 죽었느냐고요? 아마 영원히 알 수 없을 거예요.

아들의 시신은 전사한 지 열흘 뒤에야 도착했어요. 그 열흘 내내 나는 똑같은 꿈을 꿨어요. 뭔가를 잃어버리고 결국 찾지 못하는 꿈이었죠. 그리고 그 열흘 내내 부엌에서 찻주전자가 요란하게 울어댔어요. 찻물을 끓이려고 주전자를 불 위에 올려놓으면 주전자가 갖가지 이상한 소리로 삑삑거리더라고요. 나는 실내용 화초를 좋아해요. 그래서 창턱에 조그만 화분들이 많아요. 장롱 위에도 올려놓고, 책장에도 놓아두었죠. 아침마다 꽃에 물을 주는데, 내가 자꾸만 화분들을 떨어뜨리는 거예요. 화분이 손에서 쓱 미끄러져서는 산산조각이 났어요. 그래서 집안에 내내 흙냄새가 진동을 했죠……

……우리 아파트 근처에 자동차들이 멈춰 섰어요. 군용 지프차 두 대와 구급차였어요. 보는 순간 감이 오더군요. '아, 우리한테, 우리집에 온 거야.' 내가 직접 문 앞까지 가서 문을 열었어요.

—말하지 마요! 아무 말도 하지 말라고요! 당신들을 증오해요! 내 아들 시신만 두고 가요…… 장례는 내가 알아서 치를 테니까. 나 혼자. 당신네 그 알량한 군대 명예니 뭐니, 그딴 건 필요 없어……

글을 쓰세요! 진실을 알려요! 모든 진실을요! 나는 이제 아무것도 두렵지 않아요…… 평생을 두려움 속에 산 걸로 충분해요……

어머니

—진실이요? 아마 모든 걸 놔버린 사람만 모든 진실을 밝힐 수 있을 겁니다. 완전히 절망에 빠진 사람만이 작가님께 모든 걸 들려줄 수 있을

거예요……

아무도 진실을 몰라요. 우리 외에는…… 진실이 너무 끔찍하면 밝히기 어려운 법이죠. 누구도 맨 먼저 나서길 원치 않아요. 누구도 그런 위험을 감수하려 들지 않죠. 관 속에 아편을 넣어 들여왔다는 사실을 누가 얘기하겠어요? 모피코트를 들여왔다는 얘기를 어떻게…… 전사자 시신 대신…… 누가 작가님께 사람 귀를 말려 실에 주렁주렁 꿰어놓은 걸 보여주겠어요? 이미 들어본 이야기인가요? 아니면 처음 듣는 정보인가요? 전리품으로 얻은 귀는…… 성냥통에들 보관했어요…… 작은 종이쪽에 돌돌 말아서요…… 어떻게 그럴 수 있냐고요? 우리의 영예로운 소련 청년들을 그렇게 얘기하는 건 듣기 거북하다고요? 얼마든지 그럴 수 있어요. 그리고 실제로 그랬고요! 누구도 부인할 수 없고, 싸구려 은색 페인트 따위로 덮어버릴 수도 없는 진실이죠. 당신네들은 기념비를 세워주면 그걸로 충분하다고 생각했나요? 메달을 나눠주면 된 거라고요?

나는 사람을 죽이러 아프간에 간 게 아니에요. 나도 평범한 보통 사람이었다고요. 폭도들이 출몰하고 있으니 우리가 가서 진압하면 영웅이 됨과 동시에 모두들 우리에게 고마워할 거라는 말을 세뇌가 되다시피 들었어요. 아직도 현수막의 문구들이 기억나요. "전사들이여, 우리 조국의 남쪽 국경을 튼튼히 하자." "연합부대의 명예를 더럽히지 말자." "레닌의 조국이여, 번성하라!" "소련공산당에게 영광을!" 아프간에서 돌아와…… 큰 거울에 나를 비춰봤어요. 그곳에서는 항상 작은 거울만 봤거든요. 그런데 나를 못 알아보겠더라고요. 다른 누군가가 거울 속에서 나를 바라보고 있는 것 같았어요…… 눈도 다르고 얼굴도 다른 어떤 사람이요. 나는 외모까지 달라져 있었어요……

체코슬로바키아에서 복무중이었어요. 그런데 내가 아프가니스탄으로 발령이 날 거라는 소문을 듣게 되었죠.

—왜 접니까?

—자네는 독신이잖나.

출장을 떠나듯 준비했어요. 뭘 챙겨 가야 하지? 아는 사람이 아무도 없었어요. 그때는 우리 중에 '아프간 참전 용사'가 한 명도 없을 때였거든요. 누군가 고무부츠를 가져가라고 조언을 해줬어요. 아프간에 2년을 있었지만 그 부츠를 신을 일은 단 한 번도 없었어요. 그냥 카불에 두고 왔죠. 타슈켄트부터는 탄환상자 위에 앉아서 갔어요. 비행기는 신단드에 도착했어요. 그곳 경찰인 차란도이들이 2차세계대전 때 소련군이 쓰던 소형 자동소총으로 무장을 하고 있더군요. 우리 병사들, 아프간 병사들 할 것 없이 모두 참호에서 막 기어나온 사람들처럼 지저분했고 군복도 꾀죄죄했어요. 체코슬로바키아에서 익히 보던 병사들 모습과는 달라도 너무 달랐죠. 부상병들을 헬리콥터에 태우는데, 배에 포탄 파편이 박힌 병사가 있었어요. 헬리콥터 조종사들이 하는 말이 들렸어요. 전선에서 부상병들을 병원으로 실어나르는 일을 맡아 하는 조종사들이었죠. "저 부상병은 이미 죽은 목숨이야. 가는 도중에 죽을걸." 죽음을 두고 그토록 무심하게 이야기할 수 있다는 사실이 나에겐 큰 충격이었어요.

죽음에 대한 그런 무심한 태도가 아마 아프간에서 가장 이해할 수 없는 부분일 거예요. 자, 보세요, 모든 진실을 밝힌다…… 그건 불가능해요…… 이곳에서는 생각도 할 수 없는 일들이 거기서는 일상처럼 벌어져요. 사람을 죽이는 건 소름이 끼치도록 불쾌한 일이죠. 하지만 조금만 지나면 바로 앞에서 대놓고 사람을 죽이는 건 소름 끼치고 불쾌해도 다 함께, 무리 속에 섞여서 죽이는 건 그래도 할 만하다는 생각을 하게 돼요. 심지어 더러는 살인을 즐기는 경우도 봤어요. 전투가 없는 평상시에는 무기를 한데 모아 피라미드처럼 쌓아놨어요. 그리고 각 피라미드마다 따로 자물쇠를 채워 잠갔죠. 무기고엔 경보장치가 돼 있었고요. 거기서는 늘 무기를 몸에 지니고 다니기 때문에 무기에 익숙해질 수밖에 없어요. 저녁이면 침대에 누워서들 전구에 권총을 쐈어요. 불을 끄러 일어나는 게 귀찮아서요. 아니면 무더위에 반쯤 정신이 나가서는 자동소총을 공중에 대고 아무데나 막 갈겼죠…… 한번은 카라반 일행을 포위했어요. 그들은 기관총을 쏘며 우리에게 저항했죠. 그러자 섬멸 지시가 떨어졌고…… 우리는 섬멸 작전에 돌입했어요…… 낙타들이 부상을 입고 쓰러져 애처롭게 울부짖었어요…… 세상에, 과연 그런 일을 했는데도 아프간 민중이 우리에게 감사패를 주었을까요?

전쟁은 전쟁이에요. 상대를 죽여야만 하죠. 아무렴 그곳 정부군과 '자르니차*'나 하라고 우리에게 전투용 무기를 지급했겠어요? 트랙터니 파종기를 수리하라고 우리를 그곳으로 보냈겠느냐고요? 우리는 죽임을 당했어요. 그래서 우리도 죽였어요. 죽여도 되는 곳에서 죽였고 죽이고 싶은 곳에서 죽였어요. 적도 마찬가지였고요. 하지만 이건 우리가 책이나 영화를 통해 알던 그런 전쟁이 아니었어요. 전선이 형성되고, 중립지대가 나오고, 최전선이 있는 그런 전쟁이 아니었죠…… 키리지의 전쟁이었어요…… '키리지'는 관개용으로 쓰기 위해 예전에 만들어놓은 지하 배수로를 말해요…… 이 키리지에서 사람들이 마치 유령처럼 낮이고 밤이고 출몰했어요…… 손에 자동소총과 커다란 돌을 들고서요. 바로 얼마 전만 해도 가게에서 나하고 물건을 흥정했던 사람이 그렇게 유령처럼 나타나는 경우도 있었어요. 그러면 그 사람에 대한 동정심 따윈

---

* 러시아어로 '섬광' '번갯불'이라는 뜻으로, 전투를 모방한 구소련의 피오네르 군사스포츠를 말한다.

사라져버리죠. 그 사람이 방금 내 동료를 죽였으니까요…… 죽어 누워 있어요…… 내가 알던 친구가 아닌…… 사람 몰골이 아닌…… 반만 사람의 형상인 친구가…… 그 친구가 남긴 마지막 말이에요. "우리 엄마에게는 알리지 마. 제발 부탁이야. 우리 엄마는 이 일을 모르게 해줘……" 우리는 그들에게 슈라비*이자 소련 사람에 지나지 않았어요. 인정을 베풀고 말고 할 대상이 아니었던 거죠. 우리 포병대가 놈들의 마을을 완전히 쓸어버려요. 거의 아무것도 남지 않을 정도로요. 놈들이 아무리 찾아봐도 어머니고 아내고 아이들이고 흔적조차 남아 있지 않죠. 그리고 이제 우리가 놈들에게 걸리면 놈들 손에 커틀릿처럼 처참한 죽임을 당해요. 아예 우리를 갈아버리죠. 현대 무기는 우리의 범죄를 훨씬 악랄하게 만들어요. 칼로는 한두 사람 죽이면 그만이지만…… 폭탄으로는 수십 명을 죽일 수 있잖아요…… 하지만 나는 군인이고, 사람을 죽이는 게 내 직업이에요. 왜 그 동화 있잖아요? 알라딘의 램프. 나는 알라딘의 요술램프에 나오는 하인과 같아요…… 그렇게 나는 국방부의 하인인 거죠. 발포 명령이 내려지면 나는 어디가 됐든 총을 쏠 거예요. 총을 쏘는 게 내 일이니까요.

하지만 나는 사람을 죽이기 위해 아프간에 간 게 아니에요. 사람을 죽이고 싶지 않았어요. 그런데 어쩌다 이렇게 됐냐고요? 왜 아프간 사람들은 우리를 있는 그대로 봐주지 않았을까요? 아프간 아이들이 맨발에 고무슬리퍼만 신고 영하의 날씨에 밖에 나와 서 있더군요. 그러자 우리 병사들이 그 아이들에게 전투식량을 나눠줬어요. 내 두 눈으로 똑똑히 본 사실이에요. 한번은 누더기를 걸친 어린 남자애가 우리 차량으로 달

* 아프가니스탄에 복무하는 러시아 군인을 일컫는 말.

려왔어요. 보통 다른 아이들처럼 그 아이도 구걸은 하지 않고 가만히 서서 우리를 바라보기만 했죠. 마침 주머니에 20아프가니가 있어서 그 돈을 아이에게 줬어요. 아이는 흙먼지 속에 무릎을 꿇고 앉았어요. 그리고 우리가 탄 장갑차가 멀어질 때까지 그 자리에서 꼼짝도 하지 않았어요. 하지만 바로 옆에서는 다른 일이 벌어졌죠…… 우리 순찰병들이 물을 배달하는 어린 소년들한테서 돈을 빼앗는 사건이 있었어요. 그 아이들이 가진 돈이 얼마나 되겠어요? 푼돈도 안 되는 돈이었어요. 아니, 나는 그곳은 이제 관광객으로도 가고 싶지 않아요. 다시는 안 갈 거예요. 아까 이미 작가님에게 말했잖아요. 너무 끔찍한 진실이라 밝혀지지 않을 거라고. 누구에게도 필요치 않은 진실이에요. 이곳에 남아 있던 당신들에게도, 그곳에 갔던 우리에게도. 당신들이 더 많다는 사실을 기억하세요. 아이들이 자라면 자기 아버지들이 그곳에서 싸웠다는 사실을 아예 덮어버릴 테니까요.

아프간 참전 용사라고 사칭하고 다니는 사람들을 우연히 만났어요. 내가 아프간에 다녀왔다고 하자 그자들이 그러더군요. "아, 우리도 그곳에 있었는데……" "나도 다녀왔어요……"

—어디서 복무했어요?

—카불에서……

—무슨 부대였는데요?

—그게 그러니까 특수부대……

정신이상자들이 수용된 콜리마*의 정신병원에서는 예전에 환자들이 "나는 스탈린이다! 나는 스탈린이다!"라고 주장했었죠. 그런데 지금은

---

* 시베리아 북동부 지방.

멀쩡한 젊은이들이 "나는 아프간에 다녀왔다"고 공언을 하고 다녀요. 미친놈들…… 그런 놈들은 전부 정신병원으로 보내버려야 한다고요!

나는 혼자서 그 시절을 떠올려요…… 술을 진탕 마시죠. 혼자 앉아서 '아프가니스탄' 노래들을 듣는 게 좋아요. 하지만 나 혼자예요. 그 시간들은…… 내 삶의 그 페이지들이…… 비록 더럽혀진 페이지들이라 해도 나는 그것들을 내던져버릴 수가 없어요…… 젊은 참전 용사들은 함께 모여요…… 그들은 기만당한 것에 분노하고 있어요. 그들이 예전 모습을 되찾고 윤리적 가치를 회복하는 일은 결코 쉽지 않아요. 그들 중 한 명이 이렇게 고백하더군요. "만약 사람을 죽여도 아무 탈도 없을 걸 알았다면 그냥 죽였을 거예요. 그냥 그렇게, 별 이유 없이요. 그래도 불쌍하지 않았을 거예요." 예전에는 아프가니스탄이 양심에 걸렸지만 지금은 아니에요. 평생 참회하고 용서만 빌면서 살 수는 없잖아요…… 결혼하고 싶어요…… 아들도 낳고 싶고요…… 우리가 빨리 입을 다물면 다물수록 모두를 위해 더 좋아요. 이 진실이 대체 누구에게 필요하겠어요? 비겁한 속물들에게나 필요하겠죠. 그 속물들은 얼씨구나 하고 우리 얼굴에 침을 뱉을걸요. "야, 이 불한당들아. 거기서 사람 죽이고 약탈도 했다면서, 무슨 얼어죽을 특혜야?" 그렇게 우리만 죄인으로 남는 거죠. 우리가 겪은 모든 건 헛것이 돼버렸어요. 비록 우리끼리는 우리 자신을 위해 가슴에 간직하겠지만요.

대체 왜 이 모든 일이 일어났을까요? 왜?

모스크바에서 기차역 화장실에 들렀어요. 보니까 협동조합에서 운영하는 유료화장실이더라고요. 한 청년이 앉아서 사용료를 받고 있었는데, 청년이 앉은 자리 위에 안내문이 붙어 있었죠. "7세 미만 아동, 장애인, 대조국전쟁 참전 용사와 국제용사들은 무료 입장."

나는 아연실색해서 물었어요.

—낭신이 직접 생각해낸 건가요?

청년이 자랑스럽게 대답했어요.

—네, 내 생각이에요. 신분증 보여주고 들어가요.

—우리 아버지가 전쟁에 나가 끝까지 싸운 것도, 내가 아프간에서 2년이나 모래를 삼켜가며 싸운 것도, 다 자네 화장실에서 공짜로 오줌이나 누자고 한 일이라는 거야?

그때 그 청년에게 느낀 적개심은 아프간에서는 누구한테도 느껴본 적이 없는 감정이었어요. 그 청년은 그렇게 우리에게 값을 치르기로 결심한 거예요……

대위, 분대장

—휴가를 받아 소련에 도착해서…… 바냐*에 갔어요…… 사람들이 바닥에 누워 만족스러운 신음 소리를 내는데, 그게 나는 부상자들의 고통스러운 신음으로 들렸죠……

집에서는 아프가니스탄에 있는 친구들이 그리웠어요. 하지만 카불로 돌아와서 며칠 지나니까 벌써 집에 갈 날을 기다리게 되더라고요. 나는 심페로폴** 출신이에요. 음악학교를 졸업했죠. 삶이 만족스러운 사람들은 아프간에 오지 않아요. 여기 있는 여자들은 모두 외롭고 상처받은 사람들이에요. 한 달 동안 120루블로 한번 살아보세요, 제 월급으로요. 특

* 사우나를 즐길 수 있는 공중목욕탕. 러시아인들은 사우나를 하면서 혈액순환과 노폐물 배출을 위해 자작나무 가지로 젖은 몸을 두드린다.

** 크림반도의 2대 주요 도시 중 하나. 크림반도 중앙에 위치하며 경제, 문화의 중심지다.

히 깔끔하게 차려입고 싶거나 신나는 휴가를 보내고 싶으면 어떻게 할까요. 사람들은 그래요. "남편감 구하러고 왔어요?" 그게 뭐 어때서요? 사실…… 그래요, 사실이에요. 나는 서른두 살인데, 아직 혼자죠……

여기서 나는 가장 무서운 지뢰가 '이탈리얀카*'라는 걸 알게 됐어요. 이 지뢰에 걸리면 사람의 잔해를 양동이에 주워담아야 하죠. 어린 병사 하나가 나를 찾아와 이야기해주더라고요. 그런데 이야기를 하고 또 하는 게…… 영 이야기를 그칠 것 같지가 않은 거예요. 와락 겁이 나더군요. 그러자 병사가 눈치를 챘죠. "미안해요, 그만 갈게요……" 사실, 처음 보는 사람이었어요…… 그렇다고 그게 특별히 이상한 일은 아니에요. 여자를 보자 속마음을 나누고 싶어서 그랬던 거니까요. 그 병사 눈에 전사한 전우들이 남아 있었어요…… 군화째 반으로 동강난 다리…… 기관총세례에 당한 거였죠…… 나도 아는 병사들이었어요…… 나는 정말 그 병사가 이야기를 멈추지 않을 줄 알았어요. 그는 또 누구를 찾아갔을까요?

이곳에는 여자기숙사가 두 군데예요. 한 곳은 '고양이 집'이라는 별칭으로 불렸고, 아프가니스탄에 온 지 이삼 년 된 여자애들이 살았어요. 다른 한 곳은 '카밀러'라고 부르는 곳으로 신참내기들이 살았고요. 신참들이 때가 안 묻은 게, 아직 꽃잎으로 사랑을 점치더라고요. "그는 나를 사랑한다, 사랑하지 않는다." "꼭 안아준다, 냉정하게 돌아선다." 토요일에는 병사들이 바냐를 사용하고 일요일에는 여자들이 사용해요. 하지만 장교용 바냐에는 여자들을 들여보내지 않아요. 여자들은 더럽다나요…… 바로 그 장교들께서 우리 여자들을 찾아와요…… 그것 때문

* 러시아어로 '이탈리아 여자'라는 뜻.

에…… 그러니까 그걸 하자고…… 밤에 포도주 한 병을 들고 찾아와 문을 두드려요. 지갑 속에 넣고 다니는 아이들, 아내 사진을 우리에게 보여줘가면서 말이에요. 그렇다고 그게 특별히 이상한 일은 아니에요……

포격이 시작되고…… 로켓탄이 날아갈 때 '슉' 하는 그 소리…… 그 소리가 내 속의 뭔가를 찢어발겨요…… 속이 막 아파오죠…… 병사 두 명이 개를 데리고 순찰을 나갔어요. 개는 돌아왔는데 병사들은 돌아오지 않았어요…… (잠시 침묵한다.) 포격이 시작돼요…… 우리는 숨을 곳을 찾아 달려요. 그러면 아프간 아이들이 지붕 위에서 그걸 보며 신이 나서 춤을 춰요. 우리가 전사자를 수습해 데리고 가면…… 아이들이 박수를 치며 깔깔대고 웃고요. 그 아이들이 사는 마을로 그렇게 선물을 가져다줬는데…… 밀가루, 매트리스, 봉제장난감…… 곰 인형, 토끼 인형…… 그런데 그 아이들은 춤을 춰요…… (침묵한다.) 포격이 시작되면…… 아이들은 행복해하죠……

소련에 가면 사람들이 가장 먼저 물어보는 두 가지가 있어요. "결혼했나요?" "무슨 특혜를 받아요?" 우리 같은 민간인 복무자들이 받는 특혜는 딱 하나예요. 우리가 죽임을 당할 경우 보상금으로 가족에게 1000루블이 나오는 거요. 부대 매점에 물건이 새로 들어와 가면 늘 남자들이 먼저였어요. "당신, 뭐요? 우리는 아내에게 보낼 선물을 사야 한단 말입니다." 그러면서 밤에는 우리들 방문을 두드리죠…… 그렇다고 그게 특별히 이상한 일은 아니에요…… 여기는 원래 그러니까요…… 여기서는 다들 '국제 의무'를 수행하면서 동시에 돈도 같이 벌어요. 아예 가격이 정해져 있죠. 분유 한 통은 50아프가니, 군모는 400아프가니…… 차량 거울은 1000아프가니, 카마즈트럭 바퀴는 1만 8천에서 2만 아프가니예요. 마카로프 권총은 3만 아프가니에, 칼라시니코프*는 10만 아프가니에 구할 수 있고요. 군주둔지에서 나오는 쓰레기차는 (어떤 쓰레기인지, 쓰레기 속에 깡통캔이 있는지, 있다면 몇 개나 되는지에 따라) 700에서 2천 아프가니죠…… 그렇다고 그게 특별한 일은 아니에요…… 우리, 여자들 중에 병참장교들과 잠자리를 같이하는 여자들이 가장 풍족하게 살아요. 병참장교보다 높은 사람이 누구냐고요? 그건 상급 병참장교밖에 없어요. 전방 초소의 병사들은 괴혈병에 시달려요…… 식사로 다 썩은 양배추만 나오거든요……

간호사들이 그러더군요. 다리 절단 환자들이 입원한 병동에서는 무슨 얘기든 다 오간다고요. 미래에 대한 이야기만 빼고요. 사실 미래에 대한 얘기는 아무도 좋아하지 않아요. 사랑에 대한 말도 안 하고요. 아마 행복한 순간에 죽는 게 두려워서 그렇겠죠. 더 두려울 거예요. 하지만 나는 우리 엄마가 안됐을 뿐이에요.

시신들 사이로 고양이가 돌아다니는 걸 봤어요…… 겁을 내면서 조심조심 먹을 걸 찾더라고요. 병사들이 죽어 누워 있는데…… 꼭 산 사람들 같았어요…… 고양이는 아마 모르겠죠? 산 사람들인지, 죽은 사람들인지……

작가님, 저 좀 말려주세요…… 안 그러면 이야기하고 또 이야기하고, 끝을 못 낼 것 같네요. 아무튼 나는 아무도 죽이지 않았어요……

민간인 여성 복무자

* 자동소총의 하나로, 소련의 미하일 칼라시니코프가 개발했다.

—가끔씩 골똘히 생각해봐요…… 만약 내가 이 전쟁에 나가지 않았다면?

그랬으면 행복했을 텐데…… 그랬으면 나 자신에 대해 실망할 일도 없었을 테고, 차라리 모르는 게 더 나았을 내 모습도 몰랐을 텐데요. 차라투스트라*가 "당신만 심연을 들여다보는 게 아니다. 심연 역시 당신의 영혼을 들여다본다"고 말한 것처럼요.

무선기술대학 2학년에 다니고 있었어요. 하지만 자꾸만 음악에 관심이 가고, 예술 책에 관심이 갔죠. 음악과 예술이 나에게는 더 친근한 세계였어요. 진로를 고민하며 갈팡질팡하는 사이에 징집영장이 나왔더라고요. 나는 의지가 약한 사람이라 되도록 주어진 운명에 저항하지 않고 따르는 편이죠. 저항해봤자 실패할 게 뻔하고, 또 잘못되더라도 운명 때문이지 내 잘못은 아닌 거니까요. 당연히 군대에 갈 준비는 돼 있지 않았어요. 정말 꿈에도 생각지 못한 일이었죠…… 군대가 불시에 나를 찾아온 거였어요……

대놓고 말은 안 했지만 아프가니스탄으로 가는 게 분명했어요. 나는 순순히 운명에 따랐죠…… 우리는 연병장에 모여 정렬한 채 지령이 공표되는 소리를 들었어요. "우리는 국제용사다"…… 다들 차분하게 그 상황을 받아들였고 "나, 무서워요! 가기 싫어요!"라고 말하는 사람은 없었어요. 우리는 국제 의무를 수행하기 위해 출발했고, 모든 게 정해진 순서대로 정확하게 진행됐어요. 그리고 가르데즈**의 중간휴게지에서 드디어 시작됐어요…… 고참 병사들이 부츠며 낙하산병 조끼며 베레모며 우리가 가진 값나가는 물건들을 죄다 빼어갔어요. 우린 돈을 주고 그

---

* 고대 페르시아의 현자. 조로아스터교의 창시자.

** 아프가니스탄 동부의 소도시.

것들을 다시 사야 했죠. 베레모는 10체키, 배지 세트는 25체키였어요. 낙하산병은 배지 한 세트가 반드시 다섯 개여야 하거든요. 하나는 수비 연대 일원임을 나타내는 배지, 다른 하나는 공군 우등대원이라는 표지의 배지, 나머지 세 개는 각각 낙하산병 배지, 직급 배지—우리는 이걸 '전표'라고 불렀죠—그리고 군인선수 배지였어요. 고참 병사들은 우리한테서 정장셔츠까지 빼앗아갔어요. 그렇게 셔츠를 뺏어다가 아프가니스탄 사람들한테 주고 대신 마약을 받아왔고요. '할아버지' 몇 명이 나한테 와서 물어요. "너, 배낭 어디 있어?" 그러곤 다짜고짜 배낭 안을 뒤지죠. 마음에 드는 게 나오잖아요? 그냥 가져가요. 그럼 그걸로 끝인 거예요. 또 우리 중대는 우리가 입고 있던 새 군복을 모두 벗겨가서는 헌 군복으로 돌려주었고요. 병참부에서 대수롭잖게 그러더라고요. "너희들이 여기서 새 옷이 왜 필요해? 고참들은 곧 소련으로 돌아가니까 새 군복이 필요하지만." 집에 보내는 편지에는 몽골의 하늘이 얼마나 아름다운지 모른다고 썼어요. 음식도 잘 나오고 늘 태양이 밝게 빛난다고도 쓰고요. 하지만 그때 이미 전쟁은 시작된 거였어요……

우리는 처음으로 차를 타고 마을로 들어갔어요…… 대대 지휘관이 마을사람들을 만나면 어떻게 행동해야 하는지 알려주더군요.

—모든 아프간 사람들은 나이에 상관없이 바차*라고 부른다. 알겠나? 나머지는 지금부터 보여주겠다.

길에서 노인을 만났어요. 지시가 떨어졌죠.

—차 세워. 지금부터 모두 잘 보도록!

대대장이 노인에게 다가가더니 노인의 머리에서 찰마**를 벗겨 던져

* 아프간어로 '소년'이라는 뜻.

** 이슬람교도들의 머릿수건.

버렸어요. 그러곤 손으로 노인의 수염을 마구 헤집었어요.

—자, 자, 어서 가던 길 가라고, 이 바자야.

그건 전혀 예상치 못한 일이었어요.

우리는 납작하게 눌러 빚은 통보리 덩어리들을 마을 아이들에게 던져줬어요. 아이들은 그게 수류탄인 줄 알고 줄행랑을 쳤지만요.

내가 맡은 첫 임무는 수송차량을 호위하는 일이었어요…… '드디어 전쟁 가까이 왔구나!'라는 생각이 들면서 마음이 불안하더라고요. 그러면서 호기심도 생기고요. 나는 양손에 총을 들고, 허리춤에는 수류탄을 차고 임무 수행에 나섰어요. 그전까지는 포스터에서나 보던 총과 수류탄을 가지고요. 나는 관목 숲에 가까이 다가가…… 마치 대포 조준수라도 되는 양 사격조준기를 유심히 살폈어요…… 그러자 언뜻 찰마 같은 게 보이는 거예요……

나는 대포 옆에 앉아 있던 동료를 소리쳐 불렀어요.

—세료자, 찰마가 보여. 어떻게 하지?

—쏴!

—그냥 쏘라고?

—그럼 내가 뭐라고 할 줄 알았는데?

세료자가 총을 쐈어요.

—찰마가 아직도 보여…… 흰색이야…… 어떡하지?

—쏘라니까!

우리는 트럭에 있던 탄약을 정량의 반이나 썼어요. 대포도 쏘고, 기관총도 쐈고요.

—어디서 흰색 찰마를 봤다는 거야? 그냥 눈덩이 아니야?

—세료자, 네 '눈덩이'는 달리기도 하나보지? 소총도 가졌고?

우리는 차량에서 뛰어내려 미친듯이 자동소총을 갈겼어요.

사람을 죽이고 안 죽이고는 둘째 문제였어요. 우린 늘 배가 고팠고 늘 자고 싶었어요. 늘 마음속으로 어서 빨리 이 전쟁이 끝나기만 바랐고요. 그게 우리의 유일한 소원이었죠. 총을 쏘고 행군하는 이 일이 제발 끝났으면…… 뜨겁게 달구어진 장갑차를 타고 다니는 건 또 어떻고요? 지독한 흙먼지 모래를 들이마시고…… 총알들이 머리 위로 슉슉 날아다니는데, 우리는 잠을 잤어요…… 사람을 죽이고 안 죽이고는 전쟁이 끝나고 난 후에 고민할 문제고요, 사실 전쟁심리는 그보다 훨씬 더 간단해요. 전쟁터에서는 적을 사람으로 봐선 안 된다는 것. 안 그러면 적을 죽일 수가 없으니까요. '두시만'들의 마을을 포위하고…… 꼬박 하루를 기다리고 다시 또 꼬박 하루를 기다리다보면…… 날은 찌는 듯 덥지, 몸은 쓰러질 지경이지, 거의 정신이 나가요…… 우리가 아프간 정부군보다 더 무자비하게 굴었어요…… 아프간 정부군은 어쨌거나 놈들과 같은 동족이잖아요. 또 그런 마을들에서 나고 자랐고요. 하지만 우리는 그런 건 개의치 않았어요. 우리와는 상관없는 삶이었으니까…… 그래서 마을에 수류탄을 던져넣는 게 우리로선 어렵지 않은 일이었죠……

한번은 일곱 명이 부상을 당하고 두 명이 좌상을 입은 채 막사로 돌아왔어요. 길을 따라 늘어선 마을들은 죽은듯 고요했어요. 마을사람들은 이미 산으로 도망가거나 자기 집 지하실에 몸을 숨긴 뒤였죠. 그런데 갑자기 어디선가 늙은 아프간 여자가 튀어나왔어요. 여자는 큰 소리로 울부짖으며 우리 쪽으로 달려들어 두 주먹으로 장갑차를 마구 때렸어요. 우리 때문에 아들을 잃은 어머니였죠. 여자는 우리를 저주했어요…… 하지만 그 여자를 보며 우리가 느낀 감정은 하나였어요. '왜 소리를 지르고 우리를 협박하는 거지? 어서 길에서 비키기나 하라고!' 우린 그 여자를 죽이진 않았지만 사실 얼마든지 죽일 수도 있었어요. 우리는 그 여자를 바닥으로 밀쳐버리고 우리 갈 길을 갔어요. 부상당한 우리 병사 일곱을 태우고서요……

우리는 아는 게 별로 없었어요…… 우리는 병사였고, 그래서 싸웠어요…… 우리는 아프가니스탄 사람들로부터 완전히 차단된 생활을 했어요. 아프간 사람들은 우리 군부대 지역에 한 발자국도 들여놓을 수 없었죠. 우리가 그들에 대해 아는 건 그들이 우리를 죽인다는 사실이 전부였어요. 모두 살고 싶어했어요. 나는 부상당할 상황이 오면 피하지 않았어요. 오히려 가벼운 부상 정도는 당했으면 한걸요. 좀 쉬면서 실컷 자고 싶었거든요. 하지만 죽는 건 누구도 원하지 않았죠. 어느 날 우리 병사 세 명이 가게에 들어가 주인과 그 가족을 모두 쏴 죽이고 물건을 훔쳐 나오는 일이 생겼어요. 처음에는 부대에서 다들 '우리는 아니다. 우리 병사들은 아니다'라며 부인했어요. 곧이어 살해당한 아프간 가족의 몸에서 빼낸 총알들을 근거로 범인을 찾는 조사가 시작됐죠. 결국 장교 한 명, 부사관 한 명, 병사 한 명, 이렇게 모두 세 명의 소행이란 게 밝혀졌어요. 하지만 우리 막사에서 수색이 벌어지고 도난당한 돈과 물건들을 찾아 여기저기 뒤지는 것을 보면서 다들 굴욕감을 느꼈던 게 기억나요. '그깟 아프가니스탄 사람 몇 명 죽었다고 이렇게 호들갑을 떨 것까진 없잖아.' 군사재판이 열렸어요. 부사관과 병사, 이 두 사람은 총살형을 언도받았어요. 다들 그 두 사람을 딱하게 여겼죠. 잠깐 어리석은 생각을 한 탓에 죽게 됐다고요. 우리는 그들의 행위를 어리석은 짓이라고 생각했지 범죄라고는 생각하지 않았어요. 우리는 살해당한 그 가게 가족들은 안중에도 없었죠. 모든 게 이미 정해져 있었어요. 그들과 우리.

친구와 적. 고정관념이 깨진 지금에야 비로소 다른 식으로 생각할 수 있게 됐죠…… 사실 나는 투르게네프*의 「무무**」를 눈물 없이는 읽지 못하던 사람이었어요.

전쟁터에서는 사람이 전혀 다른 사람이 돼요. 더이상 그 사람이 그 사람이 아니게 되죠. 우리가 언제 사람을 죽이지 말라고 배운 적이 있던가요? 고등학교고 대학교고 늘 참전 용사들이 찾아와 어떻게 적을 죽였는지 들려줬다고요. 모두 하나같이 깔끔하게 차려입은 군복에 메달 훈장들을 달고 와서요. 나는 한 번도 비록 전쟁터에 있더라도 사람을 죽여선 안 된다는 말을 들은 적이 없어요. 전시가 아닌 일상생활에서는 사람을 죽이면 살인자가 되어 처벌을 받지만, 전쟁터에서는 사람을 죽이는 일이 다른 의미로 받아들여지죠. '조국을 위한 아들의 의무'니 '남자로서 져야 할 신성한 의무'니 '조국 수호'니 따위의 말들로 정당화가 돼요. 우리에게 대조국 전쟁의 영웅들이 세운 위업을 우리가 똑같이 재건하는 것이라고 설명했어요. 그런데 어떻게 의심을 해요? 그리고 '우리가 가장 뛰어난 사람들이다'라는 말을 끊임없이 되풀이해서 들려줬고요. 만약 우리가 가장 뛰어난 사람들이면 '우리가 지금 하는 일이 모두 옳은가'라는 질문을 굳이 왜 하겠어요? 나중에는 많은 생각을 하게 됐지만요…… 나는 대화할 상대를 찾아다녔어요…… 군대 동료들이 그러더군요. "너, 정신이 나간 거야? 아니면 정신이 나가고 싶은 거야?" 나는…… 나는 강하고 권위적인 엄마 밑에서 자랐고…… 단 한 번도 내 운명을 거슬러본 적이 없었어요……

---

* 이반 세르게예비치 투르게네프(1818~1883). 19세기 러시아 작가로, 대표작으로는 『첫사랑』과 『아버지와 아들』이 있다.

** 벙어리 소작농과 그의 개에 대한 이야기를 통해 농노제의 불합리성과 모순을 비판한 투르게네프의 단편소설.

'훈련 캠프'에서 특수부대 정찰병들이 귀를 솔깃하게 하는 이야기들을 들려줬어요. 잔혹하고도 아름다운 이야기였죠. 우리는 그들처럼 강인해지고 싶었어요. 두려울 게 없는 강인한 사람. 어쩌면 나는 열등감을 안고 사는지도 모르겠어요. 음악과 책을 사랑하면서도, 마을로 쳐들어가 사람들 목을 모두 따버리고 내가 한 일을 자랑하고 싶다는 생각이 들 때도 있었거든요. 하지만 실제로는 전혀 그러지 못했어요…… 오히려 공황상태에 이를 정도로 극심한 공포만 맛봤죠…… 차량을 타고 가는데…… 포격이 시작된 거예요. 차가 멈췄어요. 지시가 내려졌죠. "방어태세를 갖춘다!" 우리는 차에서 뛰어내리기 시작했어요. 나도 뛰어내리려고 몸을 일으켰고…… 다른 병사가 내가 앉아 있던 곳으로 자리를 옮기는데…… 바로 그 순간 수류탄이 정확히 그 병사에게 날아들었어요…… 내 몸이 수평으로 붕 떠서 날았다가…… 만화영화에서처럼 천천히 아래로 떨어졌어요. 누군가의 시신 조각들이 내 몸 위로 우수수 쏟아져내리고…… 무슨 이유인지 모르지만 나는 주위의 다른 것들보다 더 천천히 날았어요…… 내 의식이 이 모든 걸 기억한다는 게 이상해요. 아마 그래서 우리는 자신의 죽음도 기억하고 죽음의 흔적도 좇을 수 있나봐요. 흥미로운 일이죠. 나는 바닥에 떨어졌고…… 오징어처럼 바닥을 기어서 관개용 수로로 숨어들었어요…… 바닥에 누워 부상당한 팔을 위로 올려봤죠. 심각한 부상은 아니었어요. 하지만 나는 다친 손을 붙잡고 꼼짝도 하지 않았어요……

그래요, 나는 강인한 사람이 되지 못했어요…… 마을로 쳐들어가 누군가의 목을 따는 그런 사람은…… 1년 뒤에 나는 병원 신세를 지게 됐어요. 영양실조에 걸려서요. 우리 소대에서 내가 유일한 '젊은이'였어요. '할아버지'들 열 명에, 나만 '젊은이'였죠. 하루에 세 시간밖에 못 잤어요. 나 혼자 설거지를 도맡아 하고, 나 혼자 장작도 패고, 막사 청소도 혼자 다 했어요. 물도 혼자 길어 날랐고요. 강까지는 거리가 20미터 정도였죠…… 어느 날 아침, 강으로 물을 길으러 가려는데 가면 안 된다는 느낌이 강하게 들더라고요. '가지 마. 거긴 지뢰가 묻혀 있잖아!' 하지만 가지 않았다가 두들겨맞을 일을 생각하니 너무 두려웠어요. 다들 잠이 깼는데 물이 없다면, 씻을 물조차 남아 있지 않다면…… 하는 수 없이 강으로 향했고 결국 지뢰를 밟고 말았어요. 하지만 다행히도 경보 지뢰였어요. 로켓포가 위로 치솟고 사방이 환해지고…… 나는 바닥에 털썩 넘어져 잠시 앉아 있다가…… 앞으로 엉금엉금 기어갔어요…… 물 양동이라도 가져오려고요. 양치질할 물도 없이 돌아갔다가는…… 구타를 당할 게 뻔했어요. 사정 봐가며 이해해줄 사람들이 아니었거든요. 지극히 정상적인 청년이던 내가 단 1년 새에 영양실조에 걸린 사람으로 변해버렸어요. 간호사 도움 없이는 병동을 걸어가지도 못했고, 그나마도 땀을 삘삘 흘려야 했죠. 부대로 돌아오니 다시 구타가 시작됐어요. 얼마나 심하게 맞았던지 다리가 부러져 수술을 받아야 할 정도였어요. 대대장이 병원으로 나를 찾아왔더라고요.

—누가 이랬나?

캄캄한 밤에 일어난 일이었지만 누가 때렸는지 알고 있었죠. 하지만 사실대로 보고를 할 순 없었어요. 밀고자가 될 테니까요. 그건 절대 어겨서는 안 되는 우리들 사이의 불문율이었어요.

—왜 아무 말도 안 하지? 이름을 대. 이 불한당을 당장 군법회의에 회부할 테니.

나는 끝까지 입을 다물었어요. 외부 권력은 내부 권력 앞에서 무력했어요. 병사들 세계의 내부 권력이 내 운명을 결정했죠. 그 권력에 저항하는 사람들은 언제나 패했어요. 내 눈으로 봐서 알아요. 나는 내 운명을 따랐어요…… 복무가 끝날 무렵 나도 한번 때려보자 싶어서 시도해봤어요. 하지만 안 되더라고요…… '가혹행위'는 사람에 달린 게 아니에요. 군중심리가 그렇게 만들어요. 처음에 내가 맞았으니까 다음엔 내가 반드시 때려야 한다는 식이죠. 나는 내가 때리지 못한다는 사실이 다른 전역병들에게 알려지지 않도록 조심했어요. 그 사실이 알려지면 나는 비웃음거리가 될 게 뻔했죠. 구타를 당하는 병사들도 구타를 하는 병사들도 모두 나를 비웃었을 거예요. 복무를 마치고 집에 돌아와 군정치위원회를 찾아갔어요. 그런데 마침 관이 하나 들어오더라고요…… 보니까 우리 부대의 대위였어요…… 전사통지서에 이렇게 적혀 있더군요. "국제 의무를 수행하다 전사하였음." 그 글귀를 보는 순간 그 대위가 고주망태가 되도록 술을 퍼마시고 비틀비틀 복도를 지나가다 보초병의 턱을 박살냈던 일이 떠올랐어요. 일주일에 한 번은 그렇게 망나니짓을 했었죠…… 재빨리 피해야지 안 그랬다간 영락없이 턱이 날아갔어요…… 사람 안에 정말 사람다운 것은 1그램, 아니면 물 한 방울 정도의 양밖에 안 된다는 사실, 그게 바로 내가 전쟁터에서 깨달은 점이에요. 사람은 배가 고프면 잔인해지고, 몸이 안 좋아도 잔인해져요. 그렇다면 그런 사람 안에 사람다운 게 얼마나 될까요? 딱 한 번 공동묘지에 다녀왔어요…… 묘비에 적힌 글귀들이 다 이런 식이에요. "영웅적인 죽음을 맞다." "용기와 대담함을 보여주었다." "군인의 의무를 다했다." 물론 영웅들도 있었어요. '영웅'의 의미를 좁은 범위에서 본다면요. 예를 들어 전투가 벌어지는 상황에서 자기 몸을 던져 전우를 보호한다든지, 아니면 부상당한 지휘관을 위험을 무릅쓰고 안전지대로 옮겨놓는다든지…… 하지만 나는 공동묘지에 잠든 그 영웅들 중 한 명은 마약에 중독돼 숨졌고, 다른 한 명은 식료품 창고에 몰래 숨어들다 보초가 쏜 총에 목숨을 잃은 사실도 알고 있죠…… 사실 창고에 숨어들지 않는 사람이 없었어요. 다들 연유에 비스킷을 먹는 게 소원이었으니까요. 이 이야기는 쓰지 마세요…… 누구도 그곳, 저 땅 밑에 어떤 진실이 묻혀 있는지 말하지 않을 거예요. 산 사람들에겐 훈장을 수여하고, 죽은 사람들에겐 전설을 만들어주면 다 좋지 않겠어요?

전쟁은 여기 삶과 비슷해요…… 아니, 모든 게 여기와 똑같아요. 단지 전쟁터에 죽음이 더 많다는 점만 다를 뿐…… 감사하게도 나는 지금 다른 세계에 살고 있어요. 이 세계가 그곳으로 통하는 문을 막아버렸죠. 책과 음악의 세계, 이 세계가 나를 구원했어요. 나는 고민을, 집으로 돌아와서야 하기 시작했어요. 그곳에 있을 때가 아니라요. '나는 어디에 있었던 걸까? 나한테, 내 안에서 무슨 일이 벌어진 걸까?' 하지만 고민은 혼자서만 해요. '아프간' 클럽에 가는 걸 좋아하지 않거든요. 학교에 가서 아이들에게 전쟁 이야기를 하고, 미숙한 소년이었던 내가 어떻게 살인자로 변했는지 들려준다? 상상도 못할 일이에요. 그저 배불리 먹고 실컷 자는 게 소원이었다는 그런 이야기들을 어떻게 해요? 나는 '아프간 참전 용사들'을 증오해요. 그들의 클럽은 군대와 비슷하죠. 생각하는 것도 군대와 똑같고요. "우리는 헤비메탈광은 좋아하지 않아. 자, 제군들, 가서 놈들의 면상을 박살내자고! 게이 놈들한테 본때를 보여주자고!" 이건 도망치고 싶은, 다시는 엮이고 싶지 않은 내 삶의 한 부분이기도 하죠. 우리 사회는 잔혹해요…… 무자비한 법칙에 따라 움직이죠. 예전에는 이 사실을 전혀 몰랐어요.

병원에 입원해 있을 때 병실 환자들과 함께 페나제팜*을 잔뜩 훔친 적이 있어요…… 페나제팜은 정신병자들을 치료할 때 쓰는 약이죠…… 복용량은 하루에 한두 알이고요…… 그런데 그걸 누구는 10알을, 또 누구는 20알을 먹은 거예요…… 그러고는 한밤중 세시에 설거지를 하겠다며 주방으로 몰려들 갔어요. 그릇은 당연히 깨끗이 씻겨 있었죠. 또 몇 사람은 모여서 카드게임을 했어요…… 자기 베개에 용변을 본 사람도 있었고요…… 정말 황당무계함 그 자체였죠! 간호사가 겁에 질려 뛰어나갔고 경비병을 불러왔어요.

이 전쟁은 내 기억 속에 그렇게 남았어요. 한편으론 황당무계함 그 자체고…… (잠시 말이 없다.) 다른 한편으론 우리가 나중에 죽어도 천국에 갈 수 없는 짓을 거기서 하고 왔다는 것이고요……

사병, 대포 조준수

—쌍둥이 형제를 낳았어요…… 하지만 한 아이는 태어나자마자 죽고 아이 하나만 남았어요……

아들과 나는 모자건강연구소의 특별 관리 대상이었어요. 아들이 징집영장이 나오는 열여덟 살이 되기 전까지, 그러니까 성년이 되기 전까지요. 우리 아들 같은 병사를 아프가니스탄까지 꼭 보내야 했을까요? 이웃집 여자가 타박을 하더군요. "몇천 루블이라도 모아서 뇌물을 좀 쓰지 그랬어?" 그 여자 말이 맞았어요. 누군가 뇌물을 써서 자기 아들을 빼냈고, 그 자리를 우리 아들이 채우게 됐거든요. 하지만 나는 돈을 써서 아들을 구해야 한다는 게 이해가 되지 않았어요. 나는 가슴으로 아들을 구했으니까요.

---

* 마약 성분이 든 약품의 일종.

군인선서식에 참석하기 위해 아들을 찾아갔어요. 아들은 전쟁에 전혀 대비가 돼 있지 않았죠. 어찌할 바를 몰라하더라고요. 아들과 나는 서로 숨기는 게 없는 사이였어요.

—콜랴, 넌 아직 준비가 안 됐어. 엄마가 탄원을 해볼게.

—엄마, 괜히 수고하지 마요, 남한테 고개 숙이지도 말고요. 엄마가 우리 아들은 아직 준비가 안 됐다면서 사정한다고 누가 꿈쩍이나 할 것 같아요? 여기서 누가 그런 일에 관심을 가지겠어요?

그래도 어쨌든 어렵사리 대대장과 면담할 기회를 잡았어요. 대대장에게 간청했어요.

—하나밖에 없는 아들이에요…… 만약 우리 아이한테 무슨 일이 생기면 저는 못 삽니다. 그애는 전쟁터에 나갈 준비가 전혀 안 돼 있어요. 제가 봐도 아직 준비가 많이 부족하고요.

대대장도 우리 사정을 딱하게 여겼어요.

—집으로 가셔서 군정치위원회에 부탁해보십시오. 군정치위원회에서 저에게 공식 요청서를 보내오면, 아드님을 소련으로 배치하겠습니다.

그날 밤 바로 비행기를 잡아타고 집으로 돌아왔어요. 그리고 다음날 아침 아홉시가 되기 무섭게 군정치위원회로 갔어요. 고랴체프 동지가 우리 지역 군정치위원회 의장이었죠. 자리에 앉아 전화통화를 하고 있더군요. 나는 서서 기다렸어요.

—무슨 일입니까?

의장에게 사정 이야기를 했어요. 다시 전화벨이 울렸고 의장은 수화기를 집어들면서 나를 보고 말했어요.

—어떤 서류도 내줄 생각 없습니다.

무릎을 꿇고 애원했어요. 의장의 손에 입을 맞추라면 맞출 수도 있었어요.

—하나밖에 없는 아들이에요……

의장은 책상에서 일어나보지도 않았어요.

나는 의장실 밖을 나서면서도 계속 간청했어요.

—제 성만이라도 적어놔주세요……

그래도 나는 희망을 버리지 않았어요. 심장이 돌이 아닌 이상, 우리 아들 일을 생각해보겠지? 재고해보겠지?

4개월이 지났어요. 아들은 3개월 과정의 속성 훈련을 받는 중이었죠. 그런데 갑자기 아프가니스탄에서 편지가 온 거예요, 아들한테서요. 다해서 4개월…… 겨우 여름 한철인데……

아침에 출근을 하려고…… 계단을 따라 아래로 내려가는데 맞은편에서 웬 사람들이 오는 거예요…… 군인 셋과 여자 한 명이요. 군인들이 앞서서 오는데 다들 모자를 벗어 반쯤 구부린 왼손에 들고 있더라고요. 모자를 그렇게 드는 건 애도의 표시라고 어디선가 들어서 알고 있었죠. 애도의 표시…… 나는 방향을 바꿔 다시 위로 달려 올라갔어요. 그러자 내가 어머니인 것을 알아챘는지 그 사람들도 나를 따라 위로 올라왔고요…… 나는 다시 엘리베이터를 타고 아래로 내려갔어요…… 당장 밖으로 뛰쳐나가고 싶었어요. 도망치고 싶었어요! 그 자리를 벗어나고 싶었어요! 아무 소리도 듣고 싶지 않더군요. 아무 소리도! 엘리베이터가 1층에서 멈추자 사람들이 엘리베이터 안으로 들어왔어요. 미리 1층에서 나를 기다리고 있던 사람들이었죠. 나는 위로 향하는 버튼을 눌렀어요…… 우리집 층수를 눌렀죠. 사람들이 우리집으로 들어오는 소리가 들리자…… 나는 침실로 달려가 숨었어요. 그러자 그 사람들도 나를 따라 침실로 들어왔어요…… 모자를 벗어 손에 들고서요……

그 사람들 중에 고랴체프 의장의 얼굴도 보였어요…… 나는 있는 힘을 다해 한 마리 고양이처럼 의장에게 달려들었고 비명을 질렀어요.

—당신이 우리 아들을 죽였어! 당신이 우리 아들을 죽였다고!

의장은 아무 말도 못했어요. 의장을 두들겨패고 싶었어요. 의장은 계속 침묵만 지키고 있었죠. 그리고 다음은 하나도 기억이 안 나요……

1년이 지나니까 다시 사람들을 만날 생각이 들더군요. 그전까지는 아무도 만나지 않고 혼자서만 지냈어요. 나병 환자처럼 혼자서요. 그런데 내가 틀렸더라고요. 다른 사람들 잘못이 아니잖아요. 하지만 그때는 모든 사람이 우리 아들 죽음에 책임이 있는 것처럼 느껴졌죠. 아는 사이인 빵집 여자도, 생전 처음 보는 택시 기사도, 고랴체프 의장도, 모두를 비난하고 원망했어요. 내가 다시 마음을 연 것은 나와 똑같은 처지의 엄마들 때문이에요. 우리는 공동묘지 무덤가에서 인사를 나누며 알게 됐어요. 공동묘지에 가보면 오후 늦게 퇴근하고 버스에서 내려 서둘러 오는 엄마도 있고, 이미 아들 무덤가에 앉아 눈물을 흘리는 엄마도 있고, 아들 무덤 울타리에 페인트칠을 하는 엄마도 있어요. 우리들이 나누는 대화는 언제나 한 가지예요…… 아이들 이야기…… 오직 아들들 이야기만 하죠. 마치 그 아이들이 살아 있는 것처럼. 나는 그 엄마들과 나눈 이야기들을 거의 외우다시피 해요……

—발코니에 갔다가 우연히 아래를 내려다봤는데 장교 둘과 의사가 있더라고요. 그런데 그 사람들이 우리 통로로 들어오는 거예요. 문구멍으로 내다봤죠. 어디로 가나 보려고요. 그런데 우리 복도에서 멈추더니 오른쪽으로 방향을 꺾었어요…… 옆집을 찾아왔나? 했어요. 그 집도 아들이 군에 가 있었거든요…… 현관 벨이 울렸어요…… 문을 열었어요. "왜요, 우리 애가 죽었나요?" "어머니, 마음 단단히 잡수십시오……"

—나한테는 다짜고짜 말하던데요. "어머니, 관이 밖에 있습니다. 어디로 들여놓을까요?" 그때 남편과 함께 출근 준비를 하고 있었거든요…… 달걀프라이는 막 다 익은 참이었고, 찻물도 끓고 있었죠.

—아들을 데려가서 머리를 짧게 이발시키더니 다섯 달 후에 관에 담아 돌려보냈더군요.

—우리 아들도 다섯 달 후에……

—우리 아들은 아홉 달 후에……

—관을 호송해온 병사에게 물었어요. "이 안에 뭐가 들긴 들었나요?" "아드님을 관에 눕히는 걸 봤습니다. 아드님이 이 안에 있습니다." 그 병사한테서 시선을 떼지 않고 뚫어지게 바라봤어요. 그러자 고개를 떨구며 그러더군요. "뭐가 들긴 들었습니다……"

—냄새가 나던가요? 우리는 났는데……

—우리도 났어요. 하얀 구더기가 바닥에 떨어지기도 했는걸요……

—우리는 냄새가 하나도 안 났어요. 관을 짠 나무가 새것이더라고요. 생목재였어요……

—헬리콥터가 폭발하면 시신이 조각조각 잔해로 남아요. 팔 따로, 다리 따로…… 그래서 시계를 보고 누구인지 알아내죠…… 양말을 보거나……

—우리는 관을 한 시간이나 밖에 두고 기다려야 했어요. 아들 키가 2미터예요. 낙하산병이었고요. 석관을 가져왔더라고요. 나무관이 아연관 안에 들어 있고요…… 관이 우리 아파트 통로 입구에 꽉 차서 애를 먹었죠…… 남자 일곱이 겨우 위로 들어 옮겼어요……

—우리 아들은 집까지 오는 데 18일이 걸렸어요…… 비행기 안이 꽉 찰 때까지 기다리느라고요…… '검은 튤립'들로요…… 처음에 우

랄*로 갔다가, 다음엔 레닌그라드…… 그렇게 맨 마지막으로 민스크로 왔더라고요……

—아들 소지품을 하나도 돌려받지 못했어요. 뭐든 상관없으니 아들을 기억할 만한 물건 하나만 있으면 좋겠어요…… 아들이 담배를 피웠거든요, 라이터라도 남았으면 좋으련만……

—관뚜껑을 열지 않아 다행이에요…… 그래서 우리 아이들한테 무슨 일이 있었는지 안 봐도 됐으니까요. 우리 아들은 아직 내 눈앞에 살아 있어요. 온전한 모습으로요.

우리는 그렇게 해가 질 때까지 앉아서 이야기를 나눠요. 우리는 공동묘지가 좋아요. 우리 아이들을 추억할 수 있으니까요.

우리가 앞으로 얼마나 살까요? 이런 고통을 가슴에 품고서는 오래 살 수가 없는 법이죠. 이런 상처를 안고서는.

구역집행위원회에서 약속했어요.

—새 아파트를 주겠소. 우리 지역에 원하는 집이 있으면 골라보시오.

원하는 집을 찾았어요. 조립식 콘크리트가 아니라 벽돌로 지은 아파트로 조경도 잘돼 있고 공동묘지에 다니기도 편한 곳이었어요. 중간에 갈아탈 필요 없이 한 번에 갈 수 있는 곳이었죠. 주소를 말했어요.

—당신 지금 정신 나갔소? 거기 아파트는 당의 엘리트들을 위한 거라고요.

—그러니까, 우리 아들이 흘린 피가 그 정도도 안 될 만큼 싸구려라는 말인가요?

---

* 카자흐스탄 서부에 위치한 바티스카자흐스탄 주의 주도.

우리 연구소에 당위원회 서기관이 한 명 있는데 정직하고 좋은 사람이에요. 어떻게 그 사람이 중앙위원회까지 가게 됐는지 모르지만 나를 돕겠다고 갔었나봐요. 그런데 다녀와서 이 말만 하더라고요.

—그 사람들이 나한테 하는 얘기를 당신이 들었어야 해요. '그 어머니는 비탄에 잠겨서 그렇다지만, 당신은 왜 나서는 거요?'라며 화를 내더라고요. 하마터면 당에서 쫓겨날 뻔했어요.

내가 직접 갈 걸 그랬나봐요. 나한테는 무슨 말을 했을까요?

오늘 아들한테 가볼 거예요…… 다른 엄마들도 만날 거고요. 남자들은 전쟁터에서 싸우지만, 우리 여자들은 전쟁이 끝난 후에…… 우리는 전쟁 후에 싸워요……

어머니

—나는 바보였어요…… 열여덟 살짜리가…… 뭘 알았겠어요? (노래를 흥얼거린다.)

탐보프*에서 빈까지,

보르도에서 코스트로마까지

여인들은 군인들을 사랑하지……

경기병의 노래예요…… 나는 군복 입은 내가 좋았어요. 군복이 잘 어울리죠. 여자들은 언제나 군복 입은 남자를 좋아해요. 100년 전에도

* 러시아 서부에 위치한 탐보프 주의 주도.

그랬고, 200년 전에도 그랬어요. 지금도 마찬가지고요.

텔레비전에서 전쟁을 보여주면 나는 눈을 떼지 못했어요. 총격을 보면서 가슴이 뛰었고, 죽음을 보면서 가슴이 뛰었죠. 정말로요. 그냥 그대로 다 좋았어요. 그래서 결국 전쟁터로 가게 됐죠. 처음 몇 달은 내 눈앞에서 사람들이 죽고 죽이는 일이 벌어지길 바랐어요. 그러면 친구한테 보내는 편지에 그 얘기를 쓸 수 있잖아요. 나는 바보였어요…… 열여덟 살짜리 바보……

군인선서 중에 이런 내용이 있어요.

"……나는 언제나 소련 정부의 명령에 따라 나의 조국 소비에트 사회주의 공화국 연방을 위해 싸울 준비가 되어 있다. 또한 소련 군대의 전사로서 적과의 싸움에서 완전한 승리를 쟁취하기 위해 나의 생명과 피를 아낌없이 바치며 용맹하고 능숙하게, 품위 있고 명예롭게 조국을 수호할 것임을 맹세한다……"

아프간은 내게 천국 같았어요…… 그런 이국적 풍경은 예전에 〈영화 여행 클럽*〉에서만 봤거든요…… 텔레비전으로만…… 토담집들, 처음 보는 새들, 아름다운 산의 행렬. 산은 태어나서 한 번도 본 적이 없었어요. 낙타도…… 오렌지가 자라는 나무도…… 그리고 지뢰도 오렌지처럼 나무에 주렁주렁 매달려 있다는 걸 나중에야 알게 됐죠(탱크 안테나가 나뭇가지에 걸리면 바로 펑, 폭발했어요). '아프간 바람'이 한번 일면 사방이 뿌옇게 흐려지고 캄캄해져서 앞에 내민 자기 팔도 안 보였어요. 장님이 된 것처럼요. 카샤를 그릇에 담아오면 반이 모래였고요…… 몇 시간 후에 다시 해가 나타나고 산꼭대기들이 모습을 드러내요. 그러다

---

* 영화를 소개하는 러시아 텔레비전 방송 프로그램.

갑자기 기관단총이 일제히 불을 뿜고, 박격포가 발사되고, 저격수의 총탄이 날아다니죠. 전우 두 명이 순식간에 목숨을 잃어요. 총격은 잠시 멈췄다가 다시 시작돼요. 우리는 계속 전진하고요. 다시 태양과 산들이 모습을 드러내요. 모래 속으로 숨어든 뱀의 섬광이 물고기 비늘처럼 반짝여요…… (생각에 잠긴다.) 나는 말을 잘 못해요. 어눌하죠…… 오늘은 많이 노력하고 있는 거예요…… 학교 다닐 때 우등생이 아니었어요. 전쟁터에서도 영웅이 되지 못했고요. 그냥 평범한 도시 청년이죠. 거의 방치되다시피 자랐어요. 부모님은 우리를 돌볼 시간이 없었거든요. 우리는 학교랑 공터에서 자랐어요. 작가님 질문에 어떻게 대답해야 할지 모르겠어요. 그럴 능력이 안 돼요…… 나는 정말 평범한 사람이에요. 거창한 일에 대해선 한 번도 깊게 생각해본 적이 없어요. 기억나는 게 하나 있어요…… 머리 위로 총알들이 슝슝 날아다니는데도 죽음을 떠올리지 못했어요. 모래 속에 사람이 죽어 누워 있는 걸 보면서도 그 사람 이름을 불렀고요…… 죽음이 뭔지 이해를 못했죠…… 머리로는 죽음이 이렇구나 하면서도 그랬어요…… 다리에 부상을 입었어요. 그렇게 심각한 상태는 아니었지만요…… 얼른 '어, 부상을 당한 것 같은데'라는 생각이 들더라고요. 많이 놀랐죠. 하지만 어쩐지 내 일 같지가 않은 거예요. 발에 통증이 느껴지는데도 부상이 나한테 닥친 일이라는 게 실감이 나지 않았어요. 나는 아직 멋모르는 신참에, 여전히 총을 쏠 기회가 주어지기만 바라고 있었으니까요. 동료들이 칼로 군화 목을 잘라냈어요. 보니까 정맥이 잘렸더라고요. 지혈대를 댔어요. 통증이 심했지만 내색을 할 수 없었어요. 그러면 남자로서 자신이 겁쟁이처럼 느껴질 것 같았거든요. 그냥 참고 견뎠어요. 탱크에서 탱크 사이를 달려야 했어요. 그 거리가 100미터나 되고 엄폐물 하나 없이 그대로 노출된 공간이어서 적의 과녁이 되기 십상이었죠. 포탄이 날아다니고 바위도 가루가 되는 그런 곳이었지만, 차마 '못 뛰겠어요, 포복은 못해요'라는 말이 안 나오더라고요. 그러면 나 자신한테 실망할 것 같아서…… 가슴에 성호를 긋고는 달려나갔어요…… 절룩거리면서요…… 군화 안이 피로 가득한 게, 온통 다 피였어요. 전투는 예상보다 한 시간 이상을 더 끌었어요. 새벽 네시에 시작된 전투가 오후 네시에야 끝이 난 거예요. 우리는 전투 내내 아무것도 먹지 못했고요. 나는 두 팔이 피투성이였지만 개의치 않고 그 피투성이 손으로 허겁지겁 흰 빵을 먹었어요. 나중에 친구가 병원에서 숨을 거뒀다는 소식을 들었어요. 머리에 총을 맞았대요. 나는 그렇게 친구가 저세상으로 떠났으니까 며칠 후에 있을 저녁 점호 시간에 친구 이름이 불리면 누군가 나서서 이렇게 말해줄 줄 알았어요. "다시코 이고리는 국제 의무를 수행하던 중에 전사했습니다." 이고리는 조용한 친구였어요. 나처럼, 영웅도 아니었고 앞에 나서는 법도 없었죠. 그렇다고 그렇게나 빨리 잊힐 수는 없는 거잖아요. 명단에서 이름까지 완전히 지워져서는 안 되는 거잖아요. 하지만 나를 제외한 그 누구도 이고리를 기억해주지 않았어요…… 나는 친구에게 작별을 고하기로 마음먹었죠…… 이고리는 관 속에 누워 있었어요…… 나는 친구를 오래도록 바라보며 눈에 넣어두려고 애썼어요. 시간이 흘러도 잊어버리지 않으려고요……

타슈켄트에…… 비행기 표가 없더라고요. 그래서 저녁에 기차 승무원들과 합의를 봤죠. 우리 네 명은 각각 승무원들에게 50루블씩 찔러주고 좌석을 구해 기차를 탔어요. 우리가 네 명에 승무원은 두 명이니까 승무원 한 사람당 100루블씩 챙긴 셈이에요. 꽤 괜찮은 부수입을 올린 거죠. 하지만 우리는 상관없었어요. 우리는 웃을 일도 아닌 것에 웃음을

터뜨렸고 속으로 환호를 질렀어요. '우리는 살았다! 우리는 살았다!'

집에 도착해 대문을 열었어요…… 곧장 양동이를 집어들고 마당을 지나 물을 길으러 갔죠. 아, 우리집 마당!

대학에서 전쟁공훈메달 시상식이 열렸어요. 다음날 신문에 기사가 실렸고요. "메달이 영웅을 찾았다." 마치 붉은 탐험대원들이 나를 애타게 찾아 헤맨 것처럼, 그리고 전쟁이 끝난 지 한 40년은 흐른 것처럼 쓴 기사에 난 그저 웃음만 났어요. 게다가 '우리가 아프간에 간 것은 아프간 땅에 4월 혁명*의 불꽃을 피워올리기 위해서였다' 이렇게는 한 번도 말한 적이 없거든요. 그런데 그렇게들 썼더라고요……

군대에 가기 전에 사냥하는 걸 좋아했어요. 군복무를 마치면 시베리아로 가서 전문 사냥꾼이 되겠다는 꿈까지 가질 정도로요. 나는 바보였어요…… 열여덟 살짜리 바보…… 그럼 지금은요? 한번은 친구와 사냥을 갔어요. 친구가 거위 한 마리를 총으로 쏴서 맞혔죠. 그리고 좀 있다가 거위 한 마리를 또 보게 됐는데, 부상을 당했더라고요. 당장 그 거위한테 달려갔어요…… 친구는 또 총을 쐈고요. 내가 그렇게 달려간 건 거위를 산 채로 잡고 싶어서였어요…… 죽이고 싶지 않더라고요……

나는…… 그때 아직 소년이었어요…… 그러니 뭘 알았겠어요? 전쟁에 대한 책을 많이 읽었는데, 그 책들엔 아름다운 이야기들만 나와 있었죠. 이제 내 얘기는 다 한 것 같아요……

(나는 떠날 준비를 했다. 그런데 갑자기 그가 냉장고를 열고 보드카 한 병을 꺼냈다. 보드카를 반 컵쯤 따르더니 한입에 털어넣었다.)

---

* 1978년 4월 27일 아프가니스탄에서는 소련의 지원을 등에 업은 친소련 세력의 군사공산혁명으로 다우드 대통령 일족이 살해되고 사회주의 정권이 들어섰다. 아프가니스탄의 국가 공식명칭도 아프가니스탄 민주공화국으로 바뀌었다.

아, 지겨운 이 세상! 지겨운 전쟁! 아내가 그러더라고요. "당신은 파시스트야!" 그러고는 떠나버렸어요. 딸아이도 데리고요. 여기서 작가님께 쏟아놓은 얘기는 결국 다 공허한 헛소리일 뿐이에요. 옛날이야기일 뿐이죠! 나는 여자를 잘 몰라요. 세상 돌아가는 것도 잘 모르고요…… 전쟁터에서 생각했죠. '살아서 돌아가면 결혼해야지.' 그리고 정말 살아 돌아왔고 결혼도 했어요. (보드카를 또 따른다.) 보드카…… 책과 보드카…… 이 안에 러시아 영혼의 비밀이 숨겨져 있으니 여기서 러시아 애국주의의 근원을 찾아보시죠. 우리는 서류에 적힌 말을, 그 근사한 글귀들을 믿었어요…… 아내는 "당신은 파시스트야!"라고 소리치고는 떠났어요. 크렘린의 미라* 따위는 저주나 받으라고 해요! 그들은 세계혁명이 필요했을 뿐이라고요…… 하지만 내 생명은 하나예요…… 단 하나! 전사한 병사의 시신을 지키고 앉았던 개의 눈이 생각나요…… 으으으…… 그놈의 저주받을 미라! 어제 꿈을 꿨어요…… 사람들이 포탄처럼 빠르게 질주하며 꼭 자기들이 포탄인 것처럼 행동하는 거예요. 하늘에서 포탄들이 쏟아지고…… 하지만 그게 무슨 포탄인지는 알 수가 없어요. 사람들은 모두 죽어 있는데 버스와 물건들은 멀쩡하죠…… 완전히! 으으으…… 사랑해요! 아내를 사랑해요…… 나한텐 아내밖에 없었어요…… 전쟁 그까짓 게 뭐라고! 영웅들? 영웅도 다른 사람들하고 똑같아요. 거짓말하고, 욕심 사납고, 술이나 퍼마시고. 영웅을 만들 생각은 하지 마세요! 거짓으로 지어서 쓰지 말라고요…… 차라리 사랑에 대해서 써요…… 전쟁이 무슨 냄새를 풍기는 줄 알아요? 으으으…… 살인의 냄새를 풍겨요, 죽음이 아니라. 죽음은 냄새가 달라

---

* 크렘린 붉은 광장의 레닌 묘에는 러시아의 혁명 영웅인 블라디미르 레닌의 시신이 방부처리되어 전시되고 있다.

요…… (보드카를 또 따른다.) 보드카를 숙녀에게 권할 수는 없고, 제기랄 포도주가 없네요. 포도주는 안 마시거든요. 사랑을 위하여! 아프간 사람들은 죽음을 두려워하지 않았어요…… 만약 사람이 죽음을 두려워하지 않는다면 뭐하러 죽이죠? 무슨 의미가 있나요? 랴잔* 출신, 시베리아 깡촌 출신 친구들과 얘기하다가…… 아프간 사람들 집에 화장실과 화장지가 없는 건(그들은 작은 돌을 사용했어요) 그 사람들이 우리보다 열등하기 때문이라고 결론을 내렸이요. 하지만 사실 그건 그 사람들을 죽일 때 마음 좀 편해보자고 우리끼리 생각해낸 것이었죠……

아내에게 다 털어놨어요…… 괜히 얘기한 거 아니냐고요? 당연히, 괜히 얘기했죠…… 영웅 흉내를 냈어야 했는데…… 사람을 죽이는 게 사냥에서 오리를 죽이는 것만큼 간단하다는 식으로 얘기를 한 거예요. 총의 가늠쇠를 잡고 조준한 다음 방아쇠를 당기면 그만이라고요. 처음 총을 쏠 때는 눈을 질끈 감았지만 나중에는 눈을 뜨고 봤어요…… 아, 벌써 취했나…… 괜찮아요…… 으으으…… 계속할 수 있어요…… 항상 여자 생각이 나요…… 예측할 수가 없어요, 제기랄…… 사람은 전쟁터에서 전혀 예측할 수 없게 행동해요…… 만약 내가 영웅이 되어 돌아왔다면 아내도 나를 안 떠났을지 모르죠. 우린 전쟁에서 졌어요. 나라는 엉망이 됐고요. 남자가 뭐가 잘났다고 여자들이 남자들을 존경하겠어요? 젠장! 완전히 취했네…… 죄송해요, 작가 선생님. 진실을 원하셨나요? 진실을 알려드리죠…… 죽기는 쉽고 살기는 어렵다. 뭐, 그러니까…… 그러니까, 그게…… 주검이 누워 있는데 그 주머니에서 체키 다발이 툭 떨어지더라고요. 살겠다고, 잘살아보겠다고 돈을 모았을

* 러시아 모스크바 동남쪽, 오카 강 연안에 위치한 도시.

텐데 말이죠. 나는 바보였어요…… 바보…… 전쟁은…… 전쟁터에도 아름다운 게 제법 많아요…… 불길도 아름답고…… 마을이 불길에 휩싸이면 사람들은 불을 피해 달아나면서 가축들을 죄다 풀어주고 도망가게 했어요. 마을로 다시 돌아오지만…… 살 곳이 없죠…… 무너진 흙더미 속에서 가축들이 튀어나오면 사람들이 그 가축들을 껴안고 이름을 부르며 울었어요. "네가 살아 있었구나! 네가 살아 있었어!" (컵을 식탁 위에 올려놓으려고 하지만 아래로 떨어지고 만다.) 동작 그만! 차렷! 제기랄, 차렷하라니까! 용서하세요, 숙녀분…… 보시다시피 제가 술을 좀 마셔서요. 생각이 나는 동안에는 아마 계속 마실 거예요…… 전쟁은 잊을 수 있는 게 아니에요…… 아내도 그렇고…… 예전에는 술을 거의 마시지 않았어요…… 남편은 술을 마시면서도 술을 찾아요…… 그래서 결국 아내가 떠난 거예요…… 5년을 참고 살다가 결국은…… 아내에게 꽃을 사다주곤 했어요. 주머니마다 아네모네 꽃다발을 넣어오곤 했죠. 제일 신선한 꽃들로요! 아, 취했어…… 으으으…… 관들은 과일상자처럼 여기저기 틈이 벌어져 있었어요…… 막사…… 벽에 포스터가 붙어 있었는데, 소련과 아프간의 견고한 우정을 선전하는 내용이었죠…… 그런데요! 혹시 아내가 돌아올 수도 있을까요? 그럼 술을 끊을 텐데…… (술병을 손으로 잡는다.) 책과 보드카…… 이 두 가지가 러시아의 비밀이죠…… 요새 책을 많이 읽어요. 사랑 없이 살면 시간이 많아지거든요. 텔레비전은 안 봐요…… 다 거짓말에 쓸데없는 것들만 보여주니까! 책을 쓰세요, 부인…… 쓰세요…… 그런데 왜 여편네들이 전쟁에 대해 쓰는 겁니까? 남자들은 다 어디 가고요? 젠장! 전쟁을 알아야 한다고요…… 그 지식은 내가 책을 읽었다고 해서, 내 눈으로 목격했다고 해서 알게 된 게 아니에요. 예전부터 내 안에 있었다고요. 어디서 온 건지는 모르지만요……

하지만 사랑은 도통 모르겠어요. 여자가 전쟁보다 더 이해하기 힘들어요. 나는 사랑이 제일 무서워요……

사병, 전차병

—사람들이 전쟁을 좋아하지 않는다고 누가 그러던가요? 누가 작가님께 그런 말을……

나는 아프간에 혼자 간 게 아니에요…… 우리 개, 차라를 데리고 갔죠…… 녀석은 '죽어!' 하고 소리치면 바닥에 픽 쓰러져요. '눈감아' 그러면 앞발로 얼굴과 눈을 가리고요. 내가 뭔가 마음이 불편하거나 기분이 상해 있으면 녀석은 내 옆에 앉아서 울죠. 처음 며칠은 아프간에 있다는 사실이 말도 못하게 좋았어요. 나는 어릴 때부터 심한 병을 앓아 군대에서 안 받아줬어요. 하지만 사람들은 의아해했죠. "어떻게 그래요? 젊은이가 군대를 안 갔다고요?" 창피하더라고요. 비웃음을 당할 게 싫었어요. 군대는 인생의 학교예요. 그곳에서 비로소 진짜 남자가 되죠. 결국 군대에 가게 됐어요. 나는 아프간으로 보내달라고 여러 번 청원서를 냈어요.

—너는 거기 가면 이틀도 못 버텨.

사람들이 겁을 줬어요.

—아니, 난 꼭 가야 해.

나도 다른 사람들과 다를 바 없다는 걸 보여주고 싶었죠.

부모님께는 아프간으로 간다는 사실을 숨겼어요. 나는 열두 살 때부터 임파선염을 앓고 있어요. 부모님은 내가 나을 수만 있다면 세상 모든 의사들을 찾아다녔을 거예요. 부모님께는 동독에서 복무할 거라고 썼어요. 그리고 주소는 부대 우편함 번호만 알리면서 비밀부대 소속이라 지역 이름은 말할 수 없다고 했죠.

나는 기타를 챙기고 차라와 함께 갔어요. 군 특수부에서 묻더라고요.

—여기는 어떻게 오게 됐나?

—그게……

나는 수차례 청원서를 넣어 오게 됐다고 이야기했어요.

—자원을 했다니 말도 안 되네. 자네 제정신인가?

나는 한 번도 담배를 피운 적이 없거든요. 그런데 거기서 담배가 피우고 싶어지더라고요.

난생처음 죽은 사람의 시신을 봤어요. 거의 사타구니까지 다리가 잘려나간 사람, 머리에 커다란 구멍이 뚫린 사람…… 도망치다시피 그 자리를 빠져나오다 결국은 기절해버렸죠…… 그래…… 이런 게 영웅이라니! 아무리 사방을 둘러봐도 보이는 건 모래뿐이었어요. 낙타가시나무 말고는 자라는 것도 없었고요. 처음 한동안은 집과 엄마가 생각나더니 나중엔 물 생각만 나더라고요. 50도나 되는 더위 속에 자동소총을 들고 서 있으면 팔 살가죽이 녹아내리는 것 같았어요. 늘 팔이 벌겋게 그을린 채 다녀야 했죠. 자주 떠올리는 즐거운 추억이 하나 있는데…… 마치 뭔가에 홀린 것처럼…… 동료들과 함께 소련으로 휴가를 나가서 아이스크림을 입안 가득 넣고 목이 얼얼할 때까지 녹여 먹던 일이에요. 전투가 끝나면 굽는 냄새가 나요…… 여기저기서 "정신 차려! 정신!"이라고 외치는 소리들이 들리고요. 전쟁터에서는 사람들이 정신이 이상해지고 딴사람처럼 변하거든요. 악몽을 꾸고…… 사납고 요란한 웃음소리에 수시로 잠이 깨곤 했어요. 때로는 누군가 내 이름을 부르는 소리를 듣기도 했고요…… 눈을 뜨면 '아, 전쟁터지! 나는 지금 전쟁터에 있지!' 하면서 정신을 차렸어요. 아침이 되면…… 동료들은 세수를 하고 면도를 했어요…… 우스갯소리며 재치 어린 말들을 주고받고 누군가의 바지에 물을 끼얹는 등 실없는 장난을 치기도 했죠…… 행군중이면 잠도 조금밖에 못 잤어요. 두세 시간 정도? 저녁에 작전에 투입될 때가 가장 좋았어요. 그러면 아침에 단잠을 잘 수 있거든요. 찻물을 끓이는 일도 아침 교대조가 해야 할 일이었어요. 행군중에는 모닥불에 음식을 만들어 먹었어요. 죽이 든 200그램짜리 통조림 하나, 페이스트* 통조림 작은 것 하나, 수하리나 크래커가 행군용 배급식량으로 나왔어요. 설탕 두 갑(기차에서처럼)에 차 두 봉지가 같이 나왔고요. 아주 가끔 고기 통조림도 나왔어요. 그거 하나면 몇 사람이 먹을 수 있는 양이었죠. 친하게 지내는 동료가 있으면 그 동료 냄비에 두 사람분의 죽을 덥히고 자기 냄비에는 차를 끓여 마시면 됐어요.

어느 날, 밤에 누군가 전사자 시신에서 자동소총을 훔쳐갔어요…… 범인을 잡고 보니 우리 병사였어요. 총을 훔쳐다가 8만 아프가니를 받고 현지 가게에 팔았더라고요. 그 돈으로 산 물건을 보니까 녹음기 두 개와 약간의 청바지 천이었어요. 만약 그 병사가 체포되지 않았다면 우리 손으로 직접 죽여서 갈가리 찢어놓았을지도 몰라요. 그 병사는 법정에 앉아 아무 말도 못하고 눈물만 흘렸어요. 여러 신문들이 우리가 '공훈'을 세웠다고 보도했어요. 우리는 분개했죠. 하지만 집에 돌아와 2년이 지나 신문을 읽는데, 내가 글쎄, '공훈'에 대한 기사를 찾아가며 읽더라고요. 게다가 내용도 신문에 난 그대로 믿고요. 정말 수수께끼 같은

---

* 육류나 토마토 따위를 갈거나 으깨서 풀처럼 만든 식품.

일이죠.

아프간에 있을 땐 집에 돌아가면 새로운 인생을 시작하겠다고 생각했어요. 완전히 다른 삶을 살 거라고요. 많은 병사들이 집으로 돌아왔고 이혼들을 하고 재혼들을 하고 어딘가 새로운 곳으로 떠났어요. 누구는 시베리아로 송유관 설치 일을 하러 가고, 또 누구는 소방관이 되고요. 위험이 도사리고 있는 곳들을 찾아 뿔뿔이 흩어졌죠. 그들은 그저 평범하게 숨만 쉬며 사는 삶 대신 진짜 삶을 갈망했어요. 아프간에서 화상을 입은 부상병들을 본 적이 있어요…… 처음엔 온몸이 노랗고 눈만 반짝여요. 그러다 살이 녹아내리면서 분홍색으로 변하죠…… 산악작전은 또 어떤 줄 아세요? 자동소총의 기본 무게에, 정량보다 두 배나 더 챙겨온 탄약 10킬로그램, 거의 비슷하게 무게가 나가는 수류탄, 거기에 역시 10킬로그램짜리 지뢰, 방탄조끼, 전투식량까지, 몸 여기저기 매단 게 다 해서 최소한 40킬로그램은 돼요. 더 나갈 수도 있고요. 바로 눈앞에서 사람이 순식간에 땀에 젖는 걸 봤어요. 꼭 폭우 속에 서 있다 온 사람 같았죠. 딱딱하게 굳어버린 시신의 얼굴이 오렌지색인 것도 봤고요…… 무슨 이유인지 오렌지색이더라고요…… 거기서 우정도 봤고 비겁함도 봤어요…… 비열함도요…… 그렇다고, 부탁인데, 우리를 비난할 생각은 마세요…… 그런 얘기는 조심해야 되죠…… 요즘 많거든요…… 우리를 욕하는 사람들이 많아요. 하지만 정작 그 사람들은 왜 당원증을 내던져버리지 않았대요? 우리가 거기서 그러고 있을 때 그들은 왜 아무도 자기 이마에 총알을 박아넣어 항의하지 않았냐고요? 당신은요? 유명한 작가님, 당신은 우리가 그곳에 있을 때 뭘 하셨나요? (대화를 끝내려고 한다. 하지만 잠시 후 생각을 바꾼다.) 참, 책을 썼지…… 그렇죠? 텔레비전도 보고……

집으로 돌아왔어요…… 어머니는 어린애한테 하듯 내 옷을 벗기고 몸 여기저기를 만져봤어요. "무사하구나, 내 새끼." 겉은 멀쩡했지만 속은 타들어가고 있었죠. 모든 일에 울화가 치밀어요. 해가 밝게 비쳐도 짜증이 나고, 흥겨운 노래를 들어도 짜증이 나요. 누가 웃는 소리만 들어도 짜증이 나고요. 집에 아무도 없고 나 혼자 있으면 무서웠어요. 잠을 잘 때도 눈을 반쯤 뜨고 잤어요. 내 방의 책들, 사진들, 녹음기, 기타, 모두 예전과 똑같아요. 다만 예전의 나만…… 없어요…… 공원도 제대로 지나가지 못해요. 자꾸 뒤를 돌아보느라고요. 카페에서 종업원이 내 등뒤에 서서 "주문하세요" 하잖아요? 그럼 당장이라도 자리를 박차고 일어나 밖으로 뛰쳐나가고 싶어져요. 나는 누가 내 등뒤에 서는 걸 견딜 수가 없어요. 인간쓰레기 같은 사람을 보면 한 가지 생각밖에 안 들죠. '저놈을 쏴버리자!' 거기서는 아무한테나 다가가서 닭을 잡는 것처럼 죽일 수 있었으니까요…… 전쟁은 모든 걸 폐기처분해요. 거기서는 평온한 일상의 삶에서 배운 것과 정반대되는 일들을 바로 그 자리에서 해야 했어요. 하지만 여기서는 전쟁터에서 익힌 기술들을 모두 완전히 잊어야 하죠. 나는 총을 아주 잘 쏴요. 수류탄도 목표물에 정확하게 맞히고요. 하지만 그런 게 여기서 무슨 소용이겠어요? 거기서는 우리가 지켜야 할 게 있다고 생각했어요. 우리가 조국과 우리 삶의 방식을 지켰다고요. 그런데 여기서는 친구라는 녀석이 나한테 3루블 빌려주는 것도 곤란해하더군요. 자기 아내가 싫어한다면서요. 그게 무슨 친구예요?

우리는 집에서도 불필요한 존재라는 걸 알았어요. 우리가 겪은 일 따위는 이곳에 필요치 않아요. 쓸데없고 불편할 뿐이죠. 우리 자신 역시 쓸모없고 불편한 존재들이고요. 아프간에서 돌아오자마자 차량 수리공으로 일하고, 콤소몰 지역구위원회 교관으로 일했어요. 하지만 다 관뒀어요. 이곳은 사방이 늪이에요. 사람들은 돈벌이에만 정신이 팔려 있죠. 다차, 자동차, 훈제소시지에만 온통 관심이 가 있어요. 우리한테는 아무도 관심을 가지지 않아요. 만약 우리가 직접 나서서 우리 권리를 지키지 않았다면 이 전쟁은 그냥 묻혀버렸을 거예요. 만약 우리가 그렇게 많지 않았다면, 십만 명이 아니었다면 우리들 입을 막아버렸을 거고요. 옛날에 베트남 전쟁, 이집트 전쟁 후에 그랬던 것처럼…… 그곳에서 우리는 모두 한마음으로 '두흐들'을 증오했어요. 이제 여기서 친구를 만들려면 누굴 미워해야 하나요?

군정치위원회에 가서 어디든 좋으니 전쟁터로 보내주기만 하라고 사정했어요…… 그곳에 가면 나처럼 전쟁으로 머리가 이상해진 사람들이 많을 테니까요.

아침에 눈을 떴을 때 간밤에 꾼 꿈이 떠오르지 않으면 기뻐요. 꿈 이야기는 아직 아무한테도 하지 않았어요. 그런데 꿈이 자꾸만 나를 찾아와요…… 언제나 똑같은 꿈이요……

잠결에 거대한 사람의 바다가 보여요…… 그런데 그게 우리집 근처예요…… 주위를 둘러보는데 비좁고 갑갑한 느낌이 드는 거예요. 그래서 일어서려고 하지만 왜 그런지 일어설 수가 없어요. 곧 내가 관 속에 누워 있다는 걸 알게 되죠…… 관은 나무로 되어 있고 아연은 덧입혀 있지 않아요. 아직도 기억이 생생해요…… 나는 살아 있고, 또 내가 살아 있다는 것도 알아요. 하지만 계속 관 속에 누워 있죠. 대문이 열리고 사람들이 모두 밖으로 나가면서 관도 같이 밖으로 내가요. 군중들 모두 얼굴에 깊은 슬픔이 어려 있어요. 하지만 동시에 뭔가 은밀한 기쁨 같은 것도 엿보이죠…… 이해가 안 돼요…… 무슨 일이지? 내가 왜 관 속에 있지? 갑자기 장례행렬이 멈춰 서요. 그리고 누군가 "망치 좀 줘요"

라고 외치는 소리가 들려요. 불현듯 내가 꿈을 꾸고 있다는 사실을 깨닫게 돼요…… 누군가 또 말해요. "망치 좀 줘요……" 생시인 것도 같고 꿈속인 것도 같죠…… 그리고 누군가 또, 세번째로 말해요. "망치 좀 줘요." 관뚜껑이 탕 닫히고 망치질 소리가 나요. 그리고 못 하나가 내 손가락을 뚫고 들어오죠. 다급해진 나는 머리로 관뚜껑을 들이받고 발로 걷어차요. 쿵! 순간 뚜껑이 떨어져나가요. 사람들이 내가 몸을 일으켜 일어나 앉는 걸 보고 있어요. 나는 소리를 지르고 싶어요. "아프다고요. 왜 내게 못질을 하는 거예요? 여기선 숨을 쉴 수가 없다고요." 사람들은 울기만 하고 나한텐 아무 말도 건네지 않아요. 모두 벙어리들처럼……

사람들 얼굴에 기쁨이, 뭔가 은밀한 환희가 어려 있어요…… 눈에는 보이지 않아요…… 하지만 나에겐 보이죠…… 그게 뭔지 알 것도 같고요…… 사람들한테 내 소릴 듣게 하고 싶은데 어떻게 해야 할지 몰라요. 나는 소리를 지른다고 지르지만 두 입술이 꼭 붙어버려서 도무지 떨어지지를 않아요. 결국 나는 도로 관 속에 누워버리죠. 누워서 생각해요. '저 사람들은 내가 죽기를 바라는 거야. 어쩌면 나는 진짜 죽었는지도 몰라. 그럼 조용히 입을 다물고 있어야겠군.' 누군가 다시 말해요. "망치 좀 줘요……"

사병, 통신병

셋째 날

“너희는 신접한 자와
박수를 믿지 말며”*

* 구약성서 레위기 19장 31절.

"태초에 하느님이 천지를 창조하시니라……

하느님이 빛을 낮이라 부르시고 어둠을 밤이라 부르시니라. 저녁이 되고 아침이 되니 이는 첫째 날이니라.

하느님이 이르시되 물 가운데에 궁창이 있어 물과 물로 나뉘라 하시고……

하느님이 궁창을 하늘이라 부르시니라. 저녁이 되고 아침이 되니 이는 둘째 날이니라.

하느님이 이르시되 천하의 물이 한곳으로 모이고 뭍이 드러나라 하시니 그대로 되니라……

하느님이 이르시되 땅은 풀과 씨 맺는 채소와 각기 종류대로 씨 가진 열매 맺는 나무를 내라 하시니 그대로 되어……

저녁이 되고 아침이 되니 이는 셋째 날이니라……*"

내가 성경에서 찾는 건 무엇인가? 질문들? 아니면 대답들? 그렇다면 나는 과연 어떤 질문들과 어떤 대답들을 찾는 걸까? 사람은 자신 안에 또다른 자신을 몇 명이나 가지고 있을까? 어떤 이들은 그게 여럿이라고 믿고, 또 어떤 이들은 몇 안 된다고 확신한다. 사람은 문화라는 얇은 막을 한 꺼풀만 벗겨내면 이내 짐승의 모습을 드러낸다. 짐승의 모습은 또 얼마나 될까?

그 사람, 나의 주인공이라면 나를 도울 수 있을 텐데…… 하지만 그는 오래도록 침묵을 지키고 있다……

저녁 무렵 갑자기 울리는 전화벨 소리.

—그 모든 게 다 멍청한 실수였다고? 그래? 그렇게 결론이 나는 건가? 그게 나한테 무슨 의미인지 알아? 우리한테 무슨 의미인지? 그곳으로 떠날 때는 나도 평범한 소련의 청년이었어. 믿었어. 조국은 우리를 배신하지 않을 거라고! 조국은 우리를 기만하지 않는다고! 미친 사람에게 미치지 말라고 할 순 없어…… 어떤 사람들은 우리가 연옥**을 겪었다고 하고, 또 어떤 사람들은 우리가 시궁창에서 빠져나왔다고 하지. 둘 다 꿰졌으면! 살고 싶어! 사랑하고 싶다고! 곧 아들이 태어나…… 죽은 내 친구의 이름을 따서 알료시카라고 할 거야. 다음에 딸이 태어나면, 둘째는 딸이면 좋겠어, 알룐카라고 할 거고……

우리는 비겁하지 않았어! 당신들을 속이지 않았다고! 이게 마지막이야! 더이상은 전화 안 해…… 이 이야기는 나한텐 끝난 이야기니까. 간신히 거기서 벗어나고 있는데…… 나는 자신에게 총을 쏘지도 않을 거

---

* 구약성서 창세기 1장 1~13절 참조.

** 가톨릭에서 죽은 사람의 영혼이 살아 있는 동안 지은 죄를 씻고 천국으로 가기 위해 일시적으로 머무른다고 믿는 장소.

고 머리를 아래로 향한 채 발코니에서 몸을 던지지도 않을 거야. 나는 살고 싶어! 사랑하고 싶다고! 나는 두 번이나 죽을 고비를 넘겼어…… 한 번은 그곳, 전쟁터에서, 다른 한 번은 여기서. 이제 됐어. 안녕!

그는 그렇게 전화를 끊었다.

하지만 나는 그러고도 한참 그와 대화를 나눈다…… 그의 이야기에 귀를 기울인다.

작가

—모든 게 헛수고였다고 무덤들마다 현수막도 내걸고 묘비에도 새기지 그래요? 길이길이 남도록 묘비에 새기라고요……

거기서 기껏 목숨을 바치고 돌아와보니 범죄자가 돼 있더군요. 부상병들은 소련으로 이송돼 와서 아무도 몰래 공항 한쪽 구석에 내려졌어요. 사람들에게 알려지기라도 하면 큰일이니까요. 난 그런 것도 모르고…… 당신들 중 누구라도 '왜 군복무를 마친 젊은 청년들이 이런 평화로운 시대에 붉은 별 훈장이니 "용맹한 병사" 메달이니 "전훈" 메달들을 가지고 돌아올까?'라고 의아하게 생각하며 따지고 든 적이 있던가요? 관들이 들어오고 불구자들이 이송돼 들어오는데도 누구 하나 어떻게 된 일인지 묻지 않았다고요…… 그런 질문은 한 번도 못 들어봤어요…… 오히려 다른 얘길 들었죠…… 1986년에 휴가를 나왔는데 사람들이 그러더군요. "거기서 일광욕도 즐기고 낚시도 한다면서? 돈도 어마어마하게 번다던데?" 신문들은 침묵하거나 거짓말을 했어요. 텔레비전이라고 다르지 않았고요. 그런데 이제 와서 우리더러 침략자라며 비난을 해요. 만약 정말 침략자였다면 우리는 왜 그곳 사람들에게 먹을 것과 약을 나눠줬을까요? 우리가 마을에 도착하면 마을사람들은 기뻐했어요…… 우리가 마을을 떠나도 그들은 역시 똑같이 기뻐했죠…… 나는 도무지 이해가 안 됐어요. '저 사람들은 왜 늘 기뻐하지?'

한번은 버스가 오는데…… 아이들과 여자들이 타고 있었어요. 버스 지붕 위에까지 사람들이 꽉 차 있었죠. 검문을 위해 버스를 세웠어요. 순간 마른 권총 소리가 들렸고, 우리 병사 한 명이 모랫바닥에 풀썩 쓰러졌어요. 얼굴을 묻고 쓰러진 병사의 몸을 돌려놓고 보니까 총알이 심장을 관통했더군요…… 나는 그 자리에서 그 사람들을 모조리 박격포로 날려버리고 싶은 심정이었죠…… 사람들을 수색했지만 권총은 발견되지 않았어요. 다른 무기도 전혀 나오지 않았고요. 장에 내다팔려는 과일바구니들과 구리주전자들뿐이었어요. 게다가 버스 안에 탄 사람들은 여자들과 집시 아이들 같은 애들이 전부였고요. 우리 병사는 분명 모래 속에 얼굴을 처박고 죽었는데 말이죠……

모든 게 헛수고였다고 무덤들마다 현수막도 내걸고 묘비에도 새기라고요!

평소처럼 행군을 하고 있었어요…… 그런데 갑자기 몇 분간 말이 안 나오는 거예요…… 뭔가 불길한 예감이 들면서…… '멈춰!'라고 소리치고 싶었지만 입이 안 떨어졌어요. 계속 걸었죠…… 쾅! 그리고 어느 순간…… 한동안…… 의식을 잃었어요. 얼마나 지났을까, 정신을 차려보니 내가 폭탄 구덩이 속에 누워 있더군요. 기었어요. 통증 같은 건 전혀 없었어요…… 다만 기어가는 게 너무 힘에 부쳤죠. 다들 나를 앞질러갔어요…… 400미터 정도를 기어가는데, 모두들 나보다 저만치 앞에 가더라고요…… 400미터를 기어갔어요…… 잠시 후 누군가 "앉아도 되겠어. 이제 안전해"라고 외치는 소리가 들렸어요. 나도 앉으려고 했죠. 다른 사람들처럼…… 그런데 세상에, 보니까 다리가 없는 거예요, 두 다리 모두 다…… 나는 사동소총을 끌어다가 나한테 총구를 들이댔어요. 순간, 죽어버리자 싶었거든요! 병사들이 달려들어 소총을 빼앗았어요…… 누군가 "소령님이 다리를 잃었어…… 소령님이 안됐어……" 하는데, '안됐다'는 말이 떨어지기가 무섭게 엄청난 통증이 온몸을 훑고 지나갔어요…… 얼마나 지독하게 아프던지 비명을 지르며 울기 시작했죠……

나는 아직도 도로로만 다니는 습관이 있어요. 아스팔트가 깔린 도로로만 다니죠. 숲에 난 오솔길은 아예 가질 않아요…… 풀 속을 걷는 게 무섭거든요…… 우리집 근처에도 부드러운 봄풀들이 자라는데, 그것도 겁나더라고요.

두 다리를 잃은 부상병들이 한 병실에 같이 있게 해달라고 병원에 요청했어요. 우린 모두 네 명이었어요…… 각 침대마다 목발이 두 개씩, 그러니까 한 병실에 모두 여덟 개가 놓여 있었죠…… 2월 23일, 소련 군대의 날에 여교사가 꽃을 든 여학생들을 데리고 우리를 방문했어요. 군대의 날을 축하하기 위해서요. 소녀들이 우리를 보고는 눈물을 흘리더라고요. 그 소녀들이 다녀간 후 이틀 동안 병실에 있는 우리는 아무도 식사에 손을 대지 않았어요. 입을 연 사람도 없었고요.

우리 중 한 명의 친척이 병문안을 왔어요. 그 친척이 우리에게 케이크를 나눠주며 이러더군요.

—이보게들, 모든 게 헛수고였어! 괜한 고생을 했다니까! 하지만 걱정 마. 연금도 나올 거고, 온종일 마음놓고 텔레비전도 볼 수 있을 테니까.

—당장 꺼져!

목발 네 개가 그 친척을 향해 날아들었죠.

나중에 우리 중 하나를 올가미에서 빼냈어요…… 침대시트를 목에 휘감고 창문 손잡이에 목을 맨 거예요…… 여자친구한테 편시를 받았더라고요. "아프간 참전 용사들은 이제 한물갔어……" 그는 두 다리를 잃었는데 말이에요……

모든 게 헛수고였다고 무덤들마다 현수막도 내걸고 묘비에도 새겨보시죠! 망자들에게도 어디 한번 그렇게 얘기해보라고요……

소령, 산악보병중대 지휘관

—아프간에서 돌아올 때 마음은 그랬어요. '집에 가면 오래도록 거울 앞에 앉아 있고 싶다.' 거울 앞에서 머리를 빗고 싶더라고요……

아이를 낳고 싶었어요. 기저귀를 빨고 아이의 울음소리를 듣고 싶었죠. 하지만 의사들이 말렸어요. "당신의 심장 상태로는 무리입니다." 의사의 말을 무시했어요…… 힘들게 딸을 낳았죠…… 심장 발작이 와서 제왕절개를 했고요. 친구가 병원으로 편지를 보내왔어요. "우리가 거기서 병든 채 돌아왔다는 사실을 이해해줄 사람은 아무도 없어. 그건 부상이 아니라고들 할걸……"

어쩌다 내가 아프가니스탄까지 가게 됐는지, 얘기해도 아마 아무도 안 믿을 거예요…… 1982년 봄에…… 군정치위원회에서 통신대학생인 나를 불렀어요(대학교 어문학부 3학년에 다니고 있었어요).

—우린 아프가니스탄에서 일할 간호사가 필요해요. 학생의 생각은 어때요? 보통 사람들이 받는 월급보다 1.5배는 더 받게 될 거예요. 거기다 체키도 지급될 거고.

—하지만 전 학생인데요.

간호전문대학을 나와 잠깐 간호사로 일을 했어요. 하지만 다른 일을 하고 싶었죠. 교사가 되고 싶었어요. 처음부터 자기 적성에 맞는 일을 바로 발견하는 사람들도 있지만, 나는 아니었던 거죠. 간호사가 된 건 실수였어요.

—학생, 콤소몰 단원 맞죠?

—네.

—생각해봐요.

—나는 공부를 계속하고 싶어요.

—잘 생각해보라고 충고하고 싶군요. 학생이 싫다면 대학으로 전화를 해서 학생이 어떤 콤소몰 단원인지 우리의 의견을 말할 수도 있어요. 조국이 요구하는데……

타슈켄트에서 카불로 가는 비행기 안에서 한 아가씨가 내 옆자리에 앉았어요. 휴가 나왔다가 아프간으로 복귀하는 길이라더군요.

—다리미는 가져가요? 안 가져왔다고요? 핫플레이트는요?

—나는 지금 전쟁터로 가는 거라고요.

—아, 여기 또 바보 같은 낭만주의자 한 명 나타나셨네. 전쟁 책을 잔뜩 읽은 모양인데……

—전쟁 책 같은 건 안 좋아해요.

—그럼 뭐하러 가요?

저주받을 그놈의 '뭐하러?'라는 말이 아프간 생활 2년 내내 나를 따라다녔어요.

정말 뭐하러 간 걸까요?

한 줄로 길게 늘어선 막사들이 소위 중간휴게지라 불리는 곳이었어요. 막사 식당에서 나오는 음식이라곤 양도 넉넉지 않은 메밀과 비타민

'운데비트'가 전부였죠.

—이렇게 예쁜 아가씨가 왜 이런 곳엘 왔지?

나이가 지긋한 장교 하나가 물었어요. 나는 울음을 터뜨렸어요.

—왜, 누가 기분 상하게 했나?

—장교님이요.

—내가?

—장교님이 벌써 다섯번째라고요. 왜 이런 곳에 왔느냐고 물은 사람이.

카불에서 쿤두즈*까지는 비행기로, 쿤두즈에서 파이자바드**까지는 헬리콥터로 갔어요. 그런데 파이자바드에 대한 말만 나오면 누구든 똑같은 말을 하는 거예요. "뭐? 거기는 총 쏘고 사람이 막 죽어나가는 곳이야. 한마디로 끝이라고!" 하늘에서 내려다본 아프가니스탄은 정말 거대하고 아름다운 나라였어요. 우리 나라와 똑같은 산들, 우리 나라처럼 산속을 흐르는 강들, 우리 나라처럼 탁 트인 널따란 들판들. 예전에 캅카스에 살았거든요. 뜻밖에 그곳이 좋아지더라고요!

파이자바드에서 수술실 간호사로 일하게 됐어요. '수술' 막사를 담당하게 됐죠. 의료위생부대 전체가 막사 안에 주둔해 있었어요. 그래서 "간이침대에서 발만 빼면 곧바로 일터 아니겠어?"라고 농담들을 하곤 했죠. 처음 맡은 수술은 빗장밑동맥 부상을 입은 늙은 아프간 여인의 수술이었어요. 겸자를 찾는데, 없는 거예요. 겸자가 턱없이 부족했거든요. 손가락으로 상처 부위를 잡아야 했죠. 이번에는 봉합용 실이 필요해

---

* 아프가니스탄 동서교통의 요충지로, 카불에서 북쪽으로 약 340킬로미터 지점에 있는 고도.

** 아프가니스탄 바다흐샨 주의 주도.

서…… 실패를 하나 집어들고, 이어서 또하나를 집어들었는데 둘 다 바스러져 먼지가 돼버렸고요. 전쟁 때부터, 그러니까 1941년부터 창고에 보관돼 있던 것들 같더라고요.

하지만 어쨌든 우리는 그 아프간 여인을 구했어요. 수술을 마친 그날 저녁에 외과의사와 함께 입원실에 들렀죠. 환자 상태가 어떤지 궁금했거든요. 아프간 여인이 눈을 뜨고 누워 있다가 우리를 보더니…… 입술을 움직였어요…… 나는 '뭔가 하고 싶은 말이 있나보다'고 생각했어요. 감사의 말을 하고 싶은 거라고요. 하지만 그 여인은 우리한테 침을 뱉으려는 것이었어요…… 그땐 그 여인에게도 우리를 미워할 권리가 있다는 것을 이해하지 못했어요. 왜 그런지 그들한테서 사랑을 기대했고요. 나는 충격에 돌처럼 굳어버렸어요. '우리가 목숨을 구해줬는데 저 여인은 왜……'

부상자들은 헬리콥터로 이송돼 왔어요. '웅' 하는 헬리콥터 소리가 들리면 다들 뛰기 시작했죠.

수술실 온도계의 수은주가 40도를 가리켰어요…… 영상 40도요! 50도까지 오를 때도 있었죠…… 숨이 턱턱 막혔어요. 외과의들 몸에서 흐르는 땀을 냅킨으로 어렵사리 닦아내야 했어요. 환자 상처를 다 열어놓고 수술중인데 거기로 땀이 떨어지면 큰일이니까요. 그리고 '무균처치'를 받지 않은 의료진 중에서 아무나 상황 되는 대로 의사 마스크에 링거주사 빨대를 끼워 의사들이 물을 마실 수 있게 도왔어요. 대체혈액도 부족했죠. 그러면 급한 대로 병사를 불렀어요. 불려온 병사는 곧장 수술실 탁자에 누워 자기 피를 뽑아줬고요. 두 명의 외과의…… 두 개의 수술대…… 하지만 간호사는 나 혼자였어요…… 내과의들이 옆에서 수술을 돕긴 했어요. 하지만 내과의들은 무균처치에 대해서는 무지 했죠. 나는 수술대 두 곳을 번갈아 오가며 부지런히 움직였어요. 한번은 갑자기 수술대 한 곳의 전등이 깜박거리더라고요. 그러자 누군가 무균 장갑을 낀 손으로 전등에서 전구를 빼내는 거예요.

—여기서 나가!

—왜 그래?

—나가라고!

수술대 위에 환자가 누워 있는데…… 절개된 가슴을 훤히 드러낸 채요……

—나가라니까!

24시간을 꼬박 수술대 옆에만 붙어 있곤 했어요. 어쩔 땐 48시간씩 서 있기도 했고요. 전투중에 부상을 당한 부상병들이 주로 실려왔지만 때로는 난데없이 자기 무릎이나 손가락에 스스로 총을 쏜 병사들이 들어오기도 했어요. 정말 피바다였어요…… 탈지면이 부족할 정도로요……

스스로 자기 몸에 총을 쏜 병사들은 경멸의 대상이 됐어요. 심지어 우리 의료진조차도 그들을 나무랐으니까요. 나도 매몰차게 그들을 비난했고요.

—네 동료들은 저기서 지금 죽어들 나가는데, 너는 엄마한테 가겠다 그건가? 무릎에 총 좀 맞았다고…… 손가락 좀 부러졌다고…… 소련으로 보내주기라도 할 줄 알았어? 왜, 관자놀이에 쏘지 않고? 내가 너라면 관자놀이에 대고 쐈을 텐데.

맹세컨대, 정말 그렇게 말했어요. 그때는 그 병사들이 비열한 겁쟁이처럼 보였거든요. 이제야 그건 어쩌면 전쟁에 대한 항의였고 살인을 원하지 않는다는 의사 표시였을 수도 있겠다는 생각이 들어요. 하지만 이런 생각은 이제 겨우 하기 시작한 거예요.

1984년에…… 집으로 돌아왔어요…… 아는 청년이 주저하듯 묻더군요.

—있잖아, 어떻게 생각해? 우리가 꼭 그곳에 있어야 했을까?

나는 격분했어요.

—만약 우리가 가지 않았으면 미국인들이 갔을걸. 우리는 국제용사들이라고.

나는 그걸 어떻게든 증명할 수 있을 줄 알았어요.

놀랍게도 우리는 거기서 생각이란 걸 아예 안 하고 살았더라고요. 팔다리가 절단되거나 온몸에 심한 화상을 입은 우리 병사들을 봤어요. 그리고 그런 모습을 보면서 증오를 배웠죠. 생각하는 건 배우지 못했어요. 헬리콥터를 타고 공중으로 올라가면…… 아래 펼쳐지는 풍경이 얼마나 아름다운지, 숨이 멎을 것만 같죠! 사막은 사막대로 아름다운 게, 모래가 살아 움직여요. 모래라고 죽은듯 가만히 있는 게 아니더라고요. 빨간 양귀비꽃들과 이름 모를 꽃들이 흐드러지게 핀 산들이 펼쳐지고…… 하지만 나는 더이상 그 아름다움을 즐길 수가 없었어요. 이미 내 온 마음이 그걸 거부했죠. 이제 차라리 타는 듯이 무더운 5월이 좋았어요. 아무것도 자라지 않는 척박한 땅을 바라보면서 '그래, 당신네들은 당해도 싸. 당신네 때문에 우리가 여기서 죽어가고 고통을 당하고 있으니까'라는 복수심에 찬 기쁨을 느꼈어요. 그 사람들이 정말 미웠어요!

하루하루를 어떻게 보냈는지는 기억이 안 나요…… 부상당한 상처들만 기억나고…… 총에 맞은 상처, 지뢰 폭발로 입은 부상…… 헬리콥터가 쉴새없이 부상자들을 실어날랐어요. 들것으로도 옮기고요…… 부상병들을 시트로 덮어놓으면 하얀 시트가 피로 빨갛게 물들곤 했어요……

가만히 생각을 해봐요…… 자신에게 묻죠…… '왜 나는 끔찍한 기억만 떠올리는 걸까? 우정도 있었고 서로 돕는 성숙함도 있었잖아. 영웅적인 행동들도 있었고. 그 늙은 아프간 여인 때문에 나쁜 일들만 떠오르는 걸까? 그 여인이 나를 혼란스럽게 해……' 그 여인은 자기 목숨을 구해준 우리 얼굴에 침을 뱉으려고 했어요. 나중에 알게 됐어요…… 그 여인은 사실, 우리 특수부대가 휩쓸어버린 마을에서 실려온 거였어요…… 마을에서 살아남은 사람은 아무도 없었어요. 온 마을을 통틀어 그 늙은 여인 혼자 목숨을 건졌죠. 하지만 처음부터 따져보면 그 마을이 먼저 시작했어요. 우리 헬리콥터에 총질을 해서 두 대나 격추시켰거든요. 온몸에 불이 붙은 헬리콥터 조종사들은 쇠갈퀴로 찔러 죽였고요…… 그렇지만 만약 끝까지 따져보면, 최후까지…… 우리는 누가 먼저 시작했고 누가 끝장을 냈는지 따위는 생각해보지도 않았어요. 우리는 그저 우리 병사들이 불쌍했을 뿐이었죠……

우리 의사 한 명이 전투에 투입됐어요. 처음 전투에서 돌아온 날, 그는 울었어요.

—평생 사람들을 치료하는 걸 배웠는데, 그런 내가 오늘 사람을 죽였어…… 나는 그 사람들이 뭘 잘못했다고 죽인 걸까?

한 달이 지나자 그는 차분하게 자신의 감정을 분석하더군요.

—일단 총을 쏘기 시작하면 재미있어져. '자, 받아라!'

한번은 밤에 자고 있는데, 쥐들이 우리들 위로 뚝뚝 떨어지는 거예요…… 그래서 모슬린 그물을 침대 주위에 빙 둘렀죠. 파리도 크기가 찻숟가락만했어요. 하지만 파리에도 곧 익숙해졌죠. 사람보다 적응을 잘하는 존재도 세상에 없을 거예요. 정말 없어요!

여자애들은 전갈을 말려서 기념으로 가졌어요. 통통하고 커다란 전갈들을 옷핀으로 옷에 꼽거나 실로 꿰매서 브로치처럼 달고 다녔죠. 나는 시간이 날 때마다 소위 '실 만들기'를 했어요. 낙하산병들한테 낙하산 줄을 얻어다가 거기서 실을 뽑아서는 멸균처리를 했죠. 그 실로 환자들 상처를 꿰매고 깁고 했어요. 또 휴가 다녀올 때도 트렁크에 외과용 바늘이며 겸자며 봉합용 실만 한가득 담아 왔고요. 정말 미쳤죠! 다리미도 가져왔어요. 겨울이면 축축한 가운을 내 몸으로 말리곤 했거든요. 핫플레이트도 가져왔고요.

밤마다 전 병동 사람들이 함께 솜뭉치를 만들고 거즈붕대를 세탁해 말렸어요. 모두 한 가족처럼 지냈죠. 우리는 집으로 돌아가면 잃어버린 세대가 될 거란 사실을 이미 예감하고 있었어요. 쓸모없는 사람들이 되리란 걸요. 여자청소부들과 도서관 사서들, 호텔 직원들이 새로 아프간에 오는 걸 보면서 우린 처음에 도무지 이해를 못했어요. '겨우 두세 개 조립식 건물 때문에 청소부를 새로 부르고, 20여 권밖에 되지 않는 낡은 책들 때문에 사서를 새로 들여? 왜 이런 전쟁터에 여자들이 수천 명이나 필요하지? 무엇 때문에?' 글쎄, 뭐 때문이라고 생각하세요? 나는 점잖게는 설명을 못하겠어요…… 교양 있는 말로는…… 쉽게 말해 딱 한 가지 이유예요…… 남자들이 미쳐버리는 걸 막기 위해서죠…… 우리는 우리가 알아서 그 여자들을 멀리했어요. 그 여자들이 우리한테 잘못한 게 없는데도 그랬어요.

거기서 사랑을 했어요…… 사랑하는 사람이 있었죠…… 그 사람은 아직 살아 있어요…… 하지만 남편에겐 거짓말을 했어요. 결혼할 때 남편에게 내가 사랑한 그 사람은 전사했다고 했거든요. 그 사람은 전사하지 않았어요…… 대신 우리 사랑을 죽였죠……

—살아 있는 '두흐' 본 적 있어? 물론 도적놈처럼 생기고 이로 칼을 물고 있었겠지?

집에서 남동생이 물었어요.

—봤지. 젊고 잘생긴 젊은이였어. 모스크바 공과대학을 졸업했대.

남동생은 톨스토이의 『하지 무라트*』에 나오는 그런 도적을 상상했던 거예요.

아니면 이렇게들 물었어요.

—왜 내리 이삼일씩이나 밤낮으로 일하세요? 여덟 시간만 일하고 쉬면 되잖아요.

—그게 지금 무슨 소리죠! 전혀 이해를 못하시는군요.

이해들을 못해요…… 알아요, 앞으로는 그 어디서도 내가 그처럼 필요한 존재가 되는 일은 없을 거예요. 직장에 나가고 책을 읽고 빨래를 하면서 살아요. 음악도 듣고요. 하지만 거기에 있었던 삶의 의미가 여기엔 없어요. 여기선 다들 있는 힘을 다하지 않죠…… 목소리도 반만 내고요……

간호사

—아들 둘을 낳았어요. 소중한 내 새끼들……

큰애는 키가 크고, 작은아이는 키가 작아요. 큰아이 사샤는 군에 입대했고 작은아이 유라는 6학년이에요.

—사샤, 어디로 배치받을 것 같아?

---

* 캅카스 전쟁에 참전한 캅카스의 용장 하지 무라트의 이야기를 그린 톨스토이의 소설.

—조국이 부르는 곳이면 어디든 가야죠.

나는 작은아이한테 자랑스럽게 말했어요.

—유라, 네 형 좀 봐. 대단하지!

군대에서 사샤 앞으로 징집영장이 나왔어요. 유라가 그걸 받아들고 나한테 달려왔어요.

—형을 전쟁터로 보낸대요?

—아들, 전쟁터는 사람을 죽이는 곳이야.

—엄마, 엄마는 뭘 모른다니까요. 형은 '용맹한 병사' 메달을 받아 올 거라고요.

유라는 저녁이면 마당에서 친구들과 '두흐들'에게 총 쏘는 놀이를 하며 놀았어요.

—따다다…… 따다다다…… 따다다다……

어느 날, 유라가 집에 오더니 그래요.

—엄마, 엄마 생각엔 전쟁이 언제 끝날 것 같아요? 내가 열여덟 살이 되기 전에 끝날까요?

—엄마는 그랬으면 좋겠는걸.

—형은 운이 좋아요. 영웅이 될 테니까. 나를 먼저 낳고 형을 나중에 낳았으면 좋았잖아요……

……어느 날 사람들이 사샤의 여행가방을 가져왔더군요. 가방 안에 파란색 팬티, 칫솔, 비누 조각과 비누통이 들어 있었어요. 신분증명서도 있었고요.

—귀하의 아들이 병원에서 사망했습니다.

머릿속에서 레코드판이 돌아가는 것처럼…… 아들이 했던 말이 뱅글뱅글 맴돌았어요. "조국이 부르는 곳이면 어디든 가야죠. 어디든 가야죠…… 조국이 부르는 곳이면 어디든 가야죠……"

사샤의 관이 집으로 들어왔다가 다시 나갔어요. 마치 아무것도 들지 않은 관처럼.

아이들이 어렸을 때 "사샤!" 하고 부르면 두 녀석이 다 달려왔어요. "유라!" 하고 부르면 또 둘 다 대답을 했고요.

밤새 앉아서 아들을 불렀어요.

—사샤!

관은 아무 말이 없었어요. 그저 무거운 아연관일 뿐이었죠. 다음날 아침에 고개를 들어 보니 작은아이가 와 있었어요.

—유로치카, 어디 갔었어?

—엄마, 엄마가 비명을 지르는 걸 보니까 세상 끝까지 달아나고 싶었어요.

유라는 옆집에 숨어 있었어요. 공동묘지에서도 사라져버려서 겨우 찾아냈고요.

사샤가 받은 훈장 두 개와 '용맹한 병사' 메달이 집에 도착했어요.

—유라, 여기 메달 좀 봐!

—엄마, 나는 메달을 보지만 형은 못 보잖아요……

사샤가 없는 3년 동안 그애는 마치 처음부터 존재하지 않은 사람처럼 단 한 번도 꿈에 나타나지 않았어요. 그래서 그애의 바지와 티셔츠를 베개 밑에 넣고 자요.

—아들, 꿈속에 다녀가주렴. 엄마 만나러 와줘.

하지만 오지 않아요. 내가 그애한테 뭘 잘못한 걸까요?

우리집 창에서 내다보면 둘째가 다니는 학교와 학교 운동장이 보이거든요. 아이들이 운동장에서 '두흐들'과 싸우는 놀이를 하며 놀더라고요. 하지만 나한테는 이 소리만 들려요.

—따다다…… 따다다다…… 따다다다……

밤에 누워서 애원을 해요.

—아들, 꿈에 나타나렴. 엄마 좀 만나러 와줘.

딱 한 번 꿈속에서 관을 봤어요…… 머리가 놓인 쪽에 작은 창처럼 구멍이 크게 나 있더라고요…… 아들에게 입을 맞추려고 몸을 굽혔죠…… 그런데 그 안에 누가 있었는지 알아요? 우리 아들이 아니었어요…… 까만, 어떤 남자애가…… 어떤 아프간 소년이 누워 있는데, 우리 사샤를 닮은 거예요…… 처음엔 '바로 이 아이가 우리 아들을 죽였구나'라는 생각이 머리를 스치더군요. 하지만 잠시 후에 다른 생각이 들었죠. '이 아이는 죽었잖아. 이 아이도 누군가한테 죽임을 당한 거야.' 나는 다시 몸을 굽혀 구멍을 통해 입을 맞췄어요…… 그러고는 소스라치며 잠이 깼죠. '내가 지금 어디 있는 거지? 이게 무슨 일이지?'

누가 다녀간 걸까요…… 무슨 소식을 전하려고……

어머니

—2년이면…… 충분해요…… 다 잊고 싶어요…… 아, 얼마나 역겨운 악몽인지! 나는 거기에 없었어요! 없었다고요!

하지만 아무리 부정을 해도 내가 거기 있었다는 게 진실이죠……

군사학교를 졸업하고…… 휴가를 보낸 후 1986년 여름에 모스크바로 갔어요. 규정에 따라 주요 군사기관 중 한 곳을 찾아가야 했거든요. 군사기관의 본부를 찾아가는 일은 생각만큼 간단하지가 않았어요. 나는 접수대로 가서 3번으로 전화를 걸었죠.

—사조노프 대령, 전화 받았습니다.

수화기 저쪽 끝에서 대답이 들렸어요.

—안녕하십니까, 대령 동지! 대령 동지의 명령을 수행하기 위해 도착했습니다. 지금 접수대에 와 있습니다.

—아, 그래, 알고 있네…… 배치받을 곳이 어디인지 알고 있나?

—아프가니스탄 민주공화국*입니다. 사전 정보에 의하면 카불로 갈 것 같습니다.

—기대치 않았던 소식이었나?

—아닙니다, 대령 동지.

군사학교에 다니는 5년 내내 "제군들 전원 아프가니스탄으로 갈 거다"라는 소리를 귀에 못이 박히도록 들었어요. 그래서 대령의 질문을 받았을 때 "지난 5년 동안 이날이 오기만을 기다렸습니다"라고 한 치의 동요 없이 솔직하게 대답할 수 있었죠. 만약 장교가 아프가니스탄으로 떠나는 상황을 이렇게 상상하는 사람이 있다면, 그건 그 사람이 실수하는 거예요. 갑자기 걸려온 전화 한 통에 황급히 짐을 싸고, 아내와 아이들한테 남자답게 담담히 작별인사를 건넨 다음, 동틀녘 어둠 속에서 엔진 소리와 함께 대기하고 있는 비행기에 오르는 장면을 떠올린다면 말이에요. 사실, 전쟁터로 가는 길은 반드시 거쳐야 하는 관료적인 절차들의 연속이에요. 일단 수행할 명령을 하달받고 내 몫의 자동소총과 전투식량을 받고 나면 각종 서류들을 준비해야 하죠. '당과 정부의 정책을 올바로 이해하고 있다'는 사실을 확인해주는 서류들과 증명서, 군인 여권, 비자, 신원조회서, 명령서, 예방접종 증명서, 세관신고서, 비행기 탑승

---

* 1978년 4월부터 1987년 11월까지 아프가니스탄의 공식명칭이었다. 아프가니스탄 민주공화국은 1978년 4월 혁명을 계기로 성립되었고, 1992년 무자헤딘에 의해 붕괴되었다.

권. 이 모든 발급 과정을 거친 후에야 비로소 비행기에 탑승해서 이륙을 하고 술 취한 대위가 외치는 소리를 들을 수 있었어요. "전진! 지뢰를 향하여!"

신문들은 "아프가니스탄 민주공화국의 군사 정치적 상황이 여전히 복잡하고도 모순적인 상태를 유지하고 있다"고 보도했어요. 군인들은 소련의 첫 여섯 개 연대가 아프간에서 철수했다는 소식은 순전히 선전용 행보로 봐야 한다고 확신했죠. 소련 군대의 완전한 철군은 거론할 가치도 없고요. 나와 함께 비행기에 탄 사람들 중에 우리가 복무하는 동안 전쟁이 끝날 거라고 믿는 이는 단 한 명도 없었어요. "전진! 지뢰를 향하여"라는 말은 이미 술 취한 대위가 꿈결에 외치는 소리였죠.

어쨌든, 나는 낙하산병이 됐어요. 가자마자 알겠더라고요. 군대는 낙하산병들과 솔랴라*로 불리는 나머지 병사들, 이렇게 두 부류로 나뉜다는 것을요. '솔랴라'의 어원을 찾아봤지만 결국 찾지 못했어요. 많은 병사들과 부사관들이 팔에 문신을 하고 다녔어요. 장교들 중에도 문신을 한 사람들이 있었고요. 문신은 다들 비슷비슷했는데, IL-76과 그 밑에 둥글게 낙하산을 그려넣은 문양이 가장 흔했죠. 가끔은 색다르게 변화를 준 문신도 있었어요. 예를 들어, 내용이 아주 서정적인 문신을 본 적이 있어요. 구름과 새와 낙하산을 타고 내려오는 낙하산병이 새겨진 곳에 '하늘을 사랑하세요'라는 감동적인 문구를 더했더라고요. 낙하산병들의 불문율 중에 이런 게 있어요. "낙하산병은 오직 두 가지 경우에만 무릎을 꿇는다. 전우의 주검 앞에 조의를 표할 때. 그리고 시냇물을 마셔야 할 때."

---

* 러시아어로 디젤연료를 뜻한다.

그리고 드디어 나의 전쟁이 시작됐어요……

—정렬! 차렷! 다음과 같은 경로로 원정을 실시한다. 이곳 주둔지에서 출발, 바그람 지역 당위원회를 경유, 셰반*의 마을까지 간다. 속도는 선두 차량에 맞춘다. 차량들 사이의 간격은 속도에 따른다. 내 코드명은 '프레자', 제군들은 제군들 차량 옆에 적힌 번호가 곧 코드명이다. 소총은 한시도 손에서 떼어놓지 않는다. 쉬어!

우리 선전부대가 원정을 떠나기에 앞서 늘 치르는 일상적인 의전이었죠.

나는 타고 갈 차량에 훌쩍 뛰어올랐어요. 작고, 조작이 수월한 장갑차였죠. 우리 고문관들은 그 장갑차를 '발리 발리'라는 별칭으로 부르더군요. '발리'는 아프간어로 '예'라는 뜻이죠. 아프간 사람들은 마이크를 시험할 때 보통 우리가 하는 대로 '하나 둘, 하나 둘' 하지 않아요. '발리 발리'라고들 하죠. 내가 통역관이라 그런지 언어와 관련된 건 뭐든 다 관심이 가더군요.

—"살토**!" "살토!" 여기는 "프레자". 출발!

나지막한 돌담 너머로 단층 벽돌 건물 두 채가 나타났어요. 표면에 회반죽 칠이 된 건물들로, 정면에 '지역 당위원회'라고 쓰인 붉은 현판이 걸려 있더군요. 라그만 동지가 소련 병사들의 군복 색인 카키색 옷을 입고 현관에 나와 우리를 기다리고 있었죠.

—살람 알레이쿰***! 라피크 라그만!

—살람 알레이쿰. 체토우르 아스티! 후드 아스티! 조르 아스티! 하이

* 아프가니스탄 헤라트 주에 있는 마을.

** 플립. 공중에서 자세를 바꾸는 것 또는 공중제비 돌기.

*** 아랍어로 '당신에게 평화를'이라는 뜻.

르 하이리야트 아스티?

리그만 동지는 우리에게 손님을 환영할 때 건네는 전통적인 아프간의 인사말들을 단숨에 쏟아냈어요. 모두 상대방의 건강과 안부를 묻는 말들이었죠. 그렇게 인사를 받으면 따로 대답할 필요가 없어요. 같은 말을 그대로 따라하면 되거든요.

우리 지휘관은 이때다 하면서 자신이 좋아하는 말을 즉시 써먹었죠.

—체토우르 아스티? 후브 아스티? 바프가네 포 두르로스티*.

마지막 말을 알아듣지 못한 라그만 동지는 어리둥절한 얼굴로 나를 쳐다봤어요.

—러시아 속담입니다.

내가 얼른 둘러댔죠.

라그만이 우리를 자신의 서재로 초대했어요. 곧 금속 찻주전자에 담긴 차가 쟁반에 받쳐 나왔죠. 아프간 사람들은 손님이 오면 환영의 표시로 반드시 차를 대접해요. 차가 빠지면 일이 시작되기는커녕 일에 대한 논의조차 할 수가 없어요. 아프간에서 차를 거절하는 것은 악수를 거절하는 것과 같은 의미죠.

마을에 도착하니 마을 촌로들과 아이들이 나와 우리를 맞았어요. 그곳 아이들은 언제 봐도 똑같은 모습인 게, 씻지 않은 더러운 몸에 옷도 되는대로 아무거나 걸치고 있었죠. (특히 아주 어린 아이들은 몸에 쌓인 더러움이 악령의 공격으로부터 아이를 지켜준다는 샤리아**에 따라 전혀 씻지를 않았고요.) 내가 현대 페르시아어***로 말을 걸면, 예외 없

* 러시아어로 '아프간은 더러워'라는 의미.

** 이슬람의 법체계. 종교 생활부터 가족, 사회, 경제, 정치, 국제관계에 이르기까지 무슬림 세계의 모든 것을 규정하는 포괄적인 체계이며, 일반적인 법체계와는 많이 다르다.

이 아이들 누구나 내가 정말로 페르시아어를 아는지 테스트하려 들었어요. 늘 똑같은 질문이 주어졌지만요. "몇시에요?" (내가 대답하면 환호를 지르고 좋아서 어쩔 줄 몰라했어요. 대답을 했다는 건, 내가 정말로 페르시아어를 안다는 의미였으니까요. 아는 척한 게 아니라요.)

—당신도 무슬림이에요?

—무슬림이지.

농담 삼아 내가 거짓으로 대답했어요.

아이들은 내가 정말 무슬림인지 증명하기를 바랐죠.

—칼레마를 알아요?

칼레마는 무슬림의 특별한 어구를 말해요. 이걸 소리 내어 말하면 무슬림이 된 거라고 받아들이죠.

—라 일랴흐 일랴 미아흐 바 무함메드 라술 알라흐. 알라 외에 다른 신은 없고 무함마드는 알라의 선지자다.

내가 선언했어요.

—도스트! 도스트(친구)!

아이들이 인정한다는 표시로 비쩍 마른 조그만 손을 내밀며 혀 짧은 소리로 중얼거렸어요.

아이들은 그후에도 칼레마를 다시 해보라고 자주 요청했고 자기 친구들을 데려와서는 "저 사람이 칼레마를 알아"라며 감탄한 듯 자기들끼리 소곤댔죠.

아프간 사람들 스스로 '알라 푸가쵸바****'라 이름 붙인 확성기에서 아프간 민요가 울려퍼져요. 우리 병사들은 깃발, 포스터, 슬로건 등 한눈

*** 이란과 아프가니스탄 서부에서 사용된다.

**** 러시아의 유명한 여자 대중가수.

에 보이는 선전물들을 차량에 내걸고 영화 상영을 위한 스크린을 펼치죠. 의사들은 탁자들을 갖다놓고 약상자들의 포장을 뜯고요.

집회가 열려요. 흰 옷을 길게 차려입고 머리에 하얀 터번을 두른 물라가 앞으로 나와 코란의 수라*를 하나 읽어요. 수라를 읽고 나면 신실한 신자들을 우주의 모든 악으로부터 지켜주도록 알라에게 빌어요. 손바닥이 하늘로 향하도록 두 팔을 굽히고요. 마을사람들 모두, 그리고 우리도 물라를 따라 이 기도 동작을 하죠. 물라의 역할이 끝나면 이제 라그만 동지가 앞으로 나와 연설을 시작해요. 연설은 한참이나 길게 이어지는데, 그것도 아프간 사람들의 독특한 특징 중 하나예요. 아프간 사람들은 누구나 말을 잘하고 또 말하기를 좋아하죠. 언어학에 '감정적 색채'라는 용어가 있어요. 아프간 사람들은 말에 '감정적 색채'를 입히는 것도 모자라 은유와 형용어구와 비유 등, 온갖 언어적 장식들을 더해요. 아프간 장교들이 나한테 우리 정치위원들이 연설하거나 토론할 때 많이 놀란다는 얘기를 여러 차례 해왔어요. 다들 왜 메모를 보면서 연설하느냐고요. 나 역시 당 모임 때나 회의, 세미나 때 우리 강사들의 연설을 들어봤는데, 정말 다들 똑같은 메모를 사용하고 똑같은 표현들을 쓰더라고요. 이를테면 '광범위한 공산주의 운동의 선봉에 서서' '언제나 모범을 보이자' '끊임없이 실행에 옮기기' '성공적인 사례들과 동시에 일부 단점도 나타난다'는 따위의 표현들은 물론, '일부 동지들은 이해를 못하고 있다'는 문장까지 똑같았죠. 내가 아프간에 도착했을 즈음엔 이미 그런 집회들은 우리네 집회만큼 의미 없는 의무적인 동원으로 전락한 지 오래였어요. 사람들은 건강검진을 받거나 공짜로 나눠주는 밀가루포대를 받

* 코란은 114개의 장으로 이루어져 있는데, 각 장을 아랍어로 '수라'라고 한다.

기 위해 모여들었고요. 박수갈채도, "자이도 보드!"—"영원하라!"고 외치던 우정 어린 환호도 옛말이 되고 말았죠. 우리의 의도대로, 4월 혁명을 멋지게 달성하리라는 확신이 존재했던 시절엔 사람들이 한결같이 연설 하나하나에 환호를 보내며 두 주먹을 불끈 쥔 손을 위로 높이 쳐들곤 했는데 말이에요. 공산주의의 빛나는 미래에 대한 믿음이 있었던 그때는요.

아이들은 연설은 듣지도 않아요. 아이들의 관심은 온통 상영될 영화에만 가 있거든요. 우리는 늘 하던 대로 영어 만화영화들과 페르시아어, 파슈토어*로 된 다큐멘터리 두 편을 보여주죠. 아프간에서는 인도의 극영화나 치고받고 싸우며 총을 쏘는 액션영화가 인기가 많아요.

영화가 끝나면 선물을 나눠주는 시간이에요. 우리는 밀가루포대들과 어린이 장난감들을 가져다 마을 촌장에게 건네요. 마을에서 가장 힘들게 사는 가정들과 전사자 유가족들에게 나눠주라고요. 촌장은 사람들이 다 보는 앞에서 공정하게 처리하겠다고 맹세하고 아들과 함께 선물 꾸러미들을 자기네 집으로 가져가요.

—정말 나눠줄까?

한번은 부대장이 걱정스럽게 물었어요.

—안 그럴 겁니다. 주민들이 와서 그러는데, 손버릇이 나쁜 사람이랍니다. 내일이면 전부 상점들에 나와 있을 거라고요.

명령이 떨어져요.

—모두 제자리. 출발 준비!

—112번 차량 준비 완료…… 305번 완료…… 307번 완료……

---

* 인도-유럽어족 이란어파에 속하며 아프가니스탄 공용어의 하나다.

아이들이 떠나는 우리에게 일제히 돌을 던져요. 그러다 날아온 돌멩이 하나에 맞아요. 하지만 나는 "아프간 민족의 감사 인사로군"이라고 투덜거리고는 말죠.

우리는 카불을 거쳐 부대로 돌아왔어요. 일부 상점들은 진열창에 러시아어로 "가장 싼 보드카" "어떤 물건이든 원하는 가격에" "러시아 친구들을 위한 상점 '브라티시카*'"라고 쓰인 간판들을 내걸고 있었어요. 상인들은 "티셔츠" "청바지" "여섯 명이 먹을 수 있는 식사 '백발의 백작**' 제공" "접착식 운동화" "흰색, 파란색 줄무늬 루렉스***" 등을 러시아어로 크게 외치며 손님들을 불러모았어요. 판매대에는 소련제 연유, 완두콩, 소련제 보온병, 전기주전자, 매트리스, 담요 등이 진열돼 있었고요……

나는 오래전에 집으로 돌아왔어요…… 꿈속에서 카불을 봐요…… 산비탈에 흙집들이 옹기종기 모여 있어요. 날이 어둑어둑 저물죠. 집집마다 환하게 불을 밝혀요. 마치 저멀리 화려한 마천루가 눈앞에 펼쳐진 것만 같죠. 만약 내가 그곳에 가지 않았다면 한참은 몰랐을 거예요. 그건 그저 착시현상에 지나지 않는다는 것을요……

아프간에서 돌아오고 1년 후에 제대했어요. 총검이 달빛을 받으면 얼마나 눈부시게 반짝이는지 아마 못 보셨을 거예요. 그렇죠? 이젠 나도 더이상 그걸 볼 수가 없네요……

제대를 하고 언론학부에 입학했어요. 글을 쓰고 싶어요…… 그래서 다른 사람들의 글을 읽죠……

---

* 러시아어로 '형제'를 친근하게 부르는 말.

** 19세기 영국의 수상이었던 '그레이 백작'을 잘못 번역한 명칭.

*** 가는 알루미늄 선이 들어 있는 직물.

—칼레마 알아요?

—라 일랴흐 일랴 미아흐 바 무함메드.

도스트! 도스트!

늘 허기에 시달리는 병사들…… 다들 영양실조예요…… 온몸이 부스럼으로 덮여 있고요. 비타민 결핍증이죠. 러시아 음식을 쌓아놓은 아프간 상점들. 유탄에 맞아 죽어가는 자의 뱅뱅 돌아가는 동공……

교수형을 당한 아프간인 옆에 우리 장교가 서 있어요. 미소를 지으면서요.

그렇지만 내가 뭘 할 수 있겠어요? 나는 그곳에 있었어요…… 내 두 눈으로 그 모든 것을 똑똑히 목격했죠. 하지만 그 이야기는 아무도 쓰지를 않아요…… 착시현상…… 만약 아무도 그 일을 쓰지 않는다면, 정말 아무 일도 없었던 게 된다고요. 정말 그랬을까? 아무 일도 없었던 거 아냐?

대위, 군통역관

—기억나는 게 별로 없어요. 드문드문, 그러니까 개인적인 일, 나와 관련된 일들만 조금 기억나는 게 다예요.

200명이 비행기를 타고 갔어요. 남자들만 200명이요. 군중 속에, 그룹 속에, 무리 속에 있을 때의 사람과 혼자 있을 때의 사람은 완전히 달라요. 전혀 다른 별개의 사람이죠. 비행기를 타고 가면서 앞으로 겪게 될 일들에 대해 생각했어요…… 거기서 새로 알게 될 것들…… 전쟁은 완전히 새로운 세상이었으니까요……

지휘관이 우리에게 작별인사를 하며 건넨 충고가 생각나요.

—산에 올랐다가 굴러떨어지게 될 경우, 절대 소리를 지르면 안 된다. '살아 있는' 돌이 되어 소리 없이 떨어져라. 그게 동료들을 지키는 유일한 방법이다.

산 위의 높은 바위에서 하늘을 올려다보면 태양이 얼마나 가깝게 느껴지는지 손을 뻗으면 잡을 수 있을 것만 같아요. 정말 닿을 수 있을 것 같죠.

군대에 가기 전에 알렉산드르 페르스만*의 저서 『돌에 대한 추억』을 읽었어요. 읽다가 충격을 받았어요. "돌의 일생, 돌의 기억, 돌의 목소리…… 돌의 몸…… 돌의 이름……" 이 대목을 읽는데, 도대체 어떻게 돌을 마치 살아 있는 생명체처럼 이야기할 수 있는지, 이해가 안 됐었죠. 하지만 그곳에서 알게 됐어요. 돌도 물이나 불처럼 오래도록 바라볼 수 있다는 것을요.

하사관이 가르쳐준 거예요.

—짐승을 쏠 때는 짐승의 달려가는 속도를 감안해서 조금 더 앞을 겨냥해야 한다. 그러지 않으면 짐승이 너의 총알을 지나쳐버릴 것이다. 달리는 사람의 경우도 마찬가지다……

—먼저 총을 쏘는 자가 살아남는다. 먼저 쏴라! 씨……발 알아들었나? 알아들었으면 살아 돌아와라. 모든 여자들이 너희들 차지가 될 것이다!

혹시 무섭진 않았냐고요? 무서웠죠. 저격수에겐 처음 오 분이 그래요. 헬리콥터 조종사에겐 차량으로 달려가는 동안이 그렇고요. 우리 보병에겐 누군가 먼저 총을 쏘기 전까지가 가장 두려운 시간이죠……

---

* 알렉산드르 예브게니예비치 페르스만(1883~1945). 소련의 저명한 광물학자.

산에 올라요…… 아침부터 늦은 밤까지요. 너무 힘들어서 속이 메스껍고 토하기도 해요. 처음엔 다리가 납덩이처럼 무거워지고 나중엔 팔도 그렇게 되죠. 팔 관절들이 부들부들 떨리기 시작하고요.

한 명이 쓰러졌어요.

—못 가. 더이상은 못 간다고!

동료 세 명이 그 병사를 붙잡고 끌다시피 데리고 갔어요.

—나를 두고 가! 차라리 나를 쏴버려!

—개자식아, 그래, 우리가 쏜다고 치자…… 그럼 집에서 네가 돌아오기를 기다리는 엄마는……

—그냥 쏘라니까!

물! 물! 갈증이 가장 견디기 힘들어요. 여정의 반밖에 지나지 않았는데 이미 수통이 바닥을 보이죠. 혀가 입 밖으로 나오기 시작하고 다시 넣으려 해도 들어가질 않아요. 그 와중에도 우린 어떻게든 담배를 피워보겠다고 머리를 굴리죠. 눈이 쌓인 곳에 이르면 정신없이 눈이 녹아 있는 곳을 찾아요. 그래서 웅덩이의 물을 마시고 얼음을 이로 와작와작 씹어 먹어요. 염소 정제에 대해선 다들 까맣게 잊어버리고요. 진짜 물이 있는데, 그깟 망간 앰풀이 대수겠어요? 다들 정신없이 기어가서 눈을 핥아요…… 뒤에서 기관총 소리가 울리는데도 웅덩이에서 입을 떼지 못하죠…… 그러다 결국 물에 목이 메거나 실컷 마시지도 못하고 총에 맞는 거예요. 물속에 얼굴을 처박은 채 죽은 시신이 발견되곤 해요. 꼭 물을 마시고 있는 것처럼 보이죠.

나는 이제 제3자의 눈으로…… 그곳으로 시선을 향하고 그곳을 바라봐요…… 나는 거기서 어떤 사람이었을까? 그러고 보니 작가님께 아직 중요한 대답을 하지 않았네요. 어떻게 아프가니스탄에 가게 되었느냐고요? 아프간으로 보내달라고 했어요. 아프간 민족의 혁명 의지에 힘을 보태고 싶다고요. 그때는 텔레비전을 봐도 혁명, 라디오를 들어도 혁명, 신문을 읽어도 혁명, 온통 혁명 이야기뿐이었죠…… 아, 동쪽에도 붉은 별이 떠오른 거야! 우린 그들을 돕고 형제로서 어깨를 나란히 해야 해…… 전쟁터로 갈 걸 대비해 미리 준비를 했어요. 열심히 운동을 했죠. 가라테를 배웠어요…… 먼저 상대방의 얼굴을 치고 들어간다는 게, 생각처럼 쉬운 일이 아니거든요. 뼈가 오도독 부서질 때까지 친다는 게요. 자신의 한계를 뛰어넘어야 해요. 그리고 일격을 가하는 거죠!

내가 처음 본 시신은…… 일곱 살가량의 아프간 소년이었어요…… 잠을 자는 것처럼 두 팔을 벌리고 누워 있었어요. 그리고 그 옆에 배가 완전히 갈라진 채 이미 차갑게 식어버린 말이 있었고요…… 충격을 받았지만 어떻게 잘 넘겼어요. 아마 전쟁 책을 많이 읽어서 그런 것 같아요.

우리가 부르던 '아프간' 노래가 생각나곤 해요. 바쁜 출근길에 나도 모르게 그 노래들을 흥얼거리더라고요.

말해봐. 왜, 누굴 위해 그들은 자신의 생명을 바쳤지?
소대는 왜 빗발치는 총탄 속으로 진격해들어갔지?

혹시 누가 들은 사람은 없는지 얼른 주위를 둘러보죠! 사람들이 나를 정신이 온전치 못한 사람이라든지 아프간 전쟁에서 부상을 입은 사람이라고 생각할 테니까요. (노래를 부른다.)

아프가니스탄은 아름답고, 거칠고, 산에 둘러싸인 머나먼 땅이지.
명령은 단순하다네. 일어나라, 가서 죽어라……

집으로 돌아오고 나서 2년 내내 같은 꿈을 꿔요. 내 장례식을 치르는 꿈…… 아니면 공포에 질려 잠이 깨거나요. 총을 쏴서 자살하려는데 총알이 없는 거예요!

친구들이 물었어요. "메달은 받았어?" "부상은 안 당했고?" "사람은 쏴봤어?" 나는 거기서 내가 겪고 느낀 것들을 이야기하고 싶었지만 그런 건 아무도 관심을 보이지 않더군요. 술을 마시기 시작했죠…… 혼자서 마셨어요…… 세번째 잔은 전쟁터에서 죽은 이들을 위해…… 유르카를 위해…… 유르카를 구할 수 있었는데…… 붙잡아줄 수 있었는데…… 유르카와 함께 카불 병원에 입원해 있었어요…… 나는 어깨 부상과 좌상이 있었고, 유르카는 다리 하나를 잘라냈고요…… 병원엔 두 다리를 잃거나 두 팔을 잃은 병사들이 많았어요. 그들은 담배도 피우고 농담도 곧잘 했어요. 거기서는 그래도 다들 잘 이겨냈죠. 하지만 소련으로 돌아가는 건 거부하더라고요. 마지막 순간까지 아프간에 남게 해달라고 사정들을 했어요. 소련으로 돌아가면 다른 삶이 기다리고 있을 테니까요. 공항으로 출발하는 바로 그날 유르카는 화장실에서 자기 손목을 그었어요……

나는 유르카에게 용기를 주려고 애썼어요(밤마다 함께 장기를 두었거든요).

—유르카, 기운 내. 알렉세이 메레시예프* 알지? 『진실한 사람의 이

---

* 알렉세이 페트로비치 메레시예프(1916~2001). 구소련 전투기 조종사로, 1943년에 소련 영웅 칭호를 받았다. 대조국전쟁중에 두 다리를 잃었으나 이에 굴하지 않고 의족을 한 채 다시 전투기를 몰았다. 보리스 폴레보이의 소설 『진실한 사람의 이야기』의 주인공 모델로서, 소설에는 '메레시예프'라는 이름으로 등장한다.

야기』라는 책에 나오는데, 그 책 읽어봤어?

—정말 예쁜 여자친구가 나를 기다려……

가끔씩 길에서 만나는 사람들에게 적개심이 느껴질 때가 있어요…… 세관에서 우리 무기랑 수류탄을 압수해가길 잘했죠…… 우리는 우리의 의무를 다했을 뿐인데, 이제 와서 우리를 모른 척해도 되는 건가요? 유르카를 잊어도 되냐고요?

밤에 문득 잠에서 깨면 내가 지금 집인지 아니면 여전히 그곳인지 얼른 분간이 안 돼 어리둥절해요. 여기서 나는 제3자로, 관찰자로 살아요…… 나에겐 아내와 어린 자식이 있어요. 하지만 아내와 아이를 껴안아도 아무 느낌이 없고, 입을 맞춰도 역시 느낌이 없어요. 예전에 나는 비둘기를 좋아했어요. 아침을 좋아했죠. 예전에 맛보던 그 기쁨을 되찾을 수만 있다면 어떤 대가든 치를 거예요……

사병, 저격수

—어느 날 딸아이가 학교에서 돌아오더니 그러는 거예요.

—엄마, 엄마가 아프간에 다녀왔다는 걸 아무도 안 믿어요.

—왜?

—"누가 너희 엄마를 거기로 보냈는데?" 이렇게 묻기만 해요.

나는 아직 평화로운 여기 삶에 적응을 못한 것 같아요…… 여전히 안전한 하루하루에 안도하며 지내고 있으니까요…… 총도 안 쏘고 폭격도 없다는 게, 수도꼭지만 틀면 언제나 물을 마실 수 있다는 게, 그것도 고약한 염소 냄새가 전혀 나지 않는 깨끗한 물을 마신다는 게 아직도 낯설어요. 거기서는 모든 음식에서 염소 맛이 났어요. 흑빵, 빵, 마카

로니, 죽, 고기, 콤포트*까지, 염소가 들어가지 않은 게 없었죠. 집에 온 지 벌써 2년인데, 그 2년 동안 어떻게 지냈는지, 딸아이를 다시 만난 일 말고는 얼른 기억나질 않네요. 거기서 겪은 일에 비하면 여기 일들은 정말 자잘하고 별거 아니거든요. 부엌 식탁을 새로 사고 텔레비전을 새로 사고…… 여기서 이런 일 말고 또 무슨 일이 있나요? 없어요. 우리 딸이 하루가 다르게 자란다는 것 말고는, 뭐…… 딸이 부대 지휘관에게 아프간으로 편지를 썼더라고요. "우리 엄마를 저한테 빨리 돌려보내주세요. 엄마가 정말 보고 싶어요……" 아프간에 다녀온 후로는 딸아이 외에는 어떤 것에도 흥미가 생기질 않아요.

그곳은 강들이 믿을 수 없게 파래요…… 아, 얼마나 새파란지! 물빛이 그렇게 하늘 빛깔을 닮을 수 있다는 걸 전에는 상상도 못했어요. 우리 나라에 데이지가 자라는 것처럼 거기는 새빨간 양귀비꽃이 자라요. 산허리가 온통 새빨간 양귀비들로 덮인 게, 꼭 활활 불이 붙은 것만 같죠. 거기선 또, 키가 크고 거만한 낙타들이 늙은 노인네처럼 조용히 모든 걸 지켜봐요. 한번은 당나귀가 대인 지뢰를 밟았어요. 오렌지가 가득 실린 수레를 시장으로 끌고 오던 녀석이었죠. 녀석은 바닥에 쓰러져 고통에 신음했어요…… 우리 간호사가 녀석을 붕대로 싸매줬죠……

너, 아프가니스탄이여, 저주를 받을지어다!

아프간 이후로는 편안한 삶을 살 수가 없어요. 다른 사람들처럼 살질 못해요. 집으로 돌아오자…… 처음에 이웃들과 친구들이(전부 여자들이에요) 걸핏하면 놀러오겠다고 하더라고요.

—발랴, 지금 잠깐 너희 집에 들를게. 얘기 좀 해봐. 거기는 어떤 식

* 설탕에 절이거나 설탕물에 조린 과일.

기를 써? 양탄자는 어때? 거기는 쓸 만한 옷들도 많고 비디오플레이어들도 많다던데, 사실이야? 녹음기며 플레이어며…… 너는 뭘 가져왔어? 뭐 팔고 싶은 거 없니?

사실 녹음기보다 관을 더 많이 들여왔죠. 하지만 그 사실은 다들 잊어버리더군요.

너, 아프가니스탄이여, 저주를 받을지어다!

우리 딸이 자라고 있어요…… 딸이랑 나는 방 하나짜리 작은 아파트에 살아요. 아프간에 있을 때, 집으로 돌아가면 그동안 고생한 것에 대한 보상이 있을 거란 약속을 받았어요. 그래서 서류를 챙겨들고 구역집행위원회를 찾아갔죠.

—어디 부상이라도 입었소?

—아니요. 다친 데 없이 돌아왔어요. 하지만 겉이 멀쩡하다고 속까지 멀쩡한 건 아니에요. 안 보일 뿐이죠.

—그럼 다른 사람들처럼 사시오. 우리가 당신을 그곳으로 보낸 건 아니니까.

한번은 설탕을 사려고 줄을 서 있었어요.

—거기서 온갖 좋은 것은 다 가져와놓고 여기서도 권리를 찾아먹겠다고 기웃거리네……

한꺼번에 관 여섯 개가 나란히 놓인 것을 봤어요. 야센코 소령과 그의 부하인 중위, 그리고 병사들의 관이었죠…… 그들은 하얀 시트에 싸여 관 속에 누워 있었어요…… 머리는 보이지 않았어요. 머리가 없었거든요…… 남자들이 그렇게 소리를 지르며 울부짖기도 한다는 걸 나는 그때 처음 알았어요. 그때 사진들을 아직도 가지고 있죠…… 우리는 큼지막한 포탄 파편들을 골라서 병사들이 죽임을 당한 자리에 추모비를 세우고 돌 위에 망자들의 이름을 새겼어요. 하지만 '두흐들'이 나중에 그 추모비들을 낭떠러지로 던져버렸죠. 총으로 갈기고 뽑아내버리고요. 우리의 어떤 흔적도 남지 않도록요……

너, 아프가니스탄이여, 저주를 받을지어다!

우리 아이는 엄마 없이 자랐어요. 내가 없는 2년 동안 기숙학교에서 지냈죠. 학교로 찾아갔더니 딸애 선생님이 푸념을 하더라고요. "아이 성적이 다 3점이에요. 아이한테 어떻게 이야기를 해야 되죠? 이제 마냥 어리기만 한 것도 아닌데요."

—엄마, 여자들이 거기서 무슨 일을 한 거예요?

—남자들을 도왔지. 엄마가 아는 아줌마가 있는데, 그 아줌마가 어떤 군인 아저씨한테 "당신은 살 거예요" 했어. 그랬더니 그 아저씨가 정말 살았어. 또 "당신은 걷게 될 거예요" 했지. 그랬더니 이번에도 아저씨가 정말 걸은 거야. 그런데 사실은 그 말을 하기 전에 아줌마가 편지를 봤거든. 아저씨가 자기 아내에게 보내는 편지였는데, 이렇게 쓰여 있더래. "다리도 없는 내가 누구한테 필요하겠소? 나 같은 건 잊어버려요!" 그래서 아줌마가 아저씨한테 그랬지. "자, 편지 다시 써요. '사랑하는 여보, 사랑하는 알로치카와 알료시카, 다들 잘 지내고 있겠지……'"

어떻게 그곳에 가게 됐냐고요? 어느 날 지휘관이 부르더라고요. "떠나야 되겠소!" 우린 그런 말을 들으며 자랐고 그 말에 익숙하죠. 중간휴게지에서 어린 아가씨가 아무것도 없이 휑한 매트리스 위에 누워 울고 있는 걸 봤어요.

—우리집에 가면 다 있다고요. 방 네 개짜리 아파트, 결혼할 사람, 사랑하는 부모님.

—그럼 여긴 왜 왔지?

—여기 상황이 안 좋다는 이야기를 들었거든요. 가야 한다고 생각했어요!

나는 거기서 아무것도 가져오지 않았어요. 그곳의 기억만 가져왔죠.

너, 아프가니스탄이여, 저주를 받을지어다!

이 전쟁은 나한텐 영원히 끝나지 않을 거예요…… 아이가 어제 친구들하고 놀고 오더니 그래요.

—엄마, 내가 우리 엄마는 아프가니스탄에 다녀왔다고 하니까 어떤 여자애가 왜 그런지 막 웃는 거야……

딸아이한테 나는 무슨 말을 해야 할까요?

부사관, 비밀정보부 부장

—죽음은 무서워요. 하지만 죽음보다 더 무서운 게 있어요…… 내 앞에서 우리더러 희생자라느니, 그 전쟁은 실수였다느니 그런 말은 하지 마세요. 내 앞에서 그런 말은 입에도 올리지 말라고요. 못 참을 것 같으니까요.

우리는 잘 싸웠어요. 용감하게 싸웠다고요. 그런데 뭘 잘못했다고 우리가 당신들한테 이런 취급을 받아야 하죠? 나는 국기에 입을 맞췄어요. 여자한테 키스하듯 몸을 떨면서요. 우린 국기에 입을 맞추는 건 신성한 일이라고 배우며 자랐어요. 우린 조국을 사랑했고, 조국을 믿었어요. 자, 자, 자…… (초조하게 손가락으로 탁자를 두들겨댄다.) 나는 아직도 그곳을 벗어나지 못했어요…… 창문 아래서 펑 하고 배기관 소리만 나도 본능적인 공포를 느끼죠. 유리 깨지는 소리에도 그렇고요…… 머릿속이 하얗게 비어버려요. 얼마나 비었는지 텅텅 소리가 날 정도예요. 장거리 전화벨이 울리면* 어디선가 전투가 벌어진 건 아닌가 싶고…… 하지만 내가 겪은 그 일들을 모두 지워버리고 싶지는 않아요. 잠 못 이루는 불면의 밤들을 짓밟아버리지도 못하겠고요. 나의 고통들 역시. 50도의 더위 속에 등줄기를 타고 흐르던 그 오싹한 냉기를 어떻게 잊어요……

……우리는 군용트럭을 타고 가면서 목이 터져라 고래고래 노래를 불렀어요. 지나가는 아가씨들을 소리쳐 부르면서 치근대기도 하고요. 트럭 뒤에 타고 있으면 왜 그런지 여자들이 다 예뻐 보이더라고요. 트럭을 타는 게 재미있었어요. 가끔 겁쟁이들이 있었죠.

—싫어요…… 전쟁터에 가느니 차라리 감옥에 가겠어요.

—그래? 그럼 맛 좀 보시지.

그런 병사들은 구타를 당했어요. 무시당하고 비웃음을 샀고요. 그래서 부대에서 탈영하는 병사들도 생겨났어요.

처음으로 사람이 죽는 걸 봤어요. 탱크에서 전차병을 끄집어냈는데, "살고 싶어……" 이 말만 남기고 바로 숨을 거뒀죠. 자, 자, 자…… 전투를 치르고 나면 아름다운 풍경을 도저히 바라볼 수가 없더라고요. 산도, 안개 자욱한 보랏빛 계곡도…… 화려한 색을 뽐내는 새도…… 죄다 총으로 갈겨버리고 싶어지죠! 그래서 총을 쏴요…… 하늘에 대고 총을 갈겨요! 아니면 아무 소리도 안 하고 순하디순해지거나요. 알고 지내던 젊은 병사 하나가 긴 임종을 맞았어요. 그 병사는 죽어가면서 눈에 보이는 것마다 이름을 되풀이해 불렀죠. 이제 막 말문이 트인 어린애처럼. "산…… 나무…… 새…… 하늘……" 숨이 끊어지는 마지막 순간

* 구소련에서는 시외전화나 국제전화의 전화벨이 시내 전화벨 소리보다 더 길고 크게 울렸다.

까지 그렇게요……

한번은 젊은 차란도이가, 차란도이는 거기 경찰이에요, 묻더군요.

—나는 죽으면 알라가 천국으로 데려가지만, 당신은 죽으면 어디로 가나요?

죽으면 어디로 가냐고?

나는 병원으로 갔어요. 병원 신세를 지게 됐죠. 아버지가 나를 만나러 타슈켄트의 병원까지 찾아오셨어요.

—부상을 당하면 소련에 남아도 된단다.

—친구들이 다 거기 있는데 어떻게 소련에 남아요?

아버지는 공산주의자임에도 교회에 다니며 초를 밝히곤 하셨죠.

—아버지, 교회는 왜 다니시는 거예요?

—나는 뭔가 믿고 의지할 곳이 필요해. 아니면 누구한테 네가 무사히 돌아오게 해달라고 기도하겠니?

내 옆 침대는 젊은 병사가 사용했어요. 어느 날 두샨베*에서 그 어머니가 과일과 코냑을 가지고 아들을 만나러 왔더군요.

—아들, 엄마는 네가 집에 오면 좋겠는데, 누구한테 부탁해야 하니?

—엄마, 그보다 우리의 건강을 위해, 엄마가 가져온 코냑은 같이 마셔요.

—아들, 나는 네가 거기로 돌아가지 않았으면 좋겠어……

우리는 그 어머니가 가져온 코냑을 다 마셔버렸어요. 코냑 한 상자를 다요. 귀대를 하루 앞둔 날, 병동에 있는 우리 중 한 명에게서 위궤양이 발견돼 의료위생대대로 보내진다는 소식을 듣게 됐어요. 이기적인 놈!

---

* 중앙아시아 타지키스탄 공화국의 수도.

우리는 정신 건강을 위해 그 녀석 얼굴을 기억에서 깨끗이 지워버렸죠.

나는 흑이면 흑이고 백이면 백이에요. 회색은 없어요. 중간 색깔 따윈 없어요.

어딘가에 하루종일 비가, 여우비가 내리는 곳이 있다는 게 어느새 까마득하더군요. 어딘가 아르한겔스크* 모기들이 물위에서 앵앵거린다는 게요. 검게 그을린 울퉁불퉁한 산들…… 뜨겁게 달구어진 따가운 모래…… 자, 자, 자…… 그 뜨거운 모래 위에 피투성이가 된 우리 병사들이 커다란 시트 위에 누운 것처럼 쓰러져 있어요…… 다들 남자의 상징이 잘려나간 채로요…… 그리고 이런 메모가 남겨져 있죠. "당신네 여인들은 이 남자들한테서는 영원히 아들을 얻지 못할 것이다……"

그런데 우리더러 그걸 잊으라고요?

물론 귀국하면서 일본제 녹음기를 가져오거나 불을 붙이면 음악이 나오는 라이터를 가져오는 병사들도 있어요. 하지만 몇 번이고 빨아 입은, 색 바랜 카키색 군복에 텅텅 빈 트렁크만 들고 오는 병사들도 있다고요.

우리는 잘 싸웠어요. 용감하게 싸웠죠. 훈장도 받았고요…… 사람들이 우리 '아프간 참전 용사들'은 훈장을 달고 있지 않아도 한눈에 알아보겠다고들 해요. 눈빛을 보면 알 수 있다고요.

—젊은이, 자네 아프간에서 왔지?

사실 난 소련제 외투에 소련제 신발을 신고 다니는데 말이죠……

사병, 통신병

---

* 러시아 서북부에 위치한 아르한겔스크 주의 주도로, 백해에 면한 항구도시.

—혹시 그 아이가 살아 있다면요?

어쩌면 그 아이가, 우리 딸이 살아 있을지도 몰라요. 어딘가 먼 곳에…… 그곳이 어디든 상관없어요. 딸아이가 살아 있기만 하다면 나는 행복할 거예요. 그런 생각이 들어요. 그랬으면 좋겠어요. 정말 그랬으면 좋겠어요! 그리고 꿈도 꿨어요…… 딸이 집에 오더니…… 의자를 집어다 방 한가운데 놓고 앉았어요…… 딸의 긴 머리칼이, 그 탐스러운 머리칼이 어깨 위로 흘러내리고, 딸이 손으로 머리칼을 넘기며 말했어요. "엄마, 왜 자꾸 나를 불러요? 부르고 또 부르고. 내가 집으로 돌아올 수 없다는 건 엄마도 알잖아. 나는 그곳에 남편과 두 아이가 있어. 가족이 있다고요……"

딸의 장례식을 치르고 한 달쯤 지났을까. 문득 '우리 딸이 죽은 게 아니라 혹시 납치당한 건 아닐까?'라는 생각이 들더라고요. 그런데 꿈을 꾸는 중에도 그 생각이 나는 거예요. 그게 큰 위로가 됐죠. 딸과 함께 길을 가면 사람들이 딸을 보려고 뒤돌아보곤 했어요…… 딸은 키가 훤칠하고 머리칼이 물결치듯 탐스러웠죠…… 나는 내 짐작이 맞을 거라는 확신을 가지게 됐어요. 우리 딸은 어딘가 살아 있어요……

나는 의사예요. 평생을 의사가 신성한 직업이라 여기며 살았어요. 나는 딸을 정말 많이 사랑했고, 그래서 딸의 진로도 의료계로 이끌었고요. 이제 나는 그랬던 자신을 저주해요. 딸이 이쪽 일을 하지 않았다면 지금쯤 살아서 집에 있을 테니까요. 이제 남편과 나, 둘뿐이에요. 다른 자식은 없어요. 공허해요. 몸서리쳐지게 공허해요. 저녁에 남편과 집에 앉아 텔레비전을 봐요. 말없이 텔레비전만 보죠. 저녁 내내 서로 한마디도 안 할 때도 있어요. 다만 텔레비전에서 노래가 나오면 나는 눈물을 흘리고, 남편은 신음을 내뱉다가 방에서 나가버리죠. 당신은 상상도 못할 거예요. 여기가, 여기 이 가슴이…… 아침에 출근을 해야 하는데 일어날 수가 없어요. 얼마나 아픈지! 다음에 또 그러면 아예 일어나지 말고 출근도 하지 말아야겠다고 생각해요. 누워 있어야겠다고…… 신이 나를 딸아이한테 데려갈 때까지 기다리리라 마음먹어요. 나를 불러갈 때까지 기다리겠다고요……

나는 상상하는 걸 좋아해요. 그래서 늘 딸아이가 내 곁에 있는 걸 느낄 수 있죠. 상상 속에서 딸은 매번 다른 모습이에요. 딸하고 책도 같이 읽는걸요…… 사실 이젠 식물이며 동물이며 별에 대한 책을 읽어요. 사람 이야기나 인간사 이야기는 읽고 싶지 않아요…… 봄이 되자…… 혹시 자연이 도움이 될지도 모르겠다는 생각이 들더군요. 그래서 시외로 나갔죠…… 제비꽃들이 흐드러지게 피고 나무마다 어린잎들이 자라고 있었어요. 하지만 나는 소리를 지르며 울기 시작했어요…… 자연의 아름다움과 생명의 기쁨이 나에겐 너무 아프더라고요…… 시간이 가는 게 무서워지기 시작하네요. 이젠 알거든요. 시간이 나한테서 딸과 딸에 대한 기억을 빼앗아갈 것을요. 세세하게 떠올렸던 기억들이 점점 사라져가요. 딸아이의 말도…… 딸아이가 했던 말, 딸아이가 웃음 짓던 모습…… 딸이 입던 옷에서 머리칼들을 떼내어 작은 상자에 모아두었어요. 남편이 묻더군요.

—뭐하는 거야?

—머리칼이라도 놔두려고요. 우리 딸 대신에요.

가끔 집에서 딸을 생각하며 앉아 있으면 갑자기 딸 목소리가 들려요. "엄마, 울지 마요." 주위를 둘러보면 아무도 없고요. 나는 다시 딸과의 추억에 잠겨요. 딸이 누워 있어요…… 관을 묻을 구덩이는 이미 준비가 돼 있고 대지도 딸아이를 거두려고 기다리는 중이죠. 나는 딸 앞에 무릎을 꿇고 앉아요. "사랑하는 우리 딸! 사랑하는 우리 딸! 대체 어떻게 된 거야? 어디 있는 거야? 어디 갔어?" 하지만 딸은 여전히 내 곁에 나와 함께 있어요. 비록 관 속에 누워 있지만요. 곧 땅속에 묻히겠지만요.

그날이 생각나요…… 딸이 퇴근해 오더니 그래요.

—오늘 주임의사가 불러서 갔다 왔어.

그러고는 말을 더 잇지 못하는 거예요.

—그래서?

나는 딸의 대답을 듣기도 전에 뭔가 잘못됐다는 걸 알았죠.

—우리 병원에서 한 명을 아프가니스탄으로 보내라는 당국의 지시가 내려왔거든.

—그래서?

—그런데 그게 다른 사람보다 수술실 간호사가 필요하대.

딸은 심장병동의 수술실에서 간호사로 근무하고 있었죠.

—그래서?

다른 말은 생각이 안 나서 나는 똑같은 말만 되풀이했어요.

—가겠다고 했어.

—그래서?

—누군가는 가야 해. 내 도움이 필요한 곳으로 가고 싶어.

이미 모두들 알고 있었어요. 나도 알았고요. 그곳은 전쟁중이고 사람들이 피를 쏟으며 죽어간다는 것을요. 나는 울음을 터뜨렸어요. 하지만 '안 된다'는 말을 할 수가 없더군요. 딸아이가 준엄한 표정으로 나를 바라봤어요.

—엄마, 히포크라테스 선서를 잊은 건 아니지?

딸은 서류를 준비하며 몇 개월을 보냈어요. 어느 날 평가서를 가져와 보여주는데, 이렇게 쓰여 있었어요. "당과 정부의 정책을 올바르게 이해하고 있음." 하지만 나는 여전히 딸이 떠난다는 사실이 믿어지지 않았어요.

이렇게 딸 이야기를 하니까…… 마음이 좀 편해지네요…… 딸이 이 자리에 있는 것 같아서…… 내일 딸아이를 묻을 거예요…… 딸은 아직 나와 함께 있거든요…… 어쩌면 어딘가에 살아 있을지도 모르잖아요? 정말 알고 싶어요. 지금 딸아이는 어떤 모습일까요? 아직도 머리가 그렇게 길까요? 블라우스는 뭘 입고 있을까요? 모두 다 궁금해요……

내 영혼은 굳게 닫혀버렸어요…… 다른 사람들은 만나고 싶지 않아요. 혼자 있는 게 좋아요…… 우리 딸, 스베토치카*하고 있으면서 딸하고만 이야기할 거예요. 다른 사람이 끼어들면 다 엉망이 되거든요. 딸하고 나의 세계에 어느 누구도 들이고 싶지 않아요. 엄마가 나를 보겠다고 시골에서 올라오셨지만 엄마하고도 스베토치카 이야기는 나누기 싫더라고요. 어떤 여자가 한번 나를 찾아왔어요…… 내가 일하는 직장에서 온 여자였는데…… 내가 더 있다 가라고 붙잡아서 밤까지 우리 집에 머물다 갔어요…… 지하철이 끊긴다고 그 여자 남편이 걱정할 정도였죠…… 그 여자 아들도 아프간에 있었는데…… 아프간에 다녀온 후로 어린애처럼 변했대요. "엄마, 엄마랑 같이 파이 만들래요……" "엄마, 엄마랑 세탁소에 같이 갈래요……" 남자들을 무서워하고 여자애들하고만 어울리고요. 그 엄마는 의사를 찾아갔어요. 의사가 그랬다는군요.

---

* 스베타의 애칭.

"인내심을 가지고 기다리세요. 시간이 지나면 괜찮아집니다." 이젠 그런 사람들이 나한텐 더 가깝게 느껴지고 더 혈육 같아요. 그 여자와 친구가 될 수 있었는데 그뒤로는 한 번도 오질 않더라고요. 그 여잔 우리 스베토치카의 사진을 보고는 저녁 내내 울었어요……

아니, 또 뭔가 이야기할 게 있었는데…… 그게 뭐더라? 아, 맞아요! 우리 딸이 처음 휴가를 나왔을 때…… 아니, 그보다 딸을 배웅하던 일, 딸이 떠나던 날 이야기부터 하자면…… 딸아이 학교 친구들과 직장 동료들이 딸아이를 배웅하러 기차역으로 왔어요. 나이가 지긋한 한 외과 의사가 고개를 숙여 딸아이 손에 입맞추며 말했어요. "이런 손은 이제 어디서도 못 만날 거요."

딸이 휴가를 나왔어요. 살도 많이 빠지고 몸집도 왜소해졌더라고요. 딸은 3일 내내 잠만 잤어요. 일어나면 잠깐 식사만 하고 자고, 일어나면 식사만 하고 또 자고.

—스베토치카, 거긴 좀 어떠니?

—좋아, 엄마. 다 좋아요.

딸은 가만히 앉아서 조용히 웃음을 지었죠.

—스베토치카, 손이 왜 이래?

딸아이 손이 못 알아볼 지경인 거예요. 그새 한 쉰 살은 된 여자 손같이 변해 있더라고요.

—엄마, 거기는 일이 많아. 그런데 어떻게 내 손 걱정이나 하고 있겠어? 엄마도 알다시피 수술 들어가기 전에 손을 산중화제로 씻잖아. 한 번은 의사가 나보고 그러는 거야. "아니, 당신은 신장 생각은 안 해요?" 글쎄, 의사가 돼가지고 신장을 걱정하고 있더라니까…… 옆에선 사람들이 죽어나가는데…… 하지만 엄마, 걱정하지 마. 나는 거기 생활에

만족해요. 내가 정말 필요한 곳이거든.

딸은 예정일보다 3일이나 먼저 귀대했어요.

—엄마, 미안해. 내가 휴가 나오는 바람에 지금 간호사 두 명이서 우리 의료위생대대 전체 일을 다 하고 있어. 의사는 충분한데, 간호사는 얼마 안 되거든. 둘이 지금 죽을 지경일 거야. 그러니 어떻게 안 가?

딸아이는 할머니를 무척 따랐어요. 떠나면서 좀 있으면 90세가 되는 할머니를 걱정했죠. 딸아이와 함께 다차로 할머니를 보러 갔어요. 커다란 장미넝쿨 옆에 서 있는 할머니에게 스베토치카는 "할머니, 돌아가시지만 마요. 내가 돌아올 때까지 기다려야 해요"라고 신신당부를 했어요. 그러자 할머니가 장미넝쿨의 장미를 모두 따서 딸에게 주었어요. 딸은 할머니가 만들어준 장미꽃다발을 가지고 떠났고요.

우린 새벽 다섯시에 일어나야 했어요. 내가 깨우자 딸이 그러더군요. "엄마, 아직도 잠이 부족해. 앞으로 영원히 잠이 부족할 것 같아." 택시 안에서 딸이 가방을 열어보더니 깜짝 놀라는 거예요. "아, 우리집 열쇠를 깜박했네. 열쇠를 집에 두고 왔어. 돌아왔는데 엄마, 아빠가 집에 안 계시면 어떡하지?" 나중에 내가 열쇠를 찾았어요. 딸아이가 옛날에 입던 치마 주머니 안에 들어가 있더라고요. 열쇠를 소포로 딸에게 보내주고 싶었어요. 걱정하지 말라고, 그리고 딸이 집 열쇠를 가지고 있으라고요.

혹시 우리 딸이 살아 있다면요? 어디선가 살아서 돌아다니고 웃고 있다면…… 꽃을 보고 기뻐하고…… 딸은 장미를 좋아했어요…… 나는 여전히 할머니한테 다녀요. 아직 살아 계시죠. 우리 딸이 "돌아가시지만 마요. 내가 돌아올 때까지 기다려야 해요"라고 부탁했으니까요. 한번은 밤중에 문득 잠이 깼는데…… 탁자 위에 장미다발이 놓여 있더라고요…… 할머니가 저녁에 꺾어놓은 장미였죠…… 그리고 찻잔 두 개도 놓여 있고요……

—왜 안 주무세요?

—스베틀란카(할머니는 늘 딸아이를 '스베틀란카'라고 불렀어요)와 차를 마시고 있단다.

딸아이 꿈을 꾸면 꿈속에서 혼잣말을 해요. "지금 우리 아이한테 가서 입을 맞춰야지. 만약 몸이 따뜻하면 그건 우리 딸이 살아 있다는 의미야." 나는 딸 가까이 가서 입을 맞춰요. 몸이 따뜻해요. 딸은 살아 있는 거예요!

어딘가에 딸이 살아 있다면요? 어딘가 다른 곳에……

한번은 공동묘지에 가서 딸아이 무덤가에 앉아 있었어요. 저쪽에서 군인 두 명이 오더라고요. 그런데 한 명이 멈춰 서더니 다른 한 명에게 그러는 거예요.

—아, 스베타 무덤이잖아. 여기 좀 봐봐……

그러고는 내가 있는 걸 알아채고는 물었어요.

—혹시 스베타 어머니세요?

나는 그들에게 달려갔어요.

—우리 스베토치카를 알아요?

그러자 그 사람이 옆의 친구를 보며 말했어요.

—폭격 때 다리가 모두 잘려나갔거든. 결국 죽었어.

나는 그 자리에서 울부짖었어요. 그 군인도 깜짝 놀랐고요.

—아무것도 모르셨어요? 용서하세요! 죄송합니다!

그러고는 황급히 자리를 떴어요.

그 군인은 그후로는 다시 못 봤어요. 내가 찾지도 않았고요.

또 한번은 무덤가에 앉아 있는데, 엄마로 보이는 여자와 아이들이 오더군요. 그들이 말하는 소리가 들렸어요.

—도대체 어떤 어머니야? 어떤 엄마길래 요즘 같은 세상에 자기 외동딸을 전쟁터로 가게 놔두지?(우리 딸 묘비에 "나의 외동딸에게"라고 새겨져 있었거든요.) 세상에, 어떻게 딸을 보내?

감히 어떻게 그런 말을 할 수 있죠? 어떻게 그래요? 딸아이는 히포크라테스 선서를 했어요. 외과의사들이 그 두 손에 입까지 맞춘 간호사라고요. 사람들 목숨을 구하려고, 그 아들들을 구하려고 그곳까지 간 거잖아요.

내 속에서 이렇게 외쳐요. '이보시오, 사람들, 나한테서 고개를 돌리지 마시오! 나와 함께 잠시만 무덤 옆에 서시오. 나만 혼자 무덤 옆에 두지 말라고……'

어머니

—우라질 아프간! 아프간…… 친구가 신문을 집어들더니 아프간 기사를 읽더라고요.

"포로로 끌려갔던 소련 군인들이 풀려났다…… 서양 기자들이 그들과 인터뷰를 했다……"

그러고는 욕을 하기 시작했죠.

—왜 그래?

—나라면 그 새끼들 전부 벽에 세워놓고 직접 쏴버렸을 거야.

—네가 피를 덜 봤구나! 아직도 부족해?

—반역자들은 죽어도 싸. 우리는 팔이고 다리고 다 잘려나가는 판인데, 저놈들은 뉴욕에서 빌딩숲이나 구경하고 있잖아…… '미국의 소리*'

같은 데나 나오고 말이야……

거기서 우리는 둘도 없는 친구였어요…… 이런 노래를 함께 부를 만큼. "빵 한 조각도 우리는 둘로 나눠 먹지." (입을 다문다.)

—미워요! 밉다고요!

—누가요?

—몰라서 물어요? 나는 친구를 잃었어요. 여기서, 전쟁터가 아니라 바로 여기서…… (낱말을 고른다.) 이제 나는 아무도 없어요…… 다른 친구들은 없다고요…… 다들 뿔뿔이 흩어져서 자기들 굴속에 꼭 틀어박혔거든요. 돈을 버느라 다 정신들이 없죠.

우라질 아프간! 차라리 죽는 게 나았어요. 그랬으면 내 이름이 학교 추모 현판에 새겨지고…… 영웅이라도 됐을 텐데…… 소년들은 영웅이 되길 꿈꾸죠. 하지만 나는 아니었어요…… 소련군이 진즉 아프가니스탄에서 전쟁을 벌이고 있었지만 나는 전혀 몰랐어요. 관심이 없었거든요. 그때 나는 첫사랑의 열병을 앓고 있었어요. 사랑에 거의 정신이 나가 있었죠…… 하지만 지금은 여자를 가볍게 만지는 것조차 두려워요. 심지어 아침에 만원 버스 안에서 사람들 틈에 끼이는 것도 무서운걸요…… 이해하시겠어요? 나는 여자하고는 전혀 되질 않는다고요…… 여자친구가 날 떠났어요…… 사랑하는 내 여자가…… 그녀와 2년을 함께 살았어요…… 바로 그날 주전자를 태워먹었죠…… 주전자가 타는데, 그냥 앉아서 주전자가 까맣게 변하는 것을 지켜보기만 한 거예요. 그런 일이 자주 있어요. 완전히 정신이 나가서는 현실을 인식하지 못하는 경우 말이에요. 그녀가 퇴근해 와서 냄새를 맡고는 물었

---

* 미국 연방정부가 운영하는 국제방송. 한국어를 포함한 전 세계 43개 언어로 라디오와 텔레비전, 인터넷을 통해 뉴스와 정보를 전달한다.

어요.

—뭘 태웠어?

—주전자.

—벌써 세번째야……

—피냄새가 어떤지 알아? 피를 흘리고 두세 시간만 지나면 피냄새가 꼭 땀에 전 겨드랑이 냄새하고 똑같아지지. 얼마나 불쾌한지 몰라…… 차라리 불타는 냄새가 더 나아……

그녀는 열쇠로 대문을 잠그고 나갔어요. 그렇게 나가서 1년이 지나도록 돌아오지 않고 있죠. 나는 여자들이 두려워지기 시작했고요. 여자들…… 여자들은 완전히 다른 존재예요. 정말 완전히 달라요. 그래서 우리하고 있으면 불행한 거예요. 우리 이야기를 들어주고 제법 맞장구도 치지만 실은 우리를 전혀 모르죠.

—좋은 아침은 무슨 좋은 아침! 또 소리질렀잖아. 밤새 소리만 질렀다고.

그러면서 그녀는 아침마다 울었어요.

그녀에게 전부 다 이야기한 건 아니에요…… 폭탄을 떨어뜨릴 때 헬리콥터 조종사들이 맛보는 쾌감에 대해선 얘기하지 않았거든요. 조종사들은 불길에 휩싸인 마을을 보면서 멋지다고 뻐기기 바빴어요…… 밤에 특히 더 그랬죠…… 옆에선 우리 부상병의 숨이 꺼져가고 있는데 말이죠. 부상병은 죽어갈 때 엄마나 여자친구를 불러요. 바로 옆에는 부상당한 '두흐'가 누워 있어요. 그들도 우리 부상병들과 똑같이 거둬서 이송을 했거든요. 역시 죽어가며 엄마나 여자친구를 부르더라고요. 그래서 아프간 이름이 들렸다 러시아 이름이 들렸다 했죠……

—좋은 아침은 무슨 좋은 아침! 또 소리질렀잖아. 이제 당신이 무

서워……

몰라요…… 그녀는 모른다고요. 우리 중위가 어떻게 죽었는지…… 어느 날 순찰중에 냇물이 보이자 중위가 차량들을 멈춰 세웠어요.

—멈춰! 모두 멈춘다!

중위가 소리를 치고 나서 냇가 근처에 놓인 지저분한 꾸러미를 가리켰어요.

—지뢰인가?

공병들이 먼저 가서 '지뢰'로 보이는 꾸러미를 들어올렸어요. 그런데 꾸러미에서 울음소리가 나는 거예요. 갓난아이였어요. 우라질 아프간!

그 아이를 어떻게 해야 할지 다들 결정을 못하고 있었어요. 이대로 두고 가? 아니면 데리고 가? 그러자 중위가 아무도 강요하지 않았는데도 자진해서 나섰어요.

—이대로 두고 가면 안 돼. 굶어 죽을 거야. 내가 마을로 데려다주지. 마침 바로 옆이 마을이니까.

우린 중위 일행이 돌아오기를 기다렸어요. 그런데 한 시간이 지나도 안 오더라고요. 마을까지 이십 분이면 충분히 갔다 오는데 말이죠.

모래 구덩이에 죽어 누워 있었어요…… 우리 중위와 운전병이요. 마을 한가운데에…… 마을 여자들이 곡괭이로 그 두 사람을 찍어 죽인 거예요……

—좋은 아침은 무슨 좋은 아침! 또 소리질렀잖아. 나한테 주먹질이라도 할 것처럼 달려들어 팔까지 비틀어놓고선.

가끔 내 이름이랑 주소, 그리고 나한테 일어났던 일을 전혀 기억하지 못할 때가 있어요. 그러다 제정신이 돌아오면…… 꼭 새롭게 다시 사는 것 같죠. 확신이 서지는 않지만요…… 집밖을 나서자마자…… 걱정이 밀려와요. 대문을 열쇠로 잠갔던가, 안 잠갔던가? 가스 밸브는? 잠갔나? 자려고 누웠다가도 일어나서 내일 아침 일어날 시각을 자명종에 맞춰놨는지 확인하고요. 아침 출근길에 이웃을 만났잖아요? 그러면 또 생각이 안 나는 거예요. '좋은 아침!'이라고 인사를 건넸나? 안 건넸나?

키플링*의 시에 이런 대목이 있어요.

서쪽은 서쪽이고 동쪽은 동쪽이기에 둘은
서로를 이해하지 못하네.
오직 하느님의 왕좌 앞에서만 둘은 다시
만날 수 있다네.
하지만 동쪽도 없고 서쪽도 없으리. 서로 다른 땅 끝에서
태어난
강인한 두 남자가 일대일로 서로
마주한다면!

기억나요…… 그녀는 나를 사랑했어요. 울면서 그랬죠. "당신은 지옥에서 살아온 거니까…… 내가 당신을 구원해줄게……" 사실은 쓰레깃더미에서 기어나온 건데 말이죠…… 내가 아프가니스탄으로 떠날 때만 해도 여자들이 긴 원피스를 입었는데, 돌아와 보니 다들 짧은 치마를 입고 있더군요. 낯설더라고요. 그래서 그녀에게 긴 치마를 입었으면 좋겠다고 했죠. 처음엔 웃어넘기더니 나중엔 화를 냈어요. 나를 증오하기 시작했고요…… (눈을 감고 시 구절을 다시 읊는다.)

---

* 러디어드 키플링(1865~1936). 영국 소설가이자 시인.

하지만 동쪽도 없고 서쪽도 없으리. 서로 다른 땅 끝에서
태어난
강인한 두 남자가 일대일로 서로
마주한다면!

내가 무슨 말을 하다 말았죠? 아, 맞다, 긴 원피스 이야기를 했었죠…… 그 원피스들이 장롱 안에 그대로 걸려 있어요. 그 원피스들은 안 가져갔더라고요. 그녀를 위한 시를 쓰고 있어요……

우라질 아프간! 나는 나랑 대화하는 게 좋아요……

중사, 척후병

—나는 평생을 군인으로 살았어요…… 다른 삶에 대해선 오로지 이야기로만 들어서 알았죠……

진짜 군인들에겐 그들만의 심리가 있어요. 정당한 전쟁이냐 정당하지 못한 전쟁이냐는 중요하지 않아요. 지시를 받아 싸우러 가는 곳이면 거기가 바로 정당한 전쟁이고 필요한 전쟁이니까요. 그래서 명령에 따라 우리가 참전한 이 전쟁은 정당한 전쟁인 거예요. 우리는 그렇게 여겼어요. 그래서 내가 병사들 가운데 직접 나서서 우리의 남쪽 국경을 지켜야 한다고 강조하고 병사들을 사상적으로 무장시켰죠. 정치수업이 일주일에 두 번이었어요. 그런데 혹시 의심이 들었다 한들 거기서 과연 내가 '나는 확신이 들지 않는다'고 말할 수 있었을까요? 군대는 자유사상을 용납하지 않아요. 한번 대열에 합류하고 나면 오로지 명령에 따라 움직

여야 하죠. 아침부터 저녁까지요.

명령이 떨어져요.

—일어난다! 기상!

일어나요.

명령이 떨어져요.

—체조 대형! 왼쪽으로 달린다!

체조를 하죠.

명령이 떨어져요.

—숲으로 흩어진다. 마무리 시간은 오 분이다……

흩어져요.

명령이 떨어져요.

—준비!

우리 막사에 초상화가 걸려 있는 걸 한 번도 본 적이 없어요…… 그게, 그러니까 누구 초상화를 말하느냐고요? 이를테면, 치올콥스키*나 레프 톨스토이 같은 위인들 초상화요. 단 한 번도 못 봤어요. 대신 니콜라이 가스텔로**니, 알렉산드르 마트로소프***니…… 대조국전쟁에서 활약한 영웅들 사진만 걸려 있었죠…… 한창 젊을 때, 그러니까 아직 신임 중위였던 시절이었어요. 나는 내 방 벽에 로맹 롤랑의 사진(아마 잡지에서 오려붙인 걸 거예요)을 붙여놨어요. 어느 날 부대 지휘관이 내 방

---

* 콘스탄틴 에두아르도비치 치올콥스키(1857~1935). 구소련의 물리학자. 우주비행이론의 개척자이자 로켓과학 및 인공위성 연구의 선구자.

** 니콜라이 프란체비치 가스텔로(1907~1941). 구소련의 전투기 조종사이자 소련의 전쟁 영웅.

*** 알렉산드르 마트베예비치 마트로소프(1924~1943). 대조국전쟁중에 적의 기관총을 자신의 몸으로 막아내고 전사, 소련 군인의 최고 영예인 소련 영웅 칭호를 얻었다.

에 들렀다 그 사진을 보고는 묻는 거예요.

—누구지?

—로맹 롤랑이라는 프랑스 작가입니다, 대령 동지!

—이 프랑스인 사진을 당장 치워! 우리는 영웅들이 없어서 이런 걸 붙여놓나?

—하지만 대령 동지……

—곧장 창고로 가서 카를 마르크스를 가지고 와.

—하지만 카를 마르크스는 독일인인데요?

—입 다물어! 48시간 구금에 처한다!

거기서 왜 카를 마르크스가 나와요? 예전에는 내가 먼저 나서서 우리 병사들에게 외국제 기계는 쓸모가 없다고 말하곤 했죠. "외국상표를 단 이따위 차가 무슨 쓸모가 있어? 이런 차는 우리 나라 길 위에서는 금세 퍼져버릴 거다. 우리 나라 것이 세계에서 단연 최고지. 우리 나라 기계들, 우리 나라 차량들, 우리 나라 사람들, 전부 다." 하지만 지금은 알아요. 이제야 깨닫기 시작했어요. 성능이 가장 뛰어난 공작기계가 일본에서 생산돼선 안 될 이유라도 있나요? 가장 품질 좋은 카프론 스타킹이 프랑스에서 만들어질 수도 있잖아요? 또 타이완 아가씨들이 가장 예쁠 수도 있는 거고요. 나이 50이 다 된 지금에야 그걸 알게 됐어요……

……사람을 죽이는 꿈을 꿔요. 어떤 사람이 땅에 무릎을 꿇고…… 엎드려 있어요. 고개도 들지 못한 채요. 얼굴은 가려져서 안 보이는데, 보니까 팔도 다리도 없이 얼굴뿐이에요…… 나는 침착하게 그 사람을 총으로 쏘고 그 사람이 피 흘리는 모습을 지켜봐요. 잠이 깨면 이 꿈이 떠오르고 나는 비명을 지르죠……

여기선 이미 정치적 실수였다는 의견들을 내고 있어요. 이 전쟁을 '브레즈네프의 모험주의'니 '범죄'니 하면서요. 우린 전쟁을 치르고 목숨을 바쳐야 했는데 말이죠. 사람을 죽여야 했고요. 여기선 말로만 떠들지만 우린 거기서 살해당했다고요. 우릴 판단하지 말아요, 그래야 당신들도 판단받지 않을 테니까! 거기서 우리가 지킨 게 뭐냐고요? 혁명? 아니요. 나는 진즉에 그게 아니라는 걸 알아버렸고, 아는 순간 내 속이 갈가리 찢기는 것 같았어요. 하지만 스스로를 납득시키려고 애썼죠. 우린 지금 우리 군사도시들을 지키고 우리 나라 사람들을 지키는 거라고 자신을 다독이면서요.

논밭이 불길에 휩싸여요…… 쏟아지는 총탄에 불이 붙은 거죠…… 빠지직한다 싶으면 벌써 불길이 치솟는데…… 거기에 무더위까지 전쟁을 한몫 거들어요…… 농부들이 불에 탄 낟알이라도 건져보겠다고 이리저리 뛰어다녀요. 아프간 아이들이 우는 걸 한 번도 못 봤어요. 아이들이 엉엉 우는 법이 없더라고요. 아프간 아이들은 대개 몸집이 작고 비쩍 말라 있어요. 몇 살인지 나이도 가늠이 안 되고요. 다들 통이 넓은 바지를 입은데다 바지 아래로 발만 조그맣게 나와 있거든요.

늘 누군가 나를 죽이려고 기회를 엿보는 것만 같았어요. 총알은 그리 똑똑하질 않거든요…… 그런 느낌에 익숙해질 수도 있는 건지, 아직도 모르겠어요. 거기는 수박이나 참외가 얼마나 큰지 크기가 꼭 보조의자만해요. 너무 잘 익어서 총검으로 살짝 찌르기만 해도 쩍 갈라지며 조각이 나버리죠. 죽는 것도 그렇게 간단해요, 죽이는 게 어렵지. 우린 전사한 동료들 이야기는 하지 않았어요. 그건, 이렇게 표현해도 될지 모르겠지만, 일종의 게임 규칙 같은 것이었죠…… 나는 전투에 나갈 때마다 편지를 써서 트렁크 바닥에 놔뒀어요. 아내에게 보내는 편지였죠. 작별 편지. 편지에 이렇게 썼어요. "내 권총에 구멍을 뚫어서 우리 아들에게 전해줘요."

한번은 전투가 시작되었는데 녹음기가 계속 시끄럽게 떠들더라고요. 끄는 것을 깜박한 거죠…… 블라디미르 비소츠키의 노래가 흘러나왔어요.

황색의 뜨거운 땅 아프리카
그 한가운데,
갑자기 계획에도 없던
불상사가 발생했네.
영문도 모르고 코끼리가 말했네.
홍수가 났나봐……
사실은 기린 한 마리가
영양에게 홀딱 반한 거라네.

두시만들 녹음기에서도 비소츠키의 노래가 흘러나왔어요. 두시만들 중에는 소련에서 공부하고 소련의 대학들을 졸업한 이들이 꽤 있었어요. 소련 졸업장을 가진 이들이 많았죠. 밤에 매복을 하고 있으면 이런 노래가 들려오곤 했어요.

친구가 마가단*으로 떠났네.
모자를 벗어요, 모자를 벗어요!
스스로 갔다네, 스스로 갔다네.

---

* 러시아 극동 북부 오호츠크 해안에 위치한 항구도시. 1931년에 이곳에 세워진 강제수용소는 스탈린 시절 예카테린부르크, 바르쿠타와 함께 3대 수용소로 악명을 떨쳤으며, 1953년 폐쇄될 때까지 수용 인원이 100만 명을 넘었다.

끌려간 게 아니네, 끌려간 게 아니네.

그들은 산속에서 〈코톱스키*〉나 〈콥파카**〉 같은 우리 영화들을 봤어요. 우리 나라에서 우리랑 같이 전쟁하는 법도 공부했거든요…… 게릴라전도 배우고……

전사한 우리 신병들 주머니에서 편지들을 끄집어냈어요. 사진들도요. 체르니고프***의 타냐…… 프스코프의 마센카…… 사진들은 전부 시골 사진관에서 찍은 것들로, 다 비슷비슷했어요. 사진 위에 소박한 문구들이 적혀 있더군요. "꾀꼬리가 여름을 기다리듯 당신의 답장을 기다려요." "어서 가서 안부 전하고 소식 가지고 돌아오렴." 내 책상 위에 사진들이 마치 카드 패처럼 죽 펼쳐져 있었어요. 모두 평범한 러시아 아가씨 얼굴들이었죠……

이 세계에 적응을 못하겠어요. 여기서 사는 게…… 잘 살아지지가 않아요…… 여긴 너무 답답해요. 내 핏속의 아드레날린이 아우성을 쳐요. 여기는 뭔가 긴박한 느낌이랄까, 삶에 대한 냉소랄까, 아무튼 그런 게 부족해요. 몸에 이상이 생겼는데…… 의사들 진단으로는 혈관이 좁아졌다는군요. 하지만 내가 내린 진단은…… 아프간 때문인 것 같아요…… 나는 리듬이 필요해요. 전장으로 뛰어들어 한판 붙을 때의 리듬. 모험을 감행하고 방어를 해낼 때의 그 리듬 말이에요. 그곳으로 돌아가고 싶어요. 하지만 거기로 다시 갔을 때 어떤 느낌이 들지는 나도 몰라요…… 불쑥불쑥 눈앞에 환영이 보여요…… 장면들…… 부서지

---

* 러시아 내전을 그린 영화의 제목이자 주인공 이름.

** 대조국전쟁 당시 빨치산 부대의 활약을 그린 영화의 제목이자 주인공 이름.

*** 우크라이나 북부의 데스나 강가에 있는 도시.

고 불에 탄 채 길에 나뒹구는 군사 장비들이에요. 탱크들, 장갑차들…… 정말 그게 다 우리가 남겨놓고 온 것들일까요?

공동묘지에 갔어요…… '아프간 참전 용사들'의 무덤을 둘러보고 싶어서요. 아들 무덤에 온 어느 어머니를 우연히 만났는데……

—썩 꺼져요, 지휘관 양반! 당신은 머리가 하얗게 셌다지만, 그래도 이렇게 살아 있잖아요. 우리 아들은 지금 땅속에 있다고요. 아직 면도도 못해본 어린 내 아들이 말이에요.

얼마 전에 친구가 세상을 떴어요. 에티오피아에서 복무한 친구였죠. 그곳의 더운 기후를 그 친구 신장이 견디질 못했어요. 이제 거기서 그 친구가 쌓아온 경험들까지 모두 사라지게 된 거죠. 또 어떤 친구는 자기가 베트남에 가게 된 이야기를 들려주더군요. 그리고 1956년에 앙골라, 이집트, 헝가리로 파병된 사람들, 1968년에 체코슬로바키아에서 복무한 사람들도 만났어요…… 그 친구들과 이야기를 나눴는데…… 이제 다들 다차에서 흰 무나 키우며 살더라고요. 낚시나 하면서요. 나도 이제 연금을 받으며 살아요. 장애연금으로. 카불 병원에서 폐 한쪽을 제거했는데…… 이젠 나머지 폐도 말썽이네요…… 나는 정말 리듬이 필요해요! 할 일이 필요하다고요! 흐멜니츠키* 근교에 병원이 하나 있어요. 그곳에 가족이 돌보기를 거부하거나 본인이 집으로 돌아가기를 거부한 부상자들이 입원해 있죠. 그 부상자들 중 한 명이 가끔 나한테 편지를 보내요. "팔도 다리도 없이 누워 있어요…… 아침에 눈을 뜨면 내가 누군지 모르겠어요. 나는 사람일까? 동물일까? 어쩔 땐 야옹 하거나 멍멍거리고 싶은 마음마저 들어요. 그래서 이를 악물죠……" 그 병사에게

* 우크라이나 서부에 있는 흐멜니츠키 주의 주도로, 수도 키예프에서 340킬로미터 정도 떨어진 곳에 위치한다.

한 번 다녀오고 싶어요. 그런데 지금 일을 찾고 있는 중이라서요.

나는 리듬이 필요해요. 싸움에 뛰어들 때의 그 리듬이. 하지만 누구와 싸워야 할지 모르겠어요. 이젠 우리 병사들 앞에 서서 우리가 가장 뛰어나고 가장 공정한 사람들이라는 말 따위로 선동하는 일은 못해요. 하지만 정말 그런 사람들이 되고 싶었던 건 사실이에요. 잘되지 않았을 뿐이지. 그러면 여기서 또 질문이 생기죠. 왜? 왜 잘 안 됐을까?……

소령, 대대 지휘관

—우리는 조국 앞에 떳떳해요……

나는 병사로서 임무를 정직하게 수행했어요. 당신들이 우리한테 이러니저러니 큰소리 내지 못하도록요…… 뒤엎지도 재평가하지도 못하게요…… 애국심이나 사명감 같은 감정들을 뭐라고 생각하세요? 당신들한테 조국은 한낱 공허하게 울리는 소리에 지나지 않는 건가요? 그저 낱말에 불과해요? 우리는 떳떳해요……

거기서 무엇을 강탈해 왔냐고요? 우리 전우들의 시신이 담긴 관, '수하물 200'을 가져왔다면요? 무엇을 챙겨 왔냐고요? 병든 몸뚱어리요. 우린 간염부터 콜레라까지 안 걸린 병이 없으니까요. 부상당하고 불구가 됐고요. 나는 참회할 게 없어요. 형제국인 아프간 민족을 도왔을 뿐이죠. 그 점에 대해선 한 치의 의심도 없어요! 거기서 나와 함께 지낸 동료들 역시 모두 성실하고 정직한 병사들이었어요. 그들은 선한 목적을 가지고 그 땅으로 향했고 자신들이 결코 '잘못된 전쟁의 잘못된 전사'가 아니라고 믿었어요. 누구는 우리를 세상 물정 모르는 바보들이라고, 포탄의 밥이나 되는 소모품이라고 무시하려 들죠. 왜요? 무슨 목적으로?

진실을 찾는다고요? 하지만 성경 말씀을 생각해보시죠. 예수는 자신을 재판하는 본디오 빌리도에게 이렇게 말했어요.

—내가 이를 위하여 태어났으며 이를 위하여 세상에 왔나니 곧 진리에 대하여 증언하려 함이로다.

빌라도가 다시 물어요.

—진리가 무엇이더냐?

그 질문은 아직도 대답을 기다리는 중이죠……

나에겐 나만의 진리가 있어요…… 나의 진리가요! 우린, 어쩌면 순진한 우리 믿음대로 너무 순수했던 건지도 몰라요. 우린 새로운 정권이 들어서서 농민들에게 토지를 분배해주면 다들 기쁘게 받을 줄 알았어요. 하지만 전혀 뜻밖에도…… 농민들이 땅을 안 받는 거예요! 네가 누군데 우리에게 땅을 주느냐, 땅은 알라에게 속해 있다면서요. 알라가 다 알아서 주는 거라나요. 우리가 기계 및 트랙터 스테이션*을 건설해주고 그들에게 트랙터며 콤바인이며 풀 베는 기계를 지원해주면 그들의 삶이 완전히 달라질 거라 믿었어요. 사람들도 변하고요. 그런데 전혀 생각지도 않게…… 그들이 기계 및 트랙터 스테이션을 다 부숴버렸죠. 우리 트랙터들을 마치 탱크라도 되는 양 폭파시켜버렸어요. 우린 또 우주를 비행하는 시대에 신의 존재를 믿는 건 우스운 일이라고 생각했어요. 어리석은 일이라고요! 그리고 우리가 아프간 청년을 우주로 보내주기도 했고요…… 그래서 그 사람들에게 그랬죠. 보라고, 당신네 알라가 있다는 저곳에 당신네 청년이 가지 않았느냐고요. 하지만 뜻밖에도…… 이슬람은 현대문명의 손짓에도 한 치의 흔들림이 없더군

---

* 농업 관련 기계를 집단농장에 대여해주고 유지 보수를 담당했던 국영기업.

요…… 끝도 없이 영원과 싸우는 게 과연 가능할까요? 우리는 이깟 전쟁이 뭐 별기냐며 대수롭잖게 여겼어요. 하지만 별거더라고요…… 정말로요…… 그리고 전쟁은 우리 삶의 특별한 한때였고요…… 나는 그 시간을 가슴속에 소중히 간직하고 있어요. 망가뜨리고 싶지 않아요. 까만색 칠로 더럽히게 놔두지 않을 거예요. 우린 전장에서 서로를 지켰어요. 언제 어디서 날아올지 모르는 총탄 밑에 한번 서보세요! 그런 건 잊으려야 잊을 수 없는 경험이죠. 그럼 이런 건요? 귀국할 때…… 처음엔 불쑥 집에 나타나 가족을 놀래주고 싶었어요. 하지만 엄마가 너무 놀랄까봐 걱정이 되더라고요. 그래서 먼저 전화를 걸었죠.

—엄마, 나 살아 왔어요. 지금 공항이에요.

전화선 반대편 끝에서 수화기가 바닥에 떨어지는 소리가 났어요.

누가 작가님께 우리가 거기서 패배했다고 그러던가요? 우린 거기가 아니라 바로 여기, 우리 고국에서 패배했다고요. 소련에서요. 정말 근사하게 돌아올 수 있었는데…… 강철처럼 단단하고 검게 그을린 건강한 모습으로…… 많은 걸 배우고 경험한 모습으로…… 하지만 우리에게 그런 기회는 주어지지 않았어요. 여기, 우리 고국이 우리에게 어떤 권리도 어떤 일거리도 주지 않았으니까요. 매일 아침 누군가 (나중에 국제전몰 용사 기념탑이 들어설 자리에 있는) 기념비 위에 이런 포스터를 걸어놓더군요. "기념비 따위는 도시 한가운데 두지 말고 참모본부 앞에나 세워라……" 열여덟 살짜리 사촌동생이 있어요. 그런데 녀석이 군대에 가지 않겠다는 거예요. "누군가의 멍청하고도 범죄성이 다분한 지시를 나보고 수행하라고? 그래서 살인자가 되라고?" 내가 받아온 메달들도 삐딱하게 바라보고요…… 내가 녀석 나이 땐 할아버지가 전훈 훈장과 메달들이 달린 경축일용 재킷만 입고 계셔도 심장이 오그라드는 것처럼 감동을 받곤 했는데 말이죠. 우리가 거기서 전쟁을 치르는 동안 세상이 변했더라고요……

진리가 뭘까요?

우리 5층 아파트 건물에 할머니 한 분이 살아요. 의사죠. 나이는 일흔다섯이고요. 요즘 언론매체들이 쏟아내는 온갖 기사와 폭로와 방송 들 이후에…… 우리를 공격하는 진실의 실상들이 밝혀진 후에 그만 정신이 나가버렸어요…… 텔레비전에 고르바초프가 나오면 그냥 꺼버리죠. 그리고 1층인 자기 집 창문을 열고는 이렇게 외쳐요. "스탈린이여 영원하라!" "인류의 빛나는 미래, 공산주의여 영원하라!" 아침마다 그 할머니와 마주쳐요…… 그 할머니한테 아무도 신경쓰지 않고 그 할머니 역시 아무한테도 피해를 주지 않죠…… 가끔 내가 그 할머니와 비슷하다는 생각이 들어요…… 비슷하다니, 젠장!

하지만 우린 조국 앞에 떳떳해요.

사병, 포병

—초인종이 울렸어요…… 부리나케 달려나갔지만 아무도 없더라고요. 혹시 우리 아들이 왔나? 기대했다가 한숨만 쉬었죠.

이틀 후에 군인들이 우리집 문을 두드렸어요.

—왜, 우리 아들은 없나요?

무슨 일인지 금세 알겠더군요.

—네, 이제 없습니다.

순간 정적이 흘렀어요. 나는 현관 거울 앞에 털썩 주저앉았어요.

—아아! 아아! 세상에!

탁자 위에 내가 미처 끝내지 못한 편지가 놓여 있었죠.

"잘 있었니, 아들!

네 편지 읽고 기뻤어. 이번 편지에는 문법 실수가 하나도 없더구나. 지난번처럼 문장 실수만 두 개 있고. '내 생각에'는 삽입어야. 그래서 '내 생각에 엄마 아빠는 아들 때문에 부끄럽지는 않으실 거예요'에서 '내 생각에' 다음에 쉼표를 넣어야 해. 그리고 '~이므로'는 종속복합문을 이끄는 접속사란다. 그러니 '아버지가 말씀하셨으므로 했어요'는 맞지 않아. '아버지가 말씀하신 대로 했어요'라고 써야지. 아들, 엄마가 잔소리 한다고 골내면 안 돼!

아들, 아프가니스탄은 많이 덥지. 감기 걸리지 않도록 조심하렴. 너는 감기에 잘 걸리잖니……"

장례식에서 다들 침묵을 지켰어요. 사람들이 무척 많았는데, 입을 여는 사람이 아무도 없었죠. 나는 드라이버를 들고 서 있었어요. 아무도 못 뺏어가게 꼭 쥐고서요.

—관 좀 열어줘요…… 아들을 보게 해달라고요……

나는 드라이버로 아연관의 뚜껑을 열고 싶었어요.

남편이 죽으려고 했어요. "살고 싶지 않아. 용서해, 여보, 더이상은 살 수가 없어." 남편을 설득했죠.

—묘비를 세워야죠. 타일도 붙이고요. 다른 사람들이 하는 것처럼 우리도 해야죠.

남편은 잠을 못 잤어요.

—자려고 누우면 우리 아들이 찾아와. 나한테 입을 맞추고 나를 안아줘.

옛 관습대로 빵 한 덩어리를 40일간 보관했어요…… 장례식을 치른 후에요…… 3주가 지나자 빵이 자잘하게 부서지더라고요. 그건 가족도 그렇게 부서진다는 뜻이죠……

집안 곳곳에 아들 사진들을 걸었어요. 나는 그렇게라도 해야 견디기가 쉬웠지만 남편은 더 힘들어했죠.

―사진들 치워. 우리 아들이 나를 보잖아.

우리는 묘비를 세웠어요. 비싼 대리석으로 멋지게 만들었죠. 아들이 결혼할 때 쓰려고 모아둔 돈을 전부 묘비에 썼어요. 빨간 타일로 무덤을 꾸미고 무덤 주변에 빨간 꽃을 심었어요. 달리아를 심었죠. 남편은 무덤 울타리를 색칠했어요.

―이제 할 건 다 했어. 아들이 화를 내진 않을 거야.

다음날 아침에 남편이 직장까지 바래다주더라고요. 돌아가면서 작별 인사를 건네고요. 교대 시간이 돼 집에 왔는데…… 남편이 부엌에서 밧줄로 목을 맨 거예요. 사랑하는 우리 아들 사진 바로 맞은편에서 목을 맸어요.

―아아! 아아! 세상에!

한번 얘기해보세요. 그들은 영웅인가요? 아닌가요? 왜 내가 이런 고통을 겪어야 하죠? 대체 어떻게 해야 이 고통을 견딜 수 있을까요? 때로는 이런 생각을 해봐요. '그래, 우리 아들은 영웅이야! 그리고 우리 아들 혼자만 무덤 속에 누운 게 아니잖아…… 수십 명이…… 시립 공동묘지에 줄지어 누워 있어…… 기념일마다 군인들이 축포를 쏘아올릴 거야. 사람들이 기념사도 하고 헌화도 하겠지. 피오네르 입단식을 할지도 모르고……' 하지만 또 어떤 때는 정부와 당을 저주해요…… 이 정권을 저주한다고요…… 나는 공산주의자지만 상관없어요. 알고 싶어요. 무엇을 위한 전쟁이었죠? 왜 우리 아들이 아연관에 담겨 와야 해요? 나 자신이 저주스러워요…… 나는 러시아문학을 가르치는 선생이에요. 내가 직접 아들을 가르쳤죠. "의무는 의무인 거야, 아들. 우린 우리 의무를 다해야 해." 밤이면 모든 이들을 저주하다가 아침이 되면 아들 무덤으로 달려가 용서를 빌어요.

—아들, 엄마가 그렇게 말해서 미안해. 용서하렴.

어머니

—편지를 받았어요. "한동안 나한테서 편지가 없어도 너무 걱정하지 마. 편지는 옛날 주소 그대로 보내면 돼." 남편한테서 두 달 동안 소식이 없었어요. 그래도 나는 남편이 아프가니스탄에 가 있으리라고는 상상도 못했어요. 남편이 새로 발령받은 곳으로 찾아가보려고 트렁크까지 챙겼는걸요……

남편은 편지에 일광욕도 하고 낚시도 하며 지낸다고 썼어요. 그리고 사진을 보내왔는데, 모래 속에 무릎을 파묻은 당나귀 등에 올라타고 있더라고요. 남편이 처음으로 휴가를 안 나올 때에야 알았지, 그전까지는 아무것도, 정말 아무것도 몰랐어요. 갑자기 전쟁터라는 거예요…… 친구가 전사했다고…… 예전에 남편은 딸아이랑 잘 놀아주는 편이 아니었어요. 아이가 너무 어려서 그런지 특별히 부성이 강하진 않았거든요. 그런데 이번에 집에 다니러 와서는 몇 시간이고 아이 곁에 앉아서 아이를 바라보더라고요. 그 눈빛이 어찌나 애잔하던지 왠지 무서울 정도였죠. 남편이 아침마다 아이를 어린이집에 데려다줬어요. 아이를 자기 어깨에 목말 태우길 좋아했고요. 우린 코스트로마에 살았어요. 아름다운 도시죠. 저녁에도 남편이 아이를 어린이집에서 데려왔어요. 우린 공연장도 가고 영화관에도 갔어요. 하지만 남편은 집에 있는 걸 가장 좋아했죠. 집에서 텔레비전을 보고 이야기하는 걸요.

남편은 나랑 잠깐만 떨어져 있어도 못 견뎌했어요. 내가 출근하거나 부엌에서 음식을 만들고 있으면 그 시간도 아까워서 "여보, 나랑 같이 있어. 오늘은 커틀릿 안 먹어도 돼. 내가 집에 있는 동안 휴가 내면 안 될까"라고 했죠. 떠나야 할 날이 오자 남편은 일부러 비행기를 놓쳤어요. 그래서 이틀을 더 집에 머물렀어요.

남편이 떠나기 전날 밤…… 나는 남편과 함께한 그 밤이 너무 행복해서 하염없이 눈물을 흘렸어요. 내가 그렇게 우는데도 남편은 잠자코 지켜만 보더라고요. 그러고는 이렇게 말했어요.

—타마르카, 나중에 다른 남자가 생겨도 오늘밤을 잊으면 안 돼.

그래서 그랬죠.

—당신, 미쳤어? 아무도 당신은 못 죽여! 내가 이렇게 사랑하는데 누가 감히 당신을 죽여.

남편이 껄껄 웃더라고요.

남편은 아이는 더 원하지 않았어요.

—내가 돌아오면…… 그때 하나 더 낳자…… 나도 없이 혼자 애들하고 어떡하려고?

나는 기다리는 일엔 어지간히 단련돼 있었어요. 하지만 장례식 운구차를 보면 불쾌해지면서 금방이라도 비명을 지르고 울음이 터질 것만 같았죠. 집으로 달려가 이콘*을 걸고 그 앞에 무릎을 꿇은 채 기도하고 싶은 심정이었어요. "내 남편을 지켜주세요! 제발 지켜주세요!"

---

* 기독교에서 성모마리아나 그리스도 또는 성인들을 그린 그림이나 조각을 말한다. 그림을 성화, 조각을 성상이라고 한다.

바로 그날 영화를 보러 갔어요…… 하지만 시선은 스크린을 향해 있는데 이상하게 아무것도 눈에 들어오질 않는 거예요. 왠지 모르게 마음이 계속 불안하고요. 어딘가에서 사람들이 나를 기다리고 있을 것 같고, 어디론가 가야 할 것 같고요. 영화가 끝날 때까지 겨우 자리를 지켰어요. 그 시각에, 아마 전투가 벌어졌던 것 같아요……

일주일 동안 나는 아무것도 몰랐어요. 그 일주일 사이 남편한테서 편지를 두 통이나 받았거든요. 보통은 좋아 어쩔 줄 모르며 편지에 입을 맞추는데, 이번에는 갑자기 화가 나더라고요. '내체 얼마나 더 당신을 기다려야 해?'

9일째 되는 날 새벽 다섯시에 전보를 받았어요. 대문 밑에 밀어넣어져 있더군요. 시부모님이 보낸 거였어요. "집에 오너라. 페탸가 전사했다." 나는 비명을 지르기 시작했고, 아이가 놀라 잠에서 깼어요. 어떡하지? 어디로 가지? 돈도 떨어지고 없었어요. 하필 바로 그날이 남편 월급 수표가 오는 날이었거든요. 딸아이를 빨간 담요로 감싸안고 밖으로 나서던 게 기억나요. 버스가 다니기엔 아직 이른 시간이었죠. 택시를 잡아 세웠어요.

—공항이요.

택시 기사에게 말했어요.

—공원으로 가는 중이라 안 되겠어요.

기사가 택시 문을 도로 닫으려고 했어요.

—우리 남편이 아프가니스탄에서 전사했어요……

기사가 말없이 밖으로 나와 택시에 타는 걸 도와줬어요. 먼저 친구 집에 들러 돈을 빌렸죠. 공항에 도착했더니 이번엔 모스크바행 표가 없다라고요. 그렇다고 가방에서 전보를 꺼내 보여주자니 무섭고요. 혹시 남편이 전사했다는 소식이 사실이 아니면? 착오라면? 혹시 그렇다면…… 전사라는 말을 입 밖으로 내뱉지 않는 게 중요하잖아요…… 그래서 그저 울기만 했어요. 사람들이 모두 나를 쳐다보더군요. 다행히 모스크바까지 가는 화물기에 자리를 얻을 수 있었죠. 밤에 민스크에 도착했어요. 하지만 민스크에서 스타리예 도로기*까지 더 가야 했죠. 택시를 잡으려는데 기사들이 하나같이 너무 멀다며 못 간다는 거예요. 거기까지 150킬로미터나 되니 그럴 만도 했죠. 나는 간청도 하고 애원도 했어요. 그러자 한 기사가 마침내 "그럼, 50루블에 갑시다" 하면서 동의해줬어요. 나는 남은 돈을 다 털어서 그 기사에게 줬고요.

새벽 두시에 시댁에 도착했어요. 모두들 울고 있더군요.

—혹시 사실이 아닐지도 모르잖아요?

—사실이야, 타마라. 사실이란다.

우린 다음날 아침에 군정치위원회를 찾아갔어요. 거기 군인이 "시신이 도착하는 대로 알려드리겠습니다" 하더라고요. 꼬박 이틀을 기다렸어요. 그래도 소식이 없기에 민스크에 전화를 해봤죠. 그러자 "민스크로 와서 직접 데려가세요" 그러는 거예요. 민스크로 갔더니 이번엔 또 지역 군정치위원회에서 하는 말이 "실수로 바라노비치**로 보내졌습니다" 아, 이러잖아요. 바라노비치는 민스크에서 100킬로미터나 더 가야 하는 곳인데요. 게다가 우리가 준비한 미니버스의 기름으론 거기까지 턱도 없었고요. 마침내 바라노비치 공항에 도착했어요. 당국에선 아무도 나와 있지 않았어요. 공항 일과도 이미 끝난 뒤였고요. 경비원만 부스 안에 앉아 있었어요.

---

* 벨라루스 민스크 주에 있는 도시로, 민스크 주의 행정 중심지.

** 벨라루스 서부 브레스트 주에 위치한 도시.

—우리 도착했는데요……

—저기, 저쪽에.

손가락으로 한쪽을 가리키며 경비원이 말했어요.

—상자 같은 게 있던데, 한번 가서 보세요. 당신네 물건이 맞으면 가져가시고요.

이착륙장에 지저분한 상자 하나가 놓여 있고, 그 위에 분필로 "도브나르 대위"라고 적혀 있었어요. 나는 관의 작은 구멍을 막고 있는 판자를 뜯어냈어요. 다친 데 없이 성한 남편 얼굴이 보였어요. 하지만 면도도 하지 않고 아무도 씻겨주지 않은 얼굴이었죠. 관도 남편에겐 작아 보였고요. 그리고 냄새가 났어요. 도저히 맡을 수 없는 지독한 냄새가요. 남편 얼굴에 몸을 숙여 입을 맞출 수가 없을 정도로…… 당국은 그렇게 내 남편을 돌려보낸 거예요……

나는 한때 나에게 가장 소중했던 사람 앞에 무릎을 꿇었어요. 내가 가장 사랑했던 사람 앞에……

민스크 주 스타로도로시스키* 구 시골 마을 야질에 관이 들어온 건 남편이 처음이었어요. 관을 바라보는 사람들 눈에 두려움이 가득했죠. 무슨 일이 벌어지고 있는지 아무도 몰랐어요. 딸아이를 제 아빠에게 데려갔어요. 아빠와 마지막 인사를 나누게 하려고요. 딸은 그때 다섯 살이 채 안 됐어요. 딸아이가 비명을 질렀어요. "아빠가 새까매…… 무서워…… 아빠가 새까매……" 하관이 시작됐어요. 그런데 갑자기 관 받침수건을 끄집어낼 새도 없이 천지를 뒤흔드는 뇌성이 울리며 우박이 쏟아지는 거예요. 지금도 기억에 생생해요. 마치 라일락 꽃잎들 위에 흩

* 벨라루스 민스크 주 남동쪽에 위치한 지역.

뿌려진 하얀 자갈돌 같은 우박들이 우리 발밑에서 사각사각 소리를 내던 게요. 그건 이 일의 부당함을 알리는 자연의 시위였어요. 나는 오랫동안 시댁을 떠날 수가 없었어요. 왜냐하면 시댁에 남편의 영혼이 머물고 있었으니까요…… 남편의 아버지와 어머니도 계시고…… 남편이 어릴 때 쓰던 물건들도 있었고요. 책상, 책가방, 자전거…… 나는 남편의 물건들을 있는 대로 하나하나 어루만지며 보고 또 봤어요. 두 손으로 꼭 잡아도 보고요…… 집안 식구들은 모두 입을 다물고 아무 말도 하지 않았어요. 시어머니가 나를 미워하는 것 같더라고요. 나는 살아 있는데 당신 아들은 이 세상에 없고, 나는 다시 결혼할 수도 있지만 당신 아들은 그럴 수 없으니까요. 어머니는 좋은 분이세요. 하지만 그때는 제정신이 아니셨죠. 어머니 눈빛이 얼마나 힘겹고 고통스러워 보이던지…… 지금은 나보고 그러세요. "타마라, 재혼하거라." 하지만 그때는 어머니와 시선을 마주치기가 겁났어요. 시아버지도 거의 정신이 나가셨죠. "어떻게 이렇게 훌륭한 젊은이를 죽일 수가 있어! 죽일 수가 있냐고!" 나는 어머니와 함께 시아버지를 진정시키려고 애를 썼어요. 페탸는 훈장을 받지 않았느냐…… 우린 아프가니스탄이 필요하다…… 남쪽 국경을 지켜야 한다…… 시아버지는 우리 얘기를 듣지 않았어요. "나쁜 놈들! 나쁜 놈들!" 이 말만 되풀이하셨죠.

정말 끔찍한 시간은 나중에 찾아오더군요. 정말 끔찍한 건…… 이젠 남편을 기다릴 일도 기다릴 남편도 없다는 사실에 익숙해지는 것이었어요. 하지만 나는 오래도록 남편을 기다렸어요…… 이사를 했어요. 그러곤 아침마다 땀이 흥건해서 잠에서 깼죠. "페탸가 올 텐데, 나랑 올레시카가 다른 집에 살고 있다니……" 이제 나는 혼자 된 몸이고 앞으로도 혼자일 거라는 사실을 받아들이기가 힘들었어요. 하루에 세 번씩 우체통을 살펴봤어요…… 내가 남편에게 보낸 편지들만 '수취인 불명' 소인이 찍혀 반송돼 있더군요. 남편이 미처 받지 못한 편지들이었죠. 나는 경축일이 싫어요. 다른 집에 놀러다니는 것도 그만뒀고요. 나한텐 이제 추억만 남았어요. 좋았던 때가 기억에 남는 법이니까요…… 최고로 좋았던 때가……

남편과 처음 만난 날 함께 춤을 췄어요. 두번째 날엔 함께 공원을 거닐었고요. 만난 지 세번째 되는 날에 남편이 청혼을 했어요. 사실 그때 나는 약혼자가 있었거든요. 혼인신고서까지 제출하고 승인을 기다리던 중이었죠. 나는 약혼자에게 사실대로 말했어요. 약혼자는 나를 떠났어요. 그리고 편지를 보내왔는데, 글쎄, 편지지 한 장이 다 '아, 아, 아, 아, 아! 아우우우!' 이렇게 대문자들로 꽉 차 있더라고요. 페탸는 1월에 올 테니 그때 결혼하자고 했어요. 하지만 나는 1월이 달갑지 않았죠. 결혼식은 봄에 올리고 싶었거든요! 민스크의 궁전에서. 음악과 꽃과 함께요.

결혼식은 겨울에, 우리 마을에서 치렀어요. 우습기도 하고 정신없기도 한 결혼식이었죠. 사람들이 앞날을 점치는 공현대축일*에 꿈을 꿨어요. 아침에 엄마에게 꿈 이야기를 했죠.

—엄마, 잘생긴 남자 꿈을 꿨어. 다리 위에 서서 나를 부르더라고. 군복을 입고서. 그런데 내가 가까이 가니까 멀어지는 거야. 자꾸만 멀어지더니 완전히 사라져버리더라니까.

—군인하고는 결혼하지 마. 과부 되기 십상이야.

엄마가 해몽을 했어요.

페탸가 이틀 예정으로 다니러 왔어요.

---

* 1월 6일. 기독교에서 동방박사들이 아기 예수를 만나러 베들레헴을 찾은 것을 기리는 축일.

—작스*에 갑시다!

페탸가 문지방에 서서 그러는 거예요.

그런데 마을위원회에서도 우리를 보더니 이러지 않겠어요.

—뭐, 두 달이나 기다릴 필요 있습니까? 가서 코냑이나 준비해 와요.

한 시간 후에 우리는 부부가 됐어요. 밖에는 눈보라가 휘몰아치고 있었죠.

—자, 이제 당신 색시를 어떻게 집까지 모실 건가요?

—이렇게!

페탸가 손을 번쩍 들고는 지나가던 트랙터 '벨라루스'를 멈춰 세웠어요.

몇 년째 계속 우리가 처음 만나 데이트하던 때의 꿈을 꿔요. 트랙터를 타고 가는 꿈도 꾸고요. 트랙터 기사가 경고음을 울려대는데, 우린 아랑곳없이 키스를 하죠. 그 사람이 떠난 지 8년이에요…… 8년…… 지금도 꿈에 그이가 자주 나타나요. 꿈속에서 나는 계속 그이에게 애원하죠. "나랑 다시 결혼해요." 그이는 나를 밀쳐내면서 거절하고요. "안 돼! 안 돼!" 그이의 죽음을 슬퍼하는 건, 그이가 내 남편이었기 때문만은 아니에요. 그이는 진짜 남자였어요! 얼마나 잘생겼게요! 몸도 얼마나 건장하고 튼튼했는데요. 길을 가면 사람들이 나는 몰라도 남편만은 꼭 뒤돌아보곤 했어요. 그이한테서 아들을 낳지 않은 게 너무 후회돼요. 낳을 수 있었는데…… 내가 그러자고 했지만 남편이 겁을 냈죠……

남편이 두번째 휴가를 받아 집에 왔어요…… 그런데 전보도 안 보내고 미리 연락도 없이 불쑥 온 거예요. 집에 사람도 없고 대문은 잠겨 있

* 구소련과 러시아의 호적등기소. 보통 등기소 직원 앞에서 결혼선서를 한 후 법적인 부부가 된다. 결혼식과 축하연은 나중에 가족, 친지, 친구 들과 함께 따로 치른다.

었죠. 그때 나는 친구 생일이라 친구 집에 가 있었거든요. 남편이 친구 집으로 찾아왔더라고요. 집안은 음악 소리와 웃음소리로 시끄러웠어요…… 남편이 의자에 앉더니 눈물을 흘렸어요…… 집에 머무는 동안 남편은 날마다 일터로 나를 마중 왔어요. "당신 만나러 가는데 다리가 후들거리지 뭐야. 꼭 우리 데이트할 때 같더라고." 남편과 강에 가서 일광욕을 하고 물놀이하던 게 생각나네요. 우린 강가에 앉아 모닥불도 피웠죠.

—남의 나라를 위해 죽는 게 얼마나 싫은지 알아?

그날 밤에 남편이 애원했어요.

—타마르카, 재혼하지 마.

—왜 그런 말을 해요?

—왜냐하면 당신을 너무 사랑하니까. 당신이 다른 남자랑 있는 건 상상도 하기 싫어……

하루하루 시간이 너무 빨리 지나갔어요. 문득 공포심 같은 게 생기면서…… 무섭더라고요…… 우린 둘만의 시간을 더 가지고 싶어서 딸아이를 잠시 이웃집에 맡기기도 했어요. 불길한 예감이라기보다는 어두운 그림자라고 할까…… 뭔가 어두운 그림자의 기운이 느껴졌죠…… 남편은 반년만 지나면 아프간 복무가 끝날 참이었어요. 당국에서도 이미 남편을 소련으로 발령 낼 준비를 하고 있었고요.

가끔 내가 오래, 너무 오래오래 사는 것 같을 때가 있어요. 추억들은 변함없이 늘 그대로지만요. 이젠 다 외울 정도예요.

딸아이가 아직 어렸을 때인데, 하루는 어린이집에서 돌아오더니 그래요.

—오늘 자기 아빠에 대해 얘기하는 시간이 있었어. 그래서 나는 우리

아빠가 군인이라고 했어.

—왜?

—아빠가 있는지 없는지는 안 물어봤거든. 그냥 "아빠가 누구시니?" 라고만 물어봤지.

딸이 이젠 꽤 컸어요. 내가 화를 내면 제법 충고까지 한다니까요.

—엄마, 그러니까 다시 결혼해……

—어떤 사람이 아빠였음 좋겠는데?

—우리 아빠……

—아빠가 안 되면?

—아빠랑 비슷한 사람……

나이 스물넷에 남편을 잃고 과부가 됐어요. 처음 몇 달은 나 좋다는 남자만 나타나면 그게 누구라도 결혼했을 거예요. 미쳤던 거죠! 그 끔찍한 고통을 어떻게 벗어나야 할지 몰랐어요. 내 주위 사람들은 다 예전처럼 일상을 살고 있더라고요. 누구는 다차를 짓고, 누구는 차를 사고, 누구는 새 아파트로 이사를 가서 카펫을 새로 사니, 부엌에 빨간색 타일을 붙이니…… 벽지를 예쁜 걸로 바꾸니…… 하면서들요. 남들은 다 정상적인 삶을 사는데…… 나는? 나는 모래 속에 내동댕이쳐진 물고기 신세였죠…… 밤이면 눈물로 목이 메고…… 가구도 이제야 조금씩 바꾸기 시작했어요. 오븐을 열고 피로시키를 구울 기운도 없었어요. 예쁜 옷도 입고 싶지 않았고요. 우리집에 경축일이 다 무슨 소용이었겠어요? 1941년과 1945년엔 모든 사람들이, 그리고 이 나라 전체가 큰 슬픔을 겪었죠. 전쟁통에 사랑하는 사람을 잃지 않은 집이 한 집도 없었으니까요. 무엇 때문에 그런 슬픔을 당해야 하는지도 다들 알았고요. 여인네들은 함께 목놓아 울었죠. 내가 일하는 요리학교는 직원이 100명이에요.

그런데 이 전쟁에서 남편이 전사한 사람은 나 하나예요. 다른 사람들은 그런 일이 있다는 걸 신문에서나 읽었을 뿐이죠. 텔레비전에서 아프가니스탄 전쟁은 우리의 수치라고 떠드는 걸 처음 봤을 땐 화면을 부숴버리고 싶더군요. 그날 나는 남편을 다시 한번 땅에 묻었어요……

5년 동안 살아 있는 남편을 사랑했고 8년 전부터 지금까진 죽은 남편을 사랑하고 있어요. 어쩌면 내가 미쳤는지도 모르죠. 하지만 나는 그이를 사랑해요.

아내

—우리는 사마르칸트*에 도착했어요……

막사 두 개가 있더군요. 그중 한 곳에서 입고 온 일반인 복장을 다 벗어야 했죠. 눈치가 빠른 친구들은 오는 도중에 재빨리 재킷이나 스웨터를 팔아치우고 그 돈으로 마지막 포도주를 샀더라고요. 그리고 다른 한 막사에 가서는 1945년 날짜가 박힌 군복 상의와 '키르자치**' 그리고 각반을 포함한 군복 일체(이미 사용한)를 지급받았고요. 이 '키르자치'를 아프리카 사람에게 한번 보여줘봐요? 아무리 더위에 단련된 아프리카 사람이라도 아마 기절하고 말걸요. 아프리카의 못사는 나라들도 병사들에게 가벼운 군화와 재킷, 바지, 캡 모자를 주는 판에 우리는 '키르자치'를 신고 40도나 되는 더위에, 게다가 노래까지 불러가며 건설 현장에서 막노동을 했어요. 발이 다 익어버렸죠. 첫 주는 냉장고 만드는 공장에서

---

* 우즈베키스탄 중동부에 있는 사마르칸트 주의 주도로, 중앙아시아에서 가장 오래된 고대 도시 중 하나다.

** 가죽을 여러 번 덧대 만든 방수용의 무거운 군화.

유리용기 부리는 일을 했어요. 물품저장소에서 무거운 레모네이드 상자들도 날랐고요. 다음엔 장교들 집에 가서 잡일을 해야 했죠. 나는 한 장교 집에서 벽돌을 쌓았어요. 또 2주나 걸려서 돼지우리에 지붕 두 개를 만들어 덮었고요. 슬레이트는 3장을 지붕에 얹으면 2장은 보드카와 바꿨어요. 목재는 1미터씩 잘라서 1루블에 넘겼고요. 연병장에는 군인 선서를 하기 전에 딱 두 번 데려가더군요. 처음 한 번은 실탄 아홉 개를 받았고, 다음 두번째에는 한 사람씩 수류탄을 던졌죠.

우리는 연병장에 대열을 이루고 서서 지시를 들었어요. "국제 의무 수행을 위해 아프가니스탄 민주공화국으로 출발한다. 원하지 않는 사람은 두 걸음 앞으로 나온다." 세 사람이 앞으로 나왔어요. 하지만 부대장이 무릎으로 엉덩이를 걷어차 다시 대열로 들여보냈죠. 너희는 전투할 능력이 충분하다면서요. 우리는 이틀 치 전투식량과 가죽허리띠를 지급받은 뒤 출발했어요. 그게, 그렇게 된 거예요…… 하지만 나는 당황하지 않았어요. 나한테는 그게 외국에 나갈 수 있는 유일한 기회였거든요. 그게…… 사실…… 당연히…… 나도 '돌아올 때 녹음기랑 여행용 가죽가방을 가져와야지' 하고 기대에 부풀었고요. 그전까지 내 인생은 특별할 게 하나도 없었어요. 평범하고 따분한 생활이었죠. 그런 내가 IL-76기를 탄 거예요. 그때가 처음이었어요…… 그때 처음 비행기를 탔다고요! 비행기 차창 밖으로 난생처음 산들도 보고 사람이 살지 않는 사막도 봤어요. 우린 고향이 프스코프라 평생 초원과 숲만 보며 살았거든요. 비행기는 신단드에 착륙했어요. 그날이 며칠이었는지 기억나요. 1980년 12월 19일……

나를 위아래로 훑어보더라고요.

—180센티미터 정도라…… 정찰대로 보내. 그곳은 이런 병사가 필

요하지……

우린 신단드에서 헤라트*로 이동했어요. 그곳은 건설 공사가 한창이었죠. 연병장을 짓는 데 동원된 우리는 땅을 파고 주춧돌로 쓰일 커다란 돌들을 날랐어요. 나는 슬레이트 지붕을 만들거나 목공일을 했고요. 병사들 중에는 첫 전투를 치르기 전까지 총 한 번 못 쏴본 병사들도 있었어요. 그리고 우린 늘 배가 고팠죠. 주방에 가면 50리터들이 통 두 개가 있었어요. 하나는 첫번째 코스를 위한 통으로, 고깃조각 하나 없이 국물만 멀건 양배추 수프가 들어 있었고, 두번째 코스를 위한 나머지 한 통엔 감잣가루로 만든 감자 페이스트나 역시 버터 뺀 율무가 들어 있었고요. 고등어 통조림이 나오기도 했어요. 하지만 네 사람당 한 개씩인데다, 통조림 깡통 표면에 '제조일 1956년, 유통기한 1년 6개월'이라는 숫자가 버젓이 박혀 있었죠. 아프간에서 지내는 1년 반 동안 딱 한 번, 부상을 당했을 때, 그때 한 번 아무것도 먹고 싶지 않더군요. 그때 빼고는 늘, 걸음을 옮겨놓을 때조차 머릿속에 먹을 생각뿐이었어요. '어디에 가야 먹을 것을 구하지? 아니면 훔쳐?' 우린 아프간 사람들 집 뜰로 몰래 숨어들곤 했어요. 그러다 총에 맞거나 지뢰를 밟을 수도 있다는 사실을 뻔히 알면서도 말이죠. 사과든 배든, 뭐든 좋으니 과일 한번 먹으면 소원이 없겠더라고요. 우리는 부모님께 구연산을 보내달라고 부탁했어요. 부모님은 그걸 편지 속에 넣어 보내줬죠. 그렇게 받은 구연산을 물에 녹여서 마셨어요. 시디신 물을요. 나중에 속이 아파 고생 좀 했죠.

첫 전투를 앞두고…… 소련 국가를 틀더군요. 정치부부위원장이 격려의 말을 했고요. 그 말 중에 "세계제국주의는 가만히 졸고 있는 게 아

---

* 아프가니스탄 중서부 헤라트 주의 주도로, 힌두쿠시산맥에서 발원하는 하리루드 강의 계곡에 위치한다.

니다. 고국은 우리가 영웅이 되어 돌아오기를 기다린다"는 구절이 가장 기억에 남더군요.

내가 사람을 죽이게 될 거라곤 생각해보지 않았어요. 난 군대 가기 전에 자전거 선수였어요. 사람들이 나를 함부로 대하지 못하도록 근육질 몸을 만드는 데 열심이었고요. 그때까지 칼을 쓰거나 피를 보는 싸움도 본 적이 없었죠. 우리는 장갑차를 타고 전장으로 향했어요. 그전에 신단드에서 헤라트까지는 버스로 왔어요. 주둔지에서 나올 때 트럭을 한 번 탔고요. 손에 무기를 들고 소매는 팔꿈치까지 걷어붙인 채 장갑차 꼭대기에 앉아 가자니…… 뭔가 처음 맛보는, 묘한 기분이 드는 거예요. 권력과 힘을 가진 느낌이랄까, 아무도 나를 해치지 못할 거라는 안도감이랄까. 저만치 아래로 마을들이 한눈에 들어왔어요. 관개수로들은 자잘해지고 나무들은 드문드문해졌고요. 삼십 분이 지나자 마음이 느긋해지면서 마치 내가 관광객이 된 기분이 들더라고요. 낯선 나라의 풍경은 보는 것마다 이국적 정취가 묻어났어요. 나무들도 다르고 새들도 다르고 꽃들도 다르고…… 가시나무 수풀은 거기서 난생처음 봤고요. 난 어느새 그곳이 전쟁터라는 사실을 까맣게 잊어버렸어요.

우리는 관개수로를 지나고 진흙다리를 건너 계속 전진했어요. 고작 진흙다리 하나가 몇 톤은 거뜬히 나가는 쇳덩어리들을 지탱해내는 게 신기하더라고요. 그런데 갑자기 콰쾅! 소리와 함께 섬광이 번득였어요. 선두에 가던 장갑차가 바로 앞에서 유탄발사기의 공격을 받은 거예요. 벌써 동료들이 부상으로 실려나가는 게 보였어요. 한 명은 머리가 떨어져나가고…… 판지 과녁처럼…… 두 팔은 아래로 축 처져 덜렁거리고…… 이 무시무시한, 새로운 삶이 나는 믿어지지가 않았어요…… 곧바로 명령이 떨어졌어요. "박격포 배치!" 일 분에 120발의 포탄이 발사되는 박격포로, 우린 그걸 '바실키*'라고 불렀죠. 포탄은 전부 우리를 공격한 마을을 향해 발사됐어요. 그건 한 집당 포탄이 몇 개씩은 쏟아졌단 의미죠. 전투가 끝나고 사방에 흩어진 우리 전사자들의 시신 토막들을 찾아 모았어요. 심지어 장갑차 철판에 붙은 살점들을 긁어내기도 했고요. 전사자들은 인식표가 없었어요. 방수 시트를 펼치면 그게 곧 우리 병사들의 무덤이었죠…… 우린 다리 토막을 찾아내고 두개골 조각을 찾아내서 그게 누구 건지 일일이 알아내야 했어요…… 인식표는 원래 지급되지 않았어요. 혹시 적의 손에 들어가기라도 하면 위험하니까요. 이름, 성, 주소…… 정보가 다 나와 있잖아요. 이런 노랫말이 있어요. "우리 주소는 집도 아니요, 거리도 아니니, 우리 주소는 소련이라오……" 전쟁이, 그런 거예요! 그게 그런 거예요! 그게……

귀대하는 내내 우린 아무 말도 하지 않았어요. 우린 평범한 젊은이들이었고 사람 죽이는 일이 낯설기만 했으니까요. 부대에 도착하자 마음이 진정되더군요. 식사를 하고 무기를 깨끗이 닦았어요. 그제야 말문들이 열렸죠.

—약 한번 할래?

'할아버지들'이 물었어요.

—아니요.

나는 약을 하고 싶지는 않았어요. 나중에 못 끊게 될까봐 겁이 났거든요. 마약은 중독성이 강해서 끊으려면 굉장한 의지가 필요하죠. 하지만 나중에는 결국 모두 약을 하게 됐어요. 안 그랬으면 죽어 나자빠지거나 신경이 터져버렸을 거예요. 대조국전쟁 때처럼 우리도 하루에 보드카

* 러시아어로 수레국화를 뜻한다.

100그램씩만 마시게 해줬으면 좋았을 텐데. 하지만 술은 마실 수 없게 돼 있었죠…… 금주법 때문에요. 어떻게든 긴장을 풀어야 했어요. 잊어버려야 했죠. 우린 플로프*를 먹을 때도 약을 뿌리고 카샤를 먹을 때도 약을 뿌렸어요…… 약을 하면 두 눈이 갑자기 50코페이카짜리 동전처럼 휘둥그레져요…… 밤에도 고양이처럼 사물을 보게 되고 몸도 박쥐처럼 가벼워지고요.

정찰대원들은 전투중에 죽이지 않아요. 적에게 바싹 다가가서 죽이죠. 자동소총이 아니라 단검이나 총검 같은 걸로 죽여요. 조용히 소리 없이 적을 처치해야 하니까요. 나는 이 기술을 빨리 배웠어요. 금세 익숙해졌죠. 첫 사람이요? 그러니까 내가 가까이서 처음 죽인 사람? 기억나요…… 어느 날 우리는 몰래 마을로 다가가 야간투시경으로 마을을 살폈어요. 나무 근처에서 손전등 불빛이 새나오더라고요. 라이플총은 옆에 세워져 있고 놈은 뭘 찾는지 땅을 파고 있고요. 나는 동료에게 내 자동소총을 맡기고 놈에게 가까이 다가갔어요. 덮칠 수 있을 만큼 거리가 좁혀지자 놈에게 달려들어 바닥에 쓰러뜨렸어요. 그리고 재빨리 놈의 입을 찰마로 틀어막았죠. 소리지르지 못하도록요. 그때 나에겐 단검이 없었어요. 무거워서 안 가져갔거든요. 대신 주머니칼이 있었죠. 평소 통조림 뚜껑을 따는 데 쓰는, 정말 평범한 주머니칼이었어요. 놈이 바닥에 쓰러져 있는 사이…… 나는 놈의 턱수염을 움켜쥐고 목을 그었어요. 그렇게 처음 사람을 죽인 후…… 처음 여자를 경험했을 때처럼…… 나는 충격에 빠졌어요…… 하지만 금방 지나가더군요. 어쨌든 나는 시골 출신이어서 닭도 잡아보고 양도 죽여봤으니까요!

* 중앙아시아식 볶음밥.

부대에서 내 직책은 선임정찰병이었어요. 대개 작전은 밤에 이루어졌어요. 밤에 단검을 들고 나무 뒤에 숨어서 기다려요…… 놈들이 모습을 드러내요…… 맨 앞에 척후병이 오는데, 그놈부터 처치해야 하죠. 우린 순번을 정했어요…… 내 차례가 오면…… 나는 척후병이 내 옆을 지나가도록 잠깐 기다렸다가 뒤에서 달려들었어요. 중요한 건, 왼손으로 놈의 머리를 재빨리 거머쥐고 소리치지 못하도록 숨통을 조이는 거예요. 동시에 오른손으로는 단검을 놈의 등에 박아넣고요…… 간 아래쪽으로…… 칼을 저 깊은 데까지 쑥 찔러넣어요…… 나중에 전리품 하나를 얻었어요…… 31센티미터짜리 일본제 단검. 찌르면 한 번에 쑥 들어갔어요. 이 칼에 맞은 사람은 누구든 짧게 경련을 일으키며 곧바로 숨을 거뒀죠. 외마디 비명 한 번 없이요. 금방 익숙해지더라고요. 심리적으로는 그다지 힘들지 않았어요. 오히려 칼을 기술적으로 다루는 일이 더 어려웠죠. 정확히 심장을 겨눈다든지…… 가라테를 배웠어요. 상대방을 제압하고 결박하는 기술도 배웠고요…… 코, 눈, 눈꺼풀 위쪽 같은 급소를 찾아내서 정확하게 가격하는 법도요. 칼을 어디에 어떻게 찔러넣어야 하는지 알아야 하죠…… 한번은 어떤 집 토담을 넘어 마당으로 들어갔어요. 두 명은 대문 옆에, 다른 두 명은 마당 안에, 그리고 나머지 병사들은 집안을 살폈죠. 그리고 당연히, 마음에 드는 건 챙겨 나왔고요……

딱 한 번…… 우리가 한 짓에 소름이 끼친 적이 있어요…… 어느 날 마을 정탐에 나섰어요. 보통 집안을 뒤지려면 들어가기 전에 문을 열고 수류탄을 던져넣거든요. 언제 안에서 자동소총이 불을 뿜을지 모르니까요. 그게 굳이 위험을 감수하면서까지 수류탄을 터뜨리고 보는 이유죠. 아무튼 수류탄을 던지고 안으로 들어갔더니 여자들과 남자아이 둘, 그리고 젖먹이 아이가 죽어 있더군요. 갓난쟁이는 종이상자 같은 곳에 누워 있고…… 유모차 대신에……

그때 일은 지금 생각해도…… 소름이 끼쳐요.

나는 좋은 사람이 되고 싶었어요. 하지만 전쟁터에선 불가능하죠. 집으로 돌아왔어요. 나는 앞을 못 봐요. 총탄이 양쪽 눈의 망막을 모두 날려버렸거든요. 왼쪽 관자놀이로 총알이 들어와서 오른쪽 관자놀이로 빠져나갔어요. 빛과 어둠만 겨우 구분해요. 나는 좋은 사람이 되지 못했어요. 사람들 목을 따버리고 싶은 충동이 자주 일어요. 난 알아요…… 누구 목을 따야 하는지…… 그 사람들은…… 우리 병사들 무덤에 묘비 세울 돈이 아까워 벌벌 떠는 자들이고…… '내가 당신들을 그곳에 보낸 게 아니다'라는 소리나 지껄이면서 장애인이 된 우리에게 아파트를 내주지 않으려는 자들이고…… 우리한테 침을 뱉는 자들이에요…… 우리가 그곳에서 목숨을 내놓고 싸울 때 그자들은 텔레비전으로 구경만 했어요. 그들에게 이 전쟁은 재밌는 볼거리였어요. 재밌는 구경거리요! 그들은 스릴을 즐긴 거라고요.

나는 앞을 안 보고도 사는 법을 익혔어요…… 혼자서 시내도 다녀요. 혼자 지하철도 타고 혼자 횡단보도도 건너죠. 혼자 요리도 하고요. 아내가 깜짝 놀라요. 내가 아내보다 더 음식을 맛있게 만들거든요. 나는 아내를 한 번도 본 적이 없어요. 하지만 아내가 어떤 모습인지 알아요. 머리칼은 무슨 색인지, 코는 어떻게 생겼는지, 입술은 어떻게 생겼는지…… 나는 손으로 보고 몸으로 봐요…… 내 몸이 앞을 봐요…… 나는 우리 아들이 어떻게 생겼는지도 알아요…… 아들이 아기였을 때 내가 직접 기저귀를 갈아주고 목욕도 시켰어요. 지금은 내 어깨에 태우고 다니죠. 가끔은 눈이 꼭 필요한 건 아니라는 생각이 들어요. 사실 당신들도 가장 중요한 순간이나 정말 좋을 때 눈을 감잖아요. 화가야 눈이 필요하겠죠. 그들에겐 눈이 곧 생계수단이니까요. 하지만 나는 세상을 느껴요…… 세상을 들어요…… 단어는 앞을 보는 당신들한테보다 나한테 더 많은 의미를 지니죠. 단어와 직선. 그리고 소리도요. 많은 사람들이 나를 이미 겪을 건 다 겪은 사람으로 생각하죠. "젊은이, 자네는 전쟁터에도 다녀오지 않았나" 이러면서요. 우주비행을 완수한 유리 가가린처럼요. 아니요, 내 인생의 가장 중요한 순간은 아직 오지 않았어요. 난 알아요. 자전거보다 우리 육신이 더 중요할 것도 없다는 걸요. 나는 옛날에 자전거 선수였어요. 자전거 경주대회에도 나갔었죠. 몸은 그냥 도구예요. 우리가 일할 때 사용하는 작업대고요. 그 이상은 아니죠. 나는 행복하고 자유로워질 수 있어요. 두 눈이 없어도요…… 그 사실을 깨달았어요…… 눈이 있어도 못 보는 사람이 얼마나 많은데요. 두 눈이 있을 때 오히려 나는 지금보다 더 장님이었는걸요. 지난 모든 것에서 깨끗해지고 싶어요. 우리가 말려들어간 그 더러운 것들로부터 말이에요. 모든 기억으로부터…… 밤이 얼마나 끔찍한지 당신은 몰라요. 모든 게 다시 나를 덮쳐와요…… 다시 칼을 들고 사람에게 달려들어서…… 어디를 찌르면 좋을지 가늠하죠…… 사람은 부드러워요, 그래요, 사람 몸이 부드러웠던 게 기억나요…… 아, 그게, 그랬어요! 그게……

밤이 두려워요. 눈이 보이거든요…… 꿈속에서는 나도 장님이 아니니까요……

사병, 척후병

—내가 조그맣고 가냘픈 여자라고 설마라는 생각은 하지 마세

요…… 나도 아프간에 있었어요…… 나도 거기서 왔다고요……

사람들이 물어요. "넌 병사도 아니면서 거기는 왜 갔어?" 그런데 해가 갈수록 대답하기가 점점 더 어려워지네요. 그때 난 스물일곱 살이었어요…… 친구들은 다 결혼을 했고 나만 아직 미혼이에요. 1년을 사귄 남자가 있었는데 다른 여자랑 결혼했죠. 한번은 친구가 편지에 이렇게 썼더라고요. "쫓아버려! 기억에서 깨끗이 지워버리라고. 우리가 그곳에 있었다는 사실을 아무도 몰라야 해. 짐작도 할 수 없어야 한다고." 아니요, 기억에서 지우지 않을 거예요. 어떻게 된 일인지 따져보고 싶거든요……

우리가 속았다는 걸 이미 거기서 알아챘어요. 생각을 해봤죠. '왜 우린 그렇게 쉽게 속아넘어갔을까?' 그건 바로 우리 자신이 원했기 때문이었어요…… '원하다?' 아니면 '원해다?' 어떤 말이 맞는 거죠? 혼자 너무 오래 살았나봐요. 좀 있으면 말하는 법도 잊어버리게 생겼어요. 아예 입을 닫아버릴지도 모르고요. 작가님껜 털어놓을 수 있어요…… 남자한테는 말을 안 하고 숨겼겠지만 여자라서 말하는 거예요…… 수많은 여자들이 이 전쟁에 나가는 걸 보고 나는 눈이 휘둥그레졌어요. 예쁜 여자건 예쁘지 않은 여자건, 젊은 여자건 나이든 여자건, 쾌활한 여자건 성질 사나운 여자건, 정말 너나없이 전쟁터로 향하더라고요. 제빵사도 요리사도 종업원도…… 청소부도…… 물론, 저마다 뭔가 실질적인 관심사가 있었죠. 돈을 벌어오고 싶다든지, 아니면 거기서 새로운 삶을 찾겠다든지. 모두 미혼이거나 이혼한 여자들이었어요. 행복을 찾아 떠난 거죠. 운명을 만나러요. 그리고 실제로 거기엔 행복이 있었고요…… 진정한 사랑들을 만났고, 결혼식들도 올렸으니까요. 타마라 솔로베이는…… 간호사였어요…… 어느 날 온몸에 까맣게 화상을 입은 헬리콥터 조종사가 들것에 실려왔어요. 그런데 두 달 후에 타마라가 자기 결혼식에 나를 부르더라고요. 그 부상병과 결혼한다면서요. 나는 방을 같이 쓰는 여자애들한테 물었어요. "내가 어떡해야 하지, 난 지금 상중인데? 친구가 전사해서 친구 엄마한테 편지도 써야 하고. 난 이틀째 눈물이 마르질 않아. 이런 판국에 결혼식을 어떻게 가?" 그러자 방 친구들이 그러더군요. "새신랑도 낼모레면 죽임을 당할지 모르잖아. 그땐 울 사람이 누구겠어?" 갈지 말지 고민할 것도 없이 선물을 들고 참석해야 한다고요. 선물은 다들 똑같았어요. 체키를 담은 봉투였죠. 신랑을 태운 차량이 술통을 가지고 도착했어요. 우린 다 같이 노래하고 춤추고 축배를 들었어요. 그리고 신랑신부를 향해 '고리코*!'라고 외쳤죠. 행복은 어디나 똑같아요. 특히 여자의 행복은…… 온갖 일들이 많았지만…… 행복한 일이 기억에 남는 법이죠…… 어느 날 저녁에 대대장이 내 방을 찾아왔더군요. "무서워하지 마! 아무것도 바라는 거 없어. 그냥 잠깐만 앉아 있어. 얼굴만 보고 갈게."

하지만 그땐 믿음이 있었어요! 큰 믿음이요! 뭔가를 믿는다는 건 참 아름다운 일이에요. 근사하죠! 속았다는 느낌…… 그리고 믿음…… 우리 안에는 이 두 상반된 감정이 공존했어요…… 어쩌면 나는 대조국전쟁 같은 전쟁만 머릿속에 그렸지, 다른 전쟁도 있을 수 있다는 사실을 놓치고 있었는지도 몰라요. 난 어렸을 때부터 전쟁영화 보는 걸 좋아했어요. 난 전쟁은 원래 그런 거라고 생각했어요…… 그런 전쟁을 머릿속에 그렸죠. 그러니까 영화 속에 나오는 전쟁 장면들처럼…… 하지만 과연 여자들 없이 군병원이 유지가 될까요? 여자 손길 없이? 환자들이

---

* 결혼식 피로연에서 새 신랑신부에게 '키스해!'라고 외치는 소리.

누워 있어요. 화상 환자…… 온몸이 만신창이인 환자…… 그저 상처 한번 살펴봐주고 기운을 북돋워주는 게 무슨 대단한 일이냐고 생각할지 모르지만, 아니요, 환자들에겐 그것만으로도 큰 위로와 힘이 되기에 충분해요. 그게 바로 여자들 일이라고요! 내 말을 믿으세요? 우리를 믿나요? 거기 있던 여자들이 모두 창녀나 '체키스트카*'예요. 훌륭한 아가씨들이 더 많았죠. "내가 어떻게 여자인 당신을 믿어…… 여자를 어떻게……" 이런 이야기는 남자들한테는 아예 처음부터 꺼내지 않는 편이 나아요. 면전에 대고 웃어버릴 게 뻔하니까요…… 지금 일하는 직장에서는(옛날에 다니던 곳은 집으로 돌아와서 그만뒀어요) 내가 전쟁터에 다녀온 걸 아무도 몰라요. 내가 카불에서 왔다는 사실을요…… 얼마 전에 직장에서 아프가니스탄을 두고 논쟁이 벌어졌어요. 무슨 전쟁이었냐, 전쟁은 왜 벌인 거냐 하면서요. 주임 엔지니어가 내 말을 가로막더라고요. "젊은 여자인 당신이 전쟁에 대해 뭘 안다고 그래요? 전쟁은 남자들 일인데……" (소리 내 웃는다.) 전쟁터에서 나는 스스로 위험한 작전에 뛰어드는 어린 청년들을 많이 봤어요. 그 아이들은 앞뒤 따져보지도 않고 뛰어들고 또 죽어갔어요. 거기서 남자들을 꽤 주의깊게 지켜봤어요. 몰래 관찰을 했다고 할까…… 궁금했거든요…… 그러니까…… '남자들 머릿속엔 뭐가 들었을까? 무슨 세균 같은 거라도 들어 있나?' 남자들은 언제나 전쟁을 벌이잖아요…… 나는 어린 청년들이 목숨을 걸고 싸우는 것도 사람을 죽이는 것도 목격했어요. 그 아이들은 사람을 죽이고도 여전히 자기들이 특별한 존재라고 믿어요. 뭔가가 그 아이들을 건드린 게 분명해요. 다른 사람들은 건드리지 않은 그 뭔가가. 혹시

* 몸을 팔고 체키를 받는 여자를 가리키는 구어.

무슨 질병 같은 걸까요? 그런 세균이 정말 있거든요. 바이러스가……
그 바이러스에 감염이 됐는지도 모르죠……

고국으로 돌아와 모든 게 뒤집혔어요…… 내 나라 사람들 사이에서요…… 국가가 필요하다고 해서 전쟁터로들 떠났는데, 돌아와보니 필요하지 않은 전쟁이었다고 하네요. 우리네 사회주의는 무너지고 있어요. 머나먼 나라들까지 찾아가서 사회주의를 건설할 여력이 안 된다고요. 이젠 아무도 레닌과 마르크스를 입에 올리지 않아요. 세계혁명을 기억하지도 않고요. 이젠 영웅도 예전의 영웅이 아니에요. 농장주들, 사업가들이 영웅이지…… 이상들도 달라졌어요. 내 집과 내 가정이 최우선이 됐어요…… 우린 파벨 코르차긴이니…… 메레시예프를…… 배우며 자랐는데 말이죠. 우리는 모닥불을 피워놓고 노래를 부르곤 했어요. "조국을 먼저 생각하라. 자신은 그다음이니." 사람들이 우리를 비웃을 날이 곧 오겠죠. 아이들에게는 겁을 주고요. 우리에게 뭔가를 마저 주지 않아서 억울하고 분한 게 아니에요…… 공훈메달을 충분히 수여하지 않아서가 아니라고요…… 우리는 완전히 지워졌어요. 마치 처음부터 존재하지 않은 사람들처럼. 우린 맷돌 사이에 끼여버렸다고요……

집에 돌아와 처음 6개월은 밤에 잠을 이룰 수가 없었어요. 잠만 들면 꿈에 시신들이며 총탄이 쏟아지는 전쟁터가 나와서요. 겁에 질려 벌떡 일어났죠. 눈을 감으면 똑같은 장면들이 되풀이됐어요. 결국 신경정신과를 찾았어요. 의사가 내 이야기를 다 듣더니 깜짝 놀라더군요. "뭐라고요? 그렇게 시신을 많이 봤다고요?" 아, 그 젊은 의사의 면상을 얼마나 갈겨주고 싶던지! 겨우겨우 참았어요…… 자신을 다독였죠…… 쌍욕을 한 바가지 퍼부어줄 수도 있었는데! 욕은 전쟁터에서 배웠어요. 그 뒤로 병원은 더이상 가지 않았어요. 그리고 우울증이 시작됐죠…… 아침에 잠자리에서 일어나기가 싫어요. 세수하는 것도 머리를 빗는 것도 영 귀찮고요. 뭐든 마지못해 억지로 해요. 일을 하러 가는 것도…… 누군가와 이야기를 나누는 것도…… 저녁에 하루 일을 물어보면 아무것도 기억이 안 나요. 갈수록 살고 싶지가 않아요. 점점 더요. 음악도 들을 수가 없어요. 시를 읽는 것도 못하겠고요. 예전에는 다 내가 좋아하던 일인데. 늘 음악을 듣고 책을 읽으며 살았죠. 친구들도 집으로 부르지 않아요. 나도 안 다니고요. 숨을 데가 없어요. 어디를 가나 빌어먹을 놈의 집이 문제라니까요! 난 콤무날카*에 살아요…… 전쟁터에서 벌어온 돈이요? 옷가지 좀 사고…… 이탈리아제 가구 좀 들여놓은 게 다예요…… 나는 혼자 남았어요…… 거기서는 아무것도 찾은 게 없고 여기서는 어떻게 살아야 할지 모르겠어요. 나는 여기 삶과도 맞지 않아요. 그럼에도 여전히 뭔가를 믿고 싶어요. 난 믿음을 빼앗겼어요…… 강탈당했다고요…… 인플레이션으로 은행에 맡겨놨던 돈이 사라진 것도 끔찍하지만 그보다 더 끔찍한 건 과거를 몰수당한 거예요. 나는 과거가 없어요…… 믿음도 없고…… 무엇으로 살아야 하죠?

우리가 잔인하다고 생각하세요? 당신들이 더 잔인하다는 생각은 안 해봤나요? 사람들은 우리한테 어떤 것도 묻지 않아요. 우리 얘기를 듣지도 않고요. 그러면서 우리에 대해 아는 것처럼 떠들어대죠……

내 이름은 쓰지 마세요. 그리고 나는 이 세상에 없는 사람으로 생각해 주세요.

민간인 여성 복무자

---

* 구소련의 도시에 흔했던 공동 주거 아파트. 아파트 한 호에 여러 세대가 주방과 화장실을 공유하며 함께 살았다.

—꼭 무슨 약속이 있는 사람처럼 여기 공동묘지로 달려와요……

처음 며칠은 아예 공동묘지에서 잤어요…… 무서운 줄도 몰랐죠…… 이젠 새들의 작은 날갯짓까지 알아볼 정도예요. 풀이 바람에 흔들리는 것도 알고요. 어서 봄이 와 꽃이 땅을 뚫고 나에게 왔으면 좋겠어요. 아네모네를 심었거든요…… 한시라도 빨리 아들 소식이 듣고 싶어서요. 꽃들은 저 아래에서 오니까요…… 우리 아들한테서요……

아들 무덤가에 해가 질 때까지 앉아 있어요. 아니, 완전히 어두워질 때까지요. 가끔은 나도 모르게 비명이 터져나오기도 하는데, 그 소리가 내 귀엔 들리질 않아요. 새들이 푸드덕 날아오르는 걸 보고야 알죠. 까마귀떼가 소용돌이치듯 날아올라 내 머리 위에서 뱅글뱅글 요란을 떨면 그제야 정신이 드는 거예요. 그리고 그제야 비명을 멈춰요. 꼬박 4년을 날마다 이곳에 오고 있어요. 아침에 오거나 아침에 못 오면 저녁에 오고요. 심장마비가 와서 병원에 입원해 있느라 11일간은 못 왔지만요. 병원 사람들은 침대에서 일어나면 안 된다고 했어요. 하지만 몰래 일어나서 화장실까지 갔어요…… 그건 내가 아들한테 갈 수 있다는 의미였죠. 그리고 혹시 쓰러지더라도 아들 무덤에서 쓰러지는 거니까 괜찮았고요. 나는 환자복을 입은 채 병원을 빠져나왔어요……

그전에 꿈을 꿨어요. 발레리가 나타났어요.

—엄마, 내일은 무덤에 오지 마요. 올 필요 없어요.

하지만 나는 여기로 달려왔어요. 그런데 왜 그런지 조용한 거예요. 너무 조용해서 아들이 여기 없구나 싶었죠. 아들이 떠나고 없다는 걸, 온 마음으로 느낄 수 있었어요. 까마귀들은 언제나처럼 나를 보고도 묘비 위며 울타리 위에 그대로 앉아서 날아가지도 숨지도 않았어요. 하지만 내가 벤치에서 일어나자 녀석들이 내 앞으로 날아오르며 나를 달래지 않겠어요? 무덤을 떠나지 못하게 막으면서요. 무슨 일이지? 나한테 경고할 게 있나? 그러고는 또 녀석들이 갑자기 조용해지면서 나무 위로 날아가 앉고요. 왠지 다시 무덤으로 가보고 싶더군요. 그리고 마음이 편안해지면서 불안이 사라졌어요. 아들의 영혼이 돌아온 거예요. "고맙구나, 나의 새들아. 미리 알려주고 내가 무덤을 떠나지 못하게 해줘서. 너희들 덕분에 아들이 돌아올 때까지 기다릴 수 있었어……" 사람들하고 있으면 마음이 불편해요. 안절부절못하게 되고요. 사람들은 자꾸 말을 붙이고 이 일 저 일로 나를 못살게 굴어요…… 방해를 하죠…… 하지만 여기 공동묘지에 있으면 편해요. 아들 옆이 유일하게 편안한 곳이에요. 나는 직장에 나갈 때 아니면 거의 여기 공동묘지에 와 있어요. 여기 우리 아들 무덤 옆에…… 나에게 여긴 무덤이 아니라 아들이 사는 곳이니까요…… 아들 머리가 놓인 곳을 가늠해보고…… 그쪽에 앉아 아들에게 이 일 저 일 주저리주저리 모두 이야기해요…… 아침엔 어땠고, 낮엔 어땠고…… 아들과 함께 옛날 일도 추억하고요…… 아들 사진을 봐요…… 한참을 찬찬히 들여다보죠…… 아들은 나에게 살짝 웃음을 짓기도 하고 뭐가 불만인지 얼굴을 찌푸리기도 해요. 그렇게 나는 우리 아들과 살아요. 옷을 사도 아들한테 가려고 사요. 아들한테 새 옷 입은 모습을 보여주려고요…… 예전에 아들은 내 앞에 꿇어앉곤 했어요. "엄마, 엄마는 내 거야. 아름다운 우리 엄마!" 이제 내가 아들 앞에…… 무덤 울타리의 작은 문을 열고 그 앞에 무릎을 꿇고 앉아 아들에게 인사를 건네요.

—아들, 좋은 아침…… 아들, 좋은 저녁……

나는 언제나 아들과 함께 있어요. 고아원에서 남자아이를 입양해오고 싶었어요…… 우리 아들처럼 눈이 부리부리한 아이로요. 하지만 내 심장이 나빠지는 바람에 못했죠. 내 심장으론 무리라서요. 나는 억지로 일에 매달려 바쁘게 지내요. 마치 나 자신을 캄캄한 터널 안으로 밀어넣는 것처럼. 만약 한가하게 부엌에 앉아 창밖을 바라볼 시간이 생긴다면 아마 나는 미치고 말걸요. 고통만이 나를 미치지 않게 하죠. 4년 동안 한 번도 영화를 안 봤어요. 컬러텔레비전도 팔아버렸고요. 그걸 팔아서 받은 돈은 묘비에 다 썼어요. 라디오도 틀지 않았어요. 아들이 전사한 뒤로 나는 모든 게 달라졌어요. 얼굴도 변했고 눈동자도 변했어요. 손도 변한걸요.

나는 남편과 뜨겁게 사랑해서 결혼했어요. 정말 번갯불에 콩 볶아 먹듯 결혼했죠! 남편은 비행기 조종사였어요. 키가 크고 잘생겼죠. 가죽점퍼에 조종사 부츠를 신고 다니면 꼭 잘생긴 곰처럼 보였고요. '이렇게 멋진 남자가 정말 내 남편이 된다고? 다른 아가씨들이 부러움의 한숨을 쉬겠지!' 신발가게에 가서 굽 높은 실내화를 찾았어요. 하지만 번번이 없더라고요. 우리 나라 공장들은 왜 그런 실내화를 안 만드는지 몰라요. 남편 옆에 서면 내가 작아도 너무 작았거든요. 은근히 하루쯤 남편이 아프기를 바란 적도 있어요. 기침도 하고 콧물도 흘렸으면 했죠. 그러면 남편은 하루종일 집에 있을 테고 나는 아픈 남편을 돌볼 수 있으니까요. 미치게 아들을 낳고 싶었어요. 남편 닮은 아들을요. 남편과 꼭 닮은 눈, 꼭 닮은 귀, 꼭 닮은 코를 가진 아들. 하늘에서 누군가 내 소원을 엿듣기라도 한 것처럼 정말 남편과 똑같이 생긴 아들을 낳았어요. 나는 이렇게 멋진 남자 둘이 모두 내 것이라는 사실이 믿어지지 않았어요. 정말 믿을 수가 없었어요! 나는 우리집을 사랑했어요. 빨래하고 다림질을 하는 게 행복했죠. 뭐 하나 사랑스럽지 않은 게 없어서 거미도 함부로 밟지 않았고 집안으로 들어온 파리나 무당벌레를 잡아 다시 창밖으로 날려보냈어요. 나는 세상 모든 생명이 행복하게 살기를 바랐고, 서로 사랑하기를 바랐어요. 나는 그렇게 행복했어요! 밖에 나갔다 돌아와 문 앞에서 벨을 누를 때면 아들이 엄마의 행복한 모습을 볼 수 있도록 언제나 복도의 불도 함께 켰어요.

—레룬카(아들이 어렸을 때 이렇게 불렀어요), 엄마야. 우리 아들 너무 보고 싶었어!

나는 가게에 다녀오거나 퇴근해 돌아올 때면 언제나 서둘러 집으로 돌아왔어요.

나는 아들을 정말 끔찍이 사랑했어요. 지금도 그렇게 사랑하고요. 장례식 사진들을 가져왔더라고요…… 받지 않았죠…… 믿을 수가 없어서요…… 나는 충직한 개예요. 주인이 죽으면 무덤에서 따라 죽는 그런 충직한 개. 친구들과의 관계에서도 나는 늘 신의를 지켰어요. 젖이 불어 줄줄 흐를 때였는데 친구와 만날 약속을 잡았어요. 친구에게 책 줄 일이 있었거든요. 한 시간 반을 영하의 추위 속에 떨며 기다렸지만 친구는 끝내 나타나지 않았어요. '사람이 약속을 해놓고 이렇게 아무 말도 없이 안 나올 수는 없는 거다. 분명히 무슨 일이 생긴 거다' 생각했죠. 당장 친구 집으로 달려갔어요. 그런데 글쎄, 친구가 자고 있는 거예요. 친구는 내가 왜 우는지 영문을 몰라했죠. 하지만 친구 역시 내가 사랑하는 사람이었어요. 그 친구에게 원피스를 선물했어요. 그것도 내가 가장 아끼는 하늘색 원피스로요. 내가 그런 사람이에요. 나는 천천히 삶 속으로 발을 내디뎠어요. 조심스럽게요. 하지만 좀더 대담하게요. 나는 나도 사랑받을 수 있는 사람이란 걸 믿지 않았어요. 나보고 예쁘다고 해도 믿지 않았죠. 내가 남들보다 조금은 느린 박자로 산 건 사실이에요. 하지만 대신 나는 뭔가를 한번 마음에 새기고 기억하면 그게 평생을 가죠. 영원히요. 그것도 모든 걸 기쁨으로 여기면서요. 유리 가가린이 우주비행에 성공했을 때 레룬카와 나는 밖으로 뛰쳐나갔어요. 그 순간 세상 모든 사람들에게 사랑한다고 말하고 싶었어요…… 모두 안아주고 싶었죠…… 아들과 나는 기쁨에 찬 환호성을 질렀어요……

나는 미친듯이 아들을 사랑했어요. 미치도록. 아들도 나를 미친듯이 사랑했고요. 무덤이 자꾸 내 마음을 잡아끌어요. 나를 불러요. 꼭 아들이 나를 부르는 것만 같아요.

사람들이 아들에게 물어요.

—여자친구 있어?

아들이 대답하죠.

—있어요.

그러면서 내 옛날 학생증을 꺼내서 보여줘요. 머리를 길게 늘어뜨린 아가씨 때 내 사진을요.

아들은 왈츠 추는 걸 좋아했어요. 아들 고등학교 졸업 파티에 갔는데, 아들이 첫 왈츠곡을 함께 추자고 신청하는 거예요. 그때까지 나는 아들이 그렇게 춤을 잘 추는지 몰랐어요. 나 몰래 춤을 배웠더라고요. 아들과 나는 춤을 추며 홀을 빙글빙글 돌았어요.

저녁에 창가에 앉아 뜨개질을 하면서 아들이 오기를 기다려요. 발소리가 들리죠…… 아니, 우리 애가 아니야. 또 발소리가 들려요…… 이번에는 우리 아들이야! 한 번도 틀린 적이 없었어요. 우린 식탁에 마주 앉아 새벽 네시까지 이야기를 나누곤 했어요. 무슨 이야기를 그렇게 했냐고요? 사람들이 보통 행복할 때 하는 그런 얘기요. 무슨 이야기든지 다 했죠. 진지한 얘기도 하고 시시껄렁한 얘기도 하고. 우린 함께 큰 소리로 웃었어요. 아들은 이 엄마를 위해 노래도 불러주고 피아노도 연주해줬어요.

내가 시계를 봐요.

—발레리, 이제 자야지.

—엄마, 조금만 더 얘기해요.

아들은 나를 '울 엄마' '금쪽같은 울 엄마'라고 불렀어요.

—금쪽같은 울 엄마, 엄마 아들이 스몰렌스크 군사아카데미에 합격했답니다. 기쁘죠?

그러고는 피아노를 치며 노래를 불렀어요.

전우들이여—푸르른 왕자들이여!
나는 맨 처음이 아니리,
마지막도 나는 아니리……

친정아버지가 직업 장교였어요. 레닌그라드를 지키다 전사하셨죠. 할아버지도 장교였고요. 키로 보나 힘으로 보나 태도로 보나 아들은 타고난 군인이었어요. 훌륭한 경기병이 되고도 남았을 텐데! 하얀 장갑을 끼고서…… 카드게임을 하고…… 나는 아들에게 "천생 군인인 나의 아드님!"이라 부르며 좋아했어요. 아, 하늘에서 미리 조금만 귀띔을 해줬더라면…… 징조를 보여줬더라면……

이상하게 모두들 아들의 행동을 따라 하는 거예요. 엄마인 나도 행동이 아들이랑 비슷해져갔고요. 나도 피아노 앞에 앉을 때 아들처럼 몸을 살짝 옆으로 틀어 앉더라고요. 가끔은 아들처럼 걸을 때도 있었고요. 아들이 죽은 뒤에 특히 더 그랬죠. 아들이 늘 내 안에 머물렀으면 좋겠어요…… 내 안에서 계속 살았으면 좋겠어요……

—엄마, 금쪽같은 울 엄마, 엄마 아들이 곧 떠나요.

—어디로 가는데?

대답이 없었어요. 눈물이 났어요.

—아들, 어디로 가는데?

—'어디로'라니요? 어디로 가는지 이미 알잖아요. 자, 그럼, 일을 해볼까요? 엄마, 우리, 부엌부터 시작해요…… 곧 친구들이 올 거예요……

순간 알겠더라고요.

—혹시 아프가니스탄으로 가는 거니?

—거기예요……

아들은 더이상 언급하지 말라는 듯 단호한 표정을 지었어요. 아들과 나 사이에 철의 장막이 쳐진 거예요.

잠시 후에 갑자기 아들 친구 콜리카 로마노프가 우리집에 찾아왔어요. 와서는 어떻게 된 일인지 주절주절 다 떠벌리더군요. 아들과 콜리카는 이미 3학년 때 아프가니스탄에 자원을 했더라고요. 아카데미측에서는 그동안 계속 거절을 해왔고요.

아들이 첫잔을 들며 했던 말이에요. "모험을 하지 않는 자는 샴페인을 마시지 말라." 발레리는 저녁 내내 내가 좋아하는 노래를 불렀어요……

전우들이여—푸르른 왕자들이여!

나는 맨 처음이 아니리,

마지막도 나는 아니리……

아들이 떠날 날이 4주 앞으로 다가왔어요. 아침마다 출근하기 전에 아들 방에 들러 아들이 자는 모습을 지켜봤죠. 아들은 자는 모습마저 근사했어요.

사실은 운명이 우리를 찾아와 문을 두드렸어요, 넌지시 경고를 했다고요! 꿈을 꿨거든요. 내가 기다란 검정 원피스를 입고 검정 십자가 위에 있는 꿈…… 천사가 나를 십자가 위에 태워서 어디론가 데려가요…… 나는 떨어지지 않으려고 안간힘을 쓰죠…… 그러다 내가 떨어질 곳이 어딘지 아래를 내려다봐요. 바다? 육지? 저 아래에 움푹 파인 구덩이가 보여요. 햇빛이 환하게 비치는 구덩이가요.

아들이 휴가 나오기만 기다렸어요. 아들한테선 오랫동안 편지가 없었어요. 어느 날 갑자기 직장으로 전화 한 통이 걸려왔죠.

—금쪽같은 울 엄마, 나 왔어요. 집에 빨리 오세요. 내가 수프 끓여놨어요.

나는 비명을 질렀어요.

—아들, 우리 아들! 타슈켄트에서 전화하는 거 아니야? 집에 온 거야? 냉장고 보면 냄비 안에 네가 좋아하는 보르시* 있는데!

—아, 냄비를 보긴 봤는데 뚜껑을 안 열어봤어요.

—무슨 수프를 끓였어?

—이름하여 바보의 꿈! 엄마, 지금 출발하세요! 버스 정류소로 마중 나갈게요.

그새 머리가 하얗게 셌더라고요. 아들은 휴가를 나온 게 아니었어요. 병원에 이틀만 엄마를 만나고 오겠다고 우기다시피 사정을 해서 잠깐

* 비트 뿌리를 넣고 끓인, 붉은색을 띠는 수프.

다니러 온 거였죠. 나중에 딸아이가 '오빠가 카펫 위를 데굴데굴 구르고 얼마나 아픈지 엉엉 울었다'고 하더라고요. 그때 아들은 간염과 말라리아에 걸린 것도 모자라 다른 병들까지 한꺼번에 걸려 있었어요. 그 와중에도 아들은 제 동생 입단속을 시켰더군요.

—방금 본 거 엄마한텐 말하지 마. 얼른 가서 책 읽어.

나는 예전처럼 출근하기 전에 아들 방에 들러 아들이 자는 모습을 지켜봤어요. 아들이 눈을 떴어요.

—왜요, 울 엄마?

—왜 벌써 일어났어? 아직 이른 시간인데.

—악몽을 꿨어요.

—아들, 나쁜 꿈을 꾸면 돌아누우면 돼. 그럼 좋은 꿈으로 바뀔 거야. 그리고 나쁜 꿈은 입 밖에 내지만 않으면 괜찮아. 아무 일 없어.

우리는 모스크바까지 아들을 배웅했어요. 하루하루 햇살이 눈부신 5월의 어느 날이었죠. 금잔화가 곱게 피어 있었어요.

—거긴 지내기가 어때, 아들?

—아프가니스탄은, 울 엄마, 우리가 전쟁을 해선 안 되는 곳이에요.

아들은 다른 가족에겐 눈길도 주지 않고 나만 바라봤어요. 그리고 나를 껴안고 이마를 비볐어요.

—그 지옥 같은 구덩이로는 돌아가고 싶지 않아요! 정말 싫어요!

그렇게 말하고 아들은 걸음을 옮겼어요. 그리고 뒤를 돌아봤어요.

—그게 다예요, 엄마.

아들은 한 번도 나를 그냥 '엄마'라고 부른 적이 없었거든요, 언제나 '울 엄마'라고 했지. 그날은 햇살이 밝은 아름다운 날이었어요. 금잔화가 곱게 피고⋯⋯ 공항 데스크에서 당직을 서던 여자직원이 우리를 지켜보더니 눈물을 흘리더군요……

7월 7일 아침에 나는 울면서 잠이 깼어요…… 한참을 멍하니 천장만 바라봤죠. 아들이 와서 나를 깨웠어요…… 꼭 작별인사를 건네려는 것처럼…… 여덟시더라고요. 출근 준비를 해야 했죠. 나는 옷을 들고 욕실에서 방으로, 다시 방에서 다른 방으로 왔다갔다하면서 허둥댔어요…… 왜 그런지 화사한 색의 옷은 못 입겠는 거예요. 그리고 갑자기 현기증이 나면서…… 눈앞이 캄캄해졌어요. 주위 모든 게 둥둥 떠다니고…… 점심 무렵, 한낮이 돼서야 좀 진정이 됐죠……

7월 7일…… 내 주머니 안에 담배 일곱 개비와 성냥개비 일곱 개가 들어 있었어요. 카메라 안에는 사진이 찍힌 필름 컷이 일곱 개였고요. 아들한테 받은 편지가 일곱 통, 또 아들이 제 약혼녀에게 보낸 편지 역시 일곱 통이었죠. 책도 7쪽이 펼쳐져 있었고…… 아베 고보*의 『죽음의 컨테이너』가……

아들은 3, 4초가량 목숨을 구할 수 있는 시간이 있었어요…… 아들 일행이 탄 차량이 깊은 골짜기로 굴러떨어졌어요……

—다들 어서 탈출해! 나는 맨 나중에 나갈게!

아들은 자기 먼저 차량을 빠져나올 순 없었던 거예요. 동료들을 놔두고는…… 도저히 그럴 수 없었던 거죠……

"정치부연대 부지휘관 시넬니코프 S. R. 소령으로부터.

군인 본연의 임무를 수행하기 위해 본인은, 볼로비치 발레리 겐나디예비치 대위가 금일 10시 45분에 전사했음을 부득이하게 알리는 바입니다……"

---

* 1924~1993. 일본 소설가이자 극작가로, 전후 일본의 아방가르드를 선도했다. 대표작으로 『불타버린 지도』 『모래의 여자』 등이 있다.

이미 온 도시가 알고 있었어요…… 장교회관에 검은 상장과 아들 사진이 걸려 있었으니까요. 이미 아들의 관을 싣고 출발한 비행기가 곧 도착할 예정이었고요. 하지만 나는 아무 말도 듣지 못했죠…… 누구도 감히 나에게 소식을 전하지 못한 거예요…… 직장 동료들이 모두 눈물을 글썽이더라고요……

—무슨 일이에요?

다들 이런저런 핑계만 대면서 대답을 피했어요. 별안간 친구가 내 사무실 문을 열고는 나를 살폈어요. 다음엔 또 흰 가운을 입은 우리 의사가 그러고요. 나는 갑자기 정신이 번쩍 들었어요.

—이보세요들! 뭐예요, 다들 미쳤어요? 그렇게 훌륭한 애들은 죽지 않아요! 죽을 리가 없다고요!

나는 책상을 쾅쾅 내리치며 소리를 질렀어요.

그러고는 창가로 달려가 창유리를 마구 두들겼어요.

사람들이 나에게 주사를 놨어요.

—이보세요들! 뭐예요, 다들 미쳤어요? 미쳤냐고요?

한번 더 주사를 맞았어요. 하지만 소용이 없었죠. 나중에 사람들이 그러는데, 내가 이렇게 소리를 질렀대요.

—우리 아들 볼 거야. 우리 아들한테 데려다달란 말이야.

—아들한테 데려다주세요. 안 그러면 못 버틸 겁니다.

기다란 관이었어요. 거칠거칠한 표면에…… 노란 페인트로 '볼로비치'라고 대문자로 쓰여 있더군요. 나는 관을 들어올렸어요. 집으로 가져가려고요. 그러다가 그만 방광이 터져버렸죠……

공동묘지에 자리를 구해야 했어요…… 마른 터가 필요했어요…… 아주 잘 마른 터가요! 50루블이라고요? 낼게요, 내죠. 좋은 자리로만 해주세요…… 잘 마른 곳으로…… 나는 저 아래 땅속은 어차피 똑같다는 걸 알았지만 그 제안을 거절하지 못했어요…… 잘 마른 터만 구할 수 있다면…… 난 무엇이든 내줄 준비가 돼 있었죠! 아들을 묻고 처음 며칠 밤은 아들 무덤 옆에서 보냈어요…… 무덤 곁을 지켰어요…… 억지로 집에 데려다놓으면 다시 무덤으로 달려갔고요…… 그때가 한창 건초를 벨 시기였어요…… 그래서 시내도 공동묘지도 건초 냄새가 가득했죠……

한번은 아침에 우연히 어떤 병사를 만났어요.

—안녕하세요, 어머니. 어머니 아드님이 제 지휘관이었어요. 원하시면 아드님에 대해 다 이야기해드릴게요.

—오, 아들, 잠깐만.

그 병사를 데리고 집으로 왔어요. 병사는 아들의 안락의자에 앉았어요. 그런데 이야기를 시작하는가 싶더니 돌연 입을 다물어버리는 거예요.

—못하겠어요, 어머니……

아들 무덤에 도착하면 항상 고개 숙여 인사부터 해요. 무덤을 뜰 때도 고개 숙여 인사하고요. 집엔 손님이 찾아올 때만 머무르죠. 나는 아들 옆이 좋아요. 여기선 사방이 꽁꽁 얼고 눈이 와도 춥지 않아요. 여기서 아들에게 편지도 쓰는 걸요. 부치지 못한 편지가 산더미예요. 어떻게 하면 그 편지들을 다 아들에게 부칠 수 있을까요? 캄캄해지면 집으로 돌아가요. 가로등 불빛이 환하게 비치고 자동차들이 헤드라이트를 밝히고 달리죠. 집까지 걸어서 가요. 난 아무것도 두렵지 않아요. 짐승도 사람도. 내 안에 강한 힘이 있거든요.

아들의 말이 아직도 귀전을 울려요. "그 지옥 같은 구덩이로는 돌아가고 싶지 않아요! 정말 싫어요!" 누가 이 모든 일에 책임을 지죠? 누군가는 반드시 책임을 져야 해요…… 나는 오래오래 살고 싶어요. 그래서 노력을 많이 하죠. 아들과 함께 있으려면 오래 살아야 해요…… 사람이 가장 무방비 상태로 놓인 곳이 바로 무덤이에요. 이름이고요. 나는 영원히 내 아들을 지킬 거예요…… 아들의 동료들이 무덤을 찾아오곤 하죠…… 그중 한 아이가 아들 앞에 무릎을 꿇고 말했어요. "발레리, 나는 피투성이야…… 바로 이 두 손으로 살인을 했으니까. 난 아직도 전장에서 빠져나오지 못했어. 나는 피투성이야…… 발레리, 이젠 모르겠다. 차라리 전장에서 죽는 게 나은지 아니면 이렇게 살아 있는 게 나은지. 뭐가 더 나을까? 정말 모르겠어……" 알고 싶어요. 이 모든 일에 누가 책임을 지죠? 왜 책임을 져야 할 사람들 이름은 언급하지 않나요?

우리 아들이 부른 노래처럼요.

전우들이여—푸르른 왕자들이여!
나는 맨 처음이 아니리,
마지막도 나는 아니리……

교회에 다녀왔어요. 신부님과 이야기를 나눴죠.

—아들이 전사했어요. 특별한 아이였고, 그 아이를 사랑했어요. 이제 나는 아들에게 어떻게 해야 하나요? 이럴 때 필요한 전통의식은 어떤 게 있죠? 우린 그걸 잊어버렸어요. 이제 알고 싶습니다.

—아들은 세례를 받았습니까?

—신부님, 아들이 세례를 받았다고 말씀드리고 싶지만, 정말 그러고 싶지만 그럴 수가 없어요. 저는 젊은 장교의 아내였어요. 우린 캄차카반

도에서 살았지요. 만년설 아래…… 거의 눈 속에 파묻힌 오두막에서요…… 여기 눈은 하얗잖아요, 거기는 하늘색이고 초록빛이에요. 진주빛깔이고요. 거기 눈은 햇살에 빛나지도 눈을 부시게 하지도 않아요. 끝없이 펼쳐진 순결한 공간이지요…… 소리도 오래오래 울리고요…… 신부님, 제 이야기 이해하시겠어요?

—빅토리아 어머님, 아들이 세례를 안 받은 건 좋지 않아요. 우리가 기도를 해도 아들한테까지 가닿질 않아요.

나는 발끈했어요.

—그러면 지금 내가 아들에게 세례를 주지요! 내 사랑으로, 내 고통으로요. 그래요, 고통을 통해 아들에게 세례를 주겠어요……

신부님이 내 손을 잡았어요. 내 손이 떨리고 있었거든요.

—그렇게 흥분하면 안 돼요, 빅토리아 어머님. 아들한테는 얼마나 자주 다닙니까?

—날마다요. 왜, 그러면 안 되나요? 아들이 살아 있으면 날마다 보고 살 테니까요.

—어머님, 오후 다섯시 이후엔 아들을 가만두세요. 그 시간이면 그들도 쉬러 간답니다.

—날마다 다섯시까지 근무해요. 퇴근하면 또 일을 하러 가고요. 아들 무덤에 새 묘비를 세웠어요…… 2500루블이 필요해요…… 빚을 갚아야 하거든요……

—빅토리아 어머님, 제 말을 들어보세요. 쉬는 날은 꼭 교회에 오세요. 그리고 날마다 열두시 미사에 나오시고요. 그러면 아들이 어머니 말을 들을 겁니다.

세상에서 가장 쓰라리고 가장 견디기 힘든 고통을 내게 주셔도 좋아요. 다만 내 기도가 우리 아들에게 가닿게만 해주세요. 내 사랑……

어머니

—우리는 모든 게 기적처럼 이뤄져요…… 다 잘될 거라는 믿음이랄까…… 한마디로 기적을 믿는 거죠!

우리는 비행기에 오르기 시작했어요. "뛰어! 뛰어엇!" 그래서 뛰어가는데…… 우리 있는 곳에서 몇십 미터 정도 떨어진 저쪽에…… 잔뜩 취한 조종사를 부축해 데려가는 게 보이더라고요. 그렇게 데려가나 싶더니 그 술꾼을 그대로 조종칸으로 확 밀어넣는 거예요. 오, 세상에! 그래도 뭐, 괜찮아요…… 비행기는 무사히 이륙해서 비행을 시작했어요. 비행기 창 아래로 산이며 뾰족한 봉우리들이 펼쳐지는데, 혹시, 만에 하나 비행기가 떨어지기라도 하면, 생각만 해도 아찔하더군요…… 영락없이 촘촘한 못 위로 내려앉는 꼴일 테니까요…… 오, 세상에! 식은땀이 흘렀죠…… 다행히 우리를 태운 비행기는 제시간에 정상적으로 착륙했어요. 그리고 곧장 명령이 떨어졌어요. "모두 내린다! 대열을 이룬다!" 조종사가 다리를 꼿꼿이 펴고 거만하게 옆으로 지나가더라고요. 술이 깼는지 멀쩡해 보였고요. 봐요, 다 괜찮다니까요…… 이런 게 기적 아닌가요? 이게 기적이 아니면 대체 뭐가 기적이죠? 우리는 그렇게 기적적으로 공훈을 세우고 영웅들이 되죠. 하지만 한번 뉘우치기 시작하면 그게 또 적당히가 없어요. 확 죽어버리죠! 쓰라린 회한의 눈물을 쏟고요. 완전히요! 바닥을 볼 때까지! 술 마실 때처럼요. 나는 살아 돌아왔어요…… 나는 스스로를 다잡았어요. '나는 미치지 않아! 미치지 않을 거야.' 그런데 돌아왔더니 우리를 정신병자니 강간범이니 마약중독자들로 만들어버리더군요. 나는 살아 돌아왔어요…… 지금은 평범한 사람으로 평범하게 살고 있고요…… 오, 세상에! 그래도 뭐, 괜찮아요…… 포도주를 마시고, 여인들과 사랑을 나누고, 꽃을 선물했죠. 결혼도 했고요. 첫아들을 얻었어요…… 자, 지금 당신 앞에 앉은 내가 미친 사람처럼 보이나요? 사나운 악어라도 닮았나요? 나는 특수부대에서 복무했어요…… 우리 부대원들 모두 훌륭한 청년들이었죠. 대부분 시골 출신들이었는데, 특히 시베리아 출신들이 많았어요. 다들 남들보다 더 건강하고 인내심도 더 강했어요. 한 명이 문제였죠. 약간 똘끼가 있는 게…… 포로로 잡힌 '두흐들'의 고막을 총 꽂을대로 찌르는 걸 좋아했거든요. 오, 세상에! 한 명…… 딱 그 한 명이 그랬어요…… (입을 다문다.)

참 묘하게도, 삶은 계속되더라고요…… 보리스 슬루츠키*가 그랬어요. "우리가 전쟁터에서 돌아왔을 때 나는 우리가 불필요한 존재라는 사실을 알게 되었다"고. 내 머릿속엔 멘델레예프의 원소 주기율표가 아직도 그대로인데…… 난 여전히 말라리아에 시달리죠…… 대체 왜요, 내가 뭘 잘못했다고요? 그 누구도 우리가 돌아오기를 기다리지 않았어요…… 거기선 다른 말로 우리에게 열심히 목청을 높여놓고선 말이죠. "개혁에 박차를 가하시오. 멈춰 선 뇌를 흔들어 깨우란 말이오. 이 굼뜬 속물들!" 우린 살아 돌아왔어요…… 하지만 어디서도 우릴 받아주지 않아요…… 집으로 돌아온 첫날부터 우리를 설득하려고만 하고요. "너희는 공부를 해야 해. 어서 가정을 꾸려야지." 오, 세상에! 그래도 뭐, 괜찮아요…… 사방이 투기꾼에 마피아에 무관심이 판을 치는데, 우리에겐 중요한 일은 맡기질 않죠…… 어떤 수완 좋은 사업가가 이렇게 설

* 보리스 아브라모비치 슬루츠키(1919~1986). 구소련 시인.

명하더군요. "할 줄 아는 게 뭡니까? 총 쏘는 것 빼고…… 아는 게 뭐냐고요? 총만 있으면 조국을 지킬 수 있다? 자동소총만 들면 정의가 실현된다?" 그래요…… 우리는 영웅이 아니에요…… 오, 세상에! 어쩌면 30년쯤 후엔 나도 우리 아들에게 "아들아, 책에 쓰인 게 전부는 아니란다. 영웅적인 일들도 있었지만 추악한 일들도 많았단다"라고 할지도 모르죠. 내 입으로 말이에요…… 하지만 그건 30년 후고요…… 지금 이건 살아 숨쉬는 상처라고요. 이제 겨우 그 상처가 아주 조금씩 아물며 얇게나마 딱지가 앉기 시작했는데…… (방안을 서성이기 시작한다.)

거기서 위험한 순간이 있었어요…… (멈춰 선다.) 듣고 싶으세요? 거기서 내 마지막 소원은 무엇일까 생각해본 적이 있어요…… 아주 평범하더라고요. 물 한 잔과 담배 한 대. 오, 세상에! 죽고 싶지 않았어요. 그래서 죽음에 대해선 아예 생각을 하지 않았죠…… 과다출혈로 의식이 가물가물하고…… 점점 의식이 꺼져가는데…… 고함소리에 의식이 돌아왔어요…… 우리 위생병 발레르카 로바치…… 발레르카가 내 뺨을 때리며 거의 발작적으로 고함을 치더라고요. "내가 널 살릴 거야! 넌 살 거야!" (털썩 자리에 앉는다.)

그때 일을 떠올리다보니 재미있네요…… 오, 세상에! 뭐, 괜찮아요…… 아직도 밤마다 꿈을 꿔요. 완전군장을 하고 산을 오르는 꿈이죠. 일단 자동소총과 정량의 두 배가 되는 총탄을 챙겨요. 정량의 두 배면 총탄이 900발이죠. 여기에 수류탄 네 개, 연막탄, 신호탄, 전투모, 방탄복, 야전삽, 누비솜바지, 1인용 텐트, 그리고 3일 치 전투식량을 준비해요. 전투식량도 무게가 만만치 않은 게, 꽤 묵직한 통조림 깡통 세 개와 커다란 수하리 봉지가 세 개거든요. 그렇게 모두 해서 50킬로그램이었어요. 게다가 다리엔 각반을 두르고 키르자치를 신고요. 우린 소련을 떠나기 직전에 신발을 키르자치로 갈아 신었어요. 키르자치 안에서 발이 거의 익다시피 했죠. 무자헤딘의 시신에서 벗겨온 캐나다 운동화로 갈아 신고 나서야 견딜 만하더군요…… 젠장! 제기랄! 전쟁터에선 모든 게 변해요. 심지어 개도 변하는걸요. 배고픈 개들…… 남의 개들…… 마치 사람이 먹을 것인 양 바라보죠. 사람은 결코 자신이 누군가의 먹을거리가 될 수 있다는 생각은 하지 않잖아요. 하지만 난 거기서 그걸 느꼈어요. 부상을 당해 누워 있을 때…… 동료들이 나를 빨리 발견해서 정말 다행이었죠…… (입을 다문다.) 작가님은 왜 나를 찾아왔나요? 나는 또 왜 동의를 했을까요…… 결국 이 이야기를 하게 만들었군요…… 어디에 쓰려고요? 누굴 위해서? 우리 할아버지는 대조국전쟁에 나가 싸우셨어요…… 할아버지께 한 전투에서 우리 신병을 열 명이나 잃었다는 이야기를 해드렸죠. 관 열 개…… 그러니까 시신을 담은 셀로판 자루가 열 개였다고요…… 그러자 할아버지가 그러시더군요. "하지만 넌 진짜 전쟁을 몰라. 우리는 전투가 한 번 벌어지면 한꺼번에 100명, 200명씩 죽어나갔는걸. 군복 상의나 속옷만 입혀서 한 구덩이에 차곡차곡 쌓은 다음 그냥 모래로 덮었단다." 젠장! 이제 이야기는 그만할래요…… 오, 세상에! 뭐, 괜찮아요…… 우린 거기서 보드카 '모스콥스카야*'를 마셨어요. 그걸 소련에서는 '칼렌발**'이라고 불렀지만. 3루블 62코페이카짜리 보드카……

4년이 지났어요…… 그동안 변하지 않은 게 딱 하나 있죠. 죽음. 전우들이 전사했다는 사실만은 변하지 않아요. 그거 빼고는 다 변해버렸

* '모스크바 보드카'라는 뜻.

** 러시아어로 '크랭크축'이라는 뜻. 금주운동이 벌어진 1972년에 보드카 가격이 오른 후 등장한 값싼 보드카. 상표 그림이 크랭크축을 닮았다 하여 칼렌발로 불렸다.

어요……

며칠 전에 치과에 다녀왔어요…… 다들 괴혈병에 걸리고 치조염에 걸려서들 돌아왔거든요. 염소산을 얼마나 많이 먹었게요! 이 하나를 뽑았고, 이어서 두번째 이도 뽑았어요…… 하도 아파서 그 충격에(마취제가 잘 안 들었어요) 갑자기 말이 터져나오는데…… 멈출 수가 없는 거예요…… 여의사가 혐오스럽다는 듯 나를 쳐다보더군요. 얼굴에 고스란히 다 드러나더라고요. '이 남자는 입은 피범벅을 해가지고 계속 떠드네' 하는 표정이었죠. 나는 모두가 우리를 바로 그런 눈으로 바라본다는 사실을 깨달았어요. '이 사람들은 입은 피범벅을 해가지고 계속 떠드네……'

중사, 특수부대 전사

죽음 이후

타타르첸코
이고리 레오니도비치
(1961~1981)

군인선서에 충실하게
강인함과 용맹함으로 전투임무를 수행하고
아프가니스탄에서 잠들다.
사랑하는 이고레크*,
너는 삶을 살아보지도 못한 채 떠났구나.

엄마, 아빠

라두티코
알렉산드르 빅토로비치
(1964~1984)

국제 의무 수행중 전사하다.
아들, 너는 군인으로서 의무를 명예롭게 수행했다.
자신의 생명은 돌보지 않고
고국의 평화로운 하늘을 지키기 위해
아프가니스탄 땅에서
영웅으로 눈을 감았구나.

소중한 나의 아들에게 엄마가

---

* 이고리의 애칭.

바르타셰비치
유리 프란체비치
(1967~1986)

국제 의무 수행중에

영웅적으로 전사하다.

너를 기억하고, 사랑하고, 애도한다.

가족들의 기억

봅코프
레오니드 이바노비치
(1964~1984)

국제 의무 수행중에

전사하다.

소중한 우리 아들, 네가 없는데도

달이 뜨고 해가 지는구나.

엄마, 아빠

질피가로프
올레크 니콜라예비치
(1964~1984)

성실하게 군인선서를 수행하다 잠들다.

소원도 이루지 못하고 꿈도 이루지 못한 채

일찍도 눈을 감았구나.

소중한 아들이자 형이고 오빠인 우리 올레제크*,

너를 잃은 슬픔을 어찌 말로 다하겠니.

엄마, 아빠, 남동생들 그리고 여동생들

코즐로프
안드레이 이바노비치
(1961~1982)

아프가니스탄에서 잠들다.

나의 하나뿐인 아들에게

엄마

보구시
빅토르 콘스탄티노비치
(1960~1980)

조국을 수호하다 잠들다.

네가 없는 땅은 황량하구나……

엄마

---

* 올레크의 애칭.

『아연 소년들』에 대한 재판

(소송사건 경과 일지)

최근, 아프가니스탄 전쟁 전몰국제주의용사들 어머니모임이 『아연 소년들』의 작가 스베틀라나 알렉시예비치를 상대로 법원에 고소장을 제출했다. 이들 고소장에 대한 심의는 민스크 중앙지법 인민재판소[*]에서 이뤄질 예정이다.

어머니모임은 벨라루스 양카 쿠팔라 극장[**]에서 상연된 연극 〈아연 소년들〉과 〈콤소몰스카야 프라우다〉에 그 일부 내용이 실린 책 『아연 소년들』을 문제삼아 고소장을 제출한 것으로 알려졌다. 벨라루스 공화국 텔레비전 방송국은 연극을 녹화해서 시민들에게 방영했다. 오랜 세월 고통의 수렁에서 인고의 시간을 보내는 어머니들은 자신의 아들들이 냉혹한 살인로봇, 약탈자, 마약중독자, 강간범…… 등으로 묘사된 것에

* 소련의 최하급 재판소.

** 벨라루스 시인이자 작가인 양카 쿠팔라(1882~1942)를 기념하여 만든 극장.

분노했다.

L. 그리고리예프

〈베체르니 민스크*〉, 1992년 6월 12일

'『아연 소년들』로 인해 법정으로'는 6월 22일자 〈나스트라제 옥탸브랴**〉와 다른 일부 간행물들에 실린 기사의 제목이다. 그 내용은 다음과 같다. "스베틀라나 알렉시예비치 작가는 자신의 작품이 출간된 이후 진짜 전쟁에 휘말리게 되었다. 작가가 '아프간 참전 용사들'과 그 어머니들에 대한 사실을 날조하고 왜곡했다는 혐의로 기소당했기 때문이다. 이 일은 벨라루스 양카 쿠팔라 극장 정기 무대에서 연극이 상연되고, 같은 연극이 텔레비전으로 방영되고 난 후 벌어졌다. 전몰국제주의용사들 어머니모임이 제출한 고소장은 중앙지법 판사들이 심의할 예정이다. 재판 날짜는 아직 결정되지 않았다. 연극 공연은 취소되었다……"

우리는 이 기사에 대한 의견을 듣기 위해 민스크 중앙지법으로 전화를 걸었다. 법원의 반응은 의외였다. S. 쿨리간 서기관은 우리에게 "그런 고소장은 접수된 적이 없다"고 밝혔다……

〈나스트라제 옥탸브랴〉에 이 기사를 쓴 B. 스트렐리스키 기자는 사실 이 정보의 출처는 모스크바의 일간지 〈크라스나야 즈베즈다***〉라고 알려왔다.

---

* 러시아어로 '저녁의 민스크'라는 의미. 민스크의 일간지로 1967년에 창간했다.

** 러시아어로 '10월의 초소에서'라는 뜻. 벨라루스 내무부 기관지로 1931년에 창간했으며 지금은 '나스트라제'로 이름이 바뀌었다.

*** 러시아어로 '붉은 별'이라는 뜻. 1924년에 창간된 러시아 주요 일간지 중 하나로 러시아 국방부의 기관지이기도 하다.

〈치르보나야 즈메나*〉, 1992년 7월 14일

1월 20일자 〈소비에트스카야 벨라루스**〉에 다음과 같은 기사가 실렸다. "민스크 중앙지법 인민재판소에서 스베틀라나 알렉시예비치 작가 소송사건에 대한 재판이 시작됐다……"

재판이 열리기 하루 전날인 1월 19일, 〈베체르니 민스크〉 역시 '문인에 대한 재판'이라는 제목의 기사를 싣고 동일한 내용을 다뤘다. 나는 기사가 게재된 정확한 날짜를 부러 밝혀둔다. 사건은 다음과 같다……

벨라루스 수도의 중앙지법에서 열리는 재판을 방청하고 나서야 나는 이번 재판을 맡은 사람이 고로드니체바 판사라는 사실을 알게 되었다.

고로드니체바 판사는 녹음기의 사용을 일절 허락하지 않았다. "분위기를 무겁게 만들 필요가 없다"는 이유를 들어 어떤 변명이나 해명도 통하지 않도록 철저히 차단했다. 그러나 이런 단호한 태도와 달리, 고로드니체바 판사는 1월 20일에 진행된 알렉시예비치 사건 파일을 공개했다…… 다시 말해, 이는 판사가 사건을 심리하기도 전에 재판이 진행되고 있다는(!) 것에 대한 보도자료들이 미리 마련돼 있었음을 분명하게 보여주는 것이다.

레오니드 스비리도프

〈소베세드니크***〉, No. 6, 1993년

---

* 벨라루스어로 '붉은 변화'라는 뜻. 1921~2002년까지 발행된 벨라루스 청년 신문.

** 벨라루스 사회정치 신문. 1927년 8월에 창간했으며 일주일에 5일만 발행된다.

*** 러시아어로 '대화 상대자'라는 뜻. 매주 화요일에 한 번씩 발행되는 러시아 대중 정치 주간지.

민스크 중앙지법 인민재판소로 두 건의 고소장이 접수됐다. 전 아프간 참전 용사이자 현재 장애인인 고소인은 스베틀라나 알렉시예비치가 아프간 전쟁과 자신에 대한 사실을 날조 및 왜곡했다고 주장했다. 고소인은 작가에게 공개적으로 사과할 것과 아프간 참전 용사에 대한 명예훼손 배상금으로 5만 루블을 지불할 것을 요구했다. 또다른 고소인인 전몰 장교의 어머니는 소련의 애국심과 젊은 세대 교육에서 애국심이 차지하는 역할을 두고 작가와 현저한 의견 차이를 보였다.

스베틀라나 알렉시예비치와 두 고소인의 만남은 몇 년 전, 작가가 자신의 유명한 책 『아연 소년들』을 집필하는 과정에서 이루어졌다. 고소인 양측은 그 당시 '그렇게 말한 적이 없다'고 주장하며, 만약 책에 쓰인 내용처럼 '말을 했다'면 지금은 생각이 바뀌었다고 말했다.

꽤 흥미로운 뉘앙스들. 병사-고소인은 작가가 사실을 왜곡하고 자신의 인격을 모독했다고 비난하며 1989년에 발행된 신문 기사 내용을 근거로 들었다. 하지만 고소인이 언급한 기사에는 다른 병사의 이름만 나와 있지, 정작 고소인 본인의 이름은 언급되어 있지 않다. 한편 어머니-고소인은 학술전문위원단이 온다 해도 결코 해결이 쉽지 않은 복잡한 정치학과 심리학의 양상으로 재판을 몰아가고 있다. 그럼에도 불구하고 이 두 소송 모두 인민재판관에 의해 적법한 것으로 받아들여졌다. 법원 심리는 아직 열리지 않았지만 작가에 대한 사전 심문이 세간을 뜨겁게 달구고 있다……

아나톨리 코즐로비치

〈리테라투르나야 가제타*〉, 1993년 2월 10일

한때 우리에게 '전쟁은 여자의 얼굴을 하지 않았다'는 사실을 일깨워 준 벨라루스의 유명 작가 스베틀라나 알렉시예비치가 재판정에 서게 되었다. 이로써 아프가니스탄의 잿더미는 여전히 일부 독자들, 특히 우리에겐 생경한 전쟁이었던 아프간 전쟁에 대한 다큐소설 『아연 소년들』의 작가 S. 알렉시예비치를 용서하지 않고 있는 독자들의 심기를 불편케 한다는 사실이 드러났다. 작가는 전쟁 참가자들, 남편을 잃은 아내들, 전몰 용사의 어머니들에게서 수집한 자료들을 과도하게 외부에 노출시키고 선별적으로 사용했다는 이유로 기소당했다. 또한 기소 죄목에 중상모략, 반애국주의, 의도적 명예훼손도 더해졌다. 이번 사건이 '법적 절차'를 밟을 것인지, 아니면 고소인들이 일종의 정신적 피해 보상을 요구한 후 공개재판까지는 가지 않을 것인지, 이는 지켜봐야 할 것 같다. 하지만 경고등이 켜진 것만은 분명하다. 소비에트 대의원대회에서, 아프간 전쟁을 비판하는 안드레이 사하로프** 소련과학아카데미 회원에게 훈계를 늘어놓던 체르보노피스키*** 소령의 그림자가 순식간에 되살아났다……

표도르 미하일로프

〈쿠란티****〉, 1993년 2월 3일

---

* 러시아어로 '문학 신문'이라는 뜻. 러시아 문학 및 사회정치에 관한 주간지로 1929년 4월 22일에 창간되었다.

** 1921~1989. 구소련의 물리학자. 20세기 최고 핵물리학자 중 한 명으로 손꼽히며 구소련에서 수소폭탄의 아버지라 불린다. 민주화의 필요성을 역설하고, 핵전쟁으로부터 인류를 구원할 길은 미·소 제휴밖에 없음을 지적하여 국제적 반응을 불러일으키기도 했다.

*** 세르게이 바실리예비치 체르보노피스키(1957~). 우크라이나 아프간국제주의용사들 협회 회장이자 우크라이나 정의당 당수.

**** 러시아어로 '음악시계'라는 뜻. 1990년부터 1998년까지 발행된 모스크바 대중 정치 일간지.

전 사병이자 척탄병 랴셴코 올레크 세르게예비치의 법정 소송문에서

1989년 10월 6일자 〈문학과 예술〉*지에 게재된 '우리는 그곳에서 돌아왔다……' 기사의 내용은 스베틀라나 알렉시예비치의 다큐소설 『아연 소년들』에서 발췌한 것입니다. 그중 한 모놀로그가 본인 이름으로 되어 있습니다(성이 잘못 표기돼 있습니다).

상기한 모놀로그의 내용은 아프가니스탄 전쟁과 본인의 아프가니스탄 체류, 전쟁터에서의 인간관계들 그리고 전쟁에서 돌아온 후의 이야기 등을 담고 있습니다.

알렉시예비치는 본인의 이야기를 완전히 왜곡했을 뿐만 아니라 본인이 하지 않은 이야기까지 책에 쓰고 있습니다. 혹시 본인이 이야기했다 하더라도 그건 다른 의미였습니다. 게다가 작가는 본인이 내리지도 않은 결론을 마음대로 내렸습니다.

스베틀라나 알렉시예비치가 본인 이름으로 쓴 이야기들의 일부는 본인의 명예와 품위를 손상시키고 모욕했습니다.

그 내용은 다음과 같습니다.

1. "비쳅스크 '훈련소'에서는 우리가 아프가니스탄으로 가기 위해 훈련을 받고 있다는 사실이 비밀이 아니었어요.

훈련병 하나가 아프가니스탄에 가면 우리 모두 총알받이가 될 것 같아 무섭다고 털어놓더군요. 나는 녀석을 경멸하며 무시했어요. 출발 직전에 또 한 녀석이 떠나기를 거부하고 나섰고요……

나는 녀석이 정상이 아니라고 생각했어요.

---

* 구소련 시절, 벨라루스 공화국 정보국과 벨라루스 작가협회에서 발행한 벨라루스 문학 주간지.

지금 우린 혁명을 일으키러 가는데 말이죠!"

2. "이삼 주 후면 예전의 나는 온데간데없이 사라지고 내 이름만 남아요. 내가 이제 내가 아닌 거예요. 누군가 다른 사람이죠. 그리고 이 다른 사람은 죽어 넘어진 시신을 봐도 더이상 놀라지 않아요. 침착하게, 아니면 치미는 짜증을 누르며 생각하죠. '어떻게 시신을 암벽 위에서 끌어내나.' '이 더위에 시신을 끌고 몇 킬로미터를 어떻게 가나.'……

죽어 엎어진 시신을 보면 묘한 흥분이 느껴져요. '아, 내가 아니어서 다행이야!' 순식간에 그렇게 돼요…… 또 누구에게나 일어나는 일이고요."

3. "명령이 내려지는 곳에 총을 쏘도록 훈련을 받았으니까요. 그렇게 사람을 죽였지만 내 총에 죽는 사람을 한 번도 불쌍하다고 생각한 적은 없어요. 심지어 어린아이도 죽였는걸요…… 우리는 그저 살고 싶었어요. 생각하고 말고 할 시간 같은 건 없었어요…… 다른 사람들의 죽음에는 익숙해졌으면서 내가 죽는 건 두렵더군요."

4. "뭘 써도 좋은데 아프가니스탄 형제애가 어떻다느니 하는 말만은 빼주세요. 그런 건 없어요. 그따위는 믿지도 않고요. 전쟁터에서 우리는 하나였어요. 우린 똑같이 속았어요…… 여기서는 우리가 가진 게 아무것도 없다는 사실이 또 우리를 하나로 뭉치게 하고요. 우리들 문제는 다 똑같아요. 연금, 아파트, 좋은 약, 의수 의족, 가구, 아마 이 문제들이 해결되면 우리 협회들은 와해되고 말걸요.

나 같아도 아파트에 가구, 냉장고, 세탁기, 일제 '비디오'를 구해서 집안에 밀어넣은 다음 마르고 닳도록 쓰게 된다면 더 필요한 게 없을 것 같아요. 뭐가 더 필요하겠어요! 젊은 청년들은 우리를 무시해요. 그들에게 우리는 도저히 이해가 안 되는 사람들인 거죠. 대조국전쟁 참전 용사들과 비슷하다고 할까요. 하지만 대조국전쟁 참전 용사들은 조국이라도 지켰다지만, 우리는요? 어떤 청년이 나한테 그러더라고요, 우리가 거기선 독일군이라고.

하지만 우리는 우리대로 그런 젊은이들에게 화가 나요…… 거기서 나와 함께 지내며 나와 똑같이 보고 겪지 않은 사람의 말이나 생각은 나에게 아무 의미도 없어요."

이 모든 내용은 본인의 인격에 깊은 상처를 남겼습니다. 본인은 그런 말을 한 적도 없고 그렇게 생각하지도 않으므로, 저에 대한 이 글은 한 남자로서 한 인간으로서 한 병사로서 본인의 명예를 더럽히는 것이라 생각합니다……

1993년 1월 20일

본인 서명 없음

재판 전 인터뷰 속기록 중에서

판사: T. 고로드니체바, 변호사: T. 블라소바, B. 루시키노프, 원고: O. 랴셴코, 피고: S. 알렉시예비치

T. 고로드니체바 판사:

—원고, 원고는 원고가 작가에게 제공한 내용을 작가가 왜곡했다고 확신합니까?

O. 랴셴코:

—그렇습니다.

T. 고로드니체바 판사:

—피고, 피고는 본 질문에 대해 정확한 답변을 하시기 바랍니다.

S. 알렉시예비치:

—올레크, 우리가 만났을 때를 한번 떠올려봐요. 그때 올레크는 내 앞에서 얘기하며 울었어요. 그리고 당신의 진실이 언젠가 책으로 쓰여 세상에 알려질 수 있다는 사실을 믿지 않았었죠. 나한테 부탁했었잖아요, 그렇게 해달라고…… 그래서 책을 썼고요. 그런데 지금 이게 뭐죠? 당신은 또다시 속임수에 넘어가 이용당하고 있어요. 두번째로요…… 그때, 두 번 다시는 당신을 속이지 못하게 할 거라고 말하지 않았나요?

O. 랴셴코:

—작가님이 제 입장이 한번 돼보시죠. 연금은 쥐꼬리만하고, 직업도 없지, 어린 자식은 둘이나 되지…… 집사람마저 얼마 전에 일자리를 잃었어요. 어떻게 살겠어요? 무엇으로 사냐고요? 하지만 작가님은 원고료를 받잖아요. 해외에서도 작가님 책이 출판되고요. 우리는 살인자에 강간범 취급을 받고 있는데 말이에요.

T. 블라소바 변호사:

—이의 있습니다. 제 의뢰인은 지금 심리적 압박을 받고 있습니다. 본 변호인의 아버지는 조종사이자 장군이었습니다. 역시 아프가니스탄에서 전사하셨지요. 이 전쟁은 신성했습니다. 병사들은 군인선서를 지켰습니다. 조국을 수호했습니다……

T. 고로드니체바 판사:

—원고, 원고는 주장하는 바가 뭡니까?

O. 랴셴코:

—작가님이 제게 공개적으로 사과하고 제게 정신적인 타격을 입힌 점에 대해 적절한 보상을 하기 바랍니다……

T. 고로드니체바 판사:

—원고는 출판된 사실의 부당함에 대해서만 주장하는 건가요?

O. 랴셴코:

—병사로서 실추된 제 명예에 대한 보상으로 스베틀라나 알렉시예비치가 저에게 5만 루블을 지불할 것을 요구합니다.

S. 알렉시예비치:

—올레크, 방금 당신이 한 말, 나는 안 믿어요. 당신은 지금 다른 사람의 말을 하는 거예요…… 내가 기억하는 당신은 다른 사람이었어요…… 당신은 자신의 화상 입은 얼굴과 잃어버린 눈을 너무 값싸게 취급하고 있다고요…… 나를 법정에 세우면 안 돼요. 당신은 지금 나를 국방부나 소련공산당 정치국으로 착각하고 있는 거예요……

T. 블라소바 변호사:

—이의 있습니다! 피고는 지금 제 의뢰인에게 심리적 압박을 가하고……

S. 알렉시예비치:

—올레크, 당신과 내가 만났을 때 당신은 솔직했고, 그래서 나는 당신의 신변이 걱정됐어요. KGB*에서 당신을 위협하는 일이 생길까봐 걱정을 많이 했죠. 사실 당신들 모두 군사기밀유지 서약서에 서명하도록 강요받았잖아요. 그래서 당신 성씨를 다르게 바꾼 거예요. 나는 당신을

* 소련의 국가보안위원회. 구소련 시절 자국 국민을 감시, 통제하고 대외 첩보 활동을 벌인 비밀경찰.

보호하기 위해 성씨를 바꿨는데, 이제 그것 때문에 올레크 당신으로부터 나 자신을 지켜야 하게 됐군요. 책에 적힌 이름이 당신 성씨가 아니라면, 그 사람은 당신이 아니라 당신들 모두를 대표하는 일종의 형상인 거예요⋯⋯ 그래서 당신의 주장은 근거가 없어요⋯⋯

O. 랴셴코:

—아니요, 그건 내 말이에요⋯⋯ 내가 말했다고요⋯⋯ 그 책에 내가 어떻게 부상을 당했는지도 나오고⋯⋯ 그리고⋯⋯ 그건 전부 내 이야기라고요⋯⋯

전몰 장교 알렉산드르 플라티친 소령의 어머니 예카테리나 니키티치나 플라티치나의 법정 소송문에서

1989년 10월 6일자 〈문학과 예술〉 신문에 실린 기사 '우리는 그곳에서 돌아왔다⋯⋯'의 내용은 스베틀라나 알렉시예비치의 다큐소설 『아연 소년들』에서 발췌한 것입니다. 그중 아프가니스탄에서 전사한 A. 플라티친 소령 어머니의 모놀로그가 본인 이름으로 되어 있습니다.

이 모놀로그는 S. 알렉시예비치의 책 『아연 소년들』에 고스란히 실려 있습니다.

신문과 책으로 발표된 이 모놀로그에 나오는 아들에 대한 본인의 이야기가 왜곡되어 있습니다. S. 알렉시예비치는 책이 다큐소설임에도 불구하고 자신의 생각을 사실인 양 보태넣었고, 본인 이야기의 많은 부분을 무시하고 자의적인 결론을 내렸으며, 모놀로그에 본인의 이름을 써넣었습니다.

신문 기사는 본인의 명예와 품위를 모욕하고 훼손했습니다……

개인 서명과 날짜 없음

재판 인터뷰 속기록 중에서

판사: T. 고로드니체바, 변호사: T. 블라소바, B. 루시키노프, 원고: Y. 플라티치나, 피고: S. 알렉시예비치

T. 고로드니체바 판사:

—예카테리나 니키티치나, 진술하십시오……

Y. 플라티치나:

—제 기억 속의 아들 모습과 이 책에 묘사된 아들의 모습이 전혀 다릅니다.

T. 고로드니체바 판사:

—어디, 어떤 대목에서 어떻게 왜곡되었는지 원고의 생각을 말씀해 주시겠습니까?

Y. 플라티치나(손으로 책을 집어든다):

—전부 다 제가 얘기한 것과 다릅니다. 제 아들은 그런 아이가 아니었습니다. 아들은 조국을 사랑했습니다. (운다.)

T. 고로드니체바 판사:

—진정하시고 사실을 진술하시기 바랍니다.

Y. 플라티치나(책의 내용을 소리 내 읽는다):

"아프가니스탄에 다녀온 뒤로는 (아들이 휴가 나왔을 때예요) 더 다정해졌고요. 아들은 집의 것이면 뭐든 좋아했어요. 하지만 가만히 앉아서 입을 꾹 다물고 아무도 눈에 들어오지 않는 것처럼 행동하는 순간들이 있었어요. 밤이면 자다가 벌떡 일어나 방안을 서성이기도 했고요. 한번은 비명소리에 잠이 깼어요. "폭발이다! 폭발! 엄마, 놈들이 총을 쏴요……" 또 한번은 밤에 누군가 우는 소리가 나더라고요. 우리집에서 울 사람이 누가 있겠어요? 어린아이들도 없는데. 아들의 방문을 열어봤죠. 아들이 두 손으로 머리를 감싸안고 흐느껴 울고 있었어요……"

아들은 장교였습니다. 전투 장교. 그런데 이 책엔 꼭 겁쟁이처럼 나와 있어요. 과연 이 얘기를 굳이 쓸 필요가 있었을까요?

T. 고로드니체바 판사:

—저도 눈물이 날 것 같군요. 그리고 실제 이 책에서 원고의 이야기를 읽을 때 여러 번 울기도 했습니다. 그런데 무엇이 원고의 명예와 품위를 모욕했다는 겁니까?

Y. 플라티치나:

—아들은 전투 장교였습니다. 그리고 생전 우는 법이 없는 아이였고요. 여기 이런 내용도 있습니다. "이틀 후에 새해가 밝았어요. 아들은 우리한테 줄 선물을 욜카 아래 숨겨뒀어요. 나한테는 커다란 숄을 주더라고요. 까만색 숄. "아들, 왜 까만 숄을 고른 거니?" "색이 많았는데, 내 차례가 되니까 검은색만 남았더라고요. 한번 봐요, 엄마한테 잘 어울려요……"

우리 아들이 줄을 섰다는 얘긴데, 사실 아들은 상점들을 돌아다니고 줄을 서는 건 질색을 했어요. 그런데 이 책에선 전쟁터에서 줄을 섰다니…… 나한테 선물할 숄을 사려고요…… 뭐하러 이런 얘기까지 쓴 걸까요? 아들은 전투 장교였어요. 전사했고요……

스베틀라나 알렉산드로브나*, 왜 이런 이야기를 썼나요?

S. 알렉시예비치:

—당신 이야기를 쓰면서 나도 울었어요. 당신 아들을 낯선 땅으로 보내 헛된 죽음을 맞게 한 사람들을 증오했고요. 그리고 당신과 나, 우리는 그때 하나였고 한마음이었잖아요.

Y. 플라티치나:

—당신 말은 지금 내가 정부와 당을 증오해야만 한다는 것 같은데…… 아니, 나는 우리 아들이 자랑스러워요! 아들은 전투 장교답게 전사했어요. 아들 동료들은 다 아들을 좋아했어요. 나는 우리가 살았던 소련과 우리 정부를 사랑해요. 왜냐하면 내 아들은 소련을 위해 죽은 거니까요. 당신을 증오해요! 나는 당신의 그 끔찍한 진실 따윈 필요 없어요. 우리한텐 필요치 않다고요. 내 말, 들려요?!

S. 알렉시예비치:

—나는 먼저 당신 얘기를 충분히 들어줄 수 있었어요. 우린 대화를 나눌 수도 있었고요. 그런데 왜 우리가 이렇게 법정에서 만나 이야기해야만 하나요? 이해를 못하겠어요……

……고릿적 소련의 시나리오에 따라, 스베틀라나 알렉시예비치는 CIA의 스파이이자 '메르세데스' 두 대와 달러 몇 푼에 위대한 조국과 조국의 영웅적인 아들들을 중상모략한 세계제국주의의 앞잡이로 조직적

* 알렉산드로브나는 스베틀라나 알렉시예비치의 부칭이다.

인 매도를 당하고 있다……

첫 재판은 원고들, 즉 O. 랴셴코 사병과 전몰 장교의 어머니 Y. N. 플라티치나가 재판일에 법정에 출두하지 않음에 따라 열리지 못했다. 하지만 6개월 후 새로운 소송 두 건이 추가로 제기되었다. 이는 아프간에서 전사한 U. 갈로브네프 대위의 어머니이자 벨라루스 전몰국제주의용사 어머니회 회장인 E. S. 갈로브네바와 전역 장병이자 현재 민스크 국제주의용사클럽 회장을 맡고 있는 타라스 케츠무르가 제기한 것이다.

〈프라바첼로베카*〉, No. 3, 1993년

지난 9월 14일, 민스크에서 스베틀라나 알렉시예비치 작가가 피고로 기소된 재판이 열렸다.

이 사건에서 가장 흥미로운 과정이 시작된 것이다. 알렉시예비치의 변호사 바실리 루시키노프는 "아프간 전쟁 전몰 장교의 어머니 E. S. 갈로브네바가 제출한 고소장이 날짜도 없이 법원에 접수됐다"고 지적하며 이렇게 덧붙였다. "우리는 날짜 표기는 물론, 서명도 안 돼 있는 고소장의 복사본만 넘겨받았다. 하지만 타티야나 고로드니체바 판사는 이에 아랑곳없이 민법 7조에 따라 이 소송을 적법한 것으로 받아들였다. 여기서 한 가지 놀라운 점은 재판이 열리기까지 이 사건은 단 한 차례도 공식적인 법절차를 거치지 않았다는 사실이다. 다시 말해 이 사건이 민사사건으로 결정되기도 전에 등록일지에 이미 사건번호가 존재한다는

* 러시아어로 '인권'이라는 뜻.

것이다."

그렇지만 결국 재판은 열렸고…… 재판 당일 법정에서 사건일지를 넘겨받은 새로운 인물이 재판을 주재했다. 즉 T. 고로드니체바 판사는 E. 즈다노비치 판사로 교체되었고, 스베틀라나 알렉시예비치와 그녀의 변호사는 재판 시작 십 분 전에야 이 사실을 알게 되었다.

바실리 루시키노프는 "이 사건은 법적인 문제라기보다는 오히려 도덕의 문제에 가깝다"는 반응을 보였다.

맞는 말인지도 모른다. 하지만 스베틀라나 알렉시예비치의 책에 등장하는 주인공들 중 한 명인 타라스 케츠무르가 예고도 없이 원고측 자리에 모습을 드러냈고, E. 즈다노비치 판사의 탁자에는 서명도 없고, 당연히 고소인의 이름도 명시되지 않은 케츠무르의 고소장이 놓여 있었다……

피고측 변호인은 이 불합리한 상황에 주목하며 재판부에 이의를 제기했다. 재판은 연기되었다……

올레크 블로츠키

〈리테라투르나야 가제타〉, 1993년 10월 6일

1993년 11월 29일 재판 속기록에서

판사: E. N. 즈다노비치, 참심원: T. V. 보리세비치, T. S. 소로코, 원고: E. S. 갈로브네바, T. M. 케츠무르, 피고: S. A. 알렉시예비치

전몰 장교 U. 갈로브네프 대위의 어머니 인나 세르게예브나 갈로브네바의 법정 소송문에서

1990년 2월 15일자 〈콤소몰스카야 프라우다〉에 S. 알렉시예비치의 다큐소설 『아연 소년들』의 일부 내용이 '아프가니스탄을 지나온 사람들의 모놀로그들'이란 제목으로 기사화되었습니다.

그런데 본인의 이름으로 된 이 모놀로그에는, 본인이 S. 알렉시예비치에게 알려준 사실들이 부정확하게 왜곡되어 있을 뿐만 아니라, 명백한 거짓말과 날조된 이야기들, 다시 말해 본인이 알려주지 않았을 뿐더러 알려줄 수도 없는 상황들이 마치 본인의 말인 것처럼 서술되어 있습니다. 본인의 발언에 대한 작가의 자의적인 해석과 본인 이름으로 기술된 명백한 추측성 글이 본인의 명예와 품위를 훼손한 것입니다. 더구나 이 책은 다큐소설입니다. 본인은, 다큐작가는 반드시 입수한 정보를 정확히 기술해야 하고, 인터뷰 대상자와의 대화를 녹취해야 하며, 인터뷰 내용 역시 있는 그대로 텍스트에 옮겨야 한다고 알고 있습니다.

다음은 알렉시예비치가 신문 기사에 실은 글입니다. "엄마가 돼서 이렇게 말하는 건 좀 그렇지만, 나는 우리 아들 유라를 이 세상에서 제일 사랑해요. 남편보다 더, 그리고 둘째아들보다 더요……"(전사한 아들 유라에 대한 이야기입니다). 이 내용은 작가 스스로 생각해낸 것입니다(제 얘기와 일치하지 않습니다). 마치 본인이 아들들을 차별해 사랑한 것처럼 암시함으로써 가족 내 갈등을 야기했으며, 이로 인해 본인의 품위가 손상당했습니다.

"초등학교 1학년 때 벌써 니콜라이 오스트롭스키의 소설 『강철은 어

떻게 단련되는가』에 나오는 구절들을 줄줄 외웠어요. 다른 아이들은 동화나 동시를 외울 때 말이죠." 여기서도 마치 우리 아들이 광신자 가족한테서 자란 것 같은 인상을 줍니다. 본인은 알렉시예비치에게 '유라가 일고여덟 살에 이미 진지한 내용의 책을 읽었다고, 그중에 『강철은 어떻게 단련되는가』도 있다'고만 얘기했을 뿐입니다.

알렉시예비치는 아들이 아프가니스탄으로 떠날 당시의 상황도 본인의 이야기와 다르게 왜곡했습니다. 작가는 마치 아들의 말인 양 이렇게 쓰고 있습니다. "아프가니스탄으로 갈 거예요. 그래서 우리 삶에는 보다 숭고한 가치가 있다는 사실을 그 사람들에게 보여줄 거라고요. 모든 사람이 고기로 가득찬 냉장고에 행복해하진 않는다는 걸요." 아들은 이렇게 말한 적이 없습니다. 알렉시예비치의 확언이 본인과 본인 아들을 모욕하고 있습니다. 아들은 평범한 한 사람으로서, 애국자로서, 낭만주의자로서 기꺼이 아프간으로의 파병을 당국에 요청했는데 말입니다.

아들이 아프가니스탄에 지원할지도 모른다는 의심이 들었을 때도 본인은 알렉시예비치에게 "너는 조국을 위해 네 생명을 희생하는 게 아니야…… 무엇을 위한 것인지도 모른 채 죽어갈 거라고…… 조국이 진정 조국이라면 자신의 가장 건실한 아들들을 명분도 없는 전쟁터의 사지로 몰아넣을 수 있을까……"라는 말을 한 적이 없습니다. 아들을 그곳으로 보낸 사람이 바로 본인입니다. 본인이 직접 그곳에 보냈습니다!

이 인용문 역시 본인을 이중의 도덕적 잣대를 가진 이중인격자처럼 보이게 함으로써 본인의 명예와 품위를 손상시켰습니다.

두 아들의 논쟁 역시 올바르게 묘사되지 않았습니다. 알렉시예비치는 이렇게 쓰고 있습니다. "게나, 너는 책을 너무 안 읽어. 손에 책 든 걸

한 번도 못 봤다니까. 늘 그놈의 기타, 기타……"

두 아이 사이에 논쟁이 벌어진 이유는 단 하나였습니다. 둘째아들의 직업 선택 문제를 두고 종종 말다툼이 있곤 했습니다. 그런데 거기서 기타가 무슨 상관인지 모르겠습니다.

이 구절은 알렉시예비치가 본인이 둘째아들을 사랑하지 않는 것처럼 보이게 함으로써 본인을 모욕한 것입니다. 본인은 그런 말을 하지 않았습니다.

본인은 알렉시예비치가 아프가니스탄 전쟁과 관련된 사건들을 정치적 실수이자 우리 국민 전체의 잘못으로 몰아가기로 작정하고 자신이 상상한 내용을 마치 인터뷰 중 나온 이야기인 것처럼 책 속에 의도적으로 등장시켰다고 생각합니다. 알렉시예비치의 목적은 우리 국민—아프가니스탄에 다녀온 병사들과 그들의 가족—을 원칙도 없고 잔인하며 타인의 고통에 무관심한 사람들로 보이도록 하는 것입니다.

알렉시예비치의 집필 부담을 덜어주기 위해 본인은 알렉시예비치에게 아들의 일기장을 건넸지만, 당시 상황들이 사실대로 기록되는 데는 아무런 도움이 되지 않았습니다.

본인이 건네준 사실 자료를 왜곡한 점과 〈콤소몰스카야 프라우다〉에서 본인의 명예와 품위를 손상시킨 점에 대해 알렉시예비치의 사죄를 요구합니다.

개인 서명과 날짜 없음

전역 병사 타라스 케츠무르의 법정 소송문에서

본인의 명예와 품위를 보호하기 위해 제출한 첫번째 고소장에는 S. 알렉시예비치가 〈콤소몰스카야 프라우다〉(1990년 2월 15일자)에 기사를 게재한 것과 관련한 본인의 구체적인 주장이 빠져 있습니다. 따라서 S. 알렉시예비치가 신문 기사와 『아연 소년들』에 기술한 내용은 본인이 알렉시예비치와 만난 적도 없고 어떤 말도 하지 않았으므로 모두 날조된 이야기이자 허구라는 사실을 밝히고 고소장의 진술을 보완하고자 합니다.

〈콤소몰스카야 프라우다〉 1990년 2월 15일자 기사에서 본인은 다음의 내용들을 읽었습니다.

"나는 아프간에 우리 개, 차라를 데리고 갔죠. 녀석은 '죽어!' 하고 소리치면 바닥에 픽 쓰러져요. 내가 뭔가 마음이 불편하거나 기분이 상해 있으면 녀석은 내 옆에 앉아서 울죠. 처음 며칠은 아프간에 있다는 사실이 말도 못하게 좋았어요……"

"부탁인데, 그 이야긴 꺼내지도 마세요. 지금 여긴 똑똑한 사람들이 많아요. 하지만 정작 그 사람들은 왜 당원증을 내던져버리지 않았대요? 우리가 거기서 그러고 있을 때 그들은 왜 아무도 자기 이마에 총알을 박아넣어 항의하지 않았냐고요……"

"거기 들판에서 쇳덩이들과 사람 뼈들을 파내는 것을 봤어요…… 딱딱하게 굳어버린 시신의 얼굴 피부가 오렌지색으로 꽁꽁 얼어버린 것도 봤고요…… 무슨 이유인지 오렌지색이더라고요……"

"내 방의 책들, 사진들, 녹음기, 기타, 모두 예전과 똑같아요. 다만 예전의 나만 없어요. 공원도 제대로 지나가지 못해요. 자꾸 뒤를 돌아보느라고요. 카페에서 종업원이 내 등뒤에 서서 "주문하세요" 하잖아요? 그럼 당장이라도 자리를 박차고 일어나 밖으로 뛰쳐나가고 싶어져요. 나는 누가 내 등뒤에 서는 걸 견딜 수가 없어요. 인간쓰레기 같은 사람을 보면 한 가지 생각밖에 안 들죠. '저놈을 쏴버리자!'"

"전쟁터에서는 평온한 일상의 삶에서 배운 것에 정반대되는 일들을 바로 그 자리에서 해야 했어요. 그리고 여기 평온한 삶에서는 전쟁터에서 익힌 기술들을 모두 완전히 잊어야 하죠."

"나는 총을 아주 잘 쏴요. 수류탄도 목표물에 정확하게 맞히고요. 하지만 그런 게 여기서 무슨 소용이겠어요? 군정치위원회에 가서 다시 아프간으로 보내달라고 요청했지만 거절당했어요. 전쟁은 곧 끝이 날 거고, 그러면 나 같은 젊은이들이 돌아올 테죠. 우리가 더 많아지는 거예요."

실제로 본인은 이 같은 본문을 『아연 소년들』에서도 읽었습니다. 문학적으로 고친 곳이 많지 않아서 개가 나오는 것도 동일하고 진술 내용도 동일했습니다.

알렉시예비치의 글은 본인의 이름만 빌렸을 뿐 완전히 날조된 이야기임을 다시 한번 강조하는 바입니다……

위에 진술한 바와 관련하여 한 병사이자 한 시민으로서 본인의 실추된 명예를 회복시켜주시길 존경하는 재판장님께 호소합니다.

개인 서명과 날짜 없음

E. S. 갈로브네바의 진술에서

우리는, 남편의 해외 복무 때문에 오랫동안 해외에 나가 살았습니다.

1986년 가을에 고국으로 돌아왔고요. 나는 마침내 우리가 집에 돌아왔다는 사실이 행복했습니다. 하지만 기쁨과 동시에 슬픔이 찾아왔습니다. 아들이 전쟁터에서 목숨을 잃은 것입니다.

나는 한 달간 몸져누웠습니다. 어느 누구의 말도 듣고 싶지 않았습니다. 우리집은 모든 게 작동을 멈춰버렸지요. 나는 문을 걸어잠그고 아무에게도 열어주지 않았습니다. 알렉시예비치는 내가 처음 문을 열고 집 안으로 들인 사람이었습니다. 그녀는 아프가니스탄 전쟁에 대한 진실을 쓰고 싶다고 했습니다. 나는 그 말을 믿었습니다. 알렉시예비치가 다녀간 다음날이면 난 병원에 입원해야 했고 그때마다 과연 내가 살아서 병원을 나갈 수 있을지 기약할 수 없었지요. 나는 살고 싶지 않았습니다. 아들 없는 삶은 살고 싶지 않았어요. 알렉시예비치가 우리집에 찾아와 다큐책을 쓰고 있다고 말했습니다. 그래서 내가 다큐책이 뭐냐고 물었고, 알렉시예비치는 그건 그곳에 다녀온 사람들의 일기장이나 편지 같은 것이라고 대답했습니다. 적어도 나는 그렇게 알아들었습니다. 그래서 알렉시예비치에게 아들이 거기서 쓴 일기장을 건넸고요. "당신이 진실을 쓰고 싶다면 자, 받아요. 여기 우리 아들 일기장에 진실이 있어요."

나중에 알렉시예비치와 대화를 나눴습니다. 나는 그녀에게 내가 살아온 이야기를 들려줬습니다. 왜냐하면 그때 나는 사는 게 너무 힘들었고 사방이 꽉 막힌 곳에서 간신히 버티고 있었으니까요. 나는 정말 살고 싶지 않았습니다. 알렉시예비치는 녹음기를 가져와 내가 하는 이야기를 모두 녹음했습니다. 하지만 내 이야기가 출판될 거라는 말은 하지 않았습니다. 나는 그저 내 이야기를 한 것뿐이었고, 출판을 하려면 우리 아들의 일기를 출판했어야지요. 다큐소설이라면서요. 나는 그녀에게 아들의 일기장을 건넸고 남편은 읽기 편하라고 일부러 일기를 다시 타자기로 쳐주기까지 했는데 말이에요.

알렉시예비치는 아프가니스탄으로 갈 거라고도 했습니다. 그녀는 거기에 출장을 간 거지만, 우리 아들은 거기서 전사했습니다. 알렉시예비치가 전쟁을 알면 얼마나 안다는 겁니까?

하지만 나는 알렉시예비치를 믿었고 책이 출간되기를 기다렸습니다. 우리 아들이 무엇을 위해 목숨을 바쳤는지, 그 진실이 밝혀지기를 기다렸습니다. 나는 고르바초프에게 편지를 쓰기도 했습니다. "우리 아들이 왜 남의 나라에서 목숨을 잃어야 했습니까?"라고요. 다들 침묵만 지키더군요……

유라의 일기장 내용입니다. "1986년 1월 1일. 이제 여정의 반이 지나고 가야 할 길은 얼마 남지 않았다. 하지만 또다시 치솟는 불길, 또다시 찾아오는 망각, 그리고 새롭게 시작되는 기나긴 여정. 계획한 일을 이룰 때까지 이 여정은 영원히 계속되리라. 때론 날카로운 채찍처럼 나를 때리고 때론 끔찍한 악몽처럼 불쑥불쑥 나를 덮쳐오는 지난 기억들. 다른 세계, 다른 시간들, 그리고 수백 년을 지나온 과거의 망령들. 뭔가 우리와 비슷한 이 망령들에 마음이 끌리지만, 지난 며칠 일도 알지 못하는, 우리와는 다른 존재들일 뿐. 우리는 멈춰 설 수도, 죽을 수도, 그렇다고 이미 결정된 사실을 바꿀 수도 없다. 의무를 저버린 자들 앞에는 공허와 어둠이 입을 크게 벌린 채 기다리고 있다. 잠깐 쉬어가자 주저앉으면, 다시는 몸을 일으킬 수가 없다. 피곤에 지친 몸으로 절망과 고통 속에서 텅 빈 하늘을 향해 외친다. '세상이 닫히고 이 삶의 여정이 끝나는 날, 그곳에 가면 무엇이 우리를 기다리고 있나요? 새로운 세상이 눈부신 위용을 자랑이라도 하고 있나요? 우리가 왜 이 사람들을 책임져야 합니까? 이들은 천성적으로 숭고한 이상에 도달할 수 없는 사람들이라고요.

제아무리 오래 공들이고 노력해도 이들에겐 희망이 없어요. 그런데 우린 이들 때문에 평안도 행복도 잃어버린 채 우리 삶을 망치고 있어요. 피곤에 녹초가 된 몸으로 힘겨운 걸음을 옮기고 있다고요. 우리는 전권을 가졌으면서 아무 권리가 없는 자들이고, 이 세계의 악마들이면서 천사들이에요……'"

알렉시예비치는 이 내용은 책에 담지 않았습니다. 우리 아들의 진실은요. 다른 진실은 있을 수 없습니다. 그곳에 다녀온 사람들한테만 진실이 있지요. 알렉시예비치는 무슨 이유에선지 오히려 내 이야기를 책에 썼더군요. 단순하고 유치한 말로요. 그게 무슨 문학입니까? 더럽고 하찮은 종이 쪼가리지……

여러분, 나는 우리 아이들을 정직하고 공정하게 키웠습니다. 알렉시예비치는 우리 아들이 니콜라이 오스트롭스키의 『강철은 어떻게 단련되는가』를 좋아했다고 썼습니다. 당시 파데예프*의 『젊은 친위대**』와 마찬가지로 이 책은 학교에서 학생들에게 읽기를 권장하는 책이었습니다. 모든 아이들이 이 책들을 읽었지요. 학교 프로그램에 포함된 책들이었으니까요. 그런데 알렉시예비치는 아들이 그 책들을 읽었으며 그 내용 일부를 외울 정도였다는 점을 강조했습니다. 알렉시예비치는 무엇 때문에 굳이 이 이야기를 썼을까요? 알렉시예비치는 아들이 정상이 아닌 사람으로 보이길 원한 겁니다. 광신적인 사람으로 보이기를 원한 거라고요. 그녀는 또 아들이 군인이 된 것을 후회했다고 썼습니다. 우리 아들

---

* 알렉산드르 알렉산드로비치 파데예프(1901~1956). 구소련 소설가. '소련작가동맹'의 지도자로 활약하기도 했다.

** 파데예프가 쓴 소련 문학의 교과서적인 전쟁소설. 독일군에 대항해 싸운 청년지하조직의 이야기를 그리고 있다.

은 사격장에서 자라다시피 했고 제 아빠를 존경하고 따랐습니다. 우리 집안은 할아버지들, 아버지의 형제들, 사촌들까지 모두 군대에 몸담고 있습니다. 대대로 군인 집안이지요. 그리고 아들도 아프가니스탄으로 떠났고요. 왜냐하면 아들은 정직한 사람이었으니까요. 아들은 군인선서를 했습니다. 떠나야 하니 떠났고요. 나는 훌륭한 아들들을 키웠어요. 아들은 그곳으로 떠나라는 명령을 받고 떠났습니다. 아들은 장교였으니까요. 그런데 알렉시예비치는 내가 살인자의 어머니라는 걸 증명하고 싶어합니다. 아들은 거기서 사람을 죽였습니다. 그래서요? 내가 아들을 그곳으로 보냈나요? 내가 아들 손에 무기도 쥐여주고요? 거기서 전쟁이 난 게 우리 어머니들 잘못인가요? 우리 어머니들 때문에 아들들이 거기서 사람을 죽이고 약탈을 하고 마약을 했습니까?

이 책은 해외에서 출판됐습니다. 독일, 프랑스…… 알렉시예비치가 무슨 권리로 전사한 우리 아들들을 가지고 장사를 합니까? 자기 명성을 쌓고 달러를 벌어들이고요? 대체 자기가 뭐라고요? 만약 이 글이 내 이야기이고 내가 겪은 일이므로 내 거라면, 알렉시예비치가 왜 상관을 하느냔 말입니다…… 알렉시예비치는 우리를 찾아와 이야기 좀 하고 우리 이야기를 녹음했을 뿐이에요. 우리는 그런 그녀에게 우리 고통을 모두 털어놓으며 눈물을 흘렸지요……

알렉시예비치는 제 이름도 잘못 썼습니다. 저는 인나 갈로브네바인데, 니나 갈로브네바라고 했습니다. 우리 아들 직위도 대위인데 소위라고 썼고요. 우린 아들들을 잃었는데, 알렉시예비치는 영예를 얻었어요……

질의응답들 중에서

S. 알렉시예비치의 변호사 B. 루시키노프:

—인나 세르게예브나, 말씀해보십시오. 알렉시예비치가 원고의 이야기를 녹음기에 녹음했습니까?

E. 갈로브네바:

—알렉시예비치는 녹음기를 켜도 되겠느냐고 먼저 허락을 구했습니다. 저는 허락했고요.

B. 루시키노프:

—그렇다면 원고는 책에 쓸 내용을 녹음테이프에서 발췌한 다음 보여달라고 알렉시예비치에게 요청은 했습니까?

E. 갈로브네바:

—나는 알렉시예비치가 우리 아들의 일기장을 출판한다고 생각했습니다. 이미 말씀드린 것처럼 나는 다큐문학은 일기장과 편지라고 이해했습니다. 만약 내 이야기를 쓸 거라면 내가 말한 내용 그대로 글자 한 자 틀리지 않게 써야 했고요.

B. 루시키노프:

—원고는 왜 〈콤소몰스카야 프라우다〉에 책의 일부 내용이 실렸을 때 곧바로 알렉시예비치를 고소하지 않았나요? 왜 3년 반이나 지난 이제야 문제를 삼는 겁니까?

E. 갈로브네바:

—저는 알렉시예비치가 이 책을 해외에서 출간할 줄은 몰랐습니다. 터무니없는 비방을 할 줄은요…… 저는 조국을 위해 우리 아들들을 정직하게 키웠습니다. 우리는 평생을 막사와 병영에서 살았고, 나에겐 두

아들과 두 개의 여행가방이 전부였지요. 우린 그렇게 살았어요…… 그런데 알렉시예비치는 우리네 아들들이 살인자들인 것처럼 쓰고 있습니다. 저는 국방부로 가서 아들의 훈장을 자진 반납했습니다…… 살인자의 어머니는 되고 싶지 않으니까요. 아들의 훈장을 정부에 돌려줬다고요…… 하지만 나는 우리 아들이 자랑스러워요!

S. 알렉시예비치의 공공변호인이자 벨라루스 인권연맹 대표 Y. 노비코프:

—이의 있습니다. 법정 의사록에 기록할 것을 요청합니다. 방청석에서 계속 스베틀라나 알렉시예비치를 모욕하고 있습니다. 죽이겠다고 협박을 하고요…… 심지어 토막을 내겠다는 발언마저 들립니다…… (방청석의 어머니들 쪽으로 몸을 돌린다. 어머니들은 각자 자기 아들들의 커다란 초상화를 들고 있고 초상화마다 공훈메달들이 걸려 있다.) 믿어주십시오, 저는 어머니들의 고통을 존중합니다.

E. 즈다노비치 판사:

—저는 아무 소리도 안 들립니다만, 모욕적인 발언도 전혀 들리지 않고요.

Y. 노비코프:

—재판부만 빼고 모두 듣고 있습니다……

방청석의 목소리들

—우리는 엄마들이에요. 내가 하고 싶은 말은…… 우리 아들들을 파멸시켜놓고, 정작 자기는 그걸 이용해서 돈을 벌어들이고 있다는 거예요. 우리는 우리 아들들을 지키기 위해 이 자리에 왔어요. 아이들이

땅속에서 편히 잠들도록……

—어떻게 그럴 수가 있나요! 감히 어떻게 우리 아이들 무덤에 더러운 오물을 쏟아부을 수가 있냐고요. 우리 아이들은 끝까지 조국 앞에 각자 의무를 다했어요. 아이들이 잊히길 바라는군요…… 온 나라에 수백 개의 학교박물관들과 추모공간들이 만들어졌어요. 나도 우리 아들의 외투와 학창시절 노트들을 학교에 갖다줬고요. 그 아이들은 영웅들이에요! 소련의 영웅들에 대해서는 아름다운 책들을 써야지, 그들을 총알받이 따위로 만들어서는 안 되는 거라고요. 우리는 젊은이들에게서 위대한 역사를 빼앗고 있어요……

—소련은 위대한 강국이었어요. 많은 이들에게 눈엣가시였지요. 어디서 누가 우리 나라를 붕괴시키려는 음모를 획책했는지는 이 자리에서 내가 굳이 얘기할 필요도 없겠죠. 서구에서 두둑하게 돈을 받아 챙긴 유다들이 우리 나라를 망치고 있다는 사실은 더더구나요……

—그들은 거기서 사람들을 죽이고…… 폭탄을 터뜨렸다고요……

—당신이 직접 군대에서 복무해봤어? 안 했잖아…… 우리 아이들이 거기서 비참하게 죽어갈 때 당신은 전쟁이 끝날 때까지 대학 벤치에 죽치고 앉아 있었다고.

—엄마들한테 "당신 아들이 사람을 죽였나요? 아니면 죽이지 않았나요?"라고 물어볼 필요가 없어요. 엄마들 머릿속엔 오로지 자기 아들이 죽임을 당했다는 사실만 들어 있으니까요……

—매일 아침 아들을 봐요. 하지만 아직도 아들이 집에 있다는 사실이 믿어지지가 않아요. 아들이 거기 있을 때 나 자신에게 말했어요. '만약 아들이 관에 담겨 돌아온다면 내가 할 수 있는 일은 두 가지밖에 없다. 거리로 나가 항의 시위에 참가하든지 교회에 가든지.' 우리 세대를 나는

'복종의 세대'라고 부르죠. 아프가니스탄 전쟁은 우리 비극의 정점이었어요. 왜 우리한테는 무슨 짓이든 마음대로 해도 되는 걸까요?

—이제 속물들이 열여덟 살짜리 소년들한테 모든 죄를 뒤집어씌울 거예요…… 바로 당신이 한 짓 때문에요! 우리 아이들한테서 이 전쟁을 떼어버리라고요…… 전쟁은 범죄였고, 이미 유죄판결을 받았어요. 하지만 소년들은 보호를 해줘야죠……

—나는 러시아문학을 가르치는 선생이에요. 수년 동안 학생들에게 카를 마르크스의 말을 반복해서 들려주죠. "영웅들의 죽음은 태양이 지는 것과 비슷하다. 힘껏 제 몸을 부풀리다 배가 터져 죽은 개구리의 죽음이 아니다." 그런데 당신 책은 무슨 교훈을 주나요?

—'아프간 참전 용사!' 영웅놀이는 이제 그만하시지!

—당신들은 천벌을 받을 거야! 당신들 전부 천벌을 받을 거라고!

E. 즈다노비치 판사:

—정숙하세요! 정숙! 여기는 시장이 아니라 법정입니다……

(법정 안이 아수라장이다.) 십오 분 동안의 휴정이 선언된다……

(휴정 후 법정 안에 경찰이 배치된다.)

T. M. 케츠무르의 진술 중에서

저는 미리 진술을 준비하지 않았습니다. 그래서 소송문의 형식에 맞추지 않고 그냥 보통 말로 하겠습니다. 고명하신 작가님과 어떻게 알게 됐느냐고요…… 세계적인 작가하고 말이죠? 대조국전쟁에 참전했던 노병 발렌티나 추다예바의 소개로 알게 됐습니다. 추다예바는 저에게 알렉시예비치가 바로 전 세계인이 읽는 책 『전쟁은 여자의 얼굴을 하지 않았다』를 쓴 작가라고 말했습니다. 그리고 나중에 노병들과의 한 모임에서 다른 여자 베테랑들과 대화할 기회가 있었고요. 그 여인들이 그러더라고요. 알렉시예비치가 자신들의 삶으로 부와 명예를 쌓았고, 이제는 '아프간 참전 용사들'에 손을 대기 시작했다고요. 좀 긴장이 되는군요…… 죄송합니다……

알렉시예비치가 녹음기를 가지고 클럽 '기억'으로 우리를 찾아왔습니다. 작가는 저뿐만 아니라 다른 친구들의 이야기도 많이 듣고 싶어했지요. 알렉시예비치는 왜 전쟁이 끝나고 난 뒤에야 책을 썼을까요? 세계적인 명성을 가진 이 작가는 왜 전쟁이 벌어지는 동안에는 입을 다물고 있었을까요? 왜 큰소리 한 번 내지 않았느냔 말입니다.

나는 누가 보내서 거기로 간 게 아닙니다. 나 스스로 아프간으로 가겠다고 자원했고 신청서도 썼습니다. 거기서 가까운 친척이 전사했다고 이야기를 꾸며서요. 그때 상황을 조금 설명해드리지요…… 내가 직접 책으로 쓸 수도 있고요…… 알렉시예비치와 만났을 때 나는 그녀와의 대화를 거부했습니다. 그리고 책을 써도 거기 있었던 우리가 직접 쓸 거라고 말해줬습니다. 당신은 그곳에 없었지 않느냐, 그러니 우리가 당신보다 더 잘 쓸 거라고요. 알렉시예비치가 대체 뭘 쓸 수 있다는 겁니까? 우리에게 상처만 줄 뿐이죠.

알렉시예비치는 아프간에 다녀온 우리들을 모두 감정도 윤리의식도 없는 사람들로 만들어버렸습니다. 내가 로봇이 되어버렸어요. 컴퓨터가 되고 청부살인업자가 되고요. 그리고 결국 내가 갈 곳은 민스크 근교 노빈키의 정신병원이 돼버렸고요……

친구들이 전화해서 내가 무슨 그런 영웅이냐며 내 면상을 갈겨버리겠대요…… 제가 좀 흥분한 것 같습니다…… 죄송합니다…… 알렉시예비치는 내가 개를 데리고 아프가니스탄에 있었다고 썼지만…… 개는 아프간으로 가는 길에 죽었어요……

나는 아프가니스탄에 자원해서 갔어요…… 아시겠어요, 내가 원했다고요! 나는 로봇이 아니에요…… 컴퓨터도 아니고…… 자꾸 흥분해서…… 죄송합니다……

질의응답들 중에서

S. 알렉시예비치:

—타라스, 당신은 고소장에 나하고 한 번도 만난 적이 없다고 썼어요. 그런데 방금은 만났지만 대화를 거부했다고 말했죠. 그 말은 고소장은 당신이 직접 쓰지 않았다는 뜻인가요?

T. 케츠무르:

—내가 직접 썼어요…… 우리가 만나긴 했지만…… 나는 당신한테 아무 말도 하지 않았다고요……

S. 알렉시예비치:

—만약 당신이 나한테 아무 이야기도 하지 않았다면 내가 어떻게 당신이 우크라이나에서 태어났고 어렸을 때부터 아팠다는 사실을 알고 있을까요…… 아프가니스탄에 개를 데리고 갔으며(지금 당신은 가는 도중에 죽었다고 말하지만요), 그 개 이름이 차라였다는 건 또 어떻게 알고요……

(묵묵부답이다.)

E. 노비코프:

—당신은 당신 스스로 아프가니스탄에 갔다고 했습니다. 그 결정에 대해 지금은 어떻게 생각하는지, 당신의 의중이 궁금하군요. 당신은 이 전쟁을 증오하나요? 아니면 그곳에 있었다는 사실이 자랑스러운가요?

T. 케츠무르:

—당신 술수에 말려들지 않을 겁니다…… 왜 내가 이 전쟁을 증오해야만 합니까? 나는 내 의무를 다했을 뿐입니다……

법정 안의 대화들 중에서

—우리는 전사한 우리 아들들의 명예를 지키는 것일 뿐이에요. 우리 아이들에게 명예를 돌려주시죠! 우리 아이들에게 조국을 돌려주라고요! 당신들이 우리 나라를 파괴했어요. 세계에서 가장 강한 나라를요!

—당신은 우리 아이들을 살인자들로 만들었어요. 그 끔찍한 책을 써서요…… 아이들 사진을 한번 보라고요…… 얼마나 젊고 얼마나 아름다운 아이들인지! 정말 살인자들이라면 이런 얼굴들을 할 수 있을까요? 우리는 우리 아이들에게 조국을 사랑하라고 가르쳤어요…… 어쩌자고 당신은 우리 아이들이 거기서 살인을 했다고 썼나요? 달러를 받고 쓴 거겠죠…… 우리는 지독히도 가난하게 사는데 말이에요. 우린 약 살 돈도 부족하다고요. 아이들 무덤에 가져갈 꽃조차 살 돈이 없는데……

—우리를 가만 내버려두라고요! 그리고 당신은 왜 이랬다저랬다 극과 극을 오가나요? 처음엔 우리를 영웅들로 묘사하더니 지금은 우리 모

두가 살인자라고요? 우리는 아프간 말고는 아무것도 없었어요. 오직 거기서만 우리가 진짜 사내들인 걸 느꼈죠. 우리 중 누구도 우리가 거기 있었던 걸 후회하지 않아요……

—당신은 전쟁터에서 병든 세대가 돌아왔다고 우리를 설득하지만 나는 새롭게 눈을 뜬 세대가 돌아왔다고 주장하고 싶군요. 현실의 삶에서 우리 청년들이 어떤지 한번 보세요! 그래요, 소년들이 전쟁터에서 죽임을 당한 건 사실이에요. 하지만 얼마나 많은 소년들이 술 먹고 싸움질하다가, 또 흉기를 휘두르다 죽어나가는지 아세요? 이 나라에서 해마다 자동차 사고로 죽음에 이르는 사람들 숫자가 이 전쟁 10년 동안 전사한 병사들 숫자를 모두 합친 것보다 많아요. 우리 군대는 전쟁을 안 한 지 오래됐어요. 그곳은 우리들 자신과 우리 최신 무기를 점검할 수 있는 기회였어요…… 당신네 같은 엉터리 작가들 때문에 지금 전 세계의 우리 진지들이 하나둘 날아가고 있다고요…… 폴란드가 날아갔고…… 독일과 체코슬로바키아도 날아가고…… 우리는 이 나라를 이 지경으로 만든 고르바초프가 죄인으로 심판대에 서는 그날까지 꼭 살아 있을 거예요. 당신이 죄를 받는 것도 볼 거고요. 당신은 반역자예요. 우리의 이상들은 어디에 있나요? 우리네 위대한 강국은 어디로 갔죠? 바로 그런 강하고 위대한 조국을 위해서 나는 1945년에 베를린까지 걸어갔어요……

—남쪽 바다에 갔다가 봤어요. 젊은이 몇 명이 두 팔로 모래 속을 기어서 바다로 향하는데…… 그 젊은이들 몇 명을 다 합친 수가 그들 다리를 다 합친 수보다 많더군요…… 그리고 나는 더이상 해변에 나가지 않았어요. 거기서 일광욕을 할 수가 없더라고요…… 거기서 우는 것밖엔 달리 할 게 없었죠…… 그래도 그 청년들은 소리 내 웃고 아가씨들과도 어울리고 싶어했어요. 하지만 다들 그들을 피해 달아났죠. 나처럼

요. 나는 그 청년들이 다 잘됐으면 좋겠어요. 있는 그대로의 그들 자신이 우리에게 필요하다는 사실을 그 청년들이 알았으면 좋겠고요. 그들도 살아야 하잖아요! 나는 그 청년들이 살아 있는 게 고마워서라도 그들을 사랑해요.

—나는 지금도 그때 기억을 떠올리는 게 고통스러워요…… 기차를 타고 가는 중이었는데…… 쿠페*에 같이 탄 여자들 중 한 명이 자기는 아프가니스탄에서 전사한 장교의 엄마라고 했죠. 이해해요…… 그 여인은 어머니였으니까요. 하지만 나는 눈물을 흘리는 그 어머니에게 "당신 아들은 옳지 않은 전쟁에서 전사했어요…… 두시만은 자기 고국을 지킨 거고요……"라고 말했어요.

—너무 끔찍한 진실이라, 진실이 아니고 거짓 같아요. 망연자실해지고요. 그 진실을 알고 싶지 않다는 마음이 드는군요. 그 진실로부터 나를 지키고 싶어져요.

—명령 때문에 어쩔 수 없었다고 핑계들을 대는군요. 명령을 받았기에 명령을 수행했을 뿐이라고요. 시간이 제아무리 많이 흘러도 범죄는 범죄인 거예요.

—1991년엔 이런 재판은 어림도 없었어요. 공산당이 무너졌으니까요…… 그런데 지금은 공산주의자들이 다시 득세를 하는 것 같군요…… 다시 '위대한 사상들'이니 '사회주의의 가치'니…… 이런 말들이 들리기 시작해요…… 반대하는 자들은 모두 법정으로 보내지고요! 혹시 당장 우리를 벽에 줄줄이 세우고 총살에 처하지나 않을까…… 어느 날 밤 우리를 철조망이 쳐진 경기장에 한데 몰아넣는 건 아닐까 걱

---

* 러시아 기차의 4인실 객실.

정해야 할 판이에요……

—나는 선서를 했어요…… 나는 군인이었으니까요……

—전쟁터에서 돌아올 때는 더이상 소년들이 아니에요……

—우리는 조국을 사랑하는 마음에서 아이들을 키웠어요……

—소년들에게…… 아이들 손에 무기를 쥐여주고는…… '자, 바로 이런 사람이 적이야'라고 머릿속에 주입시켰죠. 두시만 일당, 두시만 패거리, 두시만 쓰레기, 두시만 갱단, 두시만 조직…… 생각하는 법은 가르쳐주지 않았어요.

아서 케스틀러*가 했던 말, 기억들 하세요? "우리가 진실을 말할 때 그 진실은 왜 언제나 거짓처럼 들리는가? 새로운 삶을 천명하면서 우리는 왜 온 땅을 시신들로 뒤덮는가? 빛나는 미래를 이야기하면서 왜 우리는 늘 협박을 일삼는가?"

—조용하고 작은 마을들에 총탄을 퍼붓고 산속에 난 길들에 폭격을 가할 때, 우리는 우리의 이상들에 총질을 하고 폭격을 가한 것이나 마찬가지예요. 우린 이 잔인한 진실을 인정해야만 해요. 고민해야 하고요. 심지어 우리 아이들조차 '두흐들' 놀이며 '특별파견대' 놀이를 하는 것을 배워버렸죠. 이제 용기를 내서 우리의 진실을 알아봅시다. 견딜 수 없겠죠! 참을 수 없을 거고요! 압니다. 내가 해봤으니까요.

—우리한테는 두 길이 있어요. 진실을 받아들이는 길과 진실을 외면하는 길. 이제 눈을 떠야 합니다……

---

* 1905~1983. 헝가리 출신의 영국 작가이자 저널리스트.

법원으로 보내온 편지들 중에서

스베틀라나 알렉시예비치가 민스크에서 피소됐다는 소식을 접하고, 우리는 이 재판이 작가의 민주주의 신념에 대한 박해이자 창작의 자유에 대한 음모임을 밝히지 않을 수 없습니다. 스베틀라나 알렉시예비치는 자신의 인도주의적 작품들과 자신의 재능, 그리고 용기로 러시아를 비롯한 세계 여러 나라에서 폭넓은 명성과 존경을 누리고 있습니다.

우리와 가까운 벨라루스의 소중한 이름에 오점을 남기고 싶지 않습니다!

정의가 승리하게 해주십시오!

작가 연합회, 러시아 작가 연합, 모스크바 작가 연합

진실이 비극적이고 참혹하다는 이유로 그 진실을 말하는 작가의 권리를 침해해도 되는 걸까요? 과거의 범죄들, 특히 수많은 희생자를 내고 숱한 이들의 운명을 파괴한 치욕적인 아프가니스탄 사태로 인한 범죄의 결정적인 증거들이 왜 작가의 잘못으로 전가돼야 합니까?

마침내 단어들을 자유롭게 활자화시키는 시대, 더이상은 이념적인 언론도 '반드시 공산주의 이상에 맞게 삶을 기술해야 한다'는 명령이나 지시에 따르지 않아도 되는 시대를 맞이한 지금, 이런 질문을 던져야 할 이유는 전혀 없어 보입니다.

하지만 안타깝게도 그런 질문들은 여전히 존재합니다. 요즘 한창 준비중인 스베틀라나 알렉시예비치 재판이 그 방증입니다. 알렉시예비치는 『전쟁은 여자의 얼굴을 하지 않았다』(대조국전쟁에 참전한 여자들의 운명 이야기)와 『마지막 목격자들』(대조국전쟁에 참여한 아이들 이야기)을 집필했을 뿐만 아니라 아프간 전쟁 당시 '참모본부의 지치지 않는 꾀꼬리'라는 별칭으로 더 많이 알려진 A. 프로하노프* 같은 문학자들의 공식적인 선전과 방해에도 불구하고 『아연 소년들』을 완성시킴으로써 우리의 영혼을 뒤흔드는 아프가니스탄 전쟁의 끔찍한 실상을 세상에 알렸습니다.

작가는, 브레즈네프가 이끄는 소련공산당의 방침에 따라 낯설지만, 그때까지는 우호적이었던 아프가니스탄으로 싸우기 위해 떠난 병사와 장교들 각자의 용기를 존중하는 한편, 아프간 산악지대에서 죽어간 아들들의 어머니들과 진심으로 함께 슬픔을 나누었습니다. 그리고 이 책을 통해 수치스러운 아프간 전쟁을 영웅화하려는 모든 시도들, 또한 이 전쟁을 낭만적인 것으로 둔갑시키려는 모든 시도들을 가차없이 밝혀내고, 거짓 감동과 과장된 감격의 정체를 폭로했습니다.

작가의 이 같은 행동이, 이제는 과거 속으로 사라진 체제에서 행해진, 우리 병사들의 핏값으로 대가를 치른 아프가니스탄 사태와 또다른 비극들이 성스러운 '국제 의무'를 수행하는 일이었다고 확신하는 사람들, 정치가들과 전쟁을 주도한 야심가들의 더러운 행위들을 깨끗이 세탁하려는 사람들, 대조국전쟁 참전과 불공정하고 식민주의적인 아프간 전쟁 참전을 동등한 것으로 만들려는 사람들 눈에 곱게 보일 리가 없겠지요.

이들은 작가와 논쟁을 벌이지 않습니다. 작가가 제시한 놀라운 사실들도 반박하지 않습니다. 그리고 자신의 얼굴도 전혀 드러내지 않습니다. 이들은 여전히 오해에 빠져 있거나 새롭게 오해에 빠진 다른 사람들

---

* 알렉산드르 안드레예비치 프로하노프(1938~). 러시아 극우 사상가이자 작가, 언론인.

의 손을 빌려서 아프간 참전 용사들의 '명예와 품위를 훼손했다'는 이유로 스베틀라나 알렉시예비치를 비난하며 그녀에게 소송을 제기했습니다(신문 기사들과 『아연 소년들』이 세상에 나오고 몇 년이 지나서야). 알렉시예비치는 아프간 참전 용사들에게 깊은 이해와 연민과 공감을 보내고 진심으로 그들과 고통을 나누며 그들의 이야기를 글로 옮겼을 뿐인데 말입니다.

그렇습니다. 알렉시예비치는 그들을 낭만적인 영웅들로 그리지 않았습니다. 톨스토이의 유훈을 충실히 따랐기 때문입니다. "내가 온 마음으로 사랑하는…… 영웅은…… 존재했고, 존재하고, 존재할 것이다. 그것은 바로 진실이다."

진실 때문에 모욕을 당해도 되는 걸까요? 진실을 심판할 수 있을까요?

대조국전쟁 참전 작가들: 미콜라 아브람치크, 얀카 브릴,
바실 비코프, 알렉산드르 드라코흐루스트, 나움 키슬리크, 발렌틴 타라스

우리, 폴란드의 벨라루스 작가들은 벨라루스에서 행해지는 스베틀라나 알렉시예비치 작가에 대한 법적 탄압을 단호히 반대합니다.

작가를 상대로 한 재판은 문명유럽사회 전체의 치욕입니다.

얀 치크빈, 소크라트 야노비치, 빅토르 시베트, 나데즈다 아르티모비치

나는 더이상 침묵할 수가 없습니다…… 그리고 어쩌면 지금에야 그건 전쟁이었다는 사실을 이해했는지도 모르고요…… 불쌍한 소년들, 우리는 모두 그 아이들 앞에서 죄인들입니다! 이 전쟁에 대해 우리는

무엇을 알고 있었나요? 그 아이들 한 사람 한 사람을 안고 용서를 구할 수 있다면……

이제야 생각이 납니다, 어떻게 된 일인지요……

라리사 레이스네르*가 쓴 책을 읽었습니다. "아프가니스탄인은 야만인이나 다름없는 종족, 춤을 추며 찬양의 노래를 부른다. '영국인들에게 승리를 거둘 수 있도록 우리를 도와준 러시아 볼셰비키에게 영광을.'"

4월 혁명이 일어나고…… 우리는 또 한 나라에서 사회주의가 승리를 거뒀다는 사실에 큰 만족감을 맛보았습니다. 하지만 기차 안에서 내 옆에 앉은 사람이 이렇게 속삭이더군요. "먹여 살릴 군식구가 또 늘었네요."

타라키**의 죽음. 시위원회에서 열린 세미나에서 '왜 우리는 아민***에게 타라키를 죽이도록 허용했느냐'는 질문에 모스크바에서 온 강사는 딱 잘라 말하더군요. "약한 자들은 강한 자들에게 자리를 양보해야만 합니다." 그 말에 입맛이 씁쓸했습니다.

우리 공수부대가 카불에 주둔해 있습니다. 그에 대한 우리측 설명인즉, "미군 공수부대가 아프간 침공 준비를 거의 끝낸 상태였다. 우리가 그들보다 딱 한 시간 앞섰다"는 것입니다. 동시에 이런 소문도 돌았습니다. 그곳은 환경이 열악하다고요. 먹을 것도 없고 약도, 따뜻한 옷도 부

---

* 라리사 미하일로브나 레이스네르(1895~1926). 소련의 혁명가이자 저널리스트, 시인, 작가. 러시아 내전에 참전했다.

** 누르 무함마드 타라키(1917~1979). 아프가니스탄 민주공화국의 제1대 의장을 지냈다. 1978년 4월, 쿠데타로 정권을 잡고 친소 정부를 수립, 대통령에 선출됐으나 같은 해 9월에 하피줄라 아민에게 살해당했다.

*** 하피줄라 아민(1929~1979). 아프가니스탄 민주공화국의 제2대 의장을 지냈다. 1978년 9월, 당시 대통령 타라키를 살해하고 대통령 자리에 올랐으나 1979년 12월 소련의 침공이 시작되면서 권력을 잃고 살해당했다.

족하다고 말입니다. 곧장 다만스키 사건*과 "총탄이 없어요!"라고 부르짖던 우리 병사들의 애처로운 외침이 떠오르더군요.

그리고 나중에 우리네 거리들에서 아프간제 양가죽외투가 하나둘 눈에 띄기 시작했지요. 그 외투를 입은 여자들은 아주 세련되고 멋져 보였습니다. 많은 여자들이, 남편이 아프가니스탄에 다녀온 여자들을 부러워했지요. 신문들은 "우리 병사들이 거기서 나무를 심고 다리를 고치고 길을 새로 닦고 있다"고들 썼습니다.

모스크바에서 돌아오는 기차 안이었습니다. 쿠페에 같이 탄 젊은 여자와 그 여자의 남편이 아프가니스탄 이야기를 꺼냈습니다. 내가 신문에서 읽은 내용을 말하자 그 부부가 피식 웃더군요. 카불에서 의사로 복무한 지 벌써 2년이라나요. 그리고 부부는 곧장, 거기서 물건들을 가지고 돌아오는 병사들을 옹호하는 말을 하기 시작했습니다…… 거기는 모든 게 비싼 데 비해 월급은 쥐꼬리만하다고요. 스몰렌스크에서 나는 기차에서 짐을 내리는 그들을 도왔습니다. 외국 소인의 상표딱지들을 단 커다란 종이상자들이 얼마나 많던지……

집에 돌아오자 아내가 이런 이야기를 했습니다. "옆집에 혼자 사는 여자 있잖아요, 그 여자 외동아들이 아프가니스탄에 가 있대요. 그래서 어딘지는 모르겠는데, 아무튼 그곳에 찾아가서는 거기 높은 사람 발아래 엎드려 애원하고 군화에 입을 맞췄다네요. 만족해서 돌아왔더라고요. "우리 아들을 구해냈어요!" 그러면서 조용히 그러는 거예요. "윗선들은 다 돈을 써서 제 아들들을 빼내더라고요."

---

* 1969년 3월, 우수리 강의 다만스키 섬(또는 전바오 섬)에서 소련과 중국 사이에 발생한 국경 분쟁 사건. 두 나라는 아무르 강과 지류인 우수리 강 유역의 영유권을 놓고 같은 해 9월까지 무력 충돌을 벌였다.

어느 날 아들이 학교에서 돌아오더니 "그린베레들이 학교에 와서 연설을 했어요!" 하는 겁니다. 그러면서 탄성을 내질렀어요. "와, 그 사람들 전부 멋진 일본 시계를 차고 있었어요!"

나중에 한 '아프간 참전 용사'에게 그런 시계는 가격이 어떻게 되며 실제 얼마에 샀느냐고 물어봤지요. 그러자 잠시 망설이더니 솔직히 털어놓더군요. "채소트럭을 한 대 털어서 내다팔았어요……" 그리고 다들 연료탱크에서 일하는 병사들을 "백만장자들!"이라고 부르며 부러워했다고도 고백했고요.

최근 사건들을 보며 안드레이 사하로프 박사가 당했던 인신공격이 생각났습니다. 나는 사하로프 박사의 의견에 한 가지만은 분명하게 동의합니다. "우리는 늘 언제 실수를 저지를지 모르는 살아 있는 사람들보다 죽은 영웅들을 더 좋아한다." 그리고 최근에 나는 '아프간 참전 용사들'이 성직자가 되기 위해 자고르스키*의 신학교에서 공부하고 있다는 소식을 들었습니다. 사병 출신 몇 명과 장교 두 명이라더군요. 무엇이 그들의 마음을 움직였을까요? 양심의 가책? 냉혹하기 짝이 없는 이 삶의 현실로부터 숨어버리고 싶은 마음? 아니면 새로운 삶의 길을 찾고 싶은 갈망? 사실 모든 이들이 전쟁 베테랑의 갈색 신분증을 받아들고 특별히 지급되는 고기로 제 영혼을 살찌우고, 외제 옷으로 제 영혼을 입히고, 손바닥만한 사과나무 밭을 얻는다고 해서 눈을 가리고 입을 닫지는 않으니까요.

N. 곤차로프, 오르샤**에서

---

* 러시아 모스크바 북동쪽 약 70킬로미터 지점에 있는 종교도시. 현재는 세르기예프 포사트로 불린다.

** 벨라루스 북동부 비쳅스크 주 남동부의 도시로, 드네프르 강 연변에 위치해 있다.

……제 남편도 2년 동안(1985년부터 1987년까지) 아프간에서 복무했습니다. 남편이 있던 곳은 쿠나르라고, 파키스탄 국경과 가까운 지방이었지요. 남편은 '국제주의용사'로 불리는 걸 부끄러워합니다. 남편과 저는 이 민감한 주제를 놓고 자주 토론을 벌입니다. "우리는, 소련 병사들은 꼭 아프가니스탄에 있어야 했을까? 그리고 우리는 거기서 누구였나? 점령군이었나? 아니면 친구이자 진정한 '국제주의용사'였나?" 대답은 늘 똑같은 하나예요. "누구도 우리를 거기로 부르지 않았고, 아프가니스탄 민족에게 우리의 '도움'은 필요치 않았다. 그리고 인정하기 힘들지만 우리는 거기서 점령군이었다." 그리고 제 생각에는, 지금 우리가 '아프간 참전 용사들'의 기념상들 문제를 놓고 왈가왈부할 게(어디는 동상들이 세워져 있고, 어디는 아직 동상들이 없다느니 따위의 문제) 아니라 참회에 대해 생각할 때인 것 같습니다. 우리 모두는 이 의미 없는 전쟁에 속아 목숨을 잃은 소년들을 위해 참회해야 하고, 역시 정권에 기만당한 소년들의 어머니들을 위해 회개해야 하고, 불구의 몸과 상처받은 마음으로 전장에서 돌아온 사람들을 위해 회개해야 합니다. 그리고 우리가 그 땅에 가져다준 그 많은 고통에 대해 아프가니스탄 민족 앞에, 그들의 아이들, 어머니들, 노인들 앞에 회개해야 하고요……

두 아들의 어머니이자 전 국제주의용사의 아내이며
대조국전쟁 베테랑의 딸인 A. 마슈타

알렉시예비치의 책이 모아놓은 아프간 전쟁 참전자들과 희생자들의 사실 증언들은 소련의 아프가니스탄 침공에 대한 진실을 똑똑히 보여주었습니다. 그 진실은 '명예와 품위의 훼손'이 아니라 소비에트의 공산주의적 전체주의 역사라는 치욕적인 사실입니다. 이는 국제사회의 공분과 지탄을 불러일으켰습니다.

작품 활동을 문제삼아 작가를 재판정에 세운 사건 역시 전 세계에 알려졌으며, 이는 옛 공산주의 체제가 빚어낸, 아프간 침공 못잖게 치졸한 촌극입니다.

오늘날 벨라루스에서 자행되는 일들—대규모의 조직적인 스베틀라나 알렉시예비치 반대 운동, 알렉시예비치에 대한 비방과 계속되는 협박, 재판, 알렉시예비치 책의 출판을 방해하는 시도들—은 전체주의의 잔재들이 벨라루스의 과거가 아니라 현재임을 증명합니다.

이런 현실 때문에 벨라루스 공화국은 공산주의가 무너진 이후 새롭게 정립된 자유로운 독립국가로서의 위상을 인정받지 못하고 있습니다.

프랑스, 영국, 독일에서 그리고 세계 여러 나라들에서 널리 알려진 책의 저자 스베틀라나 알렉시예비치를 상대로 한 재판은 벨라루스가 포스트공산주의 세상에서 여전히 공산주의를 비호하는 국가라는 평판만 얻게 할 뿐 다른 어떤 이익도 가져다주지 않을 것이며, 유럽의 캄보디아로서 보잘것없는 역할 외에는 다른 어떤 역할도 맡지 못하게 할 것입니다.

스베틀라나 알렉시예비치에 대한 모든 고소와 그녀와 그녀의 책에 대한 재판을 신속히 중단할 것을 촉구합니다.

블라디미르 부콥스키, 이고리 게라셴코, 인나 로가치,

미하일 로가치, 이리나 라투신스카야

……스베틀라나 알렉시예비치 작가의 명예를 실추시키고자 하는 시도들은 오래전부터 계속돼왔다. 물론 재판도 여기에 포함된다. 작가는 자신이 집필하는 책들을 통해 폭력과 전쟁의 광기에 단호히 반대하는 입장을 밝혀왔다. 스베틀라나 알렉시예비치는 자신의 책에서 사람이 삶의 가장 귀한 존재라는 사실을 보여주며, 그런 사람이 정치기계의 작은 나사로 전락해버리고, 야욕에 눈먼 국가 지도자들이 일으킨 전쟁의 총알받이로 이용당하고 있음을 증명한다. 그 어떤 것으로도 낯선 땅 아프가니스탄에서 우리 청년들이 죽임을 당한 사실을 정당화할 수 없다.

『아연 소년들』의 모든 페이지는 호소한다. "사람들이여, 두 번 다시는 이런 피의 악몽이 일어나지 않게 해야 합니다!"

벨라루스 민주연합당위원회

벨라루스의 작가이자 국제펜클럽 회원인 스베틀라나 알렉시예비치가 재판에 부쳐졌다는 소식을 민스크로부터 전해들었습니다. 문학자로서 마땅히 해야 할 기본 의무를 이행했다는 이유로, 즉 작가의 관심과 생각을 독자와 허심탄회하게 나누었다는 이유로 '유죄'판결을 받았다는 내용이었습니다. 아프가니스탄의 비극을 다룬 『아연 소년들』은 전 세계 사람들에게 널리 읽히고 세계적인 인지도를 자랑하는 작품이며, 스베틀라나 알렉시예비치의 이름과 그녀의 용감하고 정직한 재능은 우리의 존경을 받아 마땅합니다. 복수를 꿈꾸는 세력이 이른바 '여론'이라는 이름으로 술책을 부리며 국민펜클럽 헌장에도 분명히 명시된 작가들의 가장 중요한 권리, 즉 표현의 자유를 작가들로부터 박탈하려 한다는 것은 의심의 여지가 없습니다.

러시아 펜클럽은 스베틀라나 알렉시예비치와 벨라루스 펜클럽 그리고 독립국가의 모든 민주세력들과의 전적인 연대를 표명하며, 법원이 벨라루스도 서명한 국제법에, 무엇보다 말의 자유와 출판의 자유를 보장하는 세계인권선언에 충실할 것을 촉구합니다.

러시아 펜클럽

벨라루스 인권연맹은, 재판이라는 수단을 빌려 끊임없이 스베틀라나 알렉시예비치 작가에게 가해지는 일련의 음해 시도들이 생각의 자유 및 창작과 말의 자유를 억압하는 정치 행태라고 보는 바이다.

우리가 살펴본 데이터에 따르면, 1991년부터 1992년까지 벨라루스의 여러 다양한 재판들에서 다뤄진 10여 건의 정치적 사안들은 문서상으로는 민법의 영역에 속하는 것으로 분류되었으나, 본질적으로는 민주주의 국회의원들과 작가들, 언론인들, 인쇄물들, 그리고 사회·정치적 단체 활동가들에 대한 탄압임을 알 수 있다.

우리는 스베틀라나 알렉시예비치 작가에 대한 공격을 즉시 중단할 것을 요구하는 한편, 이와 유사한 정치적 폭력에 해당하는 재판들의 판결에 대해서도 재고할 것을 촉구한다……

벨라루스 인권연맹

아프가니스탄에서 전쟁이 시작됐을 때…… 우리 아들은 막 고등학교를 졸업하고 군사학교에 입학한 참이었습니다. 다른 집 아들들이 낯선 타국의 전쟁터에서 양손에 무기를 들고 싸우는 지난 10년 내내 제 심장은 걱정으로 타들어갔습니다. 우리 아들도 언제든 거기로 불려갈 수 있었지요. 그리고 우리 국민이 아무것도 몰랐다는 건 사실이 아닙니다. 집집에 아연관들이 들어오고, 불구가 되어 돌아온 아들들 모습에 넋을 잃은 부모들 모습을 우리 모두 지켜봤으니까요. 물론, 라디오나 텔레비전은 이 일을 방송에 내보내지 않았고 신문들 역시 아무 보도도 하지 않았습니다. (최근에야 겨우 용감하게 보도를 시작했더군요!) 하지만 사실 모두가 보는 앞에서 벌어진 일들 아니었던가요. 바로 우리 모두의 눈앞에서 말입니다! 그때 우리네 '인도적인' 사회는 무엇을 했던가요? 그리고 우리들은요? 우리 사회는 '위대한' 노인네들* 손에 차례대로 최고 권력을 쥐여줬고 매번 돌아오는 경제개발 5개년계획** 때마다 목표를 달성하다못해 초과달성했으며(사실, 우리 상점들은 그 전이나 후나 늘 텅텅 비어 있었지만요), 다차들을 지었고, 하루하루를 즐겁고 유쾌하게 보냈습니다. 열여덟 살에서 스무 살밖에 되지 않은 소년들이 쏟아지는 총탄 밑을 지나다니고 낯선 모래땅에 얼굴을 파묻고 죽어가는 동안에 말이지요. 우리는 대체 어떤 사람들입니까? 무슨 권리로 우리가 그 아이들한테 거기서 한 일에 대해 책임을 물을 수 있나요? 과연 여기 남아 있던 우리가 그 아이들보다 더 깨끗하다고 말할 수 있을까요? 그리고 그 아이들이야 자기들이 당한 고통과 아픔에 죄가 씻겨나가기라도 했지만 우리는 이미 깨끗해질 기회를 영영 잃고 말았습니다. 총탄에 박살이 나고 폐허로 버려진 마을들과 파괴된 남의 땅은 아이들

---

* 1979년 아프가니스탄 침공을 감행한 레오니드 브레즈네프 서기장과 그 뒤를 이은 유리 안드로포프, 콘스탄틴 체르넨코 등을 말한다.

** 주로 중공업분야에 집중한, 소련의 국가주도 경제개발 계획. 1928년~1932년의 1차를 시작으로, 1991년 소련이 해체될 때까지 총 13차례에 걸쳐 실행되었다.

이 양심의 가책을 느낄 일이 아닙니다. 당신과 나, 우리가 양심의 가책을 느껴야 할 일이지요. 우리가 죽인 겁니다. 우리 아이들이 아니라요. 우리가 바로 우리 아이들을 죽이고 다른 아이들도 죽인 살인자란 말입니다.

이 소년들은 영웅이에요! 아이들은 소위 '정치적 실수'를 위해 거기서 싸운 게 아닙니다. 우리를 믿었기에 싸운 겁니다. 우리는 모두 그 아이들 앞에 무릎을 꿇어야 합니다. 우리가 여기서 한 일과 아이들이 거기서 겪은 일을 비교해보는 그 한 가지만으로도 우리는 미쳐버릴지도 모릅니다……

골루비치나야, 건설엔지니어, 키예프에서

……물론, 지금 아프가니스탄은 돈벌이가 되는 주제이기도 하고, 심지어 한창 유행이기까지 합니다. 그리고 알렉시예비치 동지, 당신도 이미 기쁨을 만끽하고 있을지 모르겠군요. 사람들이 당신 책을 허겁지겁 읽을 테니까요. 최근에 우리 나라엔 자기 고국의 담벼락에 먹칠을 할 수 있는 일이라면 그게 뭐든 비상한 관심을 보이는 사람들이 갑자기 많아졌지요. '아프간 참전 용사들' 중에도 그런 사람들이 있고요. 그들은(모두 다 그런 게 아닙니다, 다 그런 게 아니라고요!) 자신을 보호하고 지키는 데 그렇게도 필요한 무기를 손에 받아들고는 정작 이렇게들 말합니다. "우리를 보세요, 당신들이 우리한테 무슨 짓을 했는지 보라고요!" 비열한 사람들은 언제나 다른 누군가의 보호를 필요로 하지요. 올바른 사람들은 어떤 상황에서도 올바르게 행동하기 때문에 다른 사람의 보호 따윈 필요치 않은데 말입니다. '아프간 참전 용사들' 중에는 그렇게

올바른 사람들이 넘치도록 많습니다. 하지만 당신은 그런 사람들을 찾은 게 아니었습니다.

나는 아프가니스탄에는 가지 않았습니다. 하지만 대조국전쟁에 참전해 처음부터 끝까지 싸운 사람입니다. 그래서 그때도 비열한 일들이 있었다는 걸 잘 압니다. 하지만 그 사실을 떠올리고 싶지는 않습니다. 다른 누군가 그 일에 대해 떠벌리는 것도 용납하지 않을 거고요. 그 전쟁은 다른 차원의 전쟁이었다? 어리석은 소리일 뿐이지요! 우리 모두 알다시피, 사람이 살기 위해선 먹어야 하고, 먹고 나면, 이런 표현을 써서 미안하지만, 화장실을 가야 합니다. 하지만 우리는 그 사실을 내놓고 말하지 않습니다. 왜 당신이나 당신 같은 작가들은 '아프간 전쟁'을 쓸 때 그런 금기사항이 있다는 사실을 잊는 겁니까? 대조국전쟁에 대해서는 또 어떻고요? 만약 '아프간 참전 용사들' 자신이 그와 유사한 '폭로들'에 대해 반대하며 항의에 나선다면 우리는 그들의 의견에 귀를 기울이고, 그 이유를 고민해봐야 합니다. 예를 들어, 나는 그들이 왜 그렇게 분노하는지 이해합니다. 그건 정상적인 사람이라면 느끼는 감정, 바로 수치심이 있기 때문이지요. 그들은 수치스러운 겁니다. 그리고 당신은 그들의 수치심을 충분히 알고 있었지만, 무슨 이유인지 그들은 수치심을 거의 느끼지 못한다는 식으로 결론을 내렸고요. 게다가 그걸 여론의 심판대 앞에 끌어다 세우다니요. 거기서 그들이 낙타들을 쏴 죽였다, 거기서 민간인 주민들이 그들의 총탄에 맞아 숨졌다는 둥…… 당신은 이 전쟁의 무익함과 약점을 증명해 보이고 싶었던 겁니다. 하지만 당신은 당신의 그런 행동이 아프간 전쟁에서 싸운 사람들을, 아무 죄 없는 소년들을 모욕하고 있다는 사실을 모르고 있어요……

N. 드루지닌, 툴라에서

우리의 이상, 우리의 영웅은 총을 든 사람입니다…… 우리는 수십 년 동안 수백만, 수십억의 새로운 사람들을 우리의 방위체계에 동원했습니다. 방위체계 구축을 이유로 아시아와 아프리카 국가들에서 새로운 이권들을 확보하고, 동시에 자신의 '빛나는 미래'를 꿈꾸는 새로운 지도자들을 발굴하면서 말입니다. 프룬제 아카데미*에서 나와 같이 공부한 옛 동기이자 나중에 육군원수의 자리까지 오른 바샤 페트로프** 소령 같은 인물은 직접 소말리아인들을 공격하고, 그 공적으로 금별훈장을 받았습니다…… 아, 그런 일들이 얼마나 많았는지요!

바르샤바조약으로 동맹을 맺고 소련주둔군에 의지하던 이른바 '사회주의 진영'이 틈새를 보이며 삐걱대기 시작했습니다. '반혁명 세력과 투쟁하는 형제국가들을 돕기' 위해 우리 아들들이 그 나라들로 파병되었습니다. 부다페스트로, 프라하로, 그리고……

1944년에 나는 우리 군대와 함께 파시즘의 치하에서 벗어난 국가들, 즉 헝가리와 체코슬로바키아를 지나갔습니다. 비록 그곳은 남의 땅이었지만, 우리는 꼭 집에 있는 것만 같았습니다. 우리 땅에서와 똑같은 환영 인사들, 똑같이 기뻐하는 얼굴들, 소박하지만 진심 어린 환대의 음식들……

하지만 사반세기가 지난 지금은 이제 그 똑같은 땅에서 빵과 소금***이

---

* 프룬제 군사 아카데미. 고급장교나 참모로 승진할 장교들이 거치는 3년제 군사학교로 전사연구와 전술, 병기학과 외국어 공부로 구성된 고급 장교 과정의 군사학교.

** 바실리 이바노비치 페트로프(1917~2014). 대조국전쟁에 참전했으며 프룬제 군사 아카데미에서 군사연구 수료, 대령 진급 후 승승장구하여 1982년 소련 영웅 칭호를 수여받고 1983년 원수의 자리에 올랐다.

*** 러시아에서 빵과 소금은 전통적으로 귀한 손님을 맞을 때 내놓는 최고의 대접을 의미했다. 지금도 러시아에서는 귀빈이 오면 전통의상을 차려입은 아가씨들이 소금을 뿌린 빵을 들고 맞이하는 모습을 볼 수 있다.

아닌, '아버지들은 해방군이었지만 아들들은 점령군이다!'라는 현수막만이 우리 아들들을 맞을 뿐입니다. 아들들은 우리와 똑같은 군복을 입은 채 우리의 이름을 물려받았고, 우리는 전 세계가 보는 앞에서 아무 말도 못한 채 굴욕을 당했습니다.

뒤로 갈수록 이런 예는 더 많아집니다. 1979년 12월, 대조국전쟁 베테랑들의 아들들과 제자들은(군사학교에서 나한테 전술을 배우고 나중에 제40군*의 최고사령관이 된 보랴 그로모프를 포함하여) 아프가니스탄을 침공했습니다. 수년간 100개 이상의 UN 회원국들이 이 범죄를 규탄했고, 우리는 오늘날 사담 후세인이 하는 것과 비슷하게 그 당시 국제사회에 맞서며 대립했습니다. 이제 우리는 우리 병사들이 그 더러운 전쟁에서 헛되이 100만 이상의 아프가니스탄 사람들을 죽였고 우리도 1만 5천 명 이상의 아군을 잃었다는 사실을 알고 있습니다……

파렴치한 공격 의도와 실제 공격 규모를 은폐할 목적으로 전쟁 주동자들은 '특별파견대'—위선적인 행동과 공허하고 알맹이 없는 대화의 고전적인 예—라는 공식 명칭을 사용했습니다. '국제주의용사들'이라는 말도 위선이 가득한 표현입니다. 마치 새로운 군사 용어라도 되는 양 사용했지만, 사실은 아프가니스탄에서 벌어지는 참상의 의미를 왜곡하고 스페인에서 파시스트들과 싸웠던 국제여단과 비슷한 인상의 효과를 노린 완곡어법일 뿐이지요.

아프가니스탄 침공을 주장했던 사람들과 정치권 지도자들은 약탈자로서의 본성을 드러냈을 뿐만 아니라 살인 명령을 거스를 용기가 없는

---

* 1941년부터 1945년까지 대조국전쟁 기간, 그리고 1979년부터 1990년대까지 소련-아프가니스탄 전쟁 기간 동안 활약한 소련군의 야전군. 이 제40군은 1980년대 아프가니스탄에 주둔한 소련점령군(OKSVA)의 핵심군이었다.

사람들을 모두 범죄의 공범자들로 만들었습니다. 살인은 그 어떤 '국제 의무'로도 정당화될 수 없습니다. 세상에, 무슨 그따위 의무가 있답니까!

자식을 잃은 어머니들과 부모를 잃은 아이들이 너무도 안됐습니다…… 그들은 죄 없는 아프간 사람들의 피를 흘린 대가로 포상이 아닌 아연관을 받았습니다……

작가는 자신의 책에서 소년들과 그 소년들을 살인의 전장으로 내몬 자들을 따로 분리해서 바라보며, 나와는 다르게, 아이들을 안타까워하고 있습니다. 무엇 때문에 그녀를 심판하려고 하는지 이해할 수가 없습니다. 정말 진실을 위해서입니까?

그리고리 브라일롭스키, 대조국전쟁 참전 상이군인, 상트페테르부르크에서

좀더 일찍 철이 들었더라면…… 하지만 누굴 탓하겠습니까? 눈이 먼 사람한테 눈이 멀었다고 죄를 물을 순 없잖아요? 우리는 피를 흘린 후에야 눈이 제대로 뜨였지요……

저는 1980년에 아프가니스탄으로 떠났습니다(잘랄라바드, 바그람). 명령을 수행하는 게 군인의 의무니까요.

그때, 1983년에 카불에서 처음 이런 말을 들었습니다. "우리 전투비행대 전체를 공중에 띄워서라도 이 산악국가를 지구에서 쓸어버려야 해. 그렇게 많은 우리 병사들을 땅에 묻고도 아무 성과가 없잖아!" 내 친구 입에서 나온 말이었습니다. 그 친구는 다른 사람들처럼 어머니가 계시고 아내가 있고 아이들도 있는 사람이었습니다. 그 친구의 말을 통해, 우리가 머릿속으로는 이미 그 땅의 어머니들과 아이들과 남편들에게서 자기네 땅에서 살 권리를 빼앗았다는 게 드러난 셈이었지요. 그들의 '사

상'은 우리와 달랐으니까요.

'아프간 전몰 용사들'의 어머니가 '볼륨'폭탄이 뭔지나 알겠습니까? 카불에 있는 우리 군 지휘소엔 모스크바와 바로 통하는 정부 직통 연락망이 있었습니다. 그 연락망을 통해 볼륨폭탄을 사용해도 된다는 '허락'을 받았습니다. 기폭장치가 작동하는 순간 첫번째 장약이 가스주머니를 터뜨렸습니다. 가스가 뿜어져나오며 틈이란 틈은 전부 가스로 가득찼지요. 가스주머니는 약간의 시간 차를 두고 계속 폭발했습니다. 그 일대에서 살아남은 생명은 단 하나도 없었습니다. 사람의 장기들이 터져나오고 눈알이 튀어나왔습니다. 1980년에 우리 공군은 또 처음으로 수백만 개의 자잘한 바늘들이 박힌 로켓탄을 사용했습니다. 이른바 '바늘로켓탄'이지요. 이 로켓탄의 사정권 안에 들면 무슨 수를 써도 피할 수가 없어요. 사람이 촘촘한 체로 변해버립니다.

우리네 어머니들한테 묻고 싶습니다. "당신들 중 한 사람이라도 아프가니스탄 어머니들의 입장에서 생각해본 적 있나요?" 아니면 "아프간의 어머니들은 당신들보다 못나고 열등한 어머니들이라고 생각하는 건가요?"

한 가지 몹시 염려되는 게 있습니다. '얼마나 더 많은 우리 나라 사람들이 자신의 감정에만 매달린 채 자기성찰도, 상대방 입장에 서보려는 노력도 없이 더듬더듬 어둠 속을 헤맬까!'

과연 우리는 의식이 완전히 깨어 있는 사람들일까요? 만약 우리가 아직도 우리 눈을 뜨게 하는 이성을 무시해버리는 걸 배우고 있다면 당신과 나, 우리는 과연 사람이라고 말할 수 있을까요?

A. 소콜로프, 소령, 전투기 조종사

……일부 고위직 거짓말쟁이들은 자신들에게 좋았던 이전 시절로 돌아가기 위해 똑같은 거짓말을 이용할 기회를 결코 놓치지 않습니다. 〈덴〉 신문에서 V. 필라토프* 장군은 아프간 참전 용사들을 향해 엄숙히 말합니다. "아프간 참전 용사들이여! 모제르의 시대**를 맞아, 아프가니스탄에서처럼 싸웁시다…… 그대들은 남쪽에서 조국을 위해 싸웠습니다…… 이제, 조국을 위해 떨쳐 일어나 1941년 때처럼 우리 영토에서 싸워야 합니다."(〈리테라투르나야 가제타〉, 1992년 9월 23일자)

이 모제르의 시대는 10월 4일, 모스크바 백악관에서 자신의 존재를 세상에 알렸습니다***. 하지만 다시 설욕전이 벌어지지 않는다고 누가 장담할 수 있겠습니까? 정의는 심판을 요구합니다. 아프가니스탄 범죄의 주동자들과 교사자들—살아 있든, 이미 망자가 되었든—에 대한 명예재판이 필요합니다. 재판은 그들에게 수난을 안겨주기 위해서가 아니라 미래에 또다시 민중의 이름으로 위험한 일을 생각해내는 사람이 없도록 교훈을 주기 위함입니다. 그리고 이미 행해진 악랄한 범죄에 대해 도덕적인 유죄판결을 내리기 위한 것이기도 합니다. 재판은 또한 아프간 범죄가 단지 최고위층의 다섯 사람, 즉 브레즈네프, 그로미코, 포노마료

---

* 발레리 니콜라예비치 필라토프(1950~). 러시아 육군중장이자 군사 아카데미 회원, 교수.
** 모제르는 독일의 마우저가 발명한 권총으로, 연발식이고 구조가 간단하며 견고하다. '모제르의 시대'는 러시아가 당면한 혼란과 위기의 상황을 비유적으로 표현한 말이다.
*** '1993년 러시아 체제 위기'를 가리킨다. 1991년 소련이 무너진 이후 러시아는 자본주의 체제를 표방하는 대통령 옐친 중심의 행정부와 소련 시절 권력의 중심이었던 최고 소비에트 세력이 이끄는 입법부가 정부를 구성하고 있었다. 두 권력 사이의 대립과 갈등은 1993년 10월 3일 최고 소비에트와 친소비에트 시위대가 오스탄키노 방송국으로 진입해 방송국을 점령하고 옐친에 저항할 것을 선동하는 사건으로 정점에 이른다. 옐친은 10월 4일 모스크바로 군 병력을 소집하여, 소비에트 시위대가 장악한 러시아 정부청사인 모스크바 백악관에 포격을 가하고 군부대를 들여보내 소비에트 지도자들을 체포하고 의회를 해산시켰다.

프, 우스티노프, 안드로포프의 잘못이라는 거짓된 설을 깨버리기 위해 필요합니다. 왜냐하면 아프간 범죄를 실행에 옮기기에 앞서 정치국과 사무국에서 회의가 열리고, 소련공산당 중앙위원회 총회가 진행되고, 소련공산당 모든 당원들에게 비공개 서신이 전달되었음에도 불구하고 참석자들이나 청중들 중에 단 한 명도 반대하는 자가 없었으니까요……

재판은 포상을 받은 자들과 장교니 장군이니 하는 직책과 신분을 가진 자들의 양심을 깨우기 위해, 죄 없는 수백만 사람들의 피의 대가로, 또 우리 모두가 관여한 거짓말의 대가로 돈과 명예를 거머쥔 사람들의 양심을 일깨우기 위해 반드시 필요합니다……

A. 솔로모노프, 공학박사, 교수, 민스크에서

솔제니친*의 말을 빌리면, 평화는 단순히 전쟁의 부재만을 뜻하지 않습니다. 사람에 대한 폭력 자체가 부재할 때 비로소 평화라고 할 수 있지요. 전체주의를 떠나보낸 사회가 이제는 정치적인 폭력, 종교적인 폭력, 민족적인 폭력의 광기에 사로잡혀 있습니다. 물론 무장 세력의 폭력도 포함해서요. 바로 이런 때에 아프가니스탄 전쟁의 진실을 폭로한 작가에게 그 책임을 묻는 것은 결코 우연이 아닙니다. 『아연 소년들』을 둘러싸고 불붙은 논란은 사람들의 의식 속에 공산주의 '신화'를 되새기려는 시도로 볼 수 있습니다. 고소인들의 등뒤에 다른 사람들이 보입니다.

---

* 알렉산드르 솔제니친(1918~2008). 러시아 소설가. 구소련의 인권탄압을 기록한 『수용소 군도』로 인해 반역죄로 추방되어 20년간이나 미국에서 망명생활을 한, '러시아의 양심'으로 불리는 작가다. 1970년에 노벨문학상을 수상했다.

그들은 첫 소련인민대의원회의에서 이 전쟁의 무자비함을 말하려는 A. D. 사하로프를 막아선 자들이고, 손에서 스르르 빠져나간 권력을 되찾아 무력으로 유지하려는 자들입니다……

주권이니 열강이니 하는 말로 사람들을 호도하며 사람들 인생을 희생시킬 수 있는 권리가 과연 세상에 존재할 수 있는지, 이 책은 묻습니다. 대체 이념이 무엇이기에 이념을 위해 오늘날 평범한 사람들이 아제르바이잔에서 아르메니아에서 타지키스탄에서, 그리고 오세티야에서 목숨을 버리는 걸까요?

폭력에 뿌리를 둔 가짜 애국주의가 점점 세력을 얻어가면서 우리는 군국주의 정신이 새롭게 부흥하고 공격 본능이 되살아나는 현장을 목격하거니와 군대의 민주적 개혁이니 군인의 의무니 민족적 긍지 같은 그럴싸한 명분 아래 행해지는 범죄나 다름없는 무기 거래를 보게 됩니다. 혁명과 군대에 의한 폭력을 유지하려는 다수 정치인들의 그럴듯한 말들은 이탈리아의 파시즘이나 독일의 나치즘, 소비에트의 공산주의와 비슷해서 이념의 혼란을 야기하고 사회에 편협함과 적개심이 자라게 하는 토대가 됩니다.

그런 정치가들을 낳고 이제는 정계에서 은퇴한 옛 권력자들이 사람들의 열정을 이용하고 자국민들을 동족상잔의 비극으로 이끌었습니다. 물론, 이들의 추종자들은 비폭력과 연민을 심판대에 몹시도 세우고 싶겠지요. 한때 군복무 거부를 외쳤던 레프 톨스토이도 반군대적인 행위 때문에 재판에 회부되지는 않았다는 사실을 기억할 필요가 있습니다. 지금 우리는 가장 정직한 것들을 파괴해버린 시대로 시간을 되돌리려는 시도들과 맞닥뜨린 것입니다.

S. 알렉시예비치 재판 과정에서 반민주 세력의 계획적인 공세를 볼

수 있습니다. 이 세력은 군대의 명예를 보호하는 것처럼 가장하여 혐오스러운 이데올로기와 고질적인 거짓말을 사수하기 위해 싸웁니다…… 스베틀라나 알렉시예비치의 책들이 지켜내려고 하는 비폭력 대체사상은 사람들 의식 속에 살아 있습니다. 비록 이 사상이 공식적인 인정은 받지 못하고 있고, '폭력으로 악에 맞서지 않는다'는 개념은 지금도 조롱거리지만 말입니다. 하지만 사회의 도덕적 변화는 무엇보다 '폭력 없는 평화'의 원칙에 기초한 자의식의 형성과 밀접한 관계가 있다는 점을 거듭 말하고 싶습니다. 스베틀라나 알렉시예비치를 법정에 세우고 싶어 하는 사람들이 이 사회를 적개심과 자멸의 혼돈 속으로 몰아가고 있습니다.

러시아평화협회 회원: R. 일류히나, 역사학 박사,
러시아과학아카데미 세계역사연구소 '역사의 평화 사상' 모임 대표,
A. 무힌, 대체복무 협력 선도 단체 대표,
O. 포스트니코바, 문학자, '4월'운동 회원,
N. 셸루댜코바, '폭력 반대 운동' 단체 대표

"문필가는 재판관이나 사형집행인이 될 수 없는 게 원칙이지만, 이 원칙이 지켜지지 않은 경우가 이미 루시*에서 있었고, 그뒤로도 허다했다……" 요즘 스베틀라나 알렉시예비치의 책 『아연 소년들』을 둘러싸고 벌어지는 근접문학 논란을 지켜보며 체호프**의 이 말이 나도 모르게 떠올랐습니다. 지금 벨라루스 공화국 언론, 모스크바 언론, 그리고 심지

* 동유럽의 동슬라브 지역에 출현한 고대 러시아 국가의 명칭.
** 안톤 체호프(1860~1904). 러시아 소설가이자 극작가.

어 해외 라디오방송국들에서까지 '아프간 전몰 용사들'과 그 어머니들에 대한 반대 운동이 펼쳐지고 있습니다.

그래요, 전쟁은 전쟁이지요. 전쟁은 늘 무자비하고 불공정하게 인류의 삶에 관여합니다. 대부분의 우리 병사들과 지휘관들은 아프가니스탄에서 군인선서에 충실하게 자신들의 의무를 수행했습니다. 왜냐하면 합법적 정부가 국민의 이름으로 내린 명령이었으니까요. 하지만 유감스럽고 부끄럽게도, 범죄를 저지른 지휘관들과 병사들도 있었습니다. 아프간 사람들을 죽이고 약탈을 일삼은 이들도 있었고, 동료들을 죽이고 무기를 든 채 두시만측에 투항하여 그쪽 진영에서 싸운 자들도 있었고요.

그리고 우리 나라 사람들이 저지른 다른 많은 범죄들도 열거할 수 있습니다. 하지만 그렇다고 일부 작가들과 기자들처럼 '아프간 참전 용사들'을 파시스트에 비견하는 건 옳은 일일까요. 이들의 주장 역시 문제점이 적지 않습니다. 이 신사 숙녀분들은 우리 정부가 우리 군대에게 내린 지시들이, 즉 독일인들이 자행했던 것처럼, 아프간에 포로수용소를 세우고, 아프간 민족 전체를 말살하고, 가스스토브에 수백만 명의 아프간 사람들을 태워 죽이라고 지시한 게 사실인 양 세상에 떠들 수 있는 걸까요? 아니면 신사 숙녀 여러분, 당신들은 히틀러의 군대가 벨라루스에서 자행했던 것처럼, 우리도 살해당한 소련병사 한 명 때문에 수백 명의 아프간 민간인들을 죽음으로 내몰았다는 걸 입증하는 서류라도 가지고 있습니까? 그도 아니면 독일 점령군이 그랬던 것처럼, 우리 의사들이 우리 부상병들을 위해 아프간 아이들의 피를 뽑았다는 것을 증명할 수 있습니까?

마침, 나는 아프가니스탄 국민들에게 범죄를 행했다는 죄목으로 유죄판결을 받은 우리 병사들과 장교들의 명단을 가지고 있습니다. 신사 숙녀 여러분, 당신들은 독일인들이 우리 나라를 점령하는 동안 민간인 주민들에게 저지른 범죄들 때문에 유죄를 선고받은 독일인들의 명단을 제시할 수 있습니까? 하다못해 한두 명의 이름이라도 댈 수 있습니까?

당시 소련 정부의 아프가니스탄 침공 결정은 무엇보다, 우리 국민에 대한 범죄였다는 사실엔 이의가 없습니다. 하지만 우리 군인들을 거론할 때 좀더 겸손하고 정중한 태도를 취해주시기 바랍니다. 우리 군인들은 국민의 암묵적인 동의와 신사 숙녀 여러분, 또한 당신들의 동의하에 군인의 의무를 다하기 위해 지옥불로 보내졌기 때문입니다. 낙인을 찍으려면 그런 결정을 내린 자들에게, 사회 지도층의 위치에 있으면서 침묵한 자들에게 찍어야 합니다……

알렉시예비치를 옹호하는 사람들은 전사한 병사들의 어머니들에게는 모욕을 퍼부으면서 미국에는 고개를 끄덕입니다. 위대한 민주주의 국가에 말이지요! 미국엔 자유롭게 베트남 전쟁에 반대하고 나서는 세력이 있다고 치켜세우면서 말입니다.

하지만 사실, 신문을 읽은 사람이면 누구나 미국의 실제 행동을 잘 알고 있을 것입니다. 미국 국회도 미국 상원도 베트남 전쟁을 성토하는 결의안을 받아들이지 않았습니다. 미국에서는 어느 누구도 미국 병사들을 전쟁에 내보낸 대통령들, 케네디, 존슨, 포드, 레이건을 향해 비난의 화살을 쏠 수 없게 했고, 앞으로도 허용하지 않을 것입니다.

300만가량의 미국인들이 베트남을 거쳐갔습니다…… 그리고 베트남 전쟁 베테랑들은 미국의 정치군사 엘리트 집단에 속합니다…… 미국의 학생은 누구나 베트남 전쟁에 참전한 미군 부대들의 휘장을 살 수 있고요……

궁금하군요. 만약 알렉시예비치를 옹호하는 라디오 '자유'*의 직원들이, 벨라루스 국민들이 아니라 자국 국민들, 즉 자기네 대통령들과 베트남 전쟁 참전자들을 범죄자들이고 살인자들이라고 불렀다면 라디오 '자유'에선 과연 무슨 일이 벌어졌을까요? 나와 상관없는 타인이야 그렇게 부른다고 한들 뭐가 문제겠습니까. 더구나 달러와 고급승용차를 얻기 위해서라면 낳아준 아버지도 마다않고 팔아넘길 자들이 있는 마당에 말이지요……

N. 체르기네츠, 벨라루스 아프가니스탄 전쟁 베테랑 연맹 회장,
전 아프가니스탄 전쟁 군고문관, 경찰 소장,
〈소비에트스카야 벨라루스〉, 1993년 5월 16일

……다른 사람은 아무도 모르는 일을, 그곳에 다녀온 우리는 알고 있습니다. 그리고 당국의 책임자들 역시 우리에게 그 일을 지시했기에 잘 알고 있고요. 하지만 지금 그들은 침묵합니다. 우리에게 살인을 가르치고 시신을 '샅샅이 뒤져' 전리품을 챙기는 법을 가르친 것에 대해서도 침묵하고, 카라반을 사로잡아 약탈한 물건들을 헬리콥터 조종사들과 지휘관들이 나눠 가진 것에 대해서도 침묵합니다. 두시만(우리는 무자헤딘을 늘 이렇게 불렀습니다)의 주검마다 지뢰를 설치해 시신을 수습하러 온 가족마저(노인, 여인, 아이) 사랑하는 망자 옆 자기 고향땅에 죽어 눕게 만든 것에 대해서도 침묵하고요. 그리고 다른 많은 일들에 대해서도 그들은 역시 침묵하고 있습니다. 저는 특수공수대대에서 복무했습니

* 자유유럽방송. 1949년 6월에 설립된 미국의 유럽, 중동향 국제방송. 인터넷, 단파, 중파, FM을 통해 28개 언어로 방송되고 있다.

다. 우리가 맡은 임무는 아주 세부적인 것이었습니다. 오로지 카라반, 카라반 그리고 또 카라반만 상대했으니까요. 대부분의 카라반은 무기가 아니라 물품과 마약을 싣고, 주로 밤에 이동했습니다. 우리 부대원은 24명이었고 카라반의 탑승 인원은 백 명이 넘을 때가 많았습니다. 그러니 카라반 중에 누가 파키스탄에서 구입한 물품으로 이윤을 남길 희망에 부푼 민간인 상인이고, 또 누가 상인으로 위장한 두시만인지 어떻게 알 수 있었겠습니까. 나는 전투 하나하나를 다 기억하고, '내가' 죽인 사람들 한 명 한 명을 다 기억합니다. 노인네, 성인 남자, 숨이 끊어지는 고통 속에서 몸부림치던 소년…… 열정적으로 '알라흐 아크바르'를 외치며 5미터 높이의 바위에서 뛰어내린, 머리에 하얀 찰마를 쓴 그자도 기억이 납니다…… 내 친구에게 치명상을 입힌 자였죠. 내 해군용 속셔츠에 친구의 내장 조각이 들러붙었고, 내 칼라시니코프 자동소총 개머리판에 친구의 뇌 파편이 묻었지요…… 우리는 반이나 되는 동료들을 그곳 절벽 위에 남겨두고 왔습니다…… 전부 다 골짜기에서 끌어내는 건 불가능했으니까요…… 모두 들짐승들의 밥이 됐겠지요…… 우린 그 부모들한테는 아들들이 '공적'을 세우고 전사한 것처럼 통지를 했고요. 그때가 1984년이었습니다……

그래요, 우리는 우리가 지은 죄대로 심판을 받아야 합니다. 하지만 우리를 그곳으로 보내고, 조국의 이름과 군인선서를 빙자하여 우리에게 그 일을 수행하도록 강요한 자들과 함께 심판대에 서야 할 것입니다. 파시즘은 그 같은 일을 자행한 까닭에 1945년, 전 세계의 심판을 받았잖습니까……

서명 없음

한 해 두 해 시간이 흐르면서…… 역사가 사람들에게 남긴 것이 그리 많지 않다는 사실이 조금씩 드러나고 있습니다. 우리가 이미 익숙해져 있는 그 역사에는 이름들과 날짜들과 사건들이 있고, 또 사실들과 그 사실들에 대한 평가가 담겨 있지만, 사람을 위한 자리는 찾을 수가 없습니다. 늘 변화하는 감정들과 감동들과 역사로 가득 채워진 구체적인 한 사람을 위한 역사는 보이지 않습니다. 그 한 사람은 이 사건들에 참여한 수많은 사람들 중 그저 어느 한 명도 아니고, 작전을 수행하는 그저 어느 한 구성원도 아닙니다. 분명한 자신의 인격과 개성을 지닌 한 사람이지요.

스베틀라나 알렉시예비치의 책 『전쟁은 여자의 얼굴을 하지 않았다』가 언제 출간됐는지는 잘 생각나지 않습니다. 아마, 벌써 15년은 흐르지 않았나 싶습니다. 하지만 지금까지도 제게 충격적인 기억으로 남은 에피소드가 하나 있습니다. 행군중인 여성병사대대, 무더위, 흙먼지, 흙먼지 속 여기저기 흩어진 핏자국들. 여자의 몸은 전쟁중에도 쉬질 않더군요.

어떤 역사가가 우리를 위해 이런 사실까지 기록에 남기겠습니까? 셀 수 없이 많은 사실들과 사건들 속에서 이 작은 사실 하나를 건져올리기 위해 작가는 얼마나 많은 화자들을 동원해야 할까요? 저는 군사 역사서 한 권이 통째로 전해주는 내용보다 이 사실 하나로 전쟁터에서의 여성 심리에 대해 더 많은 것을 알게 됐습니다.

……그리고 아프간 전쟁, 체르노빌 참사, 모스크바 사태*, 타지키스탄 내전**과 같은 사건들은 바로 얼마 전에, 바로 우리 옆에서 벌어진 일들

---

* '1993년 러시아 체제 위기'를 말한다.

임에도 불구하고 이미 모두 역사의 한 페이지로 넘어가버렸고, 대신 또 다른 대격변의 사건들이 새롭게 등장하면서 이제 온 사회의 이목은 그곳으로 쏠리고 있습니다. 그리고 증언들 역시 점점 사라져갑니다. 왜냐하면 인간의 기억은 우리를 보호하기 위해 우리의 생존에 방해가 되는 것들, 우리의 잠과 평안을 빼앗는 감정과 추억들을 흐릿하게 만들어버리기 때문입니다. 시간이 흐를수록 증언자들 역시 사라질 것이고요……

아, 침몰해버린 옛 체제의 그 많은 '봉건제후들'은 자신들에게 심판이 내려질 것이란 사실을, 국민과 역사의 심판이 자신들을 기다린다는 그 사실을 얼마나 인정하고 싶지 않을까요! 아, 그들은 '무능한 기자들과 엉터리 문인들'마저 '찬란한 과거'에 도전장을 내밀고 옛 영광에 '먹칠을 하고 모욕을 가하는' 것은 물론, 사람들의 의식 속에 이 '위대한 사상들'에 대한 의구심을 심어줄 수도 있다는 사실을 얼마나 부정하고 싶을까요! 아, 마지막 남은 증인들의 증언들로 가득찬 책들이 그들에게는 얼마나 눈엣가시일까요!

올레크 칼루긴 KGB 장군을 부정하고 부인하는 것은 얼마든지 가능합니다. 왜냐하면 KGB의 장군들은 그 자리에 오르기까지 나쁜 짓을 많이 했으니까요. 하지만 죽은 아프간 주민들, 체르노빌 피해자들, 인종 갈등의 희생자들, '분쟁지역들'에서 탈출한 난민들…… 수백 명에 이르는 이들 보통 사람들의 증언들을 부인하기는 불가능합니다. 대신 이 증거가 되는 진술들을 찾아 모으는 기자들이나 작가들, 심리학자들을 '굴

** 소연방에서 독립한 직후인 1992년부터 1997년까지 타지키스탄 북부 후잔트와 남부 쿨랍 지역을 근거로 하는 친공산 보수세력과 이에 반대하는 개혁연합세력 사이에 벌어진 전쟁.

복시키고' '기세를 눌러놓고' '입을 틀어막는' 일은 가능하지요……

물론, 우리는 이런 일에 이미 익숙합니다. 다니엘*과 시냡스키**가 심판을 받았고, 보리스 파스테르나크***가 파문을 당했으며, 솔제니친과 두딘체프**** 역시 더러운 오명을 뒤집어썼으니까요.

스베틀라나 알렉시예비치는 결국 입을 다물 겁니다. 범죄로 가득한 우리 시대 희생자들의 증언들 역시 더이상 나타나지 않을 거고요. 그렇게 된다면 우리 후손들에게 남는 것은 무엇일까요? 승전의 소식만 열심히 떠들어대는 자들의 달콤한 사탕발림? 화려한 행진곡과 번갈아 울리는 북소리? 사실 이런 것들은 이전에도 이미 있었습니다. 우리가 이미 겪은 일들이지요……

Y. 바신, 의사,

〈도브리 베체르*****〉, 1993년 12월 1일자

재판정에 서게 되면 하고 싶었던 말입니다…… 저는 스스로를 스베

---

* 유리 다니엘(1925년~). 러시아 작가. 1965년, 반소비에트적 저술을 국외로 밀반출했다는 혐의로 친구인 시냡스키와 함께 체포되어 5년 중노동에 처해졌다.

** 안드레이 시냡스키(1925~). 러시아 작가이자 비평가. 1965년 8월 강제노동 7년을 선고받았다.

*** 1890~1960. 러시아 시인이자 소설가. 볼셰비키 혁명의 가치에 의문을 제기한 소설 『닥터 지바고』를 통해 공산주의 아래 노예화된 인간에 대한 깊은 동정심을 표현했다. 1958년에 노벨문학상 수상자로 선정되었으나 소련 당국의 압력에 의해 수상을 거부할 수밖에 없었다.

**** 블라디미르 두딘체프(1918~1998). 러시아 작가로, 저항적인 작가들 그룹에 속해 있었으며 소설 『빵만으로는 살 수 없다』를 통해 스탈린주의를 비판했다.

***** 러시아어로 '좋은 저녁'이라는 뜻의 저녁인사. 1991년부터 2008년 7월까지 발행된 러시아 주간지.

틀라나 알렉시예비치의 책 『아연 소년들』을 인정하지 않는 사람 중 하나라고 여겼습니다. 법정에서는 타라스 케츠무르를 옹호해야 했고요……

지금부터 제가 하는 이야기는 옛 원수의 참회라고, 그렇게 부르면 될 것 같습니다……

저는 이틀 동안 법정에서 오고간 모든 이야기들을 주의깊게 들었고, 대기실에서 기다리는 동안 우리는 어쩌면 지금 신성모독을 행하고 있는 건지도 모른다는 생각이 들었습니다. 무엇을 위해 우리는 서로에게 상처를 내지 못해 안달들일까요? 하느님의 이름을 위해서요? 아니요! 우리는 하느님의 심장을 갈가리 찢을 뿐입니다. 국가의 이름으로요? 아니요, 국가는 거기서 싸우지 않았습니다……

스베틀라나 알렉시예비치는 아프간의 '추악한 이면'을 밀도 높게 묘사했고, 그래서 어느 어머니도 자신의 아들이 그런 짓을 할 수 있는 사람이라는 사실을 받아들이지 못했습니다. 하지만 나는 그보다 더한 사실도 알고 있습니다. 책에 묘사된 내용은 실제 전쟁터에서 벌어진 일에 비하면 빙산의 일각에 불과하니까요. 그리고 실제 아프가니스탄에서 싸운 사람이면 누구라도 심장에 손을 얹고 내 말이 옳다는 것을 맹세할 수 있을 겁니다. 지금 우리는 잔인한 현실을 마주하고 있습니다. 사실 망자들에겐 죄를 묻지 않는 법이기에, 만약 그 치욕스러운 일이 정말로 있었다면, 그건 산 자들이 감당해야 할 몫이지요. 그 산 자들이 바로 우리들이고요! 우리는 전쟁터에서 가장 힘없는 약자였고, 다시 말해, 명령을 수행할 수밖에 없는 처지에 있었고, 전쟁에 따르는 모든 책임을 져야 하는 지금도 역시 가장 힘없는 약자입니다! 그래서 만약 이런 힘과 능력을 지닌 책이 소년 병사들이 아니라, 소년들을 전쟁터로 내보낸 육군

원수들과 책상머리에서 지시만 내리는 책임자들에 관한 것이었다면 더 공정했을 겁니다.

나는 자신에게 묻곤 합니다. "스베틀라나 알렉시예비치는 전쟁의 끔찍함에 대해 꼭 써야만 했을까? 그래, 써야만 했어! 어머니는 자기 아들을 꼭 옹호해야만 할까? 그래, 옹호해야 해! '아프간 참전 용사들'은 자기 동료들을 꼭 감싸야만 할까? 그래, 이번에도 역시 그래야만 해!"

물론, 병사는 언제나 죄를 짓습니다, 어느 전쟁터에서나요. 하지만 나중에 무서운 심판대 앞에 서면 주님은 제일 먼저 병사부터 용서할 것입니다……

재판은 이 대립에서 벗어나는 적법한 돌파구를 마련해줄 겁니다. 하지만 그것은 반드시 인간적인 돌파구여야 합니다. 어머니들은 언제나 아들에 대한 사랑 안에서 옳고, 작가들은 진실을 말할 때 옳으며, 병사들은 산 자들이 죽은 자들을 보호할 때 옳습니다.

그리고 이 세 가지 가치가 이곳 민사소송에서 충돌했습니다.

이 전쟁을 만들고 진두지휘한 감독들과 지휘자들, 정치가들과 육군 원수들은 법정 안에 모습조차 보이지 않습니다. 법정엔 전쟁의 쓰라린 진실을 받아들이지 못하는 사랑, 그 어떤 사랑에도 불구하고 반드시 알려져야만 하는 진실, 다들 기억하시는 것처럼 "생명은 조국을 위해 바칠 수 있지만 명예는 그 누구에게도 내어줄 수 없다"는 구절대로(러시아 장교 규정) 사랑에도 진실에도 동의하지 않는 명예, 이렇게 피해자들만 나와 있습니다.

하느님의 심장은 모든 것을 수용합니다. 사랑도 진실도 명예도, 모두 다요. 하지만 우리는 하느님이 아니기에, 이 민사소송은 사람들에게 완전한 삶을 돌려주는 것에 그치겠지요.

만약 제가 스베틀라나 알렉시예비치를 비난한다면 이유는 단 하나입니다. 그것은 알렉시예비치가 진실을 왜곡했기 때문이 아니라 책 속에 젊은이들을 향한 애정이 보이지 않기 때문입니다. 아프간 전쟁을 일으킨 바보들에 의해 죽음의 현장에 내팽개쳐진 우리 소년들에 대한 사랑 말입니다. 그리고 저는, 직접 자기들 눈으로 죽음까지 다 목격한 '아프간 참전 용사들'이 이제 와서 아프간 전쟁의 진실을 두려워한다는 사실이 놀라울 따름입니다. 단 한 명이라도 좋으니, '우리는 이미 오래전에, 용렬하고 이도 저도 아니었던 그 무리가 아니'라고, 그래서 타라스 케츠무르가 전쟁을 범죄라고 생각지 않는다고 했을 때, '케츠무르의 말은 우리의 말이 아니며, 우리 모두를 위한 말은 더더욱 아니다'라고 말해줄 '아프간 참전 용사'가 반드시 있어야 합니다……

저는 알렉시예비치의 책이 속물들에게 아프간의 '추악한 이면'을 알게 했다고 해서 알렉시예비치를 비난하지 않습니다. 알렉시예비치의 책을 읽고 난 후 우리를 대하는 사람들의 태도가 예전보다 더 험악해졌다고 해서 알렉시예비치를 비난하지도 않습니다. 우리는 전쟁터에서 살인무기였던 우리의 역할에 대해 반드시 재평가를 받아야 합니다. 그리고 참회할 점이 있다면 우리 한 사람 한 사람이 다 참회해야 하고요.

재판은 분명, 오래도록 괴롭게 계속될 겁니다. 하지만 내 마음속의 재판은 이미 끝났습니다……

파벨 셰티코, '아프간 참전 용사'

1993년 12월 8일 최종 선고 재판 속기록에서

판사: E. N. 즈다노비치, 참심원: T. B. 보리셰비치, T. S. 소로코, 원고: E. S. 갈로브네바, T. M. 케츠무르, 피고: S. A. 알렉시예비치

『아연 소년들』의 저자 S. 알렉시예비치의 진술 중에서
(진술한 내용과 진술이 허용되지 않은 내용 중에서)

저는 모스크바 백악관에서 총격이 일어나리라고는 마지막 순간까지 믿지 않았던 것처럼 이 재판의 성립 역시 끝까지 믿지 않았습니다…… 우리가 서로 총부리를 겨누게 될 줄은 정말 몰랐습니다……

저는 이미 육체적으로도 많이 지쳐 있는 상태라, 분노에 찬 냉정한 얼굴들을 마주 대할 힘이 없습니다. 만약 이 자리에 어머니들이 나와 있지 않았다면 저도 이 재판에 나오지 않았을 겁니다. 저에게 소송을 걸어온 사람들이 어머니들이 아니라 옛 체제라는 걸 잘 알지만 말입니다. 사람의 의식은 당원증처럼 고문서보관실 같은 곳으로 보내버릴 수 있는 게 아닙니다. 우리가 사는 거리들도 달라지고, 상점 간판들과 신문들도 이름이 바뀌었지만 우리의 의식만은 예전 그대로입니다. 사회주의 수용소에서 살 때와 똑같지요. 우리는 예전 수용소의 사고방식을 그대로 지니고 있습니다……

하지만 나는 어머니들과 이야기를 나누기 위해 이 자리에 나왔습니다. 고통 없이 진실을 얻기란 불가능하다는 사실을 어머니들이 알게 한 것에 대해 용서를 구하기 위해서요. 나는 내 책에서 이미 던진 질문을

언제나 품고 있습니다. '우리는 누구인가? 왜 우리한테는 무슨 짓이든 해도 되는 것인가?' 어머니에게 아연관에 담긴 아들을 돌려보내고, 나중에는 작가를 고소하도록 종용하는 짓까지 서슴지 않습니다. 작가는, 어머니가 자기 아들에게 마지막 입맞춤조차 하지 못하고 그저 관만 풀로 씻어내고 손으로 쓸어볼 수밖에 없었다고 썼을 뿐인데 말이지요…… 우리는 대체 어떤 사람들일까요?

우리는 어릴 때부터 무기를 든 사람에 대한 예찬을 귀에 딱지가 앉도록 들으며 자랐고 이제는 그 예찬이 아예 우리 유전자 속에 박혀버렸습니다. 우리는, 심지어 전쟁이 끝나고 몇십 년 후에 태어난 사람들조차, 마치 전쟁터에 있는 것처럼 자랐습니다. 그리고 우리 시각은 혁명의 이름으로 자행된 극악한 범죄들과 스탈린 방어(저지)분대*와 강제수용소들을 겪고도, 그리 오래전 일도 아닌 빌뉴스**와 바쿠***와 트빌리시****를 겪고도, 카불과 칸다하르를 겪고 난 지금까지도 무기를 든 사람을 1945년의 병사로, 승리의 병사로 바라봅니다. 전쟁에 대한 책을 수도 없이 많이들 쓰고, 사람들의 손과 머리로 그렇게도 많은 무기를 만들어내면서

---

* 본 부대의 후방에 따라붙으며 군기 바로잡기, 병사들의 전장 이탈 방지, 스파이나 방해분자, 탈주병 체포, 낙오병 귀대시키기 등의 임무를 수행했다.

** 1991년 1월 리투아니아의 수도 빌뉴스에서 일어난 '1월 사태'. 1991년 1월, 소련으로부터의 독립을 선언한 리투아니아 소비에트 사회주의 공화국의 빌뉴스에 군 병력을 투입한 소련과 이에 맞서 대항한 리투아니아 정부군 사이에 무력 충돌이 벌어졌다. 같은 해 8월 소련은 결국 리투아니아의 독립을 인정했다.

*** 1990년 1월 아제르바이잔의 수도 바쿠에서 일어난 '검은 1월' 사건. 아제르바이잔의 민족주의자들이 소련으로부터의 독립을 요구하자, 소련이 1990년 1월 19일 바쿠에 군 병력을 투입하면서 아제르바이잔인 100여 명이 목숨을 잃었다.

**** 1991년부터 1993년까지의 조지아 내전. 남오세티야와 압하스 내 민족 간 국내 충돌이자, 1991년 12월 21일~1992년 1월 6일에 처음으로 민주적으로 선출된 그루지야 대통령 즈비아드 감사쿠르디아와 그뒤로 권력을 되찾으려고 시도한 반대파들의 봉기에 대항한 격렬한 군사 쿠데타.

이젠 살인에 대한 생각이 정상이 돼버렸습니다. 최고의 지성인들이 어린애처럼 고집스럽게 '사람은 과연 동물을 죽일 권리를 가졌는지'의 문제를 놓고 깊이 고민하는 마당에, 우리는 거의 아무 의심도 없이, 아니면 재빨리 정치적 이상을 쌓아올린 후 전쟁을 정당화하는 데 능란합니다. 저녁에 텔레비전을 켜면 여러분은 속에 은밀한 기쁨을 감춘 채 영웅들을 공동묘지로 데려가는 우리의 모습을 보게 될 겁니다. 조지아 압하스*에서, 타지키스탄에서요…… 그리고 그들의 무덤에 작은 예배당이 아니라 다시 기념동상들을 세웁니다……

남자들이 가장 사랑하는…… 가장 소중한 장난감인 전쟁을 남자들로부터 무사히 빼내오기란 불가능합니다…… 이 신화를…… 태곳적부터 있어온 이 오래고도 오랜 본능을요……

하지만 나는 전쟁을 증오하고, 한 사람이 다른 한 사람의 삶을 결딴낼 권리를 가지고 있다는 생각 자체를 증오합니다.

얼마 전에 한 사제가 들려준 이야기입니다. 과거에 전쟁에 나가 싸운, 한 연로한 남자가 교회로 자신의 공훈메달들을 가지고 왔습니다. 그리고 이렇게 말했습니다. "네, 저는 파시스트들을 죽였습니다. 조국을 수호했지요. 하지만 죽음을 눈앞에 두고 보니 사람을 죽인 일을 회개해야겠다는 생각이 듭니다." 그러고는 자신의 메달들을 박물관이 아니라 교회에 주고 돌아갔습니다. 우리가 보고 배우며 자란 곳은 군사박물관들인데 말입니다……

전쟁은 힘겨운 노동이자 살인행위입니다. 하지만 몇 년씩 세월이 흐

---

* 조지아 북서부의 자치공화국. 캅카스 서부, 흑해에 면해 있다. 1992년에 조지아로부터 독립을 선언, 러시아를 비롯한 몇 개 국가의 인정을 받았으나 세계 다수의 정부들은 조지아의 영토로 여기고 있다.

르면서 힘겨운 노동은 기억에 남지만 살인행위에 대한 생각은 기억의 끝자락으로 밀려나지요. 이토록 상세한 내용들과 감정들이 정말 머리로 지어낼 수 있는 것들일까요? 제 책 속에 등장하는 그 온갖 끔찍한 일들이요?

자주 이런 생각을 합니다. 체르노빌 원폭사고와 아프가니스탄 전쟁을 겪고 모스크바 백악관 사태를 지나오면서 우리는 주위에서 벌어지는 일들에 대해 더이상 같은 의견을 가질 수 없게 되었다고요. 우리는 우리의 과거를 교훈 삼지 않고 매번 똑같은 희생을 치릅니다. 어쩌면 그래서 모든 게 자꾸 되풀이되는 건 아닐까요?

언젠가, 그러니까 몇 년 전, 정확히 4년 전에 우리들은, 즉 저와 지금 이 법정에 나와 계신 많은 어머니들과 낯선 땅 아프간에서 돌아온 병사들은 서로 생각이 같았습니다. 내 책 『아연 소년들』에서는 어머니들의 사연과 기도들이 가장 가슴 아픈 페이지들입니다. 어머니들은 전사한 아들들을 위해 기도하지요……

그런데 왜 우리가 지금 서로 적이 되어 법정에 앉아 있어야 하나요? 그동안 대체 무슨 일이 일어난 겁니까?

그동안 소년들을 거기로 보내 살인하게 하고 죽게 만든 공산주의 제국은 세계지도에서, 우리 나라의 역사에서 자취를 감췄습니다. 그 나라는 이제 없습니다. 처음에는 조심스럽게 이 전쟁을 정치적 실수라고들 했지만 나중에는 범죄라고들 했지요. 모두들 아프가니스탄을 잊고 싶어 합니다. 이 어머니들을 잊고, 불구자들을 잊고요…… 망각, 그것 역시 거짓말의 또다른 형태입니다. 어머니들은 아들의 무덤과 홀로 남겨졌습니다. 어머니들에게는 자식들의 죽음이 가치 있는 죽음이라는 위로조차 없습니다. 오늘 저는 어떤 모욕과 어떤 심한 말을 듣더라도 어머니들 앞에 고개를 숙인다고 이미 말씀드렸고, 다시 한번 말씀드립니다. 조국이 아들들의 이름을 치욕 속에 내던져버렸을 때 그 이름들을 지키기 위해 분연히 일어선 어머니들의 용기 앞에 고개를 숙입니다. 지금 전사한 소년들을 지켜주는 이는 어머니들뿐입니다…… 질문이 하나 더 있습니다. 그렇다면 어머니들은 소년들을 누구로부터 지키는 겁니까?

그리고 어머니들의 슬픔과 고통 앞에선 어떤 진실도 무색해집니다. 어머니의 기도는 너무도 간절해서 반드시 이루어진다고들 하지요. 제 책에서 어머니의 기도는 아들들을 저세상에서 불러내기도 합니다. 아이들은 우리의 고통스러운 성찰의 제단에 바쳐진 제물들입니다. 그들은 영웅이 아니라 순교자들입니다. 어느 누구도 감히 그들에게 돌을 던질 수 없습니다. 우리는 모두 죄를 지었으며 우리 모두 이 거짓에 참여했습니다. 제가 책에서 말하고 싶은 것도 바로 이 점입니다. 전체주의는 무엇이 위험할까요? 전체주의는 모든 사람들을 자신이 계획한 범죄의 공범으로 만들어버린다는 데 그 위험이 있습니다. 선한 사람들과 악한 사람들도 천진한 사람들과 실제적인 사람들도 모두 다 말입니다…… 우리 아이들을 희생양으로 삼은 이념을 위해서가 아니라 우리 아이들을 위해 기도해야 합니다. 어머니들에게 말하고 싶습니다. 어머니들은 지금 여기서 아들들을 지키는 게 아니라고요. 어머니들은 지금 무서운 이념을 지키고 있는 겁니다. 살인자인 이념을요. 저는 이 말을 오늘 이 재판을 보러 온 아프간 참전 용사들에게도 똑같이 하고 싶습니다.

어머니들의 등뒤에서 저는 장군들의 견장을 봅니다. 장군들은 영웅훈장과 갖가지 물건들로 가득 채운 커다란 가방들을 가지고 전쟁터에서 돌아왔습니다. 어머니들 중 한 분이, 오늘 이곳 법정에 나와 계시기도 한, 그 어머니가 이런 이야길 했습니다. 아연관과 아들이 쓰던 칫솔,

수영복이 든 검은색 작은 여행가방을 돌려받았다고요. 이 어머니에게 남겨진 건 그게 전부였습니다. 아연관과 작은 여행가방, 그게 아들이 전쟁터에서 가져온 전부였던 겁니다. 그렇다면 어머니들은 누구로부터 아들들을 지켜야 할까요? 진실로부터요? 진실은, 아들들이 부상을 당해도 치료할 알코올과 약이 없어서 그대로 목숨을 잃어야 했다는 게 진실입니다. 알코올과 약을 죄다 거기 상점들에 팔아버렸는데 있을 턱이 있겠습니까. 진실은, 우리 아이들에게 1950년대에 만들어진 녹슨 통조림을 먹였다는 게 진실이고, 땅에 묻을 때도 대조국전쟁 때의 낡아빠진 군복을 입혀 묻었다는 게 진실입니다. 심지어 그렇게 해서 비용을 절약하기까지 했다지요. 저는 무덤들 옆에서 어머니들에게 이런 말까지는 하고 싶지 않았습니다…… 하지만 결국 이렇게 하게 되는군요……

세계 곳곳에서 총질을 하고 다시 피를 보고 있다는 사실을 알고들 계십니까? 어떻게 하면 피가 정당화될 수 있을지 방법을 찾고들 계신가요? 아니면 찾는 걸 돕고들 계신가요?

그때, 5년 전, 그러니까 아직 공산당과 KGB가 득세하고 있었을 때 저는 제 책의 주인공들을 핍박으로부터 보호하기 위해 일부러 이름과 성들을 바꾸곤 했습니다. 저는 제 주인공들을 그 체제로부터 보호했습니다. 그런데 오늘, 얼마 전까지만 해도 제가 보호했던 그 사람들로부터 이젠 저 자신을 지켜야 합니다.

그렇다면 제가 지켜내야 할 것은 무엇일까요? 제 눈에 비치는 대로 세상을 바라볼 작가로서의 권리입니다. 그리고 제가 전쟁을 증오한다는 사실이고요. 또한 저는 진실과 유사진실이 존재한다는 사실을 증명해야 하고, 예술에서의 기록문은 군정치위원회의 증명서도, 노면전차 승차권도 아니라는 사실을 증명해야만 합니다. 제가 쓰는 책들은 기록문이면서 동시에 제가 시대를 표현하는 방식입니다. 저는 한 사람 한 사람의 삶으로부터, 그리고 시대의 공기로부터, 공간으로부터, 목소리들로부터 하나하나 세세한 것들과 감정들을 수집합니다. 나는 이야기를 꾸며내지도 추측하지도 않습니다. 현실 자체로부터 책을 모으지요. 기록문서, 그것은 사람들이 저에게 들려주는 이야기이며, 저는 이 기록문서의 일부입니다. 저 자신만의 세계관과 감각을 지닌 예술가로서 말이지요.

저는 이 시대, 지금 이 순간의 역사를 쓰고 녹음합니다. 살아 있는 목소리들, 살아 있는 운명들을요. 역사가 되기 전의 목소리와 운명은 아직은 누군가의 고통이고, 누군가의 비명이고, 누군가의 희생이거나 범죄입니다. 저는 자신에게 수없이 묻고 또 묻습니다. '그 기운이 우주에 미칠 정도로 악의 규모가 커져버린 이때, 세상에 악을 확장시키지 않으면서 어떻게 악의 한가운데를 통과해 지나가지?' 매번 새로운 책을 내기에 앞서 저는 이 질문을 스스로에게 던집니다. 이는 저에게 큰 짐입니다. 그리고 저의 운명입니다.

글쓰기는 저의 운명이자 저의 업業입니다. 우리의 불행한 이 나라에서 글쓰기는 업이라기보다는 운명이고요. 왜 재판부는 문학전문가의 감정을 받게 해달라는 저의 요청을 두 번씩이나 묵살한 걸까요? 그건 감정을 받게 되면 이 일은 재판 대상이 아니라는 사실이 곧장, 그리고 명백히 드러날 것이기 때문입니다. 다큐문학은 그때그때 당면한 요구와 필요들에 맞춰 내용을 새로 고쳐 쓰는 게 가능하다는 전제하에 책을, 문학을 판단합니다. 오, 세상에, 만약 편협하기 짝이 없는 현대인들이 다큐문학들을 바로잡겠다고 나선다면! 우리에겐 살아 있는 역사 대신 정치적 대립과 편견의 반향들만 남게 될 것입니다. 문학의 법칙을 벗어나고 장르의 법칙을 벗어나서, 원시적이고 정치적인 처단들이 생겨나고 있습니다. 그리고 그 처단들이 우리의 일상까지 파고든 것은 물론이거니와 사회 전반에 광범위하게 퍼져 있다고까지, 저는 감히 말하고 싶습니다. 지금 법정에서 오가는 이야기들을 들으며 이런 생각이 자주 들었습니다. '오늘날 감히 군중을, 이미 성직자도 작가도 정치가도, 그 누구도 믿지 않는 군중을 거리로 불러낼 수 있는 사람은 누구인가? 군중은 오직 처단과 피를 원할 뿐…… 그리고 무기를 든 사람에게만 예속될 뿐이다…… 군중은 펜을 든 사람에게, 더 정확히는 칼라시니코프의 자동소총을 든 사람이 아니라 자동 펜을 든 사람에게 더 분노한다. 이곳에서 책을 어떻게 써야 하는지 배우게 되는구나.'

저를 법정으로 불러낸 사람들은 몇 년 전 저에게 했던 이야기를 부인합니다. 그들의 의식 속에서 사고의 열쇠가 바뀌었고, 그들은 이미 예전의 텍스트를 다르게 읽거나 대개 알아보지 못합니다. 왜일까요? 그들은 자유를 필요로 하지 않기 때문입니다…… 그들은 주어진 자유로 무엇을 해야 할지 알지 못합니다……

저는 인나 세르게예브나 갈로브네바를 만났을 때 그녀가 어떤 사람이었는지 또렷이 기억합니다. 저는 그녀를 좋아하게 됐지요. 그녀의 아픔, 그녀의 진실 때문에요. 고통에 신음하는 그녀의 심장 때문에요. 그런데 지금 그녀는 정치가이자 공식인사이자 전몰용사어머니회 회장입니다. 이미 다른 사람이지요. 예전 모습에서 남아 있는 건 그녀 자신의 이름과 그녀가 두 번이나 희생양으로 삼은, 전사한 아들의 이름뿐입니다. 의식의 제단에 제물로 바친 아들의 이름 말입니다. 우리는 노예들이고, 우리는 노예제의 낭만주의자들입니다.

우리에게는 우리가 생각하는 영웅과 순교자의 모습이 있습니다. 만약 지금 이곳이 인간의 명예와 품위에 대해 논하는 자리라면, 우리는 자리에서 일어나 거의 200만에 이르는 아프간 전몰 용사들 앞에 추모의 묵념을 올려야 할 것입니다…… 그리고 그곳, 자기네 땅에서 전사한 이들 앞에서도요……

'누가 죄인인가?' 대체 이 영원한 질문을 얼마나 더 해야 합니까? 우리 모두 죄를 지었습니다. 당신, 나, 그리고 그들. 문제는 다른 곳에, 즉 우리들 누구에게나 주어진 선택권을 어떻게 사용하느냐에 있습니다. '쏠 것인가, 쏘지 않을 것인가?' '침묵할 것인가, 침묵하지 않을 것인가?' '갈 것인가, 가지 않을 것인가?' 스스로 물어야 합니다. 각자 스스로 묻게 해야 합니다…… 하지만 우리는 자신 안으로, 자기 내면으로 들어가본 경험이 없습니다…… 스스로 답을 찾아내본 경험 말입니다…… 거리로 달려나가 친숙한 붉은 깃발 아래 모여드는 것에 더 익숙하지요. 우리는 증오 없는 삶은 살지 못합니다. 증오 없이 사는 법을 아직 배우지 못했기 때문입니다.

타라스 케츠무르는 제 주인공들 중 한 명입니다…… 하지만 여러분이 지금 법정에서 보고 있는 이 사람이 아니라 전쟁터에서 돌아왔을 때의 그 사람, 그 사람이 나에게 이야기를 들려주었지요…… 제 책을 잠깐 여러분께 읽어드려도 될까요?

> 잠결에 거대한 사람의 바다가 보여요…… 그런데 그게 우리집 근처예요…… 주위를 둘러보는데 비좁고 갑갑한 느낌이 드는 거예요. 그래서 일어서려고 하지만 왜 그런지 일어설 수가 없어요…… 곧 내가 관 속에 누워 있다는 걸 알게 되죠…… 관은 나무로 되어 있고 아연은 덧입혀 있지 않아요. 아직도 기억이 생생해요…… 나는 살아

있고, 또 내가 살아 있다는 것도 알아요. 하지만 계속 관 속에 누워 있죠. 대문이 열리고 사람들이 모두 밖으로 나가면서 관도 같이 밖으로 내가요. 군중들 모두 얼굴에 깊은 슬픔이 어려 있어요. 하지만 동시에 뭔가 은밀한 기쁨 같은 것도 엿보이죠…… 이해가 안 돼요…… 무슨 일이지? 내가 왜 관 속에 있지? 갑자기 장례행렬이 멈춰 서요. 그리고 누군가 "망치 좀 줘요"라고 외치는 소리가 들려요. 불현듯 내가 꿈을 꾸고 있다는 사실을 깨닫게 돼요…… 누군가 또 말해요. "망치 좀 줘요……" 생시인 것도 같고 꿈속인 것도 같죠…… 그리고 누군가 또, 세번째로 말해요. "망치 좀 줘요." 관뚜껑이 탕 닫히고 망치질 소리가 나요. 그리고 못 하나가 내 손가락을 뚫고 들어오죠. 다급해진 나는 머리로 관뚜껑을 들이받고 발로 걷어차요. 쿵! 순간 뚜껑이 떨어져나가요. 사람들이 내가 몸을 일으켜 일어나 앉는 걸 보고 있어요. 나는 소리를 지르고 싶어요. "아프다고요. 왜 내게 못질을 하는 거예요? 여기선 숨을 쉴 수가 없다고요." 사람들은 울기만 하고 나한텐 아무 말도 건네지 않아요. 모두 벙어리들처럼……

사람들 얼굴에 기쁨이, 뭔가 은밀한 환희가 어려 있어요…… 눈에는 보이지 않아요…… 하지만 나에겐 보이죠…… 그게 뭔지 알 것도 같고요…… 사람들한테 내 소릴 듣게 하고 싶은데 어떻게 해야 할지 몰라요. 나는 소리를 지른다고 지르지만 두 입술이 꼭 붙어버려서 도무지 떨어지지를 않아요. 결국 나는 도로 관 속에 누워버리죠. 누워서 생각해요. '저 사람들은 내가 죽기를 바라는 거야. 어쩌면 나는 진짜 죽었는지도 몰라. 그럼 조용히 입을 다물고 있어야겠군.' 누군가 다시 말해요. "망치 좀 줘요."

이 이야기는 타라스도 반박하지 않았습니다. 그리고 이 글이 역사의 심판대에서 타라스의 명예와 품위를 지켜줄 겁니다. 그리고 저의 명예와 품위도요.

법정의 대화들 중에서

—당신은 공산주의자들…… 장군들…… 막후 조종자들을 들먹이는데…… 그러면 그 아이들은요? 소년 병사들은요? 그들은 기만당했고, 또 기꺼이 기만을 당하기도 하죠. 누군가는 잘못이 있지만 그 아이들은 아니에요. 이건 피고의 심리예요. 피고는 늘 자기 죄를 전가할 누군가를 필요로 하니까요. 우리는 아직은 직접 총을 쏘지는 않아요. 하지만 다들 꼭 피냄새를 맡는 사람들처럼 코를 벌름거리죠.

—저 여자는 백만장자인데다 '메르세데스'가 두 대나 있다고요…… 여기저기 해외여행도 다니고……

—작가는 책 한 권 쓰는 데 이삼 년이 걸리고, 돈도 요즘 트롤리버스 기사의 두 달 치 월급 정도 받는다는데, 당신은 대체 '메르세데스'가 어디서 난 겁니까?

—해외도 자주 다닌다면서요……

—그럼 당신 개인의 죄는? 당신은 쏠 수도 있었지만 쏘지 않을 수도 있었잖소. 왜, 아무 말도 안 하는 거요?……

—우리 국민은 굴욕을 당했고 궁핍해졌어요. 바로 얼마 전까지만 해도 위대한 강국이었는데 말이죠. 어쩌면 사실은 강대국도 아닌데 로켓이며 탱크며 핵무기가 많다는 것만 믿고 우리 스스로 자신을 강대국으

로 여겼는지도 모르지만요. 우리는 우리가 가장 훌륭하고 가장 공명정대한 나라에 산다고 믿었어요. 그런데 당신은 우리가 다른 나라, 즉 피비린내 나는 무서운 나라에 살았던 거라고 하는군요. 당신을 용서할 사람이 있을까요? 당신은 우리의 가장 아픈 곳을 건드렸어요…… 가장 깊은 곳을……

—우리 모두 이 거짓 속임수에 가담한 거예요. 우리 모두 다.

—당신들은 파시스트들이랑 똑같은 짓을 했다고요! 영웅들이 되고 싶은가요…… 거기다 덤으로 차례도 무시한 채 냉장고와 가구 세트도 받으시겠다……

—그들은 개미들이에요. 그들은 꿀벌과 새도 있다는 것을 모르죠. 그리고 그들은 우리를 모두 개미로 만들고 싶어해요. 의식 수준은 다 다른 법인데……

—모든 것이 끝나고 나서 당신이 원한 것은 무엇인가요?

—무엇이 끝나고요?

—피를 본 후에…… 그러니까 나는 우리 역사를 말하는 거예요. 피를 보고 나면 사람들 눈엔 빵밖에 안 들어오거든요. 다른 나머지는 아무 의미가 없죠. 사람들 의식이 무너진 거예요.

—기도해야 합니다. 자신을 죽음으로 내모는 자들을 위해 기도해야 해요. 박해자들을 위해서요.

—저 여자는 달러를 받았어요. 그래서 우리한테 더러운 오물을 쏟아붓는 거라고요. 우리 아이들한테요.

—과거에서 교훈을 얻지 않으면 미래에 후회하게 돼요. 그리고 새로운 속임수와 새로운 피를 보게 될 거고요. 과거는 앞으로도 계속될 테니까요.

법정판결문에서

벨라루스 공화국의 판결

1993년 12월 8일, E. N. 즈다노비치 의장과 T. V. 보리세비치 및 T. S. 소로코 참심원, E. B. 로비니치 서기로 구성된 민스크 시 중앙지법 인민재판소는 케츠무르 타라스 미하일로비치와 갈로브네바 인나 세르게예브나가 알렉시예비치 스베틀라나 알렉산드로브나와 〈콤소몰스카야 프라우다〉 편집진을 상대로 제기한 명예훼손 소송을 공개 심의했다.

……재판부는 양측의 의견을 수렴, 소송자료를 검토한 후 소송은 일부 타당성이 있다고 판단했다.

벨라루스 공화국 민사소송법 7조에 따르면 신문에 공개된 정보가 사실과 부합한다는 사실을 증명하지 못할 경우 시민이나 기관은 자신의 명예와 품위를 훼손한 기사에 대해 정정을 요구할 수 있다.

재판부는 1990년 2월 15일자 〈콤소몰스카야 프라우다〉 제39호에 S. 알렉시예비치의 다큐소설 『아연 소년들』의 일부 내용이 '아프가니스탄을 지나온 사람들의 모놀로그들'이란 제목으로 게재된 사실을 확인했다. 게재된 글에는 원고 E. S. 갈로브네바의 이름으로 된 모놀로그가 수록돼 있다.

이 소송의 피고측인 알렉시예비치와 〈콤소몰스카야 프라우다〉 편집진이 상기 출판물에 게재된 내용이 사실이라는 증거를 제시하지 못한 것과 관련하여 재판부는 그 내용이 사실이 아니라는 판단을 내렸다.

그러나 재판부는 게재된 기사 내용이 모욕을 주기 위한 것은 아니라고 판단했다. 사회적 통념이나 법과 도덕적 원칙을 준수한다는 측면에서 볼 때, 기사가 갈로브네바와 그녀의 전사한 아들의 명예를 실추시키는 것은 아니기 때문이다. 기사에는 그녀의 아들이 사회에 부적합한 행동을 했다는 내용은 담겨 있지 않다.

재판부는, 피고들이 케츠무르의 이야기가 사실과 부합한다는 증거를 제시하지 못함에 따라 케츠무르의 성과 이름으로 쓰인 모놀로그의 내용이 사실이 아니라고 판단했다.

위에 기술된 상황에 근거해 재판부는 아래 나오는 이야기들이 사실이 아니며, 따라서 피고 케츠무르의 명예를 훼손한다고 결론지었다. "거기 들판에서 쇳덩이들과 사람 뼈들을 파내는 것을 봤어요…… 딱딱하게 굳어버린 시신의 얼굴 피부가 오렌지색으로 꽁꽁 얼어버린 것도 봤고요…… 무슨 이유인지 오렌지색이더라고요……" 그리고 "내 방의 책들, 사진들, 녹음기, 기타, 모두 예전과 똑같아요. 다만 예전의 나만…… 없어요…… 공원도 제대로 지나가지 못해요. 자꾸 뒤를 돌아보느라고요. 카페에서 종업원이 내 등뒤에 서서 '주문하세요' 하잖아요? 그럼 당장이라도 자리를 박차고 일어나 밖으로 뛰쳐나가고 싶어져요. 나는 누가 내 등뒤에 서는 걸 견딜 수가 없어요. 인간쓰레기 같은 사람을 보면 한 가지 생각밖에 안 들죠. '저놈을 쏴버리자!'" 재판부는 이 부분이 명예훼손에 해당한다고 판단했다. 왜냐하면 이 내용을 읽은 독자들이 케츠무르의 정신 상태와 상황 인지 능력에 의문을 품고, 그를 악한 사람이라고 생각하는 것은 물론, 케츠무르의 도덕적 가치를 의심하고, 그를 사실을 거짓으로, 진실과 부합하지 않게 전달하는 사람으로 인식할 여지가 충분하기 때문이다.

케츠무르의 나머지 기소 내용은 기각되었다……

피고 알렉시예비치는 소송을 인정하지 않았다. 그녀는 1987년에, 아프가니스탄에서 전사한 장교의 어머니 갈로브네바와 만남을 가졌고 그녀와의 대화를 녹음했다. 두 사람의 대화는 갈로브네바가 아들의 장례를 치른 직후에 이루어졌다. 〈콤소몰스카야 프라우다〉에 원고의 이름으로 기술된 모놀로그는 모두 원고가 알렉시예비치에게 들려준 이야기이다. 알렉시예비치는 KGB가 갈로브네바를 추적하지 못하도록, 비록 그녀의 이야기지만, 그녀의 이름을 '니나'로, 그녀 아들의 직위를 대위에서 소위로 바꿨다.

알렉시예비치가 케츠무르를 만난 것은 6년 전이었다. 단둘이 만난 자리에서 알렉시예비치는 케츠무르의 이야기를 녹음했다. 출판된 모놀로그 내용은 이 녹음에서 가져온 것이고, 따라서 이야기는 사실이다……

법원은 벨라루스 민사소송법 194조에 따라 다음과 같이 판결했다.

〈콤소몰스카야 프라우다〉 편집진은 두 달간 상기 보도 내용에 대한 정정 기사를 내보내야 한다.

알렉시예비치 스베틀라나 알렉산드로브나와 〈콤소몰스카야 프라우다〉를 상대로 갈로브네바 인나 세르게예브나가 제기한 명예훼손 소송을 기각한다.

알렉시예비치 스베틀라나 알렉산드로브나로부터 케츠무르 타라스 미하일로비치에게 배상할 금액 1320루블과 벌금 2680루블을 징수한다.

갈로브네바 인나 세르게예브나로부터 3100루블을 벌금으로 징수한다.

재판부의 판결은 공고 이후 10일 이내에 민스크 시 중앙지법 인민재판소를 통해 민스크 시 법원에 항고할 수 있다.

• • •

벨라루스 공화국 과학아카데미 양카 쿠팔라 문학연구소

V.A. 코발렌코 소장님께

존경하는 빅토르 안토노비치!

귀하도 아시다시피, 그동안 스베틀라나 알렉시예비치 작가의 다큐소설 『아연 소년들』의 일부가 1990년 2월 15일자 〈콤소몰스카야 프라우다〉에 게재된 일과 관련하여 진행된 제1심 재판이 종결되었습니다. 알렉시예비치는 그녀가 고소인 중 한 명(그녀 작품의 주인공들 중 한 명)의 이야기를 문자 그대로 전달하지 않고 고소인의 명예를 훼손했다는 이유로 기소를 당했습니다. 법원은 문학전문가의 감정을 받게 해달라는 알렉시예비치의 청원을 두 번이나 묵살했습니다.

벨라루스 펜클럽은 다음 질문들에 대한 답을 찾기 위해 귀하의 독립적이고 전문적인 문학 감정을 요청합니다.

1. '다큐'는 '사실(증거)에 기반'하는 것으로, '소설'은 '문학작품'으로 이해할 때, 다큐소설이라는 장르는 학문적으로 어떻게 이해할 수 있습니까?

2. 다큐소설은 신문이나 잡지의 글, 특히 작가와 인터뷰 대상자에 의해 이루어지는 인터뷰 텍스트와 어떻게 구분됩니까?

3. 다큐소설 작가는 예술성, 작품의 개념, 자료의 선정, 육성 증언들의 문학적 각색에 대한 권리, 고유한 세계관에 대한 권리, 예술적 진실을 위해 사실들을 일반화할 권리를 갖습니까?

4. 저작권은 누구에게 있습니까? 작가입니까, 아니면 작가가 기록한 사건의 주인공들입니까? 작가가 자료를 모으는 동안 기록한 고백-증거들은 누구의 것입니까?

5. 작가가 녹음된 텍스트를 기계적으로 문자화하지 않아도 되는 범위는 누가 정합니까?

6. 알렉시예비치의 책 『아연 소년들』은(첫번째 질문과 관련하여) 다큐문학 장르라고 할 수 있습니까?

7. 다큐소설 작가는 주인공의 성과 이름을 바꿀 권리가 있습니까?

8. 그리고 위에 열거한 질문들의 결론이기도 하면서 가장 중요한 질문은 이것입니다. 작품의 일부 내용을 문제삼아서, 심한 경우 작품의 일부가 작품을 위해 진술해준 사람들 마음에 들지 않는다고 해서 작가를 법정에 세울 수 있는가 하는 것입니다. 알렉시예비치는 다큐소설이라는 장르의 작품 일부를 게재한 것이지, 원고들과의 인터뷰를 게재한 게 아닙니다.

우리 벨라루스 펜클럽은 스베틀라나 알렉시예비치 작가를 변호하는데 귀하의 독립적이고 전문적인 문학적 견해가 필요합니다.

카를로스 셰르만, 벨라루스 펜클럽 부회장

1993년 12월 28일

벨라루스 펜클럽

V. 비코프 회장님께

스베틀라나 알렉시예비치의 다큐소설 『아연 소년들』에 대한 독립적이고 전문적인 문학적 견해를 달라는 귀하의 요청에 따라 다음과 같이 답변을 드립니다.

1. 『문학백과사전』(모스크바, 소비에트 백과사전, 1987, 98~99쪽)에 명시된 것은 물론, 전문가와 학자들 사이에서 가장 확실하고 정확하다고 인정받는 '다큐문학' 개념의 정의에 따라 다음과 같은 사실을 도출할 수 있습니다. 다큐소설을 포함하는 다큐문학은 그 내용, 연구 방법, 기술 형태 등으로 볼 때 산문예술 장르에 속하며, 따라서 다큐문학은 문헌자료들을 예술적으로 선별하고 미학적인 측면에서 평가하는 일에 적극적인 노력을 기울입니다. 이와 관련한 논문을 쓴 저자는 "다큐문학은 전체적으로 또는 부분적으로 서술로 재현된 문헌자료들을 분석함으로써 역사적 사건이나 사회생활의 현상을 연구하는 산문예술이다"라고 말합니다.

2. 『문학백과사전』에는 다음 내용도 명시되어 있습니다. "역사적 전망에서 취합된 사실정보들에 대한 예술적 선별과 미학적 평가는 다큐문학의 정보적인 특성을 확장시킴과 동시에 다큐문학을 일련의 신문·잡지 기록물(보고문, 기록, 연대기, 르포), 사회평론 글뿐만 아니라 역사산문과도 분명히 구별되게 한다." 따라서 〈콤소몰스카야 프라우다〉(1990년 2월 15일자)에 게재된 알렉시예비치의 『아연 소년들』의 일부 내용을 인터뷰, 르포 기사, 보고문학 또는 신문·잡지 글의 변종과 연관지어서는 안 됩니다. 신문에 실린 『아연 소년들』의 일부 글은 곧 출간될 책에 대한 일종의 홍보라고 보면 되겠습니다.

3. 사실을 일반화하는 독특한 수단으로서의 예술성, 역사적 사건에 대한 독자적인 시각, 의식적인 자료 선별, 사건 증인들이 들려준 육성 진술의 문학적 각색, 그리고 사실들을 비교대조함으로써 얻어지는 결론 등에 대한 다큐산문 작가의 권리는 앞서 언급한 백과사전에 이렇게 기

술되어 있습니다. "다큐문학은 예술적인 상상을 최소화하면서 그 자체로 사회적이고도 일상적인 특성을 뚜렷하게 드러내는 사실들만을 선별하여 독특한 예술적 결합을 이뤄낸다." 다큐문학이 사실과 진실에 초점을 두고 있다는 점은 의심의 여지가 없습니다. 하지만 완전한 리얼리즘, 절대적인 진실이라는 것이 성립 가능할까요? 노벨문학상 수상자 알베르 카뮈의 말에 따르면, 완전한 진실은 사람 앞에 카메라를 세워놓고, 그 사람이 태어나는 순간부터 죽는 순간까지 전 생애를 녹화한다면 성립 가능할지도 모른다고 합니다. 하지만 이 대단한 영화필름을 찍겠다고 언제까지나 카메라만 들여다보며 일생을 바칠 사람이 있을까요? 만일 그런 사람이 있다 해도 그 사람은 겉으로 드러난 사건 뒤에 감춰진, '주인공' 행동의 내적 동기를 알아볼 수 있을까요? 만약 『아연 소년들』의 작가가, 수집한 사실들에 의식적인 창작의 손길을 가하지 않고 수동적인 수집가의 역할만 했다면 그때의 상황을 머릿속에 떠올리는 게 더 쉬웠을지도 모릅니다. 그렇다면 알렉시예비치는 주인공인 '아프간 참전용사들'이 몇 시간에 걸쳐 털어놓은 이야기-고백들의 모든 사연을 들은 그대로 종이에 받아 적어야 했을 것이고, 결론적으로 양만 많은 책, 독자도 없고 미학적 수준에도 미치지 못하며 다듬어지지도 않은, 거칠고 조잡한 책이 됐을 것입니다. 알렉시예비치의 선배 작가들이 다큐 장르에서 그런 식으로 작업했다면, S. 스미르노프의 『브레스트 요새』, A. 폴토라크의 『뉘른베르크 재판』, T. 커포티의 『인 콜드 블러드』, A. 아다모비치, Y. 브릴, V. 콜레스니크의 『나는 화염에 싸인 마을에서 왔다』, A. 아다모비치와 D. 그라닌의 『봉쇄 일지』 등과 같은 세계적인 작품들은 세상에 나오지 않았을 것입니다.

4. 저작권은 문학작품이 만들어지고 출판되기까지의 제반사항들에

관한 법적 규범의 총체를 말합니다. 법적 규범은 작가가 책을 집필하는 순간부터 효력이 발생하며 구체적이고 일정한 법적 (개인이 갖거나 갖지 않는) 권한들로 구성됩니다. 그리고 그 권한들은 우선, 저작권, 출판 및 재출판 그리고 작품 보급에 대한 권리, 텍스트 불가침권으로 나뉩니다. (작가만이 자신의 작품에 어떤 변화를 주거나 다른 방식으로 바꿀 수 있는 권리를 갖습니다.) 다큐문학이라는 장르에 맞게 자료를 수집하는 과정엔 작품의 문제적-주제적 본질을 결정하는 작가의 적극적인 역할이 필요합니다. 저작권 훼손은 재판에 회부되는 사안입니다.

5. 이미 우리가 세번째 질문에 대한 대답을 통해 증명한 바와 같이, 다큐문학에서 주인공의 이야기를 토씨 하나까지 그대로 재현해내기는 불가능합니다. 여기엔 물론, 작가의 의지 문제가 작용합니다. 주인공들은 작가에게 비밀을 털어놓으며 작가와 옛 기억들을 공유했습니다. 그들은 자신의 이야기가 있는 그대로 전달되기를 바라며, 또 이야기를 전달하는 작가의 전문성을 기대하며 진술에 대한 자신들 권리의 일부를 작가에게 양도했습니다. 작가가 중요한 부분은 발췌하고 주변부의 사소한 것들은 삭제하기를, 또 사실들을 하나하나 비교대조하고 그것들을 한데 모아 전체로 벼려내기를 바라면서 말이지요. 결국은 작가의 예술적 재능과 도덕적 입장, 그리고 사실과 예술적 표현을 하나로 합치시키는 작가의 능력이 모든 것을 결정합니다. 이런 경우, 진실의 순도와 사건을 관통하는 깊이를 느끼고 결정할 수 있는 사람은 독자 자신과 미학적인 분석 틀을 가진 문학평론가뿐입니다. 진실성의 순도는 작품의 주인공들도 제 나름대로 평가할 수 있습니다. 하지만 이들은 가장 편파적이면서 가장 관심이 많은 독자들입니다. 이들은 자신들의 말이 문자화되고, 더 나아가 활자로 인쇄되는 현상과 마주하면 종종 자신들 입으로

직접 내뱉은 말임에도 불구하고 사실이 아니라는 반응을 보이기도 합니다. 자신의 녹음된 목소리를 처음 들은 사람은 자기 목소리를 전혀 알아채지 못하고 누군가 못된 장난질을 쳤다고 생각하지요. 또한 예상치 못한 뜻밖의 반응은 증인 한 명의 이야기가 책에서 다른 비슷한 이야기들과 대비되거나 중첩될 때, 그 이야기들과 서로 호응을 이루거나 구별될 때, 다른 주인공-증인들의 이야기와 충돌할 때에도 나타납니다. 이런 경우, 주인공들은 자신이 한 말에 대해 확연히 다른 태도를 취합니다.

6. 알렉시예비치의 책 『아연 소년들』은 위에서 언급한 다큐문학 장르에 완벽하게 상응합니다. 『아연 소년들』에는 이 작품을 신문 기사의 글이 아닌, 산문예술로 보게 하는 확실성과 예술성이 균형 있게 나타나 있습니다. 이왕 말이 나온 김에, 학자들은 알렉시예비치의 이전 책들 『전쟁은 여자의 얼굴을 하지 않았다』와 『마지막 목격자들』도 다큐문학으로 인정하고 있다는 점을 덧붙이고 싶습니다.

7. 만약 주인공의 증언이 신빙성 있게 전달되거나 아직 사회에서 합당한 평가와 인정을 받지 못한 사건들의 내막이 주인공의 정직한 증언으로 밝혀지는 일이 작가뿐만 아니라 주인공에게도 달갑지 않은 결과를 초래할 가능성이 있다면, 그건 저자의 동시대 문학에 특정한 윤리의 경계선이 그어져 있는 것입니다. 그런 경우, 주인공의 성과 이름을 변경하는 것은 작가의 당연한 권리입니다. 심지어 주인공을 위협하는 위험 요소가 없고 정치적 상황이 책에 유리한 방향으로 흘러가는 때에도, 작가들은 이 방법을 곧잘 사용합니다. 작가 B. 폴레보이는 『진실한 사람의 이야기』에 나오는 주인공의 성, 메레시예프에서 철자 하나를 바꿨고, 그것만으로도 예술적인 효과는 곧바로 나타났습니다. 독자들은 이 소설이 구체적인 사람이 아닌 소비에트 사회의 전형적인 현상에 대해 이야기

하고 있음을 알아챘지요. 문학사에서 의도적으로 주인공들의 성과 이름을 바꾼 예는 많습니다.

8. 『아연 소년들』의 작가 알렉시예비치를 상대로 진행중인 재판과 유사한 소송사건들이, 안타깝게도, 전 세계에서 벌어지고 있습니다. 전후 영국에서 『1984』라는 제목의 '안티유토피아' 작품으로 유명한 작가 조지 오웰도 국가 조직을 비방했다는 이유로 고소당해 재판 과정을 겪었습니다. 20세기에 발생한 전체주의가 이 책의 주제라는 것은 모두가 아는 사실입니다. 오늘날 이란에서는 이슬람을 조소하는 색채의 책을 썼다는 이유로 작가 S. 루슈디에게 사형선고가 내려졌습니다. 진보적인 국제사회는 이 결정을 창작의 자유를 침해한 것으로, 비문명적 현상으로 평가했지요. 얼마 전에는 소비에트 군대를 비방했다는 이유로 작가 V. 비코프*가 비난을 받았습니다. 언론매체에 소개되는 가짜 애국자 베테랑들의 편지들은 용감하게 과거의 진실을 처음으로 소리 내어 이야기한 작가에게 사회가 내리는 준엄한 심판처럼 느껴졌습니다. 안타깝게도 역사는 반복됩니다. 법치국가 건설을 외쳤던 우리 사회는 여전히 가장 기본적인 인권 분야에서만 겨우 걸음마를 떼는 수준입니다. 법 정신은 법전에만 살아 있고, 재판의 도덕적인 측면은 전혀 고려되지 않은 채 말이지요. 알렉시예비치가 책의 일부를 신문에 게재한 것 때문에 자신의 고유한 가치가 훼손되었다고 주장하는 고소인의 권리는 오늘은 작가에게 이렇게 말하고, 내일은 기분이나 정치적 상황이 변했다는 이유로 완전히 반대의 말을 해도 된다는 권리로 이해되어서는 안 됩니다. 여기서 질문이 생깁니다. 책의 '주인공'은 언제 진실했습니까? 알렉시예

* 바실 블라디미로비치 비코프(1924~2003). 구소련과 벨라루스의 작가이자 대조국전쟁 참전 베테랑.

비치와 아프가니스탄 전쟁에 대한 자신의 기억을 공유하는 데 동의했을 때였습니까, 아니면 전우들의 압박에 못 이겨 특정한 무리의 사람들의 이익을 옹호하기로 결정했을 때였습니까? '주인공'은 자신의 이야기가 출판될 것을 알면서도 믿고 신뢰했던 작가를 고발할 도덕적 권리가 있습니까? 원고가 작가에게 들려준, 혹은 신문에 게재된 사실들이 개인적이고 우연한 일처럼은 보이지 않습니다. 이는 작가가 동일한 사건들의 다른 증인들한테서 듣고 알게 된, 이와 유사한 사실들이 또 있다는 점에서 확실해집니다. 바로 이 부분이 '주인공'이 자신의 말을 부인할 때가 아닌, 자신의 말이 녹음될 때 진실했다고 볼 수 있는 근거가 될 수는 없을까요? 중요한 관점이 한 가지 더 있습니다. 만약 작가와 '주인공'이 나눈 대화를 증명해줄 증인들이 없다면, 재판의 원고나 피고의 공정함을 증명하는 다른 증거가 없다면 작가가 책에 쓴 모든 비슷한 사실들을 재확인할 필요가 있습니다. 그런 경우, 아프가니스탄 전쟁의 수십, 수천 명의 증인들이 참여한 일종의 '뉘른베르크 재판'이 될 수도 있습니다. 반대의 경우, 책 주인공이 말한 거의 모든 단어를 일일이 증명해야 하는 말도 안 되는 황당한 재판의 늪에 빠질 위험이 있습니다. 따라서 벨라루스 펜클럽이 벨라루스 공화국 과학아카데미 양카 쿠팔라 문학연구소에 〈콤소몰스카야 프라우다〉에 게재된 알렉시예비치의 책 『아연 소년들』의 일부 내용에 대해 독립적인 문학 감정을 요청한 것은 지금의 상황에서 지당한 일이며, 분쟁을 해결할 수 있는 유일한 방법일 수 있습니다……

벨라루스 공화국 과학아카데미 양카 쿠팔라 문학연구소 소장이자
과학아카데미 통신회원, 코발렌코 V. A.
문학연구소 선임연구원이자 문학박사, 티치나, M. A.
1994년 1월 27일

재판 이후

판결문의 낭독이 시작되었다……

나는 재판정에 앉아 있는 사람들, 우리들에 대해 쓰는 것이 고통스럽다. 스베틀라나 알렉시예비치는 1993년에 출간된 저서 『죽음에 매료된 사람들』에서 묻는다. "우리는 누구인가? 우리는 전쟁의 사람들이다. 우리는 전쟁을 했거나 아니면 전쟁을 준비했다. 우리는 단 한 번도 다르게 살아본 적이 없다."

우리는 전쟁을 했다…… 일부러 작가 뒤쪽에 자리를 잡고 앉은 여자들이 판사에게는 들리지 않지만 스베틀라나 알렉시예비치에게는 들리고도 남을 목소리로 그녀에게 모욕적인 말들을 퍼붓는다. 아, 어머니들이란! 차마 내 입으로는 다시 담을 수도 없는 상스러운 표현들…… 휴정시간이 되자 갈로브네바가 작가를 변호하기 위해 법정에 출두한 바실리 라도미슬스키 사제에게 다가선다. "이보세요, 신부님, 돈에 팔린 게 부끄럽지도 않나요?" "이 무식쟁이! 악마!" 방청석에서 욕설들이 날아들고 분노에 찬 손아귀들이 사제의 가슴에 걸린 십자가를 떼어내려고 달려든다. "당신이 어떻게 나한테? 당신이 다른 방법으로는 약속된 300루블의 원조를 받을 수 없다고 해서 밤마다 당신 아들들을 위해 추모의식을 치러준 내게 어떻게 이럴 수가?" 사제가 충격에 휩싸여 묻는다. "왜 왔는데요? 악마를 보호하려고요?" "자신과 아이들을 위해 기도하십시오. 회개하지 않으면 위로도 없습니다." "우리는 죄가 없어요…… 우리는 아무것도 몰랐어요……" "당신들은 눈이 멀었었습니다. 눈을 떴을 때도 오로지 당신네 아들들의 죽음만 생각했고요. 회개하세요……"
"우리는 아프가니스탄 어머니들까지 돌아볼 여력이 없어요…… 우리는 자식들을 잃었다고요……"

하지만 다른 쪽도 가만히 있지는 않았다. "당신네 아들들은 아프가니스탄에서 죄 없는 사람들을 죽였어! 죄인들이라고!" 어떤 남자가 어머니들에게 외친다. 또다른 남자도 "당신들은 당신들 자식을 두 번이나 배신한 거야……"라고 분노에 차서 소리친다.

그렇다면 당신은? 과연 우리는 명령을 이행하지 않았는가? 우린 침묵하라는 명령에 따르지 않았던가? 이런저런 집회들에서 '찬성하는' 쪽에 손을 들지 않았던가? 나는 묻는다…… 우리들 모두 역시 재판이 필요한 것은 아닐는지…… 벨라루스 인권연맹 대표 Y. 노비코프가 말했던 그런 재판이. "침묵으로만 일관한 우리, 전사한 병사들의 어머니들, 이 전쟁의 베테랑들, 전사한 아프간 병사들의 어머니들, 이렇게 우리들 모두는 언제쯤 다 함께 마주앉아 조용히 서로의 눈을 바라볼 것인가……"

A. 알렉산드로비치, 〈페미다*〉, 1993년 12월 27일

갈로브네바와 케츠무르가 작가 스베틀라나 알렉시예비치를 명예훼손으로 고소한 민사소송 사건이 끝났다. 재판 마지막날 많은 기자들이 재판정에 모여들었고, 몇몇 잡지에는 재판부의 판결 내용이 간단하게 소개되기도 했다. 갈로브네바의 소송은 기각되었고 케츠무르의 소송은 일부 인정되었다. 굳이 이 지면에 판결문을 그대로 옮겨오지는 않겠다. 다만, 내가 볼 때, 이 판결이 다분히 타협적인 성격을 띤다는 점만은 밝

* 러시아어로 그리스신화에 나오는 정의와 법의 여신을 뜻하는 테미스. 벨라루스 민스크 신문.

히고 싶다. 하지만 이 판결로 양쪽은 정말 화해했을까?

아프가니스탄에서 전사한 갈로브네프 대위의 어머니 인나 세르게예브나 갈로브네바는 여전히 '전쟁의 길'을 가는 중이며, 항소를 준비해 작가와의 법정 공방을 이어갈 생각이다. 무엇이 이 여인을 이렇게까지 행동하게 만드는가? 무엇이 이 어머니를 이 길로 몰아가는가? 그것은 달랠 길 없는 애통함이다. 아프가니스탄 전쟁이 역사의 뒤안길로 사라져갈수록, 사회가 이 전쟁이 얼마나 무모한 결정이었는지를 분명하게 인식해갈수록, 낯선 이국땅에서 목숨을 버린 우리 아이들의 희생이 무의미해진다는 사실이 너무도 애통한 것이다…… 그래서 인나 세르게예브나는 『아연 소년들』을 받아들일 수가 없다. 그래서 이 책이 그녀에게는 모욕이다. 속속 드러나는 아프가니스탄 전쟁에 대한 진실이 어머니에게는 감당하기 버거운 짐인 것이다.

전직 운전사이자 '아프간 참전 용사'인 타라스 케츠무르는 이 민사소송의 두번째 고소인이다. 재판부는 그의 소송을 일부 타당한 것으로 인정했다. 그의 이름으로 실린 모놀로그에 등장하는 지극히 심리적이고도 드라마적인 두 편의 에피소드는, 내 생각에, 전쟁은 어느 누구도 멀쩡히 살려서 내보내지 않는다는 것, 그리고 혹여 손발이 성해서 빠져나온 사람이라도 케츠무르의 주장대로 '명예와 품위를 훼손하는 자들'로 인식된다는 것을 증명할 뿐이다. 하지만 나는 타라스를 이해할 용의도 있다. 이런 말이 있다. "처음으로 터져나오는 영혼의 고백을 두려워하십시오. 그것은 진실일 수 있으니까요." 『아연 소년들』에 실린 타라스의 모놀로그는, 아마도 아프간에 다녀온 후 처음으로 터져나온 그의 진실한 영혼의 고백일 것이다. 4년이 지났다. 타라스는 변했다. 그리고 그를 둘러싼 세상도 변했다. 아마도 타라스는 과거의 기억을 자신의 영혼에서 완전히 지워버리지 못할 바엔 차라리 기억의 많은 부분을 사실과 다르게 바꾸는 편이 낫겠다 싶었을 것이다…… 하지만 『아연 소년들』은 펜으로 쓰인 것이기에 도끼로 싹둑 잘라내버릴 수 있는 게 아니다.

스베틀라나 알렉시예비치는 전문가에게 문학 감정을 받게 해달라는 자신의 요청이 또다시 거부되자 재판이 끝나기도 전에 자리를 떴다. 알렉시예비치의 질문은 타당했다. '장르의 근간도 모르고 문학작품에 대한 초보적인 지식도 없이, 게다가 전문가들의 의견을 들어보려고도 하지 않으면서 어떻게 다큐소설을 판단할 수 있는가?' 하지만 재판부는 뜻을 굽히지 않았다. 스베틀라나 알렉시예비치는 문학적 전문 감정에 대한 자신의 두번째 요청마저 거부된 직후 법정을 떠나며 이렇게 말했다.

—한 인간으로서…… 저는 사람들에게 고통을 안겨준 것에 대해, 다른 사람과 부딪치지 않고는 거리를 지날 수 없을 때가 많은 이 불완전한 세상에 대해 용서를 구했습니다. 하지만 작가로서…… 저는 제 책에 대해서는 용서를 구할 수도, 또 그럴 권리도 없습니다. 진실을 위해서 말이지요!

알렉시예비치와 그녀의 책 『아연 소년들』에 대한 민사재판은 '아프가니스탄' 전쟁에서 우리가 두번째 당한 패배다……

옐레나 몰로치코

〈나로드나야 가제타*〉, 1993년 12월 23일

1993년 12월, 스베틀라나 알렉시예비치 작가와 그녀의 책 『아연 소

* 러시아어로 '국민 신문'이라는 뜻. 1990년 창간한 벨라루스 사회·정치 일간지.

년들』에 대한 마라톤 재판이 마침내 종지부를 찍었다. 법원은 '아프가니스탄 참전 용사' 타라스 케츠무르의 명예가 '부분적으로 훼손'되었음을 인정하면서, 작가는 그에게 사과해야 한다고 판결했다. 벨라루스 법원은 또한 〈콤소몰스카야 프라우다〉에 정정기사를 내는 것은 물론, 작가와 편집진의 사과문도 함께 게재할 것을 권고했다.

두번째 고소인, 아프가니스탄 전쟁 전몰 장교의 어머니 인나 세르게예브나 갈로브네바의 소송은 '갈로브네바가 작가에게 털어놓은 내용의 일부가 사실과 다르게 묘사됐다'는 법원의 인정에도 불구하고 기각되었다. 법원으로선 어쩔 수 없는 결정이었다. 몇 년 전, 알렉시예비치의 책을 전적으로 지지하는 한 집회에 참석한 갈로브네바의 발언 내용이 담긴 카세트테이프가 재판 중 증거물로 제출되었기 때문이다.

스베틀라나 알렉시예비치는 이번 재판에서, 이번 소송에서, 그리고 이번 법체계에서 한 인간으로서, 또한 직업인으로서 자신의 가치를 방어할 수 있는 기회를 전혀 갖지 못했다……

예술 작품과 그 창작자에 대한 정치적 소송으로 국제적인 공분이 일자, 깜짝 놀란 벨라루스 희비극 감독들이 공개적으로 진화에 나섰다. "이 사건은 결코 책에 대한 재판도, 작가와 그의 작품에 대한 소송도 아닙니다! 1990년에 발행된 〈콤소몰스카야 프라우다〉에 대한 명예훼손 민사소송일 뿐입니다."

즈다노비치 판사 주재의 재판이 끝나고 예브게니 노비코프 벨라루스 인권연맹 대표와 알레시 니콜라이첸코 벨라루스 자유대중매체연합 대표는 '왜 알렉시예비치에게 무죄추정의 원칙이 적용되지 않는가'라는 입장을 표명했다.

즈다노비치는 '무죄추정은 형사재판에서나 가능한 것이다'라고 주장했다. 만약 갈로브네바와 케츠무르가 알렉시예비치를 중상모략으로 고소했다면, '중상모략'이라는 단어 자체가 형사법상의 용어이므로 무죄추정의 원칙을 적용하는 것이 옳았을 것이다. 하지만 그런 경우 고소인은 반드시 재판부에 물적 증거를 제시해야 한다……

벨라루스 민사소송에서 명예훼손에 대한 무죄추정의 원칙은 존재하지 않는다……

민사재판이 형사재판으로 넘어가는 일은 얼마든지 가능하다. 고소인 갈로브네바는 이 사건을 형사재판으로 끌고 갈 것을 다짐했고 이 일의 성사가 자신의 목표인 양 말했다.

〈콤소몰스카야 프라우다〉는 1990년 12월 30일자 발행지에 빅토르 포노마료프[*]의 발문기사를 게재함으로써 작가를 맹렬히 비난하는 벨라루스 친공산주의 신문들 대열에 합세했다.

스베틀라나 알렉시예비치는 '어머니들의 등뒤에서 장군들의 견장을 보았다'지만, 어머니들의 "등뒤에 적어도 우리 아들들의 무덤이 있는 것만은 분명하다. 보호가 필요한 사람은 작가가 아니라, 훈장 보유자들과 최고의 포상을 받은 자들이 아니라, 바로 어머니들이다. 그리고 만약 여기서 민사법상의 처벌 행위가 이루어지고 있다면, 그것은 어떤 경우에도 작가를 겨냥한 것은 아니다"라고 하는 〈콤소몰카〉[**]는 스베틀라나 알렉시예비치의 사건에서 서둘러 발을 빼고자 부산을 떨며 목소리를 높인 것이다.

〈콤소몰카〉의 이러한 입장 변화는 담금질을 당해 목소리가 변해버린

---

* 빅토르 파블로비치 포노마료프(1924~1999). 소련 군인으로 대조국전쟁에 참전했으며 1943년에 소련의 영웅 칭호를 받았다.

** 〈콤소몰스카야 프라우다〉의 약자.

자의 본보기로서 공식적인 사죄의 서막에 불과하다. 새로운 것에서 낡은 것으로의 회귀다. "아연 소년들이라는 제목처럼, 작가들의 의지는 강철 같다." 그렇다면 〈콤소몰스카야 프라우다〉의 기자들과 편집진들은 의지가 고무처럼 유연하단 말인가?

진실을 말하는 사람은 늘 값비싼 대가를 치러야 했고, 진실에 대한 외면은 언제나 심약한 사람들을 불행에 빠뜨렸다. 하지만 현대사에서 공산주의에 굴복한 사람들이 스스로 인간성을 파괴하는 것보다 더 절망적이고 거시적인 불행은 일찍이 없었던 것 같다. 이제 사람들한테 남은 건 미하일 불가코프*의 표현처럼 '연기 나는 구멍들뿐'이다.

소비에트가 불타고 남은 자리에서 연기만 내는 구멍들……

인나 로가치

〈루스카야 미슬**〉, 1994년 1월 20~26일

지난 10년간 아프간 사태를 겪으며 수백만 명의 사람들이 조국 소비에트에 느낀 감정은 비단 사랑만은 아니었다. 그들은 뭔가 훨씬 더 중요하고 본질적인 감정에 붙들려 있었다. 그들 중 일부가 전사했고, 우리는 그들의 때 이른 죽음을 기독교식으로 애도하면서 그들의 가족과 사랑하는 사람들이 겪어야 했던 육체적, 정신적 고통에 대해 경의를 표했다. 하지만 지금 그들은 온 국민의 숭배를 받아 마땅한 영웅들이 아니라 연

---

* 미하일 아파나시예비치 불가코프(1891~1940). 우크라이나 작가.

** 러시아어로 '러시아 사상'이라는 뜻의 범유럽 러시아어 학술, 문학, 정치 간행물. 1947년부터 파리에서, 2008년부터는 런던에서 주간지로 발행되었고, 2011년부터는 월간지로 최초 발행이 시작된 1880년의 잡지 형태로 복귀했다.

민을 불러일으키는 가엾은 희생자들에 지나지 않는다는 생각을 떨칠 수가 없다. 이 사실을 '아프가니스탄 참전 용사들' 자신은 인지하고 있을까? 모든 정황으로 미루어볼 때, 그들 대부분은 여전히 자신들의 처지를 깨닫지 못하고 있는 게 분명하다. 그들과 비슷한 전쟁의 운명에 휘말린 미국의 '베트남 전쟁 영웅들'은 자신들이 처한 영웅주의의 진정한 본질을 깨닫고 대통령에게 하사받은 메달들을 국가에 반납했다. 그렇지만 우리네 영웅들은 아프가니스탄 전쟁에서 받은 포상을 자랑스러워한다. 이들 중 자신이 포상을 받은 실제 이유에 대해 깊이 생각하고 고민해본 사람이 있을까? 비록 지금은 이 포상들이 오직 궁핍해진 우리 사회가 추구하는 이득, 특권을 누리기 위한 구실로서 작용하고 있지만 말이다. 하지만 요즘 들어 이 구실을 가진 자들의 권리 주장이 점점 광범위해지고 있다. 얼마 전 민스크에서 열린 한 집회에서 아프가니스탄 참전 용사들은 벨라루스 내 권력을 공개적으로 요구하고 나섰다. 현재 이 같은 그들의 요구가 얼토당토않은 것만은 아니다. 그들은 사회에 만연한 허무맹랑한 도덕적 생각(아프간 전쟁은 더러운 전쟁이지만, 그 참전자들은 영웅적인 국제주의용사들이다)을 이용해서 원하는 것은 무엇이든 손에 넣을 수 있기 때문이다. 상황이 이렇다보니, 전사자들의 어머니들은 도처에서 다시 세력을 얻기 시작한 예전의, 그리고 현재의 적군파들과 극우파들에게는 더없이 유리한 카드패임이 분명하다. 이들은 어머니들을 이용한다. 어머니들의 정당한 분노를, 어머니들의 신성한 슬픔을 있는 대로 빨아먹는다. 과거에 공산주의 이상과 이 어머니들의 전사한 아이들의 애국심을 철저히 이용해먹은 것처럼. 그들로선 전혀 손해 날 게 없는 장사다. 누가 비통해하는 어머니에게 돌을 던지겠는가? 하지만 슬퍼하는 어머니들 등뒤로 떡 벌어진 어깨의 낯익은 형체들이 기분 나쁘게 어른거린다. 그리고 〈콤소몰스카야 프라우다〉 기자는 짐짓 아무도 보이지 않는 척 시치미를 뗀다. '어머니들 등뒤의 장군들이 문제가 아니다'라면서……

아프가니스탄에서 끝내 실현되지 못한 제국주의의 기분 나쁜 숨결이 벨라루스에서 더욱 또렷이 느껴진다. 스베틀라나 알렉시예비치에 대한 재판은 은폐되거나 공공연히 드러난 제국주의 현상들의 긴 연결선상에 놓인 한 부분일 뿐이다. 위대한 강대국과 얼지 않는 바다에 대한 향수는 벨라루스에서 많은 지지자들을 거느린 지리놉스키* 당만의 것은 아니다. 포스트전체주의 사회를 '흔들고', 새로운 피로 '단결시키는 것', 이것이야말로 과거에 짓밟힌 이상들을 다시 되찾는 방법인 것이다.

바실 비코프

〈리테라투르나야 가제타〉, 1994년 1월 26일

……아니, 이 치열했던 법정 투쟁은 전쟁의 진실을 밝히기 위한 것이 아니었다. 살아 있는 사람의 영혼을 위한 투쟁이었고, 전쟁으로 가는 길에 장해물이 될 수 있는 사람의 영혼이 차갑고 불편한 우리네 세상에서 존재하게 하는 권리를 위한 투쟁이었다. 우리의 이성이 평정심을 잃고 광기에 사로잡혀 있는 한 전쟁은 계속될 것이다. 전쟁은 우리들 영혼 속에 차곡차곡 쌓인 원한과 분노와 악한 마음들에서 오는 필연적인 결과이기 때문이다……

이런 의미에서 전사한 장교의 말은 상징적이면서 예언적이다. "나는

---

* 블라디미르 지리놉스키(1946~). 러시아의 극우민족주의 성향을 지닌 야당인 자유민주당 대표.

당연히 돌아올 것이다. 나는 항상 돌아왔으니까……" (유리 갈로브네프 대위의 일기장에서)

표트르 트카첸코

〈보 슬라부 로지니*〉, 1994년 3월 15~22일

* 러시아어로 '조국의 영광을 위하여'라는 뜻. 벨라루스 군사신문.

옮긴이의 말

공감이 확장될 때 고통은 가벼워진다

문학동네 편집부에서 전화가 왔다. 스베틀라나 알렉시예비치의 『아연 소년들』을 번역해줄 수 있는지 나의 의사를 묻는 전화였다. 알렉시예비치의 전작 『전쟁은 여자의 얼굴을 하지 않았다』를 잇는 또다른 전쟁 이야기. 소련-아프가니스탄 전쟁에서 희생당한 소년병들의 이야기란다. 선뜻 그리하겠다는 대답이 나오지 않았다.

『전쟁은 여자의 얼굴을 하지 않았다』 번역을 끝내고 나서 한동안 번역 후유증에 시달렸기 때문이다. 문득문득 속에서 뭉클하고 뜨거운 것이 아프게 치밀어오르고 전쟁이라는 단어만 들어도 전장의 소녀들이 생각나 괴로웠다. 꽃도 피우기 전에 스러져버린 그네들의 꿈과 삶이 머릿속을 맴돌았다. 더구나 이제 겨우 전쟁의 잔영들로부터 벗어나나 싶은 참에 또다시 살육과 비명이 난무하는 전쟁터로 불려가기는 싫었다. 하지만 타인의 고통을 외면하지 않겠다고, 세상을 좀더 나은 곳으로 만드는 일이라면 작은 역할이라도 최선을 다해보겠다고 마음에 새겼던 스스로의 다짐이 떠올랐다. 그리고 어쩌면 이 일은 나에게 주어진 작은 운명일지 모른다는 거창한 생각도 조금은 들었다. 알렉시예비치처럼 나 역시 '돌이키기에는 너무 먼 길을 온 것'이 아닐까.

『아연 소년들』은 작가가 10년 동안 계속된 소련-아프가니스탄 전쟁 희생자들의 어머니와 젊은 아내, 그리고 참전 병사들과 인터뷰한 내용을 모은 책이다. 인터뷰에 응한 이들은 하나같이 자신들의 삶이 전쟁 전과 후로 완전히 두 동강 나버렸다고, 천국에서 지옥으로 건너온 것처럼 전혀 다른 두 인생을 살고 있다고 절규하며 이 전쟁의 추악한 실상을 폭로한다. 더이상 아들의 목소리를 들을 수 없고 아들의 얼굴을 어루만질 수 없는 어머니의 끝없는 고통, 이 거대한 고통이 꿰뚫고 지나간 어머니의 심장은 까맣게 타버렸고, 사랑하는 남편이 존재하지 않는 이 세상이 지옥이나 다름없는 젊은 아내의 일상은 살아도 산 것이 아니다.

전쟁터에서 살아 돌아온 참전 병사들도 고통스럽긴 마찬가지다. 이들 역시 전쟁이 남긴 깊고도 흉측한 상흔을 지닌 채로는 결코 예전의 평범한 삶으로 돌아갈 수 없다는 사실을 깨닫는다. 더구나 이네들은 왜, 무엇을 위해 아들이, 남편이 그리고 자신이 아프가니스탄에서 총을 들어야만 했고 목숨을 잃어야 했는지, 그 답을 알지 못한다. 이들은 묻혀버린 전쟁의 진실이 낱낱이 드러나길 간절히 소원한다.

하지만 당시 소련의 모든 사람이 그 진실을 듣고 싶어한 것은 아니었다. 『아연 소년들』을 통해 이네들의 고통과 간절한 바람을 세상에 알린 알렉시예비치는 공산주의 언론매체와 아프가니스탄 전쟁의 허상에 사로잡힌 사람들로부터 신랄한 비난을 받았고 '의도적 명예훼손'이라는 죄목으로 법정에 서게 되었다.

이 책의 힘은 어머니, 남편을 잃은 아내, 참전 병사들의 진솔한 목소리에서 나온다. 사실을 말하는 정직한 '목소리는 진실과 허구의 간극을 보게 하는 강력한 수단'이다. 알렉시예비치는 '전쟁'이라는 거대 담론에 집중하지 않는다. 오히려 자신의 목소리를 낼 수 없는, 하소연한다 해도 누구 하나 관심 가져주는 이 없는 작은 약자들 한 사람 한 사람에게 주목하면서 이들에게 자기 목소리로 사실을 전할 수 있는 기회를 제공하고 힘을 실어주었다. 이들에게서 감춰진 진실을 끄집어냈고 이들의 고통과 상처를 깊은 이해와 진정 어린 공감, 따뜻한 연민으로 감싸안았다. 수많은 증인들을 직접 찾아 만나고 귀를 기울인 작가의 수고와 노력 덕분에, 그리고 전쟁을 정당화하기 위해 언론을 통제하며 사실을 은폐하려는 소련 정부의 위협 속에서도 진실을 알리는 일이야말로 기자의 올바른 소임이라 믿은 작가의 위대한 용기와 신념 덕분에, 세상은 10년 동안 아프가니스탄에서 무슨 일이 벌어졌는지, 얼마나 무고한 생명들이 무의미하게 희생됐는지 그 실상을 알게 되었다.

톨스토이의 『안나 카레니나』는 "행복한 가정은 모두 고만고만하지만 무릇 불행한 가정은 나름나름으로 불행하다"라는 문장으로 시작된다. 이에 빗대어 말하고 싶다. 전쟁의 모습은 다 엇비슷하지만 전쟁의 고통은 제각각이라고. 전쟁은 결코 몇 마디 말로 정의할 수 있는 사건이 아니며, 열 사람이 겪는 전쟁에는 열 가지 고통과 슬픔이, 백 사람이 겪는 전쟁에는 백 가지 고통과 슬픔이 있는 거라고. 한 사람은 자신만의 가치와 삶과 역사를 지닌 하나의 독립된 세상이자 작은 우주이며, 그 한 사람이 파괴될 때 하나의 세상이, 우주가 파괴되는 것이기에. 또한 "어느 누구의 죽음이라도 나를 작게 만드니, 나는 인류 속에 포함되어 있기 때문이네"라고 읊은 존 던의 시구처럼 한 사람의 고통과 죽음은 곧 우리 모두의 상처요 상실이기에.

세상의 어떤 말들을 끌어다 모아야, 어떤 화법을 동원해야 전쟁의 슬픔과 아픔을 남의 불행이 아닌 우리의, 나의 불행으로 느낄 수 있을까. 그건 아마도 불가능하리라. 사람은 자기가 겪은 슬픔과 아픔의 경험치를 넘어서기가 힘든 존재 아니던가. 그러므로 알렉시예비치가 옳았다. 지옥의 한가운데 있거나 지나온 이들의 '펄떡펄떡 살아 있는 이야기'만큼 직접적이고도 원색적으로 냉랭하게 굳어버린 우리의 심장을 뒤흔들며 균열을 일으키고, 그 균열의 틈새 사이로 타인의 슬픔과 아픔이 심장에 녹아들게 할 것은 또 없을 테니 말이다.

나와 관계없는 누군가의 고통이 마음 편치 않고 괴롭다면, 미안하고 안타깝다면 그 사람은 이미 누군가의 고통에 공감하고 동참하는 것이다. 공감에는 고통을 견디게 하는 신비한 능력이 있다. '이야기를 들어줄 단 한 사람만 있어도 고통을 감수할 수 있다'고 하지 않던가. 고통을 마주하기가 겁나고 괴롭더라도 타인의 아픔을 이해하고 그의 이야기에 끝까지 귀를 기울이며 가슴으로 보듬는 공감능력을 키우기 위해 우리 모두 부단히 노력한다면, 언젠가는 우리의 아픔과 고통이 한결 가벼워지고 존재 자체가 서로에게 위로와 힘이 되는 세상이 오지 않을까.

알렉시예비치는 아프가니스탄 참전 병사들을 "고통스러운 성찰의 제단에 바쳐진 제물들"이라 일컬으며 "어느 누구도 감히 그들에게 돌을 던질 수 없다"고 말한다.

"우리 모두 죄를 지었습니다. 당신, 나, 그리고 그들. 문제는 다른 곳,

즉 우리들 누구에게나 주어진 선택권을 어떻게 사용하느냐에 있습니다. '쓸 것인가, 쓰지 않을 것인가?' '침묵할 것인가, 침묵하지 않을 것인가?' '갈 것인가, 가지 않을 것인가?' 스스로 물어야 합니다."

작가는 조용히, 하지만 엄중하고 무겁게 우리를 향해 묻는다. 사람들이 서로를 죽이고 폭력이 일상을 지배하는데 우리는 왜 지켜만 보는가. 우리는 왜 자신의 삶은 소중히 여기면서 다른 생명이 값없이 희생되는 것을 모른 척하는가. 그러면서 우리를 일깨운다. 불의와 악을 보고도 침묵한다면 불의와 악에 대해 암묵적으로 동의하는 것이요, 결국 방관자이자 공범이 된다는 사실을. 전쟁의 고통에 신음하고 불의에 절망하는 이들이 세상에 존재하는 한 우리는 편안히 잠자리에 들거나 해맑은 웃음을 지을 수 없다는 사실을. 진실을 알고 공감하는 것은 타인의 고통에 참여하는 대단히 의미 있고 가치 있는 일임이 분명하다. 하지만 알고만 있을 뿐 실천하지 않고 공감만 할 뿐 행동하지 않는다면, 단언컨대 우리가 바라는 변화는 결코 일어나지 않는다. 전쟁은 계속될 것이고 불의도 악도 건재할 것이기 때문이다.

'옳은가, 그른가?' '선한가, 악한가?' '참인가, 거짓인가?' 스스로를 돌아보는 성찰과 깨어 있는 의식으로 늘 자신과 세상을 향해 질문을 던지고 치열하게 고민하며 따져보는 것, 그래서 현명하게 판단하고 옳음과 선함과 참을 선택하는 것, 불의에 분노하고 저항하는 것, 이것이야말로 우리가 완전하고 완벽한 공감에 이르는 길이자 알렉시예비치가 우리에게 전하고 싶은 메시지가 아닐까.

타인의 고통 앞에 겸손히 마주서서 두 눈을 맞출 마음의 준비가 된 모든 이들, 지금 이 순간에도 자신이 발 딛고 선 어느 곳에선가 불의에 맞서 힘겨운 분투를 벌이고 있는 모든 이들과 『아연 소년들』을 나누고 싶다. 고통스러운 진실의 목소리들을 만나고 그들과 함께 외롭고 지난한 길을 가는, 그래서 우리를 공감이라는 위대한 연대의 장으로 이끌어준 알렉시예비치에게 감사와 존경과 사랑을 바친다.

2017년 5월

박은정

옮긴이 **박은정**
조선대학교 러시아어과를 졸업하고 러시아 페테르부르크 게르친 국립사범대학교에서 언어학 석사와 박사 학위를 받았다. 현재 전남대학교와 조선대학교에 출강하고 있다. 옮긴 책으로 안톤 체호프의 『갈매기』, 톨스토이의 『무도회가 끝난 뒤』 『이반 일리치의 죽음』, 『러시아의 영웅서사시』(공역), 『전쟁은 여자의 얼굴을 하지 않았다』 등이 있다.

아연 소년들

1판 1쇄 2017년 5월 18일
1판 3쇄 2023년 11월 1일

지은이 스베틀라나 알렉시예비치

책임편집 이연실 | 편집 고지안 이종현 오동규
디자인 김마리 이주영 | 저작권 박지영 형소진 최은진 서연주 오서영
마케팅 정민호 서지화 한민아 이민경 안남영 왕지경 황승현 김혜원 김하연
브랜딩 함유지 함근아 고보미 박민재 김희숙 정승민 배진성
제작 강신은 김동욱 이순호 | 제작처 한영문화사

펴낸곳 (주)문학동네 | 펴낸이 김소영
출판등록 1993년 10월 22일 제2003-000045호
주소 10881 경기도 파주시 회동길 210
전자우편 editor@munhak.com | 대표전화 031)955-8888 | 팩스 031)955-8855
문의전화 031)955-2696(마케팅) 031)955-1905(편집)
문학동네카페 http://cafe.naver.com/mhdn
인스타그램 @munhakdongne | 트위터 @munhakdongne
북클럽문학동네 http://bookclubmunhak.com

ISBN 978-89-546-4557-7 03890

www.munhak.com